reinhardt

Dani von Wattenwyl

Die Brigade des Falken

Thriller

Friedrich Reinhardt Verlag

Lektorat: Beatrice Rubin
Umschlaggestaltung: Joël Jira
ISBN 978-3-7245-1698-9

www.reinhardt.ch

Ich widme dieses Buch meinen Neffen
Yannick und Tim.

Kapitel 1: Schweiz, Bern, Donnerstag, 2. Juli, 03:23

Denis Benz riss mitten in der Nacht erschrocken die Augen auf. Er wusste nicht, ob er träumte oder schon wach war. Sein Puls raste. Panisch schaute er sich in seinem Schlafzimmer um, doch es war so dunkel, dass er nichts erkennen konnte. Er traute sich kaum zu atmen. *Da ist doch jemand in meinem Schlafzimmer!* Er versuchte, sich wieder zu beruhigen, doch er wurde das Gefühl nicht los, dass er nicht alleine war. Er schwitzte. Eigentlich hätte er nur zum Nachttisch hinübergreifen und das Licht einschalten müssen, aber aus unerklärlichen Gründen traute sich Denis nicht. Er schloss wieder die Augen und versuchte das anzuwenden, was er in der Agentenausbildung gelernt hatte: ruhig atmen, jegliche Panik vermeiden, den Puls senken und rational vorausplanen.

Nachdem Denis durch Zufall vor drei Jahren zum Schweizer Geheimdienst, kurz NDCH, gestossen war und durch seine Hilfe einer der grössten Drogenskandale der Geschichte aufgedeckt worden war, bot man ihm an, ihn zum Agenten auszubilden und ihn in die Spezialabteilung PRIOS aufzunehmen. PRIOS ist eine Eliteabteilung des Geheimdienstes und direkt dem Bundesrat unterstellt. Jeder Agent des Landes wollte in diese Abteilung. Denis nahm das Angebot an und liess sich drei Jahre lang ausbilden. Natürlich wurde seine Berufung in die Abteilung PRIOS von seinen Kollegen mit einer gewissen Portion Argwohn und Neid gesehen. Doch aufgrund seiner Verdienste aus der Vergangenheit und weil er bis in die politische Spitze des Landes viel Anerkennung dafür bekommen hatte, hütete man sich, die Kritik laut auszusprechen.

Die Ausbildung zum Agenten war das Härteste, was Denis je in seinem Leben gemacht hatte. Nicht nur physisch wurde er bis an seine Leistungsgrenze gebracht, auch psychisch.

Jeden Tag standen sportliche Aktivitäten, Ausbildung an verschiedensten Waffen, Selbstverteidigung, Politologie, internationales Recht, psychologische Seminare und vieles mehr auf dem Ausbildungsplan. Neun Anwärter waren in seinem Jahrgang gestartet, gerade mal drei hielten der enormen Belastung bis zum Schluss stand und schlossen ab. Denis war einer der drei, zwar nicht mit dem besten Resultat, aber er schloss ab. Er wusste natürlich, dass er es ohne die Hilfe seines Vaters, der in den Achtzigerjahren Chef des Schweizer Geheimdienstes gewesen war, nicht geschafft hätte. Auch sein bester Freund, Pascal Weber, ebenfalls ein PRIOS-Agent, war ihm eine wichtige Stütze gewesen. Die beiden gaben ihm immer wieder entscheidende Tipps, wie er bestimmte Situationen während der Ausbildung bewältigen konnte. Trotzdem, die Leistung musste er alleine bringen, was ihm auch gelang. Darauf war Denis sehr stolz. Zum ersten Mal in seinem Leben hatte er das Gefühl, etwas wirklich Grosses geleistet zu haben.

Versuche, deinen Puls zu senken, indem du ruhig atmest. Vermeide jegliche Panik. Denk an die Röhre!

Die Röhre war eine gefürchtete Übung in der Ausbildung: Die angehenden Agenten wurden mit einem Atemgerät in eine Metallröhre gezwängt, die gerade gross genug war, dass man mit angezogenen Schultern darin Platz fand. Nachdem sich pro Röhre drei Kandidaten hintereinander liegend hineingezwängt hatten, wurde sie verschlossen und mit Wasser geflutet. Die Herausforderung war, in absoluter Dunkelheit und Enge den richtigen Moment zu finden, das Atemgerät zu benutzen, denn es bot nur Sauerstoff für acht Minuten. Die Übung dauerte aber zehn Minuten. Da ein panischer Mensch mehr Sauerstoff verbraucht und das Zeitgefühl verliert, war man also gezwungen, ruhig zu bleiben. Denis' Mitstreiter schafften es nicht und drückten den Panikknopf. Er aber hielt die ganzen zehn Minuten durch. Er entschied sich damals, eine Minute, bevor er das Atemgerät benutzte, und eine Minute, nachdem der Sauerstoff ausgegangen war, die Luft anzuhalten. Es war die richtige Taktik.

Langsam senkte sich Denis' Puls, er beruhigte sich. Behutsam bewegte er seine Hand in Richtung Nachttischlampe. Gerade als er sich an die Holzkante des Tischchens herantastete, packte ihn plötzlich eine Hand. Denis schrie auf, doch eine andere Hand presste ihm den Mund zu. Wie wild fing er an, um sich zu schlagen, doch durch die Überraschung und wegen der Dunkelheit befand er sich in einer fast ausweglosen Situation. Er spürte, wie ihn zwei kräftige Hände packten und ihn gekonnt auf den Rücken drehten. Sein Kopf wurde mit einer Hand hart in das Kopfkissen gepresst, die andere Hand hielt routiniert Denis' Arme auf dem Rücken in Schach. Er spürte, wie ihm ein Knie auf die Arme gelegt wurde.

«Psssst! Sei ganz ruhig und du wirst diese Sache hier überleben!», flüsterte eine Männerstimme. «Du hast keine Chance, also spiel nicht den Helden! Hast du mich verstanden?»

Denis nickte heftig mit dem Kopf. Der Angreifer lockerte den Griff um Denis' Kopf.

«So ist es brav!»

Denis drehte ganz langsam seinen Kopf zur Seite und atmete tief ein.

«Wer sind Sie und was wollen Sie hier?», presste er heraus.

«Psssst! Nicht reden, Agent Denis Benz!», antwortete die Stimme im Dunkeln leise und erstaunlich gelassen. Es klang tief und männlich und hatte fast etwas Beruhigendes.

Denis konnte hören, wie Klebeband von einer Rolle gelöst wurde. Mit ein paar schnellen Bewegungen klebte der Unbekannte Denis' Handgelenke zusammen. Anschliessend fesselte er Denis' Beine und drehte ihn wieder auf den Rücken.

Denis' Herz raste. Gerade als er fragen wollte, woher der Angreifer seinen Namen wusste, wurde ihm grob der Mund zugeklebt. Der Mann wickelte das Klebeband gleich zweimal um Denis' Kopf herum. Nun konnte er nur noch durch die Nase atmen. Ein Gefühl des Erstickens machte sich in ihm breit. Panisch versuchte er, sich aus der misslichen Situation zu befreien, musste aber schnell einsehen, dass er chancenlos war. Schweiss lief ihm über die Stirn. Er bemerkte, wie ihm das Klebeband an den Händen und Füssen allmählich das Blut abschnitt. Angestrengt versuchte er, wenigstens die Konturen des Einbrechers zu erkennen, aber in seinem Zimmer war es schwarz wie die Nacht.

Denis spürte, dass das Gewicht auf seinem Körper nachliess. Der Mann war offenbar von ihm heruntergestiegen. Er versuchte herauszufinden, wo sich der Angreifer befand und drehte seinen Kopf nach rechts. Angestrengt lauschte er. Doch er konnte nichts hören. Plötzlich flüsterte ihm der Angreifer von der anderen Seite ins Ohr:

«Hier bin ich, kleiner Agent!»

Erschrocken drehte Denis seinen Kopf. Er atmete kurz und schnell durch die Nase.

«Ganz ruhig. Je schneller du deinen Puls wieder senkst, desto angenehmer wird das Ganze für dich! Das solltest du doch wissen.» Der Mann lachte leise.

Denis konnte nun sogar den warmen Atem am Ohr spüren. Erst jetzt fiel ihm auf, dass der Mann Hochdeutsch mit ihm sprach. Es war aber ein deutlicher Akzent hörbar. Denis vermutete, dass es sich um einen Engländer oder Amerikaner handeln musste.

Mit voller Wucht schmiss Denis seinen Kopf nach links und traf auf etwas Hartes. Der Mann stiess ein kurzes «Wow!» aus.

«Jetzt wird er auch noch frech, der junge Mann!» Die Stimme klang nun etwas weiter entfernt, aber lauter. «Also wenn ich nur mit einer Unterhose bekleidet, gefesselt und geknebelt auf dem Bett liegen würde, wäre ich gegenüber dem Gast etwas freundlicher!»

Mit voller Wucht traf Denis ein Schlag im Gesicht. Denis schrie seinen Schmerz in das Klebeband, doch gegen aussen war nichts als ein leises «mmmhhh» zu hören. Instinktiv kniff er die Augen zusammen und versuchte, seinen Kopf zum Schutz einzuziehen, denn er erwartete weitere Schläge. Doch sie blieben aus. Er versuchte, sich wieder zu beruhigen. Er fühlte sich absolut hilflos. *Was will dieser Mann von mir? Warum ist er hier? Wäre er ein Dieb, dann hätte er sich bestimmt nicht bemerkbar gemacht und wäre schon längst wieder über alle Berge. Nein, er ist hier, weil er will, dass ich es mitbekomme! Aber warum?* Denis vernahm ein leises Geräusch, als ob jemand etwas mit einem Druckknopf öffnen würde. Plötzlich spürte er etwas Kaltes an seinem Hals. Es war die Klinge eines Messers!

«Was hältst du davon, wenn ich dir jetzt ganz langsam die Kehle durchschneide? Weisst du, wie schmerzhaft es ist, zu verbluten? Es würde Minuten voller Qualen für dich bedeuten. Kein sehr schöner Tod, das kann ich dir versichern. Hab es schon ein paar Mal mitansehen müssen.»

Denis atmete wieder schneller.

«Siehst du, da kann man sich zum Agenten ausbilden lassen und trotzdem kommt der Moment, wo man sich vor Angst fast in die Hose macht, weil man absolut hilflos ist. Apropos, hast du dich schon eingepisst?»

Denis hörte, wie der Mann sich bewegte.

«Bravo! Ich muss zugeben, du beeindruckst mich. Andere hätten sich in dieser Situation schon längst eingesaut!»

Denis schloss die Augen und versuchte, sich zu beruhigen. *Was hat der Mann alles gesagt? Er weiss, dass ich ein Agent bin, er ist ein Ausländer mit Deutschkenntnissen und er braucht mich lebend. Sonst hätte er mich schon längst umgebracht.* Dieser Gedanke beruhigte ihn etwas. *Aber warum weiss er, was ich trage?* Denis hatte plötzlich die Lösung. *Das ist es! Er trägt ein Nachtsichtgerät!* Augenblicklich wurde Denis klar, dass er es mit einem Profi zu tun hatte. *Von wem wurde er geschickt? Ist er von einem anderen Geheimdienst?* Die Tatsache, dass der Angreifer bestens über Denis informiert war, würde für einen anderen Geheimdienst sprechen, allerdings stand die Schweiz mit keinem Land in einem ernsten Konflikt. *Vielleicht ist er ja ein Terrorist?* Aber woher sollte er dann wissen, dass er ein

Agent war? Die Mitglieder des Geheimdienstes waren anonym. *Egal, wer dieser Typ ist, er ist mir hoffnungslos überlegen, es ist also sinnlos, sich zu wehren.*

Die Messerklinge entfernte sich wieder von Denis' Hals.

«Wie ich sehe, beruhigst du dich wieder etwas. Das freut mich! Vielleicht schneide ich dir zum Dank nicht die Kehle durch, sondern schlitze dir einfach einen Nasenflügel auf.»

Denis spürte, wie die kalte Klinge in sein linkes Nasenloch eingeführt wurde. Nun konnte er noch schlechter atmen. Denis' Panik wandelte sich langsam in Wut. Er spannte seine Muskeln an und bemerkte dabei, dass seine Beine und Hände durch das Klebeband schon fast taub waren. Weil er sich nun langsam beruhigte und die Angst allmählich verflog, gewöhnten sich seine Augen an die Dunkelheit. Doch er konnte nichts erkennen. *Wie viel Uhr ist es eigentlich?* Er hatte tief und fest geschlafen, bis er so unverhofft geweckt worden war.

Plötzlich schoss ihm der nächste Gedankenblitz durch den Kopf. *Der Radiowecker!* Denis besass einen digitalen Wecker mit LED-Anzeige. Damit ihn das Licht beim Einschlafen nicht störte, verfügte der Wecker über eine Funktion, die die LED-Anzeige auf Schwarz stellte und per Bewegungsmelder wieder aufleuchten liess. Er musste also irgendwie an das Bewegungsfeld herankommen, um die digitale Zeitanzeige auszulösen. Er hoffte, durch diese Lichtquelle wenigstens einen kurzen Blick auf seinen Angreifer werfen zu können, damit er wusste, mit wem er es zu tun hatte. Zudem wusste er aus seiner Ausbildung, dass Nachtsichtgeräte extrem lichtempfindlich waren. Eine grössere Lichtquelle würde zur vorübergehenden Blindheit des Angreifers führen, was Denis einen Überraschungsmoment bescheren würde. Zwar wusste er noch nicht, wie er diesen kurzen Moment nutzen konnte, aber es war zumindest ein Anfang.

Schnell hob er seine Beine an, warf sich mit Schwung in Richtung Nachttisch und liess seine Füsse auf gut Glück auf das Tischchen fallen. Der Radiowecker reagierte und zeigte in hellen Ziffern 03:40 an. Denis drehte seinen Kopf schnell wieder zur anderen Seite. Der Mann, offenbar überrascht von der neuen Lichtquelle, hielt sich den rechten Ellenbogen vors Gesicht. In derselben Hand hielt er auch sein Messer, das er nun zwangsläufig aus Denis' Nase gezogen hatte. Der kurze Moment verschaffte Denis einen schnellen Blick auf den Mann. Er hatte sehr kurzes, blondes Haar, markante Backenknochen und eine verhältnismässig kleine Stupsnase. Er trug eine dunkle Hose mit aufgenähten Taschen an den Seiten und ein dunkles T-Shirt. Die eine Tasche war etwas ausgebeult. Denis vermutete das Klebeband darin. Seine Oberarme und Beine wirkten sehr kräftig. Auf dem rechten Unterarm erkannte Denis deutlich eine etwa zehn Zentimeter lange, fleischige Narbe. Wie Denis vermutet hatte, trug er ein Nachtsichtgerät. Denis konnte deutlich sehen, dass der Mann links von ihm auf dem Bett kniete. Er trug am Oberkörper ein Stoffhalfter, an dem links eine Pistole befestigt war und rechts zwei kleine Magazintaschen und eine Scheide für das Messer waren.

Der Fremde schob seine Brille hoch und rieb sich mit den Händen kurz die Augen. Denis nutzte geschickt die Überraschung, zog seine gefesselten Beine an und stiess sie dem Mann mit Schwung gegen den Kopf. Der Angreifer blickte Denis für einen kurzen Moment wütend an und setzte sich wieder auf ihn. Die Digitalanzeige erlosch. Denis schloss wieder instinktiv die Augen, weil er erneute Faustschläge erwartete. Doch stattdessen spürte er, wie ihm eine dünne Schlinge aus Metall um den Hals gelegt wurde. Mit einem groben Ruck zog der Mann sie zusammen und schnürte so Denis die Luft ab.

Denis' Herz raste vor Panik. Mit mehrfachem Aufbäumen seines Körpers versuchte er, den Mann von sich hinunterzubringen, doch durch den Sauerstoffmangel erschlafften seine Muskeln bald und der Widerstand wurde immer schwächer. Nach einem kurzen Kampf verlor er das Bewusstsein.

Als Denis wieder erwachte, hatte er höllische Kopfschmerzen. Er öffnete die Augen und versuchte, sich zu orientieren. *Hab ich das alles nur geträumt?* Er versuchte, seine Hände und Beine zu bewegen, doch es ging nicht. Das alles war kein Traum gewesen! Ein fremder Mann hatte ihn mitten in der Nacht überfallen, brutal zusammengeschlagen und gewürgt. Denis' Herz schlug plötzlich ganz schnell. *Ist er noch hier?* Er blieb noch einige Minuten still liegen und lauschte angestrengt. Da war nichts zu hören. *Ist er noch in einem Nebenzimmer?* Denis hatte Angst, er kam sich hilflos vor. Noch immer lag er gefesselt und geknebelt im Dunkeln. *Ich kann hier nicht ewig so liegen bleiben!* Er wollte versuchen aufzustehen. Denis stiess sich abwechselnd mit seinen Schultern und Hüften von der Matratze ab und bewegte sich so zur Bettkante. Als er sie erreichte, richtete er sich mit einem Ruck auf, machte eine kleine Drehung und liess seine Füsse auf den Fussboden fallen. Er hatte wieder festen Boden unter den Füssen. Es war nichts zu hören. Trotzdem versuchte Denis, sich so leise wie möglich zu bewegen, falls sein Peiniger noch immer in der Wohnung war.

Denis' Kopf schmerzte höllisch und sein Hals brannte wie Feuer. Da fiel es ihm wieder ein. Der Mann hatte ihn bis zur Bewusstlosigkeit gewürgt. Der Gedanke, dass er jetzt tot sein könnte, liess ihn zusammenzucken. Ihm fiel das Atmen schwer, noch immer war sein Mund zugeklebt. Er sass einen Moment lang auf der Bettkante und versuchte, sich zu beruhigen. Er musste einen klaren Kopf bekommen, um die nächsten Schritte zu planen. Schnell war ihm klar, dass er Hilfe brauchte, und zwar dringend. Er rutschte die Bettkante entlang zu seinem Nachttisch. Als er mit seinem Knie schmerzhaft an dessen Kante stiess, beugte er sich vor, um irgendwie an das Funktelefon zu kommen, das auf dem Nachttisch stand. Als er sich mit seiner Nase am Radiowecker vorbeitastete, begann die LED-Anzeige wieder zu leuchten. Sie zeigte 04:40 an. Erstaunt blickte er einen kurzen Moment auf die Uhr. Ihm wurde schlagartig klar, dass er fast eine

Stunde ohnmächtig gewesen war! Er kniff seine Augen zusammen und konzentrierte sich wieder darauf, das Telefon zu finden. Denis konnte das Licht gut gebrauchen, denn so sah er wenigstens etwas. Doch zu seinem Ärger stand das Telefon nicht mehr in der Station. Er hatte es wohl bei seiner Aktion, die LED-Anzeige zum Leuchten zu bringen, von der Station gefegt. Er schaute sich erst auf, dann neben dem Nachttisch um. Die LED-Anzeige erlosch wieder. Erneut beugte er sich vor und berührte mit seiner Nasenspitze den Wecker. Die Ziffern spendeten wieder Licht. Da war es! Das Telefon lag neben dem Nachttisch am Boden. Denis liess sich schnell auf seine Knie fallen, beugte sich nach unten und begann das Telefon mit seiner Nase in die richtige Richtung zu drehen. Er beeilte sich, denn er wollte wählen, solange die LED-Anzeige ihm noch Licht spendete. Mit seiner Nasenspitze drückte er eine Taste nach der anderen. Dabei musste er immer wieder kurz mit seinem Kopf hochkommen, damit er die Ziffern anschauen konnte. Nachdem er Pascals Nummer mühsam eingetippt hatte, drückte er mit seiner Nasenspitze auf die grüne Hörertaste. Anschliessend drehte er seinen Kopf zur Seite und legte sein linkes Ohr auf das Telefon. Die Digitalanzeige der Uhr erlosch wieder, aber das war ihm jetzt egal. Gebannt lauschte er. Sein Herz pochte wild. Es ertönte ein Freizeichen!

«Hallo?», fragte eine verschlafene Stimme am anderen Ende.

Denis erkannte die Stimme sofort, es war Pascal. Ein Glücksgefühl machte sich in ihm breit. Er hob wieder seinen Kopf an und schrie so gut es ging in die Sprechmuschel. Doch es ertönte nur ein «mmhhmm». Gleich danach legte er wieder sein Ohr auf die Hörmuschel.

«Hallo? Wer ist da?», fragte Pascal erstaunt und schlaftrunken nach.

«Mmhhmm!»

«Moment mal ...»

Denis hörte, wie sich Pascal stöhnend im Bett aufrichtete.

«Denis? Bist du das?» Offenbar hatte Pascal nun Denis' Nummer auf dem Display erkannt.

Verzweiflung machte sich in Denis breit. Wieder schrie er, so gut es ging, ins Klebeband.

«Mmhhmm!»

«Machst du einen Scherz mit mir? Um diese Uhrzeit?»

«Mmhhmm!» Denis bekam kaum noch Luft durch seine Nase.

«Denis, steckst du in Schwierigkeiten?» Mit einem Mal wurde Pascals Stimme deutlich und klar.

«Mmhhmm!»

«Okay, ganz ruhig! Antworte mit einmal Stöhnen, wenn du Ja sagen willst und stöhne zweimal bei Nein. Ich frage dich nochmals: Steckst du in Schwierigkeiten?»

«Mmhhmm!», stöhnte Denis kurz und erschöpft in die Muschel.

«Okay! Das habe ich verstanden. Einfach, damit es keine Missverständnisse gibt: Bist du betrunken?»

Denis stöhnte zweimal.

«Ernste Schwierigkeiten? Ich meine, gefährliche?», hakte Pascal rasch nach.

«Mmhhmm!»

«Bin unterwegs! Mach dir keine Sorgen, ich hole Hilfe!» Er hängte danach sofort auf.

Denis liess sich flach auf den Boden fallen, rollte sich auf den Rücken und schloss für einen kurzen Moment die Augen. Es beruhigte ihn, dass Pascal ihm zuhilfe kam. Nach und nach senkte sich sein Puls und er bekam wieder mehr Luft.

Eine Weile lang lag er einfach nur so da. Vieles ging ihm durch den Kopf. Seine Familie, seine Freunde, sein Leben. Immer mehr wurde ihm bewusst, wie nahe er dem Tod gewesen war. Doch am schlimmsten war das Gefühl der kompletten Hilflosigkeit. Denis war schon immer ein Stehaufmännchen gewesen. Nie hatte er das Gefühl gehabt, nicht mehr Herr der Lage zu sein, doch nach dieser Nacht fühlte er sich verletzbar, schwach und leer. Noch immer war es stockdunkel im Zimmer. Wenigstens hatte Denis jetzt die Gewissheit, dass der fremde Mann nicht mehr da war und dass Hilfe unterwegs war. Er schloss wieder die Augen und versuchte, sich zu entspannen.

Wildes Klingeln holte Denis in die Realität zurück. Denis wusste, Pascal war gekommen. Einen kurzen Moment später hörte er, wie mehrere Personen eilig und laut das Treppenhaus hinaufrannten. Dann polterte jemand heftig gegen die Tür.

«Denis! Denis, kannst du mich hören?» Es war Pascal.

Denis hörte, wie Pascal einem anderen Mann den Befehl gab, die Tür aufzubrechen. Kurz darauf ertönte ein lautes Krachen und mehrere Personen betraten die Wohnung.

«Denis! Wo bist du?», schrie Pascal.

«Mmhhmm!», gab Denis sich zu erkennen. Er hörte, wie sich die Schritte dem Schlafzimmer näherten. Der Lichtkegel der Taschenlampe wurde immer grösser. Plötzlich ging das Deckenlicht an. In der Tür stand sein Freund Pascal, eine Hand noch am Lichtschalter, in der anderen Hand hielt er eine Pistole, mit der er in den Raum zielte.

«Scheisse!» Schnell drehte Pascal den Kopf in Richtung Hausflur. «Er ist hier! Ich habe ihn gefunden!» Danach steckte er seine Waffe weg und rannte zu Denis.

Denis blinzelte heftig, er musste sich an das plötzliche Licht erst wieder gewöhnen. Pascal kniete sich neben ihn nieder und begann, die Fesseln zu lösen. Als er bemerkte, dass das Klebeband zu fest sass, griff er an seinen Waffengurt und holte ein Messer hervor. Mit ein paar geschickten Bewegungen schnitt er erst einmal das Klebeband am Mund auf. Denis holte tief Luft.

«Gott sei Dank bist du da! Ich habe eben die Hölle durchgemacht!»

Pascal begann, das Klebeband an den Händen durchzuschneiden.

«Mein Gott, was ist denn hier passiert?» Pascal klang schockiert.

Nach und nach kamen immer mehr Menschen ins Schlafzimmer, teils Polizisten in Uniform, teils Agenten des NDCH. Zögerlich blieben sie im Türrahmen stehen und blickten zu Denis. Keiner wagte, etwas zu sagen, bis ein Polizist das Schweigen brach.

«Die Wohnung ist sauber! Wer auch immer hier war, ist jetzt weg.»

Pascal wandte sich kurz dem jungen Polizisten zu.

«Gut. Und jetzt rufen Sie schnell einen Krankenwagen!»

«Ich brauche keinen Krankenwagen, mir geht es gut!» Denis' Hände waren nun wieder frei und er rieb sich seine geschwollenen Handgelenke.

Pascal drehte sich wieder zu Denis, fasste ihn am Kinn und betrachtete ihn eingehend.

«Und ob du einen Arzt brauchst. Man hat dich ganz schön übel zugerichtet!» Pascal fuhr mit seiner Hand über die wunde, blutende Stelle am Hals. «Mein Gott, hat man dich gewürgt?»

Erst jetzt bemerkte Denis, wie sehr ihn die linke Seite seines Kinns und der Hals schmerzte. Während Pascal ihn von den Fussfesseln befreite, rieb sich Denis den Hals, dann schaute er auf seine Hände. Sie waren blutverschmiert! Denis wischte sich schnell die Hände an seinen Oberschenkeln ab. Er wusste nicht warum, aber aus irgendeinem Grund wollte er Pascal nicht noch mehr beunruhigen.

Mit einem Ruck entfernte Pascal das Klebeband von den Füssen. Denis schrie leise auf, offenbar hatte Pascal ihm noch ein paar Haare an seinen Beinen ausgerissen.

«Entschuldigung.» Pascal drehte sich wieder zur Tür, noch immer standen da die Männer wie angewurzelt. «Na, was ist! Tut was! Wenn ihr einfach nur rumsteht, wird niemandem geholfen!»

Die Männer verteilten sich in der ganzen Wohnung. Danach schaute Pascal Denis wieder in die Augen.

«Das wird jetzt etwas unangenehm.»

«Was?», fragte Denis erstaunt.

Pascal zeigte mit der Messerspitze auf seinen Kopf.

«Ich habe erst einmal den vorderen Teil des Klebebandes an deinem Mund abgeschnitten, aber da klebt noch ein grosser Teil in deinen Haaren. Und ich weiss ja, wie wichtig dir deine Haare sind!» Pascal fing an zu lächeln.

«Ach, egal!» Denis winkte gleichgültig ab und grinste ebenfalls. Für einen Moment fühlte er sich besser.

Pascal versuchte, das widerspenstige Klebeband mit einem Ruck von Denis' Haar zu lösen, doch der Versuch misslang.

«Au!», schrie Denis.

«Nun sei mal keine Memme!» Wieder riss Pascal am Klebeband und wieder löste sich nur ein kleines Stück.

«Das tut ganz schön weh!» Denis fuhr sich mit seiner rechten Hand über den Hinterkopf.

Pascal verdrehte die Augen.

«Warum musst du auch so lange Haare haben? Ich habe dir schon immer gesagt, schneide sie ab. Dann wärst du jetzt auch nicht in dieser Lage!» Er musste grinsen. «Wir könnten es auch vereinfachen, ich schneide sie dir jetzt gleich ab.»

Denis hatte dichtes, braunes, halblanges Haar und war sehr stolz darauf. Zudem wusste er, dass die Damenwelt seine Haare ganz besonders mochte, weshalb er sie mit Hingabe pflegte.

«Kein Stück wird abgeschnitten, verstanden! Nicht ein Haar!»

Nach einigen weiteren, schmerzhaften Minuten war Denis vom Klebeband befreit.

«Komm, setz dich erst einmal hin», schlug Pascal vor.

Denis nickte. Pascal stand auf, griff Denis unter seine rechte Achsel und half ihm, wieder auf die Füsse zu kommen. Mühsam rappelte sich Denis auf. Er spürte seine Füsse wegen der Blutleere noch immer nicht, weshalb er seinen Arm um Pascal legte und sich von ihm fast tragen liess. Gemeinsam humpelten sie ins Wohnzimmer. Denis liess sich aufs Sofa fallen.

«Willst du etwas trinken? Essen? Brauchst du irgendwas?», fragte Pascal besorgt. «Ja, eine frische Unterhose und etwas zu trinken bitte.» Denis grinste.

«Kriegst du, mein Freund.» Pascal lächelte gequält.

Ein weiterer Agent des NDCH kam zu ihnen. Es war Martin Klossner, ein einundfünfzigjähriger, fülliger Agent mit schütterem, grauem Haar. Er trug einen langweiligen, dunkelgrauen, etwas zu eng sitzenden Anzug, dazu eine Krawatte, die an die Siebzigerjahre erinnerte. Klossner war nicht sehr beliebt und er passte wegen seiner unsportlichen Figur und seines ungepflegten Äusseren auch gar nicht ins Team des NDCH. Normalerweise wurden Agenten in seinem Alter, die nicht mehr über die nötigen physischen Mindestanforderungen verfügten, in den Inneren Dienst berufen. Klossner aber nicht, was für alle ein Rätsel war. Obwohl er schon seit fünfundzwanzig Jahren beim Geheimdienst arbeitete, war er nie in die Spezialabteilung PRIOS berufen worden, dennoch hielt er sich für etwas Besonderes. Dementsprechend gross war seine Abneigung gegen Denis, der frisch von der Ausbildung direkt bei PRIOS aufgenommen worden war. Und das gab er Denis auch bei jeder Gelegenheit gerne zu spüren.

Denis bemerkte, wie Klossner sich im Wohnzimmer umschaute. Dabei presste er beeindruckt seine Lippen aufeinander, wobei sich ein Grübchen in seinem fleischigen Kinn abzeichnete. Klossner zog arrogant einen Schreibblock aus seiner Brusttasche.

«So möchte ich auch einmal leben. Direkt neben dem Bundeshaus, an bester Lage und nur Designermöbel. Und das alles mit einem Anfängergehalt.» Er drehte sich zu Denis. «Nun Superagent Denis, erzähl mal, was hier passiert ist.»

«Hey!», fuhr Pascal grob dazwischen. «Nun lass ihn doch erst einmal zur Ruhe kommen! Der Mann wurde gerade überfallen, verdammt noch mal! So geht man doch nicht mit einem Kollegen um!» Pascals Wut war ihm deutlich anzusehen.

Denis liess sich nicht provozieren. Er kannte diese Vorurteile gegenüber seiner Person und seiner Herkunft aus einer einflussreichen Berner Familie. Er musste sogar verstohlen grinsen. Pascal, gerade mal neunundzwanzig Jahre alt, belehrte seinen älteren Kollegen.

Klossner starrte Pascal verdutzt an. Wortlos steckte er seinen Schreibblock wieder in die Brusttasche und ging mit beleidigtem Gesichtsausdruck ins Schlafzimmer.

«Holt Denis doch mal ein Glas Wasser und was zum Anziehen!», befahl Pascal.

Die anderen zwei Kollegen vom NDCH, offenbar eingeschüchtert von Pascals Wutausbruch, führten den Befehl sofort aus. Ein etwas älterer Polizist machte sich hinter Pascal mit einem Räuspern bemerkbar. Pascal drehte sich um.

«Entschuldigen Sie, wenn es Ihnen nichts ausmacht, dann fordere ich jetzt das Spurensicherungsteam an.»

«Ja, tun Sie das. Und dass mir keiner hier irgendetwas anfasst, bevor die Kollegen von der Spurensicherung hier sind! Habt ihr verstanden!» Pascals Stimme wurde wieder lauter. Er schaute auf seine Uhr. «Und wo ist der verdammte Krankenwagen! Schafft mir sofort einen Krankenwagen mit einem Arzt her!» Pascal setzte sich zu Denis. Er legte ihm eine Hand auf die Schultern und blickte ihn mit grossen Augen an.

Doch bevor Denis etwas sagen konnte, kam ein Polizist mit einem Glas Wasser und einem Jogginganzug. Beides übergab er wortlos Pascal. Pascal hielt Denis das Glas hin.

«Hier, trink erstmal.»

Denis griff nach dem Glas und trank einen grossen Schluck, doch sein Hals brannte wie Feuer. Er verzog das Gesicht und hielt sich die Hand an den Hals. Sanft massierte er seine Gurgel.

Pascal schaute sich die Narbe am Hals etwas genauer an. Der Abdruck der Schlinge war deutlich erkennbar.

«Junge, Junge, da hat einer wohl ganz schon zugedrückt!» Dann schaute er sich den Bluterguss auf Denis' linker

Gesichtshälfte an. Dabei verzog er säuerlich das Gesicht. «Oh, das ist aber auch heftig!»

«Bin ja noch am Leben, das ist die Hauptsache.» Denis lächelte gequält. Er hörte, wie sich eine Sirene näherte.

«Ah, die Ambulanz!» Pascal schaute auf die Uhr. «Wurde aber auch Zeit. Jetzt verarzten wir dich erst einmal gründlich und dann kannst du mir erzählen, was denn genau passiert ist. Okay?»

«Gut.» Denis räusperte sich. Das Sprechen fiel ihm immer noch schwer. Er blickte aus dem Fenster. Er sah, dass es bereits hell wurde. Er blickte auf seine Uhr, es war kurz vor sechs.

«Neue Uhr?» Pascal versuchte, Denis abzulenken.

«Ja! Eine ORIS BC4, eine Helikopterpilotenuhr. Hab ich von meinen Eltern geschenkt bekommen.» Denis antwortete leise und etwas heiser.

«Du und deine Uhren. Möchte wissen, wann du jemals eine Helikopterpilotenuhr brauchen wirst! Bei einer Uhr muss man die Zeit ablesen können und damit basta!» Pascal lächelte. Freundschaftlich klopfte er Denis auf die Schulter.

«Du hast ja keine Ahnung von Uhren! Das sind Schmuckstücke! Geldanlagen! Das ist Ausdruck eines Lifestyles!»

«Die ‹Sanis› sind hier!», rief eine Stimme aus dem Flur.

Pascal stand sofort auf.

«Sie sollen direkt ins Wohnzimmer kommen!», befahl er.

Zwei Sanitäter und eine Ärztin, beladen mit schweren Metallkoffern, betraten den Raum. Die Ärztin ging in die Hocke, klappte ihren Koffer auf und nahm Gummihandschuhe heraus. Denis schätzte sie auf etwa dreissig. Sie gefiel ihm. Sofort strich er sein zerzaustes Haar glatt. Die Ärztin stand auf, beugte sich zu Denis vor und fixierte ihn mit ihren blauen Augen.

«Guten Morgen, Herr Benz, mein Name ist Stephanie Kron. Wie fühlen Sie sich?» Ihre Stimme war warm und freundlich. Vorsichtig griff sie an Denis' Kinn und betrachtete sich die Wunden näher.

«Nun ja, eigentlich ganz gut, bis auf die kleinen Blessuren hier.» Er zeigte kurz auf sein Kinn und den lädierten Hals.

Pascal schüttelte fast unbemerkt den Kopf und lächelte dabei. Er hatte sofort bemerkt, dass Denis die Frau gefiel und er den harten Mann markieren wollte.

«Darf ich Sie fragen, wie das passiert ist?», fuhr die Ärztin fort.

«Ich wurde überfallen.» Denis wurde wieder ernst. Seine Antwort holte ihn in die Realität zurück.

Die Ärztin hielt kurz inne und blickte ihm wieder in die Augen. Denis glaubte, etwas zwischen Faszination und Mitleid in ihrem Blick zu erkennen.

Nachdem sie sich wieder gefasst hatte, lächelte sie freundlich.

«Darum das grosse Polizeiaufgebot.» Sie drückte sanft Denis' Kinn nach oben und schaute sich die Wunde am Hals an.

«Wurden Sie gewürgt?», fragte sie fast erschrocken.

«Ja. Der Kerl scheint mich nicht gemocht zu haben.» Er versuchte, über seinen Witz zu lachen, doch es gelang ihm nicht wirklich.

Abrupt liess die Ärztin von ihm ab und ging wieder vor ihm in die Knie. Mit grossen Augen schaute sie ihn an.

«Wie lange hat er Sie gewürgt?», hakte sie erschrocken nach.

«Wie lange? Meinen Sie in Minuten oder Sekunden?»

«Es ist egal, Herr Benz, wie Sie es mir beschreiben. Für mich ist es aber sehr wichtig, eine ungefähre Vorstellung davon zu bekommen. Wie lange kam es Ihnen denn vor?» Die Ärztin gab Denis mit einem ernsten Gesichtsausdruck zu verstehen, dass sie nicht zum Spassen aufgelegt war.

Denis massierte sich verlegen sein Genick mit seiner rechten Hand und schaute dabei kurz zu Pascal rüber.

«Eigentlich kann ich Ihnen die Frage nicht korrekt beantworten …»

«Warum?», fragten die Ärztin und Pascal fast gleichzeitig.

«Weil…», er zögerte. «Weil mich dieser Typ bis zur Bewusstlosigkeit gewürgt hat.»

«Scheisse! Das ist nicht gut!», entfuhr es Pascal.

Die Ärztin, nun offenbar auch alarmiert, stand wieder auf, griff in ihre Westentasche und holte eine kleine Taschenlampe hervor. Damit leuchtete sie Denis in die Augen. Denis musste wegen des Lichts heftig blinzeln, bekam aber trotzdem mit, wie sich die Sanitäter im Hintergrund entsetzt anschauten. Er wurde unruhig. Offenbar war die Lage doch ernster, als er sie eingeschätzt hatte. Nachdem die Ärztin Denis in beide Augen geleuchtet hatte, knipste sie die Taschenlampe wieder aus und steckte sie in ihre Westentasche zurück.

«Ist Ihnen schlecht?»

«Nein.»

«Kopfschmerzen?»

«Ein bisschen.»

«Sehen Sie die Dinge verschwommen?»

«Nein, deutlich und klar.»

«Schwindel?»

«Wenn Sie mich weiter so mit Fragen löchern, ganz bestimmt.» Denis grinste.

«Haben Sie Denklücken?», fuhr die Ärztin unbeirrt fort.

«Denklücken?»

«Amnesie! Haben Sie Gedächtnislücken?», fragte die Ärztin ernst.

«Nicht, dass ich wüsste.» Denis zuckte mit den Schultern.

«Wie heissen Sie mit vollem Namen?»

«Denis Benz.»

«Wie alt sind Sie?»

«Dreiunddreissig.»

«Welche Schuhgrösse haben Sie?»

«Zweiundvierzig. Wollen Sie auch noch meine Telefonnummer?», antwortete Denis grinsend.

«Herr Benz, wenn man bis zur Bewusstlosigkeit gewürgt wird, führt das in den meisten Fällen zu ernsthaften Schäden des Gehirns, weil es über einen gewissen Zeitraum keinen Sauerstoff bekommt. Oft sind diese Schäden sogar irreparabel. Bitte beantworten Sie meine Fragen mit dem nötigen Ernst!»

Das sass. Denis schluckte. Sofort meldete sich wieder sein Hals zurück, er brannte wie Feuer.

«Was haben Sie gestern Abend, bevor Sie ins Bett gegangen sind, gemacht?», fuhr die Ärztin fort.

«Ich habe eine Pizza gegessen, die ich mir telefonisch bestellt hatte, trank dazu ein Bier und habe noch etwas ferngesehen.»

«Was haben Sie geschaut?»

«Es ging um russische Frauen, die sich zwecks Heirat an biedere Deutsche vermitteln liessen.»

Die Ärztin richtete sich wieder auf und drehte sich zu den Sanitätern.

«Desinfizieren Sie die Wunden, geben Sie ihm eine Beruhigungstablette und fixieren Sie seinen Kopf mit einer Nackenstütze. Anschliessend transportieren Sie ihn für eine gründliche Untersuchung ins Krankenhaus.»

«Ich hole schon mal die Bahre und die Nackenstütze.» Schnell eilte einer der Sanitäter aus dem Raum.

Der andere schob seinen Koffer zu Denis hin und fing an, die Wunden zu behandeln.

«Ich muss nicht ins Krankenhaus!», protestierte Denis lauthals. «Und eine Nackenstütze brauche ich auch nicht! Mir geht es gut!»

Pascal machte einen Schritt auf die Ärztin zu. Er wirkte besorgt.

«Ist sein Zustand kritisch?»

«Das kann ich jetzt noch nicht sagen. Immerhin hat er keine Erinnerungslücken, was ein gutes Zeichen ist.» Die Ärztin streifte ihre Gummihandschuhe wieder ab.

«Hallo! Ich bin auch noch hier! Man redet nicht über Anwesende in der dritten Person!», protestierte Denis.

Klossner betrat wieder das Wohnzimmer und ging zu Pascal.

«Die Kollegen von der Spurensuche sind da», sagte er kurz angebunden.

«Gut, sie sollen gleich im Schlafzimmer anfangen», befahl Pascal selbstbewusst.

Klossner blieb wie angewurzelt stehen. Pascal, der sich schon wieder zur Ärztin gewandt hatte, drehte sich noch einmal erstaunt zu Klossner um.

«Ist noch was?»

«Braucht es uns und die Polizisten noch? Ich meine, wir sind doch fertig, oder?»

«Ist gut, ihr könnt gehen.»

«Also gut, dann sehen wir uns nachher im Büro.» Klossner ging in Richtung Flur. Unverhofft drehte er sich nochmals zu Denis um.

«Gute Besserung, Denis», stiess er trocken hervor und verliess den Raum.

Denis hörte, wie Klossner den anderen zurief, dass sie gehen konnten. Mit einem Mal wurde es ruhiger in seiner Wohnung. Denis suchte wieder Augenkontakt mit der Ärztin.

«Hören Sie, ich fühle mich gut. Ich muss nicht ins Krankenhaus.»

Nun mischte sich Pascal ein, bevor die Ärztin etwas sagen konnte.

«Denis! Das ist nur zu deinem Besten! Tu mir den Gefallen und mach, was die Ärztin gesagt hat, okay?»

Der andere Sanitäter kam inzwischen mit einer Rollbahre aus Metall und der Nackenstütze zurück.

«Dass es in diesen Wohnungen in der Innenstadt nie einen Lift gibt!», fluchte er leise vor sich hin. Mit ein paar geschickten Handgriffen richtete er die Bahre auf. Er wandte sich an seinen Kollegen.

«Bist du fertig?»

«Ich bin so weit!», quittierte dieser und griff Denis sogleich unter seine Arme.

Denis schüttelte ihn beleidigt ab, stand auf, zog seinen Jogginganzug an, stieg demonstrativ gelassen auf die Bahre und legte sich hin.

Pascal schüttelte verständnislos seinen Kopf.

«Würden Sie bitte Ihren Kopf kurz anheben, damit ich Ihnen die Nackenstütze noch anziehen kann?», fragte der Sanitäter freundlich.

«Brauch ich nicht.» Denis winkte ab.

Nun trat die Ärztin zur Bahre und blickte Denis in die Augen. Ihr Gesichtsausdruck wirkte genervt.

«Herr Benz, bei einer solch extremen Strangulation wird nicht selten das Genick in Mitleidenschaft gezogen. Im schlimmsten Fall braucht es nur noch ein leichtes Kopfschütteln von Ihnen und Ihr Genick bricht. Bitte lassen Sie sich jetzt die Nackenstütze anlegen!»

Die Ansprache zeigte Wirkung. Widerstandslos fügte sich Denis.

Plötzlich klingelte Pascals Mobiltelefon.

«Hallo? Guten Morgen, Herr Frech.»

Denis horchte sofort auf. Maximilian Frech war der Chef des NDCH und zugleich auch der Leiter der Sonderabteilung PRIOS. Da Denis' Kopf nun fixiert war, konnte er sich nicht mehr zu Pascal drehen. Gespannt lauschte er.

«Ja, er ist gerade neben mir, oder besser gesagt, er liegt neben mir ... Ja, es war ein ziemlich heftiger Überfall ... Das kann ich jetzt noch nicht sagen, sie wollen ihn erst ins Krankenhaus fahren ...»

Denis bemerkte, wie Pascal leiser wurde und sich abdrehte.

«Man hat ihm ziemlich übel mitgespielt, er wurde bis zur Ohnmacht stranguliert ... Nein, ich hoffe nicht ...» Pascal flüsterte nun fast und wollte den Raum verlassen.

«Hey Kollege, bleib mal schön hier! Was sagt er?», schrie Denis. Die Sanitäter hatten ihn inzwischen mit zwei breiten Gurten an der Bahre festgezurrt und bewegungsunfähig gemacht.

«Moment, ich glaube, er will mit Ihnen reden.»

Denis hörte, wie Pascal zu ihm zurückkam. Er beugte sich über ihn und hielt ihm das Telefon ans Ohr.

«Der Chef will mit dir reden.» Da Denis' Hände nun nicht mehr frei waren, blieb Pascal neben der Bahre stehen und hielt das Telefon.

«Hallo?», schrie Denis etwas zu laut ins Telefon.

«Guten Morgen, Herr Benz. Das war wohl kein besonders glücklicher Einstand bei PRIOS, nicht wahr? Wie geht es Ihnen?» Frechs Stimme klang besorgt.

«Abgesehen davon, dass ich innerhalb von vier Stunden zum zweiten Mal gefesselt auf einer Matratze liege, eigentlich ganz gut.»

«Sie haben Ihren Humor noch nicht verloren, das ist schon mal ein gutes Zeichen.» Frechs Antwort klang gequält. «Hören Sie, Herr Benz, ich werde alle mir zur Verfügung stehenden Mittel einsetzen, um diesen Bastard zu finden, der Ihnen das angetan hat. Das ist ein Versprechen!»

«Gut! Und wenn Sie ihn haben, dann geben Sie mir zehn Minuten alleine mit ihm, okay?»

«Abgemacht.»

«Darf ich Sie noch etwas fragen, Herr Frech?

«Klar. Schiessen Sie los.»

«Haben Sie eine Vermutung, wer mich umbringen wollte?»

«Man wollte Sie nicht umbringen, nur einschüchtern», stellte Frech unvermittelt fest.

Die Antwort kam so schnell, dass Denis misstrauisch wurde. Der weiss doch etwas! Frech machte eine Pause. Er räusperte sich.

«Ich möchte ehrlich mit Ihnen sein, Herr Benz.» Wieder machte Frech eine Pause. Er schien sich seine Worte genau zu überlegen.

Denis' Herz schlug bis in den Hals.

«Ich habe da so eine Vermutung.»

«Sie haben da eine Vermutung?» Denis' Empörung war ihm anzumerken. Er konnte hören, wie Frech schwer schluckte und tief Luft holte. Denis wurde nervös. Die Antwort liess für seine Begriffe zu lange auf sich warten.

«Ich möchte das nicht am Telefon mit Ihnen besprechen, dafür ist die Sache zu delikat. Fahren Sie erst einmal ins Krankenhaus, lassen Sie sich untersuchen und dann besprechen wir alles in meinem Büro.»

«Bei allem Respekt, ich habe gerade die schlimmste Nacht meines Lebens hinter mir! Ich denke, eine etwas präzisere Erklärung sind Sie mir schon schuldig!»

«Nicht am Telefon!», antwortete Frech forsch.

«Doch! Jetzt und hier!»

«Also gut, so viel darf ich Ihnen am Telefon verraten.» Wieder folgte eine Pause. «Ich vermute, Sie sind da, ohne Ihr Zutun, in eine ganz böse Geschichte hineingeraten!»

Kapitel 2: Schweiz, Bern, Donnerstag, 2. Juli, 09:00

Ben Pecks schaute auf seine Uhr, es war kurz nach neun. Eigentlich hiess er mit vollem Namen Benedict Christopher Pecks, doch er mochte seinen Namen nicht. Er klang ihm zu christlich, zu katholisch.

Nach seinem Auftrag war Ben direkt ins Hotel zurückgekehrt, hatte ein paar Tabletten eingeworfen und versucht zu schlafen. So hatte er es in seiner militärischen Elite-Ausbildung damals gelernt. Schnell zuschlagen, Mission erfüllen, Rückzug zur Basis. Eine Taktik, die er durch seine vielen Einsätze in Afghanistan verinnerlicht hatte. Doch seit seiner Rückkehr aus dem Krieg gelang es ihm nur selten, Schlaf zu finden. So auch in dieser Nacht. Trotz der starken Tabletten. Immer wieder hatte er diese Bilder vom Krieg im Kopf, die er einfach nicht mehr loswurde.

Ben richtete sich im Bett auf, stöhnte und kratzte sich am Kopf. Dann drehte er sich zur Bettkante und setzte sich hin. Er rieb sich mit Daumen und Zeigefinger die Müdigkeit aus den Augen. Viele Schachteln und Gläschen lagen in einem wilden Durcheinander auf dem Beistelltischchen. Ben nahm zwei Schachteln, prüfte deren Namen und drückte zwei Tabletten pro Schachtel aus der Blisterpackung. Er blickte kurz die blauen und gelben Kapseln an, atmete tief durch, warf sie mit der flachen Hand ein und schluckte sie runter. Für einen kurzen Moment verzog er das Gesicht. Mit einem heftigen Kopfschütteln vertrieb er den bitteren Geschmack der Tabletten. Obwohl Ben nun schon seit sechs Jahren dieses Pillenmeer schluckte, gewöhnte er sich nicht an die Bitterkeit. Einzig das Runterschlucken ohne Wasser hatte er sich inzwischen angewöhnt. Musste er auch, denn in Afghanistan war Wasser rar, man verschwendete keinen Tropfen, erst recht nicht für Pillen.

Ben schaute sich im Zimmer um. Er war in einem einfachen Hotel mitten in Bern einquartiert. Es war nichts Besonderes, aber das war ihm egal. Er kannte nicht einmal den Namen des Hotels. Für ihn war nur wichtig, dass er wusste, wo es war und wie man wieder dahin zurückkam. Namen interessierten ihn nicht. Im Zimmer gab es ein einfaches Bett, einen Schrank, der ziemlich aus der Mode gekommen war, einen Fernseher, der auch schon bessere Tage gesehen hatte, und einen einfachen Holztisch mit Stuhl. Gleich hinter dem Tisch spendete ein Fenster Licht. Auf dem Tisch stand sein Laptop, das externe Sprechmikrofon war noch eingesteckt. Neben dem Computer lag sein Nachtsichtgerät und eine Rolle Klebeband. Auf dem Stuhl vor dem Tisch lagen unordentlich eine schwarze Hose und ein schwarzes T-Shirt. Über der Stuhllehne hängte sein Waffengurt. Die Pistole steckte ordentlich im Halfter und das Messer in der Scheide. Im Gegensatz zu den Kleidern platzierte er seine Waffe immer ganz ordentlich. Sie musste stets in Griffnähe sein. Auch das hatte er im Dienst gelernt.

Ben stöhnte und fuhr sich durch sein kurz rasiertes Haar. Er hatte einen typischen Soldatenschnitt, rundherum fast kahl rasiert, oben etwa fünf Millimeter lange Haare. Ben Pecks war ein desertierter Angehöriger der amerikanischen Armee. Nach seiner militärischen Ausbildung bei der Elitetruppe Navy Seals wurde er zu seiner eigenen Überraschung nach Afghanistan berufen. Eigentlich wurden die legendären Seals für den Wasserkampf ausgebildet, zumindest befand sich ihr Einsatzgebiet immer in Küstennähe. Doch er wurde in eine Spezialeinheit nach Afghanistan berufen. Dort war er der einzige Seal unter vielen Rangern, Angehörigen der Festlandelite der U.S. Army. Schon beim Einrücken ins Kriegsgebiet fühlte er sich von seiner Armee, die ihm alles bedeutete, im Stich gelassen. Ben war damals sechsundzwanzig Jahre alt. Oft stichelten ihn seine Kameraden mit Sprüchen wie «Hey Seal, hast du nicht deine Flossen vergessen?» oder «Hier kommt der Mann, der mit seiner Harpune einem Taliban den Turban auf dreihundert Meter Entfernung wegschiessen kann.» Es gab Ben kein gutes Gefühl, in einen Krieg zu ziehen, der nicht seiner war, und sein Leben Kameraden anzuvertrauen, die ihn stets verspotteten. So kam es, dass sich Ben in seiner Spezialeinheit in Afghanistan immer mehr isolierte und zum Aussenseiter wurde. Zunehmend wurde er frustrierter und stellte mehr und mehr den Krieg und Amerikas Einsatz in Afghanistan in Frage.

Ben Pecks war Mitglied der Taskforce 373, kurz TF 373. Die Aufgabe dieses etwa dreihundert Mann starken Elitekommandos war es, besonders heikle Fälle schnell und lautlos zu erledigen. Offiziell wurde die TF 373 in keinem Papier erwähnt, sie existierte nicht. Ihre Basis hatte sie im Norden Afghanistans, im Camp Marmal. Eigentlich ein deutsches Feldlager, da die deutschen Truppen für den Norden zuständig waren. Die Einquartierung bei den Deutschen vereinfachte für die amerikanische Armeeführung die Geheimhaltung der Existenz dieser Truppe. Zudem lag das Camp Marmal direkt an einem militärischen Flughafen, was für die TF 373 von grosser Bedeutung war. Ihre Aufträge mussten immer schnell und ohne grosses Aufsehen erledigt werden.

Acht Jahre lang war Ben Teil dieser Einheit gewesen, die ehrfürchtig von den anderen Soldaten «Die Todesschwadron» genannt wurde. Die Aufträge waren stets politisch höchst brisant, entsprachen nie den Genfer Konventionen und zeugten von einer beispiellosen Brutalität. Sie machten keine Gefangenen, sie töteten immer. Ben bekam mit den Jahren immer grössere psychische Probleme, wie viele Soldaten der TF 373. Damit die Männer plötzlich nicht doch so etwas wie ein Gewissen bekamen, verabreichte man ihnen Psychopharmaka. Am Anfang noch kleine Dosen, doch wurden sie stets erhöht und ergänzt, da deren Wirkung schnell nachliess. Ben gehörte auch zu den Pillenjunkies, wie sie im Camp genannt wurden. Das einzig Positive, das Ben aus dieser Zeit mitnehmen konnte, war, dass er durch den steten Kontakt mit den deutschen Soldaten im Camp ein nahezu fehlerfreies Deutsch lernte.

Eines Tages wurde Ben zu einem Einsatz in die afghanische Provinz Paktika geflogen. Er wurde zusammen mit zwanzig anderen in der Nähe des Dorfes Faquiran, nahe der pakistanischen Grenze, ausgesetzt. Ihre Aufgabe war es, einen hohen Talibanführer, der in diesem Dorf vermutet wurde, ausfindig zu machen und sofort zu eliminieren, inklusive seiner Gefolgschaft. Ben stürmte in der Dämmerung mit seiner Truppe das Dorf, sie eröffneten sofort das Feuer. Eine Hand voll Taliban leisteten heftigen Widerstand, aber die TF 373 war ihnen an Waffen und Professionalität weit überlegen. Sie metzelten das ganze Dorf nieder, samt Frauen und Kindern. Skrupellos und befehlsgerecht eliminierten sie jeden Menschen in diesem Dorf. Anschliessend stellten sie fest, dass der gesuchte Anführer nicht unter den Toten war. Er war gar nie in diesem Dorf gewesen. Ben wurde zu diesem Zeitpunkt klar, dass er keinen Sinn mehr in diesem Krieg sah, im Gegenteil, er fing an, Amerika zu hassen. Gerade als die TF 373 die Helikopter für den Rücktransport anfordern wollten, gerieten sie in einen Hinterhalt. Die Taliban griffen aus allen Richtungen an. Viele von Bens Einheit wurden getötet, wer konnte, flüchtete. Ben gelang die Flucht. Nach zwei Tagen in gedecktem Marsch und etlichen Stunden zu Fuss überquerte er die pakistanische Grenze und wusste, dass er nie wieder zu seiner Einheit zurückkehren würde.

Er hatte nichts mehr zu verlieren, denn er war immer schon ein Aussenseiter gewesen, auch privat. Er wuchs als eines von sieben Kindern in einer streng katholischen Familie in Oklahoma auf. Als fünften Sprössling schenkte man ihm nur wenig Beachtung und so fing er schon früh an, sich gegen seine Eltern und deren Glauben zur Wehr zu setzen. Er beging kleine Delikte, wie Kaugummis zu klauen und Kameraden zu verprügeln. Seine Noten in der Schule wurden immer schlechter, schnell war er das Schwarze Schaf der Familie. Als er mit zweiundzwanzig Jahren beschloss, zur

Armee zu gehen, schenkte ihm seine Familie plötzlich wieder Beachtung. Als er dann noch zu den Navy Seals berufen wurde, waren sie sogar stolz auf ihn. Ein Umstand, den Ben genoss. Doch er begriff schnell, dass es nicht er war, auf den seine Eltern stolz waren, sondern der Elitesoldat, der für sein Vaterland sein Leben riskierte. Sein Groll gegenüber seinen Eltern wuchs so stark, dass er nach einiger Zeit zur festen Überzeugung kam, dass ihn seine Familie in den Krieg schickte, um ihn endlich loszuwerden. Ben brach, als er nach Afghanistan berufen wurde, jeglichen Kontakt zu seiner Familie ab. Er brach auch mit seinem katholischen Glauben. Er glaubte an gar nichts mehr.

Als Ben, kurz nach seiner Flucht, von der pakistanischen Polizei aufgegriffen wurde, übergab man ihn dem pakistanischen Geheimdienst ISI. In Islamabad wurde er eine Nacht lang verhört und am darauffolgenden Morgen wieder auf freien Fuss gesetzt. An diesem Morgen beschloss er, von nun an seinen Krieg nicht mehr für die Amerikaner, sondern gegen sie zu führen. Er kaufte sich neue, einheimische Kleidung und verbrachte einige Tage auf den Strassen Islamabads. Ziellos schlenderte er umher und wusste nicht, was er tun sollte. Eines Tages kam er mit einem Pakistaner in einem kleinen Strassencafé ins Gespräch. Es stellte sich heraus, dass er ein Ausbilder eines Camps in den Bergen, nahe der afghanischen Grenze war. Sie bildeten dort Männer für den Kampf gegen die Amerikaner aus. Es handelte sich dabei nicht um ein Ausbildungscamp der Taliban, sondern um eines der Pakistani, die aber offen mit den Taliban sympathisierten. Nach ein paar weiteren Treffen lud der Ausbilder Ben in das Camp zum Training ein.

Die geheime Ausbildungsstätte befand sich in der Nähe des Dorfes Datta Kehl, hoch in den Bergen von Pakistan, nahe der afghanischen Grenze. Das Training im Camp war hart und fordernd. Zuweilen wirkte es aber sehr amateurhaft, da es den Rebellen an gutem Material und vor allem an Geld fehlte. Auch die Unterkunft war sehr spartanisch. Sie lebten in einfachen Zelten, sanitäre Anlagen gab es nicht. Nichtsdestotrotz waren diese Männer nicht zu unterschätzen, denn sie hatten die stärkste Waffe, die es überhaupt gab: ihren Glauben. Und für den gingen sie bis in den Tod.

Zu Bens Überraschung gab es noch andere Ausländer in diesem Camp: zwei Franzosen, einen Italiener, einen Deutscher, einen Engländer und einen Niederländer. Sie wurden im Camp die «Glaubenslosen Brüder» genannt, denn, obwohl sich alle dem Krieg gegen die westliche Welt verschrieben hatten und ganz normal mit den rebellischen Pakistanern trainierten, konvertierten nur wenige von ihnen zum Islam. Ein Umstand, der von den Anführern toleriert wurde, denn man hatte für sie sowieso ganz spezielle Aufgaben in Planung, wie Ben später erfahren sollte. Ben fiel bald durch seine ausserordentlich gute Ausbildung auf. Es sprach sich schnell bis zur Führungsspitze des Camps herum, dass sie einen Elitekämpfer unter sich hatten. So kam es, dass Ben innert kürzester Zeit zum Ausbilder ernannt wurde und die erlernten Kampftaktiken an die Rebellen weitergeben konnte. Er war während der zwei Jahre im Camp ein geachteter Mann und man brachte ihm viel Respekt und Bewunderung entgegen. Ben genoss das, zum ersten Mal in seinem Leben wurde er als Person geachtet und gebraucht.

Eines Tages gab es viel Aufregung im Camp, der «General» wurde angekündigt. Als Ben nachfragte, wer denn der General sei, erklärte man ihm, es handle sich um den einflussreichsten Rebellen in ganz Pakistan. Ehrfürchtig würde er auch «Falke» genannt. Er sei der Gründer dieses Camps. Zwar bekam Ben den General an diesem Tag nicht zu sehen, denn sie mussten alle in ihren Zelten warten, doch man erzählte ihm später, dass man ihn ausbildete, um ihn nach Europa zu schicken. Dank seines westeuropäischen Aussehens sei er für den General und seinen Kampf gegen den Westen von grösstem Nutzen. Eines Tages wurden Ben und seine europäischen Kollegen überraschend nach Islamabad zurückgefahren und in einem Hotel einquartiert. Dort wurden sie von einem gewissen Jermahl Vajivalara kontaktiert. Vajivalara war ein Führungsoffizier der pakistanischen Widerstandsrebellen. Der Widerstand nannte sich «Reiner Glauben», ihr Erkennungszeichen war ein simpler, blauer Wassertropfen. Vajivalara war von nun an ihre Kontaktperson, der direkte Vermittler zwischen dem General und ihnen, wie er ihnen erklärte. Vajivalaras Deckname war Muno und er wollte von nun an nur noch so genannt werden. Er taufte die Truppe «Die Brigade des Falken». Auch Ben und seine Kollegen bekamen Decknamen. Ben war Falke 1. Sie seien die wichtigste und bestausgebildete Truppe in ihrer Organisation und funktionierten weltweit als Speerspitze für ihre Sache, verkündete Muno stolz. Er erklärte ihnen auch, dass ihre Organisation sehr mit den Taliban und Al Kaida sympathisiere, aber als eigenständiger Widerstand wahrgenommen werden wollte. Zwei von ihnen würden nun in verschiedene Teile Westeuropas geschickt werden und vor Ort ihre Aufträge erhalten, erklärte Muno weiter. Ben und der Niederländer, den er nur unter dem Namen Ruben kannte, wurden für diese Aufgabe erkoren. Ruben war Falke 2. Die anderen wurden wieder ins Camp zurückgefahren, mit der Erklärung, man würde sie später nach Europa bringen.

Ben und Ruben bekamen je einen Computer, der mit einer speziellen Software versehen war. Sie erlaubte ihnen, per Internettelefonie von überall problemlos Kontakt mit dem «Reinen Glauben» aufzunehmen oder auch Anrufe zu empfangen. Dank der komplizierten Programmierung der Software, konnte man bedenkenlos miteinander kommunizieren, ohne dass man abgehört oder gar zurückverfolgt werden konnte. Der Computer war zudem mit einem speziellen Sicherheitscode versehen. Gab man beim Starten des Laptops einen falschen Code ein, wurde automatisch die ganze Software gelöscht und der Computer sofort unbrauchbar gemacht. So stellte man sicher, dass das Programm nicht in falsche Hände geriet und entschlüsselt werden konnte. Geld und Beschaffungen aller Art seien kein Problem, die Organisation verfüge über beste Kontakte weltweit, führte Muno weiter aus.

Ben wurde nach dem Treffen im Hotel wieder westlich eingekleidet, mit genügend Bargeld versorgt und in die Schweiz geschickt. Wohin Ruben geschickt worden war, wusste er nicht. Da Ben als vermisst galt, brauchte er sich um seinen Pass keine Sorgen zu machen. Der Pass eines amerikanischen Soldaten behielt so lange seine Gültigkeit, bis die Regierung den stichfesten Beweis hatte, dass man tot war. Und so lange er nicht negativ auffiel, würde man nicht feststellen, dass er noch lebte. Eigentlich trug kein Soldat seine Papiere im Krieg auf sich, dafür gab es Erkennungsmarken. Doch bei der TF 373 war das anders. Da sie meistens in grenznahem Gebiet operierten und eine Flucht auf eigene Faust immer im Bereich des Möglichen war, trugen sie ihre Pässe stets bei sich. Diese waren neben ihrer Waffe ihr kostbarstes Gut, denn auf keinen Fall hätten sie ihn verlieren oder ihn in fremde Hände fallen lassen dürfen. Darum packten sie ihre Pässe vor jedem Einsatz in einen durchsichtigen Plastikbeutel, legten noch eine Kapsel mit einer roten Flüssigkeit dazu, verschlossen den Beutel und klebten ihn auf die Innenseite des Oberschenkels. Falls sie in Gefangenschaft geraten sollten, konnten sie mit einem harten Gegenstand ein paar Mal auf die Kapsel schlagen und der Pass wurde unkenntlich gemacht.

Ben konnte sich gut daran erinnern, wie er sich damals im Hotel in Islamabad nach der Instruktion auf seine Aufgabe freute. Er sah zum ersten Mal einen wirklichen Sinn in seinem Leben. Er war stolz, Teil der Brigade des Falken zu sein, und bereit, sein Bestes zu geben. Dass sich sein Krieg nun nicht mehr nur gegen die USA richtete, sondern gegen die ganze westliche Welt, war ihm egal. Das war vor vierzehn Tagen gewesen.

Ben gähnte und stand vom Bett auf. Als Erstes startete er seinen Laptop. Dann ging er mit schleppenden Schritten ins Badezimmer. Er knipste das Licht an, stützte sich auf dem

Waschbecken ab, blinzelte ein paar Mal und betrachtete sich im Spiegel. Was er sah, gefiel ihm nicht. Nicht nur, dass man ihm den ewigen Schlafmangel und die Überdosis Medikamente ansah, er hatte auch noch auf seiner rechten Gesichtsseite einen starken Bluterguss. Seine Wange war angeschwollen und rot. Er ärgerte sich, weil ihm dieser Denis Benz überraschend eins verpasst hatte und weil er vermutete, dass er ihn gesehen hatte. Eigentlich war seine Aufgabe gewesen, den Überfall unerkannt durchzuführen. *Soll ich Muno darüber informieren, dass ich möglicherweise gesehen wurde?* Ben beschloss, diesen Umstand erst einmal für sich zu behalten. Er drehte den Wasserhahn auf und wusch sich das Gesicht. Anschliessend ging er wieder zum Nachttisch und warf sich noch ein paar Tabletten ein. Er griff in seine Sporttasche, nahm eine verwaschene Jeans und ein blaues T-Shirt heraus und zog sich an.

Plötzlich ertönte ein leises Klingeln vom Laptop. Ben wusste, dass das Muno war. Er hatte bisher immer nur mit ihm Kontakt gehabt. Er setzte die Kopfhörer auf und nahm vor dem Computer Platz. Er drückte eine Taste und der Computer fuhr sofort das Verschlüsselungsprogramm hoch. Ein grünes Fenster mit einem komplizierten Raster und vielen, sich stets bewegenden Wellen erschien.

«Ja?», nahm er kurz angebunden das Gespräch entgegen. Seine Antwort wurde mit roten Wellen im Raster angezeigt. Unten rechts lief eine digitale Uhr mit.

«Wie ist die Mission gelaufen, Falke 1?», fragte eine Stimme auf Englisch.

Trotz des Halls, der Verzerrung und einer Verzögerung von rund einer Sekunde, erkannte Ben die Stimme sofort. Es war Muno.

«Mission erfüllt», antwortete er.

Wieder gab es eine kurze Pause.

«Sehr gut. Gab es Probleme?»

Ben wartete noch einen Moment mit seiner Antwort. Da es immer diese Verzögerungen gab, war es nicht selten, dass man zu sprechen anfing, die Gegenseite aber noch was ergänzte. Es lieb ruhig.

«Probleme!?»

«Lief alles so ab, wie geplant?»

Ben überlegte einen Moment lang.

«Lief alles reibungslos ab», log er.

«Sehr gut. Ich bin zufrieden mit Ihnen, Falke 1. Ich werde Ihren Erfolg sofort dem Falken melden.» Muno machte eine Pause.

Ben wusste, dass er sich nun für das Kompliment bedanken musste. Er hatte gelernt, dass Pakistaner sehr stolze Leute waren.

«Ich danke Ihnen und freue mich, dass Sie zufrieden sind.»

«Gut. Hören Sie zu, Falke 1. Sie bleiben noch ein paar Tage in Bern. Noch heute wird Sie unsere Kontaktperson Pendragon übers Internet anrufen. Pendragon ist unser Führungsoffizier für den gesamten europäischen Raum. Von ihm werden Sie Ihre nächsten Schritte erfahren.»

«Verstanden. Noch heute kontaktiert mich Pendragon für nächste Instruktionen», wiederholte Ben.

«Richtig. Verhalten Sie sich weiterhin unauffällig und folgen Sie bedingungslos seinen Anweisungen. Falls Sie noch irgendetwas brauchen, ist von nun an Pendragon Ihr Kontakt. Sobald er sich mit Ihnen in Verbindung gesetzt hat, verfügen Sie über seine Kontaktdaten. Ich wünsche Ihnen viel Erfolg.»

Die Leitung wurde abrupt unterbrochen, die grünen Wellen auf dem Raster verschwanden und die Uhr stoppte. Sie zeigte die Dauer des Gesprächs exakt an: 00:02:49:23.

Ben schloss das Verschlüsselungsprogramm. Anschliessend öffnete er den Internetbrowser. Der Browser fuhr hoch und startete mit der Google-Suchmaske. Ben tippte Pendragon ein. Eine lange Liste mit Suchergebnissen erschien. Er klickte einen Link an, beugte sich etwas vor und kniff seine Augen leicht zusammen, um besser lesen zu können.

Pendragon: Steht für den Kopf des Drachen und wurde in der römischen und griechischen Mythologie gerne verwendet, da der Name für Kraft und Ruhm stand. Julius Cäsar bediente sich des Namens. Er benannte seine 400 Mann starke Leibgarde Pendragon. Sie wurde weit über die Landesgrenzen hinaus gefürchtet.

Ben schüttelte kurz den Kopf und schloss die Seite wieder. Er stand auf, legte das Kopfkissen an die Bettwand und setzte sich auf das Bett. *Was wird wohl der nächste Auftrag sein? Und was hat eigentlich die Schweiz mit dem Krieg in Afghanistan zu tun? Die sind doch neutral und nicht mal dort stationiert?* Ben schaute auf seine Uhr. Es war eine G-Shock von Casio, ganz aus Plastik. Sie verfügte über allerlei Zusatzfunktionen wie Höhenmesser, Druckanzeige, Temperaturanzeige und verschiedene Zeitzonen. Zudem konnte man per Knopfdruck das Display zum Leuchten bringen, was ihm gerade in der Nacht eine grosse Orientierungshilfe war. Sie zeigte viertel nach zehn an. *Wie lange es wohl braucht, bis sich dieser Pendragon meldet?* Er wusste, solange er noch nicht den Kontakt mit diesem Mittelsmann hergestellt hatte, konnte er das Zimmer nicht verlassen. Nicht einmal duschen durfte er. Plötzlich bemerkte er, wie seine linke Hand anfing zu zittern. Ben verstand dieses Zeichen, es war wieder Zeit für die gelben Tabletten. Zielsicher griff er sich die richtige Schachtel und drückte sich zwei Tabletten aus der Folie. Schnell warf er sie ein und schluckte schwer. Er griff zu einer braunen Flasche und nahm drei Kügelchen heraus, die er ebenfalls herunterschluckte. Nach ein paar Minuten fing die Medizin an zu wirken. Seine linke Hand hörte auf zu zittern und er wurde müde. Seine Augen wurden immer schwerer, sein Körper fühlte sich total entspannt an. Zunächst kämpfte er noch dagegen an und riss seine Lider immer wieder auf, doch die Tabletten waren stärker. Er blinzelte noch ein paar Mal, dann schlief er ein.

Das leise Klingeln des Computers riss Ben aus seinem tiefen Schlaf. Panisch riss er die Augen auf. *Wie lange habe ich geschlafen?* Er stöhnte laut, rieb sich mit Daumen und Zeigefinger die Augen und schaute auf die Uhr. Es war halb zwei. Ben hatte schon lange nicht mehr so tief und fest geschlafen. Wieder klingelte der Computer. Erschrocken sprang Ben auf, eilte zum Computer und zog sich die Kopfhörer an. Dann startete er das Verschlüsselungsprogramm. Die Kombination aus Tiefschlaf, Medikamenten und der Angst, dass die Gegenseite wieder auflegen könnte, liessen sein Herz rasen. Ben konnte noch nichts sagen, da meldete sich eine Stimme am Computer. Sie klang tief, hohl, weit entfernt und irgendwie unnatürlich verzerrt.

«Falke 1?», fragte die Stimme auf Englisch.

«Wer spricht?» Ben wollte sich sicher sein, dass sich die Gegenseite korrekt identifizieren konnte.

«Hier spricht Pendragon. Warum waren Sie am Mittag nicht erreichbar, Soldat?»

Ben schluckte. Er war zwar nun etwas wacher, doch machte ihm seine Müdigkeit und die Wirkung der Tabletten immer noch zu schaffen.

«Ich habe geschlafen», gab er kleinlaut zu.

«Das ist nicht gut, Falke 1. Ich bin nicht zufrieden mit Ihnen. Man hat mir gesagt, Sie seien ein professioneller und zuverlässiger Soldat. Ich werde den Falken darüber informieren. Ich hoffe, dass Ihnen nie wieder ein solcher Fehler passiert.»

«Verstanden. Sie werden dem Falken berichten. Kommt nicht wieder vor.»

«Das ist Ihre Aufgabe: Gehen Sie zum Hauptbahnhof in Bern und öffnen Sie das Schliessfach 872. Der dazu passende Schlüssel wurde für Sie an der Hotelrezeption hinterlegt. Im Schliessfach befindet sich ein Umschlag mit einem Foto darin. Diese Person gilt es in den nächsten vierundzwanzig Stunden zu eliminieren und die Tasche mit dem Computer zu entwenden. Haben Sie mich verstanden?» Die Stimme klang kalt und hart.

«Verstanden. Bahnhof, Schliessfach 872, Umschlag mit Foto, Zielperson innert vierundzwanzig Stunden eliminieren.»

«Richtig.»

Die Leitung wurde abrupt unterbrochen, bevor Ben noch etwas erwidern konnte. Er massierte sich die Schläfen. Ben war mit sich unzufrieden. Der Gedanke, dass man nun dem Falken berichten würde, dass er einen Auftrag fast verschlafen hatte, behagte ihm gar nicht. Wütend schlug er mit seiner rechten Faust auf den Tisch. Entschlossen stand er auf, schlüpfte in seine schwarzen Turnschuhe, zog seinen Waffengurt an, warf eine Jeansjacke darüber und lief zur Tür. Gerade als er das Zimmer verlassen wollte, drehte er sich nochmals um und lief zum Tisch zurück. Er fuhr seinen Computer herunter, verstaute sein Infrarotsichtgerät in der Tasche und griff sich daraus einen Schalldämpfer. Dann zog er den Reissverschluss der Tasche mit einem groben Ruck zu. Nachdem er noch ein paar Schachteln mit Medikamenten in seiner Jackentasche verstaut hatte, verliess Ben das Zimmer. Auf der Treppe, die zur Rezeption führte, versteckte er seinen Schalldämpfer in einer Innentasche seiner Jacke, griff danach in seine Brusttasche und zog eine Sonnenbrille hervor. Er hoffte, damit das Veilchen auf seiner Wange etwas verdecken zu können. Eilig ging er die Treppe hinunter. An der Rezeption angekommen, schlug er ungeduldig auf die goldene Messingklingel. Eine ältere Dame kam gemächlich aus ihrem Büro hinter der Theke zum Tresen. Sie trug ein buntes Kleid, das etwas in die Jahre gekommen war, und hatte ihre Haare ordentlich zu einem Dutt hochgesteckt.

«Guten Tag, Herr Pecks.» Sie lächelte ihn an. «Was kann ich für Sie tun?»

«Guten Tag!», antwortete Ben ungeduldig auf Hochdeutsch. «Wurde etwas für mich abgegeben?»

«Moment, ich werde gleich mal für Sie nachschauen.» Gemütlich drehte sie sich zum Schlüsselkasten um.

«Sie haben Zimmer Nummer 14, nicht?», fragte sie nach.

«Genau», bestätigte Ben kurz angebunden.

«Ah ja! Hier haben wir tatsächlich einen Umschlag für Sie.» Sie griff nach dem Umschlag, kam zurück zur Theke und überreichte ihn Ben.

«Vielen Dank.»

«Was ist denn passiert?», fragte die Dame mit einem besorgten Gesichtsausdruck.

«Was meinen Sie?»

Die Dame zeigte mit dem Zeigefinger auf ihren Wangenknochen.

«Ach so, das! Nichts Schlimmes, ich lief in der Nacht nur gegen die Badezimmertür.»

«Oh je, das tut mir leid. Sie werden lachen, Sie sind nicht der erste Gast, dem das passiert. Langsam überlege ich mir, ob ich die Badezimmertüren durch Gummitüren ersetzen soll.» Sie lachte herzlich.

Ben lächelte gequält mit. Dann drehte er sich um und ging zu der kleinen Drehtür.

«Moment, Herr Pecks!», rief ihm die Dame nach. «Wissen Sie denn schon, wie lange Sie noch bleiben?» Sie lächelte etwas verlegen. «Wissen Sie, wir haben schon sehr bald Sommerferien, also Hochsaison. Täglich kommen neue Anfragen, ob noch ein Zimmer frei ist.»

«Tut mir sehr leid, das kann ich Ihnen wirklich nicht sagen.»

Bevor die Dame noch etwas erwidern konnte, verliess Ben das kleine Hotel in der Berner Altstadt. Er blickte sich kurz um und knöpfte seine Jacke richtig zu, damit kein plötzlicher Windstoss seine Waffe zum Vorschein brachte. Ben ging entschlossen die Altstadt hoch, kreuzte ein paar Strassen, schlenderte unter den Arkaden an den zahlreichen Läden vorbei, bis er nach ein paar Minuten am Hauptbahnhof von Bern ankam. Zielstrebig lief er in das Innere und blickte sich um. Er stand vor grossen Rolltreppen, die in einem Lichthof einen Stock tiefer und einen Stock höher führten. Es herrschte reger Betrieb. Ben war das recht, viele Menschen bedeuteten Anonymität. Er blickte zum Lichthof hinunter. Eine grosse, blaue Anzeigetafel zeigte den aktuellen Fahrplan der Züge an. Um den Lichthof herum reihten sich auf drei Etagen zahlreiche Geschäfte. Ben betrat eine der Rolltreppen und fuhr hinunter. Dabei schaute er sich aufmerksam um. Zu seiner Linken entdeckte er eine Reihe mit Schliessfächern. Unten angekommen, lief er zielbewusst darauf zu. Nach kurzem Suchen fand er auch schon die Nummer 872. Ben riss den Umschlag auf und nahm den Schlüssel heraus. Nachdem er sich mit einem gezielten Blick ins Innere des Umschlags versichert hatte, dass sich nichts mehr drin befand, knüllte er das Papier zusammen und warf es in einen nahen Abfalleimer. Er trat an das Schliessfach 872 heran, steckte den Schlüssel hinein und drehte das Schloss. Die Tür öffnete sich problemlos. Ben holte einen weiteren Umschlag heraus. Er vergewisserte sich, dass nichts mehr im Schliessfach war, drückte die Tür wieder zu und drehte den Schlüssel. Mit einem leisen Klicken rastete das Schloss ein, der Schlüssel wurde arretiert. Ben ging zu einem nahe gelegen Café, setzte sich in eine unbeachtete Ecke und schaute sich kurz um. Dann öffnete er den Umschlag und griff hinein.

«Darf ich Ihnen was bringen?»

Erschrocken blickte Ben auf. Er verharrte in seiner Position, die Hand steckte noch immer im Briefumschlag. Eine Kellnerin lächelte ihn freundlich an.

«Ja, bringen Sie mir bitte einen Espresso», bestellte Ben auf Hochdeutsch.

Die Kellnerin räumte das Glas, das noch von dem vorhergehenden Gast dastand, weg und wechselte von Berndeutsch zu Hochdeutsch.

«Darf es sonst noch etwas sein? Einen Kuchen vielleicht? Wir haben einen ausgezeichneten Erdbeerkuchen. Oder ein bisschen Eis fürs Auge?» Sie lächelte.

«Nein danke. Nur einen Espresso und ein Glas Wasser.»

Die Kellnerin lächelte erneut und ging.

Ben vergewisserte sich, dass niemand in der Nähe sass, und zog den Inhalt des Umschlags heraus. Es war nur ein Foto auf sehr dünnem Papier. Er kannte diese Art Papier schon, dasselbe erhielt er vor ein paar Tagen mit dem Foto von diesem Denis Benz drauf. Es hatte einen guten Grund, warum das Papier so filigran war. Man konnte es in Wasser auflösen oder im Notfall sogar essen, sodass keine Spuren davon übrig blieben. Ben schaute sich das Foto genauer an. Es zeigte einen etwa fünfzigjährigen, dunkelhäutigen Mann. Er hatte ein rundes, wohlgenährtes Gesicht mit glänzenden Bäckchen und trug einen gepflegten, schwarzen Bart. Er hatte eine Halbglatze. Seine Gesichtszüge liessen Ben vermuten, dass es sich um einen Araber handelte. Eilig drehte er das Foto um. In schwarzer Schrift stand «Frederick Abdullah Halibi» darauf. «Fährt täglich mit dem 15:34-Zug ab Gleis sechs nach Hause.» Ben blickte sofort auf seine Uhr. Sie zeigte bereits halb vier an. Ben sprang auf und wollte gerade gehen, als die Kellnerin mit dem Espresso und dem Wasser kam. Verdutzt blickte sie ihn an.

«Haben Sie es sich anders überlegt?»

Ben stopfte das Papier in seine Brusttasche, griff in seine Hosentasche und holte eine Geldnote hervor.

«Nein, aber mein Zug fährt gleich.» Er warf zehn Franken auf den Tisch und zwängte sich zwischen den Tischen hindurch.

«Aber das ist zu viel! Sie bekommen noch etwas raus!», rief ihm die Kellnerin nach.

«Behalten Sie es. Ist Trinkgeld!» Ben rannte aus dem Café und schaute sich nervös um. Gleich über ihm stand auf einer Tafel «Gleis 4–16» mit einem Pfeil drauf. Wieder blickte er auf seine Uhr, es war bereits fünfzehn Uhr zweiunddreissig. In zwei Minuten würde der Zug mit seiner Zielperson abfahren. Er rannte den Pfeilen nach durch einen unterirdischen Gang. Immer wieder musste er Menschen, die ihm entgegenkamen, ausweichen. Nach etwa hundert Metern stand auf dem Schild vor ihm «Gleis 6». Eine Art Rampe führte direkt auf den

Bahnsteig. Unglücklicherweise schien gerade ein Zug angekommen zu sein und unzählige Menschen kamen ihm entgegen. Ben kämpfte sich grob bis zum Bahnsteig durch. Kaum oben angekommen, vernahm er bereits einen Pfiff, die Wagentüren schlossen sich mit einem lauten Knall, der Zug setzte sich langsam in Bewegung. Ben rannte dem Wagen nach, der ihm am nächsten war, riss die Tür, die noch nicht ganz geschlossen war, wieder auf und sprang in den bereits rollenden Zug. Er konnte gerade noch hören, wie ihm jemand empört nachrief, bevor sich die Tür wieder hinter ihm schloss. Er atmete kurz durch und stützte dabei seine Hände auf die Oberschenkel.

Er richtete sich wieder auf und schaute sich um. Seinem Gefühl nach befand er sich etwa in der Mitte des Zuges. Er entschied erst einmal, in Fahrtrichtung zu gehen, um nach seiner Zielperson Ausschau zu halten. Er griff in seine Brusttasche und zog das Foto heraus und betrachtete es eingehend. Er versuchte, sich alle markanten Punkte zu merken. Plötzlich fuhr ihm ein Schauer über den Rücken. Er hatte den Umschlag liegen gelassen! *Was, wenn sich nun darin noch etwas befand?* Ben dachte angestrengt nach. *Nein, ich habe genau geprüft, ob da noch was drin ist! Oder? Und wenn schon, niemand kann etwas damit anfangen. Wahrscheinlich hat ihn die hübsche Kellnerin schon längst in den Abfalleimer befördert.* Er beschloss, sich jetzt nicht den Kopf darüber zu zerbrechen, er wollte erst einmal seine Zielperson finden. Er faltete das Foto in der Mitte zusammen, steckte es wieder in die Brusttasche und setzte seine Sonnenbrille auf. Eilig stiess er die Schiebetür, die den Wagen mit dem nächsten verband, auf. Unter ihm quietschte und ratterte es heftig. Zwei Schritte später öffnete er eine weitere Schiebetür und befand sich im nächsten Wagen. Er ging am Klo vorbei, eine automatische Schiebetür öffnete sich und er betrat das Wageninnere. Sein Gang war gemächlich, aber nicht zu langsam. Keiner sollte mitkriegen, dass er nach jemandem Ausschau hielt. Aufmerksam liess er seinen Blick über die Sitzabteile schweifen. Die

Reisenden liessen sich durch Bens Anwesenheit nicht stören. Sie arbeiteten an ihren Computern, lasen eine Zeitschrift oder blickten einfach nur aus dem Fenster. Nur selten schauten sie zu ihm hoch. Ben ging durch mehrere Wagen, bis er schliesslich in die erste Klasse kam. Wieder öffnete sich die automatische Schiebetür. Wieder ging er aufmerksam durch den Gang.

Plötzlich entdeckte er im hintersten Teil des Wagens eine braune Glatze. Sein Herz schlug schneller. Mit jedem Schritt, mit dem Ben sich der Person näherte, ähnelte der Mann dem Foto mehr. Er hatte ihn gefunden, Frederick Abdullah Halibi! Gemütlich sass er in einem Einzelstuhl auf der linken Seite und las eine Zeitung. Er trug ein weisses Hemd, eine schwarze Bundfaltenhose und braune Lederschuhe. Sie wirkten teuer. Erst jetzt bemerkte Ben, dass er keinen Plan hatte, wie er den Mann eliminieren wollte. Zudem behagte ihm nicht, dass er mit seinen Jeans und den Turnschuhen in der ersten Klasse ziemlich exotisch wirkte. Er entschied, sich erst einmal zu setzen und abzuwarten. Er wählte ein Viererabteil zu seiner Rechten. Da er den Platz am Gang wählte, hatte er sein Zielobjekt gut im Auge. Aufmerksam beobachtete er Halibi. Unverhofft schaute dieser auf und sie blickten sich in die Augen. Dieser Moment überforderte Ben, er lächelte verlegen. Zu seinem Erstaunen nickte ihm Halibi kurz zu, lächelte und blätterte die Seite um. Danach vertiefte er sich wieder in seine Lektüre.

Ben wurde klar, dass er keine Ahnung hatte, wohin die Zugfahrt eigentlich ging oder wie lange sie dauern würde. Er hoffte, dass sie nicht zu kurz war, so hatte er mehr Zeit, sich Gedanken zur bevorstehenden Aufgabe zu machen. In Ruhe ging er nochmals seinen Auftrag durch. Eigentlich gab es ja keine speziellen Anweisungen, er musste Halibi nur in den nächsten vierundzwanzig Stunden umbringen. Ben entspannte sich wieder etwas, er hatte genug Zeit.

Mit einem groben Ruck wurde unverhofft die Schiebetür aufgerissen.

«Alle Tickets vorweisen bitte!» Ein dicker, blonder Schaffner in blauer Uniformhose, Kurzarmhemd und roter Krawatte betrat den Wagen und riss Ben aus seinen Gedanken.

Erst jetzt fiel Ben auf, dass er gar keine Fahrkarte gelöst hatte. Nervös schaute er sich um. Alle griffen seelenruhig in ihre Taschen und holten ihre Tickets hervor. Ben wusste, dass er jetzt nicht einfach aufstehen und gehen konnte, weil das zu viel Aufmerksamkeit erregen würde. Ihm war klar, dass es eigentlich kein Problem sein sollte, im Zug ein Ticket zu lösen, doch er wusste ja nicht, bis wohin die Fahrt ging. Ben war angespannt. Der Schaffner kam immer näher. Ben entschloss sich, einfach ein Ticket bis zum Endbahnhof zu bestellen. Vielleicht würde er dabei sogar herausfinden, wohin die Fahrt eigentlich ging.

«Fahrkarte bitte.» Der dicke Schaffner stand nun dicht bei Ben und streckte seine Hand aus.

«Ich würde gerne eine kaufen», entgegnete Ben schnell auf Hochdeutsch.

Der Schaffner seufzte kurz, zog seine Hand wieder zurück und griff nach einem elektronischen Gerät, das an einem langen, roten Riemen an seiner Hüfte hing. Routiniert tippte er ein paar Befehle ein.

«Wohin soll es denn gehen?» Er blickte nur auf seinen Apparat und wartete ungeduldig auf Bens Antwort.

«Bis zur Endstation bitte», sagte Ben selbstbewusst und mit etwas erzwungener Freundlichkeit.

«Bis Basel also. Hin und Zurück?» Zum ersten Mal hob der Schaffner seinen Kopf und schaute Ben in die Augen.

«Ja», bestätigte Ben. Dabei schaute er kurz am Schaffner vorbei, ob ihn Halibi beobachtete, doch der las weiter seine Zeitung.

«Halbtax?», fragte der Schaffner gelangweilt.

«Wie bitte?»

«Halbtax! Haben Sie ein Halbtax?» Der Schaffner wurde ungeduldig.

«Was ist das?»

«Dann also nicht!» Der unfreundliche Schaffner tippte ohne weitere Erklärung ein paar Befehle ein und wartete einen Moment. Der Apparat fing an zu surren und spuckte eine Fahrkarte aus. Wie ein Kassenbeleg riss der Schaffner das Papier ab und streckte es Ben hin.

«Das macht zweiundsiebzig Franken.»

Nun war für Ben das Fass voll. Er schaute den Schaffner böse an. *Du solltest meine Geduld nicht zu sehr strapazieren, du Arsch in Uniform! Ansonsten jage ich dir jetzt gleich eine Kugel in den Kopf!* Genervt holte er eine zerknitterte Hunderternote aus seiner Jeans. Der Schaffner nahm unbeeindruckt das zerknüllte Papier, glättete es demonstrativ an der Kante seines Apparates und steckte es in das grosse Portemonnaie, das er in der Zwischenzeit mit der anderen Hand hervorgeholt hatte. Er gab Ben achtundzwanzig Franken zurück, knipste anschliessend noch ein Loch in das Ticket und ging weiter. Ben schaute ihm kurz nach. *So kommst du mir nicht davon!* Ben kochte innerlich. Eigentlich war er dem Schaffner dafür dankbar, denn er kannte diesen Zustand. Wenn er sich so fühlte, konnte er gewissenlos töten. Ben griff in seine Brusttasche und holte seine Tabletten heraus. Schnell und unbemerkt schluckte er zwei Pillen. Danach betrachtete er das Ticket. Nun wusste er wenigstens, wohin die Reise ging. Er schaute auf seine Uhr. Er hoffte, dass ihm noch etwas Zeit bis zur Ankunft blieb. Entschlossen stand er auf und ging zum Klo. Nachdem er die Tür hinter sich verschlossen hatte, zog er seine Beretta aus dem Halfter, lud sie durch und schraubte sorgfältig den Schalldämpfer darauf, den er zuvor aus seiner Jackentasche gezogen hatte. Dann steckte er seine Pistole, samt Schalldämpfer wieder in das Halfter und knöpfte seine Jacke wieder zu. Er kehrte zu seinem Platz zurück. Die Tabletten fingen an zu wirken, seine linke Hand hörte auf zu zittern. Konzentriert sass er in seinem Stuhl, innerlich aufgewühlt und aggressiv. Er war bereit zum Töten.

Nach knapp einer Stunde Fahrtzeit, kündete eine weibliche Stimme den Bahnhof Basel an. Ben beobachtete, wie

Halibi seine Zeitung zusammenfaltete und in seiner Aktentasche verstaute. Nachdem er einen kurzen Blick aus dem Fenster geworfen hatte, stand er auf. Ben blieb ruhig sitzen und beobachtete seine Zielperson. Sein Plan war es, kurz nachdem sie ausgestiegen waren, Halibi in der Menschenmenge eine Kugel in den Kopf zu schiessen und anschliessend den Bahnhof zu verlassen.

Der Zug wurde immer langsamer, im Schritttempo fuhr er in den Bahnhof ein. Die Räder quietschten, bis der Zug stillstand. Die Passagiere standen auf, packten ihre Sachen und strömten Richtung Ausgang. Ben reihte sich gleich hinter Halibi ein. Mit kleinen Schritten näherten sie sich mühsam der Ausgangstür. Halibi stieg eilig aus und fügte sich sogleich in die Menschenmassen ein, die sich auf dem Bahnsteig in Richtung Ausgang bewegten. Ben hatte Mühe, mit ihm Schritt zu halten. Halibi liess sich von der Masse am rechten Rand des Bahnsteigs mittreiben, dicht gefolgt von Ben.

Ben schaute sich kurz um. Da sie sich ganz am Rand bewegten, gingen sie direkt den Gleisen entlang. Er wusste, dass Halibi, nachdem er ihm die Kugel verpasst hatte, direkt auf die Gleise fallen würde, was viel Aufregung geben würde. Er bereitete sich innerlich schon auf eine schnelle Flucht vor. Ben öffnete vorsichtig seine Jacke, umgriff seinen Pistolenschaft unter der Achsel, öffnete den Druckknopf, der die Pistole im Halfter fixierte und wartete auf einen günstigen Moment.

Halibi näherte sich der Rolltreppe, die auf die Passerelle oberhalb des Bahnhofes führte, immer schneller. Ben war sich klar, dass er seine Zielperson noch vor dieser Rolltreppe eliminieren musste.

Der Bahnhofslautsprecher kündigte mit verzerrter Stimme die Einfahrt eines Zuges auf Gleis acht an. Ben kombinierte schnell. Eilig blickte er sich um. Sie waren auf Gleis sieben angekommen, Gleis acht musste also direkt neben ihnen liegen. Er blickte nach hinten und sah den ankommenden Zug heranbrausen. Mit zwei schnellen Schritten trat er ganz dicht an Halibi heran. Als der ankommende Zug noch zwei Meter von ihnen entfernt war, überholte Ben Halibi links, versetzte ihm einen kurzen, aber heftigen Stoss mit dem Ellenbogen und entriss ihm seine Tasche. Halibi schrie vor Entsetzen auf, doch sein Hilferuf ging in der Masse unter. Verzweifelt versuchte er, das Gleichgewicht zu halten, doch es gelang ihm nicht. Er fiel. Ben sah noch, wie er versuchte, sich wieder aufzurichten, und panisch zum herannahenden Zug schaute. Dabei streckte er seine Arme in Richtung Lokomotive, als könne er das heranbrausende Ungetüm aus eigener Kraft stoppen. Ein kurzer Todesschrei und ein lauter Knall hallten durch den Bahnhof. Durch die sofort eingeleitete Notbremsung fingen die Räder des Zuges ohrenbetäubend an zu quietschen, doch der Bremsweg des Zuges war zu lange. Halibi wurde erfasst, unter den Zug gedrückt und noch zirka sieben Meter mitgeschleift. Ein abgetrenntes Bein von Halibi blieb auf Bens Höhe liegen. Für einen kurzen Moment wurde es ganz ruhig auf dem Bahnsteig. Niemand in unmittelbarer Nähe des Unfallortes bewegte sich. Geschockt schauten die Leute auf das Gleis hinunter. Dann brach Panik aus, viele fingen an zu schreien.

Das war der Moment für Ben, um zu flüchten. Damit er nicht zu sehr auffiel, schaute er immer wieder erstaunt in Richtung der Unfallstelle und spielte den Ahnungslosen. Niemand schien sich für ihn zu interessieren. Kurz vor der Rolltreppe, an der es einen Stau durch die vielen Gaffer gegeben hatte, entdeckte Ben den unfreundlichen Schaffner. Auch er blickte mit grossen Augen in Richtung Unfallstelle. Ben packte die Wut. Er lief auf ihn zu und rief ihm «unfreundliches Arschloch» zu. Der Schaffner drehte sich um, konnte aber in der Menge nicht herausfinden, wer das gesagt hatte.

Ben bestieg mit einem Lächeln die Rolltreppe, die ihn zügig auf die nächste Ebene brachte. Er schloss kurz die Augen und atmete tief ein. *Der Falke und Pendragon werden bestimmt sehr zufrieden mit meiner Arbeit sein.*

Ben ging seelenruhig in Richtung Hauptausgang. Immer wieder rannten ihm eilig Polizisten entgegen. Ben lächelte.

Plötzlich fror ihm sein Lächeln ein. Gerade als er die grosse Rolltreppe am Ende der Passerelle hinunter zum Hauptausgang besteigen wollte, entdeckte er etwas, was ihm gar nicht gefiel. Sein Herz fing an zu rasen. Er blieb einen Moment lang stehen und überlegte, was er tun sollte.

Kurz entschlossen lief er wieder zur Rolltreppe von Gleis acht zurück. Er hatte ein ungutes Gefühl im Bauch. Durch den grossen Menschenauflauf war an ein Hinunterkommen zum Gleis nicht mehr zu denken, die Rolltreppe stand still. Ben kämpfte sich durch die gaffende Menschenmenge bis zur Mitte der stehenden Rolltreppe. Inzwischen hatte die Polizei den Unfallort grosszügig abgesperrt. Sanitäter versuchten, Halibi zu reanimieren. Das abgetrennte Bein wurde gerade sorgfältig in ein Laken gepackt und in einer Kühlbox verstaut. Ben richtete seinen Kopf nach oben. Als einziger Zaungast blickte er nicht zur Unfallstelle, sondern suchte die Decke ab. Schockiert blieb sein Blick kurz über der Rolltreppe stehen. Sein ungutes Gefühl bestätigte sich! Er konnte es nicht fassen! Er löste seinen Blick wieder, um sich kurz darauf nochmals zu vergewissern. Sie war immer noch da: eine Kamera, die alles gefilmt hatte! Augenblicklich wurde Ben klar, dass er hier doch noch nicht fertig war!

Kapitel 3: Schweiz, Bern, Donnerstag, 2. Juli, 16:00

Denis betrat müde von der langen Untersuchung im Berner Inselspital das Bundeshaus. Es war bereits kurz vor vier. Er ging dicht hinter Pascal her. Sein Freund hatte ihn seit heute Morgen nicht mehr verlassen. Denis schätzte Pascals Fürsorge, aber er vermutete, dass Pascal nebst der Freundschaft noch andere Gründe hatte, ihn nicht mehr aus den Augen zu lassen. Frech hatte Denis heute früh am Telefon empfohlen, niemandem etwas von dieser Nacht zu erzählen. Das galt auch für seine Eltern. Für Denis nahm der Vorfall immer fragwürdigere Züge an. Aber so viel er auch darüber nachdachte, er konnte sich keinen Reim darauf machen, in was für eine «böse Sache» er da hineingerutscht war, wie es Frech sehr diplomatisch umschrieben hatte. Je mehr er sich darüber den Kopf zerbrach, desto mehr beunruhigten ihn die bereits gegebenen Fakten.

Denis hatte in den letzten Stunden viel Zeit zum Nachdenken gehabt. Den ganzen Morgen hatten sie ihn im Krankenhaus auf Herz und Nieren geprüft. Drei Mal musste er das Zimmer und damit auch den Arzt wieder wechseln. Nach der dritten neurologischen Untersuchung gab man Entwarnung. Zumindest vorerst. Man konnte keine bleibenden Schäden bei ihm feststellen. Trotzdem wollte man Denis noch eine Nacht zur Beobachtung behalten, was er aber unter keinen Umständen zulassen wollte. Nach langem Hin und Her und lauten Diskussionen in den Gängen des Inselspitals gaben die Ärzte nach und liessen ihn endlich gehen. Aber nur unter der Bedingung, dass er sofort nach Hause ins Bett ging. Zudem sollte er in zwei Tagen wieder ins Krankenhaus zu einer Nachuntersuchung kommen. Als Denis den Ärzten versicherte, zu Hause sofort ins Bett zu springen, nahm ihn Pascal kurz zur Seite und redete ihm nochmals ins Gewissen. Er wusste, dass

Denis flunkerte. Doch Denis liess sich nicht beirren. Kaum hatten sie das Krankenhaus verlassen, wollte er sofort zu PRIOS fahren. Auf dem Weg zurück in die Berner Innenstadt, schaffte es Pascal immerhin, Denis zu überreden, den Jogginganzug gegen normale Kleidung zu wechseln. Wahrscheinlich hatte Pascal gehofft, ihn zu Hause beim Umziehen doch noch zur Vernunft zu bringen, was aber zwecklos war. Denis war viel zu aufgewühlt. Nicht nur, weil er diese Nacht fast umgebracht worden wäre, sondern auch wegen Frechs Andeutung am Telefon. Er wurde das Gefühl nicht los, dass ihm Frech etwas verschwieg.

Wortlos folgte Denis Pascal durch das Bundeshaus. Sein Bauchgefühl sagte ihm, dass Pascal auch etwas wusste. Die Freundschaft, die Denis für Pascal empfand, verhinderte aber, dass er ihn zur Rede stellen wollte. Wahrscheinlich hatte er aber auch Angst vor der Enttäuschung, dass sein Freund ihm Informationen vorenthalten könnte. So entschied sich Denis, den Blicken von Pascal so gut es ging auszuweichen.

Am Aufzug angekommen, hielt Pascal seine Zugangskarte an ein Metallkästchen gleich neben der Lifttür. Ein Lämpchen leuchtete grün auf und der Aufzug setzte sich in Bewegung. Denis vergrub seine Hände in den Taschen seiner Jeanshose und blickte stur auf seine Füsse. Pascal, der Denis in der Spiegelung der Lifttür beobachtet hatte, drehte sich um und versuchte, Denis' Blick aufzufangen. Er seufzte.

«Na los, frag schon!», platzte es aus ihm heraus.

Denis schaute zu ihm auf, zog seine Schultern hoch und spielte den Unwissenden.

«Was?»

«Na das, was dir schon den ganzen Morgen auf der Zunge liegt.»

Beleidigt drehte Denis seinen Kopf zur Seite und schaute in den leeren Gang.

«Keine Ahnung, was du meinst.»

Pascal wollte gerade nachhaken, als ein feines «Ping» ertönte und sich die Metalltüren des Aufzugs öffneten. Wortlos stiegen sie ein. Pascal, der seine Zugangskarte aus Plastik immer noch in der Hand hielt, presste diese wieder an ein Metallkästchen im Liftinneren, liess anschliessend seinen Daumen auf einem Glasplättchen gleich daneben scannen, um dann den Vorgang mit der Eingabe eines Zahlencodes abzuschliessen. Die Türen schlossen sich wieder und der Lift fuhr nach unten. Denis, noch immer mit seinen Händen in den Hosentaschen, zischte leise eine Melodie vor sich hin. Pascal schüttelte verständnislos den Kopf.

«Ich dachte immer, wir seien Freunde», stiess er leise hervor.

Damit hatte er bei Denis einen wunden Punkt getroffen. Sofort blickte Denis Pascal an.

«Genau. Und darum frage ich dich auch nicht.» Denis betonte ganz bewusst das «dich» scharf und richtete seinen Blick wieder auf die Lifttüren. Demonstrativ zischte er sein bereits begonnenes Lied weiter. Beide beobachteten sich aus den Augenwinkeln, die Spannung im Raum war fast greifbar. Pascal schwieg.

Die Lifttüren öffneten sich. Pascal ging voraus und Denis folgte ihm. Sie liefen einen langen, weissen Gang entlang, bis sie zu einer Glastür gelangten. Dort standen zwei bewaffnete Soldaten neben einem Metalldetektor. Als die beiden sie erkannten, nickten sie kurz zum Gruss. Pascal wiederholte an der Glastür den Sicherheitscheck mit der Zugangskarte und betrat den Gang dahinter. Wortlos ging er an den Soldaten vorbei durch den Detektor, Denis folgte ihm. Nachdem sie einen langen Gang mit etlichen Bürozellen passiert hatten, traten sie ins Vorzimmer von Maximilian Frech ein. Seine neue Sekretärin, Dominique Glaser, sprang sofort von ihrem Stuhl auf und kam Denis mit offenen Armen entgegen. Ihr Blick verriet, dass sie voller Sorge war.

«Mein Gott, Denis! Ich habe von der Geschichte gehört, wie geht es dir?» Mit ihrem modischen, schwarzen Rock, der engen weissen Bluse und den sexy schwarzen Pumps sah sie wieder umwerfend aus. Ganz vorsichtig berührte sie den Verband.

Denis richtete sich vor ihr etwas auf und lächelte sie selbstbewusst an.

«Na ja, halb so wild. Ich lebe noch.»

Pascal verdrehte die Augen, verschränkte demonstrativ seine Arme und liess sich schwer in einen der drei Wartestühle an der Wand plumpsen.

«Ach, du Ärmster. Brauchst du irgendetwas? Möchtest du etwas trinken?»

«Lass mal. Mir geht es gut. Mich kriegt man nicht so leicht unter.» Denis blickte zu Pascal rüber und grinste ihn provozierend an.

Dieser blickte betont uninteressiert weg.

Die Bürotür von Maximilian Frech öffnete sich. Alle im Vorraum verstummten. Frech kam auf Denis zu. Dabei hob er sein spitzes Kinn und seine noch spitzere Nase leicht an. Wortlos betrachtete er den Verband an Denis' Hals.

«Mann, Mann, Mann! Da haben wir noch einmal verdammtes Glück gehabt! Ich war sehr froh, als mir Herr Weber heute Nachmittag mitteilte, dass Sie keine bleibenden Schäden davontragen werden.» Frech klopfte Denis anerkennend auf die rechte Schulter. Dann drehte er sich um und ging mit grossen Schritten in sein Büro. Seine italienischen Lederschuhe knarrten dabei leise.

Denis und Pascal folgten ihm. Pascal schloss hinter sich die massive Tür. Frech lief um seinen Schreibtisch herum und nahm in seinem schwarzen Ledersessel Platz. Denis blickte sich kurz im Büro um. Hier hatte sich einiges verändert. Gustav Wenk, der frühere Chef von PRIOS und, wie sich später herausstellte, krimineller Verräter, hatte sein Büro sehr feudal eingerichtet gehabt. Er mochte es prunkvoll. Maximilian Frech hingegen legte offensichtlich keinen grossen Wert auf solche Dinge. Frech hatte seine Bürowände in einem warmen Eierschalenweiss streichen lassen, ein grosses Bild, das an Picasso erinnerte, zierte die rechte Wand, darunter befand sich eine kleine Sitzgelegenheit bestehend aus Couch, Stühlen und einem gläsernen Klubtisch von Corbusier. An der gegenüberliegenden Wand entdeckte Denis zu seinem Erstaunen eine Bar aus Holz mit zahlreichen Flaschen und Gläsern darauf. Auf dem grossen Tisch vor Frech stand neben ein paar sorgfältig sortierten Akten und glänzenden Füllfederhaltern ein kleines Schweizer Fähnchen in einem edlen Holzsockel, das wohl Frechs Patriotismus unterstreichen sollte. Frech zeigte Denis und Pascal mit einer einladenden Handbewegung an, dass sie sich auf die beiden schwarzen Stühle vor dem Schreibtisch setzen sollten. Danach strich er sich noch seine verbliebenen Haare auf der Stirnglatze glatt und rollte mit dem Stuhl an den Tisch.

«Herr Benz, ich kann Ihnen gar nicht sagen, wie glücklich ich bin, dass es Ihnen, den Umständen entsprechend, gut geht.» Er lächelte kurz. «Aber ich habe da noch eine Bitte an Sie.»

Denis blickte ihn kritisch an. Er wusste zwar nicht, was Frech jetzt sagen würde, aber sein Bauchgefühl liess ihn nichts Gutes ahnen.

«Unsere Agenten sind leider immer wieder solchen Extremsituationen ausgesetzt und es ist allgemein bekannt, dass man sich auf ein solches Ereignis nicht vorbereiten kann. Oft hinterlässt es nicht nur physische Wunden, sondern auch seelische.»

Denis verzog das Gesicht. *Macht Frech jetzt auf Gefühle?* Er wartete gespannt ab, was jetzt kommen würde.

«Es ist bei PRIOS Usus, dass unsere Agenten, die einer solchen Belastungsprobe ausgesetzt waren, eine psychologische Betreuung in Anspruch nehmen.»

«Psychologische Betreuung?», wiederholte Denis ungläubig. «Sie meinen, Sie schicken mich in die Klapsmühle?»

Frech fing an zu lachen.

«Nein, nein, keine Klapsmühle. Aber was Sie vergangene Nacht durchgemacht haben, wird Sie wahrscheinlich noch einige Zeit beschäftigen.»

«Beschäftigen?» Denis' Gesichtsausdruck verriet deutlich, dass er das Gespräch am liebsten abgebrochen hätte.

«Nun gut, ich muss wohl etwas deutlicher werden. Diesen brutalen Überfall wird Ihre Psyche nicht so schnell verarbeiten können. Sie werden schlecht schlafen, wahrscheinlich Albträume haben und sich nicht mehr sicher fühlen.»

«Mir geht es gut! Sie brauchen sich keine Sorgen zu machen, ich werde nachts nicht unter das Bett schauen müssen, um mich zu vergewissern, dass sich da kein böser Mann drunter versteckt.» Denis versuchte, Frech locker anzulächeln, doch er bemerkte selber, dass es verkrampft wirkte.

«Herr Benz, Angst zu haben, ist keine Schande. Im Gegenteil, es schützt uns Menschen vor vielen Gefahren. Wir alle fürchten uns vor irgendwas.»

«Ich habe aber keine Angst!» Denis versuchte verzweifelt, seine Ehre zu retten.

Frech schien ein solches Gespräch nicht zum ersten Mal zu führen. Er blieb ruhig und sachlich.

«Herr Benz, ich verstehe, dass es Ihr Stolz im Moment nicht zulässt, zuzugeben, dass sie verunsichert sind. Aber schliesslich wurden Sie mitten in der Nacht aus dem Tiefschlaf gerissen, gefesselt, geknebelt und bedroht. Und das alles in Ihrem Bett bei Ihnen zu Hause, dem Platz, wo Sie sich immer sicher gefühlt haben.» Frech machte eine Pause und beobachtete Denis' Reaktion.

Denis musste zugeben, dass Frechs Ausführungen ihre Wirkung nicht verfehlten. Zum ersten Mal wurde ihm so richtig bewusst, wie hilflos er diese Nacht gewesen war. Er schwieg nachdenklich.

«Um es kurz zu machen: Ich möchte, dass Sie einen unserer Psychologen aufsuchen.»

«Herr Frech, ich weiss Ihre Fürsorge sehr zu schätzen, aber ich brauche das nicht. Ehrlich!» Denis fühlte sich in seinem Stolz verletzt.

«Herr Benz, viele unserer Agenten geraten im Laufe ihrer Dienstzeit in eine Lage, aus der sie ohne psychologische Hilfe nur schwer wieder herausfinden. Sie sind nicht der Erste, der diese Unterstützung in Anspruch nimmt.»

«Ich möchte aber nicht.»

Frechs Gesichtsausdruck wurde ernster.

«Ich werde ungern so deutlich, aber das war keine Bitte, sondern ein Befehl!»

«Heisst das, ich bin vom Dienst suspendiert, bis mich dieser Seelendoktor wieder freigibt?» Denis' Stimme klang verzweifelt.

«Im Normalfall wäre das der übliche Verfahrensweg, ja.» Wieder machte Frech eine Pause. «Nur leider zwingen mich die besonderen Umstände, Sie im aktiven Dienst zu belassen.»

«Was heisst denn das nun? Muss ich diesen Seelenstrip mitmachen oder nicht?»

«Ja, Sie müssen. Ab morgen.» Frech wand sich etwas, bevor er weitersprach. «Parallel zu Ihrer anderen Aufgabe.»

Denis schaute Pascal verwundert an und richtete seinen Blick wieder auf Frech.

«Parallel zu was? Würden Sie bitte aufhören, in Rätseln mit mir zu sprechen!»

Frech blickte ihn sorgenvoll an und seufzte nach einer kleinen Pause laut.

«Nun gut, meine Herren, ich glaube, ich bin Ihnen eine ausführliche Erklärung schuldig.»

Hat er gerade «Ihnen» gesagt? Ist er Pascal auch eine Erklärung schuldig? Habe ich ihn zu Unrecht verdächtigt, etwas zu verheimlichen? Denis beschlich ein schlechtes Gewissen.

Frech blickte Denis direkt in die Augen und fuhr fort.

«Wie Sie ja wissen, haben wir hier bei PRIOS zwölf Vertrauensstufen. Je vertrauenswürdiger man ist, desto kleiner wird die Zahl. Welche Vertrauensstufe haben Sie bei uns, Herr Benz?»

«Acht», antwortete Denis wie aus der Pistole geschossen.

«Und Sie, Herr Weber?»

«Sieben.» Pascals Antwort kam zögerlich.

Frech lehnte sich zurück und schaute kurz zur Decke.

«Acht und sieben», wiederholte er leise.

Denis war klar, dass er nur Zeit gewinnen wollte. Frech wusste selbstverständlich genau, welche Vertrauensstufen sie hatten. Bei PRIOS gab es keine Gruppenleiter, Abteilungsleiter oder Teamchefs. Man machte Karriere über die Vertrauensstufe. Je kleiner die Zahl, desto höher der Rang und desto vertraulicher der Informationsstand. Denis war direkt bei Stufe acht eingestiegen, worauf er sehr stolz war.

Frech blickte abwechselnd Pascal und Denis an und sagte lange nichts. Dann gab er sich einen Ruck.

«Was ich Ihnen jetzt erzähle, betrifft eigentlich nur die Vertrauensstufe eins. Nichts, absolut nichts, was Sie jetzt hören, darf diesen Raum verlassen! Haben Sie mich verstanden?» Frech machte wieder eine Pause. Sein Blick war nun stechend scharf und klar.

Denis nickte und blickte neugierig zu Pascal hinüber.

«Verstanden», stammelte Pascal und richtete sich in dem unbequemen Stuhl auf.

Vertrauensstufe eins bedeutete, dass maximal vier Personen umfassende Informationen zu dem Fall hatten, von dem Frech ihnen berichten wollte. Nämlich der Chef Inland, der Chef Ausland, der Chef PRIOS und der verantwortliche Bundesrat für das Polizei- und Justizdepartement. Denis schluckte schwer. Als er das Büro vor ein paar Minuten betreten hatte, hatte er sich noch hintergangen gefühlt. Nun war er sich nicht einmal mehr sicher, ob er überhaupt noch hören wollte, warum er überfallen worden war.

Frech presste seine Lippen kurz aufeinander und begann den Fall zu erklären.

«Wie Sie ja wissen, nimmt die Schweiz im Kampf gegen den internationalen Terrorismus weltweit eine wichtige Stellung ein. Ende der Siebzigerjahre kamen immer mehr Rebellen und Terroristen dieser Welt in unser Land, da sie in unserer Neutralität eine Chance sahen, ungestört im Untergrund agieren zu können. Leider ist es mittlerweile bewiesen, dass viele Terroranschläge aus der Vergangenheit in der Schweiz ihren Ursprung hatten. Nach intensiven Gesprächen mit verschiedenen Geheimdiensten der Welt, bestätigten sich Anfang der Achtzigerjahre leider die Befürchtungen, dass unser Land von terroristischen Gruppen für ihre Zwecke missbraucht worden war. Unsere Regierung erkannte die enorme Bedrohung und man stellte sich dem Problem. Nach und nach hob PRIOS Terrorzellen in Basel, Zürich und dem Jura aus.»

Denis blickte verunsichert zu Pascal herüber und hob die Schultern. Auch Pascal gab ihm zu verstehen, dass er nicht wusste, worauf Frech hinauswollte.

«Es gelang uns, den Terroristen die Stirn zu bieten und ihre Aktivitäten empfindlich zu stören. Die unwillkommenen Gäste erkannten, dass die Schweiz mittlerweile eine Bedrohung für ihren Kampf darstellte und zogen ab. Wir waren das Problem los.»

Denis fasste sich ein Herz und beugte sich vor.

«Entschuldigen Sie, Herr Frech, aber was geht das uns an?», unterbrach er ihn.

Frech ging auf die Frage nicht ein. Entschlossen hob er die Hand und gab Denis damit zu verstehen, dass er nicht unterbrochen werden wollte.

«Natürlich hat es sich schnell herumgesprochen, dass die Schweiz so viel Erfolg im Kampf gegen den internationalen Terrorismus hatte. Viele Geheimdienste wollten ihr Wissen mit unserem ergänzen. Seither gehören wir zur weltweiten Spitze im Kampf gegen den Terrorismus.»

Denis spürte, dass der schwierigste Teil der Geschichte noch bevorstand.

«Leider wissen auch die Terroristen, dass wir zur Spitze gehören. Da wir aber nie in kriegerische Handlungen verwickelt waren und unser Land eine verhältnismässig tolerante Haltung gegenüber anderen Religionen hat, liess man die Schweiz bislang in Ruhe.»

Bislang? Jetzt nicht mehr? Sind wir nun auch eine Zielscheibe für Attentate? Denis traute sich nicht, seine Gedanken laut auszusprechen.

«Nun ja, wie soll ich sagen ...» Frech dachte kurz nach. «Die Lage hat sich in den letzten beiden Jahren leider etwas verändert. Seit der Anti-Minarett-Initiative haben wir schlafende Hunde bei den Extremisten geweckt. Zudem sind wir zu erfolgreich im Kampf gegen den internationalen Terrorismus. Viele geplante Anschläge wurden durch unser Zutun verhindert. Kurzum: Was ich damit sagen will, ist, wir sind in das Fadenkreuz des internationalen Terrorismus gelangt.»

Es entstand eine lange Pause. Schliesslich fuhr Frech fort.

«Der Überfall auf Sie, Herr Benz, hat mir leider klargemacht, dass sich die Bedrohungslage akut verschärft hat.»

«Wollen Sie damit sagen, ich wurde von einem Terroristen überfallen?» Mit offenem Mund starrte Denis Frech an.

«Nicht einfach von irgendeinem Terroristen. Sie wurden offenbar von einer sehr gefährlichen terroristischen Organisation Namens ‹Reiner Glauben› dazu benutzt, ihren Anliegen das nötige Gewicht zu verleihen.» Frechs Gesichtsausdruck veränderte sich. Bisher hatte er souverän gewirkt, nun stand ihm seine Sorge um das Wohl von Denis ehrlich ins Gesicht geschrieben.

«Aber ... warum ich? Und welche Anliegen?»

Frech lächelte verzweifelt.

«Ich werde ganz ehrlich zu Ihnen sein, das wird nicht einfach für Sie.»

Denis' Herz schlug ihm hart bis zum Hals.

«Ich werde Ihnen die Erklärung in zwei Teilen liefern.» Frech überlegte einen Moment lang. «Nachdem Sie Ihr Talent als Agent bei der Drogengeschichte mit Ramon Vasquez bewiesen hatten und meiner Bitte, bei unserer Abteilung einzusteigen, nachgekommen waren, mussten wir natürlich einige Dinge erst abklären, bevor wir Sie ins Ausbildungsprogramm schicken konnten.»

«Abklären? Was meinen Sie mit Abklären?», fuhr ihm Denis empört dazwischen.

«Wir haben Sie damals auf die Mission geschickt, weil uns Ihre verblüffende Ähnlichkeit mit einem Verbrecher weiterhelfen konnte. Doch Sie waren ein normaler Bürger, ein Schauspieler, aber keiner unserer Agenten.»

«Ja, ja, ich weiss.» Denis winkte ungeduldig ab.

«Nach Ihrem Einsatz war mir sofort klar, dass Ihr ausserordentliches Geschick für uns von grossem Nutzen sein würde, darum bot ich Ihnen diesen Job an.»

«Ich sehe den Zusammenhang immer noch nicht.» Denis wurde ungeduldig.

«Wie Sie ja wissen, sind unsere Identitäten hier beim Geheimdienst verschleiert. Bei keinem unserer Angestellten steht ‹Agent› im Mitarbeiterausweis. Sie zum Beispiel, Herr Benz, arbeiten offiziell als Mitarbeiter des Pressebüros des Bundeshauses. Das ist Ihre Tarnung.»

«Ist mir alles klar! Aber wo ist der Zusammenhang?»

«Wie Sie ja wissen, enttarnte Sie damals der Drogenboss Ramon Vasquez und nahm an, Sie seien auch ein Agent von uns.» Frech seufzte.

«Ja und?» Denis wurde immer ungeduldiger.

«Weil Sie aber damals noch kein Agent waren, sondern eine Privatperson, die in unserem Auftrag Ferien machte, reisten Sie natürlich mit Ihrem Originalpass.» Frech blickte ihn erwartungsvoll an.

Denis verstand noch immer nicht. Verdutzt erwiderte er den Blick.

«Begreifen Sie denn nicht? Sie sind unser einziger Mitarbeiter, der im Telefonbuch steht!»

Die Worte von Frech trafen Denis wie ein Schlag. Er liess die Schultern hängen und versank schockiert in seinem Stuhl. Pascal klopfte ihm leicht auf die Schulter. Plötzlich schoss Denis ein Gedanke durch den Kopf.

«Aber meinen Namen kannten ja nur Vasquez und seine Leute. Wie kommen dann diese Terroristen auf mich?»

Frech stützte sich auf seinem Schreibtisch ab, stand auf und kam zügig hinter seinem Schreibtisch hervor. Entschlossen ging er zur Tür.

«Kommen Sie mit.»

Denis blickte Pascal fragend an.

«Ich auch?», fragte Pascal verunsichert.

«Beide!» Frech verliess zügig den Raum. Denis und Pascal folgten ihm eilig.

«Frau Glaser, bitte machen Sie für morgen einen Termin bei einem unserer Psychologen für Herrn Benz. Wir haben doch erst gerade ein Spezialangebot bekommen, rufen Sie da mal an!»

Er bog links in den Gang ab. Die beiden jungen Agenten hatten Mühe, ihm zu folgen. Denis war schnell klar, wohin dieser Ausflug führen würde, ins Aquarium. Sie nannten diesen Raum so, weil mittendrin ein grosser, abhörsicherer Glaskasten stand. Alle besonders heiklen Projekte wurden nur in diesem Raum besprochen.

An der Tür wartete Frech, bis ihn Denis und Pascal eingeholt hatten. Sie betraten den Raum, am Glaskasten angekommen, holte Frech seine Zugangskarte aus der Hosentasche, hielt sie an ein Metallkästchen gleich neben der Türfalle und nachdem das grüne Lämpchen mit einem leisen Piepen den Zugang gewährt hatte, drückte er die Klinke herunter, öffnete die Tür und zeigte Denis und Pascal mit einer wedelnden Geste an, dass sie eintreten sollten. Wortlos nahmen die beiden am grossen Konferenztisch Platz. Er schloss hinter ihnen die Tür und ging zum anderen Tischende. Er tippte auf dem Fernbedienungsmodul, das im Tisch eingelassen war, ein paar Befehle ein. Eine Leinwand fuhr herunter, der Beamer startete und die Glaswände verdunkelten sich. Frech, der nun im Halbschatten stand, fing endlich an zu sprechen.

«Wie Sie nun wissen, stellte die Tatsache, dass man Ihren Namen kannte, ein erhebliches Sicherheitsrisiko dar. Bevor Sie Ihre Ausbildung absolvieren konnten, mussten wir prüfen, wie akut die Gefahr einer Enttarnung für Sie und PRIOS war. Herr Weber war damit beauftragt, die gegenwärtige Sachlage zu prüfen und eine Gefahrenanalyse zu erstellen.»

Das war also das Geheimnis, das Pascal mit sich herumtrug! Denis schaute zu Pascal, um dessen Reaktion zu prüfen. Der blickte aber nur mit versteinerter Miene und verschränkten Armen stur zu Frech.

«Die Analyse ergab, dass wir kein akutes Gefahrenpotenzial zu befürchten hatten. Die Einzigen, die Ihren Namen kennen, sind dieser Drogenboss Vasquez, seine Leibwächter, sein Sekretär, Vasquez' Frau, seine Tochter und natürlich sein Freund, der Auftragsmörder Juan Fuentes.»

Denis zuckte innerlich zusammen als er den Namen Fuentes hörte.

«Vasquez, Fuentes, die Leibwächter und der Sekretär stellten laut Analyse keine Gefahr dar, da sie alle für mehrere Jahre inhaftiert wurden. Von Vasquez' Frau ging auch kaum eine Gefahr aus, da sie sich nie mit den Verbrechen ihres Mannes auseinandergesetzt hatte. Die Tochter Vanessa hingegen war ein Problem. Wie wir ja wissen, hat sich die junge Dame nach Abschluss des Falles noch persönlich bei Ihnen gemeldet, offenbar weckten Sie einige romantische Gefühle bei ihr. Ihr konsequentes Handeln, sich nicht auf die Dame einzulassen, führte aber dazu, dass Sie für Vanessa irgendwann einmal uninteressant wurden.» Frech blieb stehen und lächelte Denis an.

Doch Denis war im Moment nicht zum Lachen zumute. Er grinste gequält.

«Nun gut, um es kurz zu machen, von ihr ging auch keine nennenswerte Gefahr aus. Zwar hatte sie ein gebrochenes Herz, aber keine kriminelle Energie. Wir durften also davon ausgehen, dass die Gefahr Ihrer Enttarnung verschwindend klein war. Somit hatte ich grünes Licht, Sie in die Ausbildung zu schicken. Trotzdem liess ich Vasquez und Fuentes weiter von unseren Leuten überwachen, was sich als richtiger Schritt erwiesen hat.»

«Und wo ist jetzt der Zusammenhang zwischen Vasquez und den Terroristen?»

«Leider ist etwas Unerwartetes eingetreten und damit komme ich jetzt zum zweiten Teil meiner Ausführungen. Ich möchte Ihnen erst einmal eine kurze Filmsequenz zeigen.» Frech beugte sich wieder über den kleinen, im Tisch eingelassenen Computer und startete einen Film.

Denis verschränkte die Arme und blickte nervös auf die Leinwand. Nach ein paar Sekunden sah er einen kahlen Raum. Das Bild war schwarz-weiss, unten rechts lief eine Uhr mit der Tageszeit und Datumsangabe mit. Denis sah eine Art Warteraum auf der Leinwand. Der massive Beton, die spartanische Einrichtung und die Kameraperspektive liessen Denis vermuten, dass es sich um einen Gefängnisraum handeln musste. Als plötzlich ein Wärter in Uniform im Bild erschien, der einen Häftling in den Raum brachte, war er sich sicher. Der Häftling ging mit dem Rücken zur Kamera. Trotzdem kam er Denis bekannt vor. Da drehte sich der Häftling um und Denis blieb vor Schock die Luft weg. Er hatte ihn erkannt! Es war Juan Fuentes, Auftragsmörder von Vasquez, der auch ihn damals beinahe umgebracht hätte. Denis bemerkte, dass Frech seine Reaktion ganz genau beobachtete. Trotzdem erwiderte Denis den Blick nicht, sondern blickte weiterhin gespannt auf die Leinwand. Fuentes sass einen Moment lang alleine an einem Tisch, die Hände in Handschellen, der Wärter stand hinter ihm. Dann erschien eine zweite Person. Denis konnte deutlich erkennen, dass es sich um einen Mann mit dunkler Hautfarbe handelte. Er hatte dichtes, dunkles Haar, einen leichten Bauchansatz und trug konservative Kleidung. Denis schätzte ihn auf Mitte vierzig. Der Mann setzte sich, ohne Fuentes die Hand zu geben.

Frech stoppte die Aufzeichnung. Er zeigte auf das Bild.

«Den Herrn links muss ich Ihnen nicht näher vorstellen, es handelt sich um Juan Fuentes. Wie Sie ja wissen, sitzt er in Buenos Aires im Hochsicherheitstrakt. Doch jetzt wird es interessant: Der andere Mann heisst Jermahl Vajivalara, ist Pakistaner und nach unseren Vermutungen ein ranghohes Mitglied der terroristischen Organisation ‹Reiner Glauben›. Dieser Organisation sagt man Verbindungen zu den Taliban und der Al Kaida nach, woraus wir schliessen, dass es um den Krieg in Afghanistan geht.»

«Aber was hat Pakistan mit Afghanistan zu tun?», fragte Denis.

«Ganz einfach. Pakistan liegt zwischen Indien und Afghanistan. Mit Indien gibt es seit Jahrhunderten Konflikte. Die USA steht dabei auf indischer Seite. Gewinnt nun die USA in Afghanistan die Oberhand, befindet sich Pakistan zwischen zwei Fronten. Darum ist es für Pakistan immens wichtig, dass Afghanistan von den USA unabhängig ist. Darum unterstützt Pakistan mehr oder weniger heimlich die Taliban und Al Kaida.» Frech machte eine kleine Pause. «Wir haben keine Ahnung, wie dieser Kontakt zustande kam, aber wir wissen, dass Fuentes Ihren Namen an diesen Mann verraten oder verkauft hat!»

Denis starrte auf die Tischplatte. Diese Information haute ihn um, er musste erst einmal nachdenken. *Dieser Bastard! Nicht einmal im Gefängnis gibt er Ruhe!* Denis richtete seinen Kopf wieder auf und schaute Frech in die Augen.

«Und warum hat man mich nicht darüber informiert? Wie ich am Datum dieses Videos erkennen kann, war dieses Treffen vor vier Tagen.» Denis' Empörung war ihm deutlich anzumerken.

Frech nahm sich einen Stuhl und setzte sich hin.

«Bis heute Morgen hatten wir keine Ahnung, wer dieser Mann ist, der sich hier mit Fuentes unterhält. Eigentlich können wir auch jetzt nicht mit absoluter Sicherheit sagen, dass er ein Terrorist ist. Und ich muss zugeben, dass ich sehr überrascht war, wie schnell gehandelt wurde.»

«Aber warum behaupten Sie dann, dass er ein Terrorist ist?»

«Wenn ich die Umstände der vergangenen Tage mit dem Überfall heute Morgen kombiniere, dann drängt sich ein deutlicher Zusammenhang auf.»

«Was für Umstände der vergangenen Tage?»

Frech stand wieder auf und ging nervös hin und her. Unverhofft blieb er stehen und fuhr mit seiner Erklärung fort.

«Wie ich Ihnen bereits in meinem Büro sagte, hat der internationale Terrorismus PRIOS ins Visier genommen. Das hat vor allem einen Grund: Projekt ANGUS.» Frech sprach nicht mehr weiter. Angespannt blickte er abwechselnd Denis und Pascal an.

Denis konnte sich unter «Projekt ANGUS» nichts vorstellen.

Pascal, der bislang ohne ein Wort zu sprechen in seinem Stuhl neben Denis gesessen hatte, richtete sich auf.

«Und was ist Projekt ANGUS?»

«Beim Projekt ANGUS handelt es sich um eine Computersoftware. Das grösste Problem des internationalen Terrorismus ist die Kommunikation. Seit Präsident Bush den sogenannten ‹Patriot Act› eingeführt hat, wurden die sensiblen Kommunikationswege der Terroristen mit juristischem Zuspruch peinlich genau durchleuchtet. Auch in anderen Ländern wurden die Datenschutzbestimmungen gelockert, damit in dringenden Fällen Telefone abgehört und Internetverbindungen angezapft werden können. Weil die Kommunikation des internationalen Terrorismus hauptsächlich übers Internet stattfindet, da man mit diesem Medium am besten anonym bleiben kann, konzentriert sich die Arbeit der Fahnder ebenfalls auf das Internet, genauer gesagt auf die Internettelefonie. Wir von PRIOS haben nun eine Software entwickelt, die die Verschlüsselungsprogramme der Terroristen entschlüsseln kann. Somit sind wir in der Lage, die Kommunikation dieser Organisationen zu verfolgen.»

«Und welche Rolle spiele ich dabei?», fragte Denis neugierig.

Frech setzte sich wieder hin.

«Heute Morgen, kurz nach dem Überfall, nahm eine unbekannte Person, über ein paar Umwege, mit unserem Departement für auswärtige Angelegenheiten Kontakt auf. Eine Vereinigung namens ‹Reiner Glauben› drohe mit einer Flut von Attentaten, wenn wir nicht sofort das Projekt ANGUS einstellen würden. Woher die Terroristen von ANGUS wissen, ist uns nicht bekannt, schliesslich unterliegt dieses Projekt der höchsten Geheimhaltungsstufe. Aber da das Projekt ANGUS von vielen ausländischen Geheimdiensten ebenfalls genutzt wird, vermuten wir die undichte Stelle im Ausland. Aber wir haben es erfunden und entwickeln es stetig weiter, darum sind wir jetzt zur Zielscheibe geworden. Um den Forderungen Nachdruck zu verleihen, hat man Sie, Herr Benz, überfallen.»

Darum sprach mich dieser Mann immer mit «Agent Denis Benz» an. Er wollte klarmachen, dass er wusste, dass ich ein PRIOS-Agent bin! Mit offenem Mund schaute Denis Frech an.

Nun ergriff Pascal das Wort.

«Aber woher wissen Sie, dass dieser Mann da auf dem Bild bei Fuentes, zum ‹Reinen Glauben› gehört?»

«Gute Frage, Herr Weber. Ich habe einfach eins und eins zusammengezählt. Erstens: Wir wissen, dass diese Organisation vom Projekt ANGUS weiss. Zweitens: Sie verlangen, dass wir es sofort einstellen. Drittens: Sie wissen von unserem Geheimdienst, wahrscheinlich sogar von der Abteilung PRIOS, sie wissen aber nicht, wer dazugehört. Viertens: Fuentes, der nur einmal Besuch in seinem Gefängnis empfing, hatte Kontakt mit einem Mann aus Pakistan. Und in Pakistan ist die Organisation aktiv. Und fünftens: Kurz nach dem Gefängnisbesuch wurde Herr Benz von einem Terroristen überfallen.»

Pascal fasste sich an die Stirn.

«Jetzt verstehe ich!»

Denis blickte ihn überrascht an.

«Was verstehst du? Ich verstehe nämlich gar nichts!»

«Diese Organisation hat Wind davon bekommen, dass PRIOS ihre Kommunikation knacken kann. Nur wissen sie nicht, wer zum Geheimdienst gehört. Dann bekommen sie plötzlich von Fuentes deinen Namen. Somit haben sie endlich ein Gesicht. Sie überfallen dich, um uns den Eindruck zu vermitteln, dass sie alle PRIOS-Mitarbeiter kennen, eine offene Drohung sozusagen. Sie können ja nicht wissen, dass wir bereits ihre Quelle kennen. Sie wollen uns den Eindruck vermitteln, dass wir angreifbar sind.»

«Richtig, Herr Weber», bestätigte Frech.

«Aber warum haben sie mich nicht einfach umgebracht? Dann hätten sie ihrer Drohung doch noch mehr Gewicht verliehen.»

«Ganz einfach, Herr Benz. Man braucht Sie noch. Sie sind der einzige Zugang zu PRIOS.»

«Wie denn?»

«Das ANGUS ist keine Computersoftware, die fertig ist. Sie muss ständig aktualisiert werden. Damit Sie mich verstehen, muss ich Ihnen kurz erklären, wie Sie funktioniert. In Afghanistan spricht man hauptsächlich Paschtu und Dari. Das sind aber nur die zwei offiziellen Landessprachen. Daneben sind neunundvierzig weitere Sprachen und rund zweihundert Dialekte bekannt. Zusätzlich wird vermutet, dass diese Dialekte wiederum durch Untergruppen und Ableitungen verwässert werden. Zum Teil verstehen die Einwohner eines Dorfes nicht einmal mehr den Dialekt des Nachbardorfes. Die Terroristen nutzen dies nun für ihre Zwecke. Sie haben eine Software entwickelt, die jedes einzelne Wort umgehend nach dem Zufallsprinzip in eine von den Hunderten von Varianten dieser Dialekte übersetzt. Ich mache Ihnen ein Beispiel. Nehmen wir den einfachen Satz: ‹Heute scheint die Sonne.› Nun erkennt das Programm das Wort ‹heute›, dieses Wort wird mit einem Zufallsgenerator einem Dialekt zugewiesen. Dann nimmt das Programm das nächste Wort ‹scheint›. Wieder wird dieses Wort in einen anderen Dialekt übersetzt. So geht das Wort für Wort. Anschliessend verschlüsselt das Programm dieses Sprachenchaos ein weiteres Mal und schickt es an den Empfänger, bei dem es wieder entschlüsselt wird. Da nun ein einfacher Satz Milliarden von Varianten der Deutung offenlässt, wir aber nicht einmal alle afghanischen Dialekte kennen, ist das Knacken dieser verschlüsselten Botschaften fast unmöglich. Das Projekt ANGUS besteht aus drei Personen, drei ausgesprochen intelligenten und aussergewöhnlichen Sprachwissenschaftern, die Tag für Tag die Software mit ihren neuesten Erkenntnissen über die afghanischen Dialekte füttern. Das Programm ist zwar noch nicht ausgereift, doch können wir immer wieder Sätze entschlüsseln und daraus Rückschlüsse ziehen. Schon einige Anschläge wurden so verhindert. Da aber noch längst nicht alle Dialekte erfasst wurden und sich die Gegenseite auch weiterentwickelt, ist dieses Computerprogramm stetig im Wandel. Es muss ständig mit neuen Informationen gefüttert werden. ANGUS ist also der Übername für diese drei Personen, deren Identität hoch geheim ist.» Frech tippte wieder etwas in die Tastatur im Tisch ein. Dann drehte er sich auf seinem Stuhl um und blickte zum Bild hoch.

«Hier sehen Sie einen der drei.»

Auf dem Bild war ein sympathischer, blonder Mann mit wirren Locken zu sehen. Er hatte ein kantiges Gesicht und sah sportlich aus. Frech zeigte auf das Bild.

«Das ist Professor Frederick Stammheim, zweiundsechzig Jahre alt und offiziell frühpensioniert. Er lebte lange in Afghanistan und arbeitete dort als Professor für Sprachwissenschaften. Er hat sich mit zweiundvierzig Jahren heimlich mit einer Afghanin verheiratet, was auch der Grund für seine abrupte Rückreise nach Europa war, denn man fand es heraus.» Frech wechselte das Bild. Eine junge Frau mit langen schwarzen Haaren, einer ziemlich grossen Nase und dunklen Augen erschien. Sie wirkte hübsch und aufgeschlossen.

«Das ist Sophie Keller. Das ist natürlich nicht ihr richtiger Name, denn, wie Sie sicher unschwer erkennen können, ist sie Afghanin. Wir haben sie eingebürgert und ihr einen neuen Namen gegeben. Sie flüchtete mit siebenundzwanzig Jahren aus ihrem Land, studierte dann in England Sprachwissenschaften und Informatik und arbeitet seit zwei Jahren für uns. Sie ist jetzt vierunddreissig.» Wieder wechselte das Bild. Ein Foto von einem dunkelhäutigen Mann mit Bart und Glatze erschien.

«Und das ist Normen Johnson. Er war lange Professor an der Harvard University in den USA und ist einer der renommiertesten Sprachwissenschafter in afghanischer Dialektologie. Er ist mit einer Schweizerin verheiratet, was es uns einfacher machte, ihn in die Schweiz zu bringen. Sein Vater ist Afghane, seine Mutter stammt aus Dubai.» Frech drehte sich auf seinem Stuhl wieder zu Denis und Pascal.

«Diese drei Personen sind also das Projekt ANGUS. Ihr Wissen ist von unschätzbarem Wert. Niemand sonst auf der Welt hat sich so mit der afghanischen Dialektologie auseinandergesetzt.»

«Aber wenn ich Sie richtig verstanden habe, dann ist diese Organisation aus Pakistan. Die sprechen aber nicht Paschtu oder Dari, oder?», meldete sich Denis.

«Die Software wurde so programmiert, dass es auch die pakistanischen Landessprachen, genauer gesagt Urdu und Hindi, versteht. Wir fürchten sogar, dass dieses Programm so weit ausgereift ist, dass es für alle Sprachen genutzt werden kann.»

«Was bedeuten würde, dass diese Software für Terroristen aller Länder von unschätzbarem Wert ist», warf Pascal ein.

«Genau! Nun gut, es bleibt uns nichts anderes übrig.» Er beugte sich vor und blickte Denis tief in die Augen. «Herr Benz, es ist offensichtlich, dass die Terroristen mehr wissen, als ich bis heute annahm. Ich fürchte, dass diese Menschen wieder auf Sie zukommen werden, denn sie wollen Informationen von Ihnen. Sie, Herr Benz, sind unsere einzige Chance herauszufinden, wie viel die Gegenseite schon weiss.» Frech biss sich auf die Lippen. «Ich mache das jetzt sehr ungern, denn es ist sehr riskant. Mein Verstand sagt mir, dass ich das auf keinen Fall tun darf.» Wieder biss er sich auf die Lippen.

Es herrschte absolute Stille im Raum. Keiner sagte etwas, Denis und Pascal warteten gespannt auf Frechs Ergänzung. Plötzlich platzte Denis der Kragen.

«Was wollen Sie mir sagen?»

Frech neigte seinen Kopf zur Seite und blickte ihn lange an. Dann holte er Luft.

«Die Sache ist nicht nur von nationalem Interesse, sondern von internationalem. Eigentlich müsste ich Sie im Moment vom Dienst befreien, denn Sie befinden sich in höchster Lebensgefahr, aber Sie sind unsere einzige Chance. Ich muss Sie bitten, für uns den Lockvogel zu spielen und ich kann Ihnen nicht garantieren, dass Sie das überleben werden.»

Plötzlich öffnete sich die Glastür und Thomas Barner, ein älterer Kollege, platzte herein. Frech bestrafte ihn mit einem strengen Blick.

«Warum platzen Sie hier einfach unangemeldet herein?»

Barner eilte zu Frech und flüsterte ihm etwas ins Ohr. Schockiert blickte Frech Denis und Pascal an. Er dachte kurz nach und räusperte sich.

«Meine Herren, die Lage ist schlimmer, als ich angenommen hatte. Herr Barner hat mir gerade mitgeteilt, dass Herr Halibi vor wenigen Minuten tragisch ums Leben kam.»

Denis und Pascal blickten sich fragend an, sie hatten den Namen noch nie gehört. Es war still im Raum, nur der Beamer surrte weiter vor sich hin.

«Wer ist dieser Halibi?», traute sich Denis zu fragen.

«Professor Frederick Abdullah Halibi, hat bei PRIOS den Decknamen Normen Johnson. Er ist einer der Programmierer vom ANGUS-Projekt!»

Kapitel 4: Seychellen, Praslin, Donnerstag, 2. Juli, 19:00

Frederick Stammheim hielt die Hand vor den Mund und gähnte ausgiebig. Anschliessend rührte er mit dem Strohhalm in seinem Cocktailglas herum. Ein Blick auf die Uhr verriet ihm, dass es kurz nach sieben war. In der Schweiz musste es jetzt also fünf sein. Er war müde von der langen Reise. Von Basel war er nach Paris geflogen und von dort auf die Hauptinsel Mahé, dann ging es mit einem Kleinflugzeug weiter auf die Nebeninsel Praslin.

Stammheim schaute sich in der Bar kurz um, es war noch nicht viel los. Das Hotel gefiel ihm gut. Es war das beste auf der Insel und liess keine Wünsche offen. Es war in mehrere Bereiche unterteilt. Im Haupttrakt befand sich der Empfang, das Hauptrestaurant und die Bar. Stammheim war in einem eigenen Bungalow untergebracht. Doch direkt nach der Ankunft war er in die Bar gegangen. Anschliessend wollte er das Gelände noch etwas erkunden und einen kleinen Strandspaziergang machen. Die warme Luft versetzte Stammheim langsam in Ferienstimmung. Endlich konnte er abschalten. Die letzten Wochen waren sehr stressig gewesen. Er mochte seine Arbeit bei PRIOS und er hatte auch das Gefühl, bei etwas Sinnvollem mitwirken zu können, doch in letzter Zeit wurde ihm die Belastung zu viel. Darum hatte er sich entschlossen, eine Pause einzulegen und ein paar Ferientage auf den Seychellen zu verbringen. Auch zerrte die angespannte Situation mit seiner Frau Aisha an seinen Nerven. Sie hatte ihn stets unterstützt, doch die ständigen Absenzen und die Geheimnistuerei um seine Aufgabe im Bundeshaus liessen ihr Verständnis stetig sinken. Sie hatten sich oft gestritten, wenn er wieder mal sehr spät in der Nacht nach Hause kam. Wieder gähnte Stammheim. Die lange Reise zeigte ihre Wirkung.

«Sind Sie gerade angekommen?», fragte ihn der freundliche Barkeeper auf Englisch. Er trug eine asiatisch angehauchte Uniform und ein goldenes Namensschild verriet, dass er Senjap hiess.

«In der Tat. Vor etwa einer Stunde.»

«Hatten Sie eine angenehme Reise?» Der Barkeeper steckte Stammheim mit seiner Fröhlichkeit an.

«Ja, aber sie war lange.»

«Woher kommen Sie?»

«Aus der Schweiz.»

«Ah, die Schweiz. Kenne ich. Die haben die beste Schokolade der Welt!»

«Ja, die Schweiz und ihre Schokolade.» Er winkte ab. «Aber es stimmt, sie ist wirklich gut. Obwohl wir in Deutschland auch eine gute Schokolade haben.»

Der Barkeeper runzelte die Stirn.

«Dann kommen Sie aus Deutschland?»

«Ich bin Deutscher, lebe aber in der Schweiz.»

«Dann haben Sie beruflich da zu tun?»

Stammheim schaute sich wieder um. Noch immer war er der einzige Gast in der Bar. Er dachte einen Moment lang nach. Sehr oft musste er in den letzten zwei Jahren diese Frage beantworten und niemand konnte so richtig verstehen, warum er nach seiner Pensionierung in die Schweiz gezogen war. Offiziell arbeitete er nicht, das Projekt für PRIOS war geheim. Er seufzte, bevor er antwortete.

«Nun, ich arbeite nicht mehr, ich bin Professor für arabische Sprachwissenschaft im Ruhestand. Nirgendwo sonst auf der Welt kann man seinen Ruhestand so gut geniessen und sein Geld so schnell loswerden wie in der Schweiz.»

«Da haben Sie recht! So mache ich das auch. Erst verdiene ich mir noch ein paar Millionen hier an der Bar und dann ziehe ich mich in die Schweiz zurück und geniesse das Leben.»

Stammheim lächelte zufrieden. Er hatte gewusst, dass diese Erklärung keine Fragen offen liess. Die Antwort funktionierte immer. Er war ganz froh, als sich ein junger, blonder Mann mit gepflegtem Bart neben ihn setzte. Der Barkeeper fragte den Mann nach seinem Wunsch.

«Whisky-Cola», bestellte dieser knapp. Anschliessend holte er sein Mobiltelefon hervor.

Stammheim, der ihn aus dem Augenwinkel beobachtete, erinnerte sich daran, dass er sein Mobiltelefon seit seiner Ankunft noch nicht wieder eingeschaltet hatte. Er hatte seiner Frau versprochen, nach Ankunft eine SMS zu schreiben. Er griff in seine Hosentasche und holte das Telefon hervor. Nachdem er den Zugangscode eingegeben hatte, schrieb er eine SMS an seine Frau. Schon während des Eintippens piepte das Telefon unaufhörlich. Stammheim blickte auf und lächelte verlegen. Sein Nachbar grinste ihn an.

«Sie scheinen ein viel gefragter Mann zu sein», eröffnete der junge Mann das Gespräch auf Englisch.

Stammheim schaltete sein Blackberry auf stumm, schickte die SMS weg und legte das Telefon vor sich auf die Theke.

«Bitte entschuldigen Sie, ich war lange unterwegs und hab das Telefon gerade erst eingeschaltet.»

Der junge Mann winkte freundlich ab.

«Das kenn ich, geht mir genauso. Kaum ist man in einem fremden Land, schon decken einen die hiesigen Telefongesellschaften mit Sonderangeboten ein. Am besten, man ignoriert dieses verdammte Telefon einfach mal. Schliesslich wollen wir hier Urlaub machen, nicht?»

Der Barkeeper brachte dem jungen Mann seinen Drink und stellte ihn wortlos mit einem Lächeln vor ihm auf die Theke. Stammheim bemerkte, dass sein Telefon unentwegt blinkte, was ihn sehr irritierte. Er schien Dutzende von Mitteilungen verpasst zu haben. Um seinen Nachbarn nicht zu kränken, beschloss er aber, die Nachrichten erst später zu lesen. Ausserdem hatte er jetzt Ferien und wollte sich entspannen. Entschlossen schob er das Telefon weiter von sich.

«Und Sie sind auch ein Gast hier?», fragte Stammheim. Er war ganz froh, einen Gesprächspartner gefunden zu haben.

«Genau, ich bin heute Morgen angekommen. Ist es nicht eine paradiesische Insel?»

«Absolut, ich bin begeistert. Ich habe zwar noch nicht viel gesehen, weil ich gerade erst angekommen bin, aber das, was ich bis jetzt gesehen habe, macht mich neugierig.»

Der junge Mann prostete Stammheim in der Luft zu.

«Auf ein paar entspannte Tage!»

Stammheim erwiderte den Trinkspruch. Beide tranken einen grossen Schluck. Wieder leuchtete das Telefon vor ihm auf. Er wollte gerade danach greifen, als der junge Mann erneut anfing zu sprechen.

«Wissen Sie was, schalten Sie das Ding doch einfach aus, dann haben Sie Ruhe! Darum sind Sie doch hier, nicht?» Der Mann strahlte ihn gewinnbringend an.

«Eigentlich haben Sie recht.» Er schaltete das Telefon zwar nicht aus, schob es aber demonstrativ noch ein Stück weiter weg. «Woher kommen Sie?», wechselte er das Thema.

«Ich bin Holländer. Mein Name ist Ruben.»

Stammheim ging auf das Duzis ein.

«Ich bin Frederick.»

«Und woher kommst du?»

«Eigentlich bin ich Deutscher, aber ich lebe in der Schweiz. Seit meiner Pensionierung geniesse ich da meinen Ruhestand. Und du bist heute Morgen aus den Niederlanden hergeflogen?»

«Nein, ich komme direkt aus Frankreich, Südfrankreich, um genau zu sein.»

«Schön, da war ich auch schon. St-Tropez kenne ich ganz gut. Wo warst du denn?» Stammheim bemerkte, dass der junge Mann einen Moment lang nachdachte.

«Ja, genau in St-Tropez. Ich hatte da was Geschäftliches zu erledigen, bevor ich hierher flog. Und was hast du gemacht, bevor du in den Ruhestand getreten bist?»

«Ich habe als Professor Sprachwissenschaften an der Uni unterrichtet.» Stammheim sah, wie sein Mobiltelefon unentwegt leuchtete.

«Das hört sich nach sehr intelligentem Stoff an. Welche Sprachen?»

«Arabische Sprachwissenschaft mit Schwergewicht in Dialektologie.»

«Ich war nie ein Sprachgenie. An mir hättest du sicherlich keine Freude gehabt.» Er lachte.

Stammheim mochte den Mann irgendwie. Er strahlte eine gewisse Herzlichkeit aus und schien unheimlich selbstbewusst zu sein.

«Und was arbeitest du, Ruben?»

«Ich habe Maschineningenieur studiert, was mir aber nicht gefiel. Seit meinem Abschluss mache ich dies und das, bereise die ganze Welt und geniesse das Leben.»

«Da hast du recht, man muss das Leben geniessen, solange man kann.» Die Antwort von Ruben irritierte Stammheim etwas. Schliesslich befanden sie sich in einem Luxushotel. Hier konnte man nicht Ferien machen, wenn man nicht über ein gewisses Einkommen verfügte. Doch er verwarf seine Bedenken wieder, denn es konnte ihm eigentlich egal sein, woher der junge Mann sein Geld für diesen Aufenthalt hatte.

«Und wo hast du unterrichtet?», fragte Ruben interessiert nach.

«An verschiedenen Orten. Erst in Deutschland, dann in Afghanistan und dann noch in der Schweiz.»

«In Afghanistan?»

«In Kabul an der Universität. Ich habe dort mehrere Jahre gearbeitet.»

«Und wie war es da, in Kabul?»

«Afghanistan ist ein sehr interessantes Land, das seit seiner Gründung oft von Kriegen geplagt wurde. Wie auch in vielen anderen Ländern war die Religion immer wieder mal der Grund für heftige Auseinandersetzungen. Hinzu kommt, dass es ein bitterarmes Land ist, in der Korruption weit verbreitet ist. Kombiniert man nun Armut, Korruption, Unterdrückung, festgefahrene Denkweisen und einen extremen

Glauben miteinander, hat man ein orientierungsloses Land, das sich gegen Einflüsse aller Art immer wieder zur Wehr setzen muss. Ich möchte meine Zeit in Kabul nicht missen, doch bin ich mittlerweile froh, wieder in einer gemässigteren Gesellschaft leben zu dürfen.»

Ruben hörte aufmerksam zu.

«Interessant. Aber vielleicht liegt es auch daran, dass wir in der westlichen Welt einfach verlernt haben, andere Glaubensrichtungen und Ansichten, die bereits seit Jahrhunderten bestehen, zu akzeptieren.»

Stammheim, der gerade wieder nach seinem Telefon greifen wollte, blickte Ruben erstaunt an.

«Ich versteh nicht ganz ...»

Ruben verlor sein sympathisches Lächeln und schaute ihn ernst an.

«Bitte, versteh mich nicht falsch, Frederick. Ich bin auch viel in der Welt herumgekommen und es fiel mir immer wieder auf, dass wir von der sogenannten westlichen Welt uns immer wieder die Arroganz herausnehmen, zu wissen, wie die Welt funktioniert und was die Menschen brauchen. Wir kaufen uns teure Autos, arbeiten den ganzen Tag, verheiraten uns, um uns dann gleich wieder scheiden zu lassen, und haben trotz allen Widersprüchen, die uns begegnen, noch immer das Gefühl, wir seien etwas Besseres. Was gibt uns denn zum Beispiel das Recht, uns in Kriege einzumischen, die uns gar nichts angehen?» Ruben blickte ihn fordernd an.

Stammheim überlegte einen Moment.

«Weisst du, Ruben, ich habe sehr, sehr lange in Kabul gelebt. Ich bin sogar mit einer Afghanin verheiratet. Als ich dort angefangen habe, hatte ich eine sehr ähnliche Meinung. Aber glaub mir, je länger ich dort lebte, umso mehr kam ich zur Einsicht, dass gerade der extreme Glaube in diesem Land eine entscheidende Rolle spielt, dass viele Väter ihre Familien nicht ernähren können. Dabei wäre Afghanistan eigentlich ein sehr modernes Land mit modernen Ansichten, gäbe es da nicht Extremisten, wie zum Beispiel die Taliban, die mit primitivsten und brutalsten Mitteln diesen Prozess zu unterbinden versuchen ...»

«Aber was heisst primitiv? Wieso massen wir uns an, zu wissen, was primitiv heisst?», fiel ihm Ruben ins Wort.

Stammheim blickte ihn ernst an.

«Mein Junge, ich selbst habe miterlebt, wie die Taliban einer jungen Studentin vor der Universität mit einer Beisszange alle Nägel aus den Fingern gezogen haben, nur weil sie sich die Nägel mit schwarzer Farbe lackiert hatte. Und das war noch etwas vom Harmloseren, das ich gesehen habe!»

«Aber du kennst die Geschichte nicht, die dazu führte, oder? Vielleicht ging es gar nicht um angemalte Fingernägel.» Ruben wurde nun zunehmend aggressiver.

«Sag mal, liest du eigentlich die Zeitung? Wie du sicherlich weisst, hat es eine Frau in diesem Land alles andere als leicht. Die Taliban tolerieren nicht einmal, dass Frauen studieren. Die Studentinnen, die es trotzdem wagen, gehen jeden Morgen den Weg zur Uni unter Lebensgefahr. Oft kommen sie schon früh morgens in der Dunkelheit, um nicht gesehen zu werden.»

«Und die Amerikaner sollen nun Friede, Ruhe und Ordnung in das Land bringen, weil sie es ja so viel besser wissen?»

«Das habe ich nicht gesagt», empörte sich Stammheim. «Aber dieses Land wird nie vorwärts kommen, wenn es nicht für Lösungsansätze offen ist. Europa konnte sich nur so weit entwickeln, weil man sich über die Landesgrenzen austauscht und zusammenarbeitet. Austausch kann sehr gesund und förderlich sein!»

«Aber Hilfe und Austausch muss man wollen. Die Afghanen wollen das gar nicht!», warf Ruben ein.

«Jetzt hast du etwas Gutes gesagt. ‹Die Afghanen wollen das nicht.› Wahrscheinlich müsste man wohl eher ‹die Taliban› sagen. Aber die Afghaninnen zum Beispiel wollen die Hilfe vielleicht schon! Und der gemässigtere Teil der männlichen Bevölkerung vielleicht auch! Und alle die, die Hunger leiden, sich nicht mehr unterdrücken lassen wollen oder ganz einfach ihre Krankheit im Ausland behandeln lassen wollen, vielleicht auch. Aber wenn man um sein Leben fürchtet, sagt man nichts. Das heisst aber noch lange nicht, dass Hilfe nicht gewollt ist.»

«Wollen die Herren vielleicht noch einen Drink?» Der Barkeeper fiel Stammheim fast ins Wort. Es schien fast, als wolle er den Streit zwischen den beiden schlichten.

Stammheim blickte ihn erstaunt an.

«Vielleicht gar keine so schlechte Idee.» Er zeigte auf sein Glas. «Ich nehme noch so einen.» Dann drehte er sich zu Ruben. «Darf ich dich zu einem Drink einladen?»

Ruben blickte ihn mit grossen Augen an. Es entstand eine etwas zu lange, peinliche Pause. Schliesslich willigte er etwas mürrisch ein.

«Also gut, warum nicht.»

Der Barkeeper begann sofort, nochmals zwei Drinks zu mixen, und stellte sie den beiden hin. Stammheim griff nach seinem Glas und hielt es Ruben hin.

«Lass uns in den Ferien nicht über die Weltpolitik streiten, schliesslich sind wir ja hergekommen, um uns zu amüsieren.»

Ruben nahm ebenfalls sein Glas, überlegte einen Moment, fing an zu lächeln und prostete Stammheim zu.

«Du hast recht, warum sollten wir hier auf den Seychellen über Kriege in anderen Ländern diskutieren?»

Stammheim bemerkte, dass sich in Rubens Ausdruck etwas verändert hatte, er wirkte irgendwie kälter. Nachdem Ruben einen grossen Schluck genommen hatte, drehte er sich auf seinem Barstuhl um und blickte in die leere Bar.

«Komisch, warum ist die Bar so leer?» Er blickte auf seine Uhr. «Es ist ja erst acht.»

«Ach, das ist nichts Aussergewöhnliches. Die Gäste gehen erst einmal gut essen und kommen dann auf einen Schlummertrunk in die Bar rüber», antwortete der Barkeeper.

«Wann ist denn das so?», fragte Ruben.

Stammheim fiel auf, dass ihn diese Antwort wirklich interessierte.

Der Barkeeper überlegte einen Moment.

«So zwischen zehn und halb elf tauchen die meisten hier auf.»

Ruben dachte angestrengt nach.

«Zehn Uhr», wiederholte er leise.

Stammheim lachte.

«Hast du noch etwas vor? Vielleicht ein Date mit einer schönen Dame?»

«Nein, kein Date. Bin ja selber erst heute gekommen.» Ruben spielte mit seinem Glas und blickte dann zum Barkeeper hoch.

«Kann man hier eigentlich auch abends schwimmen gehen?»

«Nun, wir haben hier im Ressort drei Strände.» Er zeigte in eine Richtung.

«Der nächstgelegene Strand sollte kein Problem sein. Dort unten gibt es eine traumhafte Bucht und die Strömung ist nicht so stark.» Er zeigte mit seinem Daumen über die Schulter. «Die Strände hinter mir würde ich nur tagsüber nutzen. Die Strömung ist da sehr stark.»

Stammheim schaute Ruben erstaunt an.

«Willst du heute Abend noch baden gehen?»

Ruben zuckte mit den Schultern.

«Warum nicht? Schliesslich befinden wir uns hier an einem der schönsten Orte dieser Erde. Da möchte ich jede Minute nutzen! Und das Wasser ist auch in der Nacht traumhaft warm. Ich habe irgendwo gelesen, es soll so um die achtundzwanzig Grad haben.» Zum ersten Mal seit ihrer Auseinandersetzung wirkte Ruben wieder entspannt und freundlich. «Kommst du mit?», fragte er.

Stammheim überraschte diese Frage nicht nur, weil er eigentlich noch nie in seinem Leben so spontan gewesen war, sich auf eine solch verrückte Idee einzulassen, sondern auch, weil ihn Ruben auf Hochdeutsch fragte. Bisher hatten sie immer Englisch miteinander gesprochen. Stammheim runzelte die Stirn.

«Was jetzt, um diese Uhrzeit? Im Dunkeln ins Wasser?»

«Genau! Komm doch mit!», hakte Ruben erneut auf Hochdeutsch mit starkem niederländischen Akzent nach.

Stammheim zögerte. Er wollte nicht die Rolle des Spielverderbers spielen, doch ihm behagte der Gedanke, bei Dunkelheit ins Meer zu gehen, nicht.

«Ich weiss nicht. Ich bin müde von der Reise, müsste noch meine Badehose auspacken und bin eigentlich nicht so der spontane Typ.»

Ruben drehte sich auf seinem Stuhl zu Stammheim und gab ihm einen leichten Klaps auf die Schulter.

«Ach komm doch mit. Ferien sind dazu da, um verrückte Dinge zu tun! Los jetzt!» Stammheim lächelte verlegen.

«Ich bin nicht mehr so jung wie du, in meinem Alter macht man solche Dinge nicht mehr.»

«Ach komm, man ist immer so alt, wie man sich fühlt. Und du siehst ja noch jung aus. Mach mit, das wird ein Spass!» Ruben strahlte Stammheim an.

Dieser drehte den Kopf zu Ruben und überlegte einen Moment.

«Sag mal, warum reden wir jetzt plötzlich Hochdeutsch?»

Mit dieser Frage hatte Ruben nicht gerechnet, er schwieg einen Moment lang.

«Ach so, das ist mir gar nicht aufgefallen. Wir Holländer wechseln halt ganz gerne mal die Sprache, um damit anzugeben, wie viele Sprachen wir sprechen können.» Er grinste Stammheim an. «Also, was ist jetzt? Gehen wir ins Wasser?»

Stammheim zögerte mit seiner Antwort.

«Weisst du was, ich gehe jetzt mal schnell auf die Toilette und dann gebe ich dir Bescheid!» Kaum gesagt, stand er auf und ging zur Toilette. Er bemerkte, dass ihm die Kombination von Reisemüdigkeit und Alkohol doch etwas mehr zusetzte, als er gedacht hatte. Immer wieder schüttelte er mit einem Lächeln den Kopf. *Schwimmen im Meer um diese Zeit! So etwas Verrücktes habe ich noch nie gemacht!*

Während er, nachdem er auf der Toilette gewesen war, seine Hände wusch, blickte er sich im Spiegel an. Wieder grinste er. Er drehte den Wasserhahn zu, trocknete sich die Hände und verliess die Toilette wieder. Ruben lächelte ihm schon entgegen. Stammheim klopfte mit der flachen Hand auf den Tresen.

«Weisst du was? Wir gehen jetzt schwimmen! Ich habe zwar noch nie so etwas Verrücktes gemacht, aber schliesslich sind Ferien ja dazu da, dass man verrückte Dinge tut, nicht wahr?»

«Sehr gut, du wirst es nicht bereuen!» Ruben klopfte ihm anerkennend auf die Schulter.

Stammheim griff nach seinem Glas, um sich nochmals Mut anzutrinken. Ihm fiel ein, dass er eigentlich schon lange die Mitteilungen auf seinem Telefon prüfen wollte. Er griff nach seinem Telefon. Zu seinem Erstaunen war es ausgeschaltet. Mit einem fragenden Gesichtsausdruck starrte er auf sein Telefon.

«Ist etwas nicht in Ordnung?» Ruben schien Stammheims Verwirrung bemerkt zu haben.

«Wann habe ich denn mein Telefon ausgeschaltet?»

Ruben winkte ab.

«Gleich zu Beginn unserer Diskussion, weisst du nicht mehr? Du hast doch gesagt, dass du jetzt in den Ferien bist und darum nicht mehr gestört werden willst.»

«Und da habe ich es ausgeschaltet?», fragte Stammheim erstaunt nach.

Ruben nickte heftig.

«Ja, genau da! Ich kann mich noch gut erinnern. Meiner Meinung nach ist das aber auch richtig. Sonst wird man die ganze Zeit mit Dingen belästigt, die einem die Ferienlaune verderben. Ich habe meins auch ausgeschaltet.»

«Hmm … Wenn du es sagst, wird es wohl stimmen.» Er steckte das Telefon in seine Hosentasche und zeigte auf die leer getrunkenen Gläser. «Diese Runde geht auf mein Zimmer. Ich habe die Nummer 46.»

Der Barkeeper nickte freundlich und tippte etwas in die Kasse ein. Das Gerät druckte die Rechnung aus. Der Barkeeper legte den Beleg vor Stammheim auf die Theke und hielt ihm einen Kugelschreiber hin. Stammheim unterschrieb.

«Danke, das ist sehr nett von dir», bedankte sich Ruben.

«Gern geschehen. So, und nun gehen wir baden.»

Ruben stand auf, legte Stammheim eine Hand auf die Schulter und führte ihn aus der Bar.

«Sehr gut! Ich schlage vor, wir gehen jetzt auf unsere Zimmer, ziehen uns die Badehose an und treffen uns dann am Strand.»

«Welcher war es jetzt schon wieder? Der da unten, der dort drüben oder der da hinten?» Stammheim zeigte in alle Richtungen.

Ruben zeigte bestimmt in eine Richtung.

«Der dort drüben. Du hast doch Bungalow Nummer 46, oder?»

Stammheim nickte heftig.

«Das ist ideal! In diesem Fall brauchst du nur zu deiner Veranda hinauszulaufen, das Stück Rasen zu überqueren und schon bist du am Ziel!», fuhr Ruben fort.

«Aber, ist das nicht der Strand mit der gefährlichen Strömung? Irgendwie habe ich das anders in Erinnerung», warf Stammheim kritisch ein.

«Du kannst mir vertrauen. Ich bin kein so guter Schwimmer und würde mich nie unnötig in Gefahr begeben.» Ruben lachte.

Stammheim beschloss, seine Bedenken beiseite zu schieben. Plötzlich blieb Ruben stehen.

«Mist, jetzt habe ich vergessen, den Drink zu bezahlen.»

«Aber ich habe doch die Rechnung schon beglichen!», erklärte Stammheim.

«Das schon, aber ich hatte heute Mittag schon ein paar Drinks und habe versprochen, die heute Abend zu bezahlen. Weisst du was? Ich geh schnell zurück, begleiche meine Rechnung und dann treffen wir uns in einer halben Stunde am Strand, gleich bei deinem Bungalow.»

Stammheim blickte auf seine Uhr, sie zeigte halb neun an.

«Gut, um neun am Strand!», bestätigte Stammheim.

Ruben klopfte ihm noch einmal auf die Schulter und lächelte ihn an.

«Das wird bestimmt super, du wirst sehen!» Kaum gesagt, drehte er sich um und ging zur Bar zurück.

«Bestimmt!», rief ihm Stammheim etwas skeptisch nach. Er steckte seine Hände in die Hosentaschen, drehte sich um und ging die zahlreichen kleinen Holztreppen, die zur unteren Ebene führten, hinunter. Die kleinen, im Boden eingelassenen Lampen wiesen ihm den Weg. Es war wunderbar warm, ein leichter Wind spielte mit den Palmenblättern und im Hintergrund war das Rauschen des Meeres zu hören. An seinem Bungalow angekommen, steckte er eine kleine Plastikkarte in die dafür vorgesehene Öffnung über der Türklinke. Stammheim betrat seine Suite. Zielstrebig ging er zum Bett und öffnete einen grossen Koffer, in dem er seine Badehose vermutete. Nachdem er darin etwas herumgewühlt hatte, zog er sie unter den Hemden hervor. Er legte sie neben den Koffer und ging ins Badezimmer und spritzte sich etwas Wasser ins Gesicht, denn er hatte das Gefühl, angetrunken zu sein.

Wieder im Schlafzimmer fing er an, sich auszuziehen. Plötzlich bemerkte er, dass das Telefon gleich neben dem Bett wild blinkte. Stammheim trat an das Nachttischchen heran, beugte sich vor, kniff seine Augen zusammen und blickte auf das Display. Zwölf Meldungen. *Was ist denn heute nur los? Gönnt man mir denn überhaupt keine Freizeit? Was es auch ist, es muss warten. Jetzt gehe ich erst einmal baden!* Ein Lächeln huschte über seine Lippen. Er hatte noch nie so etwas Verrücktes in seinem Leben gemacht und dieses Gefühl beflügelte ihn. Nachdem er die Badehose angezogen hatte, zog er noch ein Paar Badeschlappen aus dem Koffer, schnappte sich ein Handtuch und öffnete die Verandatür. Er zog die Tür hinter sich wieder zu. Stammheim betrat voller Tatendrang die Grünfläche, atmete die salzige Meeresluft tief ein und freute sich auf das bevorstehende Abenteuer. Er lief zielstrebig auf den Strand zu. Ein Blick auf die Uhr verriet ihm, dass er noch etwas zu früh war, was ihn aber nicht störte. Er nahm sich vor, sich noch in den Sand zu setzen und dem Rauschen des Meeres zu lauschen.

Zu seinem Erstaunen wartete Ruben bereits am Strand auf ihn. Er glaubte zumindest, dass es Ruben war, doch in der Dunkelheit konnte er nur Umrisse erkennen. Der Mond spendete zwar etwas Licht, doch immer wieder zogen Wolken vorbei.

«Ruben?», rief er.

Der Mann am Strand drehte sich in seine Richtung.

«Hier!» Ruben lief ihm entgegen. «Schön, dass du doch nicht kneifst. Bist du bereit für das Abenteuer deines Lebens?»

Stammheim lächelte verlegen. Plötzlich war ihm bei der ganzen Sache nicht mehr so wohl, doch nun gab es kein Zurück mehr.

«Klar bin ich bereit. Wollen wir gleich hier ins Wasser hüpfen?», gab Stammheim selbstbewusst zur Antwort.

«Nein, ich habe noch eine viel bessere Idee. Komm mit!» Ruben zog eine Taschenlampe hervor und leuchtete den Weg. Stammheim folgte ihm. Erst jetzt fiel ihm auf, wie sportlich Ruben gebaut war. Er hatte kräftige Beine und einen muskulösen Oberkörper. Sie gingen eine Weile lang den Strand entlang. Nur wenn gerade wieder mal eine Wolke den Mond preisgab, konnte Stammheim Konturen des Strandes erkennen.

«Hör mal, Ruben, findest du es immer noch so eine gute Idee, bei dieser Dunkelheit ins Wasser zu steigen? Und warum gehen wir so weit vom Hotel weg?»

Ruben drehte sich während des Laufens um und lachte.

«Ach komm schon, jetzt sind wir schon hier! Ausserdem ist das Wasser herrlich, du wirst sehen. So ein Erlebnis darfst du dir nicht entgehen lassen.»

Stammheim hatte Mühe, mit Ruben Schritt zu halten. Damit er schneller vorwärts kam, zog er seine Badeschlappen aus und nahm sie in die Hand. Trotz seiner Skepsis genoss er es, den weichen, feuchten Sand unter seinen Füssen zu spüren. Er versuchte, sich einzureden, dass alles kein Problem sei und er etwas Lustiges erleben werde.

Plötzlich bemerkte er, wie Ruben seine Taschenlampe nach oben und unten schwenkte, so als würde er ein Zeichen geben. Als er etwa hundertfünfzig Meter vor ihnen ein Licht erkannte, welches die Bewegung erwiderte, wurde ihm mulmig.

«Erwarten wir noch jemanden?», fragte er unsicher und wurde langsamer.

«Ich habe da etwas organisiert.»

«Organisiert? Was denn?» Stammheim blieb stehen.

Doch Ruben ging zügig weiter. Zögerlich folgte ihm Stammheim. Nach einigen Minuten waren sie fast beim Licht angekommen. Der Mond kam gerade hinter einer Wolke hervor und ein kleines Boot mit einem Mann war zu sehen. Ruben breitete seine Arme aus, lächelte freundlich und rannte die letzten Meter zum Boot. «Raphael!», hörte Stammheim ihn noch sagen. Skeptisch näherte sich Stammheim dem kleinen Boot, das bei diesem Wellengang heftig schaukelte. Ruben, der eben noch ein paar Sätze mit diesem Raphael ausgetauscht hatte, drehte sich zu Stammheim.

«Komm her!» Er winkte ihm heftig zu. Mittlerweile stand er schon bis zu den Hüften im Wasser und hielt sich am Bootsrand fest.

Stammheim ging ins Wasser und näherte sich vorsichtig dem Boot. Er erkannte einen dunklen Mann, den er etwa auf Mitte vierzig schätzte. Der Mann im Boot streckte ihm seine Hand zum Gruss hin und lächelte dabei freundlich. Stammheim gab ihm zur Begrüssung die Hand. Kaum hatte der Mann im Boot seine Hand zu fassen gekriegt, zog er kräftig daran und hievte Stammheim gekonnt ins Boot.

«Ich bin Raphael, guten Abend, Herr Stammheim!», begrüsste er ihn freundlich auf Englisch.

Stammheim war erstaunt, dass dieser ihm noch unbekannte Mann bereits seinen Namen kannte. Ruben kletterte ebenfalls in das Boot. Stammheim, der durch das heftige Schaukeln keinen wirklichen Stand im Boot fand, setzte sich auf eine Sitzbank.

«Ich verstehe nicht ganz?», warf er erstaunt in die Runde.

Ruben setzte sich neben ihn.

«Keine Sorge, Raphael ist ein guter Freund von mir. Ich habe mir gedacht, wenn wir schon ein nächtliches Abenteuer wagen, dann etwas Besonderes.»

Freund? Der Mann kam doch erst heute Morgen auf der Insel an. Wie kann er sich da schon Freunde gemacht haben? Stammheim schaute sich im Boot um. Es war eines dieser typischen Fischerboote aus Holz, an vielen Stellen war bereits der Lack ab. Unter einer Sitzbank entdeckte Stammheim so eine Art Sanitätskoffer aus Plastik. Doch bevor er etwas fragen konnte, begann Ruben schon wieder zu reden.

«Unweit von hier gibt es ein unglaublich schönes Korallenriff. Da bringt uns Raphael jetzt hin. Anschliessend schnorcheln wir da ein bisschen mit Taschenlampen.» Er klopfte Stammheim auf die Schulter. «Du wirst sehen, so etwas hast du noch nie erlebt.» Ruben gab Raphael ein Zeichen und ehe Stammheim etwas einwenden konnte, tuckerten sie schon hinaus auf die offene See. Nachdem sie die sich überschlagenden Wellen nahe dem Strand hinter sich gebracht hatten, wurde es ruhiger. Das Boot vibrierte.

«Alles gut?» Ruben musste wegen des Motorenlärms schon fast schreien.

«Ja, schon, nur habe ich keine Taucherbrille, Schnorchel oder Taschenlampe dabei! Am besten drehen wir wieder um!»

«Kein Problem, ich habe alles dabei.» Ruben, dessen blonde Haare durch den heftigen Wind ziemlich durcheinandergeraten waren, lachte laut.

«Aber wo denn?» Stammheim blickte sich erneut im Boot um und schaute Ruben fragend an.

Ruben winkte ab.

«Wart erst mal ab.» Er zeigte zum Horizont. «Da, siehst du, wie schön?»

Stammheim liess sich ablenken und blickte in die angezeigte Richtung, doch er konnte nichts Aussergewöhnliches entdecken. Er drehte seinen Kopf wieder in Richtung Ruben, doch der sass plötzlich nicht mehr neben ihm. Stammheim wurde es mulmig zumute. Er wollte gerade seinen Kopf in die andere Richtung drehen, als ihn Ruben von hinten packte, seine Arme grob hinter seinem Rücken festhielt und diese mit einem starken Klebeband zusammenband.

Panik überkam Stammheim. Er schrie laut auf. Durch den Schrei aufgeschreckt, kam nun auch Raphael dazu und hielt Stammheims Beine zusammen. Stammheims panische Schreie wurden vom Wind und dem Rauschen des Meeres verschluckt.

«Was soll das? Das ist ein ganz schlechter Scherz! Kommt Jungs, lasst den Scheiss!», schrie er die beiden Männer an. Sein Herz raste. Ihm fiel trotz der Panik noch auf, wie Ruben während des Gerangels immer wieder zu Raphael sagte, dass er Stammheim keine Wunden zufügen solle. Innert kürzester Zeit war er an Händen und Füssen mit Klebeband gefesselt. Auch über den Mund hatten sie ihm einen grossen Streifen geklebt. Ruben setzte sich auf seinen Oberkörper, damit er ruhig blieb, der andere Mann nahm wieder das Steuerruder in die Hand.

Hilflos lag Stammheim am Boden des kleinen Bootes. Er konnte fast nicht mehr atmen, eine grosse Übelkeit überkam ihn. Als Stammheim langsam die Kräfte verliessen und seine Gegenwehr nachliess, erhob sich Ruben von seinem Oberkörper und betrachtete argwöhnisch sein Werk. Er leuchtete Stammheim mit seiner Taschenlampe direkt ins Gesicht.

«So, Professor Frederick Stammheim, ich denke, es ist langsam an der Zeit, dass du für dein Handeln bestraft wirst.»

Stammheim blickte ihn mit grossen Augen an. Wieder begann er sich zu winden, doch Ruben setzte ihm einen Fuss auf die Brust.

«Ganz ruhig! Es lohnt sich nicht, sich zu wehren, Professor!» Ruben setzte sich auf die nahe Bank und blickte Stammheim mit einem verachtenden Lächeln in die Augen. «Weisst du eigentlich, wie viel Schaden du mit deinem Handeln dem afghanischen Volk zugefügt hast? Du hast dich über sie lustig gemacht, wolltest sie ihrer Identität berauben. Doch jetzt ist die Zeit der Gerechtigkeit gekommen, du wirst niemandem mehr schaden können. Mit dem heutigen Abend wird deine Arbeit für den Schweizer Geheimdienst beendet sein. Alle von euch werden sterben! Wir sind zu mächtig für euch!»

Stammheim atmete kurz und heftig durch die Nase. Er hatte das Gefühl zu ersticken. Ruben blickte wieder zu ihm runter.

«Ich habe mir einen sehr ausgefallenen Tod für dich ausgedacht. Willst du ihn hören?» Ruben legte die Taschenlampe zur Seite, griff unter die Bank und nahm den kleinen, weissen Sanitätskoffer auf seine Knie. «Du wirst ertrinken! Das ist ein Defibrilator. Wahrscheinlich hast du so was schon mal in einer Ärzteserie im Fernsehen gesehen. Man lädt es auf, setzt die beiden Paddels dem Patienten auf den Brustkorb und versetzt ihm einen Stromstoss. Eigentlich braucht man dieses Gerät nur bei einem Herzstillstand. In deinem Fall will ich aber genau das Gegenteil bewirken, ich will das Herz zum Stillstand bringen. Oder zumindest fast.»

Stammheim wand sich wieder vor Panik. Erneut setzte ihm Ruben einen Fuss auf die Brust.

«Ruhig, ruhig! Ich bin noch nicht fertig mit meiner Erklärung. Ich werde dir also damit einen Stromstoss versetzen. Durch den Schock erleidest du ein sogenanntes Kammerflimmern, der Herzmuskel bleibt stehen. Dann löse ich die Fesseln und werfe dich ins Wasser. Da dein Herz aber nicht mehr richtig funktioniert, wirst du nicht schwimmen können. Und irgendwann wird dir dein Hirn das Signal zum Atmen geben, du wirst aber unter Wasser sein. Und wenn man dich dann findet, wird es so aussehen, als ob du in der Nacht noch etwas schwimmen gehen wolltest und dabei ertrunken bist. Niemand wird mitbekommen, dass wir vom ‹Reinen Glauben› dich umgebracht haben.»

Beim Ausdruck «Reiner Glauben» riss Stammheim seine Augen weit auf. Er kannte diese Extremisten. Augenblicklich wurde ihm klar, dass es für ihn kein Entkommen mehr gab. Stammheim blickte zum Himmel. Eine Träne floss ihm über die Wange. Seine Gedanken waren nun bei seiner Frau. Zu gerne hätte er ihr noch mitgeteilt, wie sehr er sie liebte.

Ruben schrie Raphael ein paar Befehle zu. Augenblicklich stellte dieser den Motor ab, es wurde ruhig auf hoher See. Stammheim schloss die Augen und fing an, still für sich zu beten.

Ruben legte den weissen Koffer neben sich, öffnete ihn und holte eine Tube mit Gel heraus. Anschliessend nahm er die beiden Paddels, die wie kleine Bügeleisen aussahen. Er drückte eine grosse Portion Gel auf eines der Paddel und rieb die beiden Eisenplatten aneinander. Dann schaltete er das Gerät ein, ein leichtes Pfeifen ertönte. Je mehr sich das Gerät auflud, desto höher wurde der Pfeifton. Dann erklang ein Pfiff in einer anderen Tonlage. Ruben setzte das eine Paddel an der linken Schulter an, das andere setzte er direkt unter Stammheims linke Brustwarze.

Stammheims Herz raste. Plötzlich schoss ein kräftiger Stromstoss durch seinen Körper. Es fühlte sich an, als würden seine Muskeln innerlich verbrennen. Er riss die Augen weit auf, sein Körper streckte sich, sein Herz setzte aus. Augenblicklich wurde ihm sehr übel. Benommen vom Schock bekam er noch mit, wie ihm Ruben die Fesseln durchtrennte und ihn mit seinem Kollegen hochhob. Gemeinsam warfen sie ihn über den Bootsrand ins Wasser. Stammheim realisierte noch, wie er versuchte zu schwimmen, aber seine Muskeln liessen sich nicht mehr bewegen. Panik machte sich in ihm breit. Sein Körper versank im Wasser. Als er immer tiefer sank, öffnete er nochmals die Augen und blickte zum Boot hoch. Der Mond schien hell an der Oberfläche und er erkannte die Umrisse seiner Peiniger. Sie beobachteten ihn beim Ertrinken. Stammheim spürte, dass ihm die Luft ausging. Aus Reflex atmete er tief ein. Seine Lungen füllten sich mit dem salzigen Wasser. Ihm wurde schwarz vor Augen.

Falke 2 hatte seinen Auftrag erfolgreich ausgeführt.

Kapitel 5: Schweiz, Bern, Donnerstag, 2. Juli, 20:00

Denis lief zügig die Treppen zu seiner Wohnung hoch. Nach der langen Unterredung mit Frech konnte er es kaum erwarten, nach Hause zu kommen. Man hatte zwar entschieden, dass der Anschlag auf ihn als eine bewusste Warnung zu verstehen und die Wahrscheinlichkeit eines weiteren Anschlages sehr gering war, aber man rechnete damit, dass die Extremisten erneut den Kontakt zu Denis suchen würden. Darum entschloss man, Denis weiter zu Hause wohnen zu lassen, aber unter Bewachung.

«Renn doch nicht so!», keuchte Pascal dicht hinter ihm.

Denis ignorierte ihn und stieg im selben Tempo weiter die Treppen hoch. Sein Hals schmerzte, da der schnelle Gang seine Durchblutung anregte, aber das war ihm jetzt egal. Bei der Wohnung angekommen, blieb er verblüfft stehen. An seiner Tür machte sich gerade ein Handwerker zu schaffen. Als er Denis erblickte, drehte er sich um, blieb aber in der Hocke.

«Sind Sie Herr Benz?», fragte er.

«Ja. Und wer sind Sie?»

«Mein Name ist Kachler, ich bin vom Kachler-Schlüsselservice. Ihr Vermieter hat mich gebeten, Ihr Schloss auszuwechseln und die Tür wieder in Ordnung zu bringen.»

Denis entspannte sich wieder etwas. Erst jetzt entdeckte er den kleinen Handwerkerkoffer, der geöffnet neben dem Mann stand.

«Ach so. Das ist gut, so kann ich wenigstens meine Tür wieder schliessen.» Er zeigte auf die Tür. «Und wie lange brauchen Sie noch?»

«Eigentlich bin ich fast fertig. Wie Sie sehen, habe ich die Bruchstellen im Türrahmen provisorisch mit Eisenplatten verschraubt und einen neuen Zylinder eingebaut. Noch ein paar Handgriffe und dann hab ich es.» Neugierig blickte er Denis an. «Was ist hier denn eigentlich passiert? Ich meine, das sieht ziemlich heftig aus.» Er lächelte verlegen.

«Lange Geschichte.» Denis winkte ab. «Dann bekomme ich neue Schlüssel von Ihnen?» Er streckte ihm fordernd seine offene Hand entgegen.

Der Handwerker blickte einen Moment verdutzt auf Denis' Hand.

«Moment, lassen Sie mich erst noch meine Arbeit beenden. Ich bringe Ihnen dann gleich die Schlüssel.»

«Komm, lass uns erst einmal reingehen», forderte Pascal Denis auf.

Denis stieg mit einem grossen Schritt über den Werkzeugkasten, trat in seine Wohnung ein und ging direkt in die Küche, öffnete den Kühlschrank und griff nach einer Wasserflasche. Pascal, der ihm gefolgt war, stemmte seine Hände in die Hüften.

«Denis, ich kann ja gut verstehen, dass du etwas angespannt bist. Aber bitte lass es doch nicht an diesem Handwerker aus!»

«Ja, ich weiss, es tut mir auch leid, aber ich bin hundemüde! Es war ein langer Tag.» Er trank zwei Schlucke, stellte die Flasche auf den Tisch und blickte auf die Uhr. Es war acht.

«Klar, Denis, ich kann dich gut verstehen. Am besten, du legst dich schlafen und gönnst dir etwas Ruhe. Morgen sieht die Welt wieder anders aus. Hast du eigentlich schon was gegessen?»

«Nein, bin aber auch nicht hungrig. Die vielen Tabletten haben mir den Appetit verdorben.»

«Wenn du willst, bleibe ich heute da und schlafe auf dem Sofa.»

Denis schüttelte den Kopf, schenkte Pascal dabei aber ein Lächeln.

«Ist nicht nötig. Mir geht es gut! Glaub mir!»

«Sicher?»

«Ganz sicher. Und falls doch etwas passieren sollte, hab ich ja meine Waffe und die netten Polizisten gleich vor meiner Haustür.» Denis war gar nicht begeistert gewesen, als ihm Frech offenbarte, dass er nun Personenschutz haben würde.

Pascal verstand Denis' Ironie, kommentierte sie aber ganz bewusst nicht.

«Du denkst aber an den Termin beim Psychologen morgen!», mahnte er ihn stattdessen.

Denis griff in seine Gesässtasche und holte einen zerknüllten Zettel hervor. Frechs Sekretärin hatte ihm den Termin und die Adresse darauf geschrieben. Er lächelte kurz, als er bemerkte, dass sie auch noch ein Herzchen dazugemalt hatte.

«Morgen um neun bei René Müller, Kramgasse 14», las er Pascal laut vor. Genervt warf er den Zettel auf den Küchentisch und fuhr sich durchs Haar.

«Aber du gehst!»

«Jaja! Was ist nur mit euch los! Mir geht es gut, glaub mir. Ihr braucht euch keine Sorgen zu machen! Ich bin kein kleines Kind mehr!»

«Denis, du darfst das nicht auf die leichte Schulter nehmen. Ich kann gar nicht glauben, dass du nicht einsehen willst, in welcher Gefahr du dich befindest!»

Denis blickte verlegen auf seine Schuhe. Er wusste, dass ihm die Sache viel näherging, als er zugeben wollte. Doch sein Stolz liess es einfach nicht zu, dazu offen zu stehen.

«Schon gut, Pascal, ich weiss, du meinst es nur gut. Ich werde morgen dorthin gehen, kurz mit diesem Psychologen reden und dann ist alles wieder im Lot.»

«Gut. Und wenn du etwas brauchst, kannst du mich jederzeit anrufen.» Pascal gab ihm einen freundschaftlichen Klaps auf die Schulter.

«Danke», murmelte Denis etwas verlegen. Die Fürsorge von Pascal schätzte er zwar, sie überforderte ihn aber auch.

«So, die Tür wäre jetzt provisorisch repariert.» Der Handwerker stand im Türrahmen und streckte Denis einen Bund mit neuen Schlüsseln hin.

«Ich werde Sie dann in der nächsten Woche mal anrufen, wegen der neuen Tür. Aber Sie brauchen sich in der Zwischenzeit keine Sorgen zu machen, das Ding kriegt so schnell niemand mehr auf.»

Denis nahm die Schlüssel entgegen.

«Dankeschön.» Er legte die Schlüssel auf den Küchentisch.

«Also, dann werde ich mal Feierabend machen. Ich lasse Ihnen noch eine Karte von mir da, falls Sie noch irgendetwas brauchen.» Der Handwerker nahm seinen Koffer und verliess die Wohnung.

Pascal blickte ihm kurz nach und drehte sich dann zu Denis.

«Gut, dann gehe ich jetzt auch nach Hause. Mir steckt der heutige Tag auch ziemlich in den Knochen. Wie gesagt, Denis, wenn du etwas brauchst, ruf mich an. Kannst mich auch anrufen, wenn du nur reden willst.»

Wieder stieg in Denis diese Beklemmung hoch. Er konnte einfach nicht gut mit Gefühlen umgehen. Instinktiv verschränkte er seine Arme.

«Vielen Dank für das Angebot, Pascal. Ich verspreche, ich rufe dich an, wenn ich etwas brauche.»

«Also dann. Schlaf gut.» Pascal wandte sich zum Gehen.

«Pascal!», hielt ihn Denis auf.

«Ja?»

«Tut mir leid, dass ich heute so grob zu dir war. Die ganze Sache hat mich einfach überfordert. Danke für alles!»

«Kein Problem, Denis, verstehe ich doch. Wir sind ja Freunde.» Pascal fing an zu lächeln.

«Ja, das sind wir.» Denis griff nach dem Schlüsselbund auf dem Küchentisch, drehte einen Schlüssel aus dem Haltering und streckte ihn Pascal hin.

«Nur für den Fall, dass du wieder einmal unverhofft zu Besuch kommst. Ich kann mir nicht jedesmal eine neue Tür einbauen lassen.» Pascal lachte und nahm den Schlüssel.

«Ich schliesse dann gleich ab, wenn ich gehe.» Er lächelte Denis nochmals an und verliess die Wohnung.

Als Denis hörte, wie die Tür ins Schloss fiel, blickte er sich um. Erst jetzt wurde ihm bewusst, dass er seit den Vorkommnissen heute Morgen das erste Mal wieder ganz alleine zu Hause war. Er hatte zwar keine Angst, aber ganz wohl fühlte er sich auch nicht. In Gedanken ging er die schreckliche Nacht nochmals durch. Je länger er darüber nachdachte, desto unbehaglicher wurde ihm. Den ganzen Tag hatte er damit verbracht, alle davon zu überzeugen, wie gut es ihm ging, doch jetzt merkte er, dass er sich selbst etwas vormachte.

Entschlossen ging Denis in sein Schlafzimmer, öffnete erst alle Jalousien und trat an den Kleiderschrank heran. Er schob ein paar Pullover zur Seite. Gleich dahinter befand sich ein kleiner Safe. Darin befand sich seine Waffe mitsamt Holster. Er nahm sie, zog das Magazin heraus, prüfte den Inhalt, schob es wieder in den Schaft, lud kurz durch und steckte die Pistole zurück in das Holster. Nachdem er noch zwei weitere, volle Magazine aus dem Tresor geholt hatte, schloss er wieder die Tür und schob die Pullover davor. Nun fühlte er sich etwas sicherer. Er beschloss, die Waffe von nun an immer bei sich zu tragen. Er ging zum Schlafzimmerfenster, schob die Gardine etwas zur Seite und blickte zur Strasse herunter. Unweit von seinem Hauseingang stand ein Polizeiauto auf dem Bundesplatz. Denis lächelte zufrieden. Nun war er doch froh, dass man ihn bewachte. Er beobachtete noch etwas das Treiben auf dem Bundesplatz. Obwohl er wusste, dass diese Terroristen sicher nicht einfach so vor seiner Wohnung dumm herumstehen würden, prüfte er jeden Mann ganz genau, der über den grossen Platz vor dem Bundeshaus ging.

Anschliessend ging er ins Badezimmer. Er wollte duschen und sich dann schlafen legen. Vorsichtig löste er den Verband an seinem Hals, rollte ihn auf und legte ihn neben das Waschbecken. Dann zog er ganz sachte die Gazen von den Wunden. Es war ein schmerzhafter Prozess, da das getrocknete Blut sie mit der Wunde verklebt hatte. Denis betrachtete sich im Spiegel. Was er da sah, gefiel ihm nicht besonders. Nicht nur, dass er ziemlich mitgenommen aussah, Denis fand, dass er ziemlich verletzlich wirkte. Seelisch verletzlich. Er hatte seine Selbstsicherheit verloren.

Er nahm seine Pistole und legte sie auf den kleinen Plastikstuhl neben der Duschkabine. Dann zog er sich aus, drehte den Wasserhahn auf und betrat die Kabine. Er schloss die Tür nicht, denn er wollte sich sicher sein, jedes allfällige Geräusch frühzeitig zu hören. Zudem konnte er so bei drohender Gefahr schneller nach seiner Waffe greifen.

Denis duschte lange. Obwohl die frischen Wunden wegen der Seife und dem Wasser schmerzten, tat ihm das warme Wasser gut. Es entspannte ihn. Nach fast einer Stunde drehte er den Wasserhahn wieder zu, trat vorsichtig aus der Duschkabine und nahm ein Handtuch, das an einer Stange an der Wand hing. Nachdem er sich abgetrocknet hatte, band er sich das Handtuch um die Hüften und trat vorsichtig ans Waschbecken. Weil er die Tür der Duschkabine offen gelassen hatte, war sein Badezimmer richtiggehend überschwemmt worden. Doch das war ihm egal. Er putzte sich die Zähne, kämmte sich und trug noch eine Bodylotion auf. Dann griff er wieder nach seiner Pistole, ging in die Küche, packte den Bund mit den neuen Hausschlüsseln und trat an die Eingangstür heran. Er drückte die Klinke runter. Wie Pascal versprochen hatte, war sie verschlossen. Er steckte den Schlüssel ins Schloss, drehte ihn zur Sicherheit noch einmal und vergewisserte sich erneut, ob die Tür verschlossen war.

Danach ging er laut stampfend ins Schlafzimmer. Er wusste nicht warum, aber es gab ihm ein Gefühl der Sicherheit, wenn er solchen Lärm machte. Vielleicht um sich selber zu beweisen, dass er sich nicht zu verstecken brauchte. Als er vor seinem Bett stand, kamen in ihm komische Gefühle hoch. Das Bett war ungemacht, alles war noch im selben Zustand wie am Morgen. Denis meinte sogar, noch die Knieabdrücke seines Peinigers in der Matratze zu sehen. Er legte seine Pistole auf den Nachttisch, stellte den Radiowecker wieder an seinen Platz. Mit einem kleinen Satz sprang er aufs Bett und stapfte trotzig darauf rum. Als er das Gefühl hatte, alle

Abdrücke der vergangenen Nacht seien beseitigt, legte er sich hin, zog die Bettdecke bis zum Hals hoch, drehte seinen Kopf und blickte auf den Radiowecker. Es war halb zehn. Er stellte den Wecker auf acht. Erst jetzt bemerkte er, dass er den Verband an seinem Hals vergessen hatte. Einen Moment lang zögerte er, ob er noch mal aufstehen sollte. Er liess es aber bleiben. Da es Juli war, war es noch ziemlich hell in seinem Schlafzimmer. Denis war das egal, er wollte nicht mehr mit heruntergelassenen Jalousien schlafen. Nie mehr. Müde und erschöpft schloss er seine Augen. Ihm war schon in den ersten Minuten klar, dass er diese Nacht keinen Schlaf finden würde.

Als der Wecker um acht anfing, das aktuelle Radioprogramm abzuspielen, war Denis bereits wach. Er hatte, wie erwartet, sehr schlecht geschlafen. Eigentlich hatte er überhaupt nicht geschlafen. Bei jedem noch so geringen Geräusch schreckte er auf und griff zur Pistole. Er musste sich eingestehen, dass die Idee mit dem Psychologen gar keine so schlechte war. Insgeheim war er sogar froh, von einem Profi zu erfahren, wie er die schrecklichen Bilder vom Überfall wieder aus seinem Kopf bekommen konnte. Denis blieb mit offenen Augen noch eine Weile im Bett liegen. Plötzlich meldete sich der Klingelton seines Mobiltelefons. Er richtete sich auf. *Wo habe ich denn eigentlich mein Handy?* Er entschied, im Wohnzimmer auf dem Esstisch nachzuschauen, da liess er es eigentlich immer liegen. Er stand auf, zog sich Unterwäsche an und ging ins Wohnzimmer. Auf halber Strecke kehrte er wieder um, griff nach seiner Pistole und ging wieder ins Wohnzimmer. Er hatte richtig vermutet. Sein iPhone lag auf dem Esstisch. Die Sonne schien hell ins Wohnzimmer. Mit ein paar Streichbewegungen öffnete er die SMS-Nachricht. Sie kam von Pascal.

> Guten Morgen, Denis, konntest du schlafen? Alles gut bei dir? Brauchst du etwas? Vergiss den Termin heute um 09:00 nicht ;-) Bitte komm nach dem Termin umgehend ins Büro. Liebe Grüsse, Pascal

«Bitte komm nach dem Termin umgehend ins Büro …», las Denis laut vor. Er kannte Pascal gut genug, um zu wissen, dass es sich um beunruhigende Neuigkeiten handeln musste, wenn er «umgehend» schrieb. Denis schüttelte den Kopf. Er beschloss, Pascal nicht nach der Bedeutung dieses Wortes zu fragen, denn er wusste, dass er es ihm sowieso erst im Büro sagen würde. Nachdem er die Nachricht beantwortet hatte, ging er mit der Pistole und dem iPhone ins Badezimmer. Im Hintergrund lief gerade ein übertrieben fröhlicher Sommerhit. Wieder betrachtete Denis seine Wunden am Hals. Er hob etwas den Kopf, schob seinen Kiefer nach vorne und fuhr sich vorsichtig über die ringförmigen Abdrücke. Er beschloss, die Wunde nicht mehr einzubinden, entgegen den Empfehlungen der Ärzte. Er desinfizierte die wichtigsten Stellen und verliess das Badezimmer wieder. Das Handy und die Pistole warf er auf das Bett und öffnete den Kleiderschrank. *Was kann ich im Spätsommer anziehen, das meine Wunden am Hals verdeckt?* Er zog eine Jeans an, braune Lederschuhe, ein weisses Hemd und versteckte mit einem modischen Seidenhalstuch die Wunden. Dann steckte er seine Pistole in den Hosenbund am Kreuz und schlüpfte in einen Blazer. Ihm war klar, dass er mit diesem Outfit schwitzen würde, aber das war ihm egal. Hauptsache, man sah seine Wunden und die Pistole nicht. Denis schaltete den Radiowecker aus und verliess seine Wohnung.

Als er auf die Strasse trat, blendete ihn die Sonne. Er blickte kurz nach links und winkte den Polizeibeamten im Streifenwagen zu. Verdutzt und etwas zögerlich erwiderten sie den Gruss. Denis musste über ihren Gesichtsausdruck lachen. Er fragte sich, ob sie ihm nun folgen würden. Nach ein paar Schritten drehte er sich um. Der Polizeiwagen blieb, wo er war. Denis blickte auf seine Uhr, es war viertel vor neun. Er lag gut in der Zeit. Zügig schlängelte er sich in Richtung Kramgasse durch die Menschenmenge. Immer wieder musste er über das SMS von Pascal nachdenken. *Was will er mir wohl so Wichtiges erzählen?* Dass er nicht angerufen hatte, sondern eine SMS geschrieben hatte, war für Denis ein sicheres Zeichen, dass es um etwas Unangenehmes ging. In Gedanken versunken kam Denis zehn Minuten später an der Kramgasse 14 an. Er fuhr mit seinem Zeigefinger den zahlreichen Namensschildern an der Haustür entlang. «Müller, 3. Stock». Er drückte die Klingel, kurz darauf summte der Türöffner. Denis trat ein und blickte sich um. Zum Glück gab es einen Aufzug, denn wie er am Tag zuvor schmerzhaft erfahren musste, war das Treppensteigen mit den Wunden am Hals eine unangenehme Sache. Er betrat den Aufzug und drückte auf den Knopf. Sogleich setzte sich der Lift in Bewegung. *Was mich wohl dieser Psychologe alles fragen wird? Wird er mich gleich von Anfang an auseinandernehmen und mich mit all meinen intimsten Geheimnissen konfrontieren?* Unbehagen machte sich in ihm breit. Er mochte den Gedanken nicht, dass ihm ein fremder Mensch tief in seine Seele blicken konnte. Nach kurzer Fahrt öffnete sich die Lifttür. Denis betrat den Flur. An der linken Seite prangte ein grosses Schild an der Tür.

Dr. R. Müller
Institut für angewandte Psychologie
Bitte läuten

Denis trat an die Tür und drückte die Klingel. Kurz darauf öffnete eine junge, sehr attraktive Frau die Tür. Sie sah exotisch aus, hatte braunes, lang gewelltes Haar und unglaublich schöne, türkisblaue Augen. Sie trug ein modisches weisses Hemd mit einem tiefen Ausschnitt, der ihre gut geformte und pralle Brust ideal zur Geltung brachte. Der enge Rock und die hohen Stöckelschuhe rundeten das Bild ab.

«Herr Benz?», fragte sie freundlich.

Denis, noch immer erschlagen von ihrer Schönheit, antwortete nicht sofort.

«Genau. Ich habe einen Termin mit Herrn Müller.»

Die Frau lächelte sympathisch, wodurch ihre strahlend weissen, perfekten Zähne zum Vorschein kamen. Sie machte einen Schritt zurück, stiess die Tür weiter auf und lud Denis mit einer Geste ein, einzutreten. Denis lächelte verlegen zurück und betrat die Praxis.

«Bitte folgen Sie mir.» Zielbewusst ging sie einen langen Gang entlang.

Denis betrachtete die Frau von hinten genauer. Was er sah, gefiel ihm. Er schätzte sie auf Mitte dreissig. Am Ende des langen Flurs öffnete die Frau eine Tür und forderte Denis abermals auf einzutreten. Denis betrat den Raum und blickte sich um. Das Büro war sehr modern eingerichtet. Eine gemütliche, moderne Ledercouch lud zum Sitzen ein. Gleich gegenüber standen zwei Sessel. Vor dem grossen Fenster stand ein Bürotisch aus Glas mit einem modernen Bürostuhl dahinter. Auf dem Bürotisch, wie auch auf dem Klubtisch, standen grosse Vasen mit frischen Blumen. Denis zeigte auf die Couch.

«Muss ich mich jetzt da hinlegen?», fragte er verlegen.

Die junge Frau fing an zu lachen.

«Wenn Sie möchten. Aber falls Sie darauf anspielen, dass man beim Psychiater während der Sitzungen immer liegen muss, dann muss ich Sie leider enttäuschen. Das ist ein Trugschluss, der vor allem durch das Fernsehen vermittelt wird. In der Psychologie ist nur wichtig, dass Sie sich wohlfühlen. Also setzen, liegen oder stehen Sie sich hin, wo immer Sie wollen.»

Denis überlegte kurz und setzte sich auf die Couch.

«Möchten Sie etwas trinken? Ein Glas Wasser oder einen Kaffee?»

«Nein danke.» Kaum hatte er die Antwort ausgesprochen, hätte sich Denis ohrfeigen können. Ihm wurde bewusst, dass er sich damit die Chance nahm, sich noch einen Moment länger mit dieser hübschen Frau unterhalten zu können, bevor dieser Psychologe auftauchte. Er entschloss, noch etwas Zeit zu gewinnen, indem er sie in ein Gespräch verwickelte.

«Wie ist denn dieser Herr Müller? Ich meine, ist das ein angenehmer Mensch?»

Die junge Frau dachte einen Moment lang nach. Dann nickte sie.

«Doch, ich würde behaupten, er ist ziemlich angenehm.» Noch immer blieb sie in der Tür stehen.

Denis wertete dies als ein gutes Zeichen, denn offenbar hatte sie auch ein Interesse, sich mit ihm zu unterhalten.

«Ich war noch nie bei einem Psychologen. Was macht man denn da?»

«Das kommt ganz darauf an, warum Sie hier sind.»

Es entstand eine peinliche Pause. Denis versuchte diese mit einem verkrampften Lächeln zu überbrücken. Zu seinem Erstaunen schloss die junge Frau die Tür und setzte sich auf einen Sessel gegenüber von ihm. Sie schlug ihre langen Beine übereinander. Denis war einen Moment lang sprachlos. Dann fasste er sich wieder.

«Offenbar dauert es noch einen Moment bis Herr Müller hier auftaucht. Mir soll es recht sein!»

Die junge Frau fing an zu lachen. Sie neigte den Kopf etwas zur Seite und betrachtete Denis etwas genauer. Er hatte das Gefühl, dass sie mit ihm flirtete. Denis lächelte charmant zurück.

«Ich bin Herr Müller», brach sie die Stille.

Denis stutzte.

«Wie, Sie sind Herr Müller?»

Sie biss sich kurz auf die Unterlippe und beugte sich zu ihm vor. Denis musste sich beherrschen, ihr nicht in den so offen zur Schau gestellten Ausschnitt zu schauen.

«Sie sind nicht der Erste, dem das passiert!» Sie lächelte. «Mein Name ist Renée Müller. Renée wird mit zwei ‹e› geschrieben, es ist also ein Frauenname.» Sie lehnte sich wieder zurück und beobachtete gespannt Denis' Reaktion.

«Sie sind mein Psychologe? Entschuldigung, meine Psychologin?» Fasziniert blickte er in ihre Augen.

Denis' Verwirrung schien ihr zu gefallen. Sie lächelte ihn wieder an.

«So ist es. Es steht Ihnen natürlich frei, sich jemand anderes auszusuchen, falls Sie das wü...»

«Nein, nein!», fiel ihr Denis ins Wort. Kaum hatte er es ausgesprochen, lief er rot an.

«Wollen wir dann anfangen?» Sie stand auf, ging zum Bürotisch, nahm einen Notizblock und eine Füllfeder. Elegant liess sie sich wieder in den Ledersessel gleiten.

Denis klatschte unbeholfen in die Hände.

«Klar. Was wollen Sie denn von mir wissen?»

Sie setzte ihren Füller an und begann zu schreiben.

«Erst muss ich noch ein paar Formalitäten klären.» Ihre Stimme wurde plötzlich sehr sachlich.

«Ihr Name ist Denis Benz, Sie sind dreiunddreissig Jahre alt und arbeiten bei der Medien- und Pressestelle im Bundeshaus hier in Bern.» Sie hob ihren Kopf und blickte Denis an.

«Genau», bestätigte er.

«Sie scheinen eine wichtige Person zu sein, denn eigentlich fahre ich übermorgen in den Urlaub und mein Terminkalender ist voll. Trotzdem hat man für Sie noch einen Termin ausgehandelt.» Sie lächelte.

«Das kann ich mir vorstellen», antwortete Denis.

Sie blickte ihn fragend an.

«Also, ich kann mir vorstellen, dass Ihr Terminkalender voll ist, nicht, dass ich ein wichtiges Tier bin», ergänzte er verlegen.

«Man hat mir mitgeteilt, dass Sie gestern Nacht Opfer eines Raubüberfalls wurden. Ein Mann ist in Ihre Wohnung eingebrochen und hat Sie im Schlaf überrascht.» Wieder blickte sie ihn an.

Denis überlegte einen Moment. Ihm war klar, dass man ihn nicht als Agenten bei ihr angemeldet hatte und sie auch nicht ausführlich über die Hintergründe dieses Überfalls informiert hatte. Er wusste, dass er vorsichtig sein musste mit seinen Antworten.

«Das ist alles korrekt.»

Sie legte den Block und den Stift auf den Klubtisch, beugte sich vor und faltete ihre Hände ineinander.

«Wollen Sie mir erzählen, wie Sie sich heute, einen Tag nach diesem Überfall, fühlen?»

Die Frage überforderte Denis für einen Moment. Er war noch nie der Typ Mann gewesen, der über seine Gefühle sprach. Und nun sollte er damit ausgerechnet mit einer wildfremden Frau anfangen? Die Psychologin liess sich nicht durch Denis' Zögern aus der Ruhe bringen. Sie wartete geduldig.

«Nun, angenehm ist es nicht, wenn man aufwacht und plötzlich einen fremden Mann im Bett hat.» Denis lächelte verlegen.

«Das kenn ich, ist mir auch schon passiert. Ist wirklich unangenehm», antwortete sie schlagfertig.

Nun musste Denis richtig lachen. *Die ist nicht nur intelligent und schön, sondern auch noch witzig!* Nun beugte er sich auch etwas vor.

«Ich hatte eine Scheissangst. Man fühlt sich so verletzlich und hilflos, wenn man überfallen wird. Ich hatte lange Zeit keine Ahnung, ob ich wach bin oder träume. Das war alles so irreal!», brach es aus Denis heraus.

«Verunsichert es Sie, dass Sie verletzbar sind?»

Denis überlegte. Er fing an zu nicken.

«Ja, es verunsichert mich. Verstehen Sie mich nicht falsch, tagsüber hätte mir ein solcher Überfall wenig ausgemacht. Oder sagen wir weniger. Aber in der Nacht, wo man ohne Vorwarnung in diese Situation gerät …»

Die Psychologin lehnte sich zurück.

«Das ist ganz normal, Sie brauchen sich nicht dafür zu schämen. Wenn der Mensch schläft, ist er am verletzlichsten. Leider wurde das immer wieder in Kriegen als Foltertaktik angewandt, weil man so den Menschen am besten manipulieren kann.»

«Wie meinen Sie das?»

«Schlaf ist für den Menschen lebensnotwendig. Wir lernen schon früh zu schlafen. Kleinkinder zum Beispiel wachen in der Nacht mehrere Male auf und beginnen zu schreien. Oft tun sie das nicht nur aus Hunger oder weil sie schlecht geträumt haben, sondern weil sie sich alleine und hilflos fühlen. Sofort brauchen sie die Mutter oder den Vater, der sie beschützt. Erst dann schlafen sie wieder ein. Über die Jahre lernt ein Kind so, in immer längeren Schlafphasen, dass ihm nichts passieren kann, denn die Eltern sind da und beschützen es. So ist es auch für uns Erwachsene. Wir haben gelernt, dass wir schlafen dürfen und uns nichts passiert.»

«So habe ich mir das noch nie überlegt.»

«Tiere in der Natur schlafen zum Beispiel nie so tief wie wir, denn die Gefahr, dass plötzlich ein Raubtier auftaucht und es frisst, ist allgegenwärtig.»

«Und wie foltert man Menschen mit Schlaf?

«Im Zweiten Weltkrieg beraubte man ganz bewusst die Gefangenen ihres Schlafes. Man weckte sie in unregelmässigen Abständen immer wieder auf und zermürbte so ihre Psyche. Nach ein paar Wochen ohne richtigen Schlaf bricht jeder noch so starke Krieger zusammen und gibt alle Geheimnisse preis.» Sie machte eine kurze Pause und schaute Denis an.

«Ich will damit sagen, man hat auch Sie Ihrer Sicherheit beraubt. Sie werden sich nicht mehr trauen, richtig zu schlafen, und das wird Sie zermürben. Und wer nicht richtig schläft, ist anfällig. Sie werden unkonzentrierter, machen Fehler und Ihre Reizschwelle wird sinken.» Wieder machte sie eine kurze Pause. Dann fing sie an zu lächeln.

«Dieses Gefühl kennen wir alle, zum Beispiel nach durchzechten Partynächten. Da reicht es aber, sich wieder mal tüchtig auszuschlafen und die Nebenwirkungen sind beseitigt.» Plötzlich verlor sie ihr Lächeln wieder und blickte ihn ernst an. «Lassen Sie sich nach dieser extremen Erfahrung aber nicht professionell behandeln, können Sie daran zugrunde gehen. Stück für Stück.»

Denis traf diese Aussage wie ein Blitz. Nicht nur, weil er anscheinend noch sehr lange daran zu kauen haben würde, sondern auch, weil er begriff, dass der Überfall Taktik gewesen war. Offenbar hatte er ganz bewusst in der Nacht stattgefunden, um seine Psyche zu schwächen. In Denis stieg eine grosse Wut auf.

Renée Müller schien Denis' Wut bemerkt zu haben. Wieder beugte sie sich vor und blickte ihm tief in die Augen.

«Keine Angst, ich kriege Sie wieder so hin, dass Sie ganz normal schlafen können.» Sie legte dabei kurz ihre Hand auf sein Knie. Dann lehnte sie sich wieder zurück und nahm den Notizblock und den Stift.

«Ich bin der Meinung, dass wir sofort mit Ihrer Therapie anfangen sollten. So haben wir die besten Chancen, alles wieder in den Griff zu kriegen. Mein Problem ist, dass ich übermorgen für eine Woche nach Südfrankreich in den Urlaub fahre. Da heute schon Freitag ist, kann ich Ihnen leider diese Woche keinen Sitzungstermin mehr geben.» Sie blickte ihn an und tippte sich mit ihrem Stift auf die Lippen. Sie schien zu überlegen. Plötzlich hörte sie auf und blickte ihn entschlossen an.

«Normalerweise mache ich das nicht, aber in Ihrem Fall mach ich eine Ausnahme.» Sie kritzelte etwas auf den Block, riss das Papier ab und übergab Denis den Zettel.

Denis blickte erstaunt auf das Papier. Darauf stand ihre Handynummer. Bevor er etwas fragen konnte, erklärte sie ihr Handeln.

«Wann immer Sie Panikattacken haben oder nicht einschlafen können, dann rufen Sie mich an.» Sie fing an zu lächeln. «Natürlich gilt das nur für den Notfall.»

«Und was soll das bringen? Therapie übers Telefon?»

Ihr Gesichtsausdruck wurde wieder ernster.

«Herr Benz, Sie hatten vorletzte Nacht ein traumatisches Erlebnis. Die erste Phase danach ist die intensivste und schwierigste überhaupt. Aber in dieser ersten Phase kann man auch die grössten therapeutischen Erfolge erzielen. Vorausgesetzt man beginnt gleich mit der Therapie. Wir dürfen diese Chance nicht verpassen!» Wieder setzte sie ihren Stift an.

«Wie lautet Ihre Handy-Nummer?» Sie verharrte in ihrer Position, ohne Denis anzuschauen.

Denis war gerade etwas überfordert. Nach kurzem Zögern verriet er ihr die Nummer. Nachdem sie sich die Nummer notiert hatte, hob sie ihren Kopf wieder und lächelte ihn an.

«Ich werde mir erlauben, Sie ein- bis zweimal anzurufen, um mich nach Ihnen zu erkundigen. Ist das für Sie in Ordnung?»

«Klar. Auch wenn ich nicht weiss, für was das gut sein soll.»

«Glauben Sie mir, darüber zu sprechen, kann Wunder bewirken. Wenn man dann noch die richtige Betreuung hat, ist man im Nu wieder ein normaler Mensch. In dieser Sache müssen Sie mir einfach Ihr Vertrauen schenken.»

Denis lächelte verlegen. Eigentlich fühlte er sich geschmeichelt, von einer so schönen Frau betreut zu werden, doch die Tatsache, dass er wie ein Patient mit einer sehr schweren Krankheit behandelt wurde, erschreckte ihn. Auch, dass sein Fall anscheinend so schwerwiegend sein musste, dass sie sich noch Arbeit in ihren Ferien aufhalste, beruhigte ihn nicht wirklich. Sie sprachen noch eine Weile über Denis' Erlebnis, dann blickte sie auf ihre Uhr.

«Wie ich sehe ist unsere erste Stunde schon vorbei. Ich glaube, wir haben schon gute Fortschritte gemacht. Wie gesagt, zögern Sie nicht, mich anzurufen, wenn Sie das Gefühl haben, mit der Situation nicht mehr klarzukommen. Ich werde Sie auch anrufen, einverstanden? Auch, um die neuen Sitzungstermine für die übernächste Woche zu vereinbaren.»

Denis stand auf und rückte sich seinen Blazer zurecht.

«Okay. Versprochen, wenn es nicht mehr anders geht, rufe ich Sie an.» Er streckte ihr die Hand entgegen. Durch die Ausführungen der letzten Stunde war er gar nicht mehr in Flirtlaune.

Renée Müller erhob sich ebenfalls und gab ihm die Hand.

«Ich werde Sie noch an die Tür bringen.»

Nachdem Denis das Gebäude wieder verlassen hatte, blieb er einen Moment lang auf der Strasse stehen. Nie hätte er damit gerechnet, dass ihn diese ganze Geschichte so mitnehmen würde. Er fühlte sich überfordert, plötzlich bekam er kaum noch Luft und die Hände fingen an zu kribbeln. Panik kam in ihm auf. Grob fuhr er sich durch die Haare und holte tief Luft. Plötzlich überkam ihn das Gefühl, beobachtet zu werden. Nervös blickte er sich um. Die vielen Menschen in der Innenstadt verunsicherten ihn. Jeder, der an ihm vorbeiging, konnte ein Terrorist sein. Instinktiv legte er die Hand auf die Pistole in seinem Hosenbund. *Hör auf, Panik zu schieben! Beruhige dich! Atme durch!* Denis entschied sich, direkt zu PRIOS zu gehen. Nicht nur, weil er wissen wollte, was der Grund für Pascals SMS war, sondern auch, weil er sich dort sicherer fühlte. Er ging sehr zügig, er rannte fast.

Am Bundeshaus angekommen, eilte er schnell durch die Gänge. Denis war sehr beliebt im Bundeshaus, überall grüsste man ihn. Normalerweise grüsste er freundlich zurück und war immer für einen kleinen Schwatz zu haben. Heute betrat er, ohne die Grüsse zu erwidern, die PRIOS-Räumlichkeiten. Er eilte den Gang entlang, bis er bei seinem Büro angekommen war. Denis blieb kurz vor der Glaswand stehen und beobachtete Pascal einen Moment lang. Er schien Denis nicht zu bemerken, da er gerade in seinen Computer vertieft war. Denis öffnete die Glastür.

«Guten Morgen, Pascal.»

Pascal blickte sofort auf und erhob sich erfreut von seinem Bürotisch.

«Guten Morgen, Denis. Wie war dein Besuch beim Therapeuten?»

Denis antwortete nicht sofort. Er zog erst den Blazer aus, hängte ihn über seinen Bürostuhl und setzte sich. Pascal setzte sich ebenfalls wieder hin. Schweigend sassen sie sich gegenüber. Denis fuhr seinen Computer hoch. Ein lautes Seufzen von ihm brach die Stille.

«Was ist denn los, Denis?» Pascal blickte ihm direkt in die Augen.

«Ach nichts, ich hab einfach schlecht geschlafen. Liegt nicht an dir. Gib mir eine Minute, okay?» Denis wich seinem Blick aus.

«Kein Problem.» Pascal widmete sich wieder seinem Computer.

Nach einigen Minuten fing Denis an zu sprechen.

«Warum wolltest du, dass ich nach der Psychologin gleich zu dir komme?»

Pascal blickte hinter seinem Computer hervor und grinste.

«Psychologin?»

«Ja, du hast richtig gehört. Psychologin. Und soll ich dir noch etwas verraten?» Denis fing auch an zu grinsen.

«Klar. Erzähl.»

«Die Frau ist eine Wucht!»

«Aber ich dachte, dieser Typ, also sie, also … heisst der nicht René Müller?»

«Ja, so heisst sie.» Denis' Laune besserte sich merklich.

«Wie? Was? Ich versteh nur Bahnhof.»

«Sie schreibt sich mit zwei ‹e›, es ist also ein Frauenname.»

Pascal griff nach dem Radiergummi vor ihm und warf ihn in Richtung Denis.

«Mein Gott, du hast schon immer ein Glück mit den Frauen!»

Beide lachten.

«Und was ist jetzt der Grund, warum du mir eine SMS geschickt hast?»

«Ach ja, die SMS.» Pascal wühlte auf seinem Schreibtisch ein paar Blätter hervor.

«Nachdem wir ja gestern erfahren haben, dass dieser Sprachexperte, Professor Halibi, in Basel unter den Zug gekommen ist, habe ich mir den Fall heute Morgen noch einmal gründlich angeschaut. Die Wahrscheinlichkeit, dass es sich wirklich um einen Unfall handelte, ist meiner Meinung nach denkbar klein.»

«Warum?», unterbrach ihn Denis neugierig.

«Der Überfall auf dich und der Tod von Halibi so kurz danach scheinen mir doch etwas viele Zufälle auf einmal zu sein, die mit dem Projekt ANGUS zu tun haben. Darum habe ich mir mal das gesamte Überwachungsmaterial vom Bahnhof Basel zusenden lassen. Ich dachte, wir finden da vielleicht etwas. Vielleicht wirst du deinen Einbrecher ja auf dem Material entdecken.»

Denis schluckte schwer. Der Moment der Entspannung war vorbei.

«Und was macht dich so sicher, dass der Professor von derselben Person angegriffen wurde?»

«Gar nichts. Aber es ist zumindest einen Versuch wert, oder? Schliesslich tappen wir im Moment noch im Dunkeln. Der Einzige, den wir kennen, ist dieser Pakistaner, der in diesem Gefängnisvideo auftauchte. Aber auch da können wir noch nicht mit absoluter Sicherheit sagen, dass er zum ‹Reinen Glauben› gehört.»

«Das ist wirklich nicht viel, was wir da haben.»

«Eigentlich haben wir noch weniger», fuhr Pascal etwas frustriert fort.

«Wie geht denn das? Weniger als wenig?»

Pascal seufzte und blickte in den Monitor.

«Leider wurde das gesamte Material gelöscht. Man sieht den Zug einfahren und dann wird das Bild schwarz. Erst viel später setzt es wieder ein. Ich möchte aber trotzdem, dass du es mal anschaust.» Pascals Gesichtsausdruck verriet, dass er sehr enttäuscht darüber war, nur schwarze Bilder geliefert bekommen zu haben.

«Mach ich gerne.» Obwohl sich Denis sicher war, dass es nichts brachte, wollte er Pascal den Gefallen tun. Er dachte angestrengt nach.

«Also, das Bildmaterial mit dem Unfall ist gelöscht. Das heisst doch aber, es wurde daran herummanipuliert. Was wiederum heisst, dass jemand etwas zu verstecken hat und nicht erkannt werden will.»

«Was wiederum heisst, dass es eben doch kein Unfall war, sonst gäbe es nichts zu verstecken.»

«Genau! Gibt es keine Bilder vom Überwachungsraum, oder vom Zugang zum Überwachungsraum?»

«Daran habe ich auch schon gedacht, aber es wurde alles gelöscht! Diese Terroristen sind verdammt gründlich und das macht sie sehr gefährlich.»

Denis starrte nachdenklich an die Decke. Eine Weile lang sprach keiner etwas. Plötzlich brach Denis die Stille.

«Von wo kam dieser Zug?»

«Moment, lass mich schnell nachschauen.» Er beugte sich wieder vor und wühlte in seinen Papieren.

«Ah, da haben wir es. Der Zug kam von Bern.»

«Nur Bern? Keine anderen Haltestellen?», fragte Denis ungeduldig nach.

«Ja, nur von Bern. Warum?»

«Unser Mörder hat zwar daran gedacht, alle Bilder vom Bahnhof in Basel zu löschen, aber ich wette, er hat nicht an die von Bern gedacht, wo er vermutlich eingestiegen ist!»

«Sehr gut! Warum ist mir das nicht vorher schon eingefallen. Ich organisiere sofort die Überwachungsbilder von Bern.»

Ein paar Telefonate später hatte das Sicherheitszentrum vom Hauptbahnhof Bern Pascal das Bildmaterial übermittelt. Sie hatten richtig vermutet, dieses Material war vollständig. Denis stand auf und stellte sich hinter Pascal, um die Videos anzuschauen.

«Die Aufnahme beginnt einige Minuten vor der Einfahrt des Zuges, damit wir die Fahrgäste schon beim Warten sehen können», erklärte Pascal.

Der Film fing an zu laufen. Man sah einen breiten Bahnsteig mit zahlreichen wartenden Menschen. Pascal tippte mit seinem Zeigefinger auf die rechte Seite des Monitors.

«Dieser Bahnsteig interessiert uns, Gleis sechs. Hier wird in Kürze der Zug einfahren, der nach Basel fährt.»

«Ist das hier die einzige Überwachungskamera?», fragte Denis, ohne den Blick vom Monitor abzuwenden.

«Nein, es gibt noch eine andere Perspektive, aus der man den vorderen Teil des Bahnhofs, der nicht überdacht ist, sieht. Aber die meisten Leute warten im überdachten Teil, darum fangen wir mal mit dem an.»

«Da!» Denis zeigte auf den Bildschirm. «Das ist doch dieser Professor Halibi!»

«Man kann ihn zwar nicht sehr gut erkennen, aber ich glaube, du hast recht.»

«Sehr gut! Dann kann sein Mörder auch nicht mehr weit sein.» Gebannt blickten sie auf den Bildschirm. Der Zug war eben eingefahren. Man konnte deutlich sehen, wie Halibi in einen Wagen der ersten Klasse einstieg. Nun pochte Denis' Herz. Würde er tatsächlich seinen Peiniger auf diesem Bild wiedersehen? Nach und nach leerte sich der Bahnsteig.

«Mist, es ist verdammt schwierig, in dieser Menschenmasse etwas deutlich erkennen zu können.» Denis war angespannt.

«Vielleicht ist der Mörder im vorderen Bereich eingestiegen und dann durch die Abteile gelaufen.» Pascal klang enttäuscht.

Minuten vergingen ohne grosse Bewegung auf dem Bahnsteig. Hie und da tauchte wieder ein Fahrgast auf, oder ein Mitarbeiter des Bahnhofs ging vorbei, ansonsten blieb der Bahnsteig leer. Als der Schaffner ins Bild kam und die Pfeife in den Mund nahm, gab Denis seine Hoffnung, etwas zu entdecken, auf.

«Tja, dann bleibt uns nur noch das andere Bildmaterial aus dem vorderen Bereich. Wollen wir mal …»

«Da!»

«Was war denn?»

«Warte, ich spul mal zurück!»

Pascal setzte mit der Maus das Bild in den Pausenmodus und spulte ein paar Sequenzen zurück. Gebannt blickten beide auf den Bildschirm. Der Gehsteig war leer, der Schaffner pfiff und stieg ein und gerade als sich die Türen schlossen, sprang ein sportlicher Mann noch in einen Wagen.

«Hast du den gesehen?», fragte ihn Pascal aufgeregt.

Denis' Herz pochte.

Wieder spulte Pascal zurück und aktivierte den Vergrösserungsmodus. Zwar war das Bild nun ziemlich grobkörnig, aber man konnte trotzdem noch etwas erkennen. In dem Moment, in dem der Mann in den Zug sprang, drückte Pascal die Stopptaste. Denis wurde ganz heiss, mit weit aufgerissenen Augen starrte er auf das Standbild.

«Das ist der Scheisskerl, der mich überfallen hat. Ich bin mir ganz sicher!»

«Bingo! Jetzt haben wir dich, du Mistkerl!» Pascal klatschte freudig in die Hände.

Plötzlich riss Maximilian Frech ihre Bürotür auf. Er fing sofort an zu sprechen:

«Meine Herren, gut sind Sie gerade beide hier.» Er schloss die Tür hinter sich.

Denis und Pascal blickten ihn erstaunt an.

«Wir haben ein Riesenproblem!» Er schaute sie ernst an. «Ich habe eben die Meldung bekommen, dass Professor Frederick Stammheim tot an einem Strand auf den Seychellen gefunden wurde. Seine Leiche wurde in den frühen Morgenstunden angeschwemmt.»

«Stammheim? Das ist doch dieser Sprachwissenschafter, der ebenfalls für das Projekt ANGUS arbeitet, oder?», vergewisserte sich Denis.

«Genau!» Frech wirkte sehr angespannt. «Nun haben wir innerhalb von vierundzwanzig Stunden gleich zwei bedeutende Personen für unser Projekt verloren. Das ist eine Katastrophe!» Er fuhr sich ein paar Mal durch sein schütteres Haar und ging nervös im Raum auf und ab.

«Dabei haben wir gestern noch versucht, ihn zu warnen.»

«Was meinen Sie mit warnen?», fragte Denis unschuldig.

«Nach dem tragischen Vorfall mit Professor Halibi vermutete ich sehr schnell, dass es kein normaler Unfall war. Als Sicherheitsmassnahme liess ich Herrn Stammheim und Frau Keller sofort unter strengen Personenschutz stellen. Bei Frau Keller war das kein Problem, da sie noch hier in Bern ist. Herr

Stammheim trat aber gerade seinen Urlaub auf den Seychellen an und war für uns nicht erreichbar. Wir versuchten, ihn auf allen Kanälen zu erreichen, per Mobiltelefon und übers Hotelmanagement. Natürlich habe ich sofort die Polizei von Praslin kontaktiert, doch auf dieser Insel scheinen die Uhren einfach anders zu laufen. Der Posten war abends nicht besetzt. Also schaltete ich die Regierung der Seychellen ein. Doch bis ich von der Regierung über die Hauptwache zum Aussenposten von Praslin einen zuständigen Polizisten erreichte, war es offenbar leider schon zu spät. Diese Geschichte nimmt eine Dimension an, die ich mir nie hätte erträumen lassen.»

«War es wieder Mord?» Denis traute sich erst nach einer kleinen Pause zu fragen. Frech blickte ihn lange an, bevor er antwortete.

«Ich bin davon überzeugt! Zwar hat man Stammheim in seiner Badehose am Strand gefunden, was offenbar das Bild vermitteln sollte, dass er nachts schwimmen war. Auch haben die ersten Analysen ergeben, dass er den sogenannten Schaumpilz vor dem Mund hatte, aber …»

«Schaumpilz?», unterbrach ihn Pascal.

«Der Schaumpilz bildet sich, wenn man ertrinkt. Wenn man im Wasser keine Luft mehr hat, atmet man irgendwann reflexartig ein. Dies bewirkt, dass sich die Lungen mit Wasser füllen. Dadurch bildet sich der Schaumpilz. So erkennt man übrigens, ob ein Mensch schon tot ins Wasser geworfen wurde oder nicht. War er schon tot, hat er keinen Schaumpilz vor dem Mund.»

«Aber das hiesse doch, dass Professor Stammheim offenbar tatsächlich ertrunken ist, denn er hatte ja diesen Pilz, oder?» Pascal blickte Frech fragend an.

Frech fing an, mit den Fingern aufzuzählen.

«Vorgestern Nacht wird Herr Benz überfallen, dann die Drohung von diesen Extremisten übers Departement für auswärtige Angelegenheiten, dann der Tod von Halibi und jetzt der Tod von Stammheim. Und alle diese Ereignisse verbindet eine Sache: das Projekt ANGUS! Das kann kein Zufall sein!»

«Da haben Sie recht. Wir haben hier …» Denis wollte Frech gerade die Videoaufzeichnung zeigen, als ihm Frech unwirsch ins Wort fiel.

«Verdammt, woher wissen diese Terroristen so viel von diesem Projekt! Das ist Vertrauensstufe eins! Unsere höchste Geheimhaltungsstufe! Das kann gar nicht möglich sein!» Frech wirkte verzweifelt.

«Jetzt haben wir nur noch Sophie Keller, die das Projekt ANGUS am Leben erhält. Die Wahrscheinlichkeit, dass man ihre Identität auch kennt, ist leider sehr gross.» Er blickte abwechselnd zu Denis und zu Pascal.

«Meine Herren, Frau Keller ist momentan für die Abteilung PRIOS der wichtigste Mensch der Welt! Eigentlich ist sie für die gesamte westliche Welt der wichtigste Mensch der Welt. Wenn sie umgebracht wird, dann stirbt mit ihr das Projekt ANGUS und damit ein grosses Stück weltpolitische Sicherheit! Ich werde nun mit allen Mitgliedern der Vertrauensstufe eins eine Krisensitzung abhalten und werde Ihnen dann die nächsten strategischen Züge bekannt geben.» Er ging zur Tür, öffnete sie und drehte sich nochmals um.

«Und bitte denken Sie daran, alle diese Informationen gehen niemanden etwas an.»

«Mein Gott, diese ganze Sache nimmt ihn ja mehr mit als mich! Dabei bin ich doch der, der überfallen wurde», sagte Denis, als er weg war.

«Du musst ihn verstehen Denis, die jüngsten Ereignisse stellen unser ganzes Sicherheitssystem in Frage. Die ganze Abteilung PRIOS. Und wir wissen immer noch nicht, wo wir suchen müssen, wir tappen nahezu im Dunkeln.»

Denis nickte nachdenklich und blickte zum Monitor.

«Mist, jetzt haben wir vergessen, Frech diesen Typen zu zeigen!» Noch bevor Pascal etwas erwidern konnte, klingelte Denis' iPhone. Er griff danach und blickte skeptisch auf das Display. «Anonym» stand darauf. Er zuckte mit den Schultern und nahm das Gespräch entgegen.

«Hallo?»

«Hallo, Denis Benz!»

Denis erstarrte. Er kannte diese Stimme. Kreideweiss im Gesicht schaute er zu Pascal rüber. Mit hastigen Handzeichen gab er ihm zu verstehen, das Gespräch zurückverfolgen zu lassen. Pascal verstand sofort und rannte aus dem Büro. Denis war klar, dass er die Leitung so lange wie möglich halten musste, um den Anruf zurückverfolgen zu können. Er versuchte, sich zu beruhigen, und atmete tief ein.

«Woher haben Sie meine Handynummer?», fragte er mit betont ruhiger Stimme. *Nur keine Unsicherheit zeigen, genau das will er!*

«Wir bekommen alle Informationen, die wir brauchen.» Der Mann sprach wieder dieses eigenartige Hochdeutsch.

«Euer Geheimdienst kann nichts vor uns verstecken, ihr seid Amateure.»

Pascal kam wieder zurückgerannt und zeigte Denis schon von aussen durch die Glasscheibe mit ein paar Gesten an, dass die Fangschaltung gelegt wurde und Denis unbedingt weitersprechen sollte.

Denis überlegte fieberhaft, was er fragen sollte, doch da kam ihm der Anrufer zuvor.

«Halte dich für ein Treffen bereit. Wir melden uns wieder.» Der Mann hängte auf.

Ein langgezogener Summton erklang. Denis legte sein iPhone auf den Tisch und starrte geschockt auf das Standbild vor ihm.

Kapitel 6: Schweiz, Bern, Freitag, 3. Juli, 16:00

Sophie Keller schob nachdenklich die weisse Gardine zur Seite und blickte zur Aare hinunter.

«Kommen Sie bitte vom Fenster weg, Frau Keller», wies sie sofort ein Mitarbeiter von PRIOS freundlich, aber bestimmt zurecht.

Sophie seufzte leise, liess die Gardine wieder aus ihrer Hand gleiten und setzte sich auf das grosszügige, mit rotem Samt überzogene Sofa im Wohnbereich der Präsidentensuite des Hotels «Bellevue» in Bern. Eigentlich hätte sie sich in dieser feudalen Suite sehr wohlgefühlt, aber wegen der mysteriösen Umstände, unter welchen man sie hierher gebracht hatte, konnte sie den Komfort nicht geniessen. Hals über Kopf hatten zwei Männer von PRIOS sie heute Mittag zu Hause abgeholt. Sie hatten sie gedrängt, die wichtigsten Sachen zusammenzupacken, und sie dann direkt ins Hotel gefahren. Seither wartete sie auf eine Erklärung. Sie drehte sich elegant auf ihrem Sofa in Richtung Eingangstür, strich die Falten an ihrem modischen Rock glatt und sprach erneut einen der beiden PRIOS-Mitarbeiter an, die sich diskret unmittelbar vor der Tür postiert hatten.

«Können Sie mir wirklich nicht verraten, warum ich so überstürzt in dieses Hotel gebracht wurde? Ich dachte der Personenschutz, den Sie mir bereits gestern zu Hause zur Verfügung gestellt haben, wäre ausreichend!»

Der etwas ältere Mann, mit dem perfekten Seitenscheitel im braunen Haar und der sportlichen Figur, lächelte sie verständnisvoll an.

«Frau Keller, es tut mir sehr leid. Wie ich Ihnen bereits sagte, weiss ich leider auch nicht mehr als sie. Wir haben heute kurz vor Mittag den Befehl erhalten, Sie sofort zu evakuieren und nicht mehr aus den Augen zu lassen. Das ist alles, was ich Ihnen sagen kann. Unser Chef, Herr Frech, wird bestimmt jeden Moment hier sein und Sie aufklären.»

«Evakuieren? Aufklären? Das hört sich aber nach einer ziemlich brenzligen Situation an!»

Der Mann lächelte sie einmal mehr verlegen an und zuckte überfordert mit den Schultern. Der jüngere PRIOS-Mann, der einen schwarzen Anzug trug, ergriff nun das Wort.

«Wollen Sie wirklich nichts essen, Frau Keller? Sie haben noch nichts gegessen und jetzt ist es immerhin schon vier Uhr.»

Sophie schüttelte entmutigt den Kopf und schenkte sich nochmals ein Glas Wasser nach. Sie ahnte, dass sie keine guten Nachrichten erwarten würden. Diese ganze Geheimnistuerei und die ständige Vertröstung der längst fälligen Erklärung waren Beweis genug dafür, dass man sich ernsthaft um sie sorgte. Sie stellte das Glas wieder auf die Tischplatte, stand auf und zupfte sich den Rock wieder zurecht. Mit verschränkten Armen ging sie andächtig durch die verschiedenen Zimmer. Die beiden Männer blieben zwar an der Tür stehen, doch Sophie spürte ihre Blicke im Nacken. Die Präsidentensuite war zwar gross, aber bei offenen Verbindungstüren gut überschaubar. Sophie Keller war unruhig, die Ungewissheit brachte sie fast um den Verstand. Ihr war immer bewusst gewesen, dass sie sich wegen ihrer Tätigkeit für PRIOS in einer exponierten Lage befand. Aber jetzt, wo die Gefahr so unmittelbar spürbar war, fühlte es sich nochmals ganz anders an. Sie hatte Angst, wollte es aber den PRIOS-Mitarbeitern nicht zeigen. Plötzlich hörte sie ein Klopfen an der Haupttür. Sie lauschte gespannt. Da sie sich gerade in einem Nebenraum befand, konnte sie nicht sehen, wer gekommen war. Leise machte sie auf ihren hohen Stöckelschuhen ein paar Schritte in Richtung Tür.

«Wo ist sie?», hörte sie eine vertraute Stimme sagen. Es war Maximilian Frech, ihr Chef.

«Im Nebenraum», antwortete der Jüngere ihrer Bewacher.

Sofort näherten sich ihr Schritte. Sophie blieb an Ort und Stelle stehen, um ihren Besucher zu empfangen. Gegen aussen mimte sie Stärke gepaart mit vorwurfsvollen Blicken, aber innerlich war sie aufgelöst. Frech kam ihr mit einem freundlichen Lächeln entgegen. Er breitete noch im Gehen seine Arme aus, um sie besonders herzlich zu begrüssen. Sophie brachte nur ein leichtes Zucken über die Lippen. Er trat an sie heran, legte die Hände vertrauensvoll auf ihre zarten Schultern und blickte ihr tief in die Augen.

«Wie geht es Ihnen?»

Sophie musste sich beherrschen, um nicht gleich loszuschreien. *Da lässt mich dieser Mann heute Morgen so mir nichts, dir nichts verschleppen und er fragt mich, wie es mir geht?* Sophie schluckte ihren Groll herunter und antwortete überlegt.

«Sie können sich ja vorstellen, wie es mir geht nach dieser Aktion von heute Morgen!» Sie löste sich von Frechs Griff, ging zum Bett und setzte sich mit verschränkten Armen auf die Bettkante.

«Ich würde vorschlagen, Sie klären mich jetzt darüber auf, was das Ganze soll.» Ihre Stimme klang sanft und fordernd zugleich.

Frech lächelte etwas verlegen, blickte kurz auf seine Schuhe und steckte die Hände in die Hosentasche.

«Nun, ich denke, das bin ich Ihnen wirklich schuldig. Erst einmal möchte ich mich dafür entschuldigen, dass Sie so lange warten mussten. Ich musste erst noch alle vorhandenen Fakten zusammentragen und mit meinem Stab die nächsten Schritte besprechen.»

«Welcher Stab?», fragte Sophie dazwischen. «Und was hat dieser Stab mit mir zu tun?»

Frech überlegte kurz und fuhr fort.

«Leider befinden Sie sich in einer sehr gefährlichen Situation, Frau Keller. Wie sich in den letzten Tagen herausstellte, gibt es eine Organisation von Extremisten mit dem Namen ‹Reiner Glaube›, die uns wegen des Projekts ANGUS sehr unter Druck setzt.»

«Sie lassen sich unter Druck setzen von Terroristen?» Sophies Tonfall zeigte Frech deutlich, dass er ihr zu sehr um den heissen Brei redete.

Frech ging zur Schlafzimmertür, schloss sie und drehte sich wieder zu Sophie.

«Die Lage, Frau Keller, ist äusserst angespannt.»

Sophie stand auf und ging entschlossen auf ihn zu.

«Was heisst angespannt? Bitte reden Sie endlich Klartext mit mir! Ich denke, wenn man mich einfach so in dieses Hotel verschleppt, habe ich ein Recht darauf, zu erfahren, was hier gespielt wird.»

Frech senkte seinen Kopf und ging zum Fenster.

«Sie haben recht.» Er sprach mit ihr, ohne den Blick vom Fenster zu lösen. Er räusperte sich kurz, bevor er weitersprach.

«Die Terroristen haben fundierte Informationen zu unserem Projekt ANGUS. Ihre Quellen sind sogar so präzise, dass sie einen unserer Agenten enttarnten und ihn in der Nacht bei sich zu Hause überfielen. Ihre Quellen gehen sogar so weit, dass sie Professor Halibi, alias Normen Johnson, und Frederick Stammheim ausfindig gemacht haben und …» Er drehte sich wieder vom Fenster weg und blickte Sophie traurig in die Augen.

«Und?»

«… Frau Keller, was ich Ihnen jetzt sage, fällt mir nicht leicht. Es tut mir sehr leid, Ihnen mitteilen zu müssen, dass Ihre beiden Kollegen umgebracht wurden.»

Sophie ging geschockt rückwärts, schüttelte fassungslos den Kopf dazu und liess sich auf die Bettkante fallen.

«Was sagen Sie da? Normen und Frederick sind tot? Aber, aber … Wie? Und warum?»

Frech setzte sich behutsam neben sie.

«Beide kamen durch einen Unfall ums Leben. Zumindest will man uns das glauben lassen. Wir wissen aber mit ziemlicher Sicherheit, dass es sich in beiden Fällen um Mord handelt.»

«Warum?»

«Herr Johnson kam unter einen Zug im Bahnhof Basel und Herr Stammheim ertrank im Meer kurz nach seiner Ankunft auf den Seychellen. Es würde jetzt zu lange dauern, Ihnen alle Details zu erklären, aber wir sind der Meinung, dass zwei tödliche Unfälle von ANGUS-Mitarbeitern in so kurzer Zeit kein Zufall sein können.»

Sophie schwieg. Ihr Herz schlug wild, ihr war schlecht.

«Wie bereits erwähnt, haben sie es auf das Projekt ANGUS abgesehen. Sie stellten die Forderung, dieses Projekt sofort einzustellen, sonst hätten wir mit ernsthaften Konsequenzen zu rechnen. Erst dachten wir an eine leere Drohung, doch dann kamen der Überfall auf unseren Agenten und die beiden Morde … Leider muss ich zugeben, dass wir die Situation falsch eingeschätzt haben und uns nun in einem Ausnahmezustand befinden.»

«‹Reiner Glauben› heisst diese Organisation, sagen Sie?», stammelte Sophie leise vor sich hin.

«Genau», bestätigte Frech.

Sophie kannte den Namen. Er war ihr bei einigen Entschlüsselungen durch das ANGUS-Programm schon einmal begegnet. Sie hatte aber nicht angenommen, dass es sich dabei um eine terroristische Gruppierung handelte, vielmehr vermutete sie eine radikale Glaubensrichtung dahinter. Ihr blieb die Luft weg und die Hände zitterten. Sie fürchtete, dass ihre Kollegen wegen ihrer Fehleinschätzung gestorben waren.

Frech war zu sehr mit sich selber beschäftigt, um Sophies Aufregung wahrnehmen zu können.

«Um auf Ihre Bemerkung, ob wir uns von Terroristen unter Druck setzen lassen, zurückzukommen: Nein, das machen wir nicht! Ich gebe jedoch offen zu, dass wir sehr überrascht sind, wie präzise und überlegt sie vorgehen. Alles, was in den letzten achtundvierzig Stunden passierte, scheint irgendwie zusammenzuhängen.»

Sophie drehte ihren Kopf zu Frech und blickte ihn fragend an.

«Irgendwie? Heisst das, Sie tappen im Dunkeln?»

Frech biss sich kurz auf die Lippen und verzog verlegen sein Gesicht.

«In der Tat haben wir erst ganz wenige Informationen zu diesem ‹Reinen Glauben› zusammengebracht. Wir wurden bereits drei Mal von ihnen völlig überrascht.»

Sophie blickte auf den Boden. Sie fühlte sich schlecht. *Ist das alles meine Schuld, weil ich diesen Begriff «Reiner Glauben» falsch gedeutet habe?*

«Normalerweise erwischt man uns nicht auf dem falschen Fuss, denn wir reagieren sofort auf jedes noch so kleine Zeichen. In diesem Fall, das muss ich offen gestehen, wurden wir mehrere Male eiskalt erwischt. Darum auch die überstürzte Aktion heute Morgen mit Ihnen. Erst dachte ich, der Personenschutz bei Ihnen zu Hause reiche aus, aber die Lage spitzte sich dramatisch zu. Ich wollte nicht das Risiko eingehen, dass Ihnen etwas passiert.» Wieder machte Frech eine Pause, bevor er weitersprach.

«So, wie sich die Dinge bisher entwickeln, muss ich leider davon ausgehen, dass diese Terroristen Ihren Namen kennen. Und wenn diese Vermutung zutrifft, dann befinden Sie sich in höchster Lebensgefahr.»

Sophie blieb für einen Moment das Herz stehen. Mit weit aufgerissenem Mund blickte sie Frech schockiert in die Augen.

«Aber wie konnte das passieren? Sie haben mir doch versichert, dass das ganze Projekt ANGUS streng geheim sei, nur Leute von der Vertrauensstufe eins wüssten davon.»

Frech stand auf und ging ein paar Schritte auf und ab.

«Wie gesagt, wir haben keine Ahnung, woher diese Extremisten die Informationen herhaben.» Er drehte sich wieder zu ihr, trat an sie heran und ging vor ihr in die Hocke. Mit grossen Augen blickte er sie an.

«Frau Keller, das gesamte Projekt ANGUS besteht nun nur noch aus Ihnen. Wissen Sie, was das heisst?»

Sophie schwieg einen Moment.

«Das heisst, dass ich in höchster Lebensgefahr schwebe! Dass ich nie wieder ein normales Leben führen kann! Dass ich meinen Freund nicht mehr treffen darf, weil ich ihn sonst in Gefahr bringe! Dass ich von nun an ein Leben im Versteckten führen muss und nie wieder zu Hause wohnen kann! Dass ich jeden Tag fürchten muss, umgebracht zu werden!» Sophie warf Frech alles gnadenlos entgegen, ohne Luft zu holen. Sie war verzweifelt.

Dieser Ausbruch überforderte Frech. Nach einer Pause holte er tief Luft.

«Ich kann sehr gut verstehen, dass diese Nachrichten sehr schwer zu verarbeiten sind. Aber wir müssen jetzt alles daransetzen, uns eben nicht von diesen Terroristen erpressen zu lassen. Wir müssen jetzt stark sein und kontern!» Frech stand auf und ging wieder zum Fenster.

«Ich hoffe, Sie verstehen mich jetzt nicht falsch, Frau Keller. Wie ich schon sagte, besteht das Projekt ANGUS nur noch aus Ihnen. Wir sind unbedingt auf Ihre Mitarbeit angewiesen. Wir vermuten, dass der Austausch übers Internet zwischen der Basis und der Führung des ‹Reinen Glaubens› im Moment sehr rege ist. Dies könnte unsere einzige Chance sein, diesen Terroristen das Handwerk zu legen. Und vergessen Sie nicht: ANGUS ist weltweit das erfolgreichste Programm im Bereich Internettelefonie. Alle Welt verlässt sich auf uns!»

Plötzlich keimte in Sophie so etwas wie Ehrgeiz auf. Sie überlegte angestrengt.

«Ich weiss nicht so recht, ob ich das alleine schaffen kann. Das Projekt ANGUS ist eine sehr komplexe Geschichte. Normen und ich waren schon überfordert, weil Frederick in die Ferien ging.» Sie blickte traurig zu Frech auf. «Darum haben wir wahrscheinlich auch die bereits vorhandenen Warnsignale übersehen. Mein Gott! Vielleicht hätten wir alles verhindern können!» Tränen rannen ihr über die Wangen. Frech setzte sich wieder neben sie.

«Sie dürfen sich keine Vorwürfe machen! Sie haben alles richtig gemacht, glauben Sie mir! Das Wichtigste ist jetzt, dass wir weitermachen! Sonst kriegen wir die Mörder Ihrer beiden Kollegen nie.»

«Sie haben recht! Ich muss es für meine Kollegen tun.»

«Das ist die richtige Einstellung!» Unbeholfen klopfte ihr Frech auf die Schulter.

«Aber wie soll ich das anstellen? Wir waren alle auf unterschiedlichen Gebieten Spezialisten, nur zusammen waren wir das Projekt ANGUS. Ich habe keine Ahnung, wie ich das alleine machen soll!» Verzweifelt blickte sie Frech in die Augen.

«Ich sage Ihnen jetzt, wie wir das anstellen. Sie machen Ihren Job wie bisher. Vielleicht braucht es da und dort etwas mehr Aufwand, aber ich bin davon überzeugt, dass Sie das hinkriegen. Ich werde in der Zwischenzeit versuchen, so schnell wie möglich neue Spezialisten für arabische Dialektologie zu finden, die Sie bei Ihrer Arbeit unterstützen können. Sie werden sehen, im Nu läuft das Projekt ANGUS wieder wie eine gut geölte Maschine!» Frech lächelte sie an.

Sophie glaubte, so etwas wie Hoffnung in seinem Blick erkennen zu können. Sie blickte Frech entschlossen ins Gesicht.

«Gut, Sie können auf mich zählen. Wir kriegen diese Scheisskerle, die meine Kollegen auf dem Gewissen haben!», brach es aus ihr heraus.

«Ich möchte Ihnen nichts vormachen, Frau Keller. Sie gehören im Moment zu den wohl am meisten gefährdeten Menschen auf dieser Erdkugel. Darum müssen wir Sie von nun an mit allen uns zur Verfügung stehenden Mitteln vor Übergriffen beschützen.»

«Und worauf muss ich mich jetzt einstellen?»

«Wir müssen ja leider davon ausgehen, dass die Terroristen Ihren Namen und Ihr Gesicht kennen. Darum sind wir leider gezwungen, Sie jeden Tag an einen anderen Ort zu bringen. Ein Attentat auf Sie wird viel schwieriger, wenn Sie ständig in Bewegung sind.»

Sophie blieb einen Moment die Luft weg.

«Ich soll jeden Tag an einem anderen Ort übernachten?»

«Ich fürchte, ja. Zumindest bis wir uns sicher sind, was die Gegenseite weiss und was nicht. Glauben Sie mir, es ist nur zu Ihrem Besten!»

«Und wie soll ich so arbeiten können? Ich meine, mein ganzes Arbeitsmaterial, alle Daten und Computer sind bei PRIOS. Das kann man nicht einfach mit nach Hause nehmen!»

«Da haben Sie natürlich recht. Ich habe mir dazu auch schon meine Gedanken gemacht. Wir sind uns fast sicher, dass die Gegenseite nicht weiss, wo wir unsere Büros haben. Darum bringen wir Sie jeden Tag zu einer anderen Zeit in Ihr Büro. Parallel dazu entwickeln unsere Informatiker eine Möglichkeit, wie Sie weiterarbeiten können, ohne dass Sie in die PRIOS-Räumlichkeiten müssen.»

«Wollen Sie damit sagen, ich bin auch eine Gefahr für Sie? Bin ich eine lebende Bombe oder was!? Wahrscheinlich würden Sie mich am liebsten in einen Keller bringen und da einsperren!» Sophie war ausser sich vor Wut.

«Ich habe Ihnen versprochen, ehrlich zu sein. Die Gefahr, dass Sie entdeckt werden, ist im Moment allgegenwärtig. Es ist wichtig, dass wir nicht noch mehr Menschen in Gefahr bringen. Darum ist es in dieser ersten Phase wichtig, dass es so wenig wie möglich Berührungspunkte zwischen Ihnen und PRIOS gibt. Diese Taktik dient zu unser aller Schutz.» Er drehte sich wieder etwas mehr zu ihr und lächelte sie charmant an. «Sie müssen es positiv sehen: Sobald wir die erste Phase hinter uns haben, fahren wir Sie an die schönsten Plätze der Schweiz, von wo aus Sie sicher und in aller Ruhe weiterarbeiten können. Und das auf unsere Kosten! Das ist fast wie Ferien machen!»

Sophie lächelte gequält.

Frech stand entschlossen auf, ging zur Tür und öffnete sie. «Herr Klossner, kommen Sie bitte mal.»

Kurz darauf stand ein leicht übergewichtiger Mann mit braunem, lichtem Haar in der Tür. Er lächelte Sophie freundlich an. Sie schätzte ihn auf etwa fünfzig. Frech drehte sich zu Sophie.

«Darf ich Ihnen Herrn Martin Klossner vorstellen? Er ist einer unserer erfahrensten Mitarbeiter und ein absoluter Spezialist auf dem Gebiet des Personenschutzes. Er wird sich von nun an um Ihren Schutz kümmern.»

Sophie blickte ihn lange an, bevor sie etwas erwiderte.

«Heisst das, Herr Klossner wird von nun an vierundzwanzig Stunden am Tag an meiner Seite sein?»

«Nein, nein. Herr Klossner organisiert Ihren Personenschutz. Er wählt Fahrtrouten, stellt ein Schutzteam zusammen und stellt sicher, dass Sie gut behütet von Punkt A nach B kommen. Er ist eigentlich Ihr persönlicher Assistent, wenn Sie so wollen.»

Sophie bemerkte, wie Klossner seinen Chef mit einem irritierten Blick strafte. Frech schien Klossners Unmut zu spüren und fügte an.

«Natürlich ist Herr Klossner auch für Ihren Schutz zuständig, schliesslich ist er ein ausgebildeter Agent. Nur kann er nicht vierundzwanzig Stunden am Tag die Augen offen halten, denn ein bisschen Schlaf wollen wir ihm auch gönnen. Dieser Mann ist von nun an Ihre wichtigste Bezugsperson. Bitte teilen Sie ihm alle Ihre nächsten Schritte frühzeitig mit, damit er für Sie die nötigen Schutzmassnahmen ergreifen kann.»

Klossner ging auf Sophie zu und streckte ihr die Hand entgegen.

«Guten Tag, Frau Keller. Ich werde mir Mühe geben, Ihr Leben möglichst wenig zu beeinflussen.»

Sophie reichte ihm ihre zarte Hand.

«Guten Tag, Herr Klossner. Ich kann jetzt nicht sagen, dass ich mich auf die Zusammenarbeit freue, denn mir wäre es natürlich am liebsten, gar nicht erst in diese Lage gekommen zu sein. Ich werde mir aber Mühe geben, Ihre Arbeit nicht zu erschweren.»

«Herzlichen Dank. Ich bin davon überzeugt, dass wir ein gutes Team sein werden.»

Frech klatschte zufrieden in die Hände und trat zwischen die beiden.

«Da wir nun die Formalitäten erledigt haben, schlage ich vor, dass Sie Herr Klossner nun in das Personenschutzprogramm einführen wird. Ich werde zu PRIOS zurückkehren und die nächsten Schritte einleiten. Falls Sie irgendetwas brauchen, Frau Keller, egal was, lassen Sie es mich wissen.»

«Ich wüsste etwas, das ich gerne hätte: ein normales Leben!» Trotzig schaute sie ihn an.

Frech schien mit dieser Aussage überfordert zu sein. Verlegen schaute er zu Kessler und dann wieder zu Sophie.

«Ich werde alles daransetzen, dass dieser Wunsch baldmöglichst in Erfüllung gehen wird.» Er gab ihr die Hand zum Abschied und verliess den Schlafraum.

«Wollen wir uns ins Wohnzimmer setzen, Frau Keller?», fragte Klossner.

Sophie nickte und stand auf. Klossner liess sie passieren und folgte ihr in den Nebenraum. Sophie setzte sich aufs Sofa und blickte den fülligen Mann fragend an. Klossner liess sich eine Mappe von einem der beiden Männer an der Tür überreichen und holte ein paar Blätter heraus. Dann holte er einen Kugelschreiber aus einer Jackentasche und setzte sich neben sie. Klossner breitete die Blätter sorgfältig vor sich auf dem gläsernen Klubtisch aus.

«Nun, Frau Keller, damit ich Sie am besten schützen kann, muss ich Ihnen jetzt ein paar Fragen zu Ihren Gewohnheiten stellen. Sie werden feststellen, dass einige Fragen sehr persönlich sind, aber ich versichere Ihnen, ich stelle sie nur, um ein möglichst wasserdichtes Programm für Sie zusammenstellen zu können. Wollen wir anfangen?» Mit grossen Augen blickte er sie an. Sophie nickte kurz.

«Also dann. Sie heissen Sophie Keller, sind vierunddreissig Jahre alt und ledig.»

Sophie blickte ihn irritiert an. *Was für eine dämliche Frage. Erst erzählt mir Frech, ich sei für sie der wichtigste Mensch auf*

Erden und dann fragt dieser dicke Mann, ob ich auch wirklich die Person bin, für die sich mich halten?

Klossner bemerkte Sophies Unmut nicht, da er den Blick stur auf die Blätter vor sich gerichtet hatte.

«Zu welchen Personen haben Sie regelmässigen Kontakt? Ich meine damit Freunde, Familie, Freund?»

Sophie bemerkte, wie Klossner beim Wort ‹Freund› einen kurzen, aber intensiven Blick auf ihre Beine warf. Instinktiv zog sie die Beine etwas an.

«Ich habe eigentlich keine regelmässigen Kontakte, ausser zu meinem Freund. Wie Sie ja sicher wissen, flüchtete ich mit siebenundzwanzig aus Afghanistan. Dabei liess ich alles zurück. Ich habe zwar ein paar Bekannte hier in der Schweiz, aber ich würde nicht behaupten, dass es sehr enge Freundschaften sind.»

Klossner machte sich ein paar Notizen.

«Und wie heisst Ihr Freund?»

«Andreas Fuhler. Brauchen Sie noch ein Foto?»

«In der Tat. Wir brauchen von allen Personen, die sich in Ihrem Umfeld befinden, ein Foto. Haben Sie welche?» Klossner lächelte verlegen.

Sophie war anzusehen, dass sie nicht mit dieser Antwort gerechnet hatte.

«Ja klar, kein Problem», antwortete sie überrascht.

«Wo finden wir diese Fotos?»

Sophie holte ihr Mobiltelefon aus der Jackentasche. Klossner zeigte verlegen auf das Telefon.

«Leider müssen wir Ihnen Ihr Mobiltelefon wegnehmen», bemerkte er unsicher.

«Warum?» Sophie starrte Klossner vorwurfsvoll an.

«Das Mobiltelefon ist nicht sicher. Einfache Programme erlauben fast jedem, sie zu orten oder gar abzuhören. Selbstverständlich erhalten Sie von uns ein neues, nur …»

«Nur was?»

«Nur leider dürfen Sie damit niemanden anrufen. Eigentlich haben Sie es nur für Notfälle, falls Sie mal jemanden von uns ganz dringend erreichen müssen.»

«Wollen Sie mir damit sagen, ich darf von heute an keine privaten Gespräche mehr führen?» Sophie warf ihr Telefon unsanft auf den Tisch.

«Leider ja. Je weniger Kontakt Sie zu Personen aus Ihrem gewohnten Umfeld haben, desto besser. Sie dürfen mich nicht missverstehen, Frau Keller, aber diese Extremisten sollte man nicht unterschätzen. Wir müssen leider davon ausgehen, dass man Sie suchen wird. Es würde nichts bringen, wenn wir Sie vor der ganzen Welt verstecken und dann rufen Sie Ihren Freund an und erzählen ihm, wo Sie sind. Dann würden nicht nur Sie sich in höchster Gefahr befinden, sondern auch Ihr Freund.» Klossner nahm das Telefon, schaltete es aus und holte die SIM-Karte heraus.

Sophie liess sich verzweifelt in die Lehne fallen. Geschockt starrte sie ins Leere.

«Wollen Sie damit sagen, ich kann nicht mal mehr meinen Freund anrufen und ihm diese ganze Situation erklären?»

«Ich fürchte, ja. Aber wir werden das selbstverständlich für Sie übernehmen.»

Sophie konnte nicht fassen, was gerade mit ihr passierte. Bis gestern hatte sie ein fast normales Leben geführt und nun war nichts mehr wie vorher.

«Was wollen Sie noch von mir wissen?» Sophie wollte dieses Verhör so schnell wie möglich hinter sich bringen.

«Haben Sie spezielle Essgewohnheiten? Sind Sie Vegetarierin oder allergisch auf etwas?»

«Nein.»

«Brauchen Sie regelmässig Medikamente?»

«Nein.»

«Sind Sie allergisch auf irgendwelche Medikamente, wie zum Beispiel Penizillin?»

«Nein! Warum müssen Sie das wissen?»

«Falls Sie aus irgendeinem Grund plötzliche medizinische Versorgung benötigen, können wir viel Zeit gewinnen, wenn wir solche Dinge wissen.» Klossner setzte seinen Stift wieder an und wollte zum nächsten Punkt übergehen, als ihn Sophie geschockt anstupste.

«Sie meinen, wenn ich angeschossen werde oder so was?»

Klossner zögerte mit seiner Antwort. Doch genau dieses Zögern bestätigte Sophie in ihrer Vermutung. Mit grossen Augen blickte sie den verlegenen Agenten an.

«Darf ich bitte ein Glas Wasser haben?»

«Aber sicher.» Klossner drehte sich zu den Männern an der Tür und gab ihnen mit einer Geste zu verstehen, dass sie sich darum kümmern sollten. Sogleich ging der Jüngere zur Minibar, nahm eine Flasche Wasser und ein frisches Glas und brachte es zum Tisch. Klossner öffnete die Flasche und schenkte ein. Sophie leerte das Glas in einem Zug aus.

«Frau Keller, vielleicht sollten wir eine kleine Pause machen. Ich schlage vor, dass Sie sich jetzt etwas hinlegen und wenn Sie sich ausgeruht haben, dann machen wir weiter. Sobald Sie sich wieder besser fühlen, schlage ich vor, dass Sie die Papiere in aller Ruhe durchlesen. Falls Sie die Fragen darauf gleich beantworten können, dürfen Sie das gerne tun, bei den noch verbleibenden, offenen Fragen helfe ich Ihnen gerne.»

Sophie blickte Klossner lange an, bevor sie antwortete.

«Ja, vielleicht ist es am besten, wenn ich mich etwas hinlege.» Erschöpft stand sie auf und ging zum Schlafzimmer. In der Tür drehte sie sich nochmals zu den Männern um.

«Darf ich die Tür zumachen?»

«Natürlich, kein Problem. Darf ich Sie aber bitten, nicht am Fenster zu stehen, Frau Keller?»

Sophie nickte müde.

«Und wenn Sie mir erlauben, würde ich Ihnen gerne etwas zu Essen bestellen.»

Wieder nickte Sophie willenlos.

«Haben Sie einen bestimmten Wunsch? Warm oder kalt?»

Sophie winkte ab.

«Egal, suchen Sie sich etwas aus. Mir ist alles recht.»

«Ah ja, da fällt mir noch ein: Um acht kommt ein Arzt für eine Untersuchung hierher.»

Erstaunt blickte sie Klossner an.

«Ein Arzt? Warum?»

«Er macht nur ein paar Routineuntersuchungen und bestimmt Ihre Blutgruppe.»

«B-Positiv», antwortete Sophie erschöpft. Wieder kam in ihr dieses Gefühl von Panik auf. *Vielleicht sollte ich ihnen noch meine genauen Körpermasse angeben, damit sie meinen Sarg schon mal bestellen können!* Leise schloss sie die Tür hinter sich und schleppte sich zum Bett. Schwer liess sie sich auf die Matratze fallen und fing an, leise zu weinen. Tausend Gedanken schossen ihr durch den Kopf, sie konnte nicht fassen, was gerade mit ihr passierte. Eine ganze Weile lang lag sie einfach nur da und betrachtete die Decke. Zwischendurch hörte sie immer wieder, wie sich die Männer leise im Wohnbereich unterhielten. Sophie fielen vor Erschöpfung langsam die Augen zu. Sie entspannte sich etwas und schlief ein.

«Aufwachen, Frau Keller, bitte aufwachen!»

Sophie öffnete verschlafen ihre Augen. Nachdem sie ein paar Mal geblinzelt hatte, fokussierte sie das Gesicht über ihr. Klossner hatte sich über sie gebeugt und lächelte sie freundlich an.

«Bitte erschrecken Sie nicht, Frau Keller, es ist alles in bester Ordnung. Es ist viertel nach neun. Da der Arzt schon seit acht wartet, dachte ich mir, ich darf Sie wecken.»

Sophie kam nur langsam zu sich. Offenbar hatte sie tief und fest geschlafen. Noch etwas desorientiert richtete sie sich im Bett auf.

«Ist schon in Ordnung, dass Sie mich geweckt haben.» Verschlafen rieb sie sich die Augen. «Ich bin es einfach nicht gewöhnt, dass mich ein fremder Mann aufweckt.» Sie lächelte verlegen.

Klossner ging zur Tür.

«Ich warte dann im Wohnzimmer auf Sie, Frau Keller. Darf ich Ihnen irgendetwas kommen lassen? Einen Kaffee oder einen Tee?», fragte er freundlich.

«Ja, einen starken Espresso könnte ich jetzt gut gebrauchen.»

Klossner nickte und verliess das Schlafzimmer.

Sophie schüttelte fassungslos den Kopf. *Wo bin ich da nur hineingeraten!* Sie stand vom Bett auf und ging ins Badezimmer, um sich frisch zu machen. Sie schaltete das Licht ein und betrachtete sich kurz im Spiegel. Ihre Augen waren geschwollen und ihr schwarzes, volles Haar war wild durcheinander.

«Du siehst heute bezaubernd aus!», sprach sie leise vor sich hin und blickte sich nach einer Haarbürste um. Frustriert stellte sie fest, dass es im Bad keine gab. Eigentlich gab es gar nichts, was sie jetzt hätte gebrauchen können. Sie drehte sich in Richtung Badezimmertür um.

«Herr Klossner!», rief sie.

«Ja?», antwortete er sofort aus dem Wohnzimmer.

«Ich brauche dringend Toilettenartikel. Zahnbürste, Zahnpasta, Duschgel, Seife und so weiter. Halt alles, was eine Frau so braucht.» Sophie vermied es ganz bewusst zu erwähnen, dass sie auch noch Make-up, Lippenstift, Eyeliner und Cremen brauchte. Das war ihr einfach zu peinlich bei so fremden Leuten.

«Wir haben bereits einige Dinge für Sie besorgt, auch frische Kleidung. Wenn ich darf, bringe ich Ihnen die Sachen gleich rüber.»

«Kommen Sie nur!», rief sie in Richtung Wohnzimmer. Mit so viel Umsicht hätte sie nicht gerechnet. Anschliessend drehte sie den Wasserhahn auf, beugte sich hinunter und schöpfte mit beiden Händen das Wasser in ihr Gesicht, bis sie ein leises Räuspern hinter sich hörte. Sophie warf einen Blick unter ihrer Achselhöhle durch und entdeckte den jungen Agenten hinter sich. Sie drehte das Wasser ab, schüttelte ihre Hände über dem Becken ab und griff nach einem Handtuch. Nachdem sie sich die Hände und das Gesicht abgetrocknet hatte, streckte sie dem jungen Mann ihre Hand entgegen. Dieser überreichte ihr die kleine Tasche, lächelte und wollte gleich wieder gehen.

«Wie heissen Sie?», hielt ihn Sophie auf.

Der junge Mann drehte sich wieder um und blickte ihr fragend in die Augen.

«Mein Name ist Marc Schwaller», antwortete er höflich.

«Ich weiss, Sie haben mir heute Morgen Ihren Ausweis kurz gezeigt, aber da ging alles so schnell, ich konnte mir Ihren Namen einfach nicht merken. Wie alt sind Sie, Marc?»

«Ich bin siebenundzwanzig, Frau Keller.»

Sophie stellte die Tasche auf einen kleinen Hocker und streckte ihm ihre Hand entgegen.

«Ich bin Sophie.»

«Freut mich, Sie kennenzulernen, Frau Keller.» Schwaller reichte ihr die Hand und lächelte verlegen.

«Und wie heisst Ihr Kollege?»

«Er heisst Stefan Rickenbach, Frau Keller.»

«Nennen Sie mich Sophie, schliesslich werden wir noch viele Tage miteinander verbringen müssen.»

«Tut mir leid, Frau Keller, es ist uns leider untersagt, Menschen, die dem Personenschutzprogramm angehören, beim Vornamen zu nennen.»

Sophie liess ihre Hand fallen.

«Sehr charmant von Ihnen», stellte sie etwas sarkastisch fest und drehte sich beleidigt wieder in Richtung Spiegel.

«Ich weiss Ihr Vertrauen wirklich zu schätzen, Frau Keller, aber das sind leider die Regeln, an die ich mich halten muss.»

«Kein Problem, Sie machen ja nur Ihren Job.»

«Die Tasche mit Ihrer Kleidung habe ich neben das Bett gestellt. Auch habe ich Ihnen ein paar Sandwiches besorgt, Frau Keller.»

«Vielen Dank, ich komme gleich.»

Der junge Mann verschwand wieder aus ihrem Blickfeld. Sophie griff nach der kleinen Tasche und blickte hinein. Darin befand sich mehr, als sie vermutet hatte. Zielstrebig griff sie nach der Bürste und kämmte sich die Haare. Anschliessend holte sie eine Creme heraus, betrachtete sie kritisch und strich sie sich ins Gesicht. Zum Abschluss putzte sie sich die Zähne und fühlte sich danach zum ersten Mal seit Stunden wieder wie eine attraktive Frau. Mit gestärktem Selbstbewusstsein verliess sie das Bad. Erst jetzt fiel ihr auf, dass die Vorhänge im Schlafzimmer alle schon zugezogen waren und das Licht brannte. Sie blickte auf ihre Uhr, es war bereits zehn.

Klossner und ein hagerer Mann mit weissem Haar standen sofort auf, als Sophie das Wohnzimmer betrat. Klossner lächelte und lief auf sie zu.

«Ich würde gerne guten Morgen sagen, aber dafür ist der Tag doch etwas fortgeschritten.» Er grinste kurz über seinen Witz und zeigte auf den älteren Herrn.

«Das ist Doktor Herbert Meyer, der Leibarzt unseres Geheimdienstes sozusagen.» Doktor Meyer kam auf Sophie zu. Freundlich drückte er ihre Hand.

«Guten Abend, Frau Keller.»

Klossner ergriff wieder das Wort.

«Wie ich Ihnen bereits gesagt habe, würde Doktor Meyer gerne ein paar Fragen stellen und Ihnen etwas Blut abnehmen.»

Sophie ging zum Sofa. Entschlossen setzte sie sich und streckte dem Doktor ihren Arm zur Blutentnahme hin. Doktor Meyer fing an zu lachen, winkte ab und setzte sich neben sie.

«Wir haben noch etwas Zeit, Frau Keller. Ich würde vorschlagen, Sie essen jetzt erst einmal etwas, damit Sie wieder zu Kräften kommen. Anschliessend werden wir dann die kleine Untersuchung machen.»

Sophie entdeckte vor sich auf dem Tisch zwei schön angerichtete Teller mit verschiedenen Sandwiches drauf. Bei diesem Anblick knurrte sofort ihr Magen. Gierig nahm sie sich ein Käsesandwich und biss hinein. Alle warteten geduldig, bis sie fertig war. Eine peinliche Stille entstand. Plötzlich blickte Sophie von ihrem Teller auf und fing an zu lachen. Ihr kam diese Situation grotesk vor. Sie ass und wurde dabei von acht Augenpaaren beobachtet. Die vier Männer im Raum blickten sich erst verdutzt an, dann fingen sie auch an zu schmunzeln.

«Das ist ja ein gutes Zeichen, wenn Sie so herzhaft lachen können. Ich würde vorschlagen, dass wir dann mal anfangen. Ist das in Ordnung für Sie?», fragte Doktor Meyer.

Sophie wischte sich die Brotkrümel vom Rock und nickte. Der Arzt griff nach seinem Arztkoffer und öffnete ihn. Er nahm Sophies Handgelenk, fühlte ihren Puls und blickte dabei auf seine Uhr.

«Sie dürfen ruhig weiteressen, Frau Keller. Das stört mich nicht», bemerkte er freundlich.

Sophie fing wieder an zu grinsen. Sie bemerkte, wie sich die beiden PRIOS-Männer an der Tür beherrschen mussten, um nicht wieder loszulachen.

Plötzlich ging das Licht aus! Sophie stiess aus Angst einen kurzen, unkontrollierten Schrei aus.

«Was ist passiert?», fragte Klossner aufgeregt.

«Keine Ahnung!», antwortete eine Stimme.

Sophie vernahm Ladegeräusche von Pistolen. Nach ein paar Augenblicken leuchteten Taschenlampen auf. Sophies Herz schlug ihr hart bis zum Hals. Da die Lichter der Taschenlampen sie blendeten, konnte sie nichts erkennen.

«Was ist hier los?», fragte sie panisch.

Klossner und der Arzt blieben neben ihr sitzen, was sie etwas beruhigte.

«Keine Angst, Frau Keller, wir klären die Situation gleich. Schwaller, Rickenbach, ist der Raum sicher?», fragte Klossner angespannt.

Die Lichtkegel zuckten nervös im Raum umher.

«Bei mir ist alles sicher!», meldete sich die jüngere Stimme.

«Bei mir auch! Schlafzimmer und Büro sind sicher!», antwortete die andere Stimme hektisch.

Sophie hörte, wie der ältere Agent in sein Funkgerät sprach.

«Gruppe Rot an Stern, Gruppe Rot an Stern. Haben Lichtausfall im Horst. Wiederhole: Lichtausfall im Horst. Beginnen sofort mit der Evakuierung der Zielperson. Treffpunkt Alpha Blue in zehn. Ende.»

Kurz darauf kam ein Licht auf Sophie zu. Eine Hand griff ihr bestimmt, aber nicht zu hart unter ihren linken Arm und zog sie hoch.

«Kommen Sie, Frau Keller, wir müssen gehen.» Sophie erkannte die Stimme. Es war der ältere der beiden Agenten.

«Herr Klossner, Sie sichern nach hinten ab und Sie, Herr Doktor, bleiben hier.»

Sophie liess sich bereitwillig führen. Plötzlich stiess sie ihr Knie hart an etwas an, doch sie spürte keinen Schmerz. Der andere Agent hatte bereits die Eingangstür geöffnet und leuchtete durch einen Spalt in den Gang.

«Gang ist sicher!», hörte sie Schwaller leise flüstern.

«Bitte kommen Sie», befahl der ältere Agent.

Sophie liess sich einfach treiben. Ihre Atmung war kurz und unkontrolliert, die Beine zitterten vor Angst. Ihre beiden Begleiter verhielten sich erstaunlich ruhig. Sie sprachen nicht mehr als nötig. Mit den Taschenlampen leuchteten sie die Gänge ab. Überall war es dunkel. Immer wieder öffneten sich Türen und verwirrte Gäste streckten ihre Köpfe heraus. Schwaller, der vorauslief, leuchtete die Gäste kurz an und befahl ihnen leise, sich wieder in die Zimmer zu begeben. Bei der Treppe blieben sie kurz stehen.

«Geh vor und ich komme einen halben Gang später nach. Sobald du etwas Verdächtiges entdeckst, erst Zielobjekt warnen, erneut warnen und, wenn eine Reaktion ausbleibt, feuern. Hast du mich verstanden?»

«Verstanden», bestätigte Schwaller kurz.

Klossner stiess nun auch dazu. Er war etwas ausser Atem.

«Wo steht der Wagen?», fragte er.

«Einer beim Hauptausgang und einer in der Tiefgarage», antwortete Rickenbach.

«Welchen nehmen wir?»

«Wir gehen zum Hauptausgang. Da ich bereits Grossalarm ausgelöst habe, gehe ich davon aus, dass die Polizei und unsere Kollegen schon hier sind und das Gebäude von aussen abgesichert haben.»

«So machen wir es», bestätigte Klossner. «Schwaller geht vor, dann du mit Frau Keller und ich sichere wieder nach hinten ab.»

«Wie fühlen Sie sich, Frau Keller? Alles in Ordnung?», fragte Rickenbach.

Sophie zitterte am ganzen Körper.

«Gut, gut. Es geht mir gut!», log sie.

«Also dann, los gehts.»

Kaum hatte Rickenbach den Befehl ausgesprochen, eilte Schwaller die Treppe herunter. Als er die erste Ebene erreicht hatte, flüsterte er: «Sicher!», worauf sich Rickenbach mit Sophie in Bewegung setzte.

Sie hatte Mühe, in ihren hohen Schuhen und der Dunkelheit das Gleichgewicht zu halten, doch Rickenbach gab ihr zum Glück den nötigen Halt. Stockwerk für Stockwerk arbeiteten sie sich nach unten, bis sie zum Hauptausgang kamen. Schwaller rannte zur Tür hinaus und klärte die Lage, Rickenbach blieb mit Sophie in der Eingangshalle stehen. Sie war gespenstisch leer.

«Kommen Sie, wir gehen hinter die Rezeption, bis wir grünes Licht bekommen», erklärte ihr Rickenbach.

Wie er richtig vermutet hatte, waren bereits einige Polizeiwagen vorgefahren, die blinkenden Blaulichter erhellten immer wieder die Eingangshalle. Sophie ging ängstlich in die Hocke, sie zitterte am ganzen Körper.

«Alles klar, kannst kommen!», hörte sie Schwaller in die Halle rufen. Rickenbach packte sie wieder am Arm und lief mit ihr zur Tür. Gerade als sie das Hotel verliessen, schloss Klossner zu ihnen auf. Er schien ausser Atem zu sein. Die ganze Strasse war mit Polizeiwagen abgesperrt. Überall blinkten Lichter, Polizisten hatten sich mit Maschinenpistolen in Stellung gebracht. Vor dem Hotel standen drei schwarze Limousinen mit laufendem Motor. Rickenbach zeigte auf die vorderste.

«Wir nehmen die, Schwaller, du die hintere und Klossner die mittlere.»

Kaum sassen sie im Wagen, brausten sie fast gleichzeitig los. Sophie schaute sich ängstlich um.

«War das wegen mir? Ich meine, haben mich diese Terroristen bereits gefunden?»

«Das kann ich Ihnen leider nicht sagen, aber wir müssen sehr vorsichtig sein. Bitte schnallen Sie sich an, Frau Keller.»

Die Limousinen brausten in hohem Tempo durch Bern. Der Fahrer sagte kein Wort, er schien sich nur auf die Strasse zu konzentrieren. Immer wieder erklangen Funksprüche über die Anlage im Auto. Erst jetzt fiel Sophie auf, dass sich die drei Limousinen während der rasanten Fahrt immer wieder gegenseitig überholten. Sie drehte ihren Kopf wieder zu Rickenbach.

«Warum überholen die uns ständig?», fragte sie angespannt.

Rickenbach blickte stur nach vorne. Er schien sehr konzentriert zu sein.

«Das ist ein Ablenkungsmanöver, um den Gegner zu verwirren. Falls uns jemand folgt, sieht er nur drei gleiche Autos, durch die ständigen Wechsel weiss er mit der Zeit nicht mehr, in welchem Sie sitzen. Darum haben wir auch keine Nummernschilder dran.»

«Mir wird bei dieser hektischen Fahrweise schlecht. Könnten wir nicht wenigstens ein Fenster aufmachen?»

«Das geht leider nicht, die Fenster sind kugelsicher, die lassen sich nicht öffnen.»

Sophie atmete tief durch. Sie versuchte, an etwas anderes zu denken, um sich abzulenken. Leise fing sie an zu weinen.

Plötzlich hielt der Wagen an. Sophie schaute sich nervös um, sie hatte keine Ahnung, wo sie war. Die Tür neben ihr wurde geöffnet und eine Hand streckte sich ihr entgegen.

«Guten Abend, Frau Keller. Bitte steigen Sie aus. Darf ich Ihnen helfen?» Sophie erkannte die Stimme sofort, es war

Maximilian Frech. Sophie stieg aus. Der Duft von Kerosin stieg ihr in die Nase, es blies ein heftiger Wind.

«Wo bin ich hier?», fragte sie Frech.

«Wir sind am Flughafen Bern-Belp, Frau Keller. Bitte folgen Sie mir.» Frech lief zügig voran, Sophie hatte Mühe, ihm zu folgen.

«Was ist passiert?»

«Was im Hotel passiert ist, kann ich Ihnen leider nicht sagen. Aber weil wir die Lage nicht einschätzen konnten, mussten wir Sie sofort wegbringen.» Frech blieb kurz stehen und drehte sich zu ihr um.

«Leider habe ich schlechte Nachrichten für Sie.» Der heftige Wind blies das Haar von Frech in alle Richtungen. Mit besorgtem Blick schaute er Sophie an.

«Was für schlechte Nachrichten?»

«Wie Sie ja wissen, arbeitet der Computer mit dem ANGUS-Programm rund um die Uhr. Und wenn mehr als drei sogenannte schmutzige Wörter in einer Phrase erscheinen, schlägt er Alarm.»

«Ja, das weiss ich alles, schliesslich habe ich das Programm geschrieben. Was wollen Sie mir damit sagen?» Sophie wurde ungeduldig.

«Kurz nach Ihrer Evakuierung erreichte mich die Meldung, dass der Computer die Wörter ‹dem Ziel nahe›, ‹Vergeltung›, ‹Attentat›, ‹Tod›, ‹Schweiz›, ‹Bern› und ‹ANGUS› ausspuckte.»

Sophie schluckte schwer und blickte Frech entsetzt an.

«Das sind wirklich schlimme Nachrichten.»

«Er hat noch etwas viel Schlimmeres ausgespuckt.»

«Was?», fragte sie unsicher. Ihre Knie fingen wieder an zu zittern.

«Er hat im Zusammenhang mit den eben erwähnten Worten noch Ihren Namen aufgelistet. Sophie Keller!»

Kapitel 7: Schweiz, Bern, Samstag, 4. Juli, 08:53

Denis rieb sich verschlafen die Augen und starrte zur Decke. Das Klingeln der Haustür hatte ihn aufgeschreckt. Wie es ihm seine Psychologin prophezeit hatte, hatte er wieder sehr schlecht geschlafen. Der gestrige Anruf seines Peinigers hatte ihn fast pausenlos beschäftigt. Denis' Herz pochte, instinktiv griff er unter das Kopfkissen, wo sich seine Pistole befand. Wieder klingelte es. Nachdem sein Puls sich wieder etwas beruhigt hatte, löste er seine Hand von der Pistole und richtete sich auf. *Wenn mich erneut jemand überfallen wollte, würde er sicher nicht klingeln.* Er gähnte ausgiebig. Kurzentschlossen nahm er seine Pistole in die Hand und stand auf.

«Sicher ist sicher!», murmelte er mürrisch vor sich hin. Verschlafen ging er zur Tür.

«Wer ist da?», rief er skeptisch.

«Herr Benz, ich bin es, bitte machen Sie auf.» Denis erkannte die Stimme sofort, es war Maximilian Frech. Er fuhr sich noch etwas benommen durch sein Haar und versuchte, es etwas zu richten, dann drehte er den Schlüssel und öffnete die Tür. Kaum war die Tür einen Spalt breit offen, stiess sie Frech ganz auf und trat hastig ein. Denis schaute ihm erstaunt nach.

«Tut mir leid, Herr Benz, dass ich Sie hier bei Ihnen zu Hause belästige, aber es ist wichtig.» Frech ging ohne sich umzudrehen in die Küche.

Denis kratzte sich irritiert am Hinterkopf, schloss die Tür und folgte ihm. Frech war gerade dabei, sich einen Kaffee zu machen, als er die Küche betrat. Frech steckte eine Kapsel in die Nespresso-Maschine, stellte eine Tasse darunter und drehte seinen Kopf in Denis' Richtung.

«Wollten Sie mich erschiessen?», fragte er mit einem leichten Grinsen auf den Lippen.

Denis blickte ihn fragend an. Frechs Augen wanderten demonstrativ zu Denis' rechter Hand, in der er die Pistole hielt.

«Ach so!» Denis lächelte verlegen. «Nur eine kleine Vorsichtsmassnahme, man weiss ja nie, wer einen überraschend besucht.» Er trat an den Küchentisch heran und legte die Pistole drauf. «Es hätte ja auch meine Schwiegermutter sein können.»

Frech fing an zu lachen.

«Wusste gar nicht, dass Sie verheiratet sind.» Er drückte einen Knopf an der Kaffeemaschine. Nichts geschah. Frech blickte ratlos auf die Maschine. Denis zeigte zaghaft auf den Schalter an der Seite.

«Sie müssen die Maschine erst einschalten.»

«Wie bitte?»

«Sie müssen erst den Hauptschalter drücken und sobald das grüne Lämpchen leuchtet, ist die Maschine bereit.»

«Ach so, natürlich.» Frech drückte auf den Schalter und zog seinen Trenchcoat aus. Achtlos warf er ihn über eine Stuhllehne. Denis fiel auf, dass Frech nicht rasiert war. Er sah übermüdet aus.

«Wie geht es Ihrem Hals?», fragte Frech unverhofft.

Denis fuhr sich über seine Wunden. Er hatte sie ganz vergessen, was ein gutes Zeichen war.

«Ganz gut, spüre fast gar nichts mehr.»

«Wie haben Sie geschlafen, Herr Benz?», hakte Frech nach.

Denis war auf diese Frage nicht gefasst und zögerte etwas mit der Antwort.

«Gut … ganz gut», log er. Er schaute auf seine Uhr, es war neun. *So früh stehe ich an einem Samstag nie auf!*

«Sie sehen aber nicht so aus, wenn Sie mir diese Bemerkung erlauben, Herr Benz», fügte Frech an.

«Und wenn Sie mir die Bemerkung erlauben: Sie sehen auch nicht gerade erholt aus.» Kaum hatte Denis die Worte ausgesprochen, bereute er es schon wieder.

Frech zuckte kurz mit den Lippen, drückte den grün aufleuchtenden Knopf und drehte sich zu Denis.

«Sie haben ganz recht mit Ihrer Bemerkung. Ich habe diese Nacht auch fast nicht geschlafen.»

«Darf man fragen, warum?» Denis trat an den Küchentisch heran und setzte sich.

Frech wartete, bis der Kaffee fertig war, nahm die Tasse und setzte sich ebenfalls an den Tisch. Nachdem er einen kleinen Schluck getrunken hatte, setzte er die Tasse ab.

«Die Lage hat sich leider erneut massiv verschärft.» Frech sprach leise ohne aufzublicken.

«Das habe ich mir fast gedacht», rutschte es aus Denis heraus.

«Warum?» Frech blickte ihn erstaunt an.

«Nun, wenn Sie mich an einem Samstagmorgen persönlich zu Hause besuchen, dann muss es schon einen ganz wichtigen Grund geben, nicht?» Erst jetzt fiel Denis auf, dass er in Unterwäsche vor seinem Chef sass. Das war ihm peinlich.

«Da haben Sie recht.» Frech trank die Tasse in einem Zug aus und stellte sie mit etwas zu viel Schwung wieder auf den Tisch zurück.

«Gestern, kurz nachdem wir uns in Ihrem Büro gesehen hatten, hatte ich eine Krisensitzung mit meinem Stab. Parallel dazu habe ich angeordnet, dass man Sophie Keller, die einzig noch verbliebene Person von ANGUS, in unser Personenschutzprogramm aufnimmt.»

Denis rückte mit seinem Stuhl etwas näher an den Küchentisch heran. So hatte er das Gefühl, dass ihm Frech nicht auf seine Unterhose starren konnte.

«Wir haben sie unter grösster Geheimhaltung vorübergehend im Hotel ‹Bellevue› untergebracht», fuhr Frech unbeirrt fort. «Kurz nach zehn Uhr abends ging bei mir im Bundeshaus die Alarmmitteilung ein, dass sie Frau Keller sofort evakuieren mussten.»

«Warum?»

«Wie man mir mitteilte, fiel kurz nach zehn im gesamten Hotel ‹Bellevue› das Licht aus. Die für ihren Schutz zuständigen Agenten handelten sofort, lösten Grossalarm aus und evakuierten Frau Keller umgehend an einen sicheren Ort.»

«Wer ist für den Schutz von Frau Keller zuständig?», fragte Denis interessiert.

«Schwaller, Rickenbach und Klossner.»

«Klossner? Martin Klossner?», fuhr es empört aus Denis heraus.

«Herr Benz, ich schätze Ihre Meinung sehr, aber bitte überlassen Sie mir, wen ich für fähig halte, diese Aufgabe zu übernehmen, und wen nicht.» Eindringlich blickte er Denis an.

Denis schaute verlegen auf seine Hände. Er verkniff sich eine Antwort. Es entstand eine kurze Pause, die Denis endlos vorkam.

«Warum stehen Sie Herrn Klossner kritisch gegenüber?»

Diese Frage überraschte Denis. Er überlegte einen Moment lang, während er sich verlegen die Fingernägel putzte.

«Ich dachte nur, dass Klossner doch schon in einem fortgeschrittenen Alter ist und dass dies wohl eher eine Aufgabe für einen PRIOS-Mitarbeiter ist», murmelte er etwas überfordert vor sich hin.

«Gerade weil Herr Klossner bereits ein fortgeschrittenes Alter hat, scheint er mir für diese Aufgabe geeignet zu sein, denn er hat Erfahrung. Zudem hat mich Herr Klossner vermehrt um eine Beförderung ins PRIOS-Team gebeten, ich wollte ihm eine Chance geben. Ausserdem stehen ihm unsere PRIOS-Kollegen Rickenbach und Schwaller zur Seite.»

«Schon gut, schon gut. Wie Sie sagten, es geht mich ja nichts an.»

«Ich darf Ihnen verraten, dass sich Herr Klossner am gestrigen Abend sehr bewährt hat. Durch sein schnelles und umsichtiges Handeln wurde Schlimmeres verhindert», fügte Frech an.

«Was war denn der Grund für den Stromausfall gestern?» Denis wollte das Thema wechseln.

«Gute Frage. Wir wissen es nicht. Natürlich liess ich das Hotel minutiös durchsuchen, doch man fand nicht den geringsten Hinweis auf den Ursprung dieses Stromausfalles.»

«Komisch.»

«Komisch, in der Tat. Entweder war das wieder ein Anschlag der Extremisten, der einschüchtern sollte, oder der Stromausfall war wirklich ein dummer Zufall.»

«Ich glaube an keine der beiden Varianten.»

Frech spitzte seinen Mund und blickte Denis einen Moment lang eindringlich an.

«Ich höre!»

«Nun, falls es ein Einschüchterungsversuch war, warum haben die Extremisten nicht gleich zugeschlagen? Bei Halibi und Stammheim haben sie auch nicht gezögert. Warum sollten sie sich die Gelegenheit entgehen lassen, die letzte Person zu eliminieren? Und so wie Sie es mir geschildert haben, haben es die Terroristen nicht einmal versucht.»

«Da ist was Wahres dran. Und warum kann der Stromausfall kein dummer Zufall gewesen sein?»

«Wenn es ein dummer Zufall gewesen wäre, hätte man noch Spuren finden müssen. Ich bin zwar kein Technikexperte, aber wenn der Strom ausfällt, dann müsste es doch irgendwo einen nachweisbaren Kurzschluss gegeben haben. Zudem bin ich der Meinung, dass nie alle Stromnetze miteinander verbunden sind, damit man bei einem Stromausfall genau einen solchen Supergau verhindern kann. Wäre also die Sicherung für den Hauptstromkasten herausgesprungen, hätte man den Kasten in diesem fehlerhaften Zustand vorgefunden, was aber nicht der Fall war, sonst wüssten Sie es ja.»

«Wollen Sie damit sagen, dass dieser Stromausfall zwar bewusst provoziert wurde, aber nicht durch diese Extremisten?»

«Zumindest scheint es mir eine weitere plausible Möglichkeit zu sein.»

Frech stand auf und ging ein paar Schritte in der Küche hin und her.

«Aber wer könnte ein Interesse daran haben, einen Grossalarm auszulösen? Zudem ist dieses Personenschutzprogramm streng geheim, niemand wusste davon.»

«Hat man beim Hotel schon nachgefragt, ob es in der Vergangenheit öfters solche Stromausfälle gab?»

«Aber natürlich hat man das geprüft», stellte Frech etwas beleidigt fest. «Der letzte Stromausfall, den das Hotel hatte, liegt zweiunddreissig Jahre zurück.»

«Tja, dann habe ich auch keine Erklärung. Vielleicht handelte es sich dabei nur um einen dummen Scherz von einem Hotelgast oder dem Personal.»

«Wenn Sie wüssten, wie viel ich darum gäbe, dass es sich wirklich nur um einen dummen Scherz handelte. Aber die Ereignisse der vergangenen Tage lassen mich leider vermuten, dass alles irgendwie zusammenhängt.»

«Wahrscheinlich haben Sie recht. Irgendwie hängt alles zusammen. Aber im Moment müssen wir diese Frage etwas auf die lange Bank schieben, denn wir haben Wichtigeres zu klären.» Kaum hatte Denis seine Worte ausgesprochen, wurde ihm bewusst, dass seine Formulierung etwas ungeschickt war. Es war nicht an ihm zu entscheiden, was wichtig und was unwichtig war.

«Wohin haben Sie Sophie Keller denn gebracht?», lenkte er ab.

«Wir haben sie nach Andermatt geflogen.»

Denis nickte. Er wusste, was das bedeutete. In Andermatt gibt es einen geheimen, in den Berg eingebauten Armee-Kriegsbunker. Von einem Bunker zu sprechen, war eigentlich eine Beleidigung, denn es handelt sich dabei um ein in den Berg eingelassenes Hochsicherheitszentrum. Damals im Zweiten Weltkrieg baute man rund um Andermatt einige solcher Bunker, da der naheliegende Gotthardpass von entscheidender strategischer Bedeutung für den Verlauf des Krieges war. Nach dem Krieg wurden viele Bunker aus Kostengründen wieder geschlossen, nur ein paar wenige wurden weiter gebraucht. So auch jener in Andermatt. Denis war nur einmal dort gewesen, im Rahmen einer PRIOS-Schulung. Er konnte sich noch genau daran erinnern, wie erstaunt er war, als er sah, was sich alles im Innern dieses Bergmassivs befand. Nebst einer unglaublichen Logistik, blieb ihm auch noch das Computerzentrum in Erinnerung. Alle Daten, die für die Schweiz von entscheidender Bedeutung waren, wurden zusätzlich, unter grösster Geheimhaltung, in einer riesigen Datenbank im Berg abgespeichert. Dass man Sophie Keller dorthin brachte, zeigte Denis deutlich auf, wie verzweifelt die Lage sein musste. Er schwieg.

«Herr Benz, ich kann mir vorstellen, wie schwierig es für Sie sein muss, im Moment einen klaren Kopf zu bewahren.» Frech setzte sich wieder an den Tisch.

«Warum?», fuhr ihm Denis etwas beleidigt dazwischen.

«Ich weiss Ihren Ehrgeiz sehr zu schätzen, offen gesagt zähle ich sogar darauf. Dennoch müssen wir immer vor Augen haben, was Ihnen passiert ist. So etwas vergisst man nicht so leicht.»

«Machen Sie sich wegen mir keine Sorgen, ist alles im grünen Bereich.» Denis winkte etwas genervt ab. Er wusste, dass er nicht ganz die Wahrheit sagte. Trotzdem wollte er sich vor seinem Chef keine Blösse geben.

«Wie auch immer», fuhr Frech fort. «Da Sie ein wichtiges Puzzlestück in dieser Geschichte zu sein scheinen, halte ich es für unabdingbar, Sie in jeden Schritt, den wir von unserer Seite unternehmen, mit einzubeziehen. Haben die Extremisten schon Kontakt mit Ihnen aufgenommen?»

«Ja, gestern Nachmittag», antwortete Denis kurz angebunden.

«Und warum erfahre ich das erst jetzt?»

«Sie waren bereits in Ihrer Stabssitzung gestern und die Mitteilung schien mir nicht von entscheidender Bedeutung zu sein.»

«Und warum, wenn ich fragen darf?»

«Gestern, kurz nachdem Sie mein Büro verlassen hatten, erhielt ich auf meinem Mobiltelefon einen Anruf. Ich erkannte die Stimme sofort, es war derselbe Mann, der mich überfallen hatte. Er machte mir in kurzen Worten klar, dass es schon bald ein erneutes Treffen zwischen uns geben wird.»

«Das hätten Sie mir sofort mitteilen müssen!»

«Er hat mir weder gesagt, wo es stattfinden wird, noch aus welchem Grund. Es war nur ein ganz kurzer Anruf.»

«Haben Sie ihn zurückverfolgen lassen?»

«Klar, aber der Anruf war zu kurz. Zudem konnte kein verwendbares digitales Zeichen während des Gesprächs eruiert werden, was mich vermuten lässt …»

«… dass der Anruf über die verschlüsselte Internettelefonie getätigt wurde», ergänzte Frech beflissen.

«Genau. Ich gehe aber davon aus, dass mich der Mann nicht wieder über Nacht besuchen wird, da er sich angekündigt hat.»

«Herr Benz, ich werde dafür sorgen, dass nicht nur die Polizei Sie rund um die Uhr überwacht, sondern auch einer Ihrer Kollegen immer bei Ihnen hier in der Wohnung ist.»

Denis blickte Frech mit grossen Augen an. Genau das wollte er verhindern.

«Ich weiss Ihre Fürsorge sehr zu schätzen, Herr Frech, doch glauben Sie mir, die Polizisten vor der Tür reichen voll und ganz aus. Zudem wollten mich die Extremisten nur aufschrecken und jetzt wollen sie mich benützen. Ich habe keine Ahnung wofür, aber sie werden es sicherlich tunlichst vermeiden wollen, einen offenen Kampf mit mir zu führen. Zumindest so lange sie nicht haben, was sie von mir brauchen. Ich brauche keinen zusätzlichen Schutz, glauben Sie mir.»

«Wahrscheinlich haben Sie recht. Trotzdem werde ich die Kollegen von der Polizei avisieren, ihre Massnahmen vor dem Haus noch zu verstärken.»

Denis war zufrieden.

«Übrigens, eine kleine Erfolgsmeldung habe ich doch noch», fuhr Denis fort. «Ich habe gestern mit Pascal zusammen die Überwachungskameras vom Bahnhof überprüft.»

«Ich dachte, die Bänder von Basel seien alle gelöscht worden?», unterbrach ihn Frech.

«Die von Basel schon, nicht aber die von Bern, von wo der Zug kam. Ich glaube, ich habe den Mann gefunden, der mich überfallen hat.»

«Sie haben was?»

«Ich glaube, ich habe ein Foto von jenem Mann, der mich überfallen hat. Zwar ist es nicht besonders gut, aber es ist immerhin etwas.»

Frech fing an zu lächeln.

«Sie erstaunen mich immer wieder, Herr Benz. Im Moment weiss ich gar nicht, ob ich glücklich darüber sein soll, dass wir wenigstens einen kleinen Anhaltspunkt haben, oder ob ich Ihnen böse sein soll, weil Sie mich erst heute darüber informieren.»

Denis ging nicht auf den Vorwurf von Frech ein.

«Selbstverständlich habe ich das Foto von allen Einreisebehörden prüfen lassen, doch leider ist nichts dabei herausgekommen. Zumindest wissen wir jetzt, dass unser Mann bislang noch nichts auf dem Kerbholz hat, einen englischen Akzent spricht und wie er aussieht. Das ist doch schon mal ein Anfang.»

«Vorausgesetzt, er hat keinen gefälschten Pass, spielt uns diesen Akzent nicht nur vor und hat sein Äusseres in der Zwischenzeit nicht verändert.»

Die Aussage von Frech dämpfte Denis' Stimmung etwas.

«Da gibt es noch etwas, das mir Sorgen bereitet. Leider hat das ANGUS-Programm gestern Abend noch Sophie Kellers Namen ausgespuckt.»

«Ausgespuckt?», wiederholte Denis.

«Das ANGUS-Programm entzifferte gestern Abend wieder einige Gespräche der Terroristen. Dabei entschlüsselte das Programm leider neben Begriffen wie ‹Bombe›, ‹Attentat›, ‹Bern› und ‹Basel› auch den Namen ‹Sophie Keller›.»

«Woher wissen diese Bastarde nur so viel über uns? Diese Informationen sind doch streng geheim!»

«Sie sprechen mir aus dem Herzen, Herr Benz. Ich kann mir darauf einfach keinen Reim machen. Immer und immer wieder gehe ich im Kopf mögliche Schwachstellen durch, aber ich finde einfach nichts!» Verzweifelt schlug Frech mit seiner Faust auf den Tisch.

«Aber wenn die Terroristen so viel von uns wissen, warum sind Sie sich dann so sicher, dass sie nur mich als PRIOS-Agenten kennen? Vielleicht verfügen sie noch über weitere Namen, Adressen oder Gesichter?»

«Nein, das scheint mir unmöglich. Aus Sicherheitsgründen verwalten wir nie alle Daten unserer Mitarbeiter in derselben Datenbank. Im Gegenteil, wir zerhacken jegliche greifbare Informationen in tausend Teile, bevor wir sie abspeichern. Falls es den Terroristen auf irgendeinem Weg gelungen ist, an verwertbare Informationen zu kommen, wären diese noch immer nur Bruchstücke eines grossen Puzzles.»

«Vielleicht können wir herausfinden, ob dieses Bruchstück, das die Extremisten geknackt haben, alle Namen der ANGUS-Mitarbeiter enthält und vielleicht noch andere. Wenn dem so wäre, könnten wir den Kreis der gefährdeten Personen minimieren.» Denis fuhr sich durch das Haar und blickte an sich runter. Er hatte total vergessen, dass er noch immer in seiner Unterwäsche vor seinem Chef sass.

«Die Idee ist gar nicht mal so schlecht. Vielleicht besteht da wirklich ein Zusammenhang.» Frech griff in die Innentasche seines Anzugs und holte sein Mobiltelefon hervor. Er tippte ein paar Zahlen ein und hielt sich das Telefon ans Ohr.

«Frau Glaser? Bitte entschuldigen Sie, dass ich Sie am Samstagmorgen störe, aber es ist sehr dringend. Könnten Sie bitte umgehend mit dem Leiter der IT-Abteilung, Herrn Gantenbein, Kontakt aufnehmen? Wie …? Ja, ich warte …» Frech starrte ins Leere, während er die Antwort seiner Sekretärin abwartete.

Denis erkannte seine Chance, stand auf und gab Frech per Handzeichen zu verstehen, dass er sich schnell etwas anziehen wollte. Er ging ins Schlafzimmer und zog sich eine Jeans und ein Hemd an. Dabei hörte er mit einem Ohr Frechs Telefonat mit. Der war gerade dabei, seiner Sekretärin zu erklären, dass sie Herrn Gantenbein bitten sollte zu prüfen, ob die Namen der ANGUS-Mitarbeiter tatsächlich alle gemeinsam verwaltet wurden. Nachdem Denis sich angezogen hatte, ging er ins Badezimmer, machte das Licht an und putzte sich ausgiebig die Zähne. Das leise Surren der elektrischen Zahnbürste übertönte das Telefongespräch von Frech. Nachdem Denis seine Wunden versorgt hatte und sich etwas frisch gemacht hatte, kehrte er in die Küche zurück. Frech, der inzwischen sein Telefonat abgeschlossen hatte, blickte zu Denis auf.

«Man ruft mich gleich zurück.»

Denis setzte sich wieder und legte Frech ein Foto hin. Frech nahm das Bild und betrachtete es ausführlich.

«Ist das der Kerl, der Sie überfallen hat?»

«Ich vermute es stark, ja.»

«Hmmm. Viel ist darauf nicht zu erkennen.» Frech legte das Foto wieder auf den Tisch zurück.

«Aber es ist immerhin schon mal ein Anfang.»

«Das denke ich auch. Und denken Sie daran, dieser Typ weiss nicht, dass wir ein Bild von ihm haben. Das ist ein entscheidender Vorteil für uns.» Lächelnd legte er das Bild unter seine Pistole.

Frech beobachtete Denis stirnrunzelnd.

«Sie fechten hier aber keinen persönlichen Krieg aus, oder?»

Denis antwortete nicht sofort.

«Nein, ich nehme die Sache nicht persönlich. Es ist aber mein Ziel, diesen Mann zu finden, der sich uneingeladen in mein Bett geschlichen hat. Ich pflege mein Bett nämlich nur mit weiblichen Gästen zu teilen. Und das Ziel, ihm das persönlich klarzumachen, kann uns allen nur von Nutzen sein, oder?»

«Da haben Sie recht, so etwas darf niemand ungestraft tun. Und trotzdem tragen Sie dieses Foto von diesem Mann mit sich rum …»

«Was war eigentlich der Grund, dass Sie mich heute Morgen persönlich bei mir zu Hause aufgesucht haben?» Denis wollte das Thema wechseln.

«Eigentlich wollte ich Sie nach Südfrankreich schicken.»

«Wieso ‹eigentlich›?»

«Nach unseren neusten Informationen vermuten wir in Hyères, nahe Toulon, eine Art europäische Kommandozentrale des ‹Reinen Glaubens›. Von dort aus scheinen Befehle nach ganz Europa verschickt zu werden. Zumindest glauben das unsere Informatikspezialisten. Sie stellten eine gewisse Massierung von Daten in Hyères fest. Grund genug also, mal nachzufragen. Und siehe da, die Polizei vor Ort hat Ähnliches festgestellt. Es war meine Absicht, Sie dorthin zu schicken, damit Sie sich mal vor Ort mit den Verantwortlichen der französischen Polizei etwas umschauen und Informationen austauschen können.»

«Und was brachte Sie von diesem Gedanken ab?»

«Wie Sie mir vorhin berichteten, möchte sich unser Muskelmann schon bald mit Ihnen treffen.» Er zeigte auf das Foto. «Es wäre taktisch nicht klug, Sie jetzt wegzuschicken.»

«Und warum schicken Sie nicht einfach jemand anderen hin?»

«Ich dachte, wenn ich Sie einen Moment hier aus der Schusslinie nähme, täte Ihnen das sehr gut.»

Denis lehnte sich zurück. Eigentlich hätte er nichts dagegen einzuwenden, weg zu sein. Der Gedanke beruhigte ihn tatsächlich etwas. Andererseits wollte er sich die Chance, seinen Peiniger so schnell wie möglich zu stellen, nicht entgehen lassen.

«Warum sollte ich mich eigentlich mit einem Polizisten treffen und nicht mit einem Kollegen vom französischen Geheimdienst?» Denis setzte sich wieder gerade hin.

«Aus politischen Gründen. Wenn Sie sich mit einem Kollegen vom Geheimdienst treffen, sind wir dazu verpflichtet, jedes Detail zum Projekt ANGUS offenzulegen. Treffen Sie sich nur mit einem Polizisten, der ebenfalls ein Experte für Terrorbekämpfung, aber nicht vom Geheimdienst ist, sind wir von dieser Pflicht entbunden, da wir vom Geheimdienst die Hoheit haben und unantastbar sind. Wenn nun der Austausch von Geheimdienst zu Geheimdienst stattfindet, hebt sich diese Hoheit automatisch auf.»

«Aber die Kollegen vom französischen Geheimdienst würden doch sicher von meiner Anwesenheit Wind bekommen, oder?»

«Natürlich, wir sind sogar gesetzlich dazu verpflichtet, uns in einem fremden Land anzumelden. Aber da wir auf einer niedereren Stufe um Hilfe ersuchen, sind wir nicht verpflichtet, unser Wissen zu teilen, denn dann ist die Sache noch kein französisches Staatsproblem.»

«Besteht dann aber nicht die Gefahr, dass uns wichtige Informationen vorenthalten werden?»

«Eben nicht. Der französische Geheimdienst kann nur volle Akteneinsicht verlangen, wenn eine nationale Bedrohung besteht oder wenn wir direkt auf ihrer Stufe um Hilfe ersuchen. Die französische Polizei hingegen ist verpflichtet, ihr gesamtes Wissen mit uns zu teilen und dieses Wissen ist in dem Fall dasselbe, das auch der Geheimdienst hat.» Frech blickte Denis triumphierend an. Es schien ihm zu gefallen, eine Grauzone für seine Zwecke nützen zu können.

«Diplomatenkram, oder?» Denis lächelte.

«Wenn Sie so wollen. Aber da sich die Lage sowieso wieder verändert hat, muss ich mir meine Strategie noch einmal durch den Kopf gehen lassen. Nun scheine ich doch gezwungen zu sein, jemand anders zu schicken.»

Plötzlich klingelte Denis' iPhone. Schnell ging er ins Schlafzimmer zum Nachttisch. Stirnrunzelnd prüfte er das Display. Er kannte die Nummer nicht.

«Hallo?» Seine Skepsis war ihm deutlich anzuhören.

«Denis Benz?», vergewisserte sich eine weiche Frauenstimme.

Die Stimme kam Denis bekannt vor.

«Am Apparat. Mit wem spreche ich?»

«Guten Morgen, Herr Benz. Hier spricht Renée Müller, Ihre Psychologin. Ich wollte mich nur kurz erkundigen, wie es Ihnen geht? Wie viele Stunden konnten Sie vergangene Nacht schlafen?»

«Gehört das zu Ihrer Therapie dazu, dass Sie mich zu Hause anrufen?»

Renée Müller fing herzlich an zu lachen.

«Zugegeben, es ist etwas ungewöhnlich. Normalerweise bin ich es, die diese Frage meinen Patienten stellen muss, weil sie etwas zu aufdringlich werden. Aber in Ihrem Fall liegen die Dinge etwas anders. Ich dachte mir, da Sie ein solch traumatisches Erlebnis hatten und wir erst mit der Therapie begonnen haben, frage ich lieber nach Ihrem Befinden. Ist es Ihnen unangenehm, wenn ich Sie anrufe?»

Denis lächelte vor sich hin. Nein, unangenehm war es ihm überhaupt nicht. Irgendwie genoss er die Vorstellung, dass sie nach einem Vorwand suchte, um ihn zu kontaktieren.

«Nein, es ist mir nicht unangenehm. Sie machen nur Ihren Job, oder?»

«Genau, ich mache nur meinen Job.» Wieder lachte sie.

Flirtet sie etwa gerade mit mir?

«Verraten Sie mir nun, wie lange Sie schlafen konnten?»

«Ach, eigentlich ging es ganz gut. Bestimmt ein paar Stunden.»

«Wie viele?»

«Keine Ahnung, aber ich fühle mich erholt.»

«Wirklich?» Ihre Stimme klang streng, aber auch besorgt.

«Sicher», flunkerte ihr Denis vor. «Wissen Sie was? Warum rufen Sie mich nicht morgen noch einmal an. Ich verspreche Ihnen, ich werde diese Nacht genau auf die Uhr schauen.»

«Gut, das werde ich machen. Aber wahrscheinlich erst abends, denn morgen fahre ich ja an die Côte d'Azur.»

«Stimmt, Sie fahren nach Frankreich. Darf ich fragen, wohin Sie genau fahren?»

Sie schwieg einen Moment.

«Sie dürfen fragen. Meine Eltern besitzen in Ste-Maxime ein Ferienhaus. Da fahre ich hin. Wissen Sie, wo Ste-Maxime ist?»

«Klar, ganz in der Nähe von St-Tropez, oder?»

«Genau.»

«Vielleicht komme ich Sie da besuchen, denn soeben hat sich ergeben, dass ich eventuell geschäftlich in den Süden Frankreichs muss.»

Renée Müller lachte ausgiebig.

«Tun Sie das, Sie haben ja meine Nummer. Ich wünsche Ihnen nun ein erholsames Wochenende, Herr Benz. Auf Wiederhören!»

«Auf Wiederhören!» Denis betrachtete noch eine Weile lang sein Telefon und lächelte dabei zufrieden. Er speicherte die Nummer noch schnell ab, bevor er wieder zu Frech zurück in die Küche ging.

«Eine neue Flamme?», fragte dieser neugierig.

«Ach, nicht der Rede wert.» Denis winkte verlegen ab und setzte sich wieder.

«Herr Frech, wegen der Sache mit Südfrankreich. Ich denke, es wäre vielleicht ganz gut, wenn ich mal einen Tapetenwechsel hätte.»

«Aber Sie haben mir doch gerade eben erzählt, dass ein Treffen zwischen Ihnen und Ihrem Peiniger kurz bevorsteht?»

«Ja, schon.» Denis blickte verlegen auf die Tischplatte. Er hatte wieder einmal zu schnell gesprochen, ohne vorher darüber nachzudenken. *Wie doof bist du eigentlich, du kannst ihm doch nicht erzählen, dass du nach Frankreich reisen willst, um deine attraktive Therapeutin zu besuchen!* Denis überlegte angestrengt, was er nun sagen sollte, doch Frech kam ihm zuvor.

«Wie gesagt, Herr Benz, ich hätte Sie sehr gerne geschickt. Da Sie mir aber von dieser bevorstehenden Zusammenkunft erzählt haben, fürchte ich, Sie müssen hier bleiben und warten, bis sich dieser Mann wieder meldet.»

Denis verzog verärgert seinen Mund. Er war hin und her gerissen. Einerseits die Möglichkeit, seinen Peiniger dingfest zu machen und andererseits die süsse Verlockung, eine wunderschöne Frau zu treffen. Da ihm die Vorstellung, eine schöne Frau zu treffen, gerade mehr behagte, wollte er sich für diese Idee stark machen. Doch bevor Denis etwas sagen konnte, stand Frech auf und nahm seinen Mantel.

«Nun, Herr Benz, ich glaube, ich habe Sie nun lange genug in Anspruch genommen. Ich schlage vor, dass Sie erst einmal den freien Samstag geniessen und versuchen, den verlorenen Schlaf zu kompensieren. Bitte bleiben Sie mit mir oder Herrn Weber stets in Kontakt. Und falls Sie doch noch eine verstärkte Überwachung wollen ...»

«Vielen Dank für die Fürsorge, aber ich fühle mich sicher. Wirklich.»

Frech schüttelte etwas verständnislos seinen Kopf.

«Wie Sie wünschen. Ich würde es sehr begrüssen, wenn Sie morgen ins Büro kommen würden. Ich möchte mit Ihnen nach Andermatt fliegen, um Frau Keller zu besuchen. Ist das in Ordnung für Sie?» Mit einem fragenden Gesichtsausdruck blickte ihn Frech an.

«Natürlich.»

«Sehr gut. Also dann, auf Wiedersehen, Herr Benz.»

«Auf Wiedersehen», murmelte Denis.

Dann verliess Frech die Wohnung.

Denis räumte die leere Espressotasse seines Chefs in die Spüle. Anschliessend ging er zum Tisch zurück, steckte seine Pistole in den Hosenbund und nahm das Foto. Einen Moment lang schaute er sich das Bild in aller Ruhe an.

«Warte nur, dich schnappe ich!», murmelte er verbissen vor sich hin.

Plötzlich klingelte es an der Haustür. Denis blickte kurz auf seine Uhr, dann ging er zur Tür. Unterwegs wurde ihm bewusst, dass Frech gerade eben die Wohnung verlassen hatte und sie darum nicht verschlossen war. Denis fasste hinter dem Rücken an den Griff der Pistole. Der Wand entlang schlich er auf die Eingangstür zu. Durch das in der Tür eingelassene Milchglas erkannte er menschliche Umrisse. Von der Statur her musste es ein Mann sein. Ein sportlicher Mann.

Als er noch etwa zwei Meter von der Tür entfernt war, fing er an zu rufen.

«Wer ist da?» Angespannt wartete er die Antwort ab.

«Einen schönen guten Morgen, ich bin von der Post. Ich habe ein Paket für Herrn Benz.»

Denis kannte die Stimme zwar nicht, aber das lupenreine Berndeutsch liess ihn darauf schliessen, dass es sich um einen Einheimischen handeln musste. Er trat an die Tür heran und öffnete sie einen Spalt breit. Vor der Tür stand tatsächlich ein uniformierter Postbote, der ihn freundlich durch den Spalt anlächelte und auf das kleine Paket zeigte. Es war etwa so gross wie ein Buch. Denis öffnete die Tür ganz, ohne seine Hand von der Pistole zu lösen.

«Von wem?», fragte er kritisch.

Der Postbote warf einen Blick darauf und zuckte mit den Schultern.

«Keine Ahnung, steht kein Absender drauf.»

Denis musterte kritisch das Paket.

«Könnten Sie mir einen Gefallen tun? Ich habe eine verletzte Hand, wäre es Ihnen möglich, es für mich zu öffnen?»

Der Postbote blickte ihn etwas verwirrt an.

«Wenn Sie sich ausweisen können und mir erst noch den Empfang bestätigen, gerne.» Er hielt Denis ein kleines elektronisches Gerät hin.

Denis zögerte einen Moment lang. Er wusste, dass er nun ein Problem hatte, denn er konnte nicht unterschreiben, da seine rechte Hand an der Pistole war. Somit ging der Postbote sicher davon aus, dass es diese Hand sein musste, die verletzt war.

«Einen Moment.» Denis schloss die Tür wieder für einen kurzen Moment, ging zum Beistelltisch gleich neben der Tür und fummelte seine Identitätskarte aus seiner Geldbörse heraus. Dann legte er seine rechte Hand wieder an die Pistole und öffnete erneut die Tür.

«Hier, mein Ausweis.»

Der Postbote nahm den Ausweis, prüfte ihn und gab ihn Denis wieder zurück.

«Wunderbar, und jetzt bitte noch hier gegenzeichnen.» Er hielt Denis den kleinen Apparat hin und einen Griffel aus Plastik.

Denis zögerte.

«Ich bin Rechtshänder, aber wie bereits gesagt, die Hand habe ich mir verletzt.»

«Kein Problem!», winkte der Postbote ab, «kritzeln Sie irgendetwas hin.»

Denis befolgte seinen Rat und gab ihm den Stift zurück. Der Postbote steckte den Stift wieder in seinen Apparat und verstaute diesen in einer Tasche, die an seinem Gurt befestigt war.

«Dann wollen wir mal sehen, was sich hier drin befindet.» Der Postbote fing sofort an, das Paket zu öffnen. Instinktiv wich Denis etwas zurück. Ein paar Handgriffe später hob der Postbote sorgfältig den Deckel des Pakets ab. Erstaunt blickte er Denis an.

«Haben Sie heute Geburtstag?»

«Nein, warum?»

«Hier drin ist ein Navigationsgerät. Und ein Brief. Soll ich ihn vorlesen?»

«Nein danke, das mache ich schon selber.» Denis streckte ihm seine freie, linke Hand entgegen.

Bereitwillig übergab ihm der Postbote das Päckchen.

«Dann wünsche ich Ihnen ein schönes Wochenende, Herr Benz.»

«Vielen Dank, das wünsche ich Ihnen auch.» Denis schloss die Tür, drehte den Schlüssel, ging mit dem Paket ins Wohnzimmer und legte es dort auf den grossen Esstisch. Darin befand sich tatsächlich ein kleines Navigationsgerät. Es war kaum grösser als eine Kreditkarte, nur ein wenig dicker. Trotz der fehlenden Originalpackung sah es neu aus. Skeptisch betrachtete Denis das unverhoffte Geschenk. Dann drehte er sich um, ging zurück zum Beistelltisch bei der Tür, öffnete eine Schublade, nahm ein paar Lederhandschuhe heraus und zog sie an. Zurück im Wohnzimmer schnappte er sich den

Brief und öffnete ihn. Sorgfältig entfaltete er das Schreiben. Es war in Computerschrift verfasst. Mit pochendem Herzen fing er an zu lesen.

Denis Benz

Da nun dein Besuch weg ist, erlaube ich mir, mich dir aufzudrängen. Wie bereits gestern angekündigt, bin ich der Meinung, wir sollten uns treffen. Hier die Anweisungen für unser Treffen:

Im Paket findest du ein Navigationsgerät. Ich habe es so programmiert, dass es dich bis zu unserem Treffpunkt führt. Für die Strecke, die du zurücklegen musst, benötigt man zu Fuss exakt 42 Minuten. Ich gebe dir 44 Minuten Zeit, ein Freundschaftsbonus sozusagen. Du fragst dich jetzt vielleicht, wieso ich dir eine Zeitvorgabe gebe. Ganz einfach: Ich habe soeben ein Paket mit einer Bombe an die Adresse deiner Eltern geschickt. Die Bombe explodiert in genau 47 Minuten (ich habe dir grosszügigerweise noch 2 Minuten für die Übergabe durch die Post und 1 Minute für das Lesen des Briefes gegeben).

Falls wir uns also nicht in spätestens 44 Minuten am Treffpunkt gegenüberstehen, wird die Bombe leider detonieren. Schaffst du es (was ich hoffe), dann werde ich die Bombe mit einem elektronischen Impuls von unserem Treffpunkt aus entschärfen.

Ach ja: Bitte informiere nicht deine Kollegen oder die Polizei über unsere Zusammenkunft. Du wirst rund um die Uhr von uns überwacht. Solltest du nur einmal dein Telefon in die Hand nehmen oder den Polizisten vor deinem Haus ein Zeichen geben, lasse ich die Bombe explodieren.

Ich würde sagen, du solltest dich jetzt auf den Weg machen!

Bis hoffentlich gleich!

Denis blieb für einen Moment die Luft weg. *Was soll ich bloss tun? Meine Eltern anrufen? Pascal? PRIOS? Nein, da steht, dass ich niemanden anrufen darf!* Denis wusste, dass er das Risiko nicht eingehen durfte, schliesslich waren seine Eltern in Lebensgefahr! Er zog die Handschuhe aus und steckte das iPhone in seine Hosentasche. Ein kurzen Moment lang überlegte er, gleich zu seinen Eltern zu laufen, doch dann kam ihm wieder in den Sinn, dass im Brief stand, dass er beobachtet wurde. Falls er in die falsche Richtung laufen würde, ginge er das Risiko ein, dass man die Bombe explodieren liesse. Denis blickte panisch auf die Uhr. *Vierundvierzig Minuten!* Er schnappte sich das Navigationsgerät, seine Hausschlüssel und verliess umgehend seine Wohnung.

Kaum stand er auf der Strasse, schaltete er das Gerät ein. Mit einer kleinen Geste machte er den Polizisten vor seinem Haus klar, dass sie an Ort und Stelle bleiben sollten. Nach ein paar Sekunden erschien eine Karte auf dem Display. Das Gerät erfasste exakt Denis' Standort. Plötzlich erschien kurz ein Text.

Hallo Denis, laufe rechts über den Bärenplatz.

Denis folgte der Anweisung. Zügig ging er über den Bärenplatz. Wie bei einem normalen Navigationsgerät führte ihn ein grüner Pfeil. Zweimal stiess Denis mit Passanten zusammen, doch er liess sich nicht beirren und starrte unentwegt auf das kleine Display. Das Gerät zeigte einen Richtungswechsel in 80 Metern an. Wieder erschien ein Textfeld.

Biege in die Marktgasse ein und nimm das Tram 6.

Denis rannte zur Marktgasse, bog ein und hielt nach dem Tram Ausschau. Wieder erschien ein Textfeld.

Noch 39 Minuten bis zur Detonation!

Panik überkam Denis. Es bimmelte und Denis sah ein Tram mit der Nummer sechs anhalten. Er lief zum Tram und stieg ein. Den Blick auf das Navigationsgerät gerichtet wartete er ungeduldig auf den nächsten Befehl. Das Tram setzte sich in Bewegung.

Steige bei der Station «Zytglogge» aus.

Da Denis nur selten Tram fuhr, wusste er nicht, wie viele Stationen er fahren musste. Gerade als er einen anderen Fahrgast um Rat fragen wollte, hörte er über Lautsprecher «Zytglogge». Denis schwitzte. Erst jetzt bemerkte er, wie viele Menschen sich in der Stadt befanden. Ihm war sofort klar, warum dieses Treffen an einem Samstag stattfand. Samstags herrschte immer ein heilloses Durcheinander in der Stadt. So war es auch heute. Falls ihm jemand folgen würde, wäre es in dem Getümmel schwierig, ihn nicht aus den Augen zu verlieren. Das Tram wurde langsamer und Denis machte sich bereit auszusteigen. Gebannt blickte er auf das kleine Display.

Noch 32 Minuten bis zur Detonation.

«Sag mir lieber, was ich machen soll, du Scheissgerät!», fluchte Denis laut vor sich hin. Die umstehenden Passagiere drehten sich nach ihm um, aber das war ihm jetzt egal. Die Türen öffneten sich, Denis stürmte sofort hinaus.

Besteige Bus Nummer 12, Richtung Rathaus.

Denis rannte zur Bushaltestelle und schaute nervös zur Digitalanzeige hoch, die die Wartezeit bis zum nächsten Bus angab.

«Vier Minuten, Scheisse!», brach es aus Denis heraus. Doch alles Fluchen half nichts, er hatte ja keine Alternative. Er musste die vier Minuten abwarten. Immer wieder blickte sich

Denis nervös um. Endlich kam der Bus! Einige Menschen stiegen aus, andere wieder ein. Denis zwängte sich in den Bus. Der Bus fuhr los.

Fahre bis Rathaus. Noch 25 Minuten bis zur Detonation.

Denis' Nerven waren zum Zerreissen gespannt. Was sollte er tun? Doch telefonieren? Denis beherrschte sich, zu gross war die Angst, dass seinen Eltern etwas passieren könnte.

«Rathaus», ertönte es aus dem Lautsprecher und der Bus hielt an. Denis drückte sich eilig durch die Menge. Beim Aussteigen stiess er mit einer jungen Frau zusammen. Dabei rutschte ihm das Navigationsgerät aus den Händen und fiel zu Boden.

«So ein Mist!», fluchte Denis laut.

Die junge Frau nahm das Gerät hilfsbereit auf und streckte es Denis hin.

«Bitte entschuldigen Sie», stammelte sie eingeschüchtert.

Denis schnappte sich das Gerät wieder und blickte panisch auf das Display.

«Gott sei Dank, nichts passiert.» Er atmete kurz durch. Schon erschien das nächste Textfeld.

Laufe die Kreuzgasse in Richtung Münster hoch und biege in die Münstergasse ein.

Denis blickte sich kurz um. Schnell entdeckte er das Strassenschild «Kreuzgasse». Er rannte, so schnell er konnte, die Gasse hoch und bog schliesslich total verschwitzt in die Münstergasse ein. Nervös blickte er auf das Display.

Laufe zur Plattform hinter dem Münster und nimm den Matte-Lift runter zur Badgasse.

Denis rannte über die Münsterplattform und stieg völlig ausser Atem in den Lift, der ihn hinunter zur Badgasse brachte. Im Lift befand sich zu seinem Erstaunen ein Schaffner, der von ihm das Fahrgeld einkassieren wollte. Nervös kramte er etwas Kleingeld aus seiner Jeans und überreichte es dem Mann. Der Lift setzte sich in Bewegung.

Noch 11 Minuten bis zur Detonation.

Denis blickte verzweifelt um sich. Nach einer kurzen Fahrt konnte er den Lift wieder verlassen und trat ins Freie. Ungeduldig starrte er auf das Gerät.

Gleich beim Lift steht ein schwarzes Fahrrad. Fahr damit die Aarstrasse runter bis zur Marzilistrasse. Da steigst du in die Marzilibahn. Beeil dich, es bleibt nicht mehr viel Zeit!

Nervös blickte sich Denis um. Tatsächlich stand gleich beim Lift ein Fahrrad. Entschlossen stieg er auf und trat voll in die Pedale. Er bog in die Aarstrasse ein und raste der Aare entlang bis zur Marzilistrasse. Noch nie in seinem ganzen Leben war Denis so schnell mit einem Rad gefahren wie heute. Völlig ausser Atem warf Denis das Rad gegen einen Zaun. Die kleine Standseilbahn, die das untere Aarequartier mit der höher gelegenen Altstadt verbindet, kam gerade an. Denis bezahlte eilig an der Kasse und bestieg die gondelartige rote Bahn. Erschöpft klammerte er sich an eine der Lederschlaufen im Innern und blickte wieder auf das Display.

Noch 1 Minute bis zur Detonation.

Denis blickte zum Fenster der Bahn hinaus. Sein Blick war hasserfüllt und verzweifelt. *Ich kann ja gar nicht mehr rechtzeitig sein!* Wütend schlug er mit seiner Faust gegen die Scheibe. Er entschied sich, jetzt zum Telefon zu greifen und sofort seine Eltern anzurufen. Vielleicht war es noch nicht zu spät!

Gerade als er in die Hosentasche griff, sprach ihn ein Mann von hinten an.

«Scheisse, das war knapp! Schön, dass wir uns mal bei Tageslicht begegnen! Hallo Denis.»

Verstört drehte sich Denis um. Ein blonder Mann mit Kurzhaarschnitt grinste ihm frech ins Gesicht.

Kapitel 8: Frankreich, Paris, Samstag, 4. Juli, 10:53

Jermahl Vajivalara blinzelte, als er in Paris aus dem Bahnhofgebäude heraustrat. Die Sonne blendete ihn. Er griff nach seiner Sonnenbrille, die er sich in die Brusttasche seines weissen Hemdes gesteckt hatte, und setzte sie auf. In seiner linken Hand hielt er eine Laptoptasche, mit der rechten zog er einen kleinen Reisekoffer hinter sich her. Zielstrebig ging er auf den Taxistand zu. Er stellte sich ans Ende der Schlange, die sich dort bereits gebildet hatte, um zu warten, bis er dran war. Sofort stürmten ein paar junge Männer mit Motorradhelmen auf ihn zu.

«Möchten Sie ein Motorradtaxi?», fragten sie ihn aufdringlich auf Französisch.

Vajivalara konnte zwar kein Französisch, verstand aber deren Botschaft und winkte genervt ab. Er war müde, hatte eine lange Reise hinter sich. Am Morgen war sein Flieger aus Islamabad in London gelandet. Von dort aus war er mit dem Eurostar-Zug unter dem Ärmelkanal durch nach Frankreich weitergereist. Offiziell war er als Schmuckhändler unterwegs, sein Spezialgebiet waren Diamanten. Um seine Reise glaubwürdig zu gestalten, hatte er ein paar kostbare Steine bei sich, alle mit den entsprechenden Zertifikaten und Reisepapieren. Da die Diamanten einen hohen Wert hatten, war es Pflicht, die Einfuhr zu deklarieren. Schon bevor Vajivalara mit dem «Reinen Glauben» in Kontakt gekommen war, hatte er als Edelsteinverkäufer die halbe Welt bereist. Inzwischen war dieses Geschäft aber nur noch Tarnung. Die Edelsteine halfen ihm nämlich, nahezu problemlos über jede Grenze zu kommen. Schon früh begriff Vajivalara, dass Zöllner viel höflicher mit Reisenden umgingen, die mit ordentlichen Formularen unterwegs waren. Da seine Steine stets beim Zoll angemeldet werden mussten und er bei der Einreise den

Grenzwächtern immer die entsprechenden Deklarationspapiere zeigen musste, war Vajivalara der Umgang mit den Beamten vertraut. Bei jeder Einreise war der erste Gang Vajivalaras zum Zollbüro, um seine Steine anzumelden. Da die Zöllner an seinen korrekten Papieren nie etwas auszusetzen hatten und anschliessend immer froh waren, wenn sie das mühsame Deklarationsverfahren hinter sich hatten, stellten sie nur selten weitere Fragen. Dieses Vorgehen verschaffte Vajivalara zu jedem Land einen einfachen Zugang. Die dafür benötigten Papiere besorgten ihm stets verbündete Händler des «Reines Glaubens».

Vajivalara war schon fast in der Mitte der Schlange angelangt, als ein junger, dunkelhäutiger Mann auf ihn zukam und ihn auf Pakistanisch ansprach.

«Sind Sie Muno?» Der junge Mann lehnte sich betont lässig an die Absperrvorrichtung, die die Leute in eine disziplinierte Linie zwang.

Vajivalara drehte seinen Kopf langsam in dessen Richtung.

«Wer will das wissen?»

«Man hat mich hergeschickt, um einen gewissen …»

«Halten Sie den Mund, verdammt noch mal!», fluchte ihn Vajivalara an.

Der junge Mann blickte ihn mit grossen Augen an. Die heftige Reaktion Vajivalaras schien ihn sehr zu verunsichern.

«Sind Sie der Zwischenhändler für meine Steine?», fragte ihn Vajivalara aggressiv.

Eingeschüchtert nickte der Mann.

«Ich bin hier wegen der ‹Träne der Jungfrau›. Mein Chef ist sehr interessiert an diesem Stein.»

Nun hatte Vajivalara das Codewort gehört. Genervt schüttelte er den Kopf und drängte sich nach vorne durch die Schlange. Da die Wartenden davon ausgingen, dass er sich vordrängen wollte, wurde seine Drängelei mit lauten Protesten kommentiert. Vajivalara ging nicht darauf ein. Unbeirrt schob er sich weiter durch die Menschen. Der junge Mann ging ausserhalb der Absperrung auf gleicher Höhe mit.

«Sie können mir Ihren Koffer geben», rief der junge Mann hilfsbereit zu Vajivalara, doch dieser ignorierte ihn. Als es Vajivalara endlich bis nach vorne geschafft hatte, streckte ihm der junge Mann die Hand zur Begrüssung entgegen.

«Mein Name ist ...»

«Halt die Fresse!», unterbrach ihn Vajivalara genervt. «Wo steht dein Auto?»

«Gleich da.» Der junge Mann deutete auf eine Nebenstrasse.

Vajivalara ging eilig in die angezeigte Richtung. Der junge Mann hatte Mühe, ihm zu folgen.

«Was für ein Auto hast du?», fragte Vajivalara, ohne sich umzudrehen.

«Der rote Renault.» Die beiden bogen eilig in eine kleine Nebengasse ein.

«Ist es das da?» Vajivalara machte eine Kopfbewegung nach vorne.

«Genau.» Der junge Mann überholte Vajivalara, um das Auto zu öffnen. Offenbar war der junge Mann ziemlich nervös, denn er fand seine Schlüssel nicht sofort. Verzweifelt tastete er seine Hosentaschen ab.

Vajivalara blickte sich kurz um. Es war niemand zu sehen. Mit einer schnellen Bewegung stiess er den jungen Mann in einen nahe gelegenen Hauseingang, stellte seinen Koffer und die Laptoptasche ab und schlug ihm mit voller Wucht die rechte Faust ins Gesicht. Der junge Mann schrie kurz auf und hielt sich die Arme schützend vors Gesicht. Er zitterte, sagte aber nichts. Vajivalara stiess ihm mit aller Kraft seinen Fuss in den Unterleib. Trotz seiner siebenundvierzig Jahre und seiner etwas fülligen Statur war er noch gut in Form.

«Woher kennst du den Namen ‹Muno›?»

Der junge Mann sackte in sich zusammen und kauerte sich in die Ecke.

«Ich ... ich weiss nicht, ich habe den Namen aufgeschnappt. Was habe ich denn getan?»

Vajivalara schaute sich um, um sicher zu sein, dass sie nicht beobachtet wurden. Erneut trat er den Mann heftig in die Magengegend.

«Wer schickt dich?»

«Randa. Randa schickt mich!» Er streckte Vajivalara seine Handflächen entgegen, um ihm zu signalisieren, dass er aufhören solle.

Vajivalara, der gerade zu einem weiteren Schlag ausholen wollte, brach seine Bewegung abrupt ab.

«Randa? Randa schickt dich?»

«Ja, ja! Randa!», wiederholte der junge Mann eilig.

Vajivalara wusste, wer Randa war. Er gehörte zum «Reinen Glauben».

«Und warum hat man mich nicht darüber informiert, dass ich abgeholt werde?»

«Ich weiss es nicht! Randa hat mir nur befohlen, Sie abzuholen.»

Vajivalara machte einen Schritt zurück, strich sich über sein dichtes, schwarzes Haar und betrachtete den jungen Mann genauer.

«Weshalb kommst du dann so spät. Ich hätte schon längst mit einem Taxi weg sein können.»

«Wegen diesen Baustellen rund um den Bahnhof! Ich bin zeitig losgefahren, doch kurz vor dem Ziel ging gar nichts mehr. Nur Stau! Ich konnte weder vorwärts noch rückwärts.»

«Wie heisst du?» Vajivalaras Stimme klang nun etwas versöhnlicher.

«Ramesh.»

«Ramesh? Der Sohn von Udai Randa?»

«Ja.»

Vajivalaras Anspannung löste sich. Nun wusste er, mit wem er es zu tun hatte. Dieses kleine Häufchen Elend, das da wimmernd in der Ecke kauerte, war der jüngste Sohn ihres französischen Mittelmannes. Vajivalara betrachtete den jungen Mann noch eine Weile, ohne etwas zu sagen. Plötzlich streckte er ihm die Hand entgegen.

«Komm, steh auf.»

Der junge Mann griff nur zögerlich nach der Hand. Vajivalara zog ihn mit einem heftigen Ruck wieder auf die Beine. Eingeschüchtert und beschämt klopfte sich Ramesh den Dreck von seiner Jeans. Ohne den jungen Mann weiter zu beachten, packte Vajivalara seinen Koffer und die Laptoptasche und wandte sich ab. Er ging zum Auto und wartete ungeduldig, bis Ramesh den Wagen aufschloss. Vajivalara warf den Koffer auf die Rückbank und setzte sich mit seiner Laptoptasche auf den Beifahrersitz. Ramesh startete den Motor und fuhr los. Sein Auge war bereits dick angeschwollen. Nach einer Weile brach Vajivalara das Schweigen.

«Woher weisst du von Muno?»

Ramesh antwortete nicht sofort. Er schien sich seine Antwort genau zu überlegen.

«Ich habe diesen Namen einfach mal aufgeschnappt.»

«Aufgeschnappt? Einfach mal aufgeschnappt? Von wem, verdammt noch mal!»

«Mein Vater hat es mir gesagt. Er hat mir gesagt: Geh und hol Muno ab! Dann hat er mir noch ein Foto von Ihnen gezeigt und mir Ihre Ankunftszeit mitgeteilt.»

Vajivalara schüttelte entsetzt den Kopf. *Wie kann Randa nur so unvorsichtig sein! Nicht nur, dass er meinen Decknamen preisgibt, sondern auch noch meine Ankunftszeit und ein Bild von mir! Wenn diese Informationen in die falschen Hände gelangen, bin ich geliefert!* In Vajivalara kochte es vor Wut. Er entschied, für den Rest der Fahrt nichts mehr zu sagen. Ramesh schien dies ganz recht zu sein.

Nach knapp einer Stunde Fahrt quer durch Paris bog der rote Renault in eine gepflasterte Seitenstrasse ein. Vajivalara kannte diese Strasse am Rande der französischen Hauptstadt, denn er war schon mehrmals hier gewesen. Ramesh lenkte seinen Wagen geschickt durch einen schmalen Durchgang in einen kleinen Hinterhof. Er hupte zweimal kurz, schaltete den Motor ab und stieg aus. Er öffnete die hintere Tür und holte den Koffer heraus. Vajivalara blieb noch einen Moment sitzen und betrachtete den Hinterhof. Es war immer noch alles genau wie vor fünf Jahren, als er das letzte Mal hier gewesen war. Noch immer wirkte alles ungepflegt und muffig, noch immer übertönte das Geschrei spielender Kinder den Lärm der Strasse. Über dem grossen Eingangstor hing ein grosses Schild mit der Aufschrift: «Randa Teppiche, feinste pakistanische Qualität». Ihr Mittelsmann, Randa, stellte offiziell pakistanische Edelteppiche her, in Eigenproduktion. Ursprünglich hatte er die Teppiche nur importiert, doch dieses Geschäft erwies sich als zu grosses Risiko. Die französische Regierung betrachtete nämlich einen pakistanischen Teppichhändler als potenziellen Drogenschmuggler und nahm bei Randa mehrmals penible Kontrollen vor. Man fand aber nie etwas. Nach der vierten Razzia beschloss man beim «Reinen Glauben», dass Randa die Teppiche gleich vor Ort produzieren sollte, damit solche Kontrollen nicht mehr vorkamen. Die Taktik funktionierte, die Regierung gab Ruhe.

Die Türen des kleinen Hinterhofbetriebs öffneten sich und drei Männer kamen auf das Auto zu. Udai Randa lief in der Mitte. Er war knappe 1,65 Meter gross und beinahe ebenso breit. Er trug eine alte Brille aus den Siebzigern mit dicker Fassung. Seine Kleidung schien ebenfalls aus dieser Zeit zu stammen: brauner Anzug und weisses Hemd mit grossem Kragen. Er hatte dichtes, schwarzes Haar und trug einen buschigen Schnurrbart. An seiner Seite gingen seine beiden anderen Söhne. Sie waren beide Mitte zwanzig und sportlich gebaut. Im Gegensatz zu ihrem Vater trugen sie modische, schwarze Anzüge.

Als Udai Randa Vajivalara im Auto entdeckte, fing er an zu lächeln. Vajivalara stieg aus und lief auf Udai zu. Mit offenen Armen kam ihm Udai entgegen und drückte ihm herzlich die Hand. Er lächelte dabei freudig und zeigte seine Stummelzähne.

«Welch eine Freude, dich wieder einmal als meinen Gast begrüssen zu dürfen», empfing er seinen Freund in seiner Landessprache.

Vajivalara nahm seine Sonnenbrille von der Nase, steckte sie in die Brusttasche und erwiderte den Gruss mit einem säuerlichen Lächeln.

«Meine beiden älteren Söhne kennst du noch, oder? Tarmen und Sikesh. Und Ramesh, meinen Jüngsten, hast du ja bereits kennengelernt. Der ist gross geworden, nicht? Das letzte Mal, als du hier warst, war er noch ein Junge und inzwischen ist er ein Mann geworden.» Udai ging um den Wagen herum und klopfte seinem jüngsten Spross stolz auf die Schulter. Sein Lächeln erstarrte sofort, als er Rameshs stark geschwollenes Auge sah.

«Was ist denn passiert?», fragte Udai sichtlich geschockt.

Ramesh antwortete nicht und brachte Vajivalaras Koffer ins Gebäude. Udai blickte Vajivalara fragend an. Vajivalara funkelte böse zurück.

«Wir müssen dringend unter vier Augen reden.»

Udai bemerkte sofort, dass etwas nicht stimmte.

«Klar. Natürlich. Ist etwas nicht in Ordnung?»

«Nicht hier und nicht vor deinen Söhnen.»

Udai fing wieder an zu lächeln, doch jetzt wirkte es aufgesetzt.

«Lass uns doch erst einmal reingehen und etwas trinken. Du bist sicher müde von der langen Reise.»

Ohne das Ende von Udais Satz abzuwarten, ging Vajivalara ins Gebäude. Sie durchquerten eine kleine Fabrikhalle mit eisernen Webstühlen. Da es Samstag war, war die Halle leer. Am anderen Ende angekommen, öffnete Udai eine Tür und sie betraten einen kleinen Gang mit Treppe. Udai ging als Erster die Treppe hoch, dicht gefolgt von Vajivalara und den beiden Söhnen. Oben angekommen, öffnete Udai eine weitere Tür und sie betraten seine Wohnung, die sich direkt über der Fabrikhalle befand. Es roch stark nach Fisch, die Räume waren eng. Die gesamte Wohnung war mit zahlreichen, bunten Teppichen ausgelegt. Überall standen alte, muffige Möbel. Mit einer Geste lud Udai seinen Gast ein, ins Wohnzimmer zu treten. Vajivalara nahm auf einem ledernen, braunen Sofa Platz. Seine Laptoptasche legte er neben sich. Er blickte kurz nach hinten die Wand hoch. Unter einem kleinen pakistanischen Schild aus Blech waren zwei gekrümmte, grosse Schwerter angebracht. Er deutete mit dem Daumen über seine Schulter.

«Sind die geschärft?»

Udai liess seinen beleibten Körper in den gegenüberstehenden Einzelstuhl fallen.

«Aber sicher sind die geschärft. Das ist beste pakistanische Qualität!» Nervös rieb er seine Hände an den Oberschenkeln. «Was möchtest du trinken? Tee, Kaffee, Wasser?»

«Wasser», antwortete Vajivalara kurz angebunden.

«Maresha, bitte bringe unserem Gast ein Wasser. Und etwas zum Knabbern!», rief Udai in den Gang hinaus. «Wie war deine Reise?» Er war sichtlich darum bemüht, die Situation zu entspannen.

Eine ältere Frau in traditioneller pakistanischer Kleidung betrat den Raum. Ihr Blick war starr aufs Tablett gerichtet. Wortlos stellte sie Vajivalara ein Wasser und eine Schale mit Nüssen und Chips hin. Vajivalara kannte Maresha, sie war Udais Frau. Sie grüsste Vajivalara freundlich und verschwand sogleich wieder.

«Schliess die Tür!», befahl ihr Udai. Nachdem die Tür ins Schloss gefallen war, blickte Udai Vajivalara ungeduldig an.

«Was gibt es denn so Wichtiges zu besprechen? Und warum hat mein Jüngster ein geschwollenes Gesicht?»

Vajivalara liess mit der Antwort auf sich warten. Er griff nach dem Wasser und trank erst einmal. Nachdem er das Glas wieder auf den kleinen Klubtisch vor sich gestellt hatte, lehnte er sich zurück und blickte Udai tief in die Augen.

«Woher kennt dein Sohn Ramesh meinen Decknamen?»

«Wie bitte?», fragte Udai verwirrt. «Wieso Decknamen?»

Vajivalara lehnte sich nach vorne und stützte seine Unterarme auf den Schenkeln ab.

«Als er mich am Bahnhof abholte, fragte er mich in aller Öffentlichkeit, ob ich Muno sei!» Vajivalaras Blick war nun hasserfüllt.

Udai lächelte verlegen und wich seinem Blick aus.

«Ich ... keine Ahnung ... vielleicht hat er den Namen irgendwo mal gehört.» Auf seiner Stirn bildeten sich Schweissperlen.

«Sag mal, bist du eigentlich total übergeschnappt? Ist dir klar, dass durch deine Torheit unsere gesamte Organisation zusammenbrechen kann?» Vajivalaras Stimme wurde zunehmend aggressiver.

Udai wollte gerade etwas erwidern, als Vajivalara weiterfuhr.

«Du hast einen Kodex verletzt, dafür kannst du sterben! Niemand, absolut niemand kennt die Decknamen der obersten Führungsstufe, ausser der Führungsstufe selber. Und du, Arschloch, erzählst diese Informationen einfach so weiter! Bist du dir überhaupt im Klaren, in welcher Scheisse du gerade steckst? Darauf steht die Todesstrafe!»

«Ich habe es doch nur meinem Sohn Ramesh erzählt, sonst niemandem! Er gehört doch zur Familie!», rechtfertigte sich Udai unbeholfen.

«Es ist mir scheissegal, wer alles zu deiner Familie gehört! Wir haben einen Kodex und du hast ihn schändlich missachtet!»

Udai fuhr sich mit dem Handrücken über den Mund. Seine Hand zitterte.

«Ich sehe ein, dass es ein Fehler war, aber das ist noch lange kein Grund, meinen Sohn zu verprügeln.» Trotzig blickte er Vajivalara an.

Der schüttelte aber nur verächtlich den Kopf, nahm ein paar Nüsse aus der Schale und liess sich arrogant in die Lehne fallen. Einzeln warf er die Nüsse in seinen Mund und betrachtete Udai genau.

«Ich werde dem Falken von deinem Verstoss berichten, dann werden wir entscheiden, was mit dir geschieht.»

Fassungslos starrte ihn Udai mit offenem Mund an. Er rang nach Worten.

«Komm schon, Jermahl, wir sind Freunde! Wir kennen uns schon so lange, das wirst du mir doch nicht antun!» Verzweifelt lächelte er Vajivalara an.

«Tut mir leid, Udai, Freundschaft hin oder her. Ich kann das nicht durchgehen lassen, das wäre Verrat. Wir vom ‹Reinen Glauben› haben uns ein Ziel gesetzt, das wir kompromisslos verfolgen. Wir sind nur so weit gekommen, weil wir alle für diesen Kampf äusserste Disziplin und Hingabe geschworen haben. Du hast unsere Gesetze missachtet und damit bewiesen, dass du keine Disziplin hast. Du hast unsere Ehre und unsere Organisation beschmutzt. Allah soll dein Richter sein.»

Udais verzweifelter Gesichtsausdruck wich Wut.

«Hör gut zu, mein Freund, wage es nicht, mir zu drohen! Ich habe der Organisation stets gute Dienste erwiesen, war immer ein treuer Krieger, der mit seinem eigenen Blut diesen Kampf geführt hat. Ich stehe zu meinen Söhnen, die auch Teil des ‹Reinen Glaubens› sind. Und wenn ich sage, dass dein Deckname bei ihnen in guten Händen ist, dann wage dies nicht in Frage zu stellen!»

«Sagtest du gerade Söhne? Hast du meinen Decknamen all deinen Söhnen verraten?» Seine Augen funkelten vor Wut.

Udai riss den Mund weit auf, sagte aber nichts. Ihm blieb die Luft weg.

«Ich …, nein … das habe ich nicht gesagt …»

«Schweig, du räudiger Hund! Du Ungläubiger! Du bist eine Schande für unsere Sache!» Er stand auf, ging auf den erstarrten Udai zu und stützte sich auf die Lehne des Ledersessels. Sein Mund berührte fast Udais Ohr.

«Wirst du von den Amerikanern bezahlt? Bist du ein Verräter?»

Udai wich mit seinem Kopf nach hinten aus und riss seine Augen weit auf.

«Nein! Niemals!»

«Ich werde dich ab heute streng im Auge behalten. Du, deine Söhne und deine Frau werden keinen Schritt mehr machen können, ohne dass ich und der Falke davon erfahren werden.»

«Ich habe nichts zu verbergen», flüsterte Udai eingeschüchtert.

Vajivalara beugte sich weit nach vorne und roch an dem dicken Mann. Udai krallte seine Nägel tief in das Leder des Sessels.

«Sag mal, hast du Alkohol getrunken?»

«Nein, nein! Sicher nicht!» Udai drückte seinen beleibten Körper immer mehr in den Stuhl.

Ohne Vorwarnung holte Vajivalara aus und verpasste Udai eine Ohrfeige.

«Ich kann es nicht fassen! Du hast Alkohol getrunken! Du bist ein ungläubiger Verräter, der den Islam verspottet!» Wutentbrannt lief er zum Sofa zurück, griff nach einem Säbel an der Wand und riss ihn aus seiner Halterung.

Udai war so geschockt, dass er sich nicht traute, sich zu bewegen. Breitbeinig stand Vajivalara neben Udai.

«Leg deine linke Hand auf den Tisch!», befahl er barsch.

Udai fing an zu winseln.

«Jermahl, bitte! Ich habe der Organisation stets treue Dienste erwiesen!»

«Das ist auch der Grund, warum ich dich nicht umbringe! Leg deine Hand auf den Tisch!», wiederholte Vajivalara entschlossen.

Udais Unterlippe fing an zu zittern, er wimmerte leise und legte zögerlich seine Hand auf den Tisch. Udais Söhne und seine Frau, die durch das Geschrei angelockt worden waren, standen geschockt in der Tür und beobachteten, was sich im Wohnzimmer abspielte.

«Bitte, Jermahl, bitte, bitte, tu das nicht!», flehte Udai aufgelöst.

Vajivalaras Augen fixierten Udais Familie.

«Euer Vater und Ehemann hat dem ‹Reinen Glauben› grosse Schande angetan! Er hat mit seinem törichten Handeln nicht nur die Organisation verspottet, er hat auch unseren Glauben verraten. Wir führen einen Krieg gegen den Westen und dulden keine Fehler! Fehler werden hart bestraft!» Er zeigte bedrohlich mit dem Schwert auf die Söhne. «Ich möchte, dass ihr mir jetzt genau zuschaut, wie ich euren Vater für seine Fehler bestrafe. Wenn nur einer von euch wegschaut oder die Augen schliesst, werde ich euren Vater so lange bestrafen, bis ihr es alle mit offenen Augen miterlebt habt. Seid ihr gute Söhne, dann muss ich nur einmal zuschlagen.»

Maresha drehte sich ab und liess sich weinend in die Arme von Ramesh fallen. Die Söhne wagten weder, sich zu bewegen, noch nach dem Grund für diese Strafe zu fragen. Hasserfüllt blickten sie Vajivalara an, doch dieser liess sich nicht beeindrucken. Udai, mittlerweile vom Schock total gelähmt, betete leise und verzweifelt vor sich hin. Er weinte. Seine Augen waren nur auf seine linke Hand gerichtet. Vajivalara begann ein islamisches Gebet aufzusagen und setzte das Schwert kurz oberhalb des Handknöchels an. Sein Gebet wurde immer lauter, Udai wimmerte immer heftiger. Plötzlich holte Vajivalara weit aus und schlug mit voller Wucht zu. Das Schwert vermochte die Hand nicht ganz abzutrennen. Schlapp und bewegungslos hing sie an einem Hautfetzen. Udai schrie vor Schmerz und umklammerte mit seiner gesunden Hand den Unterarm. Sofort schoss Blut aus der fleischigen Wunde, der abgetrennte Knochen war deutlich zu sehen. Seine Söhne, vom Schock erstarrt, blickten Vajivalara entsetzt an. Erst als er das Schwert auf den Tisch legte, traute sich Ramesh, sich um den Vater zu kümmern.

«Ruft einen Krankenwagen!», schrie er seine Brüder an, während er versuchte, die Blutung zu stoppen.

Tarmen rannte sofort aus dem Wohnzimmer.

«Keinen Krankenwagen!», rief ihm Vajivalara nach. «Wenn er in ein Krankenhaus kommt, dann stellen sie dort dumme Fragen und das würde den ‹Reinen Glauben› gefährden! Ruft einen unserer Brüder an, der Arzt ist, der soll sich um ihn kümmern.» Vajivalara griff in seine Hosentasche und holte ein Taschentuch hervor. Seelenruhig wischte er sich die Blutspritzer von seinen Händen, während sich Ramesh und Sikesh um ihren Vater kümmerten.

Maresha lehnte ihren Kopf an den Türrahmen und weinte bitterlich. Tarmen kam wieder ins Wohnzimmer zurückgerannt.

«Der Arzt ist unterwegs.»

Vajivalara zeigte auf Sikesh.

«Du, komm her!» Nur zögerlich folgte Sikesh dem Befehl.

Vajivalara bemerkte sofort, dass sich der junge Mann sehr beherrschen musste, ihn nicht gleich zu verprügeln. Er liess sich aber von den zornerfüllten Augen nicht einschüchtern.

«Wo steht der Laptop deines Vaters?», fragte Vajivalara mit ruhiger Stimme.

Sikesh machte mit seinem Kopf eine kleine Bewegung nach links.

Vajivalara gab sich damit nicht zufrieden.

«Zeig ihn mir.»

Sikesh drehte sich zu Ramesh, der noch immer damit beschäftigt war, die Wunde seines Vaters abzubinden.

«Geh schon, zeig es ihm!», befahl Ramesh verzweifelt.

Sikesh ging voran, Vajivalara folgte ihm. Kaum hatten sie das Wohnzimmer verlassen, rannte ihnen Maresha nach.

«Ihr und euer verdammter Gotteskrieg! Seht ihr nicht, was ihr für ein Unheil anrichtet?»

Sikesh drehte sich sofort um.

«Mutter, schweig!»

«Aber …»

«Schweig!», schrie Sikesh.

Maresha gehorchte, lehnte sich kraftlos an die Wand und liess ihren Körper langsam nach unten gleiten. Sikesh trat in ein kleines Büro ein. Der Raum war nur spärlich eingerichtet. Ein Schreibtisch, ein Stuhl und ein Bücherregal. Auf dem Schreibtisch stand ein Laptop. Vajivalara ging sofort zum Schreibtisch und packte den Laptop und das Kabel in eine Tasche, die neben dem Schreibtisch bereit lag. Ohne ein

Wort zu sagen, verliess er das Zimmer wieder. Sikesh schloss hinter Vajivalara die Tür und folgte ihm zurück ins Wohnzimmer. Vajivalara holte seinen eigenen Laptop und lief auf Udai zu. Regungslos sass er da, sein Kopf war nach links abgeknickt.

«Was ist mit ihm los?», fragte Vajivalara Ramesh.

«Er ist ohnmächtig!» Ramesh hatte deutlich Mühe, seine Wut zu unterdrücken.

Vajivalara überlegte einen Moment lang. Er konnte nicht hier bleiben, denn niemand sonst sollte ihn sehen oder gar mit dieser Geschichte in Verbindung bringen. Ihm war klar, dass er die Information, wegen der er Udai besuchen wollte, nicht mehr bekommen würde. Zumindest nicht jetzt. Jetzt musste er weg, und zwar dringend. Verärgert blickte er zu Ramesh.

«Du, hol meinen Koffer und fahr mich in die Stadt zurück.»

Ramesh blickte nur kurz auf und kümmerte sich wieder um seinen Vater.

«Jetzt!», schrie ihn Vajivalara an.

Ramesh gab Tarmen wortlos zu verstehen, dass er sich weiter um seinen Vater kümmern sollte, holte aus einem Nebenzimmer den Koffer und lief sogleich die Treppe herunter. Vajivalara folgte ihm.

Während der Fahrt zurück in den Stadtkern von Paris wurde kein Wort gesprochen. Erst als der rote Renault in die Champs-Élysées einbog, brach Ramesh das Schweigen.

«Wo soll ich Sie absetzen?», fragte er emotionslos.

«Wieder beim Bahnhof.»

Ramesh nickte kurz und setzte den Blinker. Der Verkehr in der Pariser Innenstadt wurde mit jedem Meter dichter, bald standen sie wieder im Stau.

«Glaube mir, ich habe das nicht gerne getan, aber es war nötig. Dein Vater hat die Strafe verdient.»

Ramesh antwortete nicht und blickte stur auf die Strasse.

«Hör gut zu, Ramesh. Du und deine Brüder kennen meinen Decknamen. Sollte dieser Deckname unverhofft irgendwo erwähnt werden, mache ich deine Familie dafür verantwortlich. Ich muss nicht erwähnen, dass darauf die Todesstrafe steht. Wenn du schlau bist, und das glaube ich, vergisst du ganz schnell, dass du diesen Namen jemals gehört hast. Richte das auch deinen Brüdern aus. Wenn nicht, werde ich die ganze Familie eliminieren.»

Die Drohungen von Vajivalara schienen an Ramesh abzuprallen. Wortlos fuhr er Vajivalara zurück zum Bahnhof. Kaum angekommen, stieg Vajivalara aus. Ramesh holte die beiden Laptoptaschen und den Koffer aus dem Kofferraum und drückte sie Vajivalara in die Hände.

«Ich kann verstehen, dass dein Herz im Moment voller Wut auf mich ist. Aber irgendwann, wenn wir unseren Kampf siegreich beendet haben, wirst du verstehen, warum ich so gehandelt habe. Du bist noch jung und ein wertvoller Krieger für uns. Aber du musst noch viel lernen. Sei fleissig und demütig, dann wirst du grosses Glück erfahren.»

Ramesh nickte nur, schloss den Kofferraumdeckel, stieg ein und fuhr davon. Vajivalara blickte ihm noch kurz nach, drehte sich um und betrat das Bahnhofsgebäude. Er blickte auf die Uhr. Bei einer Sitzbank blieb er stehen und überlegte einen Moment lang. Eigentlich hatte er mit Udai die nächste Phase besprechen wollen, um ihren Krieg in Europa zu koordinieren. Die nächsten Schritte waren entscheidend für den «Reinen Glauben», weshalb ihn auch der Falke persönlich nach Europa geschickt hatte. Nun fehlte ihm ein wichtiger Baustein in seinem Plan, denn Udai hätte ihm einen direkten Kontakt zu Pendragon verschaffen müssen. Niemand ausser Udai kannte Pendragon. Er hätte Udai vor seiner abrupten Abreise noch nach Pendragon fragen müssen. Nun war es zu spät, denn anrufen konnte er ihn nicht, das Risiko, abgehört zu werden, war viel zu hoch. Über das Computerprogramm konnte er Udai auch nicht mehr kontaktieren, denn er hatte den Laptop ja mitgenommen. Vajivalara ärgerte sich masslos darüber, dass nur Udai wusste, wer Pendragon war. Pendragon leistete erstklassige Arbeit in Europa. Er verschaffte ihnen stets wichtige Informationen, warnte sie zum richtigen Zeitpunkt vor heiklen Razzien der Geheimdienste oder der Polizei, koordinierte präzise kleinere Attentate und gab ihnen stets wertvolle Hinweise, die für den «Reinen Glauben» von grosser strategischer Bedeutung waren. Zudem bewies dieser Pendragon schon mehrere Male, dass er über ausgezeichnete politische Beziehungen verfügte. Und weil der «Reine Glauben» nun ein grosses Attentat in Europa plante, war dieser Pendragon im Moment die wichtigste Person für den Falken. Darum war Vajivalara auch persönlich nach Europa geschickt worden.

Er setzte sich auf die Bank und seufzte laut. Angestrengt dachte er darüber nach, wie er nun weiter vorgehen sollte. Nach einer Weile kam er zum Schluss, dass er zuerst mit dem Zug zu ihrer Zelle nach Hyères reisen würde, um sich da um seine europäischen Falken zu kümmern. Vajivalara hatte nämlich die Europäer aus ihrem Ausbildungscamp in Pakistan nach Hyères geschickt. Alle einzeln und auf verschiedenen Wegen, um jegliches Risiko zu vermeiden. Er war davon überzeugt, dass er sie für den grossen Anschlag noch brauchen würde. Er war sehr stolz auf seine Schläfer, hatten doch Falke 1 und Falke 2 schon sehr gute Arbeit geleistet. Alles lief genau nach Plan. Bis auf die Sache mit Udai Randa.

Vajivalara blickte wieder auf seine Uhr. Er hatte mit dem Falken vereinbart, dass er sich Punkt drei Uhr europäischer Zeit beim Falken melden würde. Vajivalara erschrak, es war bereits halb drei. Er schaute sich nervös um, denn er brauchte dringend eine Steckdose, einen Internetanschluss und einen Raum, in dem ihn niemand hören konnte. Zwar führte er seine Gespräche stets auf Pakistanisch, aber man konnte nie wissen. Eilig packte er seine Sachen und eilte weiter ins Innere des Bahnhofs. Obwohl noch keine Rushhour war, schien das Gebäude aus allen Nähten zu platzen. Vajivalara entdeckte auf einem blauen Schild ein weisses Männchen an einem Laptop. Das internationale Zeichen für Internetanschluss!

Vajivalara war erleichtert. Zielstrebig steuerte er auf den Raum zu. Je näher er seinem Ziel kam, desto schlechter wurde seine Laune. Hinter einer grossen Glasscheibe sassen viele Menschen auf Sitzbänken eng aneinandergereiht mit ihren Laptops auf den Knien. Es gab keine abgetrennten Räume.

Vajivalara öffnete die Glastür und trat ein. Niemand kümmerte sich um ihn. Er schaute sich um. Hauptsächlich sassen Geschäftsleute in teuren Anzügen auf den Sitzbänken, vereinzelt auch mal eine Frau im Deuxpièces. Es war still im Raum, lediglich das nervöse Klicken der Tastaturen war zu hören. Vajivalara passte das gar nicht, denn er musste sich ja mit dem Falken unterhalten. Er warf wieder einen Blick auf seine Uhr. Es war bereits zehn vor drei. Vajivalara wurde ungeduldig, er stand unter Druck. *Was sollte ich tun? Hier drin bleiben und vor allen ein Gespräch mit dem Falken führen? Und das Risiko eingehen, dass mich jemand versteht?* Er blickte sich nochmals um. Niemand sah wie ein Inder oder Pakistaner aus, doch Vajivalara wusste nur zu gut, dass ihn vielleicht trotzdem jemand verstehen konnte. Plötzlich kam ihm eine Idee. Er drehte sich um und entdeckte gleich bei der Eingangstür eine Steckdose. Schnell holte er das Stromkabel aus seiner Computertasche, rollte es aus und versenkte den Stecker in der Dose. Danach zog er es unter der Tür hindurch und verliess den Raum wieder. Unmittelbar vor der Tür packte er seinen Computer aus und fuhr ihn hoch. Er setzte sich auf den Boden und lehnte sich an die Wand.

Nach kurzem Aufstarten war sein Computer arbeitsbereit. Vajivalara klickte das Wireless-Symbol auf seinem Bildschirm an und wartete gespannt. Eine Homepage von einer französischen Telefongesellschaft öffnete sich und forderte ihn auf, sich anzumelden und die Kreditkartennummer einzugeben. Eilig zog Vajivalara seine Geldbörse hervor, nahm seine VISA-Karte heraus und gab seine Daten ein. Ständig gingen Leute an ihm vorbei und schauten ihn verwundert an, doch das war ihm egal. Im Gegenteil, er war sogar froh über so viel Hektik, denn das bedeutete auch eine gewisse Anonymität.

Nervös blickte er auf die Uhr, es war kurz vor drei. Die Karte wurde akzeptiert und das Netz freigeschaltet. Das Signal war zwar schwach, aber es reichte. Mit einem gezielten Doppelklick öffnete er das Verschlüsselungsprogramm. Während es hochfuhr, griff Vajivalara in die Tasche und zog Kopfhörer, die mit einem Mikrofon versehen waren, hervor. Er setzte die Kopfhörer auf und steckte das Kabel in die dafür vorgesehene Buchse. Ein paar Klicks später stand die Verbindung, ein Freiwahlton ertönte. Nach dreimaligem Klingeln meldete sich eine verzerrte Stimme am anderen Ende.

«Hallo?»

«Hier spricht Muno», meldete sich Vajivalara kurz an.

«Sie rufen zu spät an. Was ist der Grund?» Obwohl die Stimme sehr stark verändert klang, konnte Vajivalara deutlich hören, dass der Falke verärgert war.

«Ich befinde mich gerade am Bahnhof ...»

«Keine Ortsangaben!», fuhr ihm der Falke forsch dazwischen. «Was ist nur los mit Ihnen, Muno!»

«Bitte verzeihen Sie, ich war gerade etwas abgelenkt. Ich befinde mich hier in einer sehr belebten Zone. Darum war es für mich auch nicht einfach, ein Netz und eine Steckdose zu finden.»

«Ich möchte Sie nochmals daran erinnern, dass unser Programm nicht mehr hundertprozentig sicher ist. Achten Sie auf Ihre Aussprache. Wir müssen vorsichtig sein.»

«Ich kann Ihnen versichern, dass ich mir der Gefahren bewusst bin und sie zu umgehen weiss», bestätigte Vajivalara leicht säuerlich.

«Gut. Berichten Sie mir von meinen Falken. Sind sie vorangekommen?»

«Die beiden Falken haben ausgezeichnete Arbeit geleistet. Es verlief alles, wie ich es geplant habe. Schritt eins, zwei und drei sind erfolgreich beendet.» Vajivalara betonte bewusst, dass er es gewesen war, der diese Europa-Operation geplant hatte.

«Das freut mich, Muno. Eigentlich habe ich nichts anderes von Ihnen erwartet, darum sind Sie auch für diese delikate Aufgabe ausgewählt worden.»

«Ich tue nur meine Pflicht, für Allah, den Falken und unsere Glaubensbrüder.»

«Schön zu hören. Denken Sie daran, wenn der letzte Schritt erfolgreich beendet wurde, werden Sie für den Islam und alle unsere Glaubensbrüder ein Held sein. Eine Ehre, die nur wenigen zuteil wird.»

«Ich werde Sie nicht enttäuschen, Falke.»

«Was sind nun Ihre nächsten Schritte? Haben Sie Kyros schon getroffen?»

Vajivalara schluckte schwer. Kyros war der Deckname für Udai Randa.

«Ich habe ihn kurz getroffen, aber es gab ein Problem.»

«Was für ein Problem?»

Vajivalara antwortete nicht sofort, er überlegte einen Moment lang.

«Er hat einen schweren Fehler begangen.»

«Welchen?»

«Er hat meinen Decknamen verraten.»

Zum ersten Mal antwortete der Falke nicht sofort. Auch er schien zu überlegen.

«Das ist Verrat. Ich bin enttäuscht von Kyros. An wen hat er Ihren Decknamen verraten?»

«An seine Söhne. Ich habe ihn angemessen dafür bestraft.»

«Wie? Haben Sie ihm die Mitgliedschaft der Organisation entzogen?»

Vajivalara wusste, was das hiess. «Die Mitgliedschaft entziehen» hiess, ihn zu töten.

«Nein, er ist nach wie vor ein Mitglied. Weil er immer gute Arbeit geleistet und bisher keine Fehler gemacht hat, entschied ich mich, ihn in der Organisation zu belassen.»

«Und wie haben Sie ihn bestraft?»

Vajivalara überlegte kurz.

«Er wird fortan nur noch mit einer Hand essen können.»

Wieder entstand eine Pause in der Leitung. Ab und zu knackte es. Vajivalara wartete gespannt.

«Gefährdet das unser Vorhaben?»

Vajivalara schluckte schwer.

«Nein, ich denke, Kyros ist weiterhin vertrauenswürdig.»

«Und seine Söhne?»

«Die auch. Die gehören zu unserer Organisation dazu.»

«Wenn Sie das sagen, dann wird es stimmen. Ich bin davon überzeugt, dass Sie entschlossen gehandelt hätten, falls sich ein Leck in unserer Organisation gebildet hätte.»

«Ich habe ihn bestraft und damit hat er für seine Unachtsamkeit bezahlt. Auch seinen Söhnen dürfte nun klar sein, dass wir keine Fehler dulden.»

«Sie haben richtig gehandelt, die Strafe war angemessen. Hatten Sie schon Kontakt mit Pendragon?»

Vajivalara fing an zu schwitzen.

«Nein, ich konnte noch keinen Kontakt zu Pendragon aufnehmen.»

«Warum nicht? Hat Ihnen Kyros den Kontakt nicht vermittelt?»

«Die Ereignisse haben sich überstürzt und ich musste mich früher als erwartet zurückziehen.»

«Mit anderen Worten: Sie haben Kyros bestraft, bevor Sie die Information bekamen?»

Vajivalara sagte nichts. Er ärgerte sich über seinen Fehler. Er hatte die Sache mit seinem Decknamen zu persönlich genommen und deswegen voreilig gehandelt.

«Ich bin nicht zufrieden mit Ihnen, Muno. Ich frage mich, wie Sie Ihren Plan erfolgreich abschliessen wollen, wenn Ihnen eine wichtige Information fehlt. Niemand ausser Kyros hatte persönlichen Kontakt zu Pendragon. Für die Vollendung unseres Kampfes ist Pendragon aber von grosser Wichtigkeit, um nicht zu sagen, unersetzbar.»

«Ich sehe da kein Problem. Pendragon wird sich mit mir in Verbindung setzen und dann vereinbaren wir einen Treffpunkt.» Vajivalara gab sich betont entspannt.

«Aber Pendragon wird sich möglicherweise nicht darauf einlassen. Mir ist nicht bekannt, dass er sich je mit jemandem ausser Kyros persönlich getroffen hat. Zudem rate ich im Moment davon ab, Treffen übers Netz zu vereinbaren. Wir wissen nicht, wie weit die Schweizer mit ihrem Programm sind.»

«Die Schweizer sind sicher nicht weiter, als sie es vor unserem Einschreiten waren, denn wie schon erwähnt, haben Falke 1 und Falke 2 perfekte Arbeit geleistet. Das wird die Schweizer noch eine ganze Weile beschäftigen.»

«Trotzdem müssen wir vorsichtig bleiben, zu viel hängt davon ab. Immerhin ist Kyros noch Mitglied der Organisation, das heisst, Sie können die Information von ihm noch bekommen. Also fahren Sie wieder zurück.»

Vajivalara zögerte einen Moment.

«Das wird nicht so einfach sein. Als ich sein Nest verliess, war er ohnmächtig.»

«Eigentlich ist es mir egal, wie Sie die Information bekommen, die Sie benötigen. Hauptsache, Sie bekommen sie. Ich wäre sehr betrübt, wenn ich mich in Ihnen getäuscht hätte, Muno.»

Die klaren Worte des Falken trafen Vajivalara hart.

«Ich werde eine Lösung für dieses Problem finden.»

«Das hoffe ich. Ich möchte, dass Sie mir von nun an täglich Bericht erstatten und mich auf dem Laufenden halten.»

Vajivalara konnte nicht fassen, was er da hörte. Noch nie hatte er täglich dem Falken rapportieren müssen, der Falke hatte ihm immer vertraut. Vajivalara holte tief Luft, bevor er antwortete.

«Wenn Sie das wünschen, werde ich es selbstverständlich machen. Aber fürchten Sie nicht, dass sich damit das Risiko, abgehört zu werden, erhöht?»

«Ich dachte, Sie haben so gute Arbeit geleistet?»

«Das stimmt», bestätigte Vajivalara leicht säuerlich.

«Kontaktieren Sie mich nach unserem Raster.» Ohne sich zu verabschieden, unterbrach der Falke die Leitung.

Vajivalara starrte noch eine Weile lang auf seinen Bildschirm. Das Raster war ein Rechensystem auf dem Computer, bei dem man das aktuelle Datum mit seinen Aufenthaltskoordinaten eingab und das Programm errechnete anhand dieser Daten eine Uhrzeit. Diese Uhrzeit wurde an den Sender und den Empfänger geschickt, damit beide dieselbe Information hatten, wann sie erreichbar sein sollten.

Vajivalara zog die Kopfhörer aus und fuhr sich durchs Haar. Er dachte einen Moment lang nach, während er aufmerksam die vielen Menschen beobachtete, die an ihm vorbeigingen. Dann stand er auf, packte seinen Computer und das Kabel ein und verliess den Bahnhof durch einen Seitenausgang. Auf der Strasse nahm er sein Handy und rief die Auskunft an.

«Hier ist die Auskunft, wie kann ich Ihnen helfen?», meldete sich eine Stimme auf Französisch.

«Sprechen Sie Englisch?»

«Ein bisschen. Wie kann ich Ihnen helfen?»

«Ich müsste eine Verbindung zu Udai Randa in Paris haben.»

«Randa, wie man es sagt?»

«Genau.»

«Ich habe hier zwei Nummern. Randa Teppichgeschäft und Randa privat. Welche Nummer brauchen Sie?»

«Privat.»

«Einen Moment, ich stelle Sie durch. Auf Wiederhören.»

Es erklang ein Freizeichen. Dann hörte er eine feine Stimme.

«Hallo?»

Vajivalara erkannte die Stimme sofort, es war Maresha. Sie hörte sich verzweifelt an.

«Maresha, hier ist Jermahl. Kann ich mit deinem Mann sprechen?»

Maresha antwortete nicht sofort.

«Moment.»

Vajivalara hörte deutlich, wie sie den Hörer auf etwas Hartes legte. Nach einem kurzen Moment meldete sich eine männliche Stimme.

«Wer spricht da?»

Vajivalara zögerte einen Moment lang.

«Udai, bist es du?», vergewisserte er sich.

«Nein, hier spricht Ramesh.»

«Ich muss sofort mit deinem Vater sprechen, gib ihn mir», befahl Vajivalara.

«Der ist im Krankenhaus, sie mussten ihn notoperieren.» Rameshs Stimme klang vorwurfsvoll.

«Aber ich habe doch gesagt, dass ihr ihn auf keinen Fall ins Krankenhaus schicken sollt!» Vajivalara wurde wütend, die ganze Sache schien ihm aus den Händen zu gleiten.

«Das haben wir auch gemacht, doch der Arzt liess ihn sofort einweisen. Sein Zustand ist sehr kritisch.»

«In welchem Krankenhaus ist er?»

«Sie haben ihn ins Hôpital Saint-Joseph gebracht.»

Ausgerechnet in ein christliches Krankenhaus!

«Und warum bist du nicht dort?»

«Weil ich mich um meine Mutter kümmern musste. Sie hatte einen Nervenzusammenbruch. Tarmen und Sikesh sind bei meinem Vater.»

«Gut, danke.» Vajivalara hängte auf und kontaktierte erneut die Auskunft. Nach der knappen Begrüssung wies er die Dame forsch an, ihn sofort zum Krankenhaus Saint-Joseph durchzustellen. Nach kurzem Warten meldete sich wieder eine Dame auf Französisch.

«Clinique Saint-Joseph, wie kann ich Ihnen helfen?»

«Sprechen Sie Englisch?»

«Ja.»

«Sehr gut. Ich muss sofort zu Herrn Udai Randa durchgestellt werden.»

«Einen Moment bitte.» Es ertönte Musik in der Leitung.

Vajivalara beobachtete genervt den Verkehr der Pariser Innenstadt. Plötzlich meldete sich dieselbe Stimme wieder.

«Sind Sie ein Verwandter?»

«Warum ist das wichtig? Kann man sonst nicht mit ihm sprechen?»

«Doch, im Normalfall schon, aber es gibt Ausnahmen.»

«Ausnahmen? Was für Ausnahmen?»

«Sind Sie nun ein Verwandter oder nicht?»

«Ja, natürlich bin ich ein Verwandter. Ich bin sein Bruder. Man hat mir gerade von diesem schrecklichen Unfall berichtet.»

«Dann muss ich Sie bitten, sofort herzukommen.»

«Warum?»

«Das darf ich Ihnen am Telefon nicht sagen.»

«Hören Sie zu, ich wohne nicht in Frankreich, ich befinde mich gerade in Pakistan. Ich kann nicht herkommen. Was ist denn los?»

«Moment, ich versuche, Sie mit einem zuständigen Arzt zu verbinden.» Wieder ertönte diese nervende Musik.

Vajivalara ging ungeduldig auf dem Gehsteig auf und ab. Es klickte in der Leitung und eine männliche Stimme meldete sich auf Englisch.

«Herr Randa?»

«Ja, am Apparat.» Vajivalara blieb augenblicklich stehen.

«Mein Name ist Doktor Mercuille, ich bin hier der leitende Oberarzt. Man hat mir gesagt, Sie seien der Bruder von Herrn Randa und leben in Pakistan?»

«Das ist richtig. Wie geht es ihm? Darf ich nun bitte mit meinem Bruder reden?»

Der Arzt zögerte mit seiner Antwort.

«Ich fürchte, das wird nicht gehen.»

«Warum nicht? Ich habe doch der Dame vorher schon klargemacht, dass ich nicht ins Krankenhaus kommen kann, da ich in Pakistan lebe.»

Wieder liess sich der Arzt Zeit, bis er antwortete. Er holte hörbar tief Luft.

«Es tut mir sehr leid, Herr Udai Randa ist vor zehn Minuten verstorben.»

Kapitel 9: Schweiz, Bern, Samstag, 4. Juli, 11:07

Denis starrte den blonden Mann an. Er hatte Mühe, seine Wut zu unterdrücken. Mit einem kleinen Ruck setzte sich die Bahn in Bewegung. Der Mann lächelte ihn arrogant an, setzte sich hin und gab Denis zu verstehen, dass er es ihm gleichtun sollte. Denis blieb stehen.

«Haben Sie das Päckchen entschärft?», fragte er direkt.

Der Mann verschränkte seine Arme, blickte zum Fenster hinaus und lächelte arrogant.

«Bumm! Stell dir vor, gerade in diesem Moment ginge die Bombe hoch! Bumm!» Er lachte.

Denis beugte sich vor und wollte ihn gerade packen, als der Mann mit seinem Oberkörper zurückwich und eine Abwehrbewegung mit den Händen machte.

«Sachte, sachte, Denis! Beruhige dich, ich habe es entschärft.» Er blickte sich kurz um, um sich zu vergewissern, dass niemand mithörte. «Wieso hätte ich sie hochgehen lassen sollen? Du hast dich ja an die Vorgaben gehalten.» Er verschränkte wieder seine Arme und lehnte sich demonstrativ zurück.

Denis wusste nicht, was er tun sollte. Am liebsten hätte er diesen Mann verprügelt. Dass er sehr muskulös war, interessierte ihn in diesem Moment nicht. Dieser Mann hatte ihn mitten in der Nacht überfallen und gewürgt. Fast hätte er wegen ihm sein Leben verloren und seine Eltern auch. Denis atmete tief durch. Er wusste, dass er sich jetzt nicht gehen lassen konnte, es stand zu viel auf dem Spiel.

Der Mann zeigte mit einem Finger auf Denis' Hals.

«Sieht ziemlich böse aus! Tut mir leid, wenn ich zu fest zugedrückt habe, aber du warst halt sehr widerspenstig. Da konnte ich nicht anders. Ausserdem hast du mir ja auch ein Veilchen verpasst.» Er zeigte auf sein Auge.

Will mich dieser Typ verarschen?

«Du hättest mich fast umgebracht!»

Ben schüttelte arrogant den Kopf.

«Wenn ich dich hätte umbringen wollen, dann würdest du jetzt mit einem gebrochenen Zungenbein drei Meter tief unter der Erde liegen.»

Denis konnte nicht fassen, mit was für einer Leichtigkeit dieser Mann ihm solche Aussagen an den Kopf warf. Er entschied sich, nicht auf diese Provokationen einzugehen. Wieder ging ein Ruck durch die Bahn, sie war angekommen. Der Mann stand auf und ging zur Tür.

«Komm, gehen wir ein paar Schritte.»

Denis schüttelte fassungslos den Kopf und folgte ihm. Ohne sich umzudrehen, ging der Mann in Richtung Innenstadt.

«Ben», sagte er leise, als sie ein paar Schritte gemacht hatten.

«Wie bitte?»

Der Mann drehte sich kurz um.

«Mein Name ist Ben.» Unbeirrt ging er weiter.

«Warum erzählst du mir das? Ist dir eigentlich klar, dass ich dich auf der Stelle verhaften könnte?»

Ben blieb stehen und drehte sich zu Denis um. Zum ersten Mal schien er verärgert zu sein.

«Und ist dir klar, dass ich mit einem einfachen Knopfdruck deine Eltern wegpusten kann?»

Denis erstarrte. Daran hatte er gar nicht gedacht. Die Bombe war zwar entschärft, aber noch nicht entsorgt. Sie war noch bei seinen Eltern zu Hause. Dieser Ben hatte ihn in der Hand! Ben lächelte wieder und ging weiter. Denis folgte ihm. Er dachte angestrengt darüber nach, wie er einen seiner Kollegen unbemerkt über die Bombe informieren könnte.

«Hör zu, Denis, du fragst dich sicher, warum ich dich persönlich treffen wollte.» Ben setzte sich auf eine nahe Parkbank und richtete seinen Blick auf die Berge in der Ferne.

«Ah! Die Schweiz ist ein so schönes Land! Weisst du das Privileg eigentlich zu schätzen, das du hast? Nicht alle Menschen hatten so viel Glück wie du und dürfen in einem so schönen Land, fernab von allen Kriegen, wohnen!»

Denis setzte sich widerwillig daneben und schaute Ben böse an. Es fiel ihm immer schwerer, sich zu beherrschen.

«Du wolltest mir erzählen, warum du mich persönlich treffen wolltest!», hakte Denis nach.

Ben drehte seinen Oberkörper auf der Bank zu Denis und stützte einen Arm lässig auf der Rücklehne auf.

«Warum so angespannt? Du müsstest stolz sein!»

«Stolz?»

«Du bist Teil einer ganz grossen Sache. Dank dir wird sich die Welt verändern!»

«Da hast du recht. Ich werde die Welt von solchen Fanatikern wie dir befreien!»

Ben lachte laut heraus und blickte dann nachdenklich auf die Berge. Denis beobachtete ihn ganz genau. Erst jetzt fiel ihm auf, dass er und Ben etwa das gleiche Alter hatten. Plötzlich drehte Ben seinen Kopf wieder zu Denis und funkelte ihn mit hasserfüllten Augen an.

«Ich rate dir, mich jetzt nicht zu sehr zu provozieren. Ich habe dir schon einmal bewiesen, dass ich dir weit überlegen bin. Zudem kostet es mich nicht einmal ein Lächeln, die Bombe bei deinen Eltern hochgehen zu lassen. Ich respektiere dich als meinen Gegner, rate dir aber, mich nicht zu deinem Feind zu machen.»

«Vielleicht sind meine Eltern gar nicht zu Hause?»

Ben lehnte sich zu Denis vor. Denis spürte Bens warmen Atem. Er musste sofort an die Nacht des Überfalls denken, kalter Schweiss bildete sich auf seiner Stirn. Ohne zu blinzeln, blickte ihm Ben tief in die Augen.

«Soll ich die Bombe hochgehen lassen? Willst du das Risiko eingehen?»

Denis wich etwas zurück.

«Und wer sagt mir, dass du die Bombe nicht schon längst hast hochgehen lassen?»

«Ich führe diesen Krieg nicht gegen dich oder deine Eltern, ich halte, was ich sage. Besser du hörst mir jetzt einfach zu und hältst die Klappe, bevor ich mich vergesse.»

Denis nickte.

«Deine Abteilung hat etwas, was meiner Organisation gar nicht gefällt. Sicher hast du schon vom Projekt ANGUS gehört, oder?»

«Gut möglich», antwortete Denis vorsichtig. Er war sich nicht sicher, wie viel dieser Mann tatsächlich wusste oder eben nur versuchte herauszufinden.

«Auf jeden Fall muss dieses Programm sofort gestoppt werden. Es stört unsere Organisation ganz empfindlich in unseren strategischen Planungen.»

«Und wie soll ich deiner Meinung nach dieses Programm stoppen?»

Ben griff in seine Hosentasche, holte einen USB-Stick hervor und hielt ihn hin.

«Mit dem hier.»

Denis griff danach. Zu seinem Erstaunen überliess ihm Ben den Stick ohne Widerstand. Er betrachtete ihn genauer, konnte aber nichts Aussergewöhnliches feststellen.

«Was ist das?», fragte Denis interessiert.

«Das ist ein ganz normales Massenspeichergerät, aber das weisst du sicher.» Wieder grinste er Denis an.

Denis war sich nicht sicher, aber zum ersten Mal hatte er nicht mehr das Gefühl, dass ihn dieser Ben provozieren wollte, sondern, dass er tatsächlich an diese Geschichte von den Kriegern, die sich mit dem nötigen Respekt gegenübertreten sollen, glaubte.

«Auf diesem Stick befindet sich ein Trojaner. Das Virus ist so programmiert, dass es in Sekundenschnelle das ANGUS-Programm aufspürt und vernichtet. Ich möchte, dass du diesen Trojaner in eurem IT-System einschleust, indem du den Stick mit einem Computer verbindest, der an die zentrale Datenbahn von PRIOS angeschlossen ist, damit das Virus sich verbreiten kann.»

«Und warum sollte ich so etwas Verrücktes tun? Das wäre Verrat!»

Ben nickte ein paar Mal, bevor er Denis antwortete.

«Ich sehe, du bist ein Mann von Ehre. Das respektiere ich. Eigentlich habe ich nichts anderes von dir erwartet.» Ben warf einen kurzen Blick auf seine Hände. Er pulte sich in aller Ruhe etwas Dreck unter seinem rechten Zeigefinger hervor und schaute dann Denis wieder an. Sein Blick hatte sich verändert. Seine Augen drückten eine unglaubliche Entschlossenheit aus.

«Ich habe an drei verschiedenen, sehr belebten Orten hier in Bern Kapseln mit dem Nervengas Sarin platziert. Die Dosis reicht locker aus, um in der Stadt innert Minuten Hunderte von Leben auszulöschen. Sollte der Trojaner nicht innert einer von mir gesetzten Frist heruntergeladen sein, lasse ich die Kapseln platzen.»

Denis schluckte schwer. Ihm war klar, dass dieser Mann nicht bluffte. Er blickte kurz auf den Stick und dachte angestrengt nach.

«Und wie überprüfst du, dass der Trojaner mit dem Virus tatsächlich das Programm vernichtet hat?»

Ben lächelte wieder.

«Unsere Organisation …»

«… ‹Reiner Glauben›!», fuhr ihm Denis dazwischen.

Ben hielt kurz inne.

«Ich sehe, ihr habt bei PRIOS eure Hausaufgaben gemacht.» Unbeirrt fuhr er fort. «Unsere Organisation kennt euer Alarmsystem. Sobald ein Virus an eine der zahlreichen Firewalls und sonstigen Schutzprogramme eures Computersystems gelangt, wird ein Alarm ausgelöst. Dieses Alarmsignal können wir lesen. Somit weiss ich, dass der Trojaner ins System gelangt ist.»

«Das ist gar nicht möglich. Ich bin zwar kein Experte, aber so viel ich weiss, gibt es keine Verbindung unseres Computersystems nach aussen.»

«Glaub mir, es gibt immer eine Verbindung nach aussen und wir kennen sie. Wir haben die besten Spezialisten der Welt auf diesem Gebiet. Unsere Organisation kann jeden Computer hacken. Wir schlagen zu, ohne dass ihr es überhaupt merkt. So habe ich übrigens auch das Videoband am Bahnhof in Basel gelöscht. Oder besser gesagt von unseren Spezialisten löschen lassen. Ein Klick von einem unserer Computer aus der Ferne und schon sind die Daten gelöscht, die unserer Sache im Weg stehen. Dank diesen Spezialisten haben wir eine nahezu uneingeschränkte Macht im Netz.»

«Und warum braucht es dann mich, um ins System zu gelangen, wenn ihr so tolle Spezialisten habt?», fragte Denis trotzig.

Bens Gesichtsausdruck wurde etwas ungeduldiger.

«Es wäre mir recht, wenn du nicht so viele Fragen stellen würdest. Glaub mir, das muss alles so sein. Warum sollten wir einen solch grossen Aufwand betreiben, wenn es einfacher ginge?»

Denis liess sich durch Bens Ungeduld nicht beirren und fragte weiter.

«Und was macht dich so sicher, dass du mit diesem Trojaner unsere Sicherheitsbarrieren knacken kannst?»

«Das ist nicht dein Problem. Falls der Trojaner nicht funktioniert, ist das mein Problem. Der Trojaner wird aber nicht versagen. Wichtig für dich ist nur, dass der Alarm ausgelöst wird.»

«Aber ich könnte jetzt auch zurück zu PRIOS und den Spezialisten alles erzählen, damit die den Alarm nur zum Schein auslösen.»

«Das wäre nicht besonders klug.»

«Warum?»

«Ganz einfach. Der Trojaner wurde so programmiert, dass er erkennt, ob er tatsächlich in eurem ANGUS-Programm drin ist. Er erkennt auch, ob man das Programm vorher manipuliert hat. Sollte das der Fall sein, bekomme ich ein Signal und ich lasse die Kapseln mit dem Gift platzen.»

«Falls ich alles so mache, wie du es verlangst, wer garantiert mir, dass die Kapseln vernichtet werden?»

«Die Garantie bist du.»

«Ich?»

«Genau. Sobald der Trojaner das Programm aufgespürt und vernichtet hat, gibt er eine Karte frei, auf der alle Orte angegeben sind, an welchen sich die Kapseln befinden.»

Denis biss sich auf die Lippen.

«Und was macht dich so sicher, dass ich meinen Kollegen nichts davon erzähle? Und überhaupt, wie soll ich unbemerkt in die Sicherheitszentrale gelangen?»

«Ich habe nie gesagt, dass du deine Kollegen nicht informieren darfst. Im Gegenteil. Alleine wirst du es nicht schaffen, wie du eben richtig festgestellt hast. Wie du das hinkriegst, ist für mich nicht relevant. Hauptsache, der Trojaner wird platziert. Und glaube mir, in der Frist, die ich dir setze, schafft es auch eine ganze Armee von IT-Spezialisten nicht, das Virus zu umgehen.»

«Wäre es nicht einfacher, eine Bombe bei PRIOS zu platzieren, um gleich alles zu vernichten?»

«Ich gehe doch richtig in der Annahme, dass das PRIOS-Gebäude zu den sichersten Räumen der Schweiz gehört, oder? Da kann man nicht einfach so eine Bombe platzieren. Diese Frage beleidigt nicht nur meine, sondern auch die Intelligenz meiner gesamten Organisation.»

Hat er gerade PRIOS-Gebäude und Annahme gesagt? Das heisst doch, dass er nicht weiss, wo sich unsere Büros befinden. Sonst hätte er doch vom Bundeshaus gesprochen. Trotz der ernsten Lage huschte ein Lächeln über Denis' Lippen. *Sie wissen also doch nicht alles über uns.*

Bens Laune hatte sich mit dieser Frage merklich verschlechtert. Denis wollte ihn aber unbedingt noch in ein Gespräch verwickeln, um Zeit zu gewinnen.

«Sag mal, wenn der Plan schiefgeht und die Kapseln explodieren, dann bringst du dich doch auch damit um, oder?» Denis bemerkte, wie Bens linke Hand leicht anfing zu zittern.

Als Ben Denis' Blick auf die Hand bemerkte, deckte er sie umgehend mit der anderen Hand ab.

«Wir vom ‹Reinen Glauben› kämpfen für eine Sache, die ihr Individualisten und Egoisten nicht verstehen könnt. Der

Glaube an eine demütigere und frommere Welt steht über allem, auch über meinem Leben. Sollte ich dabei umkommen, ist es für eine gute Sache. Wichtig ist nicht der einzelne Mensch, sondern, dass wir unser Ziel erreichen, die Welt von allen bösen Auswüchsen zu befreien. Ich habe mich für den ‹Reinen Glauben› entschieden, weil ich auch für zukünftige Generationen eine bessere Welt hinterlassen will. Wenn ich dafür sterben muss, wäre es mir eine Ehre. Aber das ist etwas, was ihr mit eurer kapitalorientierten Westarroganz nie verstehen werdet. Ihr habt den Blick so stur auf euch gerichtet, dass ihr nicht einmal merkt, wie die Welt um euch herum untergeht.»

«Und darum ist es dir auch egal, dass ich nun dein Gesicht und deinen Vornamen kenne», stellte Denis nüchtern fest.

Zu seinem Erstaunen fing Ben wieder an zu grinsen.

«Genau. Auf einen Einzelnen kommt es nicht an, denn wir sind überall. Ausserdem kannst du davon ausgehen, dass du mich nie finden wirst. Wir sind zu gut organisiert. Es hat viele Jahre gedauert, bis man Osama Bin Laden gefunden hat! Und vergiss nie: Ich kenne dich und auch deine Familie. Überlege also gut, was du tust und was nicht, denn du wirst immer für deinen Geheimdienst den Kopf hinhalten müssen. Ihr habt keine Ahnung davon, wie mächtig wir sind.»

Denis verschlug es für einen Moment die Sprache. Dieser Mann schien tatsächlich daran zu glauben, was er sagte. Er beobachtete Ben, ohne etwas zu sagen. Für einen kurzen Moment liess Ben seine linke Hand los, worauf sie wieder zu zittern anfing. Ben stand auf.

«Nun haben wir genug gequatscht. Ich gebe dir von jetzt an eine Stunde, um den Trojaner zu platzieren.» Er blickte auf seine Uhr.

Denis tat es ihm gleich. Es war kurz vor zwölf.

«Das heisst, ich habe Zeit bis eins?», vergewisserte sich Denis.

«Richtig, ein Uhr. Schaffst du es nicht, werden um eins nach eins die Kapseln explodieren und es werden in dieser

Stadt viele Leben nicht mehr existieren.» Ben stiess einen kurzen Lacher aus. «Eigentlich könnte ich die Kapseln auch gleich explodieren lassen, denn dann gäbe es auch keine Menschen mehr, die das ANGUS-Programm bedienen könnten. Somit wäre das Problem für uns auch gelöst.»

«Zwei unserer Programmierer habt ihr ja schon umgebracht», stellte Denis nüchtern fest.

«Da siehst du mal, wie mächtig wir sind.» Ohne ein weiteres Wort drehte sich Ben ab und ging davon. Nach ein paar Schritten blieb er stehen, und Denis beobachtete, wie er etwas einnahm. Er vermutete, dass es sich um Tabletten handelte.

Denis blickte wieder auf die Uhr und rannte mit dem Stick in der Hand los. Während er durch die Gassen der Berner Innenstadt lief, wählte er die Nummer seiner Eltern. Nach zweimaligem Klingeln ging seine Mutter ans Telefon. Denis fiel ein Stein vom Herzen. Offenbar hatte Ben die Wahrheit gesagt.

«Hier ist Denis. Hast du heute ein Paket bekommen?» Er keuchte schwer, das Rennen raubte ihm die Luft.

«Denis, schön dass du anrufst. Sag mal, treibst du gerade Sport?»

«Bitte, beantworte einfach meine Frage!», hakte Denis forsch nach.

«Ja, heute Morgen wurde ein Paket geliefert, aber ich bin noch nicht dazu gekommen, es zu öffnen.»

Denis überquerte gerade unvorsichtig eine Strasse, sodass ein Auto voll in die Bremsen steigen musste. Denis gab dem fluchenden Autofahrer per Handzeichen zu verstehen, dass es ihm leid tat und rannte weiter.

«Was ist denn gerade passiert, Denis? War das ein Auto?», fragte seine Mutter besorgt.

«Mutter, bitte, hör mir jetzt gut zu. Rühr das Paket auf keinen Fall an! Auf keinen Fall! Wo steht es?»

«In der Küche. Warum? Stimmt damit etwas nicht?»

«Ich möchte, dass du und Vater jetzt sofort das Haus verlassen. Schliesst die Tür nicht ab.»

«Mein Junge, übertreibst du jetzt nicht ein bisschen? Es ist ja nur ein Paket.»

«Nein, ich übertreibe nicht. Vertrau mir. Bitte verlasst sofort das Haus! Versprochen!» Denis konnte deutlich hören, wie seine Mutter anfing zu lachen.

«Ist das wieder einer deiner blöden Scherze?»

«Bitte, tut einfach, was ich sage. Das ist kein Scherz, ich schwöre!»

«Denis! Ich denke, du bist mir eine Erklärung schuldig!» Ihre Stimme wurde strenger.

Denis überlegte einen Moment lang, bevor er weitersprach. Nun hatte er ein Dilemma, denn seine Mutter wusste nicht, wo er arbeitete. Niemand, ausser seinem Vater, der selber mal für den Geheimdienst tätig gewesen war, wusste von seinem gefährlichen Beruf. Das war Vorschrift.

«Bitte hol mal Vater ans Telefon.»

«Wieso? Kannst du mir nicht verraten, um was es geht?»

Denis verlor langsam die Geduld.

«Hol mir bitte Vater ans Telefon, es ist verdammt wichtig!»

«Also gut», gab seine Mutter beleidigt nach.

Er hörte, wie der Hörer hingelegt wurde.

«Mein Junge, was gibts?», fragte sein Vater mit klarer Stimme.

«Vater, bitte hör mir jetzt gut zu. PRIOS wurde Ziel von Terroristen. Die haben sich mich als Opfer ausgesucht, um unser Computersystem zu manipulieren. Um besonderen Druck auf mich auszuüben, haben sie eine Bombe zu euch geschickt und mir gedroht, diese hochgehen zu lassen, falls ich nicht kooperiere. Das Paket ist bereits bei euch angekommen und steht in der Küche. Bitte verlasst sofort das Haus. Ich werde gleich die Bombenentschärfungsspezialisten zu euch schicken. Lasst unbedingt die Tür offen, damit sie ungehindert rein können.»

Sein Vater antwortete nicht sofort.

«Ist das wahr?»

«Ja!»

«Gut, ich werde mit deiner Mutter sofort das Haus verlassen. Geht es dir gut?»

«Ja! Mach dir um mich keine Sorgen. Schick mir eine SMS, sobald ihr in Sicherheit seid, okay?»

«Mach ich, mein Sohn. Bis später.»

Denis beendete das Gespräch, ohne sich zu verabschieden. Wie ein Verrückter rannte er durch die Stadt. Zwar war es bis zum Bundeshaus nicht mehr weit, trotzdem wählte er Pascals direkte Nummer.

«Hallo?»

«Pascal! Gott sei Dank, du bist im Büro. Hör zu …»

«Denis! Bist du wahnsinnig, mit deinem Handy auf diese Nummer anzurufen? Du kennst doch die Regeln! Nie unangemeldet mit einem privaten Handy … Moment, ich stelle auf eine sichere Leitung um.»

«Pascal!», unterbrach ihn Denis genervt. «Es handelt sich um einen absoluten Notfall! Hör gut zu! Ich hatte eben Kontakt mit dem Einbrecher, ich habe ihn persönlich getroffen! Er hat mir einen USB-Stick in die Hand gedrückt, auf dem sich ein Virus befindet, das das ANGUS-Programm zerstört. Wenn ich nicht in den nächsten fünfzig Minuten das Virus ins Computersystem einspeise, explodieren an drei verschiedenen Orten in der Stadt Kapseln mit dem tödlichen Nervengift Sarin und löschen viele Leben in der Stadt aus!»

«Ist das wahr?»

«Natürlich ist das wahr! Denkst du, ich mache über so was Scherze?»

«Wo bist du jetzt?»

«Auf dem Weg zurück ins Büro, ich sollte in ein paar Minuten da sein. Kümmere dich darum, dass ich schnell runter in die Zentrale komme und nicht aufgehalten werde!»

«Nein, tu das nicht!»

«Was soll ich nicht tun?» Denis ging langsam die Puste aus, seine Beine brannten wie Feuer.

«Überleg mal Denis, vielleicht hat dich dieser Mann absichtlich unter Druck gesetzt, um dir zu folgen. Damit würdest du preisgeben, wo unsere Zentrale ist! Selbst diesen Anruf könnte er zurückverfolgen! Du bist jetzt unter Druck und anfällig für Fehler.»

Denis blieb kurz stehen und atmete durch. Er war bereits am Bärenplatz angekommen, kurz vor dem Bundeshaus. Eilig drehte er seinen Kopf in alle Richtungen, um sich zu vergewissern, ob er verfolgt wurde.

«Pascal, das spielt jetzt keine Rolle. Wir müssen handeln. Ruf sofort alle IT-Spezialisten zusammen, schildere ihnen die Situation und informiere Frech. Ich bin gleich da.»

«Dann benutze wenigstens den Seiteneingang, da kannst du besser kontrollieren, ob dir jemand gefolgt ist.»

«Gut, mach ich. Ah, bevor ich es vergesse, schick bitte unsere Bombenspezialisten zu meinen Eltern. In ihrem Haus befindet sich auf dem Küchentisch ein Paket mit einer Bombe drin.»

«Eine Bombe bei deinen Eltern?», fragte Pascal überrascht nach.

«Ja. Das ist eine lange Geschichte. Tu es einfach, okay? Ah, noch etwas, er heisst übrigens Ben!»

«Wer?»

«Der Mann, der mich überfallen hat. Er hat es mir gerade vorhin verraten.» Denis hängte auf, ohne Pascals Antwort abzuwarten und rannte eine Querstrasse weiter, um nicht direkt auf das Bundeshaus zuzusteuern. Sein Handy zeigte eine SMS an. Denis blickte kurz drauf. Es waren seine Eltern, die ihm mitteilten, dass sie sich in Sicherheit befanden. Er atmete erleichtert auf, bevor er weiterrannte.

Als Denis die PRIOS-Räumlichkeiten betrat, erwarteten ihn Frech und Pascal schon im Gang. Frech streckte ihm seine Hand entgegen, um den Stick entgegenzunehmen. Kaum hatte Frech den USB-Stick in der Hand, rannten sie alle sofort wortlos zur Treppe am Ende des Ganges. Die Computerzentrale befand sich einen Stock tiefer. Hinter einer grossen Glasscheibe reihten sich dutzende Bildschirme in den verschiedensten Grössen aneinander, überall blinkten und leuchteten

Lichter in den verschiedensten Farben. Einzig der blaue Teppich brachte etwas Wohnlichkeit in diesen von Computern beherrschten Raum.

Frech stiess die Glastür auf und übergab den Stick an Viktor Gantenbein, den Leiter der IT-Abteilung. Gantenbein war ein kleiner, dicklicher Mann von fünfundvierzig Jahren. Er hatte ein rundes Gesicht mit roten Bäckchen und eine kleine Stupsnase. Auf ihr sass eine moderne Brille ohne Fassung. Er trug ein weinrotes Hemd, eine Bundfaltenhose und bequeme, schwarze Halbschuhe mit Gummisohle. Im Raum befanden sich noch zwei Personen, die Denis aber nicht mit Namen kannte. Sie waren deutlich jünger als Gantenbein. Als sie den Raum betraten, bemerkte Denis, dass es dort drin merklich kühler war.

«Bitte schliessen Sie die Tür wieder», mahnte ihn Gantenbein kurz angebunden.

Denis schloss die Tür hinter sich. Gantenbein trat sofort an einen der zahlreichen Computer heran, setzte sich auf einen Bürostuhl und rollte an die Tischkante. Anschliessend steckte er den Stick in die dafür vorgesehene Öffnung. Seine beiden Assistenten näherten sich interessiert dem Monitor und blickten ihm über die Schulter. Denis warf einen Blick auf seine Uhr. Es blieben noch fünfunddreissig Minuten, bis die Kapseln platzen würden. Plötzlich durchfuhr ihn ein eiskalter Schauer. *Warum habe ich meine Eltern nicht gleich aus der Stadt geschickt! So wären sie auf jeden Fall sicher gewesen!*

«Was befindet sich auf dem Stick?», fragte Gantenbein trocken. Sein Blick blieb stur auf den Monitor gerichtet.

Frech blickte Denis fragend an. Denis trat etwas näher an Gantenbein heran.

«Auf diesem Stick soll sich ein Trojaner befinden, der explizit das ANGUS-Programm angreifen und vernichten soll. Ich muss Sie warnen, der Mann, der mir den Stick übergab, hat mir versichert, dass dieser Virus das Programm sofort zuverlässig vernichten wird, sobald man den Stick anschliesst.»

Gantenbein pfiff durch seine Zähne. Auf dem Monitor hatte sich ein Programm geöffnet, welches Tausende von Zahlen, Buchstaben und sonstigen Zeichen auflistete. Die Zahlen rasten in einem solchen Tempo über den Bildschirm, dass sie von blossem Auge nicht mehr zu erkennen waren.

«Aber Vorsicht! Sobald Sie dieses Programm starten, können Sie es nicht mehr stoppen!», warf Denis nervös nach.

«Machen Sie sich keine Sorgen. Ich studiere dieses Programm hier erst einmal auf einer isolierten Station. Vielleicht kann ich ja einen Schwachpunkt erkennen.» Gantenbein strahlte trotz der gefährlichen Situation und des Zeitdrucks eine stoische Ruhe aus. Er wirkte fast arrogant.

Erstaunlicherweise beruhigte das Denis etwas.

«Studieren? Wie bitte wollen Sie das Programm studieren, wenn diese Zahlen in dieser Geschwindigkeit über den Bildschirm rasen?»

Gantenbeins Augen lösten sich zum ersten Mal vom Bildschirm, um Denis mit einem bösen Blick zu strafen.

«Glauben Sie mir, Herr Benz, ich weiss schon, was ich hier tue.» Er drehte seinen Kopf wieder zum Monitor, reckte seinen Hals etwas und konzentrierte sich wieder auf die Zahlen.

«Wir haben keine Zeit mehr, um dieses Programm zu studieren. In dreissig Minuten werden mehrere Kapseln mit Sarin explodieren, falls der Trojaner bis dahin das ANGUS-Programm nicht zerstört hat!» Denis hielt Gantenbein demonstrativ seine klotzige ORIS-Uhr vor die Nase und tippte mit seinem Zeigefinger darauf. «Zudem gibt das Programm erst dann einen Plan mit den Verstecken der Kapseln preis, wenn das Virus erfolgreich installiert wurde.»

Wieder drehte Gantenbein den Kopf, doch dieses Mal schien er an Denis' Ausführung interessiert zu sein.

«Wenn das Programm erfolgreich installiert wurde, öffnet sich eine Maske mit einem Plan, wo alle Verstecke der Kapseln aufgeführt sind?»

«Genau!», bestätigte Denis eilig.

Gantenbein schüttelte beeindruckt den Kopf.

«Genial!»

Denis blickte Frech und Pascal verdutzt an. Er konnte nicht fassen, dass dieser Mann in der Situation so ruhig bleiben konnte. Frech mischte sich in das Gespräch ein.

«Herr Gantenbein, ich möchte Sie nicht unter Druck setzen, aber ich bin davon überzeugt, dass dieser Terrorist seine Drohung, die Kapseln zu sprengen, in die Tat umsetzt, falls wir das Zeitfenster nicht einhalten. Als Leiter von PRIOS übernehme ich die volle Verantwortung, falls dieses Virus auf diesem Stick das ANGUS-Programm zerstört. Wir haben keine Zeit mehr, um zu tüfteln, wir müssen handeln. Es gilt, die Menschen in dieser Stadt zu schützen, darum starten Sie endlich dieses verdammte Programm und schleusen Sie das Virus ein!» Frech wurde mit jedem Satz lauter.

Nun drehte sich Gantenbein in Frechs Richtung.

«Herr Frech, als Leiter der IT-Abteilung möchte ich Sie darauf hinweisen, dass ich nicht Ihnen unterstellt bin. Zudem bitte ich Sie jetzt alle, einen Moment lang die Klappe zu halten, damit ich hier mit meinen beiden Assistenten meine Arbeit machen kann. Falls Sie mich weiterhin stören, werfe ich Sie alle raus! Habe ich mich deutlich genug ausgedrückt?» Gantenbein blickte abwechselnd auf Frech, Denis und Pascal.

Frech zeigte nervös auf den Computer.

«Schon gut, fahren Sie fort.»

Gantenbein fing an, wild in die Tasten zu hauen. Seine beiden Assistenten setzten sich ebenfalls an ihre Computer und fingen an zu tippen. Durch das Summen der Server und das Klicken der Tasten herrschte im Raum eine seltsame Stimmung. Immer wieder sprach Gantenbein laut irgendwelche Fachbegriffe aus, die sofort von seinen Assistenten bestätigt wurden. Denis blicke erneut auf die Uhr, es verblieben noch neunzehn Minuten.

«Haben Sie an einen Evakuierungsplan gedacht, Herr Frech?», meldete sich Pascal zu Wort.

«Ich habe entschieden, keine Evakuierung auszulösen, die Zeit ist zu knapp. Wir haben heute Samstag, die Stadt ist übervoll mit Menschen. Das Risiko einer Panik bei einer Evakuierung ist einfach zu gross bei so vielen Menschen. Ich habe lediglich den ‹Notplan Orange› ausgelöst.»

Denis wusste, was der «Notplan Orange» war. Auf einer Liste waren alle wichtigen Menschen der Schweiz aufgeführt, die im Falle eines Angriffs sofort geschützt werden mussten, damit die Schweiz nicht plötzlich ohne Führung da stand und das System in sich zusammenbrach. *Evakuierung! Meine Eltern! Was ist mit meinen Freunden?* Denis' Herz raste. Beim Gedanken, alle auf einen Schlag zu verlieren, wurde ihm schlecht. Ihm war sehr wohl bewusst, dass sie hier sicher waren, denn das Bundeshaus war für solche Angriffe gerüstet.

«Scheisse!», brach es aus Gantenbein heraus.

«Was ist?», fragte Frech sofort nach.

«Ich habe versucht, das Programm zu isolieren, um es dann überlisten zu können. Ich hatte die Absicht, ein Parallelprogramm zu starten, welches über die genau gleichen Daten verfügt, wie das ANGUS-Programm. Somit hätte das Virus gedacht, es sei drin und hätte das Programm zerstört und die Karte freigeschaltet. Aber dieser Trojaner ist cleverer, als ich dachte.»

«Was heisst das?»

«Anscheinend erkennt der Trojaner, ob es sich um das Original oder nur um eine Kopie handelt. Zudem ist mir unerklärlich, wie es möglich ist, dass das Virus mit immer neuen Daten gefüttert wird.»

«Gefüttert wird?», wiederholte Pascal.

«Ja. Der Trojaner wird die ganze Zeit mit neuen Daten versorgt, so wie wenn man ein Update am Computer macht. Aber das ist gar nicht möglich, denn das würde bedeuten, dass er von aussen gefüttert wird.» Verzweifelt schüttelte Gantenbein den Kopf.

«Sie meinen, jemand hat von aussen jetzt gerade Zugriff auf Ihren Computer?» Denis wurde es ganz heiss. Er dachte an die Worte von Ben.

«Es ist noch schlimmer. Er hat nicht nur Zugriff auf meinen Computer, sondern auf das ganze System.»

«Aber dann könnte er doch alle Daten von uns lesen!», stellte Frech erschrocken fest.

«Nein, so ist es nicht. Er hat nur ein kleines Schlupfloch, damit kann er nicht viel anstellen, aber genau das macht es so schwierig.»

«Warum?» Frech wurde zunehmend ungeduldiger.

«Das ist, wie wenn man eine Nadel im Heuhaufen sucht.» Gantenbein wandte sich an Denis. «Wie viel Zeit bleibt uns noch?»

«Es bleiben noch elf Minuten.»

«Scheisse! Scheisse! Scheisse!» Zum ersten Mal verlor Gantenbein die Beherrschung. Mit einem Schlag hatte er die Sicherheit, die er zuvor ausgestrahlt hatte, verloren.

Denis wurde nervös. Ein Blick auf Pascal und Frech verriet ihm, dass es ihnen genauso ging. Auch die beiden Assistenten hatten aufgehört, ihre Computer zu bearbeiten. In ihren Gesichtern war Ratlosigkeit und pure Angst zu sehen.

«Warum tun Sie denn nichts? Schicken Sie dieses verdammte Virus doch einfach in das zentrale System, damit es das ANGUS-Programm vernichten kann!» Denis schrie fast.

Gantenbein hob seine Hände von der Tastatur und schloss seine Augen. Er wirkte äusserst angespannt.

«Bitte lassen Sie mich hier einfach meine Arbeit tun.» Gantenbein gab wieder ein paar Befehle in den Computer ein.

Denis versuchte, sich zu beherrschen, und schlug einen ruhigeren Ton an.

«Wir haben nur noch zehn Minuten. Warum stecken Sie dieses Ding nicht einfach aus und wieder ein, damit es auf das Programm losgehen kann.»

«Das geht jetzt nicht mehr so einfach.» Gantenbein schüttelte fast apathisch seinen Kopf. «Da ich dieses Virus nicht einfach so in unser zentrales Nervensystem wandern lassen wollte, versuchte ich, es auf einem systemunabhängigen Computer zu isolieren und zu entziffern. Das hatte zur Folge, dass unser Sicherheitsprogramm das Virus erkannte und es isolierte, also quasi in Quarantäne schickte. Starte ich das Programm neu, erkennt unser Sicherheitsprogramm dieses Virus immer wieder und versucht, es zu sperren.»

«Heisst das, der Trojaner wird nicht mehr zum ANGUS-Programm gelangen können, selbst wenn Sie dem Computer den Befehl erteilen, es zuzulassen?»

Gantenbein nickte beschämt.

Plötzlich meldete sich einer der Assistenten zu Wort.

«Was, wenn wir das Virus mit einem harmlosen Zusatzprogramm von uns füttern?»

Gantenbeins blickte den Assistenten nachdenklich an. Plötzlich hellte sein Gesichtsausdruck auf.

«Das könnte funktionieren!» Sofort fing er wieder an, Befehle einzugeben.

Denis drehte sich zum Assistenten.

«Was heisst das ‹mit Zusatzprogramm füttern›?»

«Das Virus ist ein Computerprogramm und besteht aus vielen Zahlen, Buchstaben und Zeichen. Unser Computer hat alle diese Zahlen und Zeichen, vereinfacht gesagt, auswendig gelernt und weiss nun, dass er es isolieren muss. Wenn wir nun ein paar Zahlen und Zeichen dazugeben, können wir mit etwas Glück dem Computer weismachen, dass es sich um ein anderes Programm handelt, und er lässt es wieder zu.»

«Aber kann diese Manipulation das Virus nicht stören?», mischte sich Frech ein.

«Eigentlich nicht, denn wir füttern es nur mit ein paar harmlosen Daten. Aber ausschliessen kann man es nie.»

Gantenbein schien mittlerweile in eine Art Trance verfallen zu sein. Er sprach unverständliche Sätze leise vor sich hin.

«Wie lange noch?», schrie er, ohne seine Arbeit zu unterbrechen.

«Vier Minuten!», antwortete ihm Denis prompt.

Inzwischen standen alle hinter Gantenbein und blickten gebannt auf den Monitor. Denis kam es wie eine Ewigkeit vor, bis Gantenbein mit einem lauten Daumenschlag die Entertaste drückte und den Programmiervorgang abschloss.

«Fertig!» Er lehnte sich zurück. Nervös fing er an, an seinen Fingernägeln zu kauen.

Auf dem Bildschirm erschien ein Ladebalken, der sich nur langsam bewegte. Denis blickte nervös auf seine Uhr. Es blieben nur noch zwei Minuten.

«Kann man den Ladevorgang nicht beschleunigen?»

«Nein.» Gantenbein starrte gebannt in den Monitor. Der Ladebalken schien fast stehen zu bleiben und es waren erst vierzig Prozent geladen.

«Nur noch eine Minute!», flüsterte Denis leise vor sich hin.

«Scheisse, das wird knapp!», stellte Pascal verzweifelt fest.

Plötzlich fing die Prozentzahl an zu rasen, sie schnellte in die Höhe. Der Balken füllte sich rasch aus und ein Programm startete. Gantenbein klatschte in die Hände.

«Er ist drin, der Computer hat das Programm gefressen!» Sofort erschien ein rotes Ausrufezeichen auf dem Bildschirm und ein pfeifender Ton hallte durch den Raum.

«Der Alarm wurde ausgelöst!», kommentierte Gantenbein.

Denis blickte auf seine Uhr, es war punkt ein Uhr. Frech nahm den Hörer des Telefons, das neben dem Computer stand. Eilig wählte er eine Nummer.

«Hier spricht Maximilian Frech. Gab es in den letzten Minuten irgendwelche ausserordentlichen Ereignisse …? Nicht …? Ich möchte, dass Sie mich umgehend darüber informieren, falls es in den nächsten zehn Minuten zu speziellen Vorkommnissen in dieser Stadt kommt … Sie werden schon wissen, was ich mit speziellen Vorkommnissen meine, falls sie eingetreten sind. Ich bin in der Computerzentrale erreichbar.» Ohne sich zu verabschieden, hängte er auf.

«Oh!» Gantenbein lehnte sich nach vorne und reckte seinen Kopf. «Was ist das?»

Alle starrten wieder auf den Monitor. Das Bild verzerrte sich, Tausende von Zahlen und Bildern rasten über den Bildschirm.

«Das wird der Trojaner sein, der nun das ANGUS-Programm vernichtet», bemerkte Denis trocken.

Gantenbein nickte nachdenklich.

«Das wird es wohl sein.» Mit einer Mischung aus Faszination und Verachtung schüttelte er seinen Kopf. «Ich habe zwar keine Ahnung, wer die Leute sind, die dieses Programm geschrieben haben, aber die sind verdammt gut.»

«Besteht jetzt nicht die Gefahr, dass dieses Programm nicht nur ANGUS, sondern alle Daten, die im zentralen Computersystem waren, vernichtet?», meldete sich Pascal zu Wort.

«Oder noch schlimmer: lesbar macht!», ergänzte Frech.

«Nein, das ist praktisch unmöglich. Wir lagern unsere Daten auf verschiedenen, voneinander unabhängigen Servern. Zwischen denen besteht keine Verbindung. Ich habe diesen Trojaner nur auf den ANGUS-Server losgelassen. Aber ich hätte nie gedacht, dass ein Virus all unsere Schutzmassnahmen so schnell vernichten kann.»

Denis' Blick schweifte immer wieder zum Telefon. Er hoffte, dass es in den nächsten Minuten nicht klingelte. Es war bereits vier Minuten nach drei. Falls die Kapseln explodiert wären, hätten sie es bestimmt schon mitbekommen. Frech blickte vom Monitor auf.

«Herr Benz, haben Sie nicht gesagt, dass mit diesem Programm eine Karte erscheinen sollte, die uns alle Orte, an denen diese Kapseln versteckt sind, preisgibt?»

Denis nickte nur. Noch immer rasten die Zahlen in einem unglaublichen Tempo über den Bildschirm. Frech griff sich wieder den Hörer und wählte.

«Hier nochmals Maximilian Frech. Haben Sie, wie von mir befohlen, unsere Spezialtruppe für chemische Angriffe in Alarmbereitschaft versetzt …? Gut! Sie sollen sich weiter bereit halten. Ich melde mich wieder.»

Denis prüfte die Uhrzeit. Es war sieben Minuten nach eins. Langsam beruhigte er sich, denn mit jeder Minute, in der das Telefon nicht klingelte, wurde die Gewissheit grösser, dass die Kapseln nicht explodiert waren. Plötzlich erschien ein weisses Feld mit schwarzem Rahmen auf dem Bildschirm. In grosser Schrift stand «mission complete» darin.

«Das Programm ANGUS ist zerstört», stellte Gantenbein nüchtern fest.

«Aber wir werden doch wohl noch irgendwo eine Sicherheitskopie davon haben, oder?», fragte Pascal.

Gantenbein schüttelte den Kopf.

«Nein. Alle Daten von ANGUS wurden nur auf diesem Server gespeichert, aus Sicherheitsgründen.»

«Aus Sicherheitsgründen?», wiederholte Pascal fassungslos.

Gantenbein drehte sich auf seinem Stuhl um und blickte ihm direkt in die Augen.

«Ganz richtig, aus Sicherheitsgründen. Die Daten sind zu wertvoll und zu geheim, als dass wir sie noch an einem weiteren Ort hätten lagern können. Denn das hätte bedeutet, dass es eine weitere Zugangsquelle gäbe.»

«Aber das ist doch fahrlässig!» Pascal konnte nicht fassen, was ihm Gantenbein gerade erzählte.

Gantenbein kniff seine Augen etwas zusammen. Es war ihm deutlich anzusehen, dass er diesen Angriff persönlich nahm.

«Eben nicht! Es wäre fahrlässig gewesen, eine Kopie zu machen, denn dann hätten wir nicht mehr kontrollieren können, wer darauf zugreift. Zudem war ich bis heute der festen Überzeugung, dass unser Sicherheitssystem absolut wasserdicht ist. Das Programm ist weg, wir müssen uns damit abfinden!»

«Es bringt jetzt nichts, wenn wir uns gegenseitig beschuldigen», griff Frech schlichtend ein. «Seien wir froh, dass die Kapseln nicht explodierten.»

«Da!», schrie Denis und zeigte auf den Bildschirm. Ein neues Feld tat sich auf, ein Plan der Stadt Bern erschien. An drei Orten befand sich ein roter Kreis.

«Immerhin halten diese Terroristen Wort», stellte Frech nüchtern fest. «Können Sie diesen Plan sofort ausdrucken?

Am besten gleich mehrfach.»

Gantenbein drückte ein paar Tasten.

«Schon geschehen.»

Im Hintergrund fing ein Drucker an zu surren. Frech griff sich die Blätter und gab Denis und Pascal per Handzeichen zu verstehen, ihm zu folgen. Er öffnete die Tür und drehte sich nochmals zu Gantenbein.

«Herr Gantenbein, versuchen Sie, so viel wie möglich über die Herkunft dieses Virus herauszufinden und, ob es wirklich das ganze ANGUS-Programm zerstört hat. Prüfen Sie auch, ob es nicht doch noch andere Programme in Mitleidenschaft gezogen hat und ob unsere Daten überhaupt noch sicher sind.» Ohne Gantenbeins Antwort abzuwarten, ging er aus dem Raum. Eilig kehrte er in sein Büro zurück, Denis und Pascal hatten Mühe, mit ihm Schritt zu halten. Wortlos schritten sie an seiner Sekretärin vorbei. Frech warf ihr die eben ausgedruckten Pläne hin.

«Sorgen Sie dafür, dass unsere Spezialisten für chemische Angriffe diese Pläne sofort bekommen. An den gekennzeichneten Punkten befinden sich die Kapseln. Sie sollen sie umgehend entschärfen.»

«Was soll ich?»

«Tun Sie einfach, was ich Ihnen sage. Das Spezialteam weiss schon, um was es geht. Sofort!» Frech drehte sich ab und betrat sein Büro.

Kaum waren auch Denis und Pascal in seinem Büro, schloss Frech die Tür und fing an zu sprechen.

«Meine Herren, heute sind wir knapp einer Katastrophe entkommen. Erst die Bombe, die für Herr Benz' Eltern bestimmt war und jetzt diese Geschichte.»

Die Bombe!

«Wurde die Bombe entschärft?» Fragend blickte Denis Pascal an.

«Ja. Ihren Eltern geht es gut, sie durften wieder in das Haus zurück. Das hat man mir vorhin am Telefon noch gesagt», bestätigte Frech fast emotionslos. «Seit Bestehen der Abteilung PRIOS sind wir noch nie so knietief in der Scheisse gestanden wie im Moment», fuhr er nahtlos fort.

Da Frech inmitten des Raums auf und ab ging, trauten sich Denis und Pascal nicht, sich zu setzen. Wie angewurzelt blieben sie stehen und blickten sich an.

«Wie konnte es nur so weit kommen? Das Ganze ist ein Desaster!» Frech wurde immer lauter.

«Aber immerhin ist nichts Schlimmeres passiert.» Kaum hatte Denis das ausgesprochen, bereute er es schon wieder.

Frech blieb auf der Stelle stehen und starrte ihn an.

«Es ist das Schlimmste passiert, was uns überhaupt passieren kann, Herr Benz! Wir sind erpressbar geworden! Was kommt als Nächstes? Ist Ihnen nicht klar, dass wir mit der heutigen Aktion den Terroristen eine Tür geöffnet haben, die wir nur schwer wieder schliessen können?» Er liess sich in seinen Stuhl hinter dem Schreibtisch fallen. «Hätten wir diese Scheisskerle vorher geschnappt oder wären wenigstens vorbereitet gewesen, stünden wir jetzt nicht wie komplette Idioten da!»

Plötzlich vibrierte Denis' Handy. Erstaunt blickte er auf das Display. Ein Schock durchfuhr ihn.

«Ist es wieder dieser Terrorist, dieser Ben?», fragte Pascal.

Denis nickte ohne seine Augen vom Display abzuwenden.

Frech stand auf und ging auf Denis zu.

«Was steht da?»

«Ich danke dir für die gute Arbeit, Denis! Liebe Grüsse, Ben», las Denis schockiert vor.

Frech ging zum Schreibtisch zurück und schlug mit seiner Faust auf die Tischplatte.

«Diese verdammten Terroristen. Jetzt machen sie sich auch noch lustig über uns!»

Pascal machte einen Schritt auf Denis zu.

«Der will dich nur ärgern, lass dich nicht unterkriegen. Es ist nur eine SMS.»

Denis hob seinen Kopf.

«Das ist es nicht, was mich stört.»

«Was dann?»

Denis schluckte.

«Er hat die Nachricht vom Festnetz bei mir zu Hause geschickt.»

Kapitel 10: Südfrankreich, Les Issambres Sonntag, 5. Juli, 13:52

Jermahl Vajivalara nahm einen Schluck von seinem Kaffee und blätterte in der Zeitung. Er genoss die wärmenden Sonnenstrahlen an diesem Sonntagnachmittag in Les Issambres, einem kleinen Dorf etwa dreissig Minuten von St-Tropez entfernt. Hier in einer Villa am Berg befand sich die europäische Zentrale des «Reinen Glaubens». Pendragon hatte sie hier eingerichtet und auch sonst hatte er seither sehr gute Arbeit für den «Reinen Glauben» geleistet. Unter anderem hatte Pendragon ein Programm installiert, das auf vielen komplizierten Datenwegen über eine Zentrale in Hyères ein wasserdichtes, anonymes Vernetzungssystem in ganz Europa garantierte. Vajivalara war beeindruckt von Pendragon, denn er arbeitete gut und zuverlässig. Einzig die Tatsache, dass Pendragon ihnen zwar seine Dienste zur Verfügung stellte, aber nicht Mitglied ihrer Organisation werden wollte, behagte ihm nicht. Aber Udai Randa hatte sich für Pendragon verbürgt und nach zahlreichen wichtigen Aktionen hatte sich dieser Pendragon als würdig erwiesen, auch für höhere Aufgaben eingesetzt werden zu können. Darum war es dem Falken auch so wichtig, dass ihn Vajivalara persönlich traf, denn man wollte ihn kennenlernen. Das bevorstehende Attentat war für ihre Organisation zu gross und zu wichtig, um es von einem Mann abhängig zu machen, der noch keinen persönlichen Kontakt zur obersten Führungsstufe vom «Reinen Glauben» hatte.

Vajivalara faltete die Zeitung zweimal zusammen und legte sie beiseite. Aufmerksam beobachtete er den Verkehr und die Menschen, die an ihm vorbeischlenderten. Es war bereits Hochsaison, Touristen aus aller Welt bevölkerten den südlichen Küstenstreifen von Frankreich. Sein Blick schweifte auf das Meer, das sich gleich auf der gegenüberliegenden Seite der viel befahrenen Strasse befand. Er dachte über den gestrigen Tag nach. Die Sache mit seinem Freund, Udai Randa, beschäftigte ihn. Das hatte er nicht gewollt. Trotzdem war sich Vajivalara sicher, dass er richtig gehandelt hatte. Randa musste für sein unvorsichtiges Vorgehen bestraft werden. Zudem konnte Vajivalara so allen Mitgliedern des «Reinen Glaubens» klarmachen, dass er keine Fehler duldete. Einzig die Tatsache, dass er den Unmut des Falken provoziert hatte, störte ihn. Er wusste, dass es nun seine wichtigste Aufgabe war, Pendragon persönlich treffen zu können, um den Falken wieder zu besänftigen.

Vajivalara blickte auf seine Uhr, es war zwei. Genau um elf nach drei am Nachmittag musste er sich beim Falken melden. Vajivalara hob seine Hand, um dem Kellner zu signalisieren, dass er bezahlen wollte. Der Kellner reagierte sofort und trat an den Tisch heran.

«War für Sie alles in Ordnung, Monsieur?», fragte er höflich.

«Alles gut, danke», bestätigte Vajivalara in gebrochenem Französisch. Er überreichte ihm ein paar Euros und stand auf. Nach einem kleinen Fussmarsch schloss er sein Auto auf. Da sich die Villa ziemlich weit oben am Hang befand, hatte Pendragon ein paar Fahrzeuge besorgt, die der Organisation zur Verfügung standen. Vajivalara stieg ein und fuhr los. Kurz vor Ende des Dorfes bog er nach links ab und fuhr eine schmale Strasse den Hang hinauf. Der Weg wurde immer enger und die Häuser grösser. Als Vajivalara den obersten Punkt erreicht hatte, fuhr er noch einen kurzen steinigen Weg entlang, bevor er vor einer grossen Villa seinen Wagen parkte. Es war drückend heiss. Vajivalara wischte sich den Schweiss von der Stirn und ging eine steinerne Treppe zur Villa hoch. Er schloss die grosse Eingangstür auf und betrat das Haus. Drinnen war es angenehm kühl. Vajivalara warf seine Schlüssel auf ein kleines Tischchen am Eingang und betrat das Wohnzimmer. Er genoss einen kurzen Augenblick lang die atemberaubende Aussicht, die er von hier aus hatte.

Man konnte fast bis nach St-Tropez sehen. Draussen befand sich ein grosser Pool mit klarem Wasser, dahinter zog sich ein weitläufiger Garten über mehrere Ebenen, flankiert von Zypressen und Pinienbäumen. Die Blätter von grossen Palmen bewegten sich im Wind. Vajivalara setzte sich an einen grossen Esstisch aus Holz und startete seinen Computer. Er klickte mit seiner Maus das Verschlüsselungsprogramm an. Vajivalara setzte die Kopfhörer auf. Er wollte mit Falke 1 Verbindung aufnehmen. Nach ein paar weiteren Eingaben ertönte ein Summton. Kurz darauf schlugen die grünen Linien im Rasterfeld aus. Eine verzerrte Stimme meldete sich.

«Hallo?»

«Falke 1?»

«Ja, ich bins.»

«Hier spricht Muno. Waren Sie gestern erfolgreich?» Vajivalaras Herz schlug schneller.

«Ja, Muno, das Programm ANGUS ist zerstört.»

Vajivalara lächelte leise vor sich hin. Das waren gute Nachrichten.

«Ich gratuliere Ihnen, Falke 1, Sie haben sehr gute Arbeit geleistet.»

«Danke, Muno, Ihr Lob ehrt mich.»

«Gab es Schwierigkeiten?»

«Nein, es verlief alles so, wie Sie es geplant haben.»

«Haben Sie die SMS an Denis Benz von seiner Wohnung aus geschickt?»

«Wie Sie es mir befohlen haben.»

«Sehr gut. Haben Sie darauf geachtet, in der Wohnung keine Spuren zu hinterlassen?»

«Selbstverständlich, Muno. Was sind meine nächsten Aufträge?»

Vajivalara antwortete nicht sofort. Er blickte kurz in den Garten hinaus und überlegte.

«Es ist nur noch eine Frage der Zeit, bis man Sie findet. Darum will ich, dass Sie zu unserer Zentrale hier in Europa kommen.»

«Zur Zentrale in Europa kommen, verstanden.»

«Ich werde Ihnen die nächsten Befehle hier geben. Wann können Sie hier sein?»

«Spätestens in vierundzwanzig Stunden.»

«Sehr gut, dann erwarte ich Sie hier morgen, spätestens um fünf.»

«Sie können sich auf mich verlassen.» Falke 1 machte eine Pause. «Muno?»

«Was ist?»

«Nicht, dass es mich etwas angeht, aber die afghanische Programmiererin ist noch am Leben. Sollte ich mich nicht noch um sie kümmern?»

Falke 1 hatte recht, dass die Programmiererin noch lebte, war ein Schönheitsfehler in seinem Plan.

«Nein, die ist nicht mehr Ihr Problem, Falke 1. Wir wissen, dass sie im Moment wie vom Erdboden verschluckt ist. Ich gehe davon aus, dass der Schweizer Geheimdienst sie in Sicherheit gebracht hat. Ich werde mich dieser Sache später annehmen, denn ohne ANGUS-Programm geht nur eine geringe Gefahr von ihr aus. Ich möchte, dass Sie die Schweiz so schnell wie möglich verlassen. Benutzen Sie die von mir vorgeschlagenen Routen, damit Sie nicht aufgehalten werden. Denken Sie daran, dieser Denis Benz kennt nun Ihr Gesicht. Wir dürfen ihn nicht unterschätzen. Früher oder später wird er Sie in der Schweiz finden.»

«Wie Sie wünschen, Muno.» Vajivalara meinte, trotz Verzerrung so etwas wie Enttäuschung aus der Stimme von Falke 1 gehört zu haben. Plötzlich verspürte er den Drang, seinen Befehl zu wiederholen.

«Falke 1, ich will, dass Sie sofort Ihr Hotel verlassen und sich zur Zentrale aufmachen, haben Sie mich verstanden?»

«Laut und deutlich.»

«Sehr gut. Ich wünsche Ihnen eine gute Reise.»

«Danke.» Falke 1 unterbrach das Gespräch.

Vajivalara lehnte sich zurück und starrte auf den Monitor. Er hatte das Gefühl, dass Falke 1 die ganze Sache zu persönlich nahm. *Wieso dieses plötzliche Interesse an der Programmiererin? Wieso wollte er, trotz der Gefahr erwischt zu werden, weiter in der Schweiz bleiben?* Vajivalara schüttelte heftig den Kopf. Dann beugte er sich wieder nach vorne und klickte erneut das Programm an. Er wollte einen Kontakt zu Pendragon herstellen. Das Freizeichen ertönte, doch auch nach etlichen Summtönen meldete sich niemand. Vajivalara unterbrach den Vorgang und versuchte es gleich noch einmal. Er war angespannt. Wieder ertönte das Freizeichen, wieder antwortete niemand. Genervt über den weiteren erfolglosen Versuch warf er seine Kopfhörer auf den Tisch. Er ging in die Küche und nahm eine Flasche Wasser aus dem Kühlschrank. Er wollte sich gerade ein Glas einschenken, als ihn ein leises Klingeln, das von seinem Computer kam, unterbrach. Eilig kehrte er zum Tisch zurück. Es war Pendragon! Vajivalara setzte sich hin, klickte das Gespräch an und setzte die Kopfhörer wieder auf.

«Hallo … Pendragon?» Gebannt lauschte er auf eine Antwort, doch noch bewegten sich die Linien im grünen Raster nicht.

«Pendragon?», wiederholte er ungeduldig.

«Wer spricht?»

Vajivalara verdrehte kurz die Augen, denn das Programm gab sehr wohl preis, wer anrief.

«Hier spricht Muno», bestätigte Vajivalara leicht genervt.

«Wieso haben Sie mich gesucht, Muno?» Die Stimme klang sehr verzerrt und tief.

Vajivalara räusperte sich kurz. Er wollte Pendragon gegenüber souverän auftreten, um ihm klarzumachen, dass er der Boss war.

«Wir müssen uns persönlich treffen», befahl er.

«Warum?»

«Weil ich es so will.»

«Nein.»

«Was heisst hier ‹Nein›? Wollen Sie mir gerade einen Befehl verweigern?»

«Sie haben mir nichts zu befehlen. Sie sind nicht mein Boss.»

«Aber ich bezahle Sie! Der ‹Reine Glauben› bezahlt Sie!»

«Sie bezahlen mich, weil ich Ihnen die Informationen liefere, die Sie brauchen. Ich habe stets gute Arbeit für mein Geld geleistet.»

Vajivalara wusste, dass Pendragon mit seiner Aussage recht hatte.

«Zudem brauchen Sie mich. Ohne mich haben Sie hier in Europa keine Chance. Darum bestimme ich die Regeln und ich sage, dass wir uns nicht treffen.»

«Können Sie mir verraten, warum ich mich darauf einlassen und nicht sofort alle Zahlungen an Sie unterbinden sollte?», fragte Vajivalara genervt.

«Ganz einfach. Für das, was Sie vorhaben, finden Sie so schnell keinen Ersatz für mich. Sie stehen unter Zeitdruck. Zudem können Sie es sich nicht leisten zu versagen, denn das würde für Sie den sicheren Tod bedeuten. Der Falke würde keine Sekunde zögern, Sie zu eliminieren.»

Vajivalara schluckte schwer. Er wusste, dass Pendragon recht hatte. Das Gefühl, diesem Mann nun ausgeliefert zu sein, machte ihn wütend.

«Ich würde an Ihrer Stelle nicht so grosse Töne spucken. Wenn ich will, finde ich Sie auch so. Sie wissen gar nicht, wie mächtig wir sind.»

«Dann hätten Sie mich schon lange gefunden. Vergessen Sie nicht, ich kenne alle Ihre Möglichkeiten, die Ihnen zur Verfügung stehen. Ich selber habe Sie auch schon genützt.»

Vajivalara schlug wütend mit seiner Faust auf den Tisch.

«Hören Sie gut zu, Pendragon, denn ich sage Ihnen das nur ein einziges Mal! Ich befehle Ihnen, hier in der Zentrale aufzutauchen, sonst …»

«Sonst was? Hacken Sie mir auch eine Hand ab wie Kyros?», unterbrach ihn Pendragon.

Fassungslos blickte Vajivalara auf die grünen Wellen vor ihm. Wie konnte Pendragon so schnell Wind von dieser

Sache bekommen? Vielleicht hatte er eine direkte Verbindung zum Falken? Der Falke bestritt das zwar, aber vielleicht war das nur Taktik? Vajivalara wurde vorsichtiger.

«Woher wissen Sie davon?»

«Ich rate Ihnen, mich nicht zu unterschätzen, Muno.»

«Und ich rate Ihnen, sich an Kyros ein Beispiel zu nehmen, denn sollten Sie meiner Aufforderung nicht nachkommen, blüht Ihnen eine noch viel härtere Strafe.»

«Sie können mir nicht drohen, Muno. Und ganz nebenbei gesagt, war es sehr ungeschickt, was Sie mit Kyros gemacht haben. Sie haben schlafende Hunde geweckt, das wird dem Falken gar nicht passen.»

«Wieso?»

«Ach bitte, stellen Sie sich doch nicht dümmer an, als Sie sind. Was denken Sie, passiert als Erstes, wenn ein Mann mit einer abgetrennten Hand ins Krankenhaus eingeliefert wird? Die Ärzte haben sehr schnell festgestellt, dass es sich bei dieser Verletzung nicht um einen Arbeitsunfall handeln konnte, wie von Kyros' Söhnen behauptet wurde. Das Krankenhaus ist in solchen Fällen dazu verpflichtet, die Polizei zu rufen. Jetzt raten Sie mal, wie lange die Söhne die Geschichte vom Arbeitsunfall aufrechterhalten konnten?»

Vajivalara sagte nichts. Er fing an zu schwitzen. Pendragon führte nach einer kleinen Pause weiter aus.

«Die ganze Lüge ist innert kurzer Zeit entlarvt worden und nun schnüffelt die Polizei natürlich bei Kyros zu Hause rum. Früher oder später werden sie auf Sie kommen, Muno.»

Diese Aussage durchfuhr Vajivalara wie ein Dolchstoss.

«Mit Ihrem törichten Handeln haben Sie nicht nur die Mission, sondern auch gleich die gesamte Organisation in Gefahr gebracht.»

Vajivalara fasste sich wieder.

«Sie haben keine Ahnung, worüber Sie da sprechen!»

«Doch, ich habe sehr wohl eine Ahnung. Und gerade weil ich die habe, treffe ich mich nicht mit Ihnen. Eigentlich haben Sie mir sogar einen Gefallen getan.»

«Und was für ein Gefallen soll das gewesen sein?», gab Vajivalara trotzig zur Antwort.

«Kyros war die einzige Person, die mich je gesehen hat. Dank Ihnen bleibe ich anonym. Herzlichen Dank.»

Vajivalaras Verzweiflung wandelte sich wieder in Wut.

«Wollen Sie mir eigentlich klarmachen, dass Sie aussteigen?»

«Nein, das habe ich nicht gesagt. Ihre Organisation und ich verfolgen dieselben Ziele. Ich werde weiterhin alles daransetzen, dass der Plan bis zum Ende durchgeführt werden kann. Ich muss Ihnen gestehen, dass Ihr Plan als solcher genial ist. Nur Sie sind mit Ihrer Überheblichkeit dieser Sache einfach nicht gewachsen.»

Vajivalara kochte vor Wut. Nicht nur, weil ihn dieser Pendragon bis aufs Blut reizte, sondern auch, weil er wusste, dass Pendragon nicht ganz unrecht hatte. Die Geschichte mit Udai Randa war wirklich töricht gewesen. Vajivalara atmete ein paar Mal tief durch und versuchte, sich wieder zu beruhigen.

«Hören Sie zu, Pendragon. Wir scheinen in der Frage von Kyros nicht die gleiche Meinung zu haben. Trotzdem verfolgen wir offenbar immer noch dasselbe Ziel. Ich schlage vor, wir richten unseren Fokus wieder auf den Plan und schieben alles andere beiseite.»

«Einverstanden.»

«Ich appelliere trotzdem noch einmal an Sie als Mann von Ehre. Es ist für den Plan von entscheidender Bedeutung, dass wir uns treffen.»

«Nein, ich bleibe dabei, es wird kein Treffen zwischen uns geben. Ich stehe Ihrer Organisation weiter zur Verfügung, aber Sie werden mich nicht zu Gesicht bekommen.» Pendragon hängte auf.

Vajivalara schüttelte fassungslos den Kopf. Er hatte das Gefühl, dass ihm sein Plan immer mehr aus den Händen glitt. Genervt blickte er auf seine Uhr. Es war bereits neun Minuten nach drei, er hatte keine Zeit mehr, sich Gedanken über Pendragon zu machen. In zwei Minuten würde er wieder dem Falken berichten müssen. *Soll ich ihm von der Unterhaltung mit Pendragon erzählen? Vielleicht würde mir der Falke, nachdem er erfahren hat, wie sich Pendragon gerade aufgeführt hat, wieder mehr Vertrauen schenken?* Vajivalara rieb sich das Kinn. *Nein! Dann würde er nach dem Grund für Pendragons Aufsässigkeit fragen und dann käme wieder diese Scheissgeschichte mit Udai Randa!* Vajivalara versuchte, sich wieder zu beruhigen. Er musste jetzt ruhig und überlegt bleiben, damit der Falke nicht das Gefühl bekam, dass er die Situation nicht mehr im Griff hatte. Die Uhr zeigte elf Minuten nach drei an, Vajivalara klickte die Verbindung zum Falken an. Schnell meldete sich eine Stimme am anderen Ende.

«Muno?»

«Ja, ich bin es.»

«Berichten Sie», forderte der Falke emotionslos.

«Ich habe sehr gute Neuigkeiten. ANGUS ist vernichtet, mein Plan geht in die nächste Stufe.»

«Ich habe nichts anderes erwartet. Heisst das, unsere Leitungen sind wieder sicher?»

«Ja, die Leitungen sind wieder sicher.»

«Ich kann mich in dieser Frage voll und ganz auf Ihre Aussage verlassen?», hakte der Falke nach.

Was soll diese Frage? Ich habe ihm doch eben gesagt, die Leitungen seien wieder sicher, weil ANGUS vernichtet wurde. Oder weiss er mehr? Dieser Gedanke verunsicherte ihn etwas.

«Wie von mir versprochen, wurde das Programm ANGUS vernichtet. Von dieser Seite geht keine Gefahr mehr aus.» Kaum hatte Vajivalara diese Worte ausgesprochen, hätte er sich auch schon ohrfeigen können.

«Von da aus? Gibt es denn noch andere Gefahrenquellen in Ihrem Plan, von denen ich wissen sollte?»

«Nein. Wie erwähnt, ANGUS wurde vernichtet und jetzt geht der Plan in die nächste Stufe», wiederholte Vajivalara monoton, in der Hoffnung, dass die erneute Wiederholung den Falken von seinem Versprecher abbrachte.

«Muno, fühlen Sie sich der Aufgabe noch gewachsen?»

«Aber sicher. Wieso sollte dem nicht so sein?»

«Ich möchte Ihre Kompetenz nicht in Frage stellen, ich möchte mich nur vergewissern, dass Sie die Lage im Griff haben. Sie wissen, dass ich von Anfang an dagegen war, dass Sie als Stratege und Planer dieser wichtigen Mission auch gleich selber die Leitung dieses Projektes übernommen haben.»

Nun fühlte sich Vajivalara endgültig provoziert.

«Bei allem Respekt, Sie wissen, dass ich der richtige Mann für die Durchführung bin. Die ganze Geschichte ist minutiös ausgearbeitet, dass keine Fehler gemacht werden dürfen. Niemand ist mit den Details so vertraut wie ich. Darum bin ich sicher der richtige Mann!»

«Hatten Sie Kontakt mit Pendragon? Konnten Sie ein Treffen vereinbaren?»

Die Frage traf Vajivalara wie ein Dolchstoss. *Glaubt der Falke nicht mehr an mich?* Ein eiskalter Schauer lief ihm über den Rücken, denn er wusste, was es hiess, wenn der Falke nicht mehr an einen seiner Krieger glaubte: der sichere Tod. Vajivalara lies sich mit seiner Antwort Zeit.

«Ich bin der Meinung, dass wir Pendragon nach erfolgreichem Abschluss unserer Aufgabe hier in Europa eliminieren sollten.» Gebannt wartete Vajivalara die Reaktion auf seine Forderung ab.

«Warum sind Sie der Meinung, dass wir das tun sollten?»

Vajivalara lächelte zufrieden vor sich hin. Die Tonlage vom Falken hatte sich verändert. Er klang interessiert.

«Ich glaube, dass dieser Pendragon trotz seiner guten Arbeit eine Gefahr für unsere Organisation darstellt.»

«Und warum?», fragte der Falke kurz angebunden.

«Ich habe mir überlegt, dass es sehr gefährlich ist, jemandem so viel Vertrauen auszusprechen, ohne ihn wirklich zu kennen.»

«Deshalb habe ich Sie nach Europa geschickt», unterbrach ihn der Falke. Seine Stimme klang nun wieder etwas gereizter.

«Ich weiss. Das war ein sehr kluger Entscheid», bestätigte Vajivalara demütig. «Doch wie es scheint, will Pendragon Ihrer Forderung nicht nachkommen.» Vajivalara formulierte den Satz ganz bewusst so, dass es der Falke persönlich nehmen musste.

«Was heisst das?», hakte der Falke nach.

«Das heisst, dass Pendragon mir eben mitgeteilt hat, dass er sich nicht mit mir treffen will.» Vajivalara hielt kurz inne, um dem Falken die Möglichkeit zu geben, etwas zu sagen, doch es blieb still in der Leitung.

«Darum habe ich starke Bedenken, ob wir es uns weiterhin leisten können, bei einer so wichtigen Aufgabe, einen Mann in unseren Reihen zu haben, der sich nicht zu erkennen gibt. Zudem ist er nicht einmal ein Mitglied unserer Organisation. Warum sollten wir ihm vertrauen?»

«Ich gebe zu, dieses Verhalten irritiert mich. Welche Gründe hat er denn für sein Verhalten genannt?»

Mit dieser Frage hatte Vajivalara nicht gerechnet. Plötzlich wurde ihm klar, dass er sich selber auf ganz dünnes Eis manövriert hatte.

«Nun, ich kann natürlich nur Vermutungen anstellen. Ich glaube, Pendragon wurde bewusst, dass er in seiner Anonymität geschützt ist. Das will er wohl auch bleiben. Da bleibt bei mir der fahle Nachgeschmack, dass er nicht zum ‹Reinen Glauben› stehen kann.»

«Diese Anonymität haben Sie ja gewahrt, indem Sie Kyros umgebracht haben», kommentierte der Falke trocken. «Brauchen wir Pendragon noch?»

Vajivalara war zufrieden.

«Ich schlage vor, dass wir Pendragon mit äusserster Vorsicht im Auge behalten. Er bringt uns aber einen wertvollen Nutzen für unsere Sache, darum sollten wir auch weiterhin seine Dienste in Anspruch nehmen.»

Es entstand eine lange Pause.

«Gut», bestätigte der Falke. «Wenn Pendragon für uns noch von Nutzen ist, sollten wir alles so belassen, wie es ist. Nach erfüllter Mission werde ich entscheiden, wie wir mit ihm weiter verfahren werden.»

Diese Antwort befriedigte Vajivalara nicht ganz.

«Weiter verfahren? Was meinen Sie damit?»

«Ich meine damit, dass wir bisher nie Grund zur Annahme hatten, dass Pendragon unserer Organisation nicht gut gesinnt gewesen wäre. Er war bisher ein sehr loyaler und treuer Sympathisant unserer Organisation. Seine Arbeit war immer von grosser Wichtigkeit für uns. Das möchte ich nicht ignorieren. Trotzdem bin ich auch der Meinung, dass wir bislang vielleicht etwas zu gutgläubig mit ihm waren und wir den Mann im Auge behalten sollten. Wir können uns jetzt keine weiteren Fehler erlauben.»

«Ich gebe Ihnen recht, die Mission ist zu weit vorangeschritten, um jetzt unvorsichtig zu werden. Wir müssen Pendragon genau im Auge behalten und nötigenfalls drastischere Massnahmen ergreifen, um ungehindert an unser Ziel zu gelangen.»

«Sie sind mir im Moment zu fixiert auf Pendragon. Er ist nur ein Teil unseres Vorhabens.»

«Er ist aber ein wichtiger Teil. Ein Teil, der alles zum einstürzen bringen kann.»

«Ja, ja, ich weiss. Und falls ich Ihnen den Befehl erteile, Pendragon zu eliminieren, wie wollen Sie das anstellen?»

«Ich verstehe nicht ganz?»

«Wie wir ja jetzt wissen, war Kyros der Einzige, der jemals Pendragon gesehen hat. Wie wollen Sie Pendragon finden?»

Vajivalara presste seine Lippen zusammen. Diesen Punkt hatte er noch gar nicht bedacht.

«Unsere Organisation ist zu mächtig und zu einflussreich, um nicht auch diese Aufgabe zu lösen.»

«Sind Sie schon im Nest?»

«Ja.» Vajivalara verstand den abrupten Themenwechsel nicht.

«Sehr gut. Fragen Sie doch mal nach dem Hauseigentümer.»

«Dem Hauseigentümer?» Vajivalara begriff nicht, was ihm der Falke damit sagen wollte.

«Genau, dem Hauseigentümer.»

Jetzt verstand er! Die Unterkunft hatte ihnen Pendragon besorgt. Der Falke wollte ihm damit sagen, dass sich irgendjemand auf irgendeinem Papier mit seiner Unterschrift verewigen musste, um diese Unterkunft zu organisieren und genau diese Unterschrift könnte eine Verbindung zu Pendragon herstellen. Vajivalara lächelte zufrieden.

«Das ist eine sehr gute Idee. Ich werde gleich morgen nachprüfen, ob es einen Eintrag im Grundbuch oder einen Mietvertrag gibt.»

«Tun Sie das», bestätigte der Falke. «Da jetzt unsere Leitung wieder sicher ist, instruieren Sie mich über Ihre nächsten Schritte, Muno.»

Vajivalara blickte auf seine Uhr.

«In einer guten Stunde werden Falke 3 bis 7 hier im Nest eintreffen. Ich werde sie einweisen und ihnen ihre Aufgaben zuteilen.»

«Was ist mit den Falken 1 und 2?»

«Die werden morgen hier eintreffen.»

«Warum haben Sie Falke 1 nicht in der Schweiz gelassen?»

«Falke 1 hat sehr gute Arbeit geleistet. Ich wollte aber nicht das Risiko eingehen, dass PRIOS genügend Zeit hat, ihn aufzuspüren, schliesslich ist er schon ein paar Mal mit dem Schweizer Geheimdienst direkt in Kontakt getreten.»

«Ich möchte aber, dass Falke 1 Phase Rot in der Schweiz auslöst.»

Vajivalara schluckte. Damit hatte er nicht gerechnet. Das bevorstehende Attentat war in vier Farben aufgeteilt: Grün, Gelb, Blau und Rot. Phase Rot, der wichtigste Teil, musste in der Schweiz ausgelöst werden.

«Ich fände es aber strategisch klüger, Falke 1 in die Reserve zu nehmen.»

«Falke 1 hat bisher hervorragende Arbeit geleistet. Ich möchte nicht auf ihn verzichten, denn er scheint der Beste zu sein. Es ist mir egal, dass ihn PRIOS bereits auf seiner Liste hat. Bei Falke 1 habe ich wenigstens die Gewissheit, dass er seine Aufgabe pflichtbewusst erfüllen wird, darum will ich, dass er Phase Rot auslöst. Es ist Ihre Aufgabe, den Mann wieder einzuschleusen und dafür zu sorgen, dass er freie Bahn hat und nicht von PRIOS gestört wird.»

Vajivalara rieb sich die Stirn. Diese Forderung brachte ein erhebliches Sicherheitsrisiko mit sich.

«Ich verstehe Ihr Anliegen, aber ich kann Ihnen versichern, dass alle Falken ausserordentlich gut ausgebildete Kämpfer sind und alle bestens geeignet sind, Phase Rot auszu...»

«Falke 1 löst Phase Rot aus!» Der Falke schrie fast.

«Wenn Sie das wünschen, dann werde ich das so organisieren», antworte Vajivalara schnell.

«Gut. Halten Sie mich auf dem Laufenden. Ich werde jetzt meine nächsten Schritte in Angriff nehmen. Wir hören uns.» Der Falke hängte auf.

Vajivalara nahm erschöpft seine Kopfhörer ab und legte sie neben den Computer. Mit zwei gezielten Mausklicks schloss er das Programm und fuhr den Computer herunter. Er schüttelte heftig den Kopf. *Wie soll ich das nur anstellen? Falke 1 für Phase Rot!* Impulsiv erhob er sich, öffnete die Verandatür und trat ins Freie. Er holte tief Luft, stemmte die Hände in die Hüften und ging ein paar Schritte in den Garten hinein. Die warme Sommerbrise verwehte sein Haar. Angestrengt dachte er über die Vor- und Nachteile dieser Planänderung nach. In Gedanken versunken ging er ans äusserste Ende des grosszügigen Gartens und blickte in die Ferne. Der Garten war mit grossen Steinbrocken künstlich erhöht worden, was ihm diese sagenhafte Aussicht bescherte. Das Grundstück war von dicht aneinandergepflanzten Zwergpinien und Zypressen umsäumt, weswegen er nicht bis zur darunterliegenden Strasse, die zum Haus führte, sehen konnte. Normalerweise wäre ihm das gar nicht aufgefallen, doch als er hörte, wie ein Auto vor das Haus fuhr, verfluchte er die versperrte Sicht. Vajivalara war ein Sicherheitsfanatiker, er wollte alles überschauen können. Eilig rannte er zurück zum Haus und trat wieder ins Wohnzimmer ein. Er schloss schnell die Verandatür, als es an der Haustür klingelte. Vajivalara ging zur Tür, öffnete sie aber nicht.

«Wer ist da?», fragte er mit kritischer Stimme.

«Ich überbringe ein Paket mit Koranen für den Raben», antwortete eine männliche Stimme auf Englisch mit einem starken italienischen Akzent.

Vajivalara drehte den Schlüssel und öffnete die Tür. Er wusste, wer hinter der Tür stand, es war ein Falke. Er hatte das richtige Codewort gewählt. Mit Schwung zog Vajivalara die Tür auf. Erstaunt blickte er auf eine Gruppe von jungen Männern mit europäischem Aussehen. Ihre Haut war von der Sonne auffällig braungebrannt. Eilig winkte er sie herein, prüfte noch kurz, ob sie jemand beobachtet hatte, und schloss die Tür wieder. Er drehte den Schlüssel zweimal im Schloss. Die jungen Männer stellten ihre Sport- und Reisetaschen ab. Vajivalara ging auf den Ersten zu und verpasste ihm mit voller Wucht eine Ohrfeige.

«Seid ihr denn verrückt geworden? Welcher Trottel hat das veranlasst?», schrie er die irritierten Männer an.

Der, der die Ohrfeige bekommen hatte, rieb sich beleidigt die Backe.

«Was ist denn los?»

Vajivalara ging an den fünf Männern vorbei und funkelte sie böse an.

«Was los ist? Ist das wieder so ein englischer Scheissausdruck für ‹was habe ich falsch gemacht?›.»

Die Männer verharrten in ihrer Position und versuchten krampfhaft, Vajivalaras Blick auszuweichen. Niemand antwortete ihm. Nach einer peinlichen Pause ergriff Vajivalara wutentbrannt wieder das Wort.

«Was haben wir euch gelehrt?» Diesmal schritt er auf einen dunkelhaarigen jungen Mann zu und näherte sich bedrohlich seinem Gesicht. Ihre Nasenspitzen konnten sich fast berühren.

«Ich habe gefragt: Was haben wir euch gelehrt!», wiederholte er aggressiv. Ohne Voranmeldung ohrfeigte er auch diesen Mann.

Der Mann reagierte nicht, es schien fast, als hätte er diese Attacke erwartet. Vajivalara drehte sich ab und ging ins Wohnzimmer. Die jungen Männer trauten sich nicht, sich zu bewegen.

«Da bildet man euch monatelang aus, lehrt euch, wie richtige Männer zu kämpfen, euch unbemerkt fortzubewegen, investiert viel Geld und dann das!» Vajivalara drehte sich um und blickte sie wieder böse an.

Ein kleiner, glatzköpfiger Mann mit kräftigen Oberschenkeln fasste sich ein Herz und trat aus der Gruppe hervor.

«Wir haben keine Ahnung, wovon Sie sprechen. Wenn Sie uns wenigstens erklären würden, was wir falsch gemacht haben, dann könnten wir daraus lernen.»

Vajivalara fixierte ihn mit seinem Blick, doch der junge Mann mit französischem Akzent hielt ihm stand. Vajivalara drehte seinen Kopf zu Erik, dem blonden Niederländer.

«Erik! Du bist mit deinen vierunddreissig Jahren der älteste dieser Gruppe. Was habt ihr falsch gemacht?»

Erik blickte erst verlegen seine Kollegen an, dann wieder Vajivalara. Er zuckte vorsichtig mit seinen Schultern. Vajivalara zeigte mit seinem Finger auf einen gross gewachsenen Mann.

«Und du, Pierre? Oder du, Jacques? Ihr beiden seid doch sonst nie um eine Antwort verlegen!» Vajivalara machte wieder ein paar Schritte auf die Gruppe zu. Vor einem sportlichen Mann mit Brille und braunem Haar blieb er stehen.

«Oder sind doch vielleicht die Engländer die Schlausten? Was denkst du, Ken, kannst du deine Landesehre verteidigen?»

Doch auch Ken blieb still. Unverhofft schnell drehte Vajivalara seinen Kopf zum dunkelhaarigen Mann, den er zuvor geohrfeigt hatte.

«Was sagst du, Marco? Jetzt kannst du mir mal beweisen, dass ihr Italiener mehr könnt, als nur Fussball spielen!»

Marco antwortete nicht.

«Ihr seid ein jämmerlicher Haufen von Versagern. Wann hättet ihr hier sein sollen?»

Erik traute sich zu antworten.

«Also ich hatte den Befehl, um punkt vier Uhr hier zu sein.» Er klang ruhig und überlegt.

«Und wie viel Uhr ist es jetzt?», schrie Vajivalara in die Gruppe.

«Es ist genau fünfzehn Uhr zweiundvierzig», antwortete Pierre.

«Genau! Es ist fünzehn Uhr zweiundvierzig! Du bist, verdammt noch mal, achtzehn Minuten zu früh! Das ist absolute Scheisse!» Vajivalara redete sich immer mehr in Rage. Sein Englisch klang dabei sehr holprig.

«Ich habe gedacht, ihr seid die Besten, darum habe ich euch von Pakistan nach Europa kommen lassen. Aber jetzt stelle ich fest, dass ihr ein Haufen von jämmerlichen Versagern seid, die sich nicht einmal eine Uhrzeit merken können. Ausserdem habt ihr gegen die wichtigste Regel verstossen! Ich habe euch gelehrt, nie in einer Gruppe aufzutauchen! Nirgends! Und was macht ihr Schwachköpfe? Ihr kommt hier in einer Ruhe alle zusammen wie auf einem Ferienplausch an! Ich habe euch ganz bewusst gestaffelte Zeiten angegeben. Vier, viertel nach vier, halb fünf. Jeder hatte eine andere Zeit! Damit ihr nicht in der Gruppe auftaucht! Seid ihr eigentlich noch zu retten?»

Die jungen Männer schwiegen betreten. Nach ein paar ruhigen Momenten ergriff Erik das Wort.

«Wir haben uns zufällig alle unten an der Hauptstrasse getroffen und dann haben wir gedacht, wir nehmen alle zusammen ein Taxi», erklärte er mit gedämpfter Stimme.

«So, so! Ihr habt gedacht.» Vajivalaras Stimme wurde leise und bedrohlich. «Und warum denkt ihr klugen Köpfe, lasse ich euch einzeln und auf verschiedenen Wegen hier nach Frankreich einfliegen? Warum mache ich mir wohl die Mühe, für jeden von euch Arschlöchern einen separaten Einreiseplan zu erstellen, damit ihr euch ja nicht über den Weg läuft?» Wütend wandte er sich von der Gruppe ab und lief zum Fenster. Nachdem er einige Momente lang durch die Verandatür in die Ferne geschaut hatte, drehte er sich wieder zu der Gruppe um.

«Von nun an dulde ich keine Fehler und keinen Ungehorsam mehr. Hier die Regeln während eures kurzen Aufenthaltes in Frankreich: Keine Gruppenbildung mehr, keiner von euch geht in den Garten, denn ich will nicht, dass die Nachbarn aufmerksam werden, weil hier so viele junge Männer wohnen. Jeder, der das Haus verlässt, meldet sich bei mir an und ab und nennt mir den Grund für seine Absenz, ausser er erhält direkt einen Auftrag von mir. Ihr trägt euren Laptop immer bei euch, ansonsten habt ihr nichts ausser Geld und euren Ausweis bei euch. Falls ihr in eine Polizeikontrolle kommt, möchte ich nicht, dass die Polizei eine Waffe oder andere verdächtige Gegenstände bei euch findet. Von nun an fallt ihr durch gar nichts auf, ist das klar?»

«Ja, Sir!», antworteten die Männer mit militärischer Gehorsamkeit.

Vajivalara setzte sich auf die grosse Ledercouch und signalisierte den Männern, dass sie es ihm gleichtun sollten. Zögerlich setzte sich einer nach dem anderen hin. Als sich alle gesetzt hatten, fuhr Vajivalara mit ruhigerer Stimme fort.

«Eure Kollegen, Falke 1 und Falke 2, haben bisher hervorragende Arbeit geleistet. Nehmt euch ein Beispiel an ihnen. Sie werden morgen hier eintreffen. Ich werde euch nun eure Decknamen geben. Von nun an habt ihr keinen privaten Namen mehr.» Er zeigte auf den blonden Niederländer.

«Erik, du bist Falke 3. Marco, du Falke 4. Jacques, Falke 5. Pierre, Falke 6, und Ken, du bist Falke 7. Keiner von euch darf sich den Namen irgendwo notieren, ihr müsst ihn im Kopf behalten.» Alle nickten mit dem Kopf. Es herrschte eine konzentrierte und gespannte Stimmung.

«Jetzt möchte ich noch die Rahmenbedingungen klären: Ich werde euch nachher einzeln eure Aufträge erteilen. Diese sind nur für euch bestimmt, das heisst, keiner darf vom anderen wissen, was er zu tun hat. Verletzt jemand diese Schweigepflicht, wird er eliminiert. Habt ihr das verstanden?»

Wieder hallte ein einheitliches «Ja, Sir!» durch das Wohnzimmer der Villa. Vajivalara nickte zufrieden.

«Nachdem ihr euren Auftrag bekommen habt, macht ihr euch für eure Reise bereit. Jeder erhält von mir einzeln die Ausrüstung, die er zur Erfüllung seiner Aufgabe braucht. Dinge, die euch am Zoll in Schwierigkeiten bringen könnten, werdet ihr erst vor Ort erhalten. Unsere Kontaktpersonen sind bereits instruiert und werden mit euch in Verbindung treten, sobald ihr euren Bestimmungsort erreicht habt. Wir kommunizieren nur noch über den Laptop miteinander. Es ist euch verboten, untereinander Kontakt aufzunehmen, ich alleine habe dieses Recht. Falls es Probleme gibt, wendet ihr euch immer erst an mich und folgt meinen Anweisungen. Jeder von euch erhält von mir noch einen Zusatzakku und eine SIM-Karte für den Computer. Das ermöglicht euch, von überall mit mir verbunden zu bleiben. Zudem ist es von entscheidender Bedeutung, dass ihr zum richtigen Zeitpunkt einen vollen Akku und eine SIM-Verbindung aufgebaut habt. Ist das so weit klar für euch?»

«Ja, Sir!»

«Ihr sprecht nur mit jenen Leuten, die durch mich angewiesen wurden, mit euch in Verbindung zu treten. Falls das der Fall sein sollte, werde ich es euch vorher mitteilen. Habe ich euch nicht vorher informiert, dass jemand auf euch zukommt, gebt ihr der Person keine Auskunft! Gerät ihr in die Fänge der Polizei oder eines Geheimdienstes, erwarte ich von euch, dass ihr auf der Stelle Selbstmord begeht. Keine Information über diese Operation darf nach aussen dringen. Ich werde euch eine Giftkapsel geben, die ihr von da an immer bei euch tragt.»

«Und warum tragen wir nicht immer eine Bombe auf uns? So könnten wir wenigstens noch ein paar von diesen Bastarden mitnehmen, falls die uns schnappen!», warf Jacques ein.

Vajivalara blickte ihm lange und bedrohlich in die Augen.

«So eine beschissene Idee habe ich schon lange nicht mehr gehört! Das, was wir hier vorhaben, ist keine simple Attentatsgeschichte. Nach Vollendung dieser Operation wird nichts mehr so sein wie früher! Das gesamte, profitorientierte westliche System wird in sich zusammenbrechen wie ein Kartenhaus! Nach diesem Attentat werden die Ungläubigen die einzige Wahrheit akzeptieren, die es gibt, und diese Wahrheit liegt im Koran! Wir werden Grosses tun und Allah wird uns dafür reich beschenken. Noch viele Generationen nach uns wird man unser Werk loben und preisen!» Vajivalara lehnte sich zurück und blickte kurz die Decke an, bevor er weitersprach.

«Falke 1 und Falke 2 haben dafür gesorgt, dass wir jetzt freie Bahn haben, um unsere Mission zu erfüllen. Unser Kommunikationssystem ist wieder sicher. Trotzdem müssen wir vorsichtig bleiben. Ich weiss aus zuverlässigen Quellen, dass uns der Schweizer Geheimdienst auf den Fersen ist. Seid immer auf der Hut, denn der Feind wartet nur darauf, dass wir einen Fehler machen!»

Die jungen Männer hörten Vajivalaras Ausführungen andächtig zu. Mit jedem Satz, den er sagte, wurden sie spürbar ungeduldiger, endlich zu erfahren, welche Aufgabe auf sie wartete. Vajivalara kostete diesen Moment der Spannung in vollen Zügen aus. Jetzt waren die Männer bereit, ihren Beitrag ohne Rücksicht auf das eigene Leben zu leisten. Vajivalara stand auf, ging zum grossen Tisch und holte einen Notizblock und einen Stift. Anschliessend setzte er sich wieder zu den Männern. Er griff in die Hosentasche, zückte ein Feuerzeug und zündete damit die Kerze auf dem Klubtisch an.

«Ich werde jetzt jedem von euch einen Zettel übergeben, auf dem eine Stadt in Europa draufsteht. Falls auf dem Zettel unter der Stadt Reserve steht, dann werdet ihr eure Befehle zu einem späteren Zeitpunkt erhalten. Sobald ihr den Namen eurer Stadt gelesen habt, verbrennt ihr den Zettel in dieser Glasschale.»

Vajivalara schob eine Schale, die sich auf dem Tisch befand, in die Mitte.

«Niemand, absolut niemand wird in dieser Gruppe einem anderen mitteilen, wohin er geht. Habt ihr mich verstanden?»

Alle nickten eifrig. Vajivalara lehnte sich zurück und schrieb etwas auf einen Zettel, faltete ihn zweifach und überreichte ihn Erik. Dieser entfaltete ihn, ohne dass ihn jemand einsehen konnte, merkte sich das darauf Geschriebene, faltete ihn wieder zusammen und hielt ihn über die Kerze. Das Papier fing sofort Feuer. Als das Feuer seine Finger erreichte, liess er den Zettel los. Für einen kurzen Moment loderte die Flamme hell auf, um einen kurzen Augenblick später als Papierasche in der Schale zu ersticken. Erik lehnte sich zurück und verschränkte die Arme. Sein Blick war kalt und starr. Nach Erik war Marco an der Reihe. Auch er nahm das Papier entgegen, sah es kurz ein und verbrannte es. Nachdem Pierre, Jacques und Ken wortlos dasselbe getan hatten, starrten alle noch einen Moment lang auf die Asche im Glas. Niemand sagte etwas. Es herrschte eine eigenartige Stimmung. In den Augen der Männer meinte Vajivalara eine Mischung aus Stolz und Nervosität zu erkennen.

Vajivalara liess seinen Blick über die jungen Männer wandern. Er lächelte zufrieden.

«Und nun werde ich euch die grösste Ehre erweisen, die ich vergeben kann.» Wieder blickte Vajivalara in die Runde. Er strahlte eine grosse Ruhe und Besonnenheit aus.

«Ich werde euch nun meinen streng gehüteten Plan für die bevorstehende Operation verraten.»

Kapitel 11: Frankreich, Autobahn, Sonntag, 5. Juli, 19:04

Denis stemmte seine Arme gegen das Lenkrad und presste seinen Oberkörper in den Autositz. Die Abenddämmerung hatte bereits eingesetzt, doch es war immer noch hell genug, um ohne Licht zu fahren. Denis' Blick schweifte über die rotbraunen Hügellandschaften der Provence, die sich majestätisch der Autobahn entlangzogen. Nach den Ereignissen am Vortag hatte sein Chef Maximilian Frech eingewilligt, dass er nach Südfrankreich fahren durfte, um in Hyères ein Gespräch mit dem Polizisten zu führen, der für die Antiterror-Abteilung zuständig war. Denis selber hatte darum gebeten, denn er fühlte sich nach den neusten Ereignissen zu Hause nicht mehr sicher. Zwar hatten die ersten Untersuchungen durch PRIOS in seiner Wohnung ergeben, dass dieser Ben ihm nur ein weiteres Mal Angst einjagen wollte und keine weitere Gefahr von ihm ausging, trotzdem brauchte Denis etwas Abstand von seiner Wohnung. Er hatte keine Lust mehr auf diese Psychospiele, die der «Reine Glauben» mit ihm spielte.

Denis blickte auf die Leuchtziffern der Uhr, die sich zwischen Tachometer und Drehzahlmesser befand. Sie zeigte fünf nach sieben an. Er kam zügig voran. Nach einer fast schlaflosen Nacht in seiner Wohnung war er gegen ein Uhr in Bern abgereist. Es wurde beschlossen, dass es für Denis am sichersten war, wenn er mit dem Auto nach Hyères fuhr, da so keine Registrierung seiner Personalien am Flughafen oder auf einem Zugticket nötig wurde. Zudem war er mit einem Wagen am flexibelsten. Man händigte ihm vor seiner Abreise noch die nötigen Papiere aus: er bekam ein Schreiben, das ihm international erlaubte, eine Waffe zu tragen, einen Diplomatenpass und sonstige Spezialgenehmigungen. Zudem überreichte man ihm eine Kreditkarte und etwas Bargeld.

Die Sekretärin von Frech hatte ihm im Hotel «Mercure Hyères Centre Côte d'Azur» ein Zimmer gebucht.

Denis grinste vor sich hin, denn er genoss das Fahrvergnügen in dieser Limousine. Er hatte das Auto von PRIOS zur Verfügung gestellt bekommen, es war ein schwarzer Mercedes 500 mit allem Komfort. Doch trotz aller Annehmlichkeiten, die dieses Auto zu bieten hatte, war die Fahrt quer durch Frankreich monoton. Er hatte viel Zeit, um über die vergangenen Tage nachzudenken. Er musste sich eingestehen, dass die ganze Überfallsgeschichte ihn doch nicht so kalt liess, wie er es sich hatte einreden wollen. Dass Ben ihm eine SMS von seiner eigenen Wohnung aus geschickt hatte, hatte in ihm etwas ausgelöst. Zwar waren Pascal und er sofort mit gezückter Waffe in seine Wohnung hinüber gerannt, aber dieser Ben war natürlich längst über alle Berge.

Als Denis an Pascal dachte, fiel ihm ein, dass er seinen Freund anrufen wollte. Er tippte auf seinem iPhone die Nummer von Pascals Handy ein und wartete. Ein Summton erklang im Wagen. Die Freisprechanlage in diesem Luxusschlitten funktionierte tadellos.

«Hallo Denis», meldete sich Pascal.

«Hallo Pascal.»

«Wo bist du denn gerade?»

Denis blickte kurz auf sein Navigationsgerät.

«Irgendwo mitten in Frankreich.»

«Ach, dort bist du schon!», antwortete Pascal ironisch.

«Hör mal, Pascal, mir sind da ein paar Sachen während der Fahrt durch den Kopf gegangen.»

«Moment, ich schalte für unser Gespräch das Verschlüsselungsprogramm ein.»

Denis hörte, wie Pascal ein paar Tasten drückte.

«So, ich bin bereit. Schiess los, Denis!»

«Wieso haben eigentlich die Polizisten, die zu meinem Schutz vor meiner Wohnung postiert waren, den Terroristen nicht gesehen, als er das Haus betrat? Die müssten doch etwas bemerkt haben, oder?»

«Im Prinzip schon.»

«Im Prinzip?», hakte Denis scharf nach, während er gerade zu einem Überholmanöver ansetzte. Der Motor heulte auf.

«Fährst du gerade ein Rennen?»

«Lenk jetzt nicht ab. Was meintest du mit ‹im Prinzip›?»

Denis hörte deutlich, wie Pascal tief Luft holte.

«Okay, ich erzähl es dir. Früher oder später hättest du es sowieso herausgefunden.»

«Was herausgefunden?»

«Nun … du musst verstehen, dass es für uns keine ganz einfache Situation war.»

«Komm auf den Punkt!»

«Die Kollegen von der Polizei haben dich per Handy-Ortung rund um die Uhr überwacht», schoss es aus Pascal heraus.

«Die haben mein Handy ohne mein Wissen und ohne meine Zustimmung geortet?»

«Ja. Ich habe ihnen die Bewilligung gegeben. Aber du musst sie verstehen. Du hast ihnen mit deinem Verhalten klargemacht, dass du ihnen nicht wirklich gut gesinnt bist. Und da du einen Dickkopf hast und dich sowieso gegen die Überwachung gesträubt hast, dachten wir, das wäre die beste und einfachste Lösung für uns alle. Es war nur zu deinem eigenen Schutz.»

«Danke!»

«Nun übertreib mal nicht! Du musst die Polizei verstehen, Denis, da du immer in deiner Wohnung ein und aus gegangen bist, ohne ihnen mitzuteilen, wann du zurückkommst, mussten sie ein Mittel finden, zu wissen, wann es sich lohnt, einen Streifenwagen vor deinem Haus zu postieren. Wir haben dir nur nichts gesagt, weil wir fürchteten, dass du mit Absicht dein Handy zu Hause liegen lassen würdest.»

Denis grinste vor sich hin. Er wusste, dass Pascal damit recht hatte.

«Ausserdem hatten wir so auch gerade die Kontrolle, wo du dich gerade befindest. So hätten wir bei drohender Gefahr schnell reagieren können.»

«Das war ja sehr schlau! Und dass in der Zwischenzeit vielleicht mal ein Terrorist in meine Wohnung einbrechen könnte, habt ihr nie in Betracht gezogen!»

«Offen gesagt, hätten wir nie erwartet, dass dieser Terrorist so dreist sein könnte, ein weiteres Mal in deine Wohnung einzusteigen. Schliesslich musste er damit rechnen, dass wir auf ihn lauern.»

«Wie du jetzt weisst, hat er nicht damit gerechnet. Bravo, PRIOS!»

«Nun sei mal nicht so. Es ging uns vor allem darum, dich zu schützen. Deshalb war unser Fokus mehr darauf ausgerichtet, wo du dich gerade befindest.»

«Dann habt ihr also, als mich dieser Ben quer durch Bern gehetzt hat, alles mitbekommen?»

«Nein, wir haben zwar bemerkt, dass du dich eilig durch die Stadt bewegst, aber du hättest ja auch beim Einkaufen sein können.»

«Dann hätte mich also dieser Ben auf offener Strasse einfach so erschiessen können und ihr hättet nicht einmal etwas davon mitbekommen!»

«Wer im Glashaus sitzt, sollte nicht mit Steinen werfen!», antwortete Pascal etwas beleidigt. «Eigentlich hättest du uns, sofort nach Eingang dieses Pakets informieren müssen. Aber du wolltest ja alles auf eigene Faust machen.»

«In diesem Fall gratuliere ich dem Schweizer Geheimdienst, denn durch die ausgeklügelte Taktik von PRIOS ist es den Terroristen gelungen, mich ein weiteres Mal zu bedrohen, Ben entkommen zu lassen und das ANGUS-Programm zu vernichten.»

«Hättest du vorschriftsgemäss reagiert, hätten wir diesen Ben geschnappt. Also nimm dich mal bei der eigenen Nase! So gesehen müsste man dir eigentlich einen groben Regelverstoss unterstellen und nicht umgekehrt!»

Diese Aussage besänftigte Denis. Er lächelte still vor sich hin. Er wusste natürlich, dass weder PRIOS noch Pascal einen Fehler begangen hatten, er war einfach ein Hitzkopf und musste Dampf ablassen. Pascal schien der Streit unangenehm zu sein, seine Tonlage normalisierte sich wieder.

«Ausserdem: Sei doch froh, dass die Terroristen das ANGUS-Programm vernichtet haben! So kannst du dir sicher sein, dass sie dich jetzt in Ruhe lassen! Sie haben, was sie wollten.»

«Da wär ich mir nicht so sicher.»

«Was meinst du damit?»

«Ich spüre, dass da noch mehr kommt. Überleg doch mal, Pascal! Warum sollten die Terroristen sich so in Gefahr bringen? Nur, damit dieses Programm nicht mehr von uns benutzt werden kann? Damit sie wieder ungestört miteinander kommunizieren können?»

«Was willst du damit sagen?»

«Ich will sagen, dass sie doch einen ganz bestimmten Grund haben müssen, warum die Kommunikation gerade jetzt nicht abgehört werden darf!»

«Scheisse, Denis! Ich glaube, du hast recht! Wir waren so fixiert auf das ANGUS-Programm und auf die Tatsache, dass die Terroristen davon wussten, dass wir uns nicht die Frage gestellt haben, warum sie solche Anstrengungen unternehmen, um dieses Programm zu vernichten.»

«Sag ich ja! Die ganze Sache ist noch nicht ausgestanden, da kommt noch mehr!»

«Du hast recht! Ich muss sofort mit Frech reden! Wie konnten wir nur so dumm sein?»

«Hast du schon etwas über diesen Ben in Erfahrung bringen können?»

«Wie?»

«Was ist mit diesem Ben? Wir wissen nun, wie er aussieht und dass er Ben mit Vornamen heisst, falls dies wirklich sein Vorname ist, und dass er Hochdeutsch mit einem englischen Akzent spricht. Da muss doch etwas zu finden sein, oder?»

«Hab ich schon gecheckt. Bis jetzt ist noch nichts Verwertbares bei der Fahndung herausgekommen. Aber die Suche ist noch nicht abgeschlossen.»

«Okay. Und was ist mit dem ANGUS-Programm?»

«Was meinst du damit?»

«Irgendwo muss es doch noch Daten geben, die wir gebrauchen können!»

«Stimmt, das wollte ich dir noch erzählen. Zwar ist das Programm vollständig vernichtet worden, doch wir haben noch Teilauszüge der Protokolle, die die ANGUS-Programmierer an uns weitergeleitet haben.»

«Was bedeutet das?»

«Sobald die Programmierer einen Satz oder eine Phrase verwertbar decodieren konnten, leiteten sie diese Übersetzungen an uns weiter. Diese Protokolle haben wir noch.»

«Das ist doch schon mal etwas! Setz doch mal ein paar Leute auf diese Protokolle an, vielleicht erkennen wir ein Muster oder eine Aussage daraus, die uns weiterhelfen könnte.»

«Schon geschehen!»

«Sehr gut. Ich bin davon überzeugt, dass wir aus diesen Protokollen wichtige Informationen bekommen, die wir vielleicht bis jetzt übersehen haben. Da fällt mir gerade ein: Die drei Programmierer hatten doch einen eigenen Computer, oder?»

«Das stimmt, wieso?»

«Wo befinden sich die Computer der verstorbenen Programmierer?»

«Gute Frage. Ich werde das abklären.»

«Mach das. Ich bin nämlich davon überzeugt, dass auf diesen Computern noch verwertbares Material zu finden ist. Und wenn wir schon dabei sind: Prüf doch mal diesen Typen, der bei Fuentes im Gefängnis war. Er ist die einzige Verbindung, die wir zu den Extremisten haben.»

«Gute Idee! Eigentlich müsstest du Leiter von PRIOS sein. Ich muss zugeben, dass du wirklich gute Ideen hast.»

«Für kein Geld der Welt würde ich diesen Sesselfurzerjob wollen. Ich brauche Action!»

Denis und Pascal lachten herzhaft.

«Also, Pascal, melde dich, sobald du etwas Neues in Erfahrung gebracht hast. Ich kann jede Information brauchen.»

«Mach ich. Was machst du denn jetzt als Nächstes?»

«Ich fahre nach Hyères und beziehe da mein Hotelzimmer, das mir die Sekretärin von Frech gebucht hat.»

«Dominique? Die hättest du wohl am liebsten gleich mitgenommen, oder?»

«Stimmt. Aber Frech wollte nicht auf sie verzichten.» Denis lachte.

«Wann triffst du dich mit diesem Polizisten von der Antiterroreinheit?»

«Morgen. Wobei ich den Termin mit ihm noch bestätigen muss. Ich konnte ihn bis jetzt nicht erreichen.»

«Hmmm …» Pascal schien noch etwas zu beschäftigen.

«Sag schon. Was liegt dir auf dem Herzen?»

«Ich habe mir nur gerade überlegt, dass, wenn die Geschichte noch nicht vorbei ist, es vielleicht besser ist, wenn wir dir Verstärkung schicken.»

«Ach Quatsch! Ich brauche keine Verstärkung! Mach dir keine Sorgen, mir geht es gut!»

«Wahrscheinlich hast du recht. Also, ich mach mich dann mal an die Arbeit. Fahr vorsichtig, Denis. Tschüss!»

«Tschüss!» Denis hängte auf und lächelte zufrieden vor sich hin. Er war froh, einen Freund wie Pascal zu haben. Er hatte ihn kennengelernt, als man ihn für die Beobachtung von Vasquez eingesetzt hatte. Pascal Weber war damals sein Verbindungsmann gewesen. Die extremen Situationen, die sie damals gemeinsam durchlebten, schweissten sie zusammen und es entstand eine tiefe Freundschaft.

Denis wusste nicht warum, aber er hatte plötzlich das Bedürfnis, seine Psychologin anzurufen. Wahrscheinlich versetzten ihn die von der Abendsonne blutrot getränkten Lavendelfelder in eine romantische Stimmung. Er tippte auf seinem Handy ein paar Befehle ein und rief die Nummer von Renée Müller auf. Denis zögerte noch einen Moment, dann drückte er mutig die Taste «Anrufen». Es meldete sich eine feine und warme Stimme.

Denis' Herz pochte.

«Guten Abend, Frau Müller, hier spricht Denis Benz. Erinnern Sie sich an mich?», fragte er schüchtern.

«Ah, hallo Herr Benz. Natürlich erinnere ich mich an Sie. Wie könnte ich Sie auch vergessen, wir haben doch erst gestern zusammen telefoniert. Wie geht es Ihnen?»

«Danke, es geht gut. Sie haben mir ja angeboten, dass ich mich bei Ihnen melden darf.»

«Ja klar, ich freue mich, dass Sie es tun. Konnten Sie vergangene Nacht schlafen?»

«Wie ein Bär im Winterschlaf!», log Denis.

«Wieso sagt mir ein Gefühl, dass Sie mich gerade anflunkern?»

«Was fragen Sie mich? Da müssen Sie wohl Ihre Gefühlsempfänger neu justieren.»

«Schon gut, Herr Benz, ich glaube, ich lasse meine Antennen mal so, wie sie sind. Sagen Sie mal, sind Sie gerade unterwegs?»

Denis zögerte etwas mit der Antwort.

«Ich bin gerade unterwegs nach Südfrankreich.»

«Wie bitte?» Es war Renée Müller deutlich anzuhören, dass es ihr gerade die Sprache verschlug. «Was machen Sie denn in Südfrankreich? Braucht man an der Côte d'Azur einen neuen Pressesprecher?»

«Nein, die brauchen keinen neuen Sprecher. Aber es stimmt, ich bin geschäftlich unterwegs.»

«Warum haben Sie mir denn nichts davon gesagt?»

Denis räusperte sich etwas verlegen.

«Das hat sich gerade erst ergeben. Manchmal fallen in der Abteilung für Medien und Kommunikation schnelle Entscheide und dann muss ich mich halt beugen.»

«Und wo genau müssen Sie denn hin?»

«Nach Hyères», antwortete Denis schnell. Er war heilfroh, dass sie nicht nach seinem Auftrag fragte, denn er hatte sich noch keine Ausrede ausgedacht.

«Hyères, interessant. Da war ich noch nie.»

«Wenn Sie wollen, dann lade ich Sie dahin zum Essen ein.» Er versuchte, diesen Satz so locker wie möglich rüberzubringen.

«Sie sind ja einer der ganz schnellen Sorte», bemerkte sie spitz.

Trotzdem meinte Denis herauszuhören, dass sie sich geschmeichelt fühlte.

«Ich denke, Hyères ist mir etwas zu weit weg.» Sie machte eine Pause. «Aber vielleicht haben Sie ja mal Lust, nach Ste-Maxime zu kommen. Sie sind immer herzlich eingeladen.»

«Das werde ich gerne tun. Aber nicht, dass Sie das Angebot wieder zurückziehen!»

Renée lachte herzhaft.

«Nein, ich stehe zu meinem Wort. Wo sind Sie denn gerade?»

Denis warf einen Blick auf sein Navigationssystem.

«Irgendwo kurz nach Aix-en-Provence.»

«Dann steht Ihnen eine wichtige Entscheidung bevor.»

«Welche denn?», fragte Denis neugierig.

«Ganz einfach: Hyères ist etwa fünfzig Kilometer von Ste-Maxime entfernt. Falls Sie mich zum Nachtessen einladen wollen, müssen Sie diese halbe Stunde, die die Autofahrt länger dauert, auf sich nehmen.»

«Kein Problem, ich nehme mir gerne die Zeit.»

«Wie bitte?»

«Sie haben ja gefragt!»

«Ja, aber ich habe nicht damit gerechnet, dass Sie darauf einsteigen. Wo wohnen Sie denn in Hyères?»

«Ich glaube, es heisst ‹Mercure Côte d'Azur› oder so. Aber Sie müssen nicht ablenken, ich bin bereits auf dem Weg zu Ihnen!»

Wieder lachte Renée, diesmal aber aus Verlegenheit.

«Wie gesagt, ich stehe zu meinem Wort. Haben Sie denn heute keine geschäftlichen Verpflichtungen mehr?»

«Nein, erst morgen. Also, wann treffen wir uns?»

«Wann können Sie denn in Ste-Maxime sein?»

Denis tippte ein paar Befehle in sein Navigationsgerät ein.

«Um acht könnte ich etwa in Hyères sein. Ich würde schnell im Hotel einchecken, mich frisch machen und gleich zu Ihnen fahren. Sagen wir, so um halb zehn? Oder ist Ihnen das zu spät?»

«Nein, das ist mir nicht zu spät. In Frankreich isst man sowieso spät. Ich überlege mir nur, ob das für Sie nicht ein bisschen zu stressig ist?»

«Auf keinen Fall! Ich sitze seit Stunden im Auto und kann mich mit niemandem unterhalten. Da ist ein Gespräch mit einem echten Menschen, der einem gegenübersitzt, pure Entspannung!»

«Gut, wenn Sie das sagen. Ich schlage vor, wir treffen uns im Restaurant ‹L'Endroit› in Ste-Maxime. Wissen Sie, wo die ‹Rue du Paul Bert› ist?»

«Nein, aber das ist kein Problem. Mein GPS wird es schon finden.»

«Um halb zehn dort?»

«Sehr gut! Ich bin schon auf die legendäre französische Küche gespannt!»

«Ja, das dürfen Sie sein. Mein Gott, ich gehe mit einem Patienten essen! Das habe ich noch nie gemacht!», empörte sich Renée künstlich.

«Buchen Sie es einfach als therapeutische Sitzung ab, dann haben Sie nicht so ein schlechtes Gewissen.» Denis lachte.

«Das werde ich machen, aber denken Sie daran, denn ich stelle Ihnen die Stunden in Rechnung!»

«Kein Problem, das Geld gönne ich Ihnen. Dann wäre jetzt eigentlich nur noch ein Punkt zu klären.»

«Schiessen Sie los, ich bin gespannt.»

«Ich schätze, wir sind ungefähr im gleichen Alter. Wollen wir uns nicht duzen? Ich meine, jetzt wo wir essen gehen?»

Wieder lachte Renée herzhaft.

«Sie sind ja kein Mann von Verlegenheit. Da ich natürlich aus den Unterlagen weiss, wie alt Sie sind, kann ich das Angebot annehmen, denn nach Knigge darf immer die ältere Person das Du anbieten.»

«Da habe ich aber nochmals Glück gehabt.» Denis machte eine kurze Pause. «Bin ich denn viel älter?»

«Das fragt man eine Frau nie! Aber da Sie nun schon gefragt haben, kann ich Ihnen verraten, dass wir nicht so weit auseinanderliegen.»

«Sehr gut! Ich meine sehr gut, dass wir uns duzen können. Dann gebe ich jetzt ordentlich Gas, Renée, damit ich rechtzeitig im Restaurant bin.»

«Und ich rufe im Restaurant an, um einen Platz zu reservieren. Um diese Jahreszeit ist das gar nicht so einfach. Sonst gehen wir einfach einen Hotdog an der Strasse essen.»

«Dann käme ich ja richtig billig davon! Also Renée, bis gleich.»

«Tschüss Denis.» Sie hängte auf.

Denis grinste zufrieden vor sich hin. *Immerhin hat diese ganze Geschichte noch etwas Gutes: Ohne sie hätte ich Renée nie kennengelernt.* Mit einem Mal war seine Müdigkeit wie weggeblasen, er freute sich auf das bevorstehende Essen. Gerade als er sich durch den Kopf gehen liess, wie er Renée beeindrucken konnte, klingelte sein iPhone. Denis runzelte die Stirn, denn er kannte die Nummer auf dem Display nicht. Sie hatte eine französische Vorwahl. *Vielleicht Renée vom Festnetz aus, weil sie mir noch etwas mitteilen will?* Er nahm das Gespräch entgegen.

«Ja?», meldete er sich kurz angebunden.

«Monsieur Benz? Spreche ich mit Denis Benz?», fragte eine männliche Stimme in Englisch mit starkem französischem Akzent.

Denis überlegte einen Moment, bevor er antwortete. Seine Sinne waren geschärft.

«Wer will das wissen?»

«Mein Name ist Eric Busson. Ich bin von der Police in Hyères. Die Schweizer Botschaft hat mir mitgeteilt, dass Sie auf dem Weg nach Hyères sind, um sich mit mir zu treffen.»

Denis atmete innerlich auf.

«Ja, das stimmt. Wir hatten in der Schweiz in den letzten Tagen ein paar bedenkliche Entwicklungen in Sachen Terrorismus. Da wir die Spur bis nach Hyères zurückverfolgen konnten, wäre ich sehr an einem Austausch mit Ihnen interessiert.»

«Sehr gerne, Herr Benz. Offen gesagt haben wir hier in Hyères Informationen, die uns sehr beunruhigen. Ich denke, es ist sehr wichtig, dass wir uns schon sehr bald treffen könnten. Wann können Sie denn in Hyères sein?»

Denis presste seine Lippen aufeinander. Er überlegte einen Moment, ob er Busson über seinen aktuellen Standort anschwindeln sollte, damit er erst morgen ein Treffen mit ihm vereinbaren musste, aber die Tatsache, dass er nicht wusste, wie viel man dem französischen Polizisten über seine Abreise schon mitgeteilt hatte, liess ihn diesen Gedanken schnell wieder verwerfen. Er rechnete schnell nach. Wenn er sich jetzt etwas beeilen würde, könnte er vielleicht schon um halb acht in Hyères sein. So hätte er genug Zeit für ein Gespräch mit Busson und könnte trotzdem noch rechtzeitig in Ste-Maxime sein. Einzig der Umstand, dass er sich vor dem Treffen mit Renée nicht würde umziehen können, behagte ihm nicht wirklich.

«Mein Problem ist, dass ich um halb zehn einen Termin in Ste-Maxime habe», erklärte Denis zögerlich. «Ich schlage vor, dass ich so zwischen halb acht und acht zu Ihnen auf die Wache komme und ich dann so um neun wieder gehe. So könnten wir das Wichtigste besprechen und den Rest morgen erledigen, in Ordnung?»

Busson liess sich mit seiner Antwort ziemlich viel Zeit.

«Wissen Sie was? Ich werde nach Ste-Maxime fahren, um Sie dort zu treffen. Ich möchte mich sowieso nicht in meinem Büro mit Ihnen treffen.»

Denis atmete erleichtert auf.

«Das finde ich eine sehr gute Idee. Wollen wir uns so um acht in Ste-Maxime treffen? Da gibt es ein Restaurant ‹L'Endroit›. Warum treffen wir uns nicht da auf einen Drink?»

«Das ist eine gute Idee, da ist es um diese Zeit so voll, dass unser Gespräch im Lärm der anderen Gäste untergehen wird.»

«Dann treffen wir uns um acht. Vielleicht bin ich nicht ganz pünktlich, falls mir der Verkehr einen Strich durch die Rechnung macht.»

«Kein Problem, Herr Benz, ich werde auf Sie warten.»

«Und wie erkennen wir uns?», fragte Denis neugierig.

«Ich habe alle nötigen Unterlagen, um Sie zu finden, von der Botschaft per Mail bekommen.»

«Gut, dann kennen Sie mein Gesicht. Aber wie identifiziere ich Sie?»

«Ich kann Ihnen ein Foto von mir auf Ihr Handy schicken.»

«Nein, das bringt nichts, denn das Foto ist ja kein Beweis dafür, dass Sie auch tatsächlich Busson sind. Sie haben doch die Unterlagen von der Botschaft: Im Anhang ganz unten steht ein Satz mit einer Antwort.»

«Das ist korrekt. Ich habe mich über diesen komischen Satz schon gewundert.»

«Das ist ein sogenannter Kontaktsatz. Sie stellen mir die Frage, die da drauf steht, und ich gebe Ihnen die Antwort. So stellen wir sicher, dass wir mit der richtigen Person sprechen.»

«Sie meinen den Satz …»

Busson wollte ihn gerade vorlesen, als Denis ihn unterbrach.

«Nicht am Telefon! Ich weiss nicht, ob Ihre Leitung sicher ist.»

«Dumm von mir, bitte entschuldigen Sie.» Busson machte eine kleine Pause. «Was aber, wenn das Mail abgefangen wurde? Ist es nicht riskant, solche Codes per Mail zu verschicken?»

«Nicht, wenn die Mails verschlüsselt verschickt werden. Zudem wissen Sie ja erst seit ein paar Sekunden, warum der Satz da steht. Ausserdem lassen wir uns immer etwas Neues einfallen. Das nächste Mal ist es vielleicht ein Zahlencode, der im Betreff steht, oder ein Name, der auftaucht.»

«Clever. Bis gleich, Herr Benz. Auf Wiederhören.» Busson hängte auf.

Denis liess seinen Blick über die Digitaluhr schweifen und rechnete nach. Obwohl er genug Zeit hatte, rechtzeitig anzukommen, drückte er ordentlich aufs Gas.

Die Sonne war schon fast verschwunden, als Denis in die Avenue du Géneral du Touzet du Vigier in Ste-Maxime einbog. Denis öffnete das Fenster und gönnte sich einen tiefen Atemzug frischer Meeresluft. Das Navigationsgerät führte ihn zum Restaurant. Er suchte sich einen öffentlichen Parkplatz in der Nähe, schaltete den Motor aus und zog den Schlüssel vom Zündschloss. Dann stieg er aus und streckte sich ausgiebig. Es war zehn vor acht, er lag perfekt in der Zeit. Denis lief eine kleine Gasse entlang und entdeckte nach ein paar Minuten ein Schild mit der Aufschrift «L'Endroit». Denis ging direkt darauf zu. Das Restaurant war ein typisches französisches Restaurant. Es verfügte über eine Terrasse, auf der dicht aneinandergereiht kleine Holztische mit den dazu passenden Stühlen standen. Wie Busson ihm vorausgesagt hatte, war das Restaurant überfüllt mit Menschen. Im Innern entdeckte Denis eine kleine Bar. Zielstrebig steuerte er sie an. Kaum hatte er auf einem Barhocker Platz genommen, kam auch schon ein leicht gestresster Barmann.

«Was darf ich Ihnen bringen?», fragte er auf Französisch, während er gerade ein Bier aus dem Zapfhahn in ein Glas fliessen liess.

Denis fiel auf, dass das Telefon unentwegt klingelte.

«Ich hätte gerne auch so eines.» Denis zeigte mit seinem Finger auf das Bierglas.

«Ein Bier, kommt sofort.» Der Barmann wiederholte den Prozess und stellte Denis das Bier etwas grob hin. Dann drehte er sich schon wieder ab und nahm andere Bestellungen entgegen. Denis trank einen grossen Schluck und schaute sich in dem Restaurant um. Die Tische waren mit Touristen aus aller Welt besetzt. Einzig die kurzen Hosen und die farbigen Poloshirts hatten sie gemeinsam. Sie unterhielten sich lautstark, was den Lärmpegel im Restaurant fast unerträglich machte. Denis lächelte vor sich hin. Er war immer wieder erstaunt, wie geschmacklos sich gewisse Leute kleiden konnten. Er drehte sich wieder zur Bar und trank nochmals einen Schluck Bier. Der Barmann tat es ihm gleich, und setzte sein Wasserglas an.

«Wollen Sie das Telefon nicht mal abnehmen?», fragte Denis mit einem Schmunzeln.

«Das bringt nichts. Wir sind heute voll, es würde mich zu viel Zeit kosten, das jedem Gast zu erklären. Darum lass ich es einfach klingeln, so kommen sie selber drauf, dass sie keine Reservierung machen können.» Kaum hatte er diese Erklärung abgegeben, eilte er ans andere Ende der Bar.

«Entschuldigen Sie, Monsieur, wissen Sie, wann hier in Frankreich der Winter beginnt?», sprach ihn ein Mann von hinten auf Englisch an.

Schnell drehte Denis sich um.

«Es gibt keinen Winter an der Côte d'Azur, denn der Sommer währt hier ewig.»

«Monsieur Benz?» Der Mann lächelte.

«Dann müssen Sie Herr Busson sein, oder?», antwortete Denis in reinem Französisch. *Der hörte sich am Telefon viel älter an.*

«Ah, Sie sprechen meine Landessprache. Das macht es einfacher für mich.» Der Mann lächelte erleichtert. «Mein Name ist Eric Busson, wir haben vorher zusammen telefoniert.» Busson strahlte ihn sympathisch an, hielt ihm kurz seinen in ein Lederetui eingebundenen Ausweis der französischen Polizei hin und setzte sich neben Denis an die Bar.

«Herzlichen Dank, dass Sie es so schnell einrichten konnten, Herr Benz, aber die Sache brennt.»

«Wenn die Pflicht ruft, bin ich zur Stelle, Herr Busson.»

Busson lächelte und bestellte ein Wasser und einen Kaffee. Denis stellte sein Handy auf lautlos und liess es in seiner Hosentasche verschwinden, bevor er den Mann etwas genauer betrachtete. Er schätzte Busson auf etwa dreissig. Er trug einen modischen schwarzen Anzug mit teuren Schuhen. Alles sah sehr neu aus. Seine Haut war gebräunt und er hatte sich eine Glatze geschoren, was ihn aber nicht unsympathisch erscheinen liess. Busson griff nach dem Wasserglas und drehte sich zu Denis.

«Auf eine gute Zusammenarbeit! Ich schlage vor, dass wir uns duzen. Hier in Frankreich ist das so üblich unter Berufskollegen.»

«Gerne! Bei uns in der Schweiz ist es genauso.» Denis wusste, dass es beim Geheimdienst nicht so war, im Gegenteil. Aber da er nicht wusste, mit welcher Funktion man ihn bei der französischen Polizei angemeldet hatte, spielte er einfach mit.

«Wie lange hast du denn für mich Zeit, Denis?», fragte Busson höflich.

Denis blickte auf seine ORIS-Uhr. Es war kurz nach acht.

«Ich habe Zeit bis viertel nach neun.»

«Dann wollen wir mal keine Zeit verlieren. Da du dich im Moment sehr intensiv mit den Terroristen auseinandersetzt, schlage ich vor, du bringst mich mal auf den aktuellsten Stand. Dann kann ich ihn noch mit meinen Informationen ergänzen.»

«Gut. Vergangene Woche erhielt ich mitten in der Nacht unerwarteten Besuch von einem Terroristen. Er überfiel mich, fesselte mich und verliess die Wohnung wieder.»

Busson zeigte auf die Narben an Denis' Hals.

«Stammen dieses Verletzungen von diesem Überfall?»

«Genau. Dieser Bastard hat mich bis zur Bewusstlosigkeit gewürgt. Wie sich im Nachhinein herausstellte, heisst der Terrorist mit Vornamen Ben. Zumindest gab er sich als Ben aus. Er hat sich ganz gezielt mich ausgesucht, weil ich wegen eines vergangenen Falles als Agent enttarnt worden war.» Denis machte eine kurze Pause und nahm einen Schluck Bier. Seine Stimme wurde nun leiser.

«Wie wir herausgefunden haben, ist Ben Teil einer terroristischen Organisation mit dem Namen ‹Reiner Glauben›. Ihre Hauptzelle befindet sich in Pakistan, von wo aus sie Anschläge in der ganzen Welt plant. Der ‹Reine Glauben› ist eine sehr gefährliche Organisation mit starken Verbindungen zur Al Kaida. Sie sind fanatische Verfechter des Islamismus und bekämpfen mit allen Mitteln alles, was aus Westeuropa stammt.»

«‹Reiner Glauben›», wiederholte Busson nachdenklich. «Und was war der Grund für den Überfall auf dich?»

«Wir haben ein Decodierungsprogramm entwickelt, das es möglich macht, die Internetkommunikation der Terroristen zu lesen, zumindest teilweise. Das Programm heisst ANGUS.»

«ANGUS? Das Programm stammt aus der Schweiz? Ich kenne natürlich ANGUS. Alle Geheimdienste der Welt und auch die Polizei profitieren von diesen Informationen.»

«Die Terroristen haben es geschafft, dass wir das Programm vernichten mussten. Zudem haben sie zwei der drei wichtigsten Programmierer umgebracht. Das Programm ist also faktisch tot.»

«Und was ist mit dem dritten Programmierer?»

«Sie ist an einem sicheren Ort und wird von uns streng bewacht.»

«Sie?», fragte Busson erstaunt. «Handelt es sich beim dritten Programmierer um eine Frau?»

Denis ignorierte bewusst die Frage.

«Nun, der ‹Reine Glauben› hat erreicht, was er wollte: Er hat das Programm vernichtet und kann nun wieder in aller

Ruhe seine Attentate in der ganzen Welt planen, ohne Angst zu haben, dass wir mithören.»

«Aber wie kamen die Terroristen an so geheime Informationen? Nicht mal wir von der französischen Polizei wussten, dass ANGUS von euch stammt.»

«Das ist auch für uns ein ungelöstes Rätsel. Auch dass der ‹Reine Glauben› von den Programmierern wusste und deren Namen kennt, können wir uns nicht erklären. Solange wir nicht wissen, wie die Terroristen an diese Informationen gekommen sind, sind wir ihnen fast hilflos ausgeliefert. Das ist ein beschissenes Gefühl.» Wut kam in Denis auf. Nach einer kleinen Pause winkte er ernüchtert ab.

«Wie auch immer. Wir haben die Information bekommen, dass Datenstränge vom ‹Reinen Glauben› bis nach Hyères zurückverfolgt werden konnten. Anscheinend gibt es in Hyères eine auffällige Massierung des Datenaustausches der Terroristen. Das ist der Grund, warum ich mich jetzt hier mit dir treffe. Vielleicht kannst du mir mit neuen Erkenntnissen irgendwie weiterhelfen.»

Busson schüttelte verlegen den Kopf.

«Ich fürchte, es ist nicht viel, was ich zu bieten habe. Bevor ich meinen Teil dazu beitrage, würde mich noch interessieren, ob ihr das ANGUS-Programm nicht irgendwie wieder herstellen könnt. Oder aus den bereits erworbenen Erkenntnissen ein neues Programm schreiben?»

«Leider ist das Programm tatsächlich unwiderruflich gelöscht worden. Aus Sicherheitsgründen gab es auch nur ein Programm, das auf nur einem Server unter strengsten Sicherheitsvorkehrungen gespeichert war. Wir bündeln im Moment gerade die Informationen, die wir noch vom Programm haben, aber ich kann nicht sagen, ob das was bringt.»

«Bündeln?»

«Ja. Wir sind im Moment daran, alle Informationen, die irgendeinen Bezug zu ANGUS haben, zu sammeln und zu analysieren. Vielleicht erkennen wir daraus ein Muster für weitere Taten.»

«Rechnet ihr denn mit weiteren Anschlägen?» Bussons Interesse schien mit jeder Antwort von Denis grösser zu werden.

«Offen gesagt, rechne nur ich damit. Zumindest bis jetzt. Ich habe mich gefragt, warum diese Terroristen so viel Kraft in die Vernichtung von ANGUS gesteckt haben. Meiner Meinung nach nur, um etwas ganz Grosses in aller Ruhe planen und durchführen zu können.»

«Oder den Terroristen wurde bewusst, dass sie weltweit nicht mehr unentdeckt operieren können, solange dieses Programm noch besteht.»

«Auch möglich. Im Endeffekt läuft es auf dasselbe hinaus. Irgendwann werden diese Extremisten wieder zuschlagen und das wollen sie ungestört planen können. Meiner Meinung nach tun sie das schon sehr bald.»

«Und was gibt dir diese Gewissheit?»

«Gewissheit habe ich keine, nur so ein Gefühl. Aber was ist mit deinen Informationen? Kannst du mir weiterhelfen?»

Busson stiess einen Luftstoss aus und zog dabei seine Augenbrauen hoch.

«Wenn ich höre, wie viele Informationen du schon von diesen Terroristen hast, schäme ich mich fast ein bisschen, mein spärliches Wissen mit einzubringen. Wir haben tatsächlich eine verstärkte Datenbündelung in Hyères festgestellt. Offenbar schicken sich die Terroristen zurzeit grosse Datenpakete zu, die sie über eine Vielzahl an Relaisstationen und Satelliten verschlüsseln, sodass eine effiziente Rückverfolgung praktisch ausgeschlossen ist. Wir haben jetzt ein neues Programm entwickelt, von dem wir uns einen grösseren Erfolg versprechen.»

«Wie funktioniert dieses Programm?»

«Nun, wenn wir bisher eine Aktivität im Netz der Terroristen festgestellt haben, setzten wir sozusagen einen elektronischen Impuls, der sich in das Datenpaket eingenistet hat. Du musst dir diesen elektronischen Punkt wie einen Wanderer vorstellen, der einen Weg zurückläuft. Er wanderte also die Wege der Datenautobahn ab, um zum Ausgangspunkt zu gelangen, von wo die Nachricht oder das Gespräch gestartet worden war. Bis aber unser Impuls überhaupt wusste, wo er durchmarschieren musste, war das Datenpaket schon lange wieder aus dem Netz. Es war eine hoffnungslose Methode. Jetzt aber haben wir in ganz Europa ein Netzwerk von Computerprogrammen installiert, die alle gleichzeitig einen elektronischen Punkt an verschiedenen Orten setzten. Dadurch erhöht sich die Chance, dass einer der Punkte zum Ziel gelangt, weil sich die Datenwege, die sie ablaufen müssen, automatisch verkürzen. Wie eines dieser Kinderrätsel, das man aus den Zeitschriften kennt.» Busson griff in seine Jackentasche, holte einen Kugelschreiber hervor und schnappte sich Denis' Bierdeckel. Er fing an zu zeichnen.

«Auf der oberen Hälfte befindet sich ein Schatz.» Er zeichnete ein einfaches Quadrat auf den Bierdeckel. «Hier unten befinden sich viele Ausgangspunkte, die ich mal mit Kreisen darstelle. Nun ziehe ich von jedem Kreis eine Linie, die durch unzählige Kurven vermeintlich zum Schatz führt. Von all diesen Linien hier auf dem Bierdeckel führt aber nur eine wirklich zum Schatz. Weil sich die Linien gegenseitig überall kreuzen, ist von blossem Auge nicht zu erkennen, welches denn nun die richtige Linie ist. Und jetzt kommt der Clou! Früher suchten wir systematisch eine Linie nach der anderen ab. Bis wir überhaupt zur richtigen Linie gelangen konnten, war der Bierdeckel sozusagen schon wieder vom Barmann abgeräumt worden. Im neuen Programm setzen wir gleichzeitig auf jede Linie ein Computerprogramm an, was unsere Chance um ein Vielfaches erhöht, dass eines ans Ziel gelangen wird.» Busson steckte seinen Kugelschreiber wieder in seine Jackentasche und lächelte Denis zufrieden an.

Denis nickte anerkennend.

«Hört sich vielversprechend an. Und wann können wir mit den ersten Ergebnissen rechnen?»

Bussons Lächeln verschwand auf der Stelle.

«Wir haben das Programm gerade erst entwickelt und kämpfen noch mit vielen Kinderkrankheiten. Aber ich bin zuversichtlich, dass wir schon bald verwertbare Resultate erzielen können. Und wer weiss, vielleicht hilft uns ja der bekannte Kommissar Zufall auch noch.»

«Ich bin sicher, dass du mit dieser Idee auf dem richtigen Weg bist. Dein Wissen kombiniert mit unserem wird diese Bastarde sicherlich zur Strecke bringen.»

«Wollen wir mal hoffen.» Bussons Gesichtsausdruck wirkte plötzlich resigniert.

Denis vermutete, dass Busson auch intern mit Problemen zu kämpfen hatte. Wahrscheinlich kostete seine Idee den französischen Staat zu viel und brachte zu wenig Resultate. Verstohlen blickte Denis auf seine Uhr. Es war bereits kurz nach neun, er wusste, er musste zum Schluss kommen, falls er ungestört mit Renée essen wollte.

«Hör zu, Eric. Warum besuche ich dich morgen nicht im Büro? So kannst du mir dein System vor Ort erklären und ich habe auch noch die Chance, die Akten mit den bisherigen Erkenntnissen zu studieren.» Denis blickte ihn freundlich, aber auffordernd an.

Busson schien den Wink verstanden zu haben. Er blickte kurz auf die Uhr und lächelte.

«Gute Idee. Ausserdem hast du sowieso gleich den nächsten Termin, da will ich nicht stören. Ich bin schon sehr froh, dass wir uns so kurzfristig treffen konnten.» Er stand auf und suchte seine Geldbörse in der Jackentasche.

«Lass mal. Ich lade dich ein. Geht sowieso alles auf Staatskosten.» Denis grinste.

«Dankeschön. Dann geht aber morgen alles auf Kosten unseres Staates.» Beide lachten.

«Da fällt mir ein: Hast du mir noch eine Karte mit deinen Kontaktangaben, Eric? So wüsste ich auch gleich die Adresse deines Büros.»

Busson lächelte verlegen.

«Tut mir wirklich leid, ich habe keine bei mir. Ich komme gerade vom Geburtstagsfest meines Schwiegervaters …»

«Kein Problem, mein Navigationssystem findet den Polizeiposten schon. Ihr werdet ja wohl nur einen in Hyères haben, oder?»

«Das ist richtig! Und meine Handynummer hast du ja schon, da ich dich angerufen habe. Wollen wir uns so um zehn in meinem Büro treffen?»

«Alles klar!»

Sie gaben sich gerade die Hand, als Renée auftauchte.

«Schau mal an, kaum in Frankreich und schon hat der Mann Freunde gefunden. Ich bin beeindruckt.»

Denis drehte sich schnell auf seinem Barstuhl um.

«Hallo, Renée!», begrüsste er sie leicht verlegen.

Renée gab ihm einen Kuss auf die Wange. Ihr Parfum roch nach frischen Rosen.

«Entschuldige, ich bin etwas zu früh, aber ich wollte gleich vor Ort einen Tisch reservieren. Das geht erfahrungsgemäss einfacher und ist sicherer.» Sie drehte ihren Kopf zu Busson.

»Willst du mich denn nicht deinem Freund vorstellen?», fragte sie fordernd.

Denis fiel auf, wie Busson Renée fasziniert anstarrte. Sie schien ihm zu gefallen. Gerade als Busson selber die Initiative ergreifen wollte, ging Denis dazwischen. Ihm war noch rechtzeitig eingefallen, dass Renée keine Ahnung hatte, dass er Agent war, und er somit in Erklärungsnot käme, falls sich Busson als Polizist vorstellen würde.

«Das ist meine Freundin aus der Schweiz, Renée Müller. Sie macht gerade Ferien in diesem wunderschönen Land.» Er zeigte auf Busson. «Das ist mein Freund Eric Busson. Wir haben uns hier zufällig an der Bar getroffen und etwas über Gott und die Welt gequatscht.»

Busson blickte Denis kurz irritiert an.

«Guten Abend, Frau Müller, freut mich sehr.» Er blickte auffällig auf seine Uhr. «Also, ich muss dann mal. Meine Frau wartet nicht gerne. Auf Wiedersehen, Frau Müller, auf Wiedersehen Denis. Hat mich sehr gefreut!» Busson kämpfte sich durch die schmalen Gänge, die die Tische noch freigaben nach draussen.

Renée blickte Denis mit einem sympathischen Lächeln an. Sie sah umwerfend aus. Ihre Haut schien bereits etwas Sonne abbekommen zu haben, was sie noch schöner erscheinen liess. Ihre fantastischen türkisblauen Augen kamen durch die Gesichtsbräune ideal zur Geltung, ihr hochgestecktes Haar gab ihre kleinen und symmetrisch geformten Ohren preis. Sie trug einen kurzen Rock, eine luftige bunte Bluse und hohe Schuhe. Wie schon bei ihrem ersten Zusammentreffen liess ihr Ausschnitt einen tiefen Blick auf ihre prallen Brüste zu. Denis fand die Frau unglaublich sexy.

«Wollen wir uns setzen?», fragte Renée.

Denis nickte.

«Ich geh nur schnell fragen, welchen Tisch wir bekommen. Ich hoffe, dass wir überhaupt noch einen kriegen, es sieht ziemlich voll aus. Aber ich werde das schon schaffen.»

«Alles klar. Ich glaube an dich!» Denis versuchte, entspannt zu wirken, doch er bemerkte, dass es ihm nicht so richtig gelang.

Renée ging zielstrebig auf einen Kellner zu und grüsste ihn herzlich. Offenbar schien man sie hier zu kennen. Denis liess seinen Blick durch den Raum gleiten. Er freute sich auf das Essen mit dieser schönen Frau. Plötzlich kam ihm wieder Eric Busson in den Sinn. Hatte der Mann nicht erzählt, dass die ganze Sache «brannte», wie er es ausdrückte? Was war nun die so brennende Information? Bevor sich Denis weitere Gedanken machen konnte, kam Renée schon wieder zurück, packte Denis an der Hand und führte ihn zu einem freien Tisch. Sie setzten sich. Denis atmete tief ein. Die Luft war angenehm, die Atmosphäre himmlisch und sein Gegenüber war die schönste Frau, die er jemals getroffen hatte. Er genoss den Moment gerade sehr, als er plötzlich an sein Handy dachte. Er holte es aus seiner Hosentasche und stellte den Klingelton wieder ein. Erstaunt blickte er auf das Display. In der

Zwischenzeit war er anscheinend dutzende Male angerufen worden, immer von der gleichen Nummer mit französischer Vorwahl. Er runzelte die Strin und drückte auf Rückruf. Es klingelte nur einmal, dann meldete sich eine aufgeregte Stimme.

«Hallo?»

«Hier spricht Denis Benz, Sie haben mich gesucht?», fragte Denis kritisch.

«Ah, Gott sei Dank rufen Sie zurück, Herr Benz, ich habe Sie verzweifelt gesucht. Hier spricht nochmals Busson. Bitte entschuldigen Sie vielmals, dass ich noch nicht bei Ihnen in Ste-Maxime bin, aber ich wurde kurz nach unserem Telefongespräch vorhin wegen eines Notfalls in Hyères aufgehalten. Könnten wir uns jetzt noch treffen?»

Kapitel 12: Schweiz, Andermatt, Montag, 6. Juli, 08:21

Pascal bog mit dem schwarzen Geländewagen in ein Waldstück ein, die Strasse wurde schmaler und war nicht mehr geteert. Er verlangsamte sein Tempo. Er war am frühen Morgen in einem Dienstwagen nach Andermatt aufgebrochen, um Sophie Keller, der einzig noch lebenden Programmiererin des ANGUS-Projekts, einen Besuch abzustatten. Den Wegbeschrieb zum streng geheimen Bunker hatte er von Maximilian Frech bekommen, nachdem er ihn in aller Frühe aus dem Schlaf geholt hatte. Pascal hatte ihm den aktuellen Stand durchgegeben und von Denis' Vermutungen erzählt. Kurz nachdem sie das Gespräch beendet hatten, war Pascal losgefahren. Das war jetzt zwei Stunden her. Pascal hatte sich bewusst Zeit gelassen und sogar zweimal an einer Tankstelle angehalten, um sich zu vergewissern, dass er nicht verfolgt wurde. Auch jetzt, als er durch den dichten Wald fuhr, blickte er alle zwei Minuten in den Rückspiegel. Die Naturstrasse blieb leer. Der Weg wurde immer steiler, die Strasse immer schmaler und das Gelände immer unfreundlicher. *Jetzt müsste ich doch bald da sein! Oder habe ich eine Abzweigung verpasst? Bei einem grossen Stapel Holz nach links, hiess es doch!* Pascal hatte das Gefühl, sich verfahren zu haben. Plötzlich klingelte sein Handy.

«Weber», nahm er das Gespräch per Freisprechanlage entgegen.

«Guten Morgen, Herr Weber, Frech am Apparat.» Sein Chef klang viel wacher als noch vor zwei Stunden. «Haben Sie Probleme, es zu finden?»

«Wie kommen Sie darauf?», fragte Pascal erstaunt und etwas beleidigt.

«Ganz einfach. Wenn Sie den Weg sofort gefunden hätten, könnte ich Sie übers Handy schon nicht mehr erreichen, weil Sie im Bunker wären.»

«Vielleicht habe ich mir einfach Zeit gelassen.»

«Zeit für was? Für Kaffee und Brötchen?»

«Nein. Ich wollte mir einfach sicher sein, dass mir niemand folgt.»

«Guter Mann. Wobei ich es verstanden hätte, wenn Sie unterwegs einen Halt für ein ordentliches Frühstück gemacht hätten, wenn ich bedenke, um welche Uhrzeit Sie mich aus den Federn geholt haben. Wie spät war es? Halb fünf? Fünf?» Frechs Stimme klang etwas vorwurfsvoll.

Pascal verdrehte die Augen.

«Es war fünf. Tut mir leid, dass ich Sie so früh geweckt habe, aber die Sache schien mir sehr dringend zu sein. Ich hätte Sie gerne noch gestern Abend informiert, doch Ihre Sekretärin hat mir mitgeteilt, dass Sie eine ausserordentliche Sitzung haben und nicht vor Montag früh zu erreichen sind.»

«Machen Sie sich keine Vorwürfe, Sie haben richtig gehandelt. Ich hatte gestern eine Dringlichkeitssitzung mit zwei Bundesräten und ein paar Herren des Sicherheitsausschusses.»

«Hatten Sie die Sitzung wegen ANGUS und den Extremisten vom ‹Reinen Glauben›?»

«Das ist korrekt.»

Pascal traute sich nicht nachzuhaken und schwieg.

«Die Sache hat nun auch auf oberster politischer Ebene höchste Priorität. Das hat Vor- und Nachteile.» Frech machte eine Pause.

«Und die wären?»

«Das Gute daran ist, dass wir unbeschränkte Mittel und Möglichkeiten zur Verfügung gestellt bekommen, das Schlechte, dass wir nun unter Beobachtung stehen.»

«Dann würde ich vorschlagen, dass wir uns nur an das Positive halten.»

Frech fing an zu lachen.

«Das ist eine gute Idee.» Frech räusperte sich kurz. «Sie werden sich sicher fragen, warum ich Sie anrufe. Ich muss gestehen, dass ich heute Morgen nicht ganz wach war, als Sie mir von Herrn Benz und seinen Ideen berichtet haben. Deshalb wollte ich Sie bitten, mir nochmals alles kurz zusammenzufassen.»

Pascal hielt an und schaltete den Motor ab, denn er sah ein, dass er nicht gleichzeitig nach dem Weg suchen und mit Frech telefonieren konnte.

«Ich habe gestern Abend noch mit Denis telefoniert. Er hat mir eine Reihe von Vorschlägen gemacht, die ich sinnvoll finde.»

«Sie sinnvoll finden, so so.»

Pascal bemerkte sofort, dass er mit seinen Formulierungen vorsichtiger sein musste.

«Nun, Denis stellte sich die Frage, warum diese Terroristen so viel Kraft in die Vernichtung des ANGUS-Programms gesteckt haben. Er ist der Meinung, dass sie etwas Grosses vorbereiten, etwas, das auch die Schweiz betrifft.»

«Meinen Sie mit ‹etwas Grossem› ein Attentat?»

«Ja», bestätigte Pascal entschlossen.

«Und was hat Herr Benz noch erwähnt?»

«Dass die Spur von diesem Vajivalara, der Fuentes im Gefängnis von Buenos Aires besucht hat, vielleicht etwas bringen könnte.»

«Hmm, das ist sicher sinnvoll, den Mann mal genauer unter die Lupe zu nehmen. Haben Sie das bereits veranlasst?»

«Ja, ich leitete die Suche nach Vajivalara nach unserem Gespräch heute Morgen ein.»

«Sehr gut. Was noch?»

«Denis ist der Meinung, dass wir vielleicht auf den Computern von den Programmierern etwas Brauchbares finden.»

«Inwiefern?»

«Vielleicht haben die Programmierer auf ihren Computern, die ihnen von PRIOS zur Verfügung gestellt wurden, irgendwelche Daten aus dem ANGUS-Programm gespeichert. Mit etwas Glück stossen wir so auf verwertbare Daten. Verknüpfen wir die Daten miteinander, ergibt sich vielleicht ein Muster. Darum bin ich auch auf dem Weg zu Sophie

Keller. Man hat mir mitgeteilt, sie habe einen Laptop. Hatten die anderen Programmierer auch Laptops?»

«Soviel ich weiss, ja. Ich werde das gleich einmal nachprüfen lassen.»

«Das wäre mir eine grosse Hilfe, vielen Dank, Herr Frech.»

«Können Sie mir noch verraten, warum Herr Benz mit diesen Ideen erst zu Ihnen kam?»

Pascal schluckte. *Das ist also der wahre Grund des Anrufs! Sonst kann sich Frech ja auch immer alles merken. Über Jahre hinweg!*

«Eigentlich hat Denis nicht mich angerufen, sondern ich ihn. Ich gehe mal davon aus, dass seine Ideen erst während der Fahrt nach Frankreich entstanden. Und dass alles, was zwischen uns besprochen wird, sofort an Sie weitergeleitet wird, ist auch für ihn selbstverständlich. Ich habe es ihm angeboten, Sie auf dem Laufenden zu halten.

«Ich verstehe.»

Trotz der kurzen Antwort wusste Pascal, dass die Wogen nun wieder geglättet waren.

«Wo sind Sie denn jetzt genau, Herr Weber?»

Pascal schaute sich um.

«Offen gesagt habe ich keine Ahnung. Ich suche verzweifelt den Holzstapel mit dem kleinen Weg, der zum Berg führt, aber ich kann ihn nicht finden.»

«Fahren Sie hundert Meter geradeaus, dann sehen Sie ihn. Gleich nach der Kurve», erklärte Frech selbstsicher.

«Wie bitte … ich meine … woher wissen Sie denn, wo ich stehe?»

«GPS, mein Freund. Unsere Geschäftswagen sind alle mit einem Peilsender ausgerüstet. Ich kann hier auf meinem Computer wunderbar erkennen, wo Sie sich gerade befinden», erklärte er trocken.

Pascal verschlug es für einen Moment die Sprache.

«Zum Glück, sonst würde ich wahrscheinlich noch lange in den Bergen herumkurven.»

«Ich wünsche Ihnen viel Erfolg, Herr Weber. Bitte berichten Sie sofort, wenn es neue Erkenntnisse gibt. Und richten Sie Frau Keller Grüsse von mir aus. Auf Wiederhören.»

«Das werde ich tun. Auf Wiederhören, Herr Frech.» Pascal beendete das Gespräch und startete mit einem Kopfschütteln den Motor. Er hatte seinem Chef eine wichtige Information vorenthalten, denn Denis rief ihn am Abend noch einmal an, um ihm von diesem Zwischenfall mit dem falschen Polizisten zu berichten. Sie hatten beschlossen, die Sache erst einmal für sich zu behalten, bis sie mehr Details in Erfahrung bringen konnten.

Pascal fuhr langsam weiter. Wie von Frech vorausgesagt, befand sich gleich nach der Kurve der Holzstapel, bei dem er abbiegen musste. Er war froh über Frechs Hilfe, denn der kleine Pfad war kaum zu erkennen. Pascal bog ab, fuhr ein paar Meter und hielt an. Dann stieg er aus, lief zum Stapel zurück und verwischte die Reifenspuren mit Laub und Ästen.

Nach einer zwanzigminütigen, unruhigen Fahrt über kleinere Baumstämme und Steine durch das Dickicht stoppte er den Wagen vor einer grossen Felswand, die plötzlich vor ihm auftauchte. Pascal stellte den Motor ab, stieg aus und entfernte sich ein paar Schritte vom Wagen. Er legte seine Hände ins Kreuz und drückte den Rücken durch. Dabei blickte er die Felswand hoch.

So, den Berg habe ich gefunden, aber wie komme ich jetzt rein? Ich sehe nichts als Stein, kein Eingang. Pascal ging zum Wagen zurück, gab der Tür einen Stoss, damit sie sich schloss und verriegelte den Wagen per Fernbedienung. Sein Blick auf die Uhr verriet ihm, dass es kurz vor neun war.

«Guten Morgen, Herr Weber.»

Pascal drehte sich erschrocken um, instinktiv hielt er seine Hand an die Pistole, die in einem Halfter rechts an seiner Hüfte am Gürtel befestigt war. Vor ihm stand ein junger Soldat in Tarnuniform. Er streckte sofort seinen Arm aus.

«Nur keine Hektik, lassen Sie Ihre Waffe ruhig stecken. Es bekäme Ihnen nicht gut, wenn Sie sie ziehen würden, glauben Sie mir.»

«Warum?», fragte Pascal kritisch.

Der junge Soldat zeigte auf ein Gebüsch. Pascal erschrak. Keine zwei Meter von ihm entfernt lag ein gut getarnter Soldat im Gebüsch, den Lauf seines Gewehres hatte er auf Pascal gerichtet. Der junge Soldat vor ihm zeigte zu einem Baum auf der anderen Seite. Auch dort befand sich ein Soldat mit einer Waffe in der Hand. Als wäre das nicht genug, zeigte der Soldat wortlos mit ausgestrecktem Zeigefinger auf die Felswand. Pascal kniff seine Augen zusammen. Erst jetzt erkannte er eine kleine Schiessscharte, aus der ebenfalls der Lauf eines Gewehres zu sehen war. Pascal löste ganz sachte seine Hand von der Pistole und deutete den Männern mit beiden offenen Handflächen an, dass er nicht mehr beabsichtigte, seine Pistole zu ziehen. Der junge Soldat machte ein paar Schritte auf ihn zu und streckte ihm seine Hand entgegen.

«Bitte entschuldigen Sie den etwas erschreckenden Auftritt meiner Männer, aber Sie befinden sich hier auf einem Hochsicherheitsgebiet. Mein Name ist Stettler, Leutnant Christoph Stettler. Ich bin hier der leitende Wachoffizier.»

Pascal, der sich gerade etwas von seinem Schock erholt hatte, schüttelte ihm kräftig die Hand. Er versuchte zu lächeln.

«Mein Name ist …»

«Pascal Weber von der Abteilung PRIOS vom Geheimdienst, ich weiss. Sie wurden mir bereits angekündigt. Haben Sie Ihre Reifenspuren bei der Abzweigung verwischt?»

«Aber sicher, wie man es mir befohlen hat.»

«Dürfte ich noch Ihren Dienstausweis sehen?»

Pascal griff in seine Hosentasche. Als er bemerkte, dass sich die Gewehrläufe wieder gegen ihn richteten, verlangsamte er seine Bewegungen. Er hielt Stettler den Ausweis vor die Nase.

«Sehr gut. Wenn ich Sie bitten darf, mir zu folgen.» Stettler drehte sich um und ging zur Felswand.

Pascal folgte ihm.

«Jetzt bin ich aber gespannt, wo denn hier ein Eingang ist.»

«Ein Rätsel, das viele interessiert. Der Trick bei einer erfolgreichen Täuschung ist, dass man entgegen der menschlichen Logik arbeitet.» Er blieb kurz vor der Felswand stehen.

«Was heisst das?»

«Es liegt in der Natur des Menschen, die Felswand nach einer Öffnung abzusuchen. Dabei blickt man immer nach oben oder geradeaus.

«Stimmt.» Pascal suchte die Felswand nach einer Öffnung ab.

«Und wo kommt man jetzt in dieses Ungetüm rein?» Er platzte fast vor Neugier.

Der junge Leutnant zeigte auf seine Füsse.

«Sie stehen auf dem Eingang.»

Erschrocken machte Pascal einen Satz zur Seite. Stettler fing an zu lachen.

«Sie sind nicht der Erste, der erschrickt. Bitte treten Sie noch ein Stück mehr zurück.»

Kaum hatte sich Pascal etwas weiter entfernt, drückte der Offizier auf eine Fernbedienung. Ein grosser, rechteckiger Deckel öffnete sich mit einem leisen Surren. Eine gigantische Rampe fuhr gemächlich hoch. Zugleich senkte sich der Boden unter der Rampe ab. Pascal kam aus dem Staunen nicht mehr heraus. Nachdem die Rampe voll hochgefahren war, blickte Pascal skeptisch in den grossen Schlund dieser Öffnung. Unter ihm hatte sich ein richtiger Tunnel aufgemacht, in den man locker mit einem Geländefahrzeug hineinfahren konnte. Zu seinem Erstaunen führte tatsächlich eine kleine Strasse in das Innere des Berges. Der Tunnel war durch etliche Neonlampen, die sich an der Decke entlangzogen, hell beleuchtet.

«Wir nennen diesen Eingang hier Moby Dick. Wenn er voll geöffnet ist, sieht es aus, als ob ein Walfisch seinen Mund aufreisst.» Stettler zeigte auf Pascals Wagen. «Bitte fahren Sie rückwärts rein und parkieren Sie Ihr Auto nach etwa zehn Metern im Tunnel an der rechten Wand.»

Pascal folgte den Anweisungen, fuhr in den Tunnel und stellte den Wagen nach etwa zehn Metern ab. Er zog den Zündschlüssel aus dem Schloss und verliess das Auto. Im Innern war es sehr kühl und die Luft war feucht. Kaum hatte Stettler das Innere des Bergs betreten, schloss sich die Rampe wieder.

«Ich nehme an, ich brauche hier meinen Wagen nicht abzuschliessen», bemerkte Pascal ironisch, als er auf Stettler wartete.

Der junge Leutnant ging nicht auf seinen Spruch ein. Sie gingen einen langen Gang entlang. Die Wände waren zwar sorgfältig verputzt worden, trotzdem erkannte man die Strukturen des Gesteins noch deutlich. An der Decke entlang liefen etliche, sauber angeordnete Kabel. Pascal blickte sich fasziniert um.

«Hier könnte man auch mit einem Lastwagen entlangfahren.»

Stettler, der dicht hinter ihm lief, lächelte.

«Nicht gerade mit einem Lastwagen, aber der Gang wurde so konzipiert, dass kleinere Transportfahrzeuge ins Innere fahren können. Das ist vor allem für die Versorgung mit Lebensmitteln und sonstigen Gütern ein wichtiger Faktor.»

Die Schritte von Pascal und dem Soldaten hallten im Tunnel. Sie schritten immer tiefer in den Berg hinein. Nachdem Pascal zu Beginn des Tunnels das Gefühl gehabt hatte, nach unten zu laufen, kam es ihm nun so vor, als ob die Strasse wieder nach oben führte.

«Sie hätten mich auch mit meinem Wagen weiter reinfahren lassen können, dann müssten wir jetzt nicht laufen.»

«Das ist leider nicht gestattet.»

«Sie haben vorher erwähnt, dass Sie diesen Eingang Moby Dick nennen. Gibt es denn noch andere?»

«Wie kommen Sie darauf?»

«Weil Sie ‹diesen› gesagt haben.»

Stettler antwortete nicht sofort. Er grinste vor sich hin.

«Sie scheinen mir ein sehr aufmerksamer Mensch zu sein. Ja, es gibt noch andere Eingänge, die darf ich Ihnen aber nicht verraten. Aber eines darf ich Ihnen sagen. Die sind nicht so gross wie dieser, also weitaus weniger spektakulär.»

«Dann haben Sie mich an diesen Eingang gelotst, weil Sie Eindruck machen wollten?» Pascal versuchte mit etwas Humor die Situation zu entspannen, aber Stettler ging nicht darauf ein.

«Ich bestimme nicht, wer wo hineinkommt. Ich hole die Leute nur ab.»

Nach ein paar Minuten kamen sie plötzlich an eine grosse Wand aus Beton. Sie erinnerte Pascal an die Wand eines Flugzeughangars, weil sie sich der Wölbung des Tunnels so anpasste, dass sie das, was sich dahinter befand, komplett abschirmte. Die Wand war perfekt in den Felsen eingefügt.

«So, nun betreten wir den Hochsicherheitstrakt», bemerkte Stettler trocken und trat an die gigantische Wand heran.

Als Pascal näher kam, bemerkte er eine perfekt in die Wand eingelassene, breite Tür. Stettler lief zur linken Seitenwand des Tunnels, hob den Hörer des dort angebrachten Telefons ab und wählte eine Nummer.

«Leutnant Stettler, 32 44 12, bitte öffnen Sie die Tür am Nordportal.»

«32 44 12?» Pascal konnte sich ein Grinsen nicht verkneifen.

Stettler blickte ihn emotionslos an.

«Unser Zugangscode.» Der Soldat ging zur Tür. Kaum angekommen, ertönte ein leises Summen und sie öffnete sich. Stettler stiess sie auf und ging hindurch.

«Falls Sie jetzt die Hoffnung haben, dass Sie mit diesem Zahlencode überall hineinkommen, muss ich Sie leider enttäuschen, Herr Weber. Die Zugangscodes werden vergeben, wenn man den Sicherheitstrakt verlässt und sie werden stetig verändert.» Stettler zeigte Pascal an, dass er ihm folgen solle, damit er die Tür wieder schliessen konnte.

«Aber ich könnte Ihnen jetzt einfach meine Pistole an die Schläfe setzen und mir dadurch den Code erzwingen.»

Stettler schloss die Tür hinter Pascal und schüttelte den Kopf.

«Auch in diesem Fall sind wir gerüstet. Erstens haben wir Überwachungskameras, die dieses Szenario beobachten würden, und zweitens gäbe es für solche Fälle einen anderen Code, den ich der Zentrale durchgeben würde. Somit wüssten meine Kollegen sofort, dass ich in Not bin.»

«Ich sehe, Sie haben an alles gedacht. Aber das würde auch bedeuten, dass Sie mit grösster Wahrscheinlichkeit Ihr Leben lassen müssten, falls Sie Ihre Kollegen warnen würden.»

Stettler blieb kurz stehen und drehte sich um.

«Es ist mein Job, mein Leben für die Sicherheit unseres Landes zu opfern. Ihrer nicht?»

Pascal schluckte.

«Doch, doch, natürlich.»

Stettler führte Pascal zu einer weiteren schweren Tür. Auch dort wiederholte sich das Prozedere mit dem Telefonieren und dem Zahlencode. *Wenn Stettler einen Code vergisst, wird er wahrscheinlich nie mehr aus dieser kahlen Betonschleuse herauskommen.* Pascal grinste amüsiert über seinen Gedanken. Wieder öffnete sich die Tür mit einem Summen. Sie betraten einen weiteren Raum. Zu Pascals Erstaunen befand sich hinter dieser Tür ein überraschend gemütlicher Empfangsraum mit Teppich und einem Ledersofa. Eine moderne Stehlampe in der Ecke spendete warmes Licht.

«Das ist unser Warteraum», erklärte Stettler. «Aber da Sie ja angekündigt sind, müssen Sie hier nicht bleiben.» Er öffnete eine von mehreren Holztüren und zeigte Pascal an, dass er durchgehen solle.

Pascal trat hindurch und schaute sich um. Vor ihm befand sich eine grosse Treppe, die nach oben führte. An den Wänden hingen Bilder hoher Schweizer Generäle vergangener Tage. Fast ehrfürchtig stieg Pascal die Treppe hoch, ohne dabei die Generäle aus den Augen zu lassen. Als er fast oben angekommen war, überholte ihn Stettler geschickt und öffnete die nächste Tür.

Was sich dahinter befand, verschlug Pascal fast die Sprache. Sie betraten einen grossen Raum mit holzvertäfelten Wänden. Auf den ersten Blick wirkte es wie eine überdimensionale Bibliothek. An den Wänden waren grosse Regale mit Büchern. Ein breiter, massiver Holztisch stand in der Mitte. Feudale Lederstühle auf jeder Seite flankierten die lange Tafel. Auf dem Tisch stand neben einem Telefon mit vielen Tasten ein grosser Kerzenleuchter. Gleich darüber thronte ein wuchtiger Kronleuchter, versehen mit zahlreichen Kristallsteinen. Stettler schloss die Tür und grinste.

«Das ist unser Sitzungsraum. Hier drin hat schon General Guisan mit den Bundesräten seine nächsten taktischen Schritte während des Zweiten Weltkriegs besprochen.»

Pascal schaute sich um.

«Nicht schlecht. Hier drin lässt es sich aushalten.» Er deutete auf das andere Ende des Raumes. «Sogar einen Kamin gibt es hier drin?!»

«Das ist kein echter. Der sieht nur echt aus, um diesen Raum etwas gemütlicher erscheinen zu lassen. Stellen Sie sich mal vor, hier tagt die Elite der Schweizer Staatsführung unter strengsten Sicherheitsvorkehrungen und sie gäben ihr Versteck durch Rauch, der durch die Bergspitze entweicht, preis.» Zum ersten Mal lachte der sonst so trockene Stettler aus voller Brust heraus.

«Das wäre in der Tat nicht so klug, ausser man will per Rauchzeichen mit dem Feind kommunizieren.» Beide lachten ausgiebig.

Stettlers Blick wurde wieder ernster.

«Lassen Sie sich von den vielen schönen Dingen, die sich hier in diesem Raum befinden, nicht täuschen. Glauben Sie mir, wenn Sie mal eine Woche hier drin sind, fällt Ihnen trotz Luxus die Decke auf den Kopf.» Stettler zeigte auf einen Stuhl. «Bitte setzen Sie sich doch, Herr Weber. Wollen Sie etwas trinken?»

Pascal winkte ab.

«Gut, dann werde ich Frau Keller holen.» Stettler trat an die nächste Tür, öffnete sie und drehte sich plötzlich wieder um. «Darf ich Sie fragen, aus welchem Grund Sie im Wald ein zwanzigminütiges Gespräch geführt haben?»

«Wie bitte? Was habe ich?»

«Sie haben im Wald kurz vor dem Holzstapel telefoniert. Um was ging es da?» Stettlers Stimme verriet Pascal, dass der junge Leutnant nicht aus Neugier, sondern aus Pflichtbewusstsein fragte.

«Ach, das meinen Sie!», fiel es ihm wieder ein. «Mein Chef hat mich angerufen, es ging um einen aktuellen Fall. Aber warum wissen Sie davon?»

«Wir beobachten alles, was hier am Berg passiert. Wir haben gesehen, dass Sie anhielten und unsere Geräte zeigten, dass Sie telefonierten. Ich frage nur aus Sicherheitsgründen.»

«Sie haben gesehen?», wiederholte Pascal erstaunt. «Haben Sie denn da draussen überall Kameras?»

Stettler ging nicht auf die Frage von Pascal ein.

«Ich hole Ihnen nun Frau Keller hinunter. Bitte haben Sie einen Moment Geduld.» Stettler verliess den Raum und schloss die Tür hinter sich.

Erst jetzt fiel Pascal auf, wie ruhig es hier drin war. Er vernahm nur ein leises Surren, wahrscheinlich die Lüftungsanlage. Sorgfältig blickte er um sich. Er hatte das Gefühl, von dutzenden Kameras ins Visier genommen zu werden. Aus Verlegenheit griff er nach seinem Handy, musste aber feststellen, dass er keinen Empfang hatte. Ein Blick auf die Uhr verriet ihm, dass es halb zehn war. Sein Magen knurrte. Ungeduldig tippte er mit seinen Fingern auf die Tischplatte. Gerade als er entschied, sich durch die vermeintlichen Kameras nicht beeinflussen zu lassen, und aufstehen wollte, öffnete sich die Tür. Martin Klossner vom Geheimdienst betrat als Erster den Raum, dicht gefolgt von einer zierlichen, hübschen Frau mit langen, fast schwarzen Haaren. Sie trug einen eleganten schwarzen Rock und eine weisse Bluse. Eine Perlenkette zierte ihren schmalen Hals. Pascal vermutete, dass sie ungefähr gleich alt sein musste wie er. Ihm fiel auf, dass sie noch hübscher aussah als auf dem Foto. Er stand auf und lächelte sie an. Klossner nahm einen Stuhl gegenüber von Pascal und hielt ihn Sophie Keller galant hin. Sie setzte sich. Verlegen und eingeschüchtert blickte sie auf die Tischplatte. Klossner machte zwei Schritte zurück, verschränkte seine Arme und gab Pascal mit einem Kopfnicken zu verstehen, dass er sich ungestört mit ihr unterhalten konnte. Da der Tisch zu breit war, um ihr die Hand reichen zu können, ging Pascal um den Tisch herum und trat neben sie.

«Guten Tag, Frau Keller, mein Name ist Pascal Weber. Ich gehöre zur Abteilung PRIOS. Vielen Dank, dass Sie sich die Zeit für ein Treffen nehmen.»

Sophie Keller schenkte ihm ein kleines Lächeln und schüttelte seine Hand, ohne dabei aufzustehen.

«Sie wissen ja gar nicht, was Sie mir für eine Freude bereiten.»

«Ich verstehe nicht ganz?» Pascal lächelte verlegen.

Sie sah traurig aus.

«Das alles hier ist für mich wie ein Gefängnis. Natürlich weiss ich, dass es nur zu meinem Schutz ist, aber Sie können sich nicht vorstellen, wie einsam man sich hier drin fühlt. Ich bin zwar erst seit Kurzem in diesem Berg, aber ich gäbe schon jetzt meine rechte Hand für einen Spaziergang an der frischen Luft.»

Pascal setzte sich neben sie.

«Ich kann Sie sehr gut verstehen und ich verspreche Ihnen, dass wir alles dafür tun, dass Sie möglichst schnell wieder hier raus können. Brauchen Sie irgendetwas? Kleidung, etwas Spezielles zum Essen oder Bücher?»

Sophie huschte ein Lächeln über die Lippen.

«Nein danke, man sorgt gut für mich. Das Einzige, was ich wirklich brauche, ist wieder ein normales Leben.» Sie blickte ihn mit traurigen Augen an. «Konnten Sie meinen Freund,

Andreas Fuhler, über meine Situation unterrichten? Hat er mir etwas ausrichten lassen?»

Pascals Augen zuckten verlegen hin und her. Mit dieser Frage hatte er nicht gerechnet. Zwar wusste er, dass man den Freund informieren wollte, aber er wusste nicht, ob man es auch wirklich getan hatte und ob ihr Freund ihr etwas ausrichten liess. Er räusperte sich.

«Ich muss Ihnen offen gestehen, dass ich es nicht weiss. Ich bin mir sicher, dass man ihn informiert hat. Aber ob er etwas ausgerichtet hat, weiss ich nicht. Selbstverständlich werde ich das gleich nach unserem Treffen in Erfahrung bringen.»

«Ich vermisse ihn so sehr!» Sophie blickte mit gesenktem Kopf auf ihre Hände. «Er ist alles, was ich noch habe.»

«Ich versichere Ihnen, dass ich mich persönlich darum kümmern werde.»

Sophie blickte sofort wieder auf.

«Wenn Sie mit ihm sprechen, bitte sagen Sie ihm …», sie zögerte einen Moment, bevor sie weitersprach, «… sagen Sie ihm, dass er mein allerliebstes Föhlchen ist.» Verlegen lächelte sie Pascal an.

«Das werde ich gerne machen. Föhlchen, sagten Sie?» Er runzelte leicht die Stirn.

Sophie fing an zu lachen.

«Ja, das kommt von Fohlen. Weil er Fuhler zum Nachnamen heisst, da hat sich das Föhlchen irgendwann so entwickelt.»

Pascal war etwas peinlich berührt, versuchte das aber, so gut es ging, zu verstecken. Er rückte mit seinem Stuhl etwas näher an Sophie heran.

«Sie müssen mir glauben, Frau Keller, wir hätten Sie nicht hierher gebracht, wenn Sie nicht in akuter Lebensgefahr schweben würden. Leider muss ich Ihnen mitteilen, dass Ihre Kollegen …»

«… tot sind. Ermordet wurden, ich weiss. Ihre Kollegen haben es mir bereits mitgeteilt.» Mit grossen traurigen Augen blickte sie Pascal an. Sie war den Tränen nahe.

«Ich kann nicht verstehen, Herr Weber, wie es überhaupt dazu kommen konnte. Man hat mir immer versichert, dass unsere Namen unter strengster Geheimhaltung gehalten werden.»

«Ich muss Ihnen gestehen, dass wir von PRIOS auch nicht wissen, wie es den Terroristen gelang, an so geheime Informationen zu kommen. Aber darum sind wir jetzt auf Ihre Mithilfe angewiesen. Vielleicht kommen wir dank Ihnen einen entscheidenden Schritt weiter.»

«Wollen Sie damit andeuten, dass Sie keine Ahnung haben, wer diese Extremisten sind?» Nun klang ihre Stimme noch vorwurfsvoller.

«Doch wir wissen, wer sie sind. Dass heisst, wir kennen ihre Organisation. Aber wer wirklich dahinter steckt und auf welchen Wegen sie an unsere geheimen Informationen gekommen sind, ist uns nach wie vor ein Rätsel.»

«Dann wissen Sie gleich viel wie ich», bemerkte sie spitz.

«Frau Keller, den Terroristen ist es leider gelungen, dass ANGUS-Programm zu vernichten und darum ...»

«Was sagen Sie da?» Sophie blickte ihn entsetzt an. «Das ANGUS-Programm wurde vernichtet?»

Pascal nickte betroffen.

«Wollen Sie damit sagen, Herr Weber, die ganze Arbeit, die ich und meine Kollegen in den letzten Jahren geleistet haben, war umsonst? Ihr Tod war sinnlos?»

«Nein, das will ich damit nicht sagen. Aber es stimmt, Ihre Arbeit wurde vernichtet.»

Sophie schüttelte fassungslos ihren Kopf.

«Aber darum ist es jetzt für uns umso wichtiger, dass wir auf Ihre Mithilfe zählen können. Wir haben die Vermutung, dass die Extremisten etwas Grosses planen, das durch das ANGUS-Programm wahrscheinlich hätte enttarnt werden können. Darum müssen wir unbedingt alle Informationen, die wir über das Programm gesammelt haben, bündeln und auf diesem Weg versuchen herauszufinden, was diese Terroristen vorhaben. Ich bin davon überzeugt, dass wir gemeinsam diesen Schurken das Handwerk legen können.» Pascal beobachtete Sophie eingehend.

Sie blickte weiter stur auf die Tischplatte und biss sich auf die Unterlippe. Plötzlich drehte sie ihren Kopf wieder zu Pascal und fixierte ihn mit einem intensiven Blick.

«Und was wollen Sie von mir wissen?»

«Sie haben doch alle einen Computer von PRIOS zur Verfügung gestellt bekommen. Haben Sie da vielleicht Daten vom ANGUS-Programm gespeichert? Wortphrasen, Ausdrücke oder gar ganze Sätze, die Sie decodieren konnten? Irgendetwas?» Pascal blickte sie hoffnungsvoll an.

Sie überlegte einen Moment. Ihre Augen wanderten nervös hin und her.

«Nein, das durften wir aus Sicherheitsgründen nicht. Alle Daten speicherten wir einzig auf dem dafür vorgesehenen Server ab. Aber wie ist es denn den Terroristen gelungen, das ANGUS-Programm zu löschen? Das ist doch gar nicht möglich, ausser man befindet sich in der Computerzentrale des Geheimdienstes.»

Pascal zögerte mit der Antwort.

«Nun, sagen wir es mal so: Hätten wir das Programm nicht gelöscht, wären viele unschuldige Menschen gestorben.»

«Dann haben also diese Mistkerle mit einer Bombe oder etwas Ähnlichem gedroht.» Ihr feines Gesicht wirkte wütend.

Es entstand eine Pause. Pascal massierte sich die Stirn. Die Tatsache, dass absolut keine Informationen mehr vom ANGUS-Programm vorhanden waren, machte ihn etwas ratlos. Sophie brach die Stille abrupt.

«Vielleicht gibt es doch noch einen Weg, wie wir ANGUS wieder ins Leben zurückrufen können.»

Pascal blieb für einen Moment die Luft weg. Freudig strahlte er sie an.

«Ist das wahr? Gibt es eine Möglichkeit?»

«Die Chance ist klein, aber rein theoretisch müsste es klappen.»

«Wie denn?», fragte Pascal ungeduldig.

Er bemerkte, wie sie kurz einen Blick auf Klossner warf. Sie blieb ruhig. Pascal verstand den Wink.

«Martin, könntest du uns bitte für einen Moment alleine lassen?»

«Warum?», fragte Klossner beleidigt.

«Bitte stell mir jetzt keine Fragen und tu mir den Gefallen, okay?»

Klossner verschränkte beleidigt die Arme.

«Ich habe Anweisung, Frau Keller zu schützen. Und da ich für sie verantwortlich bin, entscheide ich alleine, wann ich gehe und wann nicht.»

«Martin, zwinge mich nicht, dir einen Befehl zu erteilen. Bitte verlass jetzt den Raum. Frau Keller ist bei mir sicher. Oder muss ich dich daran erinnern, dass Mitglieder von PRIOS eine höhere Befehlsgewalt haben als du?»

«Das wird ein Nachspiel haben», knurrte Klossner beleidigt und verliess den Raum.

Pascal wandte sich wieder an Sophie.

«Gibt es einen Grund, warum Sie Klossner nicht dabeihaben wollen?»

Sophie schüttelte den Kopf.

«Nein, eigentlich nicht. Er kümmert sich rührend um meinen Schutz. Wenn ich ihm einen Vorwurf machen könnte, dann lediglich, dass er sich vielleicht etwas zu intensiv um mein Wohlbefinden sorgt. Ich wollte ihn nicht dabeihaben, weil ich mittlerweile nicht mehr weiss, wem ich vertrauen kann und wem nicht. Bei Ihnen habe ich ein gutes Gefühl und bei Klossner habe ich gar kein Gefühl. Deshalb wollte ich diese Informationen nur mit Ihnen austauschen. Bitte entschuldigen Sie, wahrscheinlich werde ich hier drin ganz einfach nur paranoid.» Sie lächelte gezwungen.

«Ich kann Sie sehr gut verstehen, Frau Keller.» Pascal fühlte sich geschmeichelt, dass Sophie ihm zu vertrauen schien.

«Sophie.»

«Wie bitte?»

«Bitte nennen Sie mich Sophie. Es wäre mir lieber.»

«Gerne. Ich bin Pascal.»

Sie lächelten sich kurz an. Pascal reckte seinen Kopf etwas, um näher bei ihr sein zu können. Mit leiser Stimme fuhr er fort.

«Ich glaube, hier im Raum gibt es einige Kameras. Nicht, dass ich meinen Kollegen nicht trauen würde, aber vielleicht sprechen wir etwas leiser. Also, was wollten Sie mir vorhin sagen?»

Sophie räusperte sich kurz.

«Vielleicht ist das ANGUS-Programm nicht ganz verloren.» Sie sprach, ohne ihren Blick von ihren Händen zu heben. «Ich habe ein langes Gespräch mit Maximilian Frech über den Sicherheitsstandard des ANGUS-Programms geführt. Ich hatte grosse Bedenken dabei, alles nur auf einem Server abzuspeichern. Er bestand jedoch darauf, dass die Daten nur bei PRIOS existieren dürfen. Das erschwerte unsere Arbeit, denn wir mussten immer physisch anwesend sein, um das Programm nutzen zu können. Weil wir nicht immer alle gleichzeitig anwesend waren, verlangsamte dieser Umstand oft den Decodierungsprozess. Da wir aber zu dritt am effizientesten arbeiten konnten, stellte sich mir schon früh die Frage, wie wir dieses Problem lösen könnten.» Sie machte eine kleine Pause und biss sich kurz auf die Lippen, bevor sie ihren Kopf zu Pascal drehte.

«Sie müssen mir versprechen, dass das, was ich Ihnen jetzt sage, keine Konsequenzen für mich hat.» Sie blickte Pascal mit grossen Augen an.

«Aber klar doch!» Pascal nickte heftig.

«Damit wir quasi vierundzwanzig Stunden am Tag arbeiten konnten, habe ich das ANGUS-Programm auf unsere Laptops kopiert. Weil das Programm aber zu gross für eine Speicherplatte war, teilte ich die Software auf unsere drei Laptops auf. Wenn wir alle gleichzeitig ins Netz gingen, konnten wir das Programm nutzen, unabhängig davon, wo wir uns gerade befanden. Somit waren wir flexibler. Die Aufteilung der Software hatte nicht nur wegen der

Datenmenge Vorteile, sondern auch aus Sicherheitsgründen. Falls ein Laptop abhanden kommen sollte, konnte man mit dem darauf gespeicherten Teilprogramm nichts anfangen.»

«Heisst das, wenn wir alle drei Laptops haben, können wir das ANGUS-Programm weiterhin nutzen?»

«Ja, das ist richtig.» Etwas beschämt senkte sie den Kopf. «Ich weiss, ich habe mit dieser eigennützigen Entscheidung einen klaren Regelverstoss begangen. Aber hätte ich Frech informiert, hätte er mit Sicherheit die Programme auf den Laptops wieder löschen lassen.»

«Zum Glück haben Sie diesen Regelverstoss begangen! Und wo sind diese Computer jetzt?»

«Jeder hatte ihn bei sich. Meiner ist hier.»

«Dann müssten also Professor Stammheim und Professor Halibi ihre Laptops bei sich gehabt haben, als sie ermordet wurden.»

«Sie hatten die Laptops mit Sicherheit dabei.» Sie blickte Pascal mit verängstigten Augen an. «Denken Sie, die Terroristen haben die Laptops?»

Pascal überlegte einen Moment lang.

«Möglich wäre es natürlich, aber nicht sehr wahrscheinlich. Da nur Sie drei von dem Programm auf den Laptops wussten, gehe ich mal davon aus, dass sie den Computern keine Beachtung schenken.»

Es klopfte kurz an der Tür und Stettler trat ein.

«Entschuldigen Sie die Störung, Herr Weber, aber Herr Frech möchte Sie dringend sprechen.» Er zeigte auf das grosse Telefon auf dem Tisch. «Leitung eins.» Mit einem Lächeln verabschiedete er sich wieder und schloss die Tür.

Pascal griff zum Hörer und drückte die Taste eins.

«Herr Frech?»

«Herr Weber, gut erreiche ich Sie. Ich wollte Sie auf dem Laufenden halten. Wir haben ja aus dem Überwachungsvideo vom Berner Bahnhof ein Foto von Ben gemacht. Unsere Spezialisten haben es noch etwas bearbeitet, da die Qualität leider zu wünschen übrig liess. Die Grossfahndung läuft auf Hochtouren. Offen gesagt, erhoffe ich mir nicht allzu viel davon, da das Bild wirklich wenig hergibt. Den Laptop von Stammheim haben wir, er wurde uns mit seinen persönlichen Sachen von den Seychellen ausgehändigt. Frau Keller hat ihren Laptop dabei, nehme ich an. Das wären schon mal zwei. Leider haben wir auch feststellen müssen, dass der Laptop von Halibi mit grösster Wahrscheinlichkeit weg ist.»

«Was heisst das?» Pascals Herz schlug schneller.

«Auf dem Video der Überwachungskamera ist deutlich zu sehen, wie Halibi mit einer Laptoptasche in den Zug einsteigt. In Basel wurde diese Tasche aber nicht mehr bei den persönlichen Gegenständen von Halibi gefunden. Falls der Laptop in dieser Tasche drin war, ist er jetzt weg.»

«Und zu Hause oder sonst irgendwo?»

«Nein, das haben wir alles schon geprüft.»

«Denken Sie, die Terroristen haben ihn?» Pascal bemerkte, wie Sophie mit offenem Mund das Gespräch verfolgte. Sie schien zu merken, worum es ging.

«Ich gehe davon aus, dass ihn die Terroristen haben, aber vielleicht hat auch nur ein Passant die Tasche mitgehen lassen. Man weiss ja nie.»

«Das ist leider sehr schlecht.»

«Ja, das ist es», bestätigte Frech. «Wir hätten die Daten auf diesem Computer sicherlich gut gebrauchen können.»

«Nicht nur aus diesem Grund ist es sehr schlecht. Ich habe gerade ein längeres Gespräch mit Frau Keller geführt und wir haben eine Möglichkeit gefunden, wie wir das ANGUS-Programm zurück ins Leben rufen könnten, vorausgesetzt wir haben alle drei Laptops.» Pascal nickte Sophie beruhigend zu, um ihr zu vermitteln, dass er die Sache mit dem geteilten ANGUS-Programm so auslegen würde, dass es nicht wie ein Regelverstoss aussah.

«Das hört sich sehr interessant an. Wie ist denn das möglich?»

«Vereinfacht gesagt, kann man die Daten der Laptops miteinander koppeln, ihre Datenkopien aufeinander abstimmen und so das Programm wieder starten.»

«Wie bitte? Das müssen Sie mir noch einmal erklären», hakte Frech nach.

«Die Informationen, die ANGUS geliefert hat, verarbeiteten die Programmierer auch auf ihren Laptops. Nun hat mir Frau Keller erklärt, dass es bei jeder Bearbeitung eine Art Teilabdruck des Programms gab. Vielleicht besteht die Möglichkeit, wenn man alle Teilabdrücke zusammenführt, dass man die Grundstruktur des Programms rekonstruieren kann.» Pascal verzog das Gesicht. Es behagte ihm gar nicht, dass er seinen Chef anschwindeln musste.

«Sie meinen, wie bei einem Buch? Wenn man Seite für Seite einzeln zusammenfügt, ergibt das am Schluss ein Ganzes?»

Pascal blickte zu Sophie und zog fragend seine Schultern hoch.

«So ähnlich, Herr Frech.»

Frech machte eine Pause. Pascal vernahm nur ein leises Rauschen in der Leitung. Gebannt wartete er auf seine Antwort.

«Nun gut, ich bin nicht der Experte, aber wenn das Frau Keller behauptet, dann wird es schon stimmen.»

Pascal atmete erleichtert auf.

«Das bedeutet aber, Herr Weber, dass wir nicht zwingend alle drei Laptops brauchen, oder?»

«Warum meinen Sie?» Pascal schluckte.

«Vielleicht kriegen wir schon genug Informationen zusammen, wenn wir die anderen Computer miteinander koppeln. Sollte eigentlich klappen, oder verstehe ich da etwas nicht richtig?»

Pascal dachte kurz nach. Wieder versuchte er, eine plausible Antwort zu formulieren.

«Nun, rein theoretisch haben Sie recht, aber wir haben die grössten Chancen, wenn wir alle drei Laptops besitzen.»

«Haben wir aber nicht! Wir müssen jetzt mit dem Material arbeiten, das wir haben. Da Frau Keller wohl am besten darüber Bescheid weiss, wie man das Programm reanimieren kann, schlage ich vor, ich lasse den Computer von Professor Stammheim umgehend zu ihr bringen. Falls sie irgendwelche Unterstützung oder Material braucht, soll sie es uns mitteilen.»

«In Ordnung, ich werde es ihr sagen. Da fällt mir noch etwas ein, Herr Frech. Wurde der Freund von Frau Keller schon informiert?»

Sophies Augen wurden augenblicklich grösser. Hoffnungsvoll starrte sie Pascal an.

«Ja, wir haben ihn davon in Kenntnis gesetzt, dass Frau Keller kurzfristig und unerwartet abreisen musste. Wir haben ihm gesagt, dass sie ganz dringend in einem Computercamp an einem geheimen Ort als Expertin gebraucht wird.»

«Computercamp? Haben wir sowas?»

«Nein. Aber da Frau Keller offiziell als IT-Spezialistin beim Bund angestellt ist, schien mir die Erklärung ganz plausibel zu sein. Da das Computercamp als geheim deklariert wurde, ist sie nicht erreichbar. Und das abrupte Verschwinden erklärte ich mit einem Problem, das sofort behoben werden muss. Wir bleiben in Kontakt mit ihm, um ihn auf dem Laufenden zu halten.»

«Hat er irgendetwas dazu gesagt?»

«Nein», antwortete Frech trocken.

«Sehr gut, ich werde Frau Keller darüber informieren.» Pascal hakte bewusst nicht nach, um nicht zu offenbaren, dass sich Sophies Freund nicht wirklich Sorgen zu machen schien. Er hatte schon vorher bemerkt, dass sie sehr an ihm zu hängen schien, und die Wahrheit würde sie nur zusätzlich belasten.

«Also, Herr Weber, ich werde den Laptop Frau Keller sofort zukommen lassen, damit sie gleich mit der Arbeit beginnen kann. Halten Sie mich auf dem Laufenden. Auf Wiederhören.» Frech hängt auf.

Pascal legte den Hörer nachdenklich wieder auf die Station.

«Und, was hat er über meinen Freund gesagt?», fragte Sophie ungeduldig.

Pascal lächelte gequält.

«Herr Frech hat mir gesagt, dass Ihr Freund informiert wurde und er Sie sehr vermisst, aber versteht, dass Sie so schnell verschwinden mussten.»

«Kennt er denn die Wahrheit?»

«Nein, man hat ihm erzählt, dass Sie vom Bund in ein Computercamp an einen geheimen Ort geschickt wurden.»

«Und das hat er geglaubt?»

«Offensichtlich, ja.»

«Hoffentlich ist das alles nicht zu viel für ihn, er hatte es in letzter Zeit nicht einfach.» Sie seufzte. «Wir hatten einige Probleme.»

Pascal spürte, dass sich hinter dieser Aussage eine lange Geschichte verbarg, aber er traute sich nicht nachzufragen.

«Wir müssen jetzt einfach so schnell wie möglich diesen dritten Computer auftreiben, damit wir das Programm wieder verwenden können. Frech lässt Ihnen umgehend den Laptop von Stammheim zukommen. Versuchen Sie mal, so viele Informationen wie möglich zu sammeln.»

Sophie wirkte abwesend. Sie drehte ihren Kopf zu Pascal.

«Sie werden meinem Freund aber meinen Gruss ausrichten, ja?»

«Versprochen.»

Plötzlich klopfte es wieder an der Tür. Stettler trat ein.

«Ich habe gesehen, dass Sie das Telefonat beendet haben. Brauchen Sie noch etwas?»

Pascal schüttelte den Kopf.

«Nein danke. Ich werde nun wieder abreisen. Aber eine Frage habe ich noch, Herr Stettler.»

«Wie kann ich Ihnen helfen?»

«Wurde dieser Raum jetzt auch überwacht?»

«Sie meinen, ob wir Ihr Gespräch mitgehört haben?»

Pascal nickte.

Stettler fing an zu grinsen.

«Nein. Das würden wir uns nie erlauben. Ich werde dann mal alles für Ihre Abreise bereit machen.» Er drehte sich um und verliess den Raum.

Pascal bemerkte, dass Sophie ihm noch etwas sagen wollte, aber zögerte.

«Ist noch etwas, Sophie?»

«Ja. Ich habe heute Morgen das hier in einem Gang gefunden.» Sie legte eine Armbandkette mit vielen Holzkügelchen auf den Tisch. «Das ist der Grund, warum ich Sie unbedingt alleine sprechen wollte.»

Pascal griff nach dem Armband und betrachtete es näher.

«Was ist das?»

«Das ist ein Rosenkranz», erklärte sie.

«Ich verstehe nicht ganz.»

«Dieser Rosenkranz hat dreiunddreissig Perlen.»

Pascal lächelte verlegen.

«Und was bedeutet das?»

«Das Band hat dreiunddreissig Perlen!», stellte Sophie energisch fest.

«Dreiunddreissig?»

«Man preist damit Gott. Dreiunddreissig Mal für seine Werke und sein Tun, dann dankt man ihm dreiunddreissig Mal und abschliessend preist man dreiunddreissig Mal seine Grossartigkeit, Allwissenheit und Gerechtigkeit.»

Pascal zuckte mit den Schultern.

«Dann wird wahrscheinlich hier drin irgendein Soldat ein guter Christ sein.»

Sophies Augen verrieten, dass sie Angst hatte.

«Das hier ist ein Sabbha, ein islamischer Rosenkranz.»

Kapitel 13: Südfrankreich, Hyères, Montag, 6. Juli, 10:19

Denis wartete gespannt in Eric Bussons Büro. Ungeduldig schaute er sich um. Der Raum war ein typisches Polizeibüro mit wenig Charme und nur einem Fenster zu seiner Linken. Vor ihm stand ein breiter, alter Holztisch mit einem französischen Fähnchen darauf. Viele Akten stapelten sich unordentlich auf dem Tisch. Ein Computerbildschirm, die dazugehörende Tastatur vermutete Denis unter den Akten, stand in der linken Ecke des Bürotischs. In der rechten hinteren Ecke des Raums stand ein Holzschrank, der schon ziemlich in die Jahre gekommen war. An den Wänden hingen grosse Poster und Landkarten. Auf den Postern waren etliche zur Fahndung ausgeschriebene Terroristen mit einem Foto abgebildet.

Denis hatte wieder schlecht geschlafen. Langsam schlug der Schlafmangel auf sein Gemüt. Nachdem er gestern Abend begriffen hatte, dass er sich mit einem Mann unterhalten hatte, der nicht der echte Busson gewesen war, ging er das Gespräch in Gedanken immer und immer wieder durch, um herauszufinden, ob er wichtige Informationen preisgegeben hatte. Ihm war die ganze Sache sehr unangenehm, weshalb er auch entschieden hatte, den Vorfall erst einmal für sich zu behalten. Nur Pascal hatte er davon am Telefon erzählt.

Leider hatte auch Renée Müller mitbekommen, dass er wegen dieser Geschichte nicht ganz bei der Sache gewesen war, was dazu geführt hatte, dass sie sich kurz vor Mitternacht schon wieder voneinander verabschiedeten. Denis hatte sein etwas abwesendes Verhalten damit erklärt, dass er von der Reise müde war. Renée zeigte Verständnis und schlug ihm vor, dass sie sich heute Nachmittag treffen sollten, wenn er ausgeschlafen hatte. Er willigte ein. Sie gefiel ihm immer mehr. Renée sah nicht nur toll aus, sie war auch unglaublich witzig und intelligent. Wäre dieser dumme Vorfall nicht passiert, hätten sie bestimmt einen tollen Abend zusammen verbracht. Er nahm sich vor, es heute Nachmittag besser zu machen. Aber erst wollte er sich hier einen Überblick verschaffen und den echten Busson treffen. Hier auf dem Polizeiposten konnte er sich wenigstens sicher sein, dass er den richtigen Mann traf.

Denis blickte auf seine Uhr, es war halb elf. Er stand auf und ging zu einem der Plakate. Er betrachtete die Fotos näher. Die grosse Überschrift verriet ihm, dass es sich auf diesem Poster um Terroristen der baskischen Untergrundbewegung ETA handelte. Unter den Bildern der Name, das Alter und das Verbrechen der Person. Denis war sehr überrascht, wie viele Frauen auf dem Plakat waren. Offenbar unterschied sich der europäische Terrorismus in diesem Punkt ganz entscheidend von den islamistischen Extremisten, denn da gab es noch keine bekannten Terroristinnen. *Terroristinnen? Wie heissen eigentlich Frauen, die den Terrorismus unterstützen?* Denis kam nicht mehr dazu, sich nähere Gedanken darüber zu machen. Busson trat mit Akten bewaffnet ein, schloss die Tür und lief mit ausgestreckter Hand auf Denis zu.

«Guten Morgen, Herr Benz, ich freue mich, Sie kennenlernen zu dürfen. Ich habe noch nie mit dem Schweizer Geheimdienst zusammengearbeitet. Man hört nur Gutes! Mein Name ist Eric Busson, wir haben gestern zusammen telefoniert.» Er reichte Denis kurz die Hand, ging um seinen Schreibtisch herum und legte die Akten auf die anderen drauf. Nachdem er sich gesetzt hatte, lehnte er sich weit zurück und betrachtete Denis etwas genauer.

Denis schluckte. Dieser Mann sah ganz anders aus, als jener, der sich gestern als Eric Busson ausgegeben hatte. Der echte Busson war etwa fünfzig Jahre alt, hatte braunes Haar und eine spitze Nase. Seine Haut war bleich, was durch sein gelbes, ärmelloses Hemd noch zusätzlich unterstrichen wurde. Hätte ihn Denis auf der Strasse getroffen, hätte er wohl eher vermutet, dass es sich um einen Primarlehrer oder einen Wissenschafter handelte, aber nicht um einen Polizisten der französischen Antiterrorabteilung. Bussons Körper erschien Denis schmächtig und zerbrechlich. Denis regte sich innerlich sehr über sich selber auf. Wie konnte er nur so dumm sein, dem Mann in der Bar den Polizisten einfach so abzukaufen?

«Wie ich gestern am Telefon festgestellt habe, sprechen Sie perfekt Französisch. Ist es für Sie in Ordnung, wenn wir bei meiner Landessprache bleiben?»

«Ja klar.»

«Ich möchte mich nochmals für meine Absenz gestern entschuldigen, aber kurz nach unserem Telefonat haben sich hier die Ereignisse überschlagen. Ich komme später darauf zurück. Also, Herr Benz, warum sind Sie denn zu mir gekommen?» Busson lehnte sich nach vorne und schaute Denis interessiert an.

«Herzlichen Dank, Herr Busson, dass Sie sich die Zeit genommen haben. Ich wurde an Sie verwiesen, weil man mir gesagt hat, Sie seien einer der Besten.»

Busson schmunzelte zufrieden. Das Kompliment schien ihm zu gefallen.

«Wir haben im Moment ein grösseres Problem mit islamistischen Terroristen. Wir wissen, dass es sich um eine Terrorzelle mit dem Namen ‹Reiner Glauben› handelt.» Denis machte eine kurze Pause, um Bussons Reaktion auf diesen Namen beobachten zu können.

Busson pfiff durch die Zähne und lehnte sich wieder zurück.

«Der ‹Reine Glaube›. Ja, die sind mir bestens bekannt. Eine äusserst gefährliche Gruppe. Ihr Sitz ist in Pakistan. Lange war es ruhig um diese Organisation, ich dachte schon, sie hätten sich aufgelöst. Als dann aber der amerikanische Präsident den baldigen Rückzug seiner Truppen aus Afghanistan ankündigte, wurden sie wieder sehr aktiv. Ihnen werden starke Verbindungen zur Al Kaida nachgesagt, was mir auch logisch erscheint.»

«Warum erscheint Ihnen das logisch?»

«Die Pakistaner führen seit Jahrhunderten einen erbitterten Krieg gegen Indien. Da Pakistan zwischen Indien und Afghanistan liegt, ist es den Pakistanern natürlich wichtig, nicht von diesen beiden Mächten in die Zange genommen zu werden. Und weil sich in Afghanistan ein Umbruch ankündigt, sind diese Terroristen nun der Meinung, dass sie Al Kaida unbedingt unterstützen müssen, um ihren Einfluss in Afghanistan zu verstärken. Gelingt es Pakistan, sich mit Afghanistan zu verbünden, können sie gemeinsam gegen Indien vorgehen.»

«Aber Al Kaida herrscht doch nicht in Afghanistan», stellte Denis irritiert fest.

«Nicht?» Busson liess die Frage so lange im Raum stehen, dass sie zur Antwort wurde.

«Wer herrscht denn jetzt in Afghanistan? Die eigene Regierung? Die Amerikaner? Ich würde sagen, keiner der beiden. In Afghanistan herrscht das pure Chaos. Noch immer herrscht Krieg. Den Amerikanern ist es nicht gelungen, dem Land die ersehnte Ruhe und Stabilität zu bringen. Und die afghanische Regierung ist ein Witz! Ohne die Amerikaner und deren Soldaten würden die afghanischen Staatsoberhäupter keinen einzigen Beschluss durchführen können. Und nun verschwinden die Amerikaner langsam aus Afghanistan und überlassen das Land und das gepeinigte Volk wieder sich selber.» Busson stand auf, ging um den Schreibtisch herum und setzte sich auf die vordere Kante. Er fixierte Denis mit seinen braunen Augen.

«Und jetzt frage ich Sie, Herr Benz, wer wird wohl nach dem endgültigen Abzug der US-Soldaten die Macht am schnellsten an sich reissen können?» Busson nickte selbstgefällig. «Und genau darum sind die Terroristen vom ‹Reinen Glauben› so interessiert daran, ein starker Partner von Al Kaida zu werden. In diesem brutalen Spiel geht es schon längst nicht mehr um religiöse Ideale oder Geld. Es geht um pure Macht. Alle wollen dasselbe: Einfluss, Macht und Herrschergewalt!»

«Und was wollen Sie mir damit sagen?»

«Ich will Ihnen damit verdeutlichen, dass diese Terroristen zum ersten Mal seit Jahrhunderten eine Möglichkeit sehen, ihren Erzfeind Indien mit einer geballten Macht gegenübertreten zu können. Und genau das macht sie unglaublich gefährlich. Sie werden alles dafür tun, um an ihr Ziel zu gelangen. Egal, wie brutal die Mittel sein werden, egal, wie viele Leute sie umbringen müssen, egal, ob Kinder, Frauen oder sonstige Zivilisten. Das ist ihre Chance!»

Denis schluckte. Bussons Worte lagen ihm schwer auf dem Magen.

«Und ich sage Ihnen noch etwas, Herr Benz. Nicht nur die Terroristen werden in dieser Frage ein Problem sein, sondern auch höhere Instanzen.»

«Höhere Instanzen?»

«Ich meine damit die pakistanische Regierung.»

«Wie bitte?»

«Es ist ein offenes Geheimnis, dass sich die pakistanische Regierung im Kampf gegen den internationalen Terrorismus nicht gerade mit grossem Elan hervorgetan hat.»

«Wollen Sie damit sagen, die pakistanische Regierung arbeitet mit diesen Terroristen zusammen?»

«Nein, das will ich nicht damit sagen. Sie arbeiten nicht mit den Terroristen zusammen, aber sie arbeiten auch nicht gegen die Terroristen.»

«Und wie kommen Sie darauf?»

«Die Amerikaner kämpfen schon seit Jahren um die Gunst der Pakistaner, doch trotz aller Bemühungen machen sie keine wirklichen Fortschritte. Die pakistanische Regierung signalisiert zwar immer sehr geschickt ihre Bereitschaft und sie nehmen auch gerne das Geld der Amerikaner, aber zu einer erfolgreichen Zusammenarbeit gegen die Terroristen ist es nie gekommen. Auch Osama Bin Laden hat in diesem Land Unterschlupf gefunden, bis ihn die Amerikaner endlich ausfindig machen konnten …»

«Aber das wäre ein Skandal. Warum lassen sich die ‹Amis› das bieten?»

«Ganz einfach: Es bleibt ihnen nichts anderes übrig. Noch einen Krieg können sie sich einfach nicht erlauben ...»

«Aber warum steht die pakistanische Regierung nicht wenigstens offen zu Afghanistan?»

Busson grinste.

«Warum sollten sie das? Wenn sie alles haben können! Die Terroristen lassen sie in Ruhe, weil sie in Pakistan ein leichtes Spiel haben und die Amerikaner werben um ihre Gunst. Besser könnte es ja für sie nicht laufen.»

Denis war sprachlos. Alles, was dieser Busson sagte, machte irgendwie Sinn, aber er konnte oder wollte es nicht glauben. Denis wechselte das Thema, um nicht weiter darüber nachdenken zu müssen.

«Und was können Sie mir zum ‹Reinen Glauben› in Frankreich sagen?»

Busson blickte Denis ein paar Sekunden an, bevor er antwortete.

«Wir haben gerade in den letzten Wochen verstärkte Aktivitäten im Internet festgestellt, die darauf hindeuten, dass sie sich auch hier in Europa befinden. Sie schicken verschlüsselte Nachrichten über unzählige Datenwege, um deren Herkunft zu verschleiern. Klar ist nur, dass eine starke Massierung der Nachrichten in Hyères stattfindet, was aber nicht zwingend heissen muss, dass sich die Terroristen auch hier befinden. Wir haben aber vor ein paar Tagen eine neue Massnahme ergriffen, von der wir uns viel erhoffen.»

Busson ging wieder an seinen Platz, griff sich erstaunlich zielbewusst eine Akte aus dem Stapel heraus und setzte sich.

«Ich nenne diese Taktik die ‹Mikado-Taktik›.»

«Wie funktioniert die und was erhoffen Sie sich davon?»

«Lassen Sie mich das so erklären: Früher stellten wir fest, dass ein verschlüsseltes Gespräch durch die Datenautobahn geschickt wurde. Wir klinkten uns ein und verfolgten den Weg zurück. Da wir aber über viele Umwege gehen mussten, war das Gespräch immer schon beendet, bevor wir auch nur im Geringsten vermuten konnten, aus welcher Richtung das

Gespräch geführt wurde. Nun schicken wir nicht nur einen Impuls los, sondern …»

«… Sie schicken gleich mehrere von verschiedenen Stationen, weil sich so die Chance erhöht, dass ein Impuls den Weg findet», ergänzte Denis entgeistert. Er wurde kreideweiss.

«Genau! Woher wissen Sie das?», fragte Busson erstaunt.

Denis' Herz schien für einen Moment auszusetzen. Er schwitzte. Busson hatte ihm eben das erklärt, was ihm der fremde Mann schon in der Bar gesagt hatte. Die Terroristen wussten also darüber auch schon Bescheid. Die ganze Sache wurde ihm langsam unheimlich.

«Ist nur so eine Vermutung», stammelte er.

«Geht es Ihnen nicht gut?» Busson blickte Denis besorgt an.

«Wieso?»

«Sie wirken etwas verwirrt. Wollen Sie ein Glas Wasser?»

Denis winkte heftig ab und räusperte sich.

«Nein danke, mir geht es gut. Ich hatte gestern einfach eine lange Fahrt und ich schlafe in letzter Zeit etwas wenig wegen dieser Terroristen …»

«Ach so. Das kann ich verstehen, diese Bastarde bereiten mir auch so manche schlaflose Nacht.»

Plötzlich klingelte das Telefon auf Bussons Schreibtisch.

«Stört es Sie, wenn ich schnell dieses Gespräch annehme?»

«Nein, ich bitte darum.»

Busson nahm das Gespräch entgegen. Denis war heilfroh über diesen Unterbruch. Er gab ihm Zeit zum Überlegen. Er war in einer Zwickmühle. Würde er Busson von dem gestrigen Treffen erzählen, stünde er wie der letzte Depp da. Zudem ginge es keine Stunde, bis sein Chef davon wüsste. Würde er es für sich behalten, hielt er womöglich wichtige Informationen zurück, die auch für Busson von immenser Bedeutung sein könnten. Denis tippte nervös mit dem Finger auf seinen Oberschenkel. Im Büro wurde es immer heisser, er schwitzte. Denis versuchte, sich zu beruhigen, um einen klaren Gedanken fassen zu können. Er lenkte sich ab, indem er wieder zu den Plakaten mit den Terroristen blickte und deren

Namen auf diese Distanz zu entziffern versuchte. Der Trick half, er wurde ruhiger. Er entschied, den gestrigen Vorfall erst einmal für sich zu behalten und zu versuchen, Busson sonst irgendwie darauf hinzuweisen, dass seine neue «Mikado-Taktik» mittlerweile wertlos war.

Busson beendete sein Gespräch und wandte sich wieder Denis zu.

«Bitte entschuldigen Sie, das war mein Chef. Sie wissen ja, wie das ist. Nimmt man das Gespräch nicht entgegen, vermuten sie gleich, dass man nicht am Arbeiten ist.» Busson fing an zu lachen.

Denis stimmte ein, doch es gelang ihm nicht wirklich glaubhaft.

Busson lehnte sich zurück und stöhnte.

«Puh, was für eine Hitze. Und ausgerechnet heute funktioniert mein Ventilator nicht.» Er zeigte mit seinem Zeigefinger an die Decke.

«Warum haben Sie denn keine Klimaanlage?»

«Klimaanlage? Bei unserem Budget?» Busson fing an zu lachen. «Wenn es darum geht, neue Blinker für unsere Panzer zu kaufen, ist unser Präsident immer sehr grosszügig. Aber wenn man ihn fragt, ob man in einem der heissesten Teile seines Landes eine Klimaanlage kaufen kann, dann muss er immer sparen … Aber lassen wir das, sich beklagen bringt sowieso nichts. Sprechen wir lieber über unsere Zusammenarbeit gegen den Terrorismus. Ich habe da noch ein paar Informationen, die eventuell ganz nützlich für Sie sein könnten.»

«Ich bin ganz Ohr.»

«Wie ich Ihnen anfangs erklärte, haben sich gestern Abend die Ereignisse überschlagen. Kurz nachdem wir uns verabredet hatten, stellten wir sehr intensive Aktivitäten im Netz fest, die eindeutig dem ‹Reinen Glauben› zugeordnet werden konnten. Ich habe versucht, Sie zu erreichen, aber leider hatte ich weder auf dem Handy noch übers Festnetz des Restaurants Glück.»

«Mein Handy hatte ich auf lautlos gestellt und im Restaurant war die Hölle los. Da wird man wohl keine Zeit gehabt haben, noch Gespräche zu führen. Aber warum haben Sie nicht einfach einen Kollegen vom Büro vorbeigeschickt?»

«Da haben Sie recht. Aber nachdem unsere Software Alarm geschlagen hat, wurde die ganze Sache noch viel dringender und ich brauchte hier jeden Mann. Aber lassen Sie uns jetzt nicht eine grosse Geschichte daraus machen, wir sehen uns ja jetzt.»

«Was sind denn diese brennenden Neuigkeiten?»

«Bevor wir gestern zum ersten Mal telefonierten, verriet uns mein neues Programm, dass es am Nachmittag ein Internetgespräch gab, das höchst interessant war. Die neue Software konnte zwar das Gespräch nicht an seinen Ursprungsort zurückverfolgen, doch zeigte es uns eindeutig kurze Datenwege an.»

«Und was bedeutet das, dass kurze Datenwege genutzt wurden?» Denis musste sich beherrschen. Er war der Meinung, das dieser französische Kollege zu viel um den heissen Brei redete.

«Nun, das Gespräch konnten wir leider nicht entschlüsseln, dafür ist ja Ihr ANGUS-Programm zuständig, welches wir leider nicht nützen dürfen.»

«Woher wissen Sie von ANGUS? Das ist ein geheimes Programm, das nur von Geheimdiensten in Anspruch genommen werden darf.»

Busson lächelte ihn beleidigt an.

«Wir sind zwar nur die Polizei und kein Geheimdienst, meine Abteilung ist aber auf Terrorismus spezialisiert. Mit Verlaub, ich behaupte sogar, wir gehören zu den Besten. Selbstverständlich wissen wir über viele Dinge Bescheid, die der normalen Polizei verwehrt werden.» Seine Augen funkelten Denis an.

«Dass Sie zu den Besten gehören, zeichnet sich schon nur daran aus, dass ich zu Ihnen geschickt wurde.» Denis versuchte mit seinem Kompliment, Busson wieder milde zu stimmen.

Busson lächelte zufrieden und fuhr fort.

«Was wir aber zum ersten Mal eindeutig feststellen konnten, ist, dass sich eine Zelle hier in Südfrankreich befinden muss. Eigentlich vermuten wir hier nicht nur eine Zelle, sondern zwei.»

«Zwei?»

«Zwei.»

«Dass es eine Zelle hier in Hyères gibt, haben wir ja vermutet, aber, dass es gleich zwei gibt, überrascht mich jetzt schon.»

Busson hielt es nicht mehr auf seinem Stuhl. Er stand auf.

«Ich war genauso überrascht wie Sie jetzt, Herr Benz. Ich war aber noch viel überraschter, als gestern Abend dieser Alarm ausgelöst wurde.»

«Aber warum wurde denn Alarm ausgelöst?»

«Plötzlich, kurz nach acht, gab es unheimlich viele Aktivitäten im Netz. Es machte den Eindruck, als ob gleich mehrere Terroristen aus aller Welt miteinander über die Internettelefonie kommunizieren würden. Eine Art Telefonkonferenz. Erst dachte ich, das ist der Jackpot! Ich glaubte fest daran, dass wir mindestens einen Datenpfad zurückverfolgen könnten. Darum habe ich alle Kräfte mobilisiert, die ich zur Verfügung hatte.» Busson seufzte.

«War es nicht der Jackpot?», fragte Denis zögerlich.

«Keiner der Datenpfade konnte erfolgreich zurückverfolgt werden. Wenn ich es nicht besser wüsste, würde ich behaupten, die Extremisten haben unser System überlistet. Was aber im Prinzip fast unmöglich ist.»

«Warum?»

«Dieses Programm habe ich ganz neu entwickelt.»

«Vielleicht hat es noch Kinderkrankheiten, an die man nicht dachte?»

«Schon möglich.» Busson senkte seinen Kopf. «Aber noch ist es nicht gesagt, dass das Programm nicht hält, was es verspricht. Warum sollte es nicht möglich sein, dass es gestern tatsächlich eine Art Telefonkonferenz gab? Warum sollte es ein Täuschungsmanöver gewesen sein?»

Denis antwortete nicht sofort. Er wusste, dass er jetzt vorsichtig sein musste.

«Ich gebe Ihnen recht. Vielleicht zeigt diese Massierung auf, dass etwas Grosses geplant wird. Wer weiss, vielleicht gelingt es uns dank Ihres Programms bevorstehende Attentate sogar zu vereiteln. Auf jeden Fall haben Sie uns schon eine wichtige Information geliefert: Es steht uns ein grosser Anschlag bevor.»

Busson nickte nachdenklich.

«Lassen Sie uns doch nochmals auf Ihre Aussage zurückkommen», fuhr Denis fort, «dass Sie nachweisen können, dass sich hier tatsächlich zwei Zellen des ‹Reinen Glaubens› befinden. Können Sie auch sagen wo?»

«Ich habe nicht gesagt, dass es zwei Zellen des ‹Reinen Glaubens› sind, ich kann nicht einmal mit Sicherheit behaupten, dass es überhaupt der ‹Reine Glauben› ist. Ich kann nur sagen, es handelt sich um Terroristen, die sich miteinander unterhalten, weil sie das eindeutig den Extremisten zugewiesene Verschlüsselungsprogramm für ihre Kommunikation benutzen.»

Denis überlegte einen Moment.

«Gehen wir mal davon aus, dass es sich um den ‹Reinen Glauben› handelt.»

«Warum sollten wir das tun?», unterbrach ihn Busson.

«Sagen wir es mal so: Wir hatten in der letzten Woche einige Ereignisse, die sicher dem ‹Reinen Glauben› zugeordnet werden können. Somit wissen wir, dass sie in Europa verstärkt aktiv sind. Wir wissen auch, dass zurzeit keine andere terroristische Organisation mit islamistischem Hintergrund in Europa operiert. Die Chance, dass die Zellen hier zum ‹Reinen Glauben› gehören, ist also gross. Ich frage mich viel mehr, warum sie miteinander telefonieren, wenn sie sich doch treffen könnten. Das wäre doch viel sicherer.»

«Entweder sie fühlen sich so sicher mit der Internettelefonie oder sie gehören nicht zur gleichen Organisation beziehungsweise zu einer Splitterorganisation.»

«Aber das macht doch keinen Sinn, wenn sie nicht zur gleichen Organisation gehören würden.»

«Oh doch, das macht leider sehr viel Sinn. Wir wissen, dass die Extremisten dieser Welt mittlerweile sehr gerne und leider auch gut zusammenarbeiten. Sie sind extrem gut vernetzt. Man teilt sich die Aufgaben auf, um effizienter vorwärts zu kommen. Früher wurde eine Terrororganisation von einer Spitze geführt. Das hatte den Vorteil, dass man Aktionen koordiniert und präzise steuern konnte. Es hatte aber auch den Nachteil, dass, wenn man den Kopf erwischte oder eliminierte, die ganze Organisation zusammenbrach und sich neu formieren musste. Heutzutage ist das anders. Heute gibt es viele einzelne Zellen, die ihre Aufträge autonom durchführen. Erwischt man eine, gibt es noch dutzende andere, die davon nicht betroffen sind. Diese Methode ist viel effizienter.»

«Also gut, dann gibt es also zwei Zellen des ‹Reinen Glaubens› in Südfrankreich und eine in der Schweiz», fasste Denis zusammen.

«Nein, in der Schweiz gibt es keine Zelle. Zumindest keine, die eine führende Funktion hat. Das haben unsere Ermittlungen gezeigt. Ich vermute, dass sich die Zentrale des ‹Reinen Glaubens› hier in Südfrankreich befindet und sie von hier aus ihre Anschläge auf Europa planen. Ich vermute, dass es noch eine weitere Zelle geben muss, die entweder zum ‹Reinen Glauben› dazugehört, oder sich zumindest stark mit ihm verbunden fühlt.»

«Und was macht Sie so sicher, dass es keine Zelle in der Schweiz gibt?»

«Ganz einfach. Ich habe mir erlaubt, die Datenwege zu prüfen, die in der letzten Woche genutzt wurden. Es gab keine Massierung in der Schweiz, aber eine in Frankreich. In die Schweiz gab es nur eine Verbindung hinein und eine hinaus.

Hier in Frankreich haben wir alleine gestern drei eingehende und drei abgehende Impulse registriert. Das deutet darauf hin, dass von hier aus organisiert wird, denn wer viele Impulse abgibt, gibt vermutlich auch Befehle weiter, wer nur empfängt, führt nur aus. Das gleiche Muster konnten wir in den vergangenen Monaten auch in Pakistan beobachten. Nun hat sich dieses Muster von Pakistan nach Frankreich verlagert. Und falls Ihre Theorie stimmt, dass der ‹Reine Glauben› einen grossen Anschlag plant, ist es auch sinnvoll, dass sie quasi vor Ort sind.»

«Das heisst aber auch, dass wir nicht mehr viel Zeit haben, oder?» Denis blickte Busson mit grossen Augen an.

Busson nickte nachdenklich.

«Leider befürchte ich das auch. Was diese Extremisten auch vorhaben, lange kann es nicht mehr dauern, bis sie es durchführen. Alte Kriegstaktik: unerwartet auftauchen, schnell zuschlagen und unvermittelt wieder verschwinden.»

«Dann stehen wir jetzt unter grossem Druck. Was können wir tun? Immerhin wissen wir ja mit ziemlicher Sicherheit, dass sie sich hier in Südfrankreich befinden, oder?»

«Das stellen Sie sich zu einfach vor, Herr Benz. Wo sollen wir denn mit der Suche anfangen? Nach wem? Nach pakistanischen Mitbürgern, die hier leben?»

«Zum Beispiel! Vielleicht gibt es eine Verbindung?»

Busson winkte ab.

«Ist schon längst geschehen. Wir beschatten, befragen und observieren seit Monaten fast jeden Pakistaner, Araber oder Afrikaner. Leider ohne nennenswerte Ergebnisse. Wir stehen enorm unter Druck, der Präsident verlangt Resultate. Aber der Terrorismus ist tückisch! Er kann überall zuschlagen. Erinnern Sie sich noch an die Paketbomben, die per Luftfracht von Jemen nach Europa geschickt wurden? In solchen Fällen kommen die Terroristen nicht einmal mehr in unser Land, um Anschläge zu verüben. Warum auch, wenn es so einfach ist, ein Paket mit Sprengstoff zu verschicken.»

Denis nickte nachdenklich.

«Leider habe ich noch eine schlechte Nachricht für Sie, Herr Busson.»

«Welche denn?»

«Unsere Informationen besagen, dass die Terroristen nicht ausschliesslich Pakistaner sind. Wir haben allen Grund zur Annahme, dass sie Europäer rekrutieren.»

«Das auch noch! Das macht die Suche noch viel schwieriger!»

«Lassen Sie uns nicht verzweifeln. Setzen wir bei dem an, was wir wissen: Wir wissen, sie sind seit Kurzem da. Prüfen wir also, wer in den letzten Tagen oder Wochen eingereist ist. Aus Pakistan oder anderen Ländern, die dem Terror nahestehen. Wir müssen nur nach Männern suchen, da der Islam wohl kaum zulässt, dass sich Frauen einmischen. Wir müssen vermutlich nach jungen europäischen Männern suchen, die eine längere Zeit in Pakistan, Afghanistan oder einem ähnlichen Land gelebt haben. Diese Männer werden mit höchster Wahrscheinlichkeit keinen wirklichen Grund angeben können, warum sie da waren, also werden sie behaupten, Ferien oder eine Studienreise gemacht zu haben. Wahrscheinlich sind sie schon hier in Europa mit ihrer pro-islamistischen Haltung auffällig geworden. Falls sie gerade erst eingereist sind, werden sie braun gebrannt und durchtrainiert sein. Ich bin davon überzeugt, dass dieses Profil uns mindestens einen Mann ausspuckt. Und haben wir einen, ist die Chance gross, dass wir auch die anderen erwischen!» Denis war sich nicht sicher, aber er glaubte, bei Busson ein anerkennendes Lächeln zu sehen.

«Zudem, Herr Busson, muss ich Ihnen gestehen, dass ich einen dieser Terroristen schon gesehen habe. Ich vermute, es handelt sich um einen Engländer oder Amerikaner. Zumindest klang sein Akzent so.»

«Sie haben einen gesehen und sogar mit ihm gesprochen?»

Denis winkte ab. Eigentlich hatte er mittlerweile schon zwei von ihnen gesehen, aber das konnte er Busson nicht verraten. Er wollte nur erreichen, dass man nach seinen Profilvorgaben fahndete und ihm hoffentlich ein paar Fotos vorlegen würde, auf denen er einen oder gar beide wiedererkannte.

«Lange Geschichte, wie es dazu kam, ich erzähle sie Ihnen gerne ein anderes Mal, aber jetzt haben wir zu tun, oder?»

«Dann haben Sie sicher ein Foto? Das würde bei der Suche helfen!»

«Leider kein brauchbares. Sonst hätten Sie es schon lange über Interpol bekommen.»

«Gut, was wissen wir noch?» Busson überlegte einen Moment. «Ah ja, kennen Sie das Dorf Darra im Nordwesten Pakistans?»

«Darra? Nein, ist mir nicht bekannt. Warum? Sollte ich es kennen?»

«Unbedingt, wenn Sie den internationalen Terrorismus bekämpfen wollen.» Busson grinste ihn überheblich an.

«Und, was hat es mit diesem Darra auf sich?»

«Darra ist ein Waffendorf. Die Händler und Handwerker dort haben sich darauf spezialisiert, Waffen zu kopieren und sie billig zu verkaufen. Und das ganz offen. Man kann also einfach hingehen und sich eine Panzerfaust kaufen.»

«Aber, das ist illegal? Lässt man das einfach so zu?»

«Sehen Sie, Herr Benz, ein weiterer Beweis dafür, dass die pakistanische Regierung sich nicht gegen den Terrorismus wehrt.»

«Was hat dieses Dorf mit unserer Situation zu tun?»

«Die Hauptabnehmer für diese Waffen sind die Taliban, Al Kaida und der ‹Reine Glauben›. Und zwar ganz offiziell! Wir haben mal überprüft, wer da einkaufen geht. Das hört sich jetzt einfach an, ist es aber nicht. Unser Geheimdienst hat in Zusammenarbeit mit der CIA diese Geschäfte eine längere Zeit observiert. Sie können sich vorstellen, wie schwierig das ist in einem Dorf, wo jeder jeden kennt. Der langen Rede kurzer Sinn, es ist uns ein Mann aufgefallen, von dem wir vermuten, dass er zur Spitze des ‹Reinen Glaubens› gehört.»

Denis beugte sich interessiert vor.

«Sein Name ist Jermahl Vajivalara. Er ist siebenundvierzig Jahre alt, Pakistaner und gibt sich offiziell als Juwelenverkäufer aus.»

Denis' Herz schlug schneller.

«Ich kenne diesen Namen. Auch uns ist er bereits begegnet und auch wir vermuten, dass er zum ‹Reinen Glauben› gehört! Wir haben sogar ein Video von ihm. Ich habe veranlasst, dass man eine Grossfahndung nach ihm einleitet.»

«Ich weiss. Wir wissen sogar, dass er vor zwei Tagen in England war. Da verliert sich leider seine Spur. Die Vermutung liegt natürlich sehr nahe, dass er per Schiff, Flugzeug oder Zug nach Frankreich eingereist ist.»

«Gehen wir davon aus, dass Vajivalara tatsächlich zum ‹Reinen Glauben› gehört und gehen wir davon aus, dass sich die Terroristen tatsächlich hier in Südfrankreich befinden. Das würde bedeuten, Jermahl Vajivalara ist auch hier und koordiniert das Attentat, oder?»

«Rein theoretisch stimme ich Ihnen zu. Auf jeden Fall werden wir unsere Fahndung in dieser Region noch intensivieren. Von der praktischen Seite aus gesehen, könnte dieser Vajivalara aber auch von England oder einem anderen europäischen Staat aus operieren. Warum sollte er sich zu seinen Soldaten begeben und sich so unnötig in Gefahr bringen?»

«Aber warum sollte er dann überhaupt nach Europa kommen?»

«Stimmt.»

«Lassen Sie mich diesen Gedanken noch ein bisschen weiterspinnen. Vajivalara reist also nach Frankreich, trifft sich hier mit anderen Mitgliedern vom ‹Reinen Glauben› und koordiniert einen Anschlag. Würde er sich in der Nähe dieses Anschlages befinden wollen? Wohl kaum.»

«Da könnten Sie recht haben. Hier in Südfrankreich befindet sich die Zentrale, aber nicht der Ort, an dem sie einen Anschlag verüben wollen. Aber warum kommt Vajivalara trotzdem nach Europa, wenn er doch im sicheren Pakistan bleiben könnte?»

«Gute Frage. Darauf habe ich jetzt auch keine Antwort.» Denis griff in seine Hosentasche und holte sein iPhone heraus. «Lassen Sie mich kurz mit meinem Chef telefonieren. Vielleicht hat die Fahndung nach diesem Vajivalara schon etwas ergeben.» Abrupt stoppte er seinen Wählvorgang und blickte auf das Telefon auf Bussons Tisch.

«Ist das abhörsicher?»

«Klar. Wieso, Ihr Telefon etwa nicht?»

«Selbstverständlich ist es das, aber mein Akku ist fast leer. Darf ich?» Denis zeigte auf das Telefon.

«Nur zu.»

Denis stand auf, nahm den Hörer und wählte die direkte Nummer von Frech. Er achtete dabei darauf, dass Busson die Nummer nicht mitlesen konnte. Es ertönte ein Freizeichen.

Busson grinste.

«Sie brauchen mir nicht den Rücken zuzuwenden, damit ich nicht sehe, was für eine Nummer Sie gewählt haben. Zudem: Kennen Sie denn die Wahlwiederholung nicht?»

Denis drehte sich leicht beschämt zu ihm um.

«Bitte entschuldigen Sie, das ist leider Vorschrift bei uns. Und die Wahlwiederholung bringt nichts, da sich die Telefonnummer ständig ändert.»

«Dann hätten Sie mir erst recht nicht den Rücken zudrehen müssen.»

Denis zuckte mit seinen Schultern.

«Macht der Gewohnheit.»

«Frech», meldete eine Stimme am anderen Ende der Leitung an.

«Guten Tag, Herr Frech, hier Benz.» Denis drehte sich zum Fenster.

«Herr Benz, gut dass Sie anrufen. Wie läuft es in Hyères?»

«Sehr gut. Wir sind davon überzeugt, dass irgendwo hier in Südfrankreich die europäische Zentrale des ‹Reinen Glaubens› sein muss. Und stellen Sie sich vor, Herr Busson und seine Abteilung sind ebenfalls der Meinung, dass Jermahl

Vajivalara eine Führungsperson dieser Gruppierung ist. Sie kamen unabhängig von unseren Informationen auf diesen Schluss.»

«Sehr gut. Wie es scheint, haben wir jetzt endlich ein Gesicht. Ich habe bereits eine Grossfahndung eingeleitet.»

«Die französischen Kollegen auch. Nach ihren Angaben verliert sich die Spur in England. Zumindest wissen wir, dass er sich in Europa befindet.»

«Ich kann Ihnen da schon mehr Informationen liefern. Wir haben herausgefunden, dass er sich am Samstag in Paris befand.»

Denis drehte sich zu Busson und zeigte ihm freudig mit erhobenem Daumen an, dass er gute Nachrichten hatte. Dann drehte er sich wieder zum Fenster. Einen Moment blickte er verdutzt auf die Strasse, denn auf der gegenüberliegenden Strassenseite parkten zwei TV-Übertragungswagen, die ihre Kameras in Richtung Polizeigebäude ausrichteten.

«Wir sind darauf gekommen, Herr Benz, weil dieser Vajivalara am Samstag am Bahnhof von Paris seine Kreditkarte für die Freischaltung einer Internetleitung benutzte», fuhr Frech fort. «Ich habe nun unsere Kollegen vom französischen Geheimdienst beauftragt, herauszufinden, was er in Paris wollte. Wer weiss, vielleicht finden die ja was heraus. Leider hat die Fahndung nach diesem Ben noch nichts ergeben. Sobald sich da was tut, werde ich Sie umgehend informieren. Wie wir herausgefunden haben, ist es vielleicht möglich, das ANGUS-Programm zu reaktivieren, wenn wir die Laptops von den Programmierern koppeln. Zwei der Laptops haben wir, die Chancen stehen aber besser, wenn wir alle drei hätten. So wie es aussieht, befindet sich aber dieser dritte Computer in den Händen von diesem Ben. Wir müssen ihn unbedingt finden!»

«Gut, hoffen wir, wir finden diesen Scheisskerl und dass er sich noch in der Schweiz befindet.»

«Ja. Halten Sie mich über Ihre nächsten Schritte auf dem Laufenden. Auf Wiederhören, Herr Benz.»

Denis ging zum Schreibtisch zurück und hängte auf. Zum ersten Mal seit dem Überfall hatte er das Gefühl, einen wichtigen Schritt vorwärts gekommen zu sein.

«Gute Neuigkeiten, Herr Busson. Wir wissen, dass sich Vajivalara in Frankreich befindet. Man konnte anhand seiner Kreditkarte nachweisen, dass er am Samstag am Bahnhof von Paris war.»

«Kreditkarte? Wie unvorsichtig von ihm», stellte Busson trocken fest.

«Auf jeden Fall ist nun die Wahrscheinlichkeit gross, dass er sich hier in der Nähe befindet. Mit ein bisschen Glück und Ihrer Hilfe schnappen wir diese Bande, bevor sie etwas anstellen kann.» Freudig strahlte Denis seinen französischen Kollegen an. «Wissen Sie was, Herr Busson? Leiten Sie schon mal die verstärkte Fahndung nach Vajivalara ein und ich hole uns ein Eis. Hab nämlich gesehen, dass es gleich auf der anderen Strassenseite einen Eisladen gibt. Haben Sie ein Foto von Vajivalara oder soll ich Ihnen eines von PRIOS übermitteln lassen?»

Busson lachte.

«Foto brauche ich keines, das haben wir selber. Aber ein Eis nehme ich gerne. Mit Nussgeschmack bitte.»

Denis nickte, ging zur Tür und drehte sich nochmal um.

«Übrigens: Haben Sie gesehen, dass da vor dem Polizeigebäude zwei TV-Wagen stehen?»

Busson blickte kurz zum Fenster und winkte ab.

«Ach, das ist nichts Aussergewöhnliches. Im Moment herrscht Hochsaison und da tummeln sich viele Prominente hier herum. Und wenn die eine Straftat begehen, wie Alkohol am Steuer oder eine kleine Prügelei, schicken manchmal die Kollegen von St-Tropez die verhafteten Promis nach Hyères, um den Paparazzi ein Schnippchen zu schlagen. Leider haben die Journalisten das mittlerweile auch mitgekriegt und fahren schon mal bei uns vor, um das beste Bild zu erhaschen. Kein Grund zur Sorge also. Wenn Sie noch lange genug hierbleiben, kommen Sie vielleicht in den Genuss, eine

Berühmtheit zu treffen.» Sein Grinsen zeigte Denis deutlich, was er von diesen Prominenten hielt. «Vergessen Sie Ihren Besucherausweis nicht, Herr Benz, sonst lässt man Sie unten nicht mehr rein und bis Sie einen neuen bekommen, ist das Eis schon geschmolzen.» Busson grinste.

Denis verliess das Büro und machte sich auf den Weg nach unten. Am Haupteingang musste er ein paar Polizisten bitten, ihm den Weg nach draussen freizugeben. Vor der grossen Glasfront hatten sich nämlich in der Zwischenzeit einige Polizisten versammelt und blickten neugierig zu den TV-Wägen und Fotografen. Denis grinste und verliess das Gebäude über die grosse, breite Treppe. Sofort wurden Kameras auf ihn gerichtet, aber als man merkte, dass er keine prominente Persönlichkeit war, gab man Entwarnung. Unbeirrt überquerte Denis die Strasse, lief an den zahlreichen Journalisten vorbei und trat in den kleinen Eisladen «Chez Pierre» ein. Hier drin war es angenehm kühl. Er lief zielbewusst an den Tresen. Eine junge Dame empfing ihn. Denis lächelte sie charmant an.

«Guten Tag. Warum ist es denn so ruhig bei Ihnen? Bei dieser Hitze müsste es doch gerammelt voll sein?»

«Ach, das hat nichts zu bedeuten. Es ist erst kurz vor zwölf, meistens kommen die Kunden nach eins, wenn sie zu Mittag gegessen haben. Was darf ich Ihnen geben?»

«Einmal eine Kugel Nusseis und eine Kugel Zitroneneis, bitte.»

Die junge Dame stopfte die Kugeln geschickt in eine Waffel und überreichte sie Denis. Er nahm die Waffeln entgegen, zahlte, leckte seine Kugel schon mal ab und verliess den Laden wieder. Kaum war er draussen, beobachtete er, wie ein grosser Lieferwagen mit übersetzter Geschwindigkeit und quietschenden Reifen um die Ecke geschossen kam. Sofort war die Aufmerksamkeit der Journalisten bei diesem alten Lieferwagen. Der Wagen drosselte seine Geschwindigkeit kurz vor dem Polizeigebäude, lenkte ein und fuhr mit Vollgas die breite Treppe hoch, durchschlug die grosse Glasfront und verschwand im Innern des Gebäudes.

Geschockt starrten sich alle an, sie konnten nicht fassen, was sie gerade sahen. Auch Denis blickte mit offenem Mund und grossen Augen auf das Polizeigebäude. Nach einer kleinen Pause gab es plötzlich eine ohrenbetäubende und wuchtige Explosion. Die Druckwelle war so gross, dass es Denis rückwärts durch die Scheibe des Eisladens schleuderte. Er lag für einige Sekunden benommen am Boden, dann schüttelte er seinen Kopf und klopfte sich dann nach Verletzungen ab. Er schien nicht ernsthaft verletzt worden zu sein. Denis stand eilig auf, lief durch die zerborstene Frontscheibe des Ladens und blickte schockiert zum Gebäude. Es war ein heilloses Durcheinander. Aus dem Erdgeschoss und den Fenstern darüber schossen Flammen, Papierblätter, die offenbar durch die Wucht der Explosion aus den Fenstern geschleudert worden waren, flatterten in der Luft. Es roch nach verbranntem Gummi und Russ. Die Alarmanlagen der herumstehenden Autos pfiffen wild, Polizei-, Ambulanz- und Feuerwehrsirenen mischten sich dazu. Passanten und verletzte Polizisten schrien und liefen ziellos umher. Denis stand fassungslos auf der anderen Strassenseite. Der Schock sass tief. Ihm war sofort klar: Der «Reine Glauben» hatte mit seiner Terrorwelle begonnen!

Kapitel 14: Schweiz, Bern, Montag, 6. Juli, 12:04

Pascal klopfte zweimal kurz an Frechs Bürotür und öffnete nach einem deutlichen «Herein!» die wuchtige Holztür. Er drehte sich noch einmal schnell zu Sophie Keller um, die dicht hinter ihm stand und ihn unsicher anlächelte. Martin Klossner ignorierte Pascals Blick. Alle drei betraten den Raum und blieben mitten im Büro stehen. Frech blickte auf und zeigte mit einer Handbewegung an, dass sie sich setzen sollten. Er schien schlechte Laune zu haben. Pascal stellte wortlos noch einen Stuhl zu den beiden Stühlen vor dem Schreibtisch dazu und setzte sich als Letzter. Sophie Keller sass in der Mitte. Pascal fiel auf, dass Frech sehr gut gekleidet war. Er trug einen dunkelblauen Anzug, ein weisses Hemd und eine dazu passende blaue Krawatte. Pascal wusste, dass Frech gerade vom Bundesrat kam, denn er zog sich nur dann so konservativ an. Frech fixierte Pascal. Seine Augen funkelten.

«Ich höre», eröffnete Frech trocken das Gespräch.

Pascal sah aus dem Augenwinkel, wie Klossner ein fieses Grinsen über die Lippen huschte. Pascal richtete sich etwas auf.

«Wie ich Ihnen bereits am Telefon mitteilte, zwangen mich die Umstände zu handeln.»

«Welche Umstände?», unterbrach ihn Frech scharf.

«Frau Keller vertraute mir dieses Armband an, das sie im Hochsicherheitstrakt in einem Gang fand.» Pascal griff in seine Hemdtasche, holte das Armband heraus und übergab es Frech.

Dieser musterte es eingehend.

«Ich habe Herrn Weber schon gesagt, dass es sich hierbei nur um eine ganz normale Armbandkette handelt», mischte sich Klossner forsch ein.

Frech hob seine rechte Hand in Richtung Klossner, ohne seinen Blick vom Armband zu lösen.

«Sie werden gleich die Möglichkeit haben, Ihre Version der Geschichte zu erzählen.» Frech richtete seine Augen wieder auf Pascal.

«Das ist keine normale Armbandkette, sondern ein Sabbha.»

«Sabbha?», wiederholte Frech.

Pascal blickte kurz zu Sophie rüber.

«Frau Keller hat mir erklärt, dass dies ein islamischer Rosenkranz ist.»

Frech blickte erst Pascal und dann Sophie erstaunt an.

«Ein islamischer Rosenkranz? Im Sicherheitstrakt in Andermatt?» Fragend blickte er zu Klossner.

«Das ist doch Quatsch! Das ist ein ganz normales Armband! Und selbst wenn es ein islamischer Rosenkranz wäre, was ich mit Nachdruck bestreite, ist das noch lange kein Grund, einen solchen Affentanz aufzuführen, wie es Herr Weber in Andermatt getan hat.»

«Bitte definieren Sie mir den Begriff ‹Affentanz› etwas genauer, Herr Klossner.» Seine Stimme klang ruhig und besonnen und hatte doch etwas Forderndes.

Klossner räusperte sich und kratzte sich ungeschickt an seinem Doppelkinn.

«Herr Weber war der Meinung, dass dieses Armband Grund genug sei, dass man Frau Keller sofort von Andermatt wegbringen müsse. Er ignorierte meinen Befehl, alles so zu lassen, wie es war, und zwang Frau Keller Andermatt zu verlassen.» Entsetzt zeigte er mit seinen fleischigen Fingern auf sich. «Mich zwang er sogar mitzukommen!» Er schüttelte übertrieben den Kopf.

Pascal blieb ruhig. Innerlich kochte er natürlich, aber er wusste, dass eine hitzige Diskussion mit Klossner vor seinem Chef ihn inkompetent erscheinen lassen würde. Er krallte sich an den Armlehnen seines Stuhls fest.

«Frau Keller, sind Sie sich ganz sicher, dass das hier ein islamischer Rosenkranz ist?» Frech lächelte Sophie freundlich an.

«Ja, Herr Frech. Da bin ich mir hundertprozentig sicher. Ich habe oft genug solche Rosenkränze gesehen.»

«So ein Quatsch!» Klossner schüttelte heftig den Kopf, überschlug die Beine und drehte sich demonstrativ in die andere Richtung.

«Das ist überhaupt kein Quatsch, Herr Klossner!»

Die drei erschraken. Es war das erste Mal, dass Pascal Frech schreien hörte. Frech stand auf und lief auf Klossner zu.

«Ich habe überhaupt keinen Grund, daran zu zweifeln, dass das hier ein islamischer Rosenkranz ist, und wissen Sie warum, Herr Klossner?» Frech beugte sich über Klossner und senkte seinen Kopf so weit, bis sich fast ihre Nasenspitzen berührten.

Klossner starrte Frech mit grossen Augen an.

«Ich sage Ihnen, warum das kein ‹Quatsch› ist, Herr Klossner.» Frech zeigte mit seinem Finger auf Sophie, ohne dabei seinen Blick von Klossner zu lösen. «Weil es Frau Keller gesagt hat!» Frech richtete sich wieder auf und lief ein paar Schritte auf und ab. Seine Stimme senkte sich wieder.

«Herr Weber hat absolut richtig gehandelt. Es war das einzig Richtige, Frau Keller sofort von Andermatt wegzubringen, um sie an einem anderen Ort dem Schutzprogramm zu unterstellen.»

«Warum? Ich finde die Reaktion von Herrn Weber etwas übertrieben! Frau Keller ist doch nirgends so sicher wie in Andermatt. Schliesslich kommt da keiner von diesen Islamisten rein», rechtfertigte sich Klossner.

Frech drehte sich schnell wieder zu ihm um.

«Offenbar doch, sonst hätten wir die hier nicht gefunden!» Frech hielt die Armkette in die Höhe. «Und was noch viel schlimmer ist, Herr Klossner, da kommt auch niemand mehr raus!» Frech runzelte die Stirn.

Pascal dachte sich noch, dass Klossner von nun an lieber die Klappe halten sollte, denn er kannte Frech. Wenn sein Chef so giftig schaute, dann durfte man nichts mehr erwidern. Doch Klossner schien diese Antennen nicht zu haben.

«Wieso nicht mehr raus? Das verstehe ich jetzt nicht.»

Pascal senkte seinen Kopf, dieser füllige Mann tat ihm, trotz der fiesen verbalen Attacke gegen ihn, jetzt leid. Frech holte tief Luft, blickte kurz zur Decke und lief wieder auf Klossner zu.

«Sie haben Glück, Herr Klossner, dass sich Frau Keller noch in diesem Raum befindet, sonst würde ich mich jetzt vergessen. Ich verlange von Ihnen bis heute Abend einen schriftlichen Bericht, warum es möglich war, dass sich eine solche Kette im Innern des Hochsicherheitstraktes befand. Zudem möchte ich, dass Sie mir in diesem Bericht detailliert beschreiben, nach welchen Kriterien Sie das Personal im Hochsicherheitstrakt geprüft haben, bevor Sie Frau Keller dort untergebracht haben.» Frech machte eine Pause, ging wieder um seinen Schreibtisch herum und blickte einen Moment lang das Bild an, das hinter dem Schreibtisch hing. Niemand im Raum traute sich, etwas zu sagen. Frech drehte sich wieder um und setzte sich hin.

«Herr Klossner, ich möchte nicht, dass wir uns missverstehen. Ich werfe Ihnen nicht vor, irgendetwas falsch gemacht zu haben. Es ist gut möglich, dass die Kette auf einem erklärbaren Weg ins Innere des Hochsicherheitstraktes gelangte, obwohl ich zugeben muss, dass mir jetzt kein guter Grund einfällt. Aber ich möchte Sie nicht verurteilen, bis wir alle Fakten kennen. Was mich aber wirklich schwer enttäuscht, ist, dass Sie tatsächlich der Meinung waren, nicht handeln zu müssen. Sie haben sich sogar, wie ich vernommen habe, gegen den Entscheid von Herrn Weber zur Wehr gesetzt. Und das, obwohl Sie wissen, dass PRIOS-Agenten die höhere Befehlsgewalt haben als Sie. Frau Keller steht unter dem Schutz von PRIOS, also unter meinem Schutz. Selbst wenn nur eine afghanische Fliege dort eingeflogen wäre, erwarte ich sofortiges Handeln.»

Pascal musste sich das Lachen verkneifen, das Beispiel mit der Fliege fand er sehr witzig. Auch Sophie musste ihr Lachen unterdrücken, wie er aus dem Augenwinkel beobachten konnte. Obwohl die Situation sehr ernst war, freute sich Pascal über das Grinsen von Sophie, denn trotz der drohenden Gefahr schien sie ihren Humor noch nicht verloren zu haben. Frech war zu sehr auf Klossner fixiert, um das versteckte Grinsen der beiden zu sehen. Pascal vermutete, dass Frech den mittlerweile eingeschüchterten Klossner mit Absicht so vor Sophie tadelte, um ihr zu vermitteln, wie ernst PRIOS ihren Personenschutz nahm. Wahrscheinlich wollte Frech ihr so zusätzlich ein Gefühl der Sicherheit vermitteln. Er fuhr unbeirrt fort.

«Haben Sie mich verstanden, Herr Klossner?» Seine Stimme war nun wieder etwas sanftmütiger.

«Ja, ich habe Sie verstanden», brummte Klossner beleidigt.

«Gut, dann können Sie gehen.»

Alle drei standen auf.

«Sie nicht, Herr Weber. Und dürfte ich Sie, Frau Keller, auch noch kurz sprechen?»

Pascal und Sophie blickten sich kurz fragend an und setzten sich wieder. Klossner murmelte ein kaum verständliches «Auf Wiedersehen» und verliess das Büro. Frech wartete, bis sich die Tür wieder schloss. Freundlich lächelte er Sophie an.

«Frau Keller, bitte entschuldigen Sie meine etwas forsche Art gegenüber Herrn Klossner. Sie müssen mir glauben, das ist normalerweise nicht meine Art, aber ich dulde keine Fehler, wenn es um Ihren Schutz geht.»

Sophie räusperte sich verlegen.

«Kein Problem, Herr Frech. Es beruhigt mich, wenn ich weiss, dass ich bei Ihnen in sicheren Händen bin.»

Pascal biss sich auf die Lippen. Frechs Show schien seinen Zweck erfüllt zu haben. Frech nickte zufrieden.

«Ich möchte, Herr Weber, dass Sie von nun an für den Schutz von Frau Keller zuständig sind.»

Pascal blickte Frech erstaunt an, doch er erwiderte nichts. Normalerweise war der Personenschutz kein sehr beliebter Job, da es der Arbeit eines Babysitters sehr ähnlich war. Aber

Pascal mochte Sophie, deshalb machte es ihm nichts aus. Das Klingeln von Frechs Telefon nahm dem Moment die peinliche Stille. Frech liess es nur einmal klingeln, bevor er das Gespräch entgegennahm.

«Ja ...? Gut, ich bin gleich so weit. Bieten Sie ihm bitte etwas zu trinken an. Ich gebe Ihnen Bescheid, sobald ich hier fertig bin.» Frech hängte auf. «Frau Keller, darf ich Sie bitten, einen Moment draussen bei meiner Sekretärin Platz zu nehmen? Herr Weber wird sich gleich um Sie und Ihre neue Unterkunft kümmern.»

Sophie nickte freundlich und stand auf. Pascal tat es ihr gleich.

«Sie nicht, Herr Weber. Ich brauche Sie noch einen Moment hier drin.»

«Darf ich Frau Keller noch schnell zur Tür begleiten?»

Frech lächelte.

«Immer der Gentleman. Bitte, tun Sie sich keinen Zwang an.» Pascal ging mit Sophie zur Tür und öffnete sie galant für sie.

«Wir sehen uns gleich, wird bestimmt nicht lange dauern.» Er schenkte ihr ein sympathisches Lächeln.

Sophie blickte ihn mit grossen Augen an und erwiderte das Lächeln.

«Ach, Herr Weber, wenn Sie schon an der Tür sind, bitten Sie doch unseren Gast herein», rief Frech.

Pascal zwinkerte Sophie noch einmal zu, bevor sie durch die Tür trat. Gerade als Pascal nach dem Gast im Vorraum Ausschau hielt, kam ihm ein kleiner, schmächtiger Mann mit dunkler Haut entgegen. Er schien offenbar die offene Tür als Aufforderung zum Eintreten verstanden zu haben. Als ihn Sophie kreuzte, blieb er für einen kurzen Moment stehen und musterte sie eingehend. Pascal unterbrach diese Musterung mit einem leisen «Bitte» und zeigte ihm an, dass er eintreten solle. Der Mann grüsste Pascal mit gespielter Freundlichkeit und ging selbstbewusst an ihm vorbei. Frech stand auf und ging dem Mann entgegen.

«Guten Tag, Herr Shrimesha», begrüsste er ihn in perfektem Englisch. Er reichte dem Mann freundlich die Hand und deutete auf einen freien Stuhl. Per Handzeichen machte er Pascal klar, dass er sich dazusetzen solle. Pascal schloss erstaunt die Tür und setzte sich.

«Herr Weber, darf ich Ihnen Bendail Shrimesha, Chef des pakistanischen Geheimdienstes, Directorate for Inter-Services Intelligence, kurz ISI, vorstellen?»

Pascal stand wieder auf und reichte dem Mann die Hand.

«Das ist Pascal Weber, er und Herr Benz sind von mir beauftragt worden, diesen Fall zu untersuchen», erklärte Frech seinem Gast. Dann wandte er sich wieder an Pascal. «Herr Shrimesha bot uns seine Hilfe an und nahm sogar persönlich den weiten Weg von Pakistan auf sich, um sich hier vor Ort ein Bild zu machen. Herzlichen Dank dafür.»

Shrimesha nickte freundlich.

«Darf ich Ihnen irgendetwas anbieten, Herr Shrimesha?», fragte Frech.

Shrimesha schüttelte leicht den Kopf.

«Nein danke, ich habe gerade einen sehr langen Flug hinter mir und wurde von der Airline gemästet wie eine Gans.» Er grinste vor sich hin.

Pascal betrachtete den Mann etwas genauer. Er schätzte ihn auf Mitte fünfzig und etwa einssiebzig gross. Seine Kleidung schien teuer zu sein, aber sie war nicht gut aufeinander abgestimmt. Das karierte, braune Jackett war ihm zu gross, die blauen Bundfaltenhosen schienen dagegen etwas zu kurz zu sein. Er hatte eine Halbglatze und einen Schnurrbart. Seine buschigen, schwarzen Augenbrauen wucherten wild. Frech setzte sich wieder.

«Herr Shrimesha, ich schlage vor, dass wir die neusten Informationen miteinander austauschen. Haben Sie mein jüngstes Bulletin schon bekommen?»

«Herzlichen Dank, es wurde mir übermittelt. Ich konnte es auf dem Flug hierher studieren. Sie ziehen da ein paar interessante Rückschlüsse, obwohl ich offen gestehen muss, dass ich nicht immer einer Meinung mit Ihnen bin.»

«Ach ja?»

Shrimesha schlug ein Bein über das andere und zupfte seine Hose zurecht, bevor er sprach. Erst jetzt fiel Pascal auf, dass er an jeder Hand am kleinen Finger und am Ringfinger auffällige Goldringe versetzt mit teuren Edelsteinen trug. Auch an seinem rechten Handgelenk glänzte eine protzige Golduhr. Shrimesha schien Pascals eindringlichen Blick nicht zu bemerken und fuhr unbeirrt mit seiner Erklärung fort.

«Auch wir haben diesen ‹Reinen Glauben› eingehend studiert. Zweifelsohne handelt es sich dabei um eine Organisation mit extremistischem Hintergrund. Unsere Recherchen haben aber ergeben, dass der ‹Reine Glauben› mit grösster Wahrscheinlichkeit eine Unterorganisation der ‹Jamad el Islami› ist.»

«‹Jamad el Islami›?», wiederholte Frech.

«Genau, ‹Jamad el Islami›. Das ist in Pakistan die grösste Organisation, die sich der Verbreitung der Botschaft des Islams verschrieben hat.»

«Sind denn diese ‹Jamad el Islami› gefährlich?»

«Offen gesagt, wissen wir das nicht mit Bestimmtheit. Die ‹Jamad el Islami› tritt in der Öffentlichkeit sehr geschickt als gut organisierte Gruppe auf, mit dem Ziel, den Menschen den Islam auf einer gemässigteren Ebene näherzubringen.»

«Was heisst gemässigtere Ebene?» Frech schien sehr interessiert an den Ausführungen dieses kleinen Mannes zu sein.

«Sie können sich doch sicher an die Flutkatastrophe von 2010, die unser Land heimgesucht hat, erinnern, oder?»

«Eine schreckliche Sache. Tausende waren davon betroffen und das Schlimmste war, dass sich die Flut von Norden langsam in den Süden vorarbeitete.»

«Leider hat unsere Regierung bei der Soforthilfe total versagt. Unser Präsident befand sich zur Zeit des Unglücks auf einer Dienstreise im Ausland und sah es nicht als wichtig genug an, in seine Heimat zurückzukehren, um seinem Volk in dieser schweren Stunde beizustehen. Die Folge davon war Chaos. ‹Jamad el Islami› nutzte die Gunst der Stunde und übernahm quasi die Koordination der Katastrophenhilfe. Zwar reisten Hilfstruppen aus allen Ländern an und man spendete viel Geld, aber dem pakistanischen Volk ist eigentlich nur die Hilfe von ‹Jamad el Islami› in Erinnerung geblieben.»

«Warum?», fragte Pascal.

Shrimesha drehte sich zu Pascal.

«An was oder wen würden Sie sich erinnern, wenn Sie in Not sind und Hilfe benötigen? An die ausländischen Helfer, die Ihnen Wasser bringen und Ihnen in einer fremden Sprache Mut zusprechen? Oder erinnern Sie sich an jene Menschen, die aus Ihrem Land stammen und Ihnen in Ihrer Sprache einen Sack Reis überreichen?»

«Wahrscheinlich an meine Landsleute», bestätigte Pascal.

Shrimesha nickte zufrieden.

«Sehen Sie! Und da niemand von der Regierung dem Volk half, erinnern sich auch heute noch die Menschen an die Helfer von ‹Jamad el Islami›. Und warum soll der Islam schlecht sein, wenn er doch Familien in der Not hilft?»

«Aber was hat das mit den pakistanischen Terroristen oder mit dem ‹Reinen Glauben› zu tun?», fragte Frech neugierig.

«Ganz einfach. Von da an hatte der Glaube in Pakistan wieder einen ganz anderen Stellenwert. Die Leute glaubten nicht nur an den Islam, wie sie es schon immer taten, jetzt taten sie auch alles dafür. Das war der Durchbruch für den ‹Reinen Glauben›. Natürlich gab es den ‹Reinen Glauben› schon vorher, aber jetzt erst wurde er mächtig und gefährlich, denn sie hatten keine Mühe mehr, Leute zu rekrutieren und für sich zu gewinnen, und vor allem konnten sie sich von da an der Unterstützung des eigenen Volkes sicher sein. Gehen Sie mal in ein Dorf in Pakistan und fragen Sie nach ‹Jamad el Islami› oder dem ‹Reinen Glauben›. Keiner wird Ihnen etwas Schlechtes sagen. Für die Leute in meinem Land ist der ‹Reine Glauben› wie Robin Hood bei euch.»

Frech rieb sich das Kinn.

«Und was sagen Sie dazu, dass der ‹Reine Glauben› auch Europäer rekrutiert?»

Shrimesha stockte. Er schien etwas verunsichert zu sein.

«Das halte ich für ein Gerücht. Die islamischen Terroristen bleiben unter sich.»

Pascal wollte den Mann gerade darüber aufklären, dass sie mindestens von einem Europäer wussten, als Frech abrupt dazwischenfuhr.

«Und warum sind Sie der Meinung, dass es sich nur um Islamisten Ihres Landes handelt?»

Shrimesha lehnte sich entspannt zurück.

«Wie gesagt, wir studieren diesen ‹Reinen Glauben› wahrscheinlich schon länger als Sie. Es handelt sich um radikale Islamisten, die den Koran nach ihren Vorstellungen auslegen. Es käme nie in Frage, dass sie sich vereinen würden mit Andersgläubigen oder Konvertierten. Das wäre unter ihrer Würde. Ich bin übrigens auch nicht der Meinung, dass der ‹Reine Glauben› einen Anschlag in Europa vorhat, zumindest deutet nichts darauf hin. Nach unseren Erkenntnissen befindet sich sowohl die Basis als auch die Führung nach wie vor in Pakistan. Ich wage jetzt einfach mal zu behaupten, dass der ‹Reine Glaube› im Moment keine Gefahr darstellt. Ich vermute, Sie müssen nach anderen Extremisten suchen.»

Pascal blickte Shrimesha mit grossen Augen an. Er konnte nicht fassen, was er da gerade hörte. Am liebsten hätte er seine Erkenntnisse diesem Mann offen geschildert, er hatte aber das Signal von Frech vorhin verstanden.

«Nach welchen Extremisten sollen wir denn Ihrer Meinung nach suchen?» Frech blieb freundlich.

«Ich kann Ihnen da noch keine eindeutige Antwort geben. Ich möchte Ihre Aufmerksamkeit aber in die Richtung Ihres eigenen Volkes lenken.» Shrimesha grinste freundlich.

«Unser Volk? Sie meinen die Schweizer?», fragte Frech erstaunt. «Wie kommen Sie denn auf eine so absurde Idee?»

«Jetzt mag Ihnen dieser Vorschlag vielleicht absurd erscheinen, aber ich möchte Sie daran erinnern, dass zum Beispiel die Griechen oder Spanier unter demselben Phänomen leiden. Die haben auch eigene Extremisten im Land.»

Frech lächelte säuerlich.

«Da muss ich Sie aber korrigieren. Die Spanier haben nun schon seit langer Zeit das Problem mit den Basken im Land. Ich nehme doch an, Sie meinen diesen Konflikt, oder?»

«Genau, die ETA.»

«Aber da muss ich Sie enttäuschen, wir haben hier in der Schweiz kein solches Problem. Und was ist mit den Griechen?»

«Als Griechenland pleiteging, haben sich verschiedenste Gruppierungen gebildet, die auch eine Art von Terrorismus im eigenen Land betrieben haben. Sie verschickten Paketbomben. Auch eine an die Schweizer Botschaft, wenn ich mich recht erinnere, oder?»

«Das ist richtig. Aber auch in dieser Frage muss ich Sie enttäuschen. Wir haben keine Finanzprobleme in unserem Staatshaushalt.»

Pascal, der die Diskussion zwischen Frech und Shrimesha aufmerksam verfolgte, spürte, dass die Spannung zwischen den beiden Geheimdienstchefs immer grösser wurde. Shrimesha lächelte arrogant.

«Ja, ja, ich weiss, die reiche Schweiz. Ihr werdet nie finanzielle Probleme haben. Was ich Ihnen verdeutlichen will, ist die Tatsache, dass sich Extremismus an den verschiedensten Orten und aus den unterschiedlichsten Gründen bilden kann. Das Einzige, was alle Extremisten verbindet, ist, dass sie mit dem System nicht mehr zufrieden sind.» Shrimesha lehnte sich zurück.

Frech schüttelte fassungslos den Kopf.

«Ich muss gestehen, dass mich Ihre Theorie doch sehr erstaunt, Herr Shrimesha. Nicht nur, weil ich Ihnen stichhaltige Beweise geliefert habe, dass es sich um den ‹Reinen Glauben› handelt, sondern auch, weil Sie mir gerade unterstellen, dass mein Geheimdienst schlechte Arbeit leistet.»

«Das habe ich nie behauptet», protestierte Shrimesha mit einem Lächeln auf den Lippen.

«Doch das haben Sie.» Frech blickte ihn eindringlich an. «Gäbe es tatsächlich eine solche Entwicklung in unserem Land, von der wir nichts mitbekommen hätten, wären wir wohl der schlechteste Geheimdienst der Welt.»

Pascal musste sich beherrschen, seinen Boss nicht anzustrahlen. Er genoss es, wie Frech diesem Chef des ISI die Meinung sagte, ohne ihn wirklich anzugreifen. Shrimesha fing wieder an zu lächeln und breitete erhaben seine Arme aus.

«Die Geschichte des Terrorismus hat uns gelehrt, dass wir immer an den unscheinbarsten Ecken suchen müssen.»

«Und PRIOS hat so viel aus der Geschichte gelernt, dass wir wissen, wann etwas eine plumpe Theorie und wann etwas ein klarer Fakt ist. Es ist ein unumstrittener Fakt, Herr Shrimesha, dass wir hier ein Problem mit dem ‹Reinen Glauben› haben, der seinen Ursprung in Pakistan hat.»

«Nun, Herr Frech, ich bin nicht hierher geflogen, um mich mit Ihnen zu streiten. Es ist mir lediglich ein Bedürfnis, diesen Extremisten so schnell wie möglich das Handwerk zu legen. Das ist, so nehme ich an, auch Ihr Ziel.»

«Da gebe ich Ihnen recht, Herr Shrimesha, das ist unser beider Bedürfnis. Ich frage mich aber gerade, warum Sie den langen Weg auf sich genommen haben, wenn Sie doch davon überzeugt sind, dass es sich nicht um den ‹Reinen Glauben› handelt. Somit sehe ich eigentlich keinen Sinn für Ihr Auftauchen …»

Shrimesha schien für einen Moment überfordert zu sein. Seine Augen zuckten nervös hin und her.

«Ich bin hier, weil ich in Ihrem Problem tatsächlich eine Verbindung zum ‹Reinen Glauben› sehe, ich wollte mit meinen Ausführungen lediglich neue Denkanstösse provozieren.»

Frech legte seine Handflächen auf den Tisch. Ein sicheres Zeichen dafür, dass er sich wieder beruhigt hatte.

«Ich bin Ihnen für Ihre Denkanstösse sehr dankbar, aber ich muss Ihnen bei allem Respekt sagen, dass wir keine Zeit für Denkanstösse haben. Ich kann und will mich nur noch mit wirklichen Fakten auseinandersetzen und wir haben genug davon, um endlich fassbare Ergebnisse zu erzielen. Lassen Sie uns in diese Richtung weiterarbeiten. Falls Sie noch weitere wichtige Informationen für uns haben, die den ‹Reinen Glauben› betreffen, dann bitte ich Sie, mir diese jetzt zu liefern.»

«Und was liefern Sie mir?», fragte Shrimesha keck.

«Ich liefere Ihnen dafür den ‹Reinen Glauben›.»

Eine lange Pause entstand. Shrimesha schien sich diesen Satz lange durch den Kopf gehen zu lassen. Seine Augen strahlten eine Mischung aus Wut, Überforderung und Überheblichkeit aus. Schliesslich stand er auf.

«Sehr gut, dann haben wir ja dasselbe Ziel. Wenn Sie mich jetzt bitte entschuldigen würden, ich bin etwas erschöpft von der langen Reise. Ich möchte mich ausruhen.»

Frech erhob sich ebenfalls.

«Tun Sie das. Wir haben für Sie ein Zimmer im Hotel ‹Bellevue› hier ganz in der Nähe reservieren lassen. Meine Sekretärin, Frau Glaser, wird Ihnen alle nötigen Unterlagen geben.» Frech ging um seinen Tisch herum, um seinen Gast zu verabschieden.

«Herr Weber, würden Sie bitte Herrn Shrimesha zur Tür begleiten und dafür sorgen, dass sich unser Gast wohlfühlt?» Mit einer deutlichen Geste wies er Pascal zur Tür.

Sofort stand Pascal auf und öffnete Shrimesha die Tür. Dieser trat, ohne sich von Pascal zu verabschieden, hindurch, liess sich die Koordinaten vom Hotel bei Dominique Glaser aushändigen und packte seinen Rollkoffer. Vor Sophie, die inzwischen aufgestanden war, blieb er stehen und musterte sie erneut, bevor er den Vorraum verliess. Pascal mochte diesen Kerl nicht, er war ihm unsympathisch. Gerade als sich Pascal nochmals zu Frech umdrehen wollte, um nach den nächsten Schritten zu fragen, klingelte Frechs Telefon. Er hob sofort den Hörer ab.

«Ah, guten Tag, Herr Benz, gibt es neue Erkenntnisse in Hyères?» Frech starrte schockiert Pascal an und liess sich in seinen Sessel fallen. «Was sagen Sie da? Wann?»

Pascal machte Sophie mit einem Handzeichen klar, dass sie sich noch einen Moment gedulden musste. Leise schloss er wieder die Tür und ging auf Frech zu.

«Vor einer Dreiviertelstunde?» Hektisch blickte Frech auf seine Uhr. «Also um zwölf! Und gab es Tote?»

Pascal versuchte, sich aus Frechs Fragen einen Reim zu machen. Langsam setzte er sich wieder, ohne dabei den Blick von Frech abzuwenden. Frech schüttelte fassungslos den Kopf.

«Um Gottes Willen! Und gibt es schon ein Bekennerschreiben?»

Pascal platzte gleich vor Neugier. *Bekennerschreiben? Das heisst, die Terroristen haben einen Anschlag verübt!*

«Aber Ihnen geht es gut, Herr Benz …? Da bin ich froh … Ja, tun Sie das. Halten Sie mich unbedingt auf dem Laufenden. Auf Wiederhören Herr Benz.» Frech hängte ganz langsam auf. Sein Blick war leer.

«Auf die Polizeistation in Hyères wurde vor fünfundvierzig Minuten ein Bombenanschlag verübt.»

«Geht es Denis gut?»

«Ja. Er hat ein paar Schürfwunden, aber es ist ihm nichts geschehen. Das hat er mir zumindest versichert.» Er griff zur Fernbedienung auf seinem Tisch und schaltete den Fernseher an, der in der Ecke bei der Couch an der Wand hing. Nach ein paar Kanalwechseln blieb er auf CNN hängen. Pascal drehte sich um, um etwas zu sehen. Mit offenem Mund starrte er auf die schockierenden Bilder der zerbombten Polizeistation in Hyères. Im Sekundentakt wechselten die Bilder von toten Menschen, weinenden Müttern und aufgelösten Polizisten. Frech klopfte mit der Fernbedienung nachdenklich auf seinen Mund.

«Herr Benz ist nur durch einen Zufall diesem Anschlag entkommen.»

«Welchen Zufall?»

Frech lächelte gequält.

«Er ging ein Eis holen.»

Pascal schüttelte fassungslos den Kopf.

«Wie schaffen es diese Leute von CNN, immer so schnell vor Ort zu sein?»

«Leider war das kein Zufall.»

«Wie meinen Sie das?»

«Wie mir Herr Benz eben mitgeteilt hat, gab es einen anonymen Tipp, dass ein berühmter Hollywoodstar total betrunken verhaftet worden sei und nach Hyères zur Einvernahme transportiert werde.»

«Dann war es also doch Zufall, dass CNN vor Ort war?»

«Die Geschichte war nur ein Köder für die Medien, damit sie alles live mitverfolgen konnten.»

«Das heisst, die Terroristen haben ihr Verbrechen ganz bewusst ins Fernsehen bringen wollen?»

«Sie wollten, dass die ganze Welt zuschaut, wenn sie Polizisten in die Luft jagen. Wissen Sie, was das bedeutet, Herr Weber?»

Pascal schüttelte verlegen den Kopf.

«Das bedeutet, Herr Weber, dass wir eine neue Dimension des Terrorismus erreicht haben. Früher riefen die Terroristen an, damit sie Aufmerksamkeit bekamen, denn bis ein Haus evakuiert war und das Bombenentschärfungsteam sich an die Arbeit machte, wusste die ganze Welt davon. Nun sind wir so weit, dass die Terroristen die Medien unter einem fadenscheinigen Vorwand an einen Ort locken, damit die ganze Welt zuschauen kann, wenn Menschen in der Luft zerrissen werden.» Traurig blickte er Pascal an. «Es gibt keine Grenze mehr, keine Ethik.»

«Weiss man, wer es war?»

«Drei Mal dürfen Sie raten!»

«Der ‹Reine Glauben›.»

Frech griff erneut zum Telefon und wählte eine Nummer.

«Hier Frech am Apparat. Was wissen Sie vom Bombenanschlag in Hyères ...? Und warum zum Teufel erfahre ich erst jetzt davon ...? Ach so, Sie dachten also! Und warum dachten Ihre grauen Hirnzellen nicht daran, mich zu informieren? Können Sie mir verraten, warum ich erst eine geschlagene Dreiviertelstunde später von einem meiner Mitarbeiter, der sich per Zufall vor Ort befindet, davon erfahren musste?» Frech war ausser sich vor Wut. «Was heisst denn hier, Sie wollten erst alle Fakten zusammentragen? Dieser Anschlag hängt ganz eindeutig mit dem ‹Reinen Glauben› zusammen und alles, was diese extremistische Organisation anbelangt, ist Chefsache und ich bin hier drin der Chef! Was ist denn bitteschön daran so schwer zu verstehen?»

Pascal blickte beschämt zu Boden. Ihm war es peinlich, Frech bei seinem Wutanfall beobachten zu müssen. Am liebsten hätte er sofort Denis angerufen, aber er hielt sich zurück. Er wollte keinen weiteren Wutausbruch von Frech provozieren. Dabei fiel ihm ein, dass ihn Denis vielleicht längst erreichen wollte. Unauffällig holte Pascal sein Handy hervor und schielte auf das Display. Tatsächlich, vor acht Minuten hatte Denis ihn angerufen. Pascal versuchte, sich zu beruhigen. Immerhin wusste er, dass es Denis gut zu gehen schien, zumindest hatte Frech das gesagt. Pascal blickte wieder vorsichtig zu Frech auf. Dieser schien gerade etwas verwirrt zu sein.

«Was wollen Sie damit sagen, dass noch nicht klar ist, wer den Anschlag verübt hat? Mein Mitarbeiter, Herr Benz, hat mir doch eben bestätigt, dass es sich um den ‹Reinen Glauben› handelt! Dann scheint er offenbar schneller und effizienter zu arbeiten als Sie! Ich möchte keine Ausreden mehr von Ihnen hören. Ich erwarte heute Abend einen Bericht zur aktuellen Lage von Ihnen und ich will, dass Sie mich über jede neue Erkenntnis, sei sie noch so klein und unscheinbar, informieren. Haben Sie mich verstanden?» Frech knallte den Hörer unsanft auf die Gabel.

Obwohl Pascal Tausende Fragen durch den Kopf gingen, traute er sich noch nicht, das Wort zu ergreifen. Er wollte Frech erst einmal zur Ruhe kommen lassen. Frech blickte zur Decke, atmete aus und schaute dann Pascal an. Plötzlich fing er an zu grinsen. Es war aber kein fröhliches Grinsen, sondern ein verächtliches.

«Und da wollte mir mein Kollege aus Pakistan angeben, dass sich der ‹Reine Glaube› nicht in Europa befindet! Dilettant!»

«Wie ich aus dem Gespräch eben herausgehört habe, wissen unsere Kollegen vom Informationsdienst noch nicht mit Sicherheit, dass es sich um einen Anschlag des ‹Reinen Glaubens› handelt.»

Frech funkelte ihn eindringlich an.

«Zweifeln Sie an Ihrem Kollegen? Zweifeln Sie daran, dass unsere Hinweise, dass sich diese Terroristen in Hyères befinden, wahr sind? Glauben Sie tatsächlich an einen dummen Zufall, dass diese Bombe ausgerechnet da explodiert ist?»

«Nein, auf keinen Fall», stotterte Pascal verunsichert. «Ich wollte damit nur sagen …»

«Herr Benz hat mir vorhin am Telefon versichert, dass er aus verlässlicher Quelle weiss, dass es sich um den ‹Reinen Glauben› handelt. Und wenn Herr Benz das sagt, dann zweifle ich nicht daran.»

Pascal nickte nervös. Offenbar schien Frech sehr an Denis zu glauben, was ihn zwar freute, aber auch erstaunte. Frech war nicht dafür bekannt, dass er sein volles Vertrauen in einen anderen Menschen setzte.

«Und was machen wir mit Herrn Shrimesha? Informieren wir ihn über diesen Bombenanschlag?»

Frech schüttelte ganz langsam den Kopf.

«Nein, das werden wir nicht. Zumindest noch nicht. Ich möchte wissen, wie lange es dauert, bis sein Geheimdienst von diesem Anschlag weiss. Und ich möchte wissen, mit welchen Informationen er zu mir kommt. Mal sehen, was er uns vorenthält.»

«Warum haben Sie mich, als es um die europäischen Terroristen ging, die der ‹Reine Glaube› rekrutierte, unterbrochen?»

«Den europäischen Terroristen», korrigierte ihn Frech. «Wir wissen nur von einem. Ich muss gestehen, in dieser Frage überraschte mich Shrimesha. Er schien sehr irritiert über diesen Fakt zu sein. Ich kann mir ehrlich gesagt darauf noch keinen Reim machen.»

«Aber Sie haben ihm doch unser Dossier vorher zukommen lassen, also hätte er es eigentlich wissen müssen.»

«Ich habe ihn nur über die gröbsten Fakten informiert. Dass wir es mit grösster Wahrscheinlichkeit mit einem Europäer zu tun haben, habe ich bewusst ausgelassen.»

«Warum?»

«Aus taktischen Gründen. Als sich Shrimesha gestern bei mir ankündigte, war mir nicht ganz klar, warum er hier vor Ort sein wollte. Und warum kam er alleine? Wenn man die Pakistaner ein bisschen kennt, weiss man, dass sie nie alleine reisen.»

«Das verstehe ich jetzt nicht.»

«Es liegt in ihrer Kultur. Der Chef kommt immer mit einer ganzen Entourage von Untergebenen, um zu signalisieren, wie wichtig er ist.»

«Und was will er?»

«Informationen. Soviel wie möglich. Ich vermute, er gibt uns nicht all sein Wissen über den ‹Reinen Glauben› weiter, um mit unseren Informationen die fehlenden Puzzlesteine zusammensetzen zu können. Wenn er dann den ‹Reinen Glauben› zu Fall bringt, ist er der grosse Held.»

«Aber hier geht es doch nicht um Held sein oder nicht. Es müsste doch unser aller Ziel sein, diesen Terroristen so schnell wie möglich das Handwerk zu legen!», empörte sich Pascal.

«Ihre Moral in Ehren, Herr Weber, aber leider sieht es in der Praxis etwas anders aus. Es ist auch eine politische Angelegenheit. Man wirft Pakistan vor, dass es mit den Terroristen zusammenarbeitet. Nun kann Shrimesha der ganzen Welt zeigen, dass dem nicht so ist. Wenn er den ‹Reinen Glauben› zu Fall bringt, dann hat er dieses Vorurteil mit einem Schlag vernichtet. Natürlich sind das Vermutungen von mir, aber meine Erfahrung und mein Bauchgefühl sagt mir, dass ich damit nicht ganz falsch liegen kann.» Er blickte Pascal streng an. «Es versteht sich doch von alleine, Herr Weber, dass dieses Gespräch vertraulich ist.»

«Aber selbstverständlich!»

«Gut. Warten wir einmal ab, was jetzt mit Shrimesha passiert. Vielleicht kann er uns ja noch wichtige Informationen liefern, ohne es wirklich zu wollen.»

«Haben Sie sich schon mal überlegt, dass es sich bei diesem Ben vielleicht nicht um einen Europäer handelt?»

«Was meinen Sie damit?»

«Denis hat doch gesagt, er vermute, es handle sich um einen englisch sprechenden Mann.»

«Ja und weiter?»

«Vielleicht ist es auch ein Amerikaner.»

«Interessanter Ansatz.» Plötzlich griff er zum Telefon. «Hier Frech. Ich möchte, dass Sie das Profil bei der Fahndung nach diesem Ben erweitern. Prüfen Sie alle Einreisen und Ausreisen von US-amerikanischen und kanadischen Bürgern in den letzten Wochen. Danke.» Er hängte auf und lächelte Pascal an. «Gut mitgedacht, Herr Weber. Was meinen Sie, sollte ich Herrn Benz in Hyères lassen?»

Pascal antwortete nicht sofort. Er war zu überrascht darüber, dass ihn sein Chef in einer solch wichtigen Frage um Rat bat.

«Ich denke ja. Schliesslich ist es ganz gut, dass wir einen Mann vor Ort haben. Warum fragen Sie?»

«Nur so ein Gedanke. Ich habe mich gerade gefragt, ob der Anschlag wohl Denis Benz galt?»

Pascals Herz fing an zu pochen.

«Ich glaube nicht. Hätten die Terroristen Denis umbringen wollen, hätte auch eine Kugel auf offener Strasse gereicht.

Ausserdem, woher sollten die Terroristen denn überhaupt wissen, dass Denis in Südfrankreich ist?»

«War nur so ein Gedanke. Seit wir es mit diesen Terroristen zu tun haben, ziehe ich einfach alle Möglichkeiten in Betracht. Zudem muss ich offen gestehen, wie sehr mich der hohe Grad an geheimen Informationen, über die diese Extremisten verfügen, sehr vorsichtig macht. Aber wahrscheinlich haben Sie recht. Es ist wohl am besten, wir lassen Herrn Benz mal in Südfrankreich seine Arbeit tun.» Er blickte auf die Uhr. «Was gedenken Sie mit Sophie Keller zu tun?»

«Wie bitte?» Pascal überraschte dieser abrupte Themenwechsel.

«Frau Keller. Es war richtig, Sie sofort von Andermatt wegzubringen, aber jetzt müssen wir uns ein neues Personenschutzkonzept überlegen. Ich glaube nicht, dass wir sie hier in meinem Büro schlafen lassen können, oder?»

«Ich werde mich gleich darum kümmern.»

«Tun Sie das. Und sie soll gleich anfangen, die Laptops nach brauchbaren Informationen zu durchforsten. Jetzt muss ich den Computer von Stammheim ja nicht mehr nach Andermatt bringen lassen.»

«Dann werde ich mich an die Arbeit machen. Brauchen Sie mich noch?» Pascal stand auf.

«Nein, im Moment nicht. Ich halte Sie auf dem Laufenden, falls sich etwas Neues ergibt. Auf Wiedersehen, Herr Weber.»

Pascal verabschiedete sich und ging zur Tür. Als er das Büro verlassen wollte, hielt ihn Frech auf.

«Herr Weber!»

Pascal drehte sich um und blickte ihn fragend an.

«Gute Arbeit, Herr Weber. Ihr Entscheid, Frau Keller von Andermatt abzuziehen und hierher zu bringen, war richtig. So etwas auf eigene Faust zu entscheiden, erfordert Mut und Rückgrat.» Frech senkte seinen Kopf und fing an, in einem Dokument zu lesen.

Pascal huschte ein Lächeln über die Lippen.

«Danke.» Er schloss die Bürotür hinter sich und ging direkt auf Sophie zu.

«Tut mir leid, dass Sie so lange warten mussten. Im Moment geht es hier drunter und drüber.»

Sophie lächelte verständnisvoll.

«Kein Problem. Wer war denn dieser dunkelhäutige Mann vorhin?»

«Das war der Chef des pakistanischen Geheimdienstes, Herr Shrimesha.»

«Dann zieht dieser Fall viel Aufmerksamkeit auf sich.»

«Das kann man wohl sagen.» Pascal zeigte höflich zur Tür. «Herr Frech hat mich gebeten, dass wir sofort damit anfangen, die Laptops zu prüfen. Ich schlage vor, ich begleite Sie in Ihr Büro.»

Sie verabschiedeten sich von der Sekretärin und verliessen Frechs Vorraum. Im Gang ergriff Sophie das Wort.

«Darf ich Sie um etwas bitten, Pascal?»

«Klar, worum?»

«Dürfte ich in Ihrem Büro arbeiten? Ich bin im Moment nicht gerne alleine.»

«Natürlich. Im Moment ist mein Bürokollege sowieso nicht da. Sie können gerne seinen Schreibtisch nehmen.»

«Danke.» Sophies Gesichtsausdruck hellte sich etwas auf. «Und darf ich Sie noch um etwas bitten?»

«Schiessen Sie los.»

«Sie vergessen nicht, meinem Freund meinen Gruss auszurichten, oder?»

«Ich habe es Ihnen versprochen. Er wird Ihren Gruss bekommen. Keine Sorge. Föhlchen, oder?» Er fing an zu grinsen.

Sophie musste ebenfalls lächeln.

«Ich weiss, dieser Kosename hört sich bescheuert an, aber welcher Kosename tut das nicht?»

«Sie scheinen sehr an Ihrem Freund zu hängen.»

«Ja, ich liebe ihn wirklich sehr. Wissen Sie, meine Familie war mir immer sehr wichtig und es bricht mir noch heute das

Herz, wenn ich daran denke, alle in Afghanistan zurückgelassen zu haben. Mein Freund Andreas ist sozusagen der Ersatz für meine Familie.»

«Kann ich gut verstehen.» Sophie tat Pascal leid. Sie wirkte traurig und sehr zerbrechlich. Pascal öffnete Sophie höflich die Tür, die in sein Büro führte.

«Sie dürfen den Schreibtisch gleich gegenüber von meinem benutzen. Fühlen Sie sich wie zu Hause.» Pascal setzte sich und griff gleich zum Telefonhörer. «Stört es Sie, wenn ich schnell telefoniere?»

Sophie, die sich inzwischen ebenfalls gesetzt hatte, nickte ihm freundlich zu.

«Nur zu.»

Pascal wählte Denis' Nummer. Es klingelte nur drei Mal.

«Denis?»

«Hallo Pascal.» Denis klang erschöpft.

«Wie geht es dir?»

«Ach, den Umständen entsprechend ganz gut. Hat dich Frech schon über die neusten Entwicklungen informiert?»

«Ja, das hat er. Schrecklich! Wie ich gehört habe, bist du dem Tod nochmals von der Schippe gesprungen!» Pascal versuchte den Satz so ironisch zu formulieren, wie es ging, doch es gelang ihm nicht wirklich. «Einen Denis Benz kriegt man nicht so leicht unter, oder?»

«Da hast du recht, Pascal.»

«Hauptsache, es geht dir gut.»

«Pascal, ein Gefühl sagt mir, dass dieser Anschlag nur der Anfang einer ganzen Serie war. Ich glaube, dass es bald auch in der Schweiz zu Anschlägen kommen wird. Wir müssen jetzt alles daransetzen, diesen Terroristen das Handwerk zu legen, bevor sie in der Schweiz zuschlagen. Bitte mach das auch Frech klar, okay?»

«Glaub mir, wir sind uns dessen bewusst. Hier läuft alles auf Hochtouren! Brauchst du etwas?»

«Das ist lieb von dir, aber im Moment brauche ich nichts. Ich treffe mich nachher mit meiner Psychologin, die per

Zufall auch hier in Südfrankreich ist. Das bringt mich auf andere Gedanken. Vielleicht ganz gut, wenn ich mal abschalten kann.»

«Du Charmeur. Sag mal, Denis, woher weisst du eigentlich, dass der Bombenanschlag vom ‹Reinen Glauben› verübt wurde? Wie mir Frech mitteilte, weiss unser Informationsdienst noch nichts von einem Bekennerschreiben.»

«Kurz nach dem Anschlag ging bei einer lokalen Radiostation ein Bekenneranruf ein. Die hiesige Polizei hält diese Information aber noch zurück, weil sie eine Massenhysterie befürchtet, und das will sie während der Hauptsaison unbedingt verhindern. Ist also noch streng vertraulich diese Information.»

«Dann kannst du gut mit den örtlichen Behörden zusammenarbeiten?»

«Ja. Sie sind sehr offen zu mir. Schliesslich war ich ja auch irgendwie von diesem Attentat auf die Polizei betroffen, das verbindet.»

«Ich habe da noch eine Frage, dann lasse ich dich in Ruhe. Denkst du, es könnte sich bei diesem Ben auch um einen Amerikaner oder einen Kanadier handeln? Ich habe das nämlich Frech vorhin vorgeschlagen.»

«Lustig, dass wir denselben Gedanken hatten. Ich bin mit Busson auf die gleiche Idee gekommen. Ist sicher richtig, wenn wir auch in diese Richtung ermitteln.»

«Wie geht es eigentlich diesem Busson. War er unter den Opfern?»

«Ja. Aber er ist glücklicherweise beim Anschlag nicht umgekommen. Er liegt verletzt im Krankenhaus, mehr weiss ich auch noch nicht. Sobald er wieder zu sich kommt, werde ich ihn besuchen.»

Es klopfte an der Tür von Pascals Büro und ein Mitarbeiter brachte Sophie zwei Laptops. Sie startete die Computer sofort. Pascal dankte dem Mitarbeiter wortlos.

«Das mit Busson tut mir leid.»

«Hauptsache, er hat überlebt.»

«Hauptsache, du hast überlebt. Also Denis, wenn du irgendetwas brauchst, ruf mich an.»

«Danke Pascal, das weiss ich zu schätzen. Tschüss.»

Pascal hängte nachdenklich auf. Er bemerkte, wie ihn Sophie musterte.

«War das Ihr Bürokollege?», fragte sie vorsichtig.

Pascal nickte.

«Ja, Denis Benz. Eigentlich ist er mehr als nur ein Bürokollege. Er ist ein guter Freund.»

«Das merkt man. Nicht, dass Sie meinen, ich hätte gelauscht, aber Sie haben etwas von einem Bombenanschlag gesagt?»

«Ja, so wie es aussieht, hat der ‹Reine Glauben› in Hyères zugeschlagen. Denis ist zum Glück nicht verletzt.»

«Dann geht es jetzt wohl erst so richtig los. Ich mache mich wohl besser an die Arbeit. Leider muss ich Ihnen gestehen, dass diese ganze Sache mit den Laptops nicht ganz einfach wird.»

«Warum?»

«Ich kenne das Passwort von meinem Kollegen Stammheim nicht. Bis ich das geknackt habe, wird es wohl eine Weile dauern.»

«Probieren Sie einfach Ihr Bestes. Vielleicht haben wir ja auch mal Glück …»

«Ja, vielleicht haben wir Glück. Verdient hätten wir es.»

Kaum hatte Sophie diese Worte ausgesprochen, stürmte Frech ins Büro. Er fing gleich an zu sprechen.

«Ihre Idee mit dem Amerikaner war goldrichtig. Ich habe eine gute und eine schlechte Nachricht. Welche wollen Sie zuerst hören?»

«Die gute! Im Moment könnten wir etwas Positives gebrauchen.»

«Die gute Nachricht ist, dass der Laptop von Halibi gefunden wurde. Ein Gast in einer kleinen Pension liess ihn im Zimmer liegen. Da er seine Rechnung nicht ordentlich beglichen hat und abhaute, rief die Besitzerin die Polizei. Die Frau erkannte den Mann auf dem Fahndungsfoto. Wir wissen jetzt, dass es sich bei diesem Ben um Benedict Christopher Pecks handelt, einen verschollen geglaubten Soldaten einer amerikanischen Elite-Einheit. Zuletzt war er in Afghanistan stationiert. Somit haben wir auch die Verbindung zum ‹Reinen Glauben›.»

«Ein Deserteur also», stellte Pascal nachdenklich fest. «Aber warum liess er den Laptop zurück?»

«Weil er ihn nicht starten konnte, vermute ich», mischte sich Sophie ein. «Und etwas, das man nicht brauchen kann, lässt man liegen. Zudem war er sich wahrscheinlich nicht bewusst, wie wertvoll dieser Computer ist. Der ‹Reine Glauben› ging ja nur davon aus, dass wir das ANGUS-Programm auf dem zentralen Computer haben.»

«Und was ist die schlechte Nachricht?»

«Er hat das Land bereits gestern Abend verlassen. Nachdem ich das Profil vorhin verändert hatte, meldete sich der deutsche Zoll. Der Mann sei ihnen gestern Abend im Zug aufgefallen. Er hatte starke Medikamente bei sich, die rezeptpflichtig sind. Da er aber die nötigen Bescheinigungen dabeihatte, liess man ihn weiterreisen.»

«Weiss man, wohin er wollte?»

«Nein. Die Kontrolle fand im Zug nach Hamburg statt. Aber von da aus kann er natürlich überallhin weiterreisen. Auf jeden Fall wissen wir jetzt, mit wem wir es zu tun haben. Es ist nur noch eine Frage der Zeit, bis wir ihn erwischen.»

«Wenn er ein Elitesoldat ist, wird das wohl nicht ganz so einfach werden.»

«Ich habe leider auch eine schlechte Nachricht.» Sophie blickte mit grossen Augen in die Runde. «Falls dieser Mann zu oft versucht hat, das Codewort des Laptops zu knacken, was ich vermute, wird die Festplatte unwiderruflich zerstört sein.»

Frech blickte Pascal fragend an.

«Aber Sie haben mir doch heute Morgen gesagt, wir könnten auch mit zwei Laptops etwas anfangen?»

Pascal lief rot an. Doch bevor er etwas sagen konnte, mischte sich Sophie erneut ein.

«Im Prinzip hat Herr Weber recht, doch nun musste ich feststellen, dass ich alle Computer brauche, um wirkliche Resultate liefern zu können.»

«Und was würde das bedeuten?», fragte Frech.

«Das würde bedeuten, dass die Chancen, das ANGUS-Programm zu reaktivieren, gleich null sind.»

Kapitel 15: Südfrankreich, St-Tropez, Montag, 6. Juli, 13:26

Der Kellner brachte einen Espresso, den Denis sofort bezahlte. Er blickte in die Runde. Er sass im weltberühmten «Senequier» in St-Tropez, direkt am Hafen. Die roten Stühle und Tischchen waren eng aneinandergereiht, damit möglichst viele Gäste Platz finden konnten. Die Stimmung war ausgelassen, die Gäste lachten laut. Die Frauen trugen leichte Sommerkleidchen und hatten teure Sonnenbrillen in die Haare gesteckt, die sie, obwohl die Sonne blendete, nicht auf die Nase setzten. Die Männer trugen Leinenhosen, teure Hemden und Slippers ohne Socken. Es war Hochsaison und die Menschen machten einen Wettbewerb daraus, wer am meisten auffiel. Denis schüttelte verständnislos den Kopf. Er beobachtete, wie eine vierzig Meter lange Luxusyacht im Hafen anlegte. Die Gäste auf dem Schiff blickten bewusst emotionslos vom Deck herunter, um den Eindruck vermitteln zu können, dass dieser Reichtum das Normalste der Welt für sie war. Um den Anlegeplatz sammelte sich sofort eine Gruppe von neugierigen Touristen, die fotografierten und fasziniert beobachteten, wie das Schiff anlegte. Denis musste grinsen. Er wusste nicht, über wen er mehr lachen sollte. Über die Meute, die wie wild fotografierte oder über die überheblichen Gäste auf dem Schiff.

Er genoss es, für einen Moment abgelenkt zu werden. *Ich könnte jetzt auch tot sein. Das war verdammtes Glück!* Er griff nach der kleinen Espressotasse und leerte sie in einem Zug. Ein Blick auf die Uhr zeigte ihm, dass es halb zwei war. Denis schaute sich nach Renée um. Eigentlich waren sie erst um drei verabredet, aber er brauchte eine Ablenkung. Darum hatte er sie angerufen und darum gebeten, das Treffen vorzuverschieben. Erst war sie etwas irritiert über seinen Anruf gewesen, willigte dann aber ein. Denis entdeckte Renée auf der

Strasse. Elegant schritt sie durch die Menschenmenge und ignorierte die bewundernden Blicke der Männer. Sie sah fantastisch aus. Sie trug ein weisses, luftiges Röckchen, eine hellblaue Bluse und hohe, offene Schuhe. Als sie Denis erblickte, winkte sie ihm fröhlich zu.

«Hallo Denis», begrüsste sie ihn mit einem Lächeln. Zu seinem Erstaunen gab sie ihm einen Kuss auf die Wange.

Denis stand galant auf und wartete, bis sie sich gesetzt hatte.

«Puh, ist das eine Hitze heute!» Sofort blickte sie sich nach einem Kellner um. Nachdem sie dem Kellner ein Zeichen gegeben hatte, nahm sie die Getränkekarte und fächerte sich Luft zu.

«Lass dich mal anschauen, wie geht es dir?» Ihr Gesichtsausdruck wurde ernster, als sie ihn genauer anschaute. «Mein Gott, was ist denn mit deinem Gesicht passiert? Du hast da ein paar kleine Schnittwunden.» Zärtlich fuhr sie mit ihrem Daumen über die kleinen Blessuren.

Denis winkte bescheiden ab.

«Ach, das ist nichts Besonderes. War ein kleiner Unfall.»

Erschrocken starrte ihn Renée an.

«Was ist denn passiert?»

Denis lächelte verlegen. Eigentlich hatte er sich vorgenommen, ihr nichts von dem Attentat zu erzählen.

«Also gut, ich erzähle es dir. Aber du musst mir versprechen, nicht schockiert zu sein, okay?»

«Über was soll ich nicht schockiert sein?»

Denis spielte verlegen mit seiner leeren Espressotasse. Gerade als er ihr die Geschichte erzählen wollte, kam der Kellner dazwischen.

«Was darf ich Ihnen bringen, Madame?»

Renée bestellte schnell ein Wasser.

«Also, Denis, erzähl!», forderte sie ihn auf.

«Du hast doch sicher von diesem Attentat in Hyères gehört …»

Noch bevor Denis weiterreden konnte, schlug Renée beide Hände vor ihren Mund.

«Natürlich habe ich davon gehört, die ganze Welt hat davon gehört. Um Gottes Willen, du warst da?» Entsetzt blickte sie ihn mit ihren türkisblauen Augen an.

«Ja, ich war da», bestätigte er mit leiser Stimme.

«Ist dir auch nichts passiert?» Wieder strich sie ihm zärtlich über die Wange.

Obwohl das Attentat Denis schwer zu schaffen machte, genoss er die Berührung.

«Ich hatte einfach Glück. Zum Zeitpunkt, als die Bombe hochging, war ich nicht im Gebäude.»

«Ich kann es nicht fassen! Aber warum warst du denn bei der Polizei? Ich dachte, du triffst dich mit irgendeinem Mediensprecher in Hyères?»

Denis räusperte sich. Er wollte sich einen kurzen Moment verschaffen, um darüber nachzudenken, was er Renée schon alles erzählt hatte.

«Das ist richtig. Ich habe dir doch erzählt, dass ich mich mit einem Mediensprecher der Polizei austausche. Unglücklicherweise hatte dieser Mann sein Büro in diesem Gebäude.»

«Das gibt es doch nicht. Ich kann nicht fassen, was du mir da erzählst. Das ist furchtbar! Ich habe im Radio gehört, dass es mehrere Tote und viele Verletzte gab.»

«Das ist leider wahr.»

Renée blickte einen Moment aufs Meer hinaus. Die Geschichte schien ihr sehr zuzusetzen.

«Ich habe im Radio gehört, dass es sich um ein Attentat handeln soll. Stimmt das?»

«So wie es aussieht, ist das richtig. Aber ich weiss auch noch nicht viel mehr.»

«Man erzählt sich, ein Auto mit einer Bombe soll in das Gebäude gefahren sein.»

Denis beugte sich zu ihr vor. Er wollte nicht, dass andere ihr Gespräch belauschen konnten. Zwar war ihm bewusst, dass die Chance, dass sich ein Schweizer in der Nähe befand, sehr klein war, aber man konnte ja nie wissen.

«Es war ein Kleintransporter.»

«Und warum bist du fast ohne Verletzungen davongekommen?» Renée legte ihre Hand auf Denis' Oberschenkel.

Denis blickte sie etwas irritiert an.

«Bitte entschuldige, ich wollte nicht taktlos sein. Aber du hast mir doch eben erzählt, dass du bei diesem Medienmensch warst und ich sehe deine Schrammen im Gesicht, also musst du da gewesen sein, oder?»

«Ich war gerade auf der gegenüberliegenden Strassenseite.»

«Dann bist du also gerade gegangen. Gott sei Dank!»

«Nicht ganz. Ich wollte dem Kollegen und mir ein Eis holen.»

«Das heisst, dass du nur überlebt hast, weil du zufällig genau in der Minute, als das Attentat passierte, ein Eis holen warst? Wärst du eine Minute später gegangen oder eine Minute früher zurück gewesen, hätte es dich auch erwischt?» Renées Ausführungen waren weniger eine Frage als vielmehr eine Feststellung. Sie schien wirklich schockiert zu sein. Plötzlich fing sie an zu lächeln.

«Dann wirst du von heute an bei jedem Eis, das du isst, erst ein kleines Stossgebet entrichten müssen.»

«Das werde ich wohl tun müssen.» Denis lächelte zurück.

«Wer tut denn so was? Ich meine, wir sind hier in Südfrankreich, in einer Feriengegend. Warum sollte ein Attentat hier etwas bringen?»

«Vielleicht weil gerade Hauptsaison ist und sich viele Menschen hier befinden. Terroristen suchen sich immer Plätze aus, wo sie viele Leute schockieren können.»

«Terroristen? Du denkst, es waren Terroristen?» Mit weit aufgerissenen Augen starrte sie Denis entsetzt an.

Denis schluckte. Er wusste, dass er gerade zu viel verraten hatte.

«Ich vermute es. Dass ein Lieferwagen mit Sprengstoff in ein Gebäude fährt, kenne ich eigentlich nur von Terroristen. Aber ich bin kein Experte, das ist eine reine Vermutung.»

«Nicht zu fassen. Jetzt ist man nicht einmal mehr hier vor diesen radikalen Islamisten sicher!»

Denis runzelte erstaunt die Stirn. Er hatte ihr nichts von Islamisten erzählt. Er versuchte aber, sich nichts von seiner Verwirrung anmerken zu lassen. Er vermutete, dass Renée, wie alle Europäer, als Erstes an Islamisten dachte, wenn es um Terroristen ging. Schnell entspannte sich sein Gesichtsausdruck wieder, als er Renée in einem unbemerkten Moment beobachtete. Sie strahlte eine unglaubliche Schönheit aus. Denis beschloss, das Thema zu wechseln.

«Darf ich dich etwas fragen?» Charmant beugte er sich zu ihr vor.

«Was denn?» Renée lächelte ihn freundlich an.

«Ich frage mich schon seit unserem ersten Treffen, woher dein Name kommt. Ich meine, er passt so gar nicht zu deinem Äusseren. Du hast eine so wunderschöne braune Haut, dunkle Haare und einen exotischen Ausdruck. Da passt Renée Müller eigentlich gar nicht.»

Renée fing an zu lachen und warf sich ihr langes Haar über die Schulter.

«Du bist nicht der Erste, der diese Frage stellt.»

«Das heisst, es gab noch andere Männer in deinem Leben?», stellte Denis mit gespielter Empörung fest.

«Du bist witzig.» Sie nahm einen grossen Schluck Wasser, bevor sie antwortete. «Ich erkläre es dir gerne. Aber glaub ja nicht, dass ich nicht bemerkt habe, wie du das Thema gewechselt hast. Aber es ist ein gutes Zeichen. Es bedeutet, dass dir die Geschichte mit der Bombe nicht ganz so nahegeht.»

«Da spricht wieder die Psychologin», stellte Denis trocken fest.

Renée fing wieder an zu lachen.

«Du hast recht. Das ist eine Berufskrankheit, bitte entschuldige. Also zu deiner Frage: Meine Eltern sind Schweizer, aber ich bin es eigentlich nicht.»

«Und was willst du mir damit sagen?»

«Denk mal nach. Wie ist es möglich, dass meine Eltern Schweizer sind und ich eigentlich nicht?»

«Aber du hast einen Schweizer Pass, oder?»

«Das ist korrekt. Das gibt schon mal den ersten Punkt!»

«Lass mich überlegen … Dafür kann es eigentlich nur zwei Gründe geben. Erstens: Du bist adoptiert oder du hast so schlechte Tischmanieren, dass sich die Schweiz erst weigerte, dir einen Pass auszustellen.»

«Also meine Tischmanieren sind wirklich gut. Du hast recht, ich bin adoptiert.»

Denis lächelte verlegen. Er wusste nicht, ob er nachfragen oder es besser bleiben lassen sollte.

«Du kannst ruhig fragen, es stört mich nicht», forderte ihn Renée auf, als ob sie seine Gedanken lesen könnte.

«Kennst du deine Eltern oder den Grund, warum sie dich zur Adoption freigegeben haben? Kennst du überhaupt dein Heimatland?»

«Nein, ich kenne meine Eltern nicht und ich kenne auch den Grund nicht, warum sie mich freigegeben haben. Aber ich weiss, woher ich ursprünglich stamme!»

«Ach ja? Woher?»

«Aus Indien!»

«Und es hat dich nie interessiert, wer deine Eltern sind?»

Renées Gesichtsausdruck wurde ernster. Sie stellte ihr Glas ab.

«Doch natürlich, aber das ist in Indien nicht so einfach. Dort gelten Töchter als minderwertig, denn nach indischem Brauch muss die Familie der Tochter für den grössten Teil der Mitgift aufkommen, wenn sie mal heiratet. Viele arme Familien verkaufen darum ihre Töchter oder wenn es ganz schlimm kommt, bringen sie sie sogar kurz nach der Geburt um. Das alles passiert anonym, darum ist es fast nicht möglich, herauszufinden, wer die Eltern sind. Aber ich mache meinen Eltern keinen Vorwurf. Ich darf jetzt ein tolles Leben in einem reichen Land geniessen.»

Denis senkte beschämt seinen Kopf.

«Tut mir leid, ich wollte dich nicht in Verlegenheit bringen.»

«Kein Problem. Und seit ein paar Tagen bin ich meinen Eltern sogar noch dankbarer, dass sie mich zur Adoption freigegeben haben.»

«Das verstehe ich jetzt nicht.»

«Ganz einfach! Hätten sie mich nicht zur Adoption freigegeben, hätte ich dich nie kennengelernt!»

Verlegen blickte Denis auf seine Füsse.

«Stimmt. So gesehen bin ich deinen indischen Eltern zu grossem Dank verpflichtet.»

Renée beugte sich weit vor und gab Denis einen langen Kuss auf den Mund. Denis war so überrascht, dass er sich nicht zu bewegen traute. Renée wich mit ihrem Kopf etwas zurück und blickte ihm tief in die Augen.

«Ich muss zugeben, normalerweise reagieren Männer etwas anders, wenn ich sie küsse.» Sie lächelte Denis an, während sie ihm zärtlich über die Backe strich.

«Ich …, also, nicht, dass du mich falsch verstehst, ich … also es hat mir sehr gefallen, nur …»

Renée lachte.

«Ich hätte nicht gedacht, dass ich dich mal in Verlegenheit bringen könnte.» Plötzlich runzelte sie die Stirn. «Oder hast du schon eine Freundin?»

«Nein, nein! Ich habe keine Freundin. Ich war einfach etwas überrascht.»

Renée nickte und griff wieder zum Wasser.

Denis durchlebte in diesen Tagen eine wahre Achterbahn der Gefühle. Gerade wäre er fast ums Leben gekommen, war von Terroristen gejagt worden und jetzt küsste ihn diese wunderschöne Frau wie aus heiterem Himmel. Fassungslos schüttelte er den Kopf. Am liebsten hätte er Renée die ganze Wahrheit über seine Person erzählt, aber er wusste, dass er das nicht durfte. Zum ersten Mal seit seinem Abschluss der Ausbildung wurde ihm klar, dass er mit seinem Beruf alle Menschen, die ihm etwas bedeuteten, ein Leben lang anlügen musste. Denis war heilfroh, dass sein Handy klingelte.

«Hallo?» Er gab Renée mit einem Handzeichen zu verstehen, dass das Gespräch wichtig war. «Wann …? Ist er ansprechbar? Wie geht es ihm …? Kann ich ihn jetzt besuchen …? Wie lautet die Adresse …? Gut, ich werde in einer halben Stunde da sein. Vielen Dank für die Informationen. Auf Wiederhören.»

«Wow, ich wusste gar nicht, dass du so gut Französisch sprichst.»

Denis ging nicht auf das Kompliment ein. Er machte sich Sorgen um seinen Kollegen Busson.

«Bist du zufällig mit dem Auto hier?»

«Ja, warum?»

«Wäre es dir möglich, mich zum Krankenhaus zu fahren? Du würdest mir einen riesigen Gefallen tun. Mein Kollege ist eben erwacht und ansprechbar. Ich würde ihn schrecklich gerne besuchen.»

Zärtlich strich ihm Renée mit ihrem Handrücken über die Wange.

«Aber sicher. Wo befindet sich denn das Krankenhaus?»

«Am Boulevard Marechal oder sowas. Es heisst ‹Centre Hospitalier›.»

Renée griff sofort nach ihrer Tasche, gab dem Kellner ein Zeichen, dass sie zahlen wollte, und zückte ihre Geldbörse.

«Wir werden das Krankenhaus schon finden, kein Problem.»

«Du bist super, danke.» Denis holte aus seiner Jeans eine Euronote hervor. «Bitte lass mich das bezahlen, es wäre mir eine Freude.»

«Nein, heute bezahle ich.» Ohne Denis anzusehen, gab sie dem Kellner etwas Bargeld. Nachdem sie das Rückgeld wieder in ihrem grossen Portemonnaie verstaut hatte, lächelte sie Denis mit grossen Augen an.

«Und wenn du brav bist, gibt es nachher noch ein Eis.»

Denis winkte ab.

«Ich glaube, im Moment ist mir die Lust auf Eis vergangen.»

«Wollen wir?» Ohne die Antwort abzuwarten, stand Renée entschlossen auf und drängte sich an den Gästen vorbei.

Denis folgte ihr. Nach ein paar Minuten hatten sie den Parkplatz am Hafen von St-Tropez erreicht. Renée kramte die Schlüssel hervor und drückte die Fernbedienung. Ein gelbes VW-Beatle-Cabrio gab sich mit zwei leisen Pfeiftönen zu erkennen.

«Schickes Auto!», bemerkte Denis anerkennend.

«Danke. Das ist mein Baby.» Sie stieg ein.

Denis setzte sich auf den Beifahrersitz. Renée zwinkerte ihm zu, startete den Motor und öffnete das Dach. Zügig fuhr sie los.

Denis genoss die Fahrt. Der Sommerwind blies ihm angenehm ins Gesicht und er konnte sich an der schönen Landschaft kaum sattsehen. Immer wieder drehte er seinen Kopf zu Renée, bewunderte ihre Schönheit und amüsierte sich, wie sie laut über all die Touristen und Fahrradfahrer fluchen konnte, ohne dabei ein Blatt vor den Mund zu nehmen. Die Frau tat ihm gut, denn sie liess ihn für einen Moment alle Sorgen vergessen.

Nach vierzig Minuten bog Renée in den Boulevard Marechal ein und hielt auf dem Parkplatz direkt gegenüber des Krankenhauses an. Noch mit laufendem Motor schloss sie wieder das Verdeck, schnallte sich los und öffnete die Tür. Fragend blickte sie Denis an, der noch immer angegurtet dasass.

«Was ist? Willst du nicht reingehen?»

Denis zögerte mit der Antwort.

«Doch, schon, aber du brauchst nicht mitzukommen, falls du nicht willst.» Denis wurde augenblicklich klar, dass sich in diesem Krankenhaus wahrscheinlich viele Polizisten befanden, die durch eine unbedachte Äusserung seine Tarnung auffliegen lassen könnten.

Renée schüttelte heftig den Kopf.

«Denkst du, ich halte das da drinnen nicht aus?» Sie schenkte ihm ein charmantes Lächeln. Plötzlich runzelte sie die Stirn.

«Oder schämst du dich für mich?»

«Nein, mit Sicherheit nicht.» Denis überlegte, wie er aus dieser Situation wieder herausfinden könnte. «Weisst du, ich will einfach nicht, dass all die Polizisten, die wahrscheinlich in diesem Krankenhaus sind, sich wie Geier auf eine so schöne Frau wie dich stürzen, kaum sind wir drin.» Denis wusste, wie bescheuert sich diese Ausrede anhörte. Am liebsten hätte er sie wieder zurückgenommen, aber das ging jetzt nicht mehr.

«Du bist süss! Keine Angst, ich gebe denen schon zu verstehen, dass ich vergeben bin.» Ohne Denis' Reaktion abzuwarten, stieg sie aus.

Denis blieb noch einen Moment sitzen. Die Frau strahlte ein so grosses Selbstbewusstsein auf ihn aus, dass er tatsächlich nicht wusste, was er sagen sollte. Er entschied, Renée mitzunehmen und sie, sobald sie drin waren, in einen Warteraum zu schicken.

Sie überquerten die schmale Strasse und betraten das Krankenhaus. Es war angenehm kühl, die Luft roch steril. Denis steuerte sofort auf den Empfang zu.

«Guten Tag, mein Name ist Denis Benz. Ich würde gerne meinen Kollegen, Eric Busson, besuchen. Wo finde ich ihn?»

Die schon etwas ältere Empfangsdame hinter der Glasscheibe gab ein paar Befehle in ihren Computer ein. Dabei setzte sie sich eine Lesebrille auf die Nase und näherte sich mit zusammengekniffenen Augen dem Bildschirm.

«Busson, sagen Sie?»

«Genau, Busson. Eric Busson. Er wurde heute Mittag eingeliefert.»

Die Dame setzte ihre Brille ab und musterte Denis und Renée kritisch.

«Herr Busson steht unter speziellem Polizeischutz. Ich darf nur die Familie, Polizisten oder Leute mit einer Spezialbewilligung zu ihm lassen. Sind Sie ein Familienmitglied?»

«Nein», stotterte Denis verlegen.

«Er ist ein Arbeitskollege von Herrn Busson», mischte sich Renée selbstbewusst ein.

«Ah, dann sind Sie also ein Polizist. Dürfte ich Ihren Ausweis sehen?»

«Nein, ich bin auch kein Polizist und ich habe auch keine Spezialbewilligung. Hören Sie, ich bin ein Arbeitskollege aus der Schweiz. Mich hat vorhin ein Polizist mit dem Namen Plié oder Chié oder so was Ähnliches angerufen, mit der Bitte, vorbeizukommen. Könnten Sie nicht da oben anrufen und nachfragen? Die werden Ihnen bestätigen, dass ich erwartet werde.»

Die Dame blickte Denis kritisch an. Misstrauisch griff sie nach dem Hörer, ohne ihn dabei aus den Augen zu lassen. Renée schnaubte vorwurfsvoll, was der angespannten Situation nicht wirklich dienlich war. Denis versuchte, Renée mit einem liebevollen, aber bestimmten Blick zu beruhigen.

«Guten Tag, hier spricht Verdon vom Empfang. Bei mir steht ein junger Herr mit dem Namen …», sie deckte die Hörmuschel mit einer Hand ab und forderte Denis mit einem leichten Kopfnicken auf, ihr seinen Namen nochmals zu nennen.

«Benz. Denis Benz», flüsterte Denis durch die kleinen Löcher in der Glasscheibe.

«Benz, Denis Benz. Er behauptet, erwartet zu werden.»

Gespannt beobachtete Denis die Frau. Emotionslos hängte sie wieder auf.

«Sie dürfen hoch. Fahren Sie mit dem Lift in den vierten Stock, da werden Sie von Herrn Chiras empfangen.» Sie betonte den Namen bewusst deutlich, um Denis zu verstehen zu geben, dass die von ihm genannten Namen nicht richtig waren. Dann drehte sie ihren Kopf zu Renée.

«Sie dürfen nicht hoch. Man hat mich deutlich angewiesen, dass nur Herr Benz alleine hoch darf.»

Denis glaubte, so etwas wie Befriedigung im Gesicht der Frau zu sehen. Neugierig beobachtete er Renées Reaktion.

Doch sie liess sich, zu seinem Erstaunen, von der Empfangsdame nicht provozieren.

«Kein Problem. Dann bleibe ich hier unten und warte, bis du wiederkommst.» Sie gab Denis einen Kuss auf die Wange.

«Ich werde nicht lange brauchen, okay?»

«Du brauchst dich nicht zu beeilen. Ich habe Zeit.»

«Gut. Bis gleich.» Denis ging den langen Gang entlang, um zu den Aufzügen zu kommen. Er liess erst zwei Patienten aussteigen, bevor er den Lift betrat und die Taste 4 drückte. Er war der Dame am Empfang sehr dankbar, dass sie Renée den Zugang zum vierten Stock verweigert hatte, denn so musste Denis keine Angst haben, seine Tarnung zu verlieren. Mit einem leisen «Ping» öffneten sich die Lifttüren wieder. Sofort stellten sich ihm zwei uniformierte Polizisten in den Weg. Mit kritischem Blick musterten sie ihn.

«Mein Name ist Denis Benz, ich bin vom Schweizer Geheimdienst.» Er zückte seinen Ausweis und hielt ihn den beiden Polizisten vor die Nase. «Ich werde von Herrn Chiras erwartet.»

«Ist schon gut!», schrie eine Stimme im Hintergrund. «Ich kenne den Mann.»

Denis blickte in den langen Gang. Ein blonder Mann, etwa in Denis' Alter, lief eilig auf ihn zu.

«Herr Benz, guten Tag.» Er streckte Denis die Hand entgegen. «Wir haben uns vorhin ganz kurz beim Verhör gesehen. Mein Name ist Patrice Chiras.»

«Ach ja, ich erinnere mich. Sie waren doch der Mann, der an Herrn Pliés Seite stand. Oder hiess er Chié?»

«Plié», bestätigte Chiras freundlich. «Tut mir leid, dass Sie uns so kurz nach dem Attentat Rede und Antwort stehen mussten. Aber Sie waren unser wichtigster Zeuge.»

«Ach kein Problem. Das ist doch selbstverständlich.» Denis wurde kurz nach dem Attentat eingehend von den Kollegen der französischen Polizei befragt. Eigentlich war es kein Verhör, vielmehr erhofften sich die Kollegen der Polizei wichtige Informationen von Denis. Das Gespräch war aber nicht sehr ergiebig gewesen, denn Denis wusste nicht, was er den Polizisten sagen durfte und was nicht.

«Und wie geht es Busson?», fragte Denis neugierig.

«Den Umständen entsprechend gut, Gott sei Dank. Er ist vor etwa einer Stunde aus dem Koma erwacht.» Chiras zeigte mit seiner Hand in den Gang. «Wollen wir zu ihm?»

«Gerne.»

«Ich weiss, Herr Benz, Sie unterliegen der Geheimhaltungspflicht. Ich möchte Sie aber trotzdem noch einmal fragen, ob Sie in der Zwischenzeit etwas in Erfahrung bringen konnten, das uns weiterhilft? Sie müssen mich verstehen, viele meiner Kollegen sind bei diesem Attentat ums Leben gekommen und wir brennen natürlich alle darauf, die Täter möglichst schnell zu erwischen.»

«Wissen Sie schon, wie viele Opfer und Verletzte es gab?» Denis lenkte bewusst ab.

«Es gab acht tote Polizisten und sechs Verletzte.»

«Schrecklich. Das tut mir für Ihre Kollegen sehr leid.»

«Ich danke Ihnen.»

«Und die verletzten Kollegen befinden sich alle hier auf diesem Stock?»

«Genau. Wie Sie sehen, haben wir drei Polizisten hier oben positioniert, die jeden überprüfen, der sich in diesen Gängen bewegt. Zusätzlich haben wir noch Wachposten vor dem Krankenhaus. Solange wir nicht wissen, wem dieser Anschlag galt, müssen wir alles dafür tun, um unsere Kollegen zu schützen.»

«Da haben Sie recht. Solange wir noch nicht mehr haben als diesen anonymen Anruf bei der Radiostation sollten Ihre Kollegen bewacht werden.»

Chiras blieb vor Bussons Tür stehen.

«Wissen Sie, was die Ironie der ganzen Sache ist?»

Denis schüttelte den Kopf.

«Ich verstehe nicht …»

«Ich frage mich, wer uns beschützt. Was, wenn dieser Anschlag allen Polizisten in Hyères galt? Das würde bedeuten, dass jeder Kollege da draussen in Lebensgefahr schwebt.»

Denis fasste Chiras an die Schulter und blickte ihm tief in die Augen.

«Ich kann Ihnen leider noch nicht mehr verraten, aber ich kann Ihnen versichern, dass dies nicht der Fall ist. Es ist richtig, dass Sie Busson ganz speziell bewachen, aber glauben Sie mir, Ihre Kollegen sind nicht gefährdet.» Denis wusste, dass er sich mit dieser Aussage weit hinauslehnte, aber er wollte dem Mann klarmachen, dass dieser Anschlag nicht der Polizei von Hyères galt. Er vermutete, dass es lediglich um Busson ging.

«Wo arbeiten Sie jetzt eigentlich?» Denis wechselte wieder bewusst das Thema.

«Wie meinen Sie?»

«Ich nehme an, Sie werden in den nächsten paar Wochen wohl kaum zurück in die Polizeistation können, oder?»

Chiras lächelte verlegen.

«Ach, das meinen Sie. Nein, da können wir im Moment wirklich nicht zurück. Wir haben uns bei der Feuerwehr einquartiert. Ihre Infrastruktur ist für uns von grossem Nutzen. Wir bleiben so lange da, bis wir wieder zurück in unsere Station können.»

Denis nickte und öffnete vorsichtig die Tür. Er streckte seinen Kopf hinein. Busson lag in einem modernen Krankenbett. Rundherum standen viele technische Geräte, etliche Schläuche führten zu seinem Körper. Ein leises, stetes Piepsen gab seinen Herzschlag wieder. Denis trat leise ein und schloss vorsichtig die Tür hinter sich. Busson, dessen Stirn mit einer breiten Gaze eingebunden war, drehte sich zu Denis und fing an zu lächeln.

«Du hast mein Eis vergessen!», protestierte er mit leiser Stimme.

Denis lächelte.

«Guten Tag, Herr Busson. Es freut mich, dass es Ihnen wieder etwas besser geht.»

«Was soll denn dieses höfliche Getue! Wenn man zusammen einen Bombenanschlag erlebt hat, dann darf man sich auch duzen.»

Denis trat an das Bett heran.

«Gerne. Wie fühlst du dich?»

«Abgesehen davon, dass mein Schädel noch brummt, ganz gut. Wenigstens weiss ich jetzt, dass es noch etwas Schlimmeres geben kann als einen Kater.» Busson fing an zaghaft zu lachen, wurde aber mit einem Hustenanfall dafür bestraft.

«Ich sehe schon, dir geht es gar nicht so schlecht, wie du uns vormachst. Du geniesst einfach die Aufmerksamkeit, die du jetzt kriegst.»

Busson fing wieder an zu lachen.

«Du hast denselben Humor wie ich, mein Junge, das gefällt mir.» Busson versuchte, sich im Bett aufzurichten.

«Bleib liegen. Ich kann mir vorstellen, dass die Ärzte hier keine Freude an dir haben, wenn du jetzt schon wieder einen auf gesund machst.»

«Ach Quatsch! Die können mich mal, diese Ärzte. Die sollen erst einmal eine Woche mit meiner Frau verbringen müssen, dann wissen sie auch, was wirkliche Schmerzen sind!» Trotzig hievte er sich in eine bequemere Position.

Denis musste wieder lachen. Der Mann hatte wirklich Humor, was ihn sehr sympathisch machte. Mit Erstaunen stellte Denis fest, wie sich in Busson langsam die Lebensgeister wieder zurückmeldeten. Als Busson fast aufrecht im Bett sass, griff er nach einem Glas Wasser und trank ein paar Schlucke.

«Und, was verschafft mir die Ehre dieses Besuches?»

«Ich wollte sehen, wie es dir geht. Ich glaube, es ist besser, du kommst erst einmal wieder zu Kräften und schonst dich etwas. Schliesslich bist du gerade aus dem Koma erwacht. Du siehst sehr mitgenommen aus.»

«Papperlapapp!» Trotzig stellte er den Becher mit Wasser wieder auf die kleine Ablage. «Mir geht es gut, nur meine Beine haben etwas abgekriegt. Ist aber nicht schlimm.»

Denis wusste, dass Busson untertrieb, doch Busson fuhr ohne Umschweife fort.

«Du scheinst aber auch etwas abgekriegt zu haben.» Er zeigte auf die Schrammen in Denis' Gesicht.

Denis lächelte peinlich berührt.

«Ach das, das ist nun wirklich nicht der Rede wert.»

«Und das da am Hals? Ist mir schon heute Morgen im Büro aufgefallen.»

«Erzähl ich dir später.»

«Also, wie kriegen wir diese Verbrecher gefasst?» Entschlossen blickte er Denis an.

Dieser zuckte mit den Schultern.

«Wie du sicher schon erfahren hast, war der ‹Reine Glauben› für den Anschlag verantwortlich.»

«Nein, das wusste ich nicht. Wie kommst du darauf?»

«Du wusstest es nicht?», fragte ihn Denis erstaunt.

«Wie denn? Ich war ja bis vor einer Stunde noch voll weggetreten! Aber ich habe mir so etwas gedacht. Weisst du, was das bedeutet?»

«Nein.»

«Wir sind denen mächtig auf die Füsse getreten. Irgendetwas scheinen wir richtig gemacht zu haben.»

«Und wo denkst du, sind wir ihnen auf die Füsse getreten?»

Busson trank nochmals, bevor er antwortete. Von Minute zu Minute schienen seine Lebensgeister mehr zurückzukommen.

«Lass mich mal überlegen. Die einzigen Schnittpunkte, die ich zum ‹Reinen Glauben› sehe, sind die beiden Computerprogramme. Anscheinend sind diese beiden Programme in der Kombination so gefährlich für sie, dass sie handeln mussten.»

Denis biss sich auf seine Unterlippe.

«Wohl eher dein Mikado-Programm.»

«Warum?»

«Ich habe dir etwas verschwiegen. Den Terroristen ist es gelungen, das ANGUS-Programm vollständig zu vernichten.»

«Wie bitte? Und wie ist ihnen das gelungen?»

Denis winkte ab.

«Das ist eine lange Geschichte. Tatsache ist, dass dein Programm wohl der Auslöser war.»

Busson blickte in seinen Wasserbecher. Er zögerte.

«Oder du.»

«Wie, ich?»

Busson stellte den Becher wieder weg. Mit sorgenvollen Augen blickte er ihn an.

«Wenn das stimmt, was du sagst, gibt es für mich nur zwei mögliche Auslöser. Entweder ist es wirklich meine Software oder sie wollten dich loswerden.»

Denis' Herz raste. Auf diesen Gedanken war er noch gar nicht gekommen. Ironischerweise fühlte er sich nach den ganzen Schikanen, die ihm der ‹Reine Glauben› angetan hatte, irgendwie geschützt. Zwar hatten sie ihn auf der psychischen Ebene immer wieder angegriffen, aber sie liessen ihn am Leben. Erst jetzt bemerkte Denis, dass er diese Tatsache irrtümlicherweise wie einen Freiheitspass ansah. Er schluckte.

«Oder vielleicht wollten sie uns beide auf einen Schlag loswerden.»

Busson nickte.

«Möglicherweise. Aber wir lassen uns nicht unterkriegen. Tatsache ist, dass wir näher an ihnen dran sind, als wir es vermuteten. Wir müssen jetzt die Gelegenheit packen und sie endgültig aus ihrer Höhle locken.»

«Und wie sollen wir das anstellen?»

«Mit dieser Frage bin ich jetzt auch etwas überfordert. Wichtig ist aber, dass du mir alles erzählst, was du weisst. Nur so kommen wir weiter.»

Denis überlegte einen Moment. Schliesslich kam er zur Erkenntnis, dass Busson ein wertvoller Helfer in dieser Sache sein konnte. Er holte tief Luft und rückte mit seinem Stuhl etwas näher.

«Es fing letzte Woche an. Die Terroristen fanden über Umwege heraus, dass ich ein Mitarbeiter des Schweizer

Geheimdienstes bin. Sie benutzten mich, um an das ANGUS-Programm heranzukommen. Schliesslich gelang es ihnen und sie vernichteten es. Wir haben ihre Spur bis hierher zurückverfolgt. Darum bin ich da.»

«Und weiter?»

«Wir wissen von einem Ben, der mit mir in Kontakt getreten ist. Vermutlich handelt es sich um einen Engländer oder einen Amerikaner. Nach meinen letzten Informationen befindet er sich noch in Bern. Wir wissen auch von Jermahl Vajivalara, der scheint ein wichtiger Strippenzieher des ‹Reinen Glaubens› zu sein. Dieser Vajivalara befindet sich hier in Frankreich. Wir vermuten, dass der ‹Reine Glaube› Europäer rekrutiert hat, damit sie hier in Europa Anschläge verüben.»

Busson riss seine Augen weit auf.

«Anschläge? Mehrere? Wie kommt ihr darauf?»

«Eigentlich ist es nur ein Gefühl von mir. Offen gesagt, wissen wir auch nur von einem Terroristen, den der ‹Reine Glauben› rekrutiert hat. Wir vermuten aber, dass es mehrere sind, da zwei von den drei Programmierern der ANGUS-Software innert kürzester Zeit an verschiedenen Orten der Welt umgebracht wurden.»

Busson nickte nachdenklich.

«Ich verstehe. Die Terroristen vernichten eure Programmierer und das ANGUS-Programm, damit sie etwas Grosses ungehindert ausführen können. So gesehen ergibt diese Geschichte einen Sinn. Wenn man nun unser Wissen mit eurem kombiniert, dann scheint das also eine für den ‹Reinen Glauben› gefährliche Kombination zu ergeben. Aber woher wissen denn diese Terroristen so viel? Diese Informationen sind doch streng geheim!» Im Gesicht von Busson meinte Denis so etwas wie einen Vorwurf zu sehen.

«Ich muss offen gestehen, dass wir keine Ahnung haben, woher diese Extremisten so viele Informationen über uns haben.»

«Fassen wir noch einmal zusammen: Die Terroristen wissen, dass das ANGUS-Programm vernichtet ist. Sie gehen davon aus, dass sie nun geschützt operieren können. Vermutlich schicken sie rekrutierte Europäer nach Europa, um Anschläge zu verüben. Kurz nachdem du bei mir aufgetaucht bist, gab es diesen Anschlag auf die Polizeistation. Wenn sie aber, wie von dir behauptet, eine grosse Anschlagserie vorhaben, dann macht die Bombe in Hyères überhaupt keinen Sinn. Ausser wir ziehen die beiden vorher erwähnten Elemente in Betracht. Erstens: Wir haben etwas herausgefunden, das sie nervös macht und zweitens: Sie wollen dich oder mich oder uns beide um die Ecke bringen.» Busson schüttelte den Kopf.

«Was ist?», fragte Denis neugierig.

«Es macht keinen Sinn, dass sie dich umbringen wollen, denn sie haben von dir bekommen, was sie wollten, nämlich den Zugang zum ANGUS-Programm. Zudem müssten sie ja davon wissen, dass du hier bist. Aber ich gehe mal davon aus, dass sie das nicht wissen können, oder?»

Denis zögerte.

«Oder?»

«Ich fürchte, in dieser Frage muss ich dich enttäuschen. Sie wissen, dass ich hier bin. Sie wissen auch von deinem neuen Programm.»

«Was sagst du da? Sie wissen von meinem Programm? Das ist gar nicht möglich. Das Programm ist noch so frisch, dass nur eine Handvoll Leute davon wissen.»

Denis lächelte verlegen.

«Willkommen im Klub. Auch deine Abteilung scheint Löcher zu haben.» Denis war froh, dass Busson nicht auf die Feststellung einging, dass sie wussten, dass er sich in Südfrankreich befand, sonst hätte er ihm die ganze Geschichte mit dem falschen Busson erklären müssen.

«Jetzt wird mir so einiges klar!»

«Was?», fragte Denis neugierig.

«Ich spekuliere jetzt einfach mal: Wenn das ANGUS-Programm nicht mehr existiert, bedeutet das, mein Programm wurde ihnen zu gefährlich. Der Bombenanschlag deutet für mich darauf hin, dass sie unter Zeitdruck stehen und nicht mehr warten konnten, mein Programm genau so aufwendig wie eures zu vernichten. Der Anschlag auf Hyères war also nicht geplant, sondern war eine Kurzschlussreaktion!»

«Das würde aber auch bedeuten, dass der geplante Anschlag oder die geplanten Anschläge kurz bevorstehen», stellte Denis nüchtern fest.

«Leider ja. Wir haben nicht mehr viel Zeit!»

«Aber was können wir tun? Wir wissen noch zu wenig.»

«Erst einmal konnte ich ja die Grossfahndung nach Vajivalara intensivieren. Vielleicht bringt das was. Haben wir ihn, haben wir den Kopf der Bande.»

Denis verkniff sich eine Antwort, Busson schien das aber zu merken.

«Was? Gibt es noch mehr, das ich wissen sollte?»

«Nein, eigentlich nicht. Aber der Kopf der Bande ist, wie wir wissen, dieser Falke.»

«Der interessiert mich jetzt im Moment nicht. Wir müssen uns an das halten, was wir wissen. Also, Vajivalara spielt für uns eine Schlüsselrolle. Haben wir ihn, haben wir die anderen Terroristen. Wenn die Informationen stimmen, befindet er sich hier in Südfrankreich.»

«In Frankreich», korrigierte ihn Denis.

«In Südfrankreich. Mein Programm hat deutlich aufgezeigt, dass sich die Terroristen in der Nähe befinden. Darum gehe ich davon aus, dass sich auch dieser Vajivalara hier befindet. Aber was könnten die Terroristen für Ziele haben? Wo werden sie ihre Anschläge verüben?»

«Das könnte alles sein. Vom Flughafen über Bahnhöfe bis hin zu wichtigen Staatsgebäuden.»

«Stimmt, die Möglichkeiten sind zu zahlreich, um sich mit dieser Frage aufzuhalten. Aber wir haben andere Möglichkeiten.»

Denis beugte sich vor.

«Ihr vermutet, dass der ‹Reine Glauben› Europäer rekrutiert, um sie hier vor Ort einzusetzen, oder?»

«Korrekt.» Denis nickte.

«Ich muss zugeben, das ist ein ausgefuchster Plan. Europäer fallen nämlich bei der Einreise nicht auf.»

«Eben. Das ist die berühmte Suche nach der Nadel im Heuhaufen», bestätigte Denis.

«So gesehen schon, aber drehen wir doch mal den Spiess um!»

«Das verstehe ich jetzt nicht.»

«Der ‹Reine Glauben› stammt ja aus Pakistan. Zwar fallen Europäer nicht auf, wenn sie in Europa einreisen, aber sie sollten doch auffallen, wenn sie nach Pakistan einreisen, oder? Ich bin davon überzeugt, wenn wir prüfen, wer sich längere Zeit in Pakistan aufgehalten hat und erst gerade kürzlich eingereist ist, ergibt sich ein klareres Bild. Zumindest haben wir dann Namen.»

«Das stimmt.» Denis nickte Busson anerkennend zu.

«Mit vereinten Kräften werden wir diese Bastarde kriegen!»

Denis stand auf.

«Ich werde diese Neuigkeiten gleich mal an PRIOS weiterleiten.»

«Sehr gut und ich veranlasse Chiras, unsere Fahndungsabteilung mit den neuen Erkenntnissen zu füttern. Ruf ihn doch gleich hinein!»

Denis lief zur Tür, drehte sich noch einmal um und schüttelte den Kopf.

«Du bist unglaublich. Wenn man dich jetzt so beobachtet, könnte man nicht meinen, dass du noch vor zwei Stunden im Koma gelegen hast.»

Busson lächelte.

«Ich bin selber erstaunt. Wahrscheinlich liegt das an diesen Tabletten, die sie mir gegeben haben. Ich fühl mich wirklich wieder sehr frisch. Am besten, ich lasse mir diese Tabletten kistenweise verschreiben. Wer weiss, vielleicht fällt mir die Polizeiarbeit dann immer so leicht!»

Denis lachte und öffnete die Tür. Chiras kam ihm entgegen. Denis deutete mit seinem Daumen über die Schulter.

«Ich glaube, der Boss hat ein paar Aufgaben für Sie.»

Erstaunt blickte ihn Chiras an.

«Geht es ihm denn schon wieder besser?»

«Chiras! Herkommen!», befahl Busson mit gespielt harter Stimme.

Chiras blickte Denis über die Schulter und starrte Denis fragend an.

«Offenbar schon.» Denis lachte und verliess das Zimmer. Er nahm sein Handy und rief umgehend Pascal an. Zum ersten Mal seit dem Überfall fühlte er sich besser. Er hatte das Gefühl, endlich nicht mehr im Dunkeln zu tappen. Pascal meldete sich nach nur einem Klingelton.

«Denis, lass hören!», begrüsste er Denis.

«Hallo Pascal. Ich habe da ein paar Aufträge für dich.»

«Was denn?»

«Schnell in Kürze: Prüfe bitte, welche Europäer sich längere Zeit in Pakistan aufgehalten haben und erst kürzlich wieder eingereist sind. Wahrscheinlich sogar nach Frankreich.»

«Auf diese Idee sind wir auch schon gekommen. Wir sind dran. Übrigens: Wir kennen nun den Namen dieses Bens.»

Denis' Herz schlug schneller.

«Schiess los.»

«Es handelt sich um Benedict Christopher Pecks, einen vermissten Elitesoldaten der US-Navy.»

«Und, habt ihr ihn?»

Pascal seufzte.

«Leider nein, der Vogel ist ausgeflogen. Aber ich habe noch eine andere gute Nachricht: Wir können möglicherweise mit den Laptops der Programmierer das ANGUS-Programm reaktivieren. Sophie Keller ist gerade dabei. So wie es aussieht, könnte es klappen.»

«Das sind gute Nachrichten!», freute sich Denis. «Das würde bedeuten, dass wir uns wieder in den Kommunikationsweg der Terroristen einschalten könnten, ohne dass sie es wissen! Ich bin sicher, dass sie jetzt unvorsichtiger sind, weil sie davon ausgehen, dass wir sie nicht mehr belauschen können. Wie lange wird es dauern, bis es so weit ist?»

«Wir sind dran. Sobald ich mehr weiss, kriegst du es als Erster mit.»

«Und was gibt es sonst noch Neues?»

«Der pakistanische Geheimdienst hat sich eingeschaltet. Ein Herr Bendail Shrimesha ist heute hier aufgetaucht und hat sich in die ganze Geschichte eingemischt.»

«Ist das gut oder schlecht?»

«Das kann ich dir noch nicht sagen. Sagen wir es mal so, sein Auftritt war etwas seltsam.»

«Wie auch immer, wichtiger ist jetzt, dass wir die Liste der frisch eingereisten Europäer bekommen und dass dieses Programm wieder läuft. Ich vermute, dass wir den Terroristen ganz gehörig den Hintern versohlen können, wenn wir das hinkriegen.»

«Ich stelle fest, dir geht es wieder besser, Denis!»

«Darauf kannst du einen lassen! Mein Gefühl sagt mir, dass wir nun diese Dreckskerle erwischen. Hoffentlich, bevor sie noch Schlimmeres anstellen können.»

«Hoffentlich. Also, ich mach mich dann mal wieder an die Arbeit.»

«Alles klar, tschüss Pascal.» Denis steckte sein Handy wieder ein und kehrte zu Busson zurück, der gerade dabei war, Chiras die letzten Anweisungen zu geben.

«Ich gehe dann mal, Eric. Falls wir was Neues wissen, rufen wir uns an, okay?»

«So machen wir es. Wir bleiben in Kontakt.»

«Ich wünsche dir gute Besserung.» Denis winkte kurz zum Abschied und verliess den Raum.

Renée las gerade eine Zeitschrift, als Denis sie im Wartebereich abholte. Als sie ihn sah, stand sie sofort auf.

«Und, geht es ihm gut?»

«Sehr gut.» Denis lächelte sie zufrieden an.

«Was ist denn mit dir? Du strahlst ja auf einmal!», stellte Renée fest.

Denis zuckte mit den Schultern.

«Ich bin einfach froh, dass es meinem Kollegen wieder besser geht. Und, was wollen wir jetzt machen?»

«Musst du denn nicht arbeiten?»

«Ich kann im Moment nichts tun, bis ich ein paar Informationen bekomme. Darum schlage ich vor, dass wir noch etwas unternehmen, bis es wieder mit der Arbeit losgeht. Hast du Zeit?»

Renée lächelte.

«Ich habe ja Ferien. Wollen wir eine kleine Ausfahrt machen?»

«Gute Idee! Was schlägst du vor?»

«Lass uns über die Autobahn bis St-Raphaël düsen und dann fahren wir der Küste entlang nach Ste-Maxime zurück. Dieser Streckenabschnitt am Meer ist meiner Meinung nach einer der schönsten der Welt. Anschliessend können wir ja bei mir zu Hause etwas trinken, okay?»

«Klingt gut.»

Kaum hatte Denis eingewilligt, ging Renée auch schon in Richtung Auto. Denis mochte ihre entschlossene Art. Kurz darauf fuhr Renée auf die Autobahn. Sie unterhielten sich prächtig während der Fahrt. Denis bemerkte, wie er drauf und dran war, sich in dieses Mädchen zu verlieben. Immer wieder schielte er verstohlen zu ihr rüber. Er wusste nicht warum, aber plötzlich hatte er das Gefühl, ihr etwas Gutes tun zu wollen. Er nahm sich vor, mal seine Kollegen vom Geheimdienst zu kontaktieren, um sie zu bitten, etwas über Renées Herkunft und ihre wirklichen Eltern herauszufinden. Diese sogenannten «Auswerter» waren Spezialisten auf diesem Gebiet. In einem geeigneten Moment wollte Denis ihr dann dieses Geschenk überreichen.

Sie hatte nicht zu viel versprochen, die Strecke dem Meer entlang war traumhaft. Sie fuhren gerade durch Les Issambres und machten sich über die vielen Touristen lustig, die in Badehose und Sandalen durchs Zentrum schlenderten, als Denis plötzlich schrie.

«Halt an!»

Erschrocken bremste Renée sofort ab. Denis sprang ohne Erklärung aus dem Wagen und rannte ein Stück die Strasse hoch. Ausser Atem blickte er sich nervös um. Er hätte schwören können, dass er eben Ben gesehen hatte!

Kapitel 16: Südfrankreich, Les Issambres, Montag, 6. Juli, 17:00

Ben griff in seine Jackentasche, holte zwei Pillendosen heraus und schluckte noch je eine Tablette, bevor er an die Tür klopfte. Es war fünf. Vajivalara öffnete kurz darauf die Tür. Wortlos liess er Ben stehen, wandte sich ab und verschwand im Gang. Ben schaute ihm verdutzt nach, packte seine Tasche, trat ein und schloss die Tür hinter sich. Er schaute sich kurz um. Mit einem leisen Pfeifen kommentierte er seine Bewunderung für diese Villa.

«Nicht schlecht, dieser Schuppen», sprach er in den leeren Gang. Er ging davon aus, dass Vajivalara ihm eine Antwort geben würde, was aber nicht der Fall war. Ben zuckte kurz mit den Schultern, legte seine Tasche ab und ging in die Richtung, in die Vajivalara verschwunden war. Im Wohnzimmer blickte er sich nochmals staunend um.

«Ich muss sagen, hier lässt es sich aushalten.» Er drehte seinen Kopf zum Esstisch, an dem Vajivalara in der Zwischenzeit vor seinem Computer Platz genommen hatte. Wieder antwortete Vajivalara nicht. Obwohl er kein Wort sagte, wirkte er gereizt. Ben liess sich nicht irritieren. Selbstbewusst ging er auf ein grosses Verandafenster zu, um es zu öffnen.

«Du bleibst drin», befahl Vajivalara, ohne seine Augen vom Computer zu lösen.

Ben drehte sich zu ihm um.

«Warum?»

«Weil ich es dir sage.» Vajivalara hämmerte auf der Tastatur herum.

«Ist es in Ordnung, wenn ich mich auf die Couch setze?», fragte ihn Ben mit erkennbarem, sarkastischem Unterton.

Vajivalara antwortete nicht. Ben liess sich demonstrativ plump in die Couch fallen. Er beobachtete Vajivalara einen Moment lang, bis es ihm zu langweilig wurde.

«Sagen Sie mal, was ist denn eigentlich hier in Frankreich los? Ich habe das Gefühl, dass sich ausserordentlich viel Polizei auf den Strassen herumtreibt. Habe ich was verpasst?»

Ben schien einen wunden Punkt getroffen zu haben. Vajivalara blickte von seinem Computer auf und fixierte ihn mit stechenden Augen.

«Was meinst du mit ‹herumtreiben›?»

Ben musste sich ein Lächeln verkneifen, denn er wusste, dass Vajivalara nicht besonders gut Englisch sprach. Er wusste nicht, ob er das Wort nicht verstanden hatte oder ob er ihm signalisieren wollte, dass er sich genauer ausdrücken sollte.

«Ich war hier im Dorf unten noch schnell in der Apotheke, um mir ein paar Sachen zu besorgen. Dabei ist mir aufgefallen, dass während dieser zehn Minuten, die ich im Laden verbrachte, mindestens drei Polizeiautos vorbeifuhren. Das ist selbst für französische Verhältnisse viel.» Ben verschränkte seine Arme. Fordernd starrte er Vajivalara an.

Vajivalara schien über eine Antwort nachzudenken. Seine Augen zuckten wild umher. Er schien seine Worte genau abzuwägen. Ben erstaunte Vajivalaras Verhalten, denn im Camp in Pakistan war er immer sehr selbstbewusst und arrogant aufgetreten. Momentan versprühte dieser sonst so souveräne Mann aber Unsicherheit.

«Es haben sich einige Dinge ereignet», erklärte Vajivalara kurz angebunden.

Ben gab sich mit dieser Antwort nicht zufrieden. Er spürte, dass Vajivalara einen Moment der Schwäche hatte, und diesen Moment wollte er unbedingt nutzen, um an weitere Informationen zu kommen, denn bisher hatte man ihm noch fast gar nichts zur bevorstehenden Mission erzählt.

«Was für Dinge haben sich ereignet? Gibt es da etwas, was ich wissen sollte?» Ben schaute sich um. «Wo sind eigentlich die anderen? Wollten wir uns nicht alle hier treffen?»

«Ich habe sie bereits auf ihre Mission geschickt.»

«Warum?» Ben fragte direkt, ohne auch nur eine Spur von Unsicherheit zu zeigen. Vajivalara machte ihm in diesem

Zustand keine Angst und das wollte er ihm auch deutlich zeigen.

«Weil ich es so entschieden habe, Punkt!» Vajivalara wurde lauter.

Nun war Bens Neugier erst recht geweckt. Er beugte sich vor und blickte Vajivalara direkt in die Augen.

«Ich habe für Sie gute Arbeit geleistet und dank mir können Sie wieder ohne Gefahr im Internet telefonieren. Falls es da etwas gibt, was im Zusammenhang mit unserer Mission steht, habe ich es mir verdient, dass Sie mich aufklären. Schliesslich bin ich ein wichtiger Teil dieser ganzen Geschichte.» Fordernd starrte er Vajivalara an. Ben bemerkte wie Vajivalara innerlich kochte vor Wut, sich aber zurückhielt, seine Emotionen nach aussen zu zeigen.

Nach einer langen Pause begann Vajivalara endlich zu sprechen.

«Besondere Umstände haben mich gezwungen, sofort zu handeln. Die Folge davon ist, dass wir jetzt unserem Zeitplan etwas voraus sind. Ich muss meinen Plan etwas überarbeiten und anpassen.»

«Darum die Polizei?» Ben fragte bewusst so, dass es wie eine Feststellung klang. Er wollte Vajivalara in die Enge treiben.

«Deswegen die Polizei. Ich muss offen gestehen, dass ich nicht mit einer so starken Präsenz der Polizei nach dem Attentat gerechnet habe.»

«Attentat?» Ben wurde sofort hellhörig.

«Ja, Attentat.»

«Ich dachte, Frankreich sei nicht vorgesehen? Darum ja auch diese Basis hier. Das haben Sie mir zumindest in Pakistan so gesagt.» Ben schüttelte ernüchtert seinen Kopf.

«Es ist nicht an Ihnen, sich über die Strategie der Mission Gedanken zu machen. Und schon gar nicht ist es Ihnen erlaubt, die Schritte eines Vorgesetzten in Frage zu stellen! Was ich einmal gesagt habe und was ich heute tue, ist alleine meine Sache! Haben wir uns verstanden, Soldat?»

«Schon gut, ich hab ja nur gefragt. Machen Sie Ihren Scheiss doch alleine.» Zum Erstaunen von Ben reagierte Vajivalara nicht mit Wut, sondern sprach weiter, als ob er ihn nicht gehört hätte.

«Falke 5 hat grosses für den ‹Reinen Glauben› geleistet. Er hat die Polizeistation in Hyères in die Luft gejagt.»

«Was, Sie haben hier eine Polizeistation in die Luft gejagt?»

«Ich war gezwungen zu handeln.»

Ben verschlug es für einen Moment die Sprache. Angestrengt dachte er nach. Er konnte sich keinen Reim darauf machen. Zwar wusste er nicht, was für Anschläge geplant waren, doch diese Bombe konnte nicht zum Plan gehören. Plötzlich fiel ihm ein, dass er zwar wusste, dass er selber Falke 1 war, aber keine Ahnung hatte, wer Falke 5 gewesen war.

«Und wer war Falke 5?»

«Jacques war Falke 5. Ein guter Mann. Er hat getan, was ich ihm befohlen habe. Nun darf er als Märtyrer seine Jungfrauen im Paradies geniessen.»

Ben dachte einen Moment lang nach. Er erinnerte sich an Jacques, er war einer jener Verrückten, die zum Islam konvertiert waren.

«Na klar! Jungfrauen im Paradies!», wiederholte Ben leise vor sich hin. Einmal mehr wurde ihm klar, wie wenig er mit diesem Glauben am Hut hatte. Seine Motivation war auch nicht eine religiöse Überzeugung, sondern sein Hass gegenüber seinem Heimatland, den USA.

«Was haben Sie da gemurmelt?» Vajivalara riss Ben aus seinen Gedanken.

«Nichts, nichts. Ich habe mich nur gerade gefragt, warum Jacques diese Ehre zuteil wurde.»

«Weil er ein überzeugter Islamist war und weil ihn dieser Denis Benz schon gesehen hatte.»

«Was, er hat Benz getroffen? Wo? Etwa hier?»

«Genau, Benz ist hier. Ich liess Falke 5 als Polizist von Hyères getarnt ein Treffen mit diesem Benz organisieren. Eigentlich haben es nicht wir organisiert, sondern wir haben uns einfach dazwischen geschaltet. Aber das ist jetzt nicht mehr wichtig. Ich habe mir durch diesen taktischen Zug erhofft, mehr Informationen über den momentanen Wissensstand von PRIOS zu bekommen. Und ich wollte wissen, warum dieser Denis Benz plötzlich hier in Frankreich auftaucht. Aber das Treffen hat nicht viel gebracht.»

«Dieser Benz ist hier? Dann weiss also PRIOS von unserem Nest?»

Vajivalara schüttelte den Kopf.

«Nein, sie wissen nichts von unserem Versteck. Sie wissen aber von unserem Serverknotenpunkt in Hyères. Aber das ist jetzt nicht mehr wichtig. Ich gehe davon aus, dass Denis Benz durch die Bombe umgekommen ist, genau wie dieser Busson, der Erfinder des Mikado-Programms. Verstehen Sie nun mein Handeln, Falke 1?»

«Heisst das, Sie wollen mich auch beseitigen?»

«Warum?» Vajivalara schien ehrlich erstaunt über diese Frage zu sein.

«Weil mich dieser Benz ja auch gesehen hat.»

Vajivalara liess sich viel Zeit mit der Antwort.

«Nein. Sie sind zu wertvoll, zudem lebt Benz nicht mehr.»

Ben war sich klar, dass Vajivalara bewusst so lange mit der Antwort gewartet hatte, um ihm zu demonstrieren, dass er über sein Leben entscheiden konnte und damit über viel Macht verfügte. Ben dachte nach.

«Aber was ich nicht verstehe: warum ausgerechnet eine Bombe in dieser Polizeistation? Warum diese unnötige Aufmerksamkeit?»

«Wir haben von einem Programm mitbekommen, das sich Mikado-Programm nennt. Erst dachten wir, es sei harmlos, aber unsere IT-Spezialisten in Pakistan haben herausgefunden, dass es uns tatsächlich gefährlich werden kann.»

«Mikado-Programm? Ich dachte, wir hätten mit dem ANGUS-Programm alle Schwierigkeiten beseitigt?»

«Dachte ich auch. Zwar konnte dieses Mikado-Programm nicht unsere Kommunikation belauschen, aber es konnte unseren Standort ermitteln. Da ich alle unsere Soldaten bereits hierher beordert hatte, musste ich sofort handeln. Die Gefahr, dass man unseren Standort hier enttarnen könnte, war einfach zu gross. Darum liess ich die Station in die Luft sprengen.»

Ben schüttelte mit einem angewiderten Gesicht den Kopf, was Vajivalara sofort wieder provozierte.

«Warum schütteln Sie den Kopf? Hätten Sie vielleicht eine bessere Lösung gehabt?»

«Ich verstehe nicht, warum Sie nicht einfach den Standort der Basis gewechselt haben …»

«Da sieht man mal, wie wenig Sie wissen. Das Problem wäre nicht gelöst gewesen. Bei jeder Kontaktaufnahme über das Internet hätte uns das Programm erneut lokalisieren können. Meine Leute in Pakistan haben mir versichert, dass es ein intelligentes, also ein lernfähiges Programm ist. Mit jedem Anruf hätte es weniger Zeit gebraucht, den Ursprungsort des Gespräches zu lokalisieren. Dieses Programm musste vernichtet werden, und zwar so schnell wie möglich.»

«Wie lange liessen Sie sich Zeit, darüber nachzudenken, bis sie handelten?» Ben gab Vajivalara zu verstehen, dass er diesen Schritt für sehr dumm hielt. Dass Vajivalara nicht wütend wurde, war für ihn der endgültige Beweis, dass er selber auch wusste, dass er übereilt gehandelt hatte.

«Warum wollen Sie das wissen?», fragte Vajivalara mit gespielter Selbstsicherheit.

Ben antwortete nicht, er wartete einfach ab. Seine Taktik schien zu funktionieren, Vajivalara fing wieder an, von sich aus zu reden.

«Ich bekam heute Morgen die Information, dass uns dieses Mikado-Programm gefährlich werden könnte. Ich musste also schnell handeln.»

«Und warum haben Sie nicht einfach auf die Internettelefonie verzichtet? Dann wären wir doch alle geschützt gewesen, denn wenn nicht telefoniert wird, kann sich dieses Programm auch nicht auf die Suche nach uns machen, oder?»

«Sehen Sie, Sie haben keine Ahnung! Wenn Ihre Aussage stimmen würde, dann hätten wir auch nicht so grosse Anstrengungen unternehmen müssen, um das ANGUS-Programm zu vernichten. Wir brauchen die Internettelefonie, um die Anschläge durchführen zu können. Sie finden alle zeitgleich statt und über das Internet kann ich das koordinieren. Da nicht mehr genug Zeit ist, um dieses Mikado-Programm genauso aufwendig zu vernichten wie das ANGUS-Programm, musste ich das Problem mit einer Bombe lösen.»

«Mit dem einzigen Problem, dass Sie nun schlafende Hunde geweckt haben», stellte Ben fest. Er war zufrieden, denn er hatte schon viele Dinge erfahren, die man ihm bisher vorenthalten hatte.

«Wir haben gelernt, uns unauffällig zu bewegen, ohne dass der Feind mitbekommt, dass wir da sind. Das ist das kleinste Problem», antwortete Vajivalara trotzig.

«Und darum haben Sie die anderen Falken bereits wieder von hier weggeschickt, wenn wir uns doch so unauffällig benehmen können.»

«Wenn Sie schon meine Vorgehensweise so unverschämt frech kritisieren, warum geben Sie mir dann nicht die Ehre, an Ihren so genialen Gedanken teilhaben zu können?» Vajivalaras Blick veränderte sich. Er wirkte kühl und entschlossen.

Ben war sich sicher, dass ihn Vajivalara ohne zu zögern in diesem Zustand hätte umbringen können. Das Gespräch spitzte sich zu, die Atmosphäre war angespannt. Ben liess sich aber nicht beeindrucken und es schien, dass ihm seine Sturheit bei Vajivalara sogar noch ein gewisses Mass an Respekt verschaffte.

«Ich denke lediglich logisch, Muno. Da nun eine Bombe geplatzt ist, werden die Grenzen dichtgemacht, die Polizeistreifen verdoppelt und die Anti-Terrorspezialisten auf den Plan gerufen. Die Wachsamkeit ist jetzt viel grösser, unser Überraschungsmoment ist dahin.»

«Das gilt aber nur für Frankreich und hier haben wir nichts mehr vor.»

«Wir haben hier zwar nichts mehr vor, aber hier ist unsere Basis.»

«Darum habe ich die Basis aufgelöst und die anderen Falken bereits an ihre Destinationen geschickt.»

Ben schüttelte den Kopf und seufzte.

«Was?», schrie ihn Vajivalara an.

«Sehr geschickt. Erst eine Bombe zünden und dann die Jungs über die Grenze schicken. Es ist ja allgemein bekannt, dass man am einfachsten eine Grenze passieren kann, wenn erst gerade eine Bombe im Land explodiert ist.»

«Reden Sie nicht in diesem Ton mit mir, Soldat! Selbstverständlich habe ich die Falken noch vor dem Attentat über die Grenze geschickt.» Vajivalara stand auf und baute sich bedrohlich vor Ben auf. «Langsam frage ich mich, ob Sie mit Ihrer Einstellung der richtige Mann für den ‹Reinen Glauben› sind. Und Sie wissen ja, was wir mit Verrätern machen!»

Ben stand ebenfalls auf und blickte Vajivalara tief in die Augen.

«Wagen Sie es nicht, mir zu drohen.»

Die beiden Männer blickten sich einen Moment lang wortlos an. Ben war zum Äussersten bereit, das schien Vajivalara zu spüren. Er wandte sich wieder von Ben ab und ging in die Küche.

«Erfüllen Sie einfach Ihre Befehle, wie es von Ihnen verlangt wird. Unser Gespräch ist damit beendet.» Vajivalara stand mit einer Wasserflasche in der Hand im Türrahmen, nahm einen Schluck und schraubte anschliessend wieder den Deckel auf den Verschluss.

«Ich muss jetzt schnell zu einem Immobilienhändler im Dorf, um ein paar Erkundungen zu machen. Richten Sie sich im oberen Stock ein. Machen Sie es sich aber nicht zu gemütlich, Sie werden schon morgen weiterreisen. Das Ziel gebe ich Ihnen kurz vor der Abreise bekannt.» Er verschwand wieder in der Küche.

Gerade als Ben etwas darauf erwidern wollte, ertönte von Vajivalaras Computer ein Klingelton. Eilig lief Vajivalara zum

Laptop, starrte einen Moment lang auf den Monitor und nahm das Gespräch entgegen.

«Guten Tag», begrüsste er kurz angebunden seinen Gesprächspartner.

Ben setzte sich wieder und liess Vajivalara, während er telefonierte, nicht aus den Augen. Ben bemerkte, dass es Vajivalara unangenehm war. Vajivalara fuhr sich durchs Haar.

«Ich weiss, das war nicht vorgesehen, aber besondere Umstände haben mich dazu gezwungen ... Natürlich wollte ich Sie im Vorfeld darüber informieren, aber Sie waren nicht erreichbar.»

Ben schloss aus Vajivalaras Haltung und Tonfall, dass am anderen Ende jemand Wichtiges sein musste. Offenbar musste Vajivalara sein Bombenattentat einer höheren Instanz erklären. Zwar sprach Vajivalara pakistanisch mit seinem Gegenüber, aber Ben konnte den grössten Teil trotzdem verstehen. Er hatte diese Sprache während seiner Zeit im Ausbildungscamp zwangsläufig lernen müssen. Ein Lächeln huschte Ben über die Lippen. Er genoss es, mit anzuhören, wie sich Vajivalara erklären musste.

«Ich kann Ihre Bedenken verstehen, aber Sie müssen mir glauben, es ging nicht anders. Wir stehen unter einem enormen Zeitdruck. Die Bombe war die einzig vernünftige Lösung.» Vajivalara dämpfte seine Stimme, um zu verhindern, dass Ben alles mithören konnte, doch es war zwecklos.

«Ich versichere Ihnen, dass ich alles im Griff habe. Diese Aktion gefährdet unser Vorhaben in keiner Weise. Im Gegenteil. Hätte ich nicht gehandelt, wäre unsere Mission sogar gefährdet gewesen.»

Die Person am anderen Ende der Leitung liess Vajivalara nur selten ausreden, immer wieder wurde er in seinen Erklärungen unterbrochen. Es war für Ben leicht zu erkennen, dass jemand sehr sauer auf Vajivalara zu sein schien. Plötzlich stand Vajivalara entsetzt auf.

«Was sagen Sie da ...? Und Sie sind sich sicher ...? Seit wann ...? Ich gebe zu, damit habe ich nicht gerechnet ... und

Sie sind sich sicher? … Ja, das werde ich tun. Ich melde mich, sobald wir in Sicherheit sind.» Vajivalara warf seine Kopfhörer auf den Tisch.

Ben spürte, dass eine unvorhergesehene Wendung Vajivalara nervös machte. Er blieb ruhig sitzen und beobachtete ihn aufmerksam. Plötzlich rannte Vajivalara zur Treppe.

«Sie müssen nicht auspacken, wir reisen sofort weiter.» Vajivalara verschwand, ohne Bens Reaktion abzuwarten, in einem der oberen Zimmer.

Ben schüttelte irritiert seinen Kopf. *Was ist denn bloss los mit dem?* Ben entschied sich abzuwarten, was passierte. Einen kurzen Moment später kam Vajivalara mit einer Reisetasche wieder herunter. Kommentarlos ging er zum Tisch und packte seinen Computer ein. Als er alles eingepackt hatte, blickte er sich kurz um und prüfte, ob er nichts vergessen hatte. Mit einer deutlichen Kopfbewegung machte er Ben klar, ihm zu folgen. Ben stand auf und folgte ihm. Zu seinem Erstaunen hatte Vajivalara das Haus bereits verlassen. Ben packte seine Tasche und ging ins Freie. Er zog die Tür zu und fragte sich, ob Vajivalara nicht abschliessen wollte. Gerade als er Vajivalara nach dem Hausschlüssel fragen wollte, hörte er Motorengeräusche. Vajivalara schien es sehr eilig zu haben. Ben zuckte mit den Schultern und ging zum Wagen. Ben warf seine Tasche in den Kofferraum und stieg ein. Kaum hatte er die Tür zugezogen, fuhr Vajivalara auch schon los.

«Was ist denn los?», fragte Ben erstaunt.

Vajivalara sagte nichts. Zügig lenkte er den Wagen durch die zahlreichen schmalen Strassen. Dabei fuhr er gerade so schnell, dass der Wagen nicht ins Schleudern kam. Ben musste sich immer wieder festhalten, um nicht von den Fliehkräften hin und her geschleudert zu werden.

«Warum fahren Sie nicht zur Hauptstrasse hinunter? Das wäre doch der kürzere Weg, oder?»

«Sie haben ja selber festgestellt, dass es hier im Moment nur so von Polizisten wimmelt. Ich lege es nicht darauf an, von ihnen kontrolliert zu werden.»

«Und wenn schon, was wollen die uns denn anhaben? Wir sind ja nur zwei harmlose Touristen, die hier ihre Ferien verbringen.» Ben lächelte selbstgefällig vor sich hin.

Vajivalara antwortete nicht, sondern erhöhte sein Fahrttempo noch mehr. Ben blickte ihn an, sagte aber nichts. Ihm war klar, dass etwas nicht stimmte. Vajivalara schien Bens Blick zu spüren.

«Wir kehren in die Schweiz zurück. Schauen Sie mal im Handschuhfach nach, ob es da eine Karte von Europa gibt. Wir müssen unauffällig über die grüne Grenze in die Schweiz gelangen.»

«In die Schweiz? Ist das ein Witz? Von da komme ich gerade her!», stellte Ben empört fest.

«Ich mache keine Witze. Tun Sie, was ich Ihnen befohlen habe!»

Ben reagierte nicht sofort. Er blickte Vajivalara fragend an.

«Tun Sie, was ich befohlen habe, verdammt noch mal», schrie ihn Vajivalara an.

«Sie haben mich von der Schweiz nach Frankreich kommen lassen, um mit mir dann gleich wieder in die Schweiz zurückzufahren?» Ben schüttelte den Kopf. «Genialer Plan, ehrlich!» Grob öffnete er das Handschuhfach und durchsuchte es nach einer Karte. Aber er fand keine. Ben ertastete eine Pistole. Er zog sie heraus und musterte sie.

«Stecken Sie die Waffe weg, verdammt! Oder wollen Sie, dass man uns anhält, weil der Beifahrer mit einer Pistole rumfuchtelt?» Vajivalara schien momentan ein schwaches Nervenkostüm zu haben.

Entnervt knallte Ben das Handschuhfach wieder zu.

«Sie vergessen, Soldat, dass wir hier keinen Urlaub machen, sondern uns im Krieg befinden. Was ist, haben Sie die Karte?»

Ben antwortete nicht. Er war zu wütend und musste sich beherrschen, Vajivalara nicht seine Meinung zu sagen. Er tastete das Ablagefach in der Seitentür ab. Tatsächlich steckte da eine Karte. Ben nahm sie heraus und öffnete sie. Er war noch immer wütend. Mit seinem Finger suchte er erst Les Issambres. Nachdem er den Ort gefunden hatte, setzte er seinen Zeigefinger darauf und blickte zu Vajivalara.

«Und was soll ich jetzt suchen?»

«Suchen Sie einen Weg in die Schweiz, auf welchem wir keinen offiziellen Zoll passieren müssen.»

Ben fuhr mit seinem Zeigefinger auf der Karte zur Schweiz hoch und suchte nach Übergängen.

«Auf jeden Fall müssen wir über das Elsass fahren. Das scheint mir am besten zu sein.»

Vajivalara bremste stark ab, um eine enge Kurve zu kriegen. Erneut musste sich Ben festhalten.

«Elsass, das ist gut. Jetzt suchen Sie ein kleines Schweizer Dorf, das an der Grenze liegt. Aber es muss klein und unauffällig sein.»

«Biel-Benken, das sieht nach einem kleinen Dorf an der Grenze aus. Und was wollen wir da?»

«Die Schweiz gehört nicht zur EU, was heisst, dass sie an ihren Grenzübergängen normale Kontrollen durchführen.»

«Normale Kontrollen?», fragte Ben erstaunt. *Na logisch machen die normale Kontrollen, was sollen sie denn sonst tun?*

«In der EU werden die Grenzen nicht mehr so streng bewacht, wie das früher mal der Fall war. Jedes Land, das zur EU gehört, hat die regulären Zollkontrollen aufgegeben, man kontrolliert nur noch sporadisch. Ausser die Schweiz. Da sie nicht zur EU gehört, kontrolliert sie die Grenzübergänge immer noch mit besonderer Aufmerksamkeit.» Vajivalara lenkte den Wagen auf eine lange Gerade und gab Gas.

«Aha, das ist interessant. Aber warum ist das jetzt für uns wichtig?»

«Was ist denn daran so schwer zu verstehen?», empörte sich Vajivalara. «Wir müssen wieder in dieses Land kommen und wollen dabei unentdeckt bleiben!»

«Aber wieso unentdeckt bleiben, wenn wir doch nichts zu verbergen haben?»

Vajivalara drosselte sein Tempo. Ben bemerkte, wie sich seine Mimik veränderte. Ein Hauch von Ernüchterung war zu sehen. Vajivalara seufzte.

«Ich habe gerade vom Falken erfahren, dass man nach uns sucht.»

Bens Herz raste. Er konnte nicht fassen, was er da gerade hörte.

«Wie bitte? Man sucht nach uns? Was heisst das?»

Vajivalara drückte wieder aufs Gas. Sein Fahrstil wurde wieder aggressiver.

«Was soll das schon heissen? Man fahndet nach uns, verdammt noch mal!»

Ben schüttelte nachdenklich den Kopf.

«Aber wie sind die auf uns gekommen? Klar, Benz kannte mein Gesicht, aber er hatte sonst nichts. Ich gelte offiziell als verschollen, also bin ich nirgends registriert. Zudem bin ich nie wegen einer Straftat in einem Polizeicomputer erfasst worden.» Ben drehte seinen Kopf zu Vajivalara. «Also, wie ist es möglich, dass man nach mir fahndet?»

«Nach uns fahndet!», korrigierte ihn Vajivalara grob.

Ben dachte angestrengt nach, wie PRIOS auf seinen Namen kommen konnte. Er hatte stets darauf geachtet, keine Spuren zu hinterlassen. Zwar reizte ihn das Spiel mit dem Feuer, er hatte aber immer das Gefühl, die Sache im Griff zu haben. Plötzlich kam ihm ein erschreckender Gedanke. *War es vielleicht, weil ich im Hotel einfach das Geld für das Zimmer in einem Briefumschlag an der Rezeption hinterlegt habe? Habe ich falsch gerechnet?* Ben hatte in aller Früh das Hotel verlassen, um sich auf den Weg nach Frankreich zu machen. Da er kurzfristig abreiste und nicht warten wollte, bis die alte Dame an der Rezeption erschien, legte er das Geld einfach in einen Umschlag und verliess die Stadt. Falls er falsch gerechnet hatte, hätte er natürlich die Polizei auf den Plan gerufen. Er schluckte. Er fühlte sich für einen Moment unsicher. Wenn seine Vermutung stimmte, hatte er sich mit einer ganz dummen Aktion in Gefahr gebracht. Er verwarf aber schnell die aufkommende Panik, denn eigentlich konnte es ihm egal sein. Ihm war klar, dass sie ihn früher oder später schnappen oder gar töten würden.

Vajivalara schlug wütend mit der Faust auf das Lenkrad.

«Ich habe keine Ahnung, wo der Fehler passiert ist! Es ist mir ein Rätsel. Wie kamen die nur auf mich? Ich habe diese Leute von PRIOS offenbar unterschätzt.»

«Und jetzt? Blasen wir alles ab?»

Vajivalara löste seinen Blick von der Strasse und blickte Ben fassungslos an.

«Wie kommen Sie denn auf diesen Mist! Sie scheinen zu vergessen: hier geht es nicht um uns, sondern um eine viel grössere Sache. Wir führen einen heiligen Krieg! Der ‹Reine Glauben› wird dem westlichen Kapitalismus, seiner Raffgier und Arroganz einen Denkzettel verpassen, den er nicht mehr vergessen wird! Die Leute werden merken, dass sie vom rechten Glauben abgekommen sind und in ihrer Stunde der Not werden sie beim allmächtigen Allah um Hilfe ersuchen und Allah in seiner Grosszügigkeit wird ihnen ihre Fehler verzeihen und sie den Islam lehren, sodass sie von da an ein würdiges Leben in tiefer Demut führen können.»

Ben schwieg. *Dieser Mann scheint wirklich daran zu glauben, mit einem Schlag die ganze Welt verändern zu können!* Ihm war diese ganze Frage, wer den richtigen Gott hatte und wer nicht, eigentlich völlig egal. Er glaubte sowieso an keinen. Seine Antriebsfeder war nur ein tief empfundener Hass gegen das System. Vajivalara murmelte irgendwelche Stossgebete in einer Sprache, die Ben nicht verstand. Diese Gebete schienen ihn zu beruhigen.

«Das Wichtigste ist jetzt, dass wir noch unsere Mission beenden können, bevor sich uns der Geheimdienst an die Fersen heftet. Alles, was danach kommt, ist nicht mehr wichtig, Hauptsache, mein Werk wird noch vollendet. Allah wird uns schützen, Allah wird uns den Weg weisen, denn Allah weiss, dass wir das Richtige tun.»

Ben wollte die Chance packen, um endlich mehr über diese Mission und seine Aufgabe zu erfahren.

«Was genau haben wir denn vor?»

«Was meinen Sie? Jetzt?»

Ben zögerte. Vajivalara liess mit seinem strengen Blick erkennen, dass er Ben zwar sehr gut verstand, ihm aber klar signalisieren wollte, nicht nachzuhaken. Ben ignorierte das Signal.

«Werde ich nun endlich erfahren, was ich genau zu tun habe bei dieser Mission?»

Vajivalara schüttelte den Kopf.

«Nein. Sie werden Ihre Aufgabe zu gegebener Zeit erfahren. Wie alle anderen auch.»

«Wo sind denn die anderen? Schon in der Schweiz?» Ben liess nicht locker.

«Das geht Sie nichts an. Sie werden zum richtigen Zeitpunkt alles erfahren. Das Wichtigste ist jetzt, dass wir unbemerkt wieder in die Schweiz einreisen können, um die Mission zu Ende zu bringen.»

Ben überlegte einen Moment lang.

«Haben Sie schon einmal daran gedacht, dass, wenn wir jetzt geschnappt werden, die ganze Mission gestorben ist und Sie Ihr Werk für Allah nicht vollenden können?» Gespannt beobachtete Ben Vajivalaras Reaktion.

«Was wollen Sie damit andeuten?»

«Ganz einfach: Da nur Sie von dem geplanten Anschlag alles wissen, ist der Plan nicht mehr umsetzbar, wenn Sie erwischt werden.»

«Und?»

Ben liess sich Zeit mit der Antwort. Er wägte seine Worte genau ab.

«Ich will damit sagen, dass, wenn Sie Ihr Geheimnis mit jemandem teilen, Ihr Plan bei einer allfälligen Verhaftung Ihrerseits trotzdem durchgeführt werden kann. Um das geht es doch am Ende, oder? Der Einzelne zählt nicht, Hauptsache, die Mission kann umgesetzt werden.»

«Allah wird mir beistehen und dafür sorgen, dass der Plan bis zum Ende durchgeführt werden kann. Ich werde Sie nicht in die Geheimnisse des Planes einweihen.» Vajivalara liess keinen Zweifel offen, dass er an das glaubte, was er sagte.

«Warum wollen Sie mich nicht einweihen? Ich könnte Ihnen eine grosse Stütze sein und ich könnte den Plan vollenden, falls Ihnen etwas zustösst.»

«Ich werde Sie nicht einweihen. Ich teile meinen Plan mit niemandem ausser dem Falken. Je weniger davon wissen, desto besser. Ausserdem wären Sie sowieso keine Alternative für mich», stellte Vajivalara trocken fest.

«Wieso?»

«Weil Sie nicht einmal ein wahrer Gläubiger sind. Sie sind kein bekennender Islamist. Ich traue Ihnen nicht. Ich schätze Sie aber als guten Soldaten, den wir für unsere Mission brauchen können.»

Zum ersten Mal wurde Ben bewusst, dass er genauso wie von den USA auch vom ‹Reinen Glauben› als Soldat missbraucht wurde. Er hatte im Trainingscamp in Pakistan immer das Gefühl gehabt, er werde als Mensch gebraucht. Nun begriff er, dass er schon wieder nur als Manipuliermasse seine Dienste leisten musste, diesmal einfach auf der anderen Seite. Ben wusste nicht, wie er auf diese Aussage von Vajivalara reagieren sollte. Er schwieg.

«Suchen Sie mir den kürzesten Weg ins Elsass und achten Sie dabei gut darauf, dass wir nur Strassen benützen, die nicht die Autobahn kreuzen oder in der Nähe der Autobahn sind. Mir ist das Risiko, dass wir in eine Kontrolle geraten, zu gross.»

Ben griff wieder nach der Karte und entfaltete sie erneut. Bevor er einen Weg suchte, drehte er sich noch einmal zu Vajivalara.

«Und warum reisen wir zusammen? Wäre es nicht geschickter, wir würden uns trennen?»

Zum ersten Mal seit Langem huschte wieder ein Lächeln über Vjivalaras Lippen.

«Ich habe Ihnen doch gerade erklärt, dass nur ich und der Falke vom Plan wissen. Aber nur ich kann ihn umsetzen. Was bringt es, wenn sie mich erwischen und Sie durchkommen? Sie könnten nichts bewirken. Darum kommt es nicht darauf an, ob wir alleine oder zu zweit reisen. Zudem ist Autofahren alleine langweilig.» Vajivalara lachte vor sich hin.

Ben hingegen war nicht nach Lachen zumute. Er hatte bei dieser Mission unbedingt dabei sein wollen, aber jetzt war ihm klar, dass seine Rolle dabei nicht so wichtig war, wie er es immer vermutet hatte. Oder zumindest gab ihm Vajivalara dieses Gefühl. Plötzlich kam Ben der Gedanke, dass seine Rolle vielleicht doch wichtig war, ihn Vajivalara aber ganz bewusst klein halten wollte. Ben grinste. Mit dieser Vorstellung konnte er leben. Er wusste, dass er kein normaler Soldat war, er war ein ganz besonderer Kämpfer.

«Haben Sie schon mal daran gedacht, dass Sie und der Falke nicht die Einzigen sind, die von dem Plan wissen könnten?»

«Wie kommen Sie auf eine solche Scheisse?»

«Ich dachte nur an Pendragon.»

Vajivalara liess seinen Blick für einen Moment von der Strasse ab.

«Das ist unmöglich! Niemand ausser dem Falken und mir weiss davon. Und dieser Pendragon schon gar nicht!» Vajivalara lief rot an.

Ben schien einen wunden Punkt getroffen zu haben.

«Und warum sind Sie sich da so sicher?», hakte Ben nach.

«Weil ich es diesem Pendragon nie verraten habe!»

«Sie vielleicht nicht, aber möglicherweise der Falke.»

Vajivalara antwortete nicht. Ben grinste vor sich hin und suchte nach einem unauffälligen Weg zur Schweizer Grenze.

Nachdem sie nach etwa vier Stunden Fahrt etliche Nebenstrassen in Frankreich hinter sich gebracht hatten, bog Vajivalara kurzentschlossen in einen unscheinbaren Weg ein und stellte das Auto am Strassenrand ab.

«Ich brauche eine kurze Pause, können Sie Auto fahren?» Vajivalaras Frage klang mehr wie ein Befehl.

Ben nickte, öffnete wortlos die Tür und stieg aus. Sie tauschten die Plätze. Gerade als Ben den Wagen wieder starten wollte, kam ihnen ein Polizeiwagen entgegen. Ben versuchte, so gelassen wie möglich zu wirken, startete den Motor und setzte den Blinker. Doch die Streife hielt genau neben ihrem Wagen. Der Polizist, der auf dem Beifahrersitz sass, liess das Fenster herunter und zeigte mit einer kleinen Kreisbewegung mit seinem Finger an, dass es Ben ihm gleichtun sollte. Ben gehorchte. Er wurde nervös, denn er hatte keine gültige Fahrlizenz für Europa und zudem wusste er seit ein paar Stunden, dass er steckbrieflich gesucht wurde. Aus seinem Augenwinkel beobachtete er, wie Vajivalara das Handschuhfach ganz langsam und unauffällig öffnete.

«Bleiben Sie jetzt ganz ruhig, Falke 1. Falls diese Polizisten auch nur eine falsche Bewegung machen, dann ducken Sie sich und ich schiesse sie über den Haufen.»

Ben lächelte den Polizisten freundlich an und verzog keine Miene. Er wusste, das beste Mittel, um die Kerle in Uniform wieder loszuwerden, war es, wenn man ihnen möglichst entspannt gegenübertrat. Gerade als er die Scheibe heruntergelassen hatte, fing seine linke Hand unkontrolliert an zu zittern. Ben wusste, dass er dringend seine Pillen schlucken musste, sonst würde das Zittern von Minute zu Minute schlimmer. Er versuchte, sich zu beherrschen.

«Guten Tag, Messieurs! Gibt es ein Problem?», fragte er in seinem besten Französisch.

«Sie dürfen hier nicht stehen bleiben, das ist zu gefährlich direkt nach der Kurve!», belehrte der Polizist Ben.

Ben nickte freundlich.

«Mein Fehler. Wir haben nur einen Fahrerwechsel gemacht. Ich fahre gleich weiter.» Bens Französisch war sehr holprig.

«Sie sind nicht von hier, oder?», fragte der Polizist neugierig.

«Nein, ich bin Engländer.» Kaum hatte er es ausgesprochen, bereute er seine Lüge schon, denn ihm wurde klar, dass er, wenn der Polizist nach seinem Führerschein fragen würde, noch schneller auffliegen würde.

«Wo wollen Sie denn hin?»

«Nach Spanien. Barcelona», mischte sich Vajivalara ins Gespräch ein.

Der Polizist reckte seinen Hals und schaute sich Bens Nachbar genauer an.

«Und von wo kommen Sie?»

«Meinen Sie, wo wir jetzt herkommen?», versicherte sich Vajivalara mit einem gespielten Lächeln.

Der Polizist nickte.

«Wir waren in Orange, haben uns die schöne Stadt angesehen.»

Ben bemerkte, wie sich Vajivalara nach vorne beugte. Auf den ersten Blick sah es so aus, als ob er sich einen besseren Blick ins Nachbarauto verschaffen wollte, doch in Wahrheit nutzte er die Bewegung, um seine rechte Hand im Handschuhfach verschwinden zu lassen. Der Polizist drehte seinen Kopf zu seinem Kollegen und besprach etwas mit ihm. Kurz darauf setzte der Polizeiwagen zurück und stellte sich genau vor ihren Wagen. Beide Polizisten stiegen aus. Bens Herz pochte. Er wusste, dass es nun eine Schiesserei geben würde. Der Polizist, mit dem er sich bereits unterhalten hatte, zog seinen Pistolengürtel hoch und steckte einen Gummiknüppel in die dafür vorgesehene Öffnung. Der andere Polizist behielt seinen Kollegen aus sicherer Entfernung im Auge. Der Polizist trat an die Fensterscheibe von Ben heran und stützte sich ab.

«Dürfte ich bitte Ihren Führerschein und die Wagenpapiere sehen?», fragte er freundlich, aber bestimmt.

Ben blickte kurz zu Vajivalara rüber. Seine Augen wirkten kalt und leer, Ben war klar, dass er ohne Vorwarnung schiessen würde. Offenbar überlegte sich Vajivalara, welchen Polizisten er zuerst erledigen sollte. Ben griff ganz langsam in seine Jackentasche, um nach den Papieren zu suchen. Er vermied es, eine hektische Bewegung zu machen. Innerlich bereitete er sich auf den Schuss von Vajivalara vor. Vajivalara beugte sich weiter nach vorne und grinste dabei den Polizisten an. Seine Sehnen am Unterarm spannten sich, ein deutliches Zeichen, dass er nun die Waffe in der Hand hatte. Ben presste sich, so gut es ging, in den Fahrersitz, er wollte vermeiden, in die Schusslinie zu gelangen. Er blickte zum Polizisten, der vor dem Wagen stand und seinen Kollegen nicht aus den Augen liess. *Immerhin haben sie ihren Kollegen noch nicht gefunkt. Offensichtlich haben die keine Ahnung, mit wem sie es zu tun haben.* Bens Hand fing immer mehr an zu zittern. Der Polizist am Fenster bemerkte es.

«Alles in Ordnung mit Ihnen?»

Ben nickte heftig.

«Klar, alles in bester Ordnung.»

Der andere Polizist schien nun auch misstrauisch geworden zu sein und näherte sich dem Fenster. *Immerhin stehen die beiden jetzt nebeneinander, so wird das Ziel für Vajivalara leichter.* Ben bereitete sich schon auf einen ohrenbetäubenden Knall vor. Er fing an zu schwitzen. Die Sonne brannte heiss auf das Autodach.

«Was ist? Haben Sie nun die Papiere gefunden?», hakte der Polizist ungeduldig nach. Seine Stimmung wurde gereizter.

Schiess doch endlich! Schiess! Gerade als Ben Vajivalara ein Zeichen geben wollte, brauste ein Motorrad mit übersetzter Geschwindigkeit an ihnen vorbei und touchierte den zweiten Polizisten nur um Haaresbreite nicht. Der Fahrer, der nur mit kurzen Shorts und einem T-Shirt bekleidet war, schaute sich kurz nach den Polizisten um, bog in die Strasse ein und gab Vollgas. Der fast getroffene Polizist fluchte laut vor sich hin und gab seinem Kollegen ein Zeichen, ihm zu folgen. Eilig stiegen sie ins Auto und brausten mit Blaulicht davon. Ben atmete tief durch. Er hatte ganz verschwitzte Hände. Vajivalara blickte hastig zurück, um sich zu vergewissern, dass die Polizisten weg waren, und nahm seine Hand wieder aus dem Handschuhfach.

«Was ist? Fahren Sie!», befahl er grob.

Ben startete sofort den Motor und fuhr los.

Sie sprachen lange nicht, der Schock sass bei beiden tief. Nach etwa einer Stunde zitterte Bens Hand so stark, dass er nach seinen Pillendosen griff. Umständlich öffnete er eine Dose nach der anderen und schluckte die Pillen ohne Wasser herunter.

«Was ist das für Teufelszeug, das Sie da schlucken? Etwa Drogen?», bemerkte Vajivalara spitz.

Ben schüttelte den Kopf.

«Nein, dass sind nur Beruhigungsmittel.»

«Also doch Drogen», stellte Vajivalara provozierend fest. Er machte eine kurze Pause, bevor er weitersprach.

«Drogen sind nur für Schwächlinge. Hätten Sie den richtigen Glauben, bräuchten Sie keine Drogen.»

Ben schluckte seinen Groll herunter. Er wollte sich auf diese Diskussion mit Vajivalara nicht einlassen.

«Wir müssen tanken gehen, bin schon fast auf Reserve», lenkte er ab. «Und wenn wir schon halten, könnten wir uns auch gleich etwas zu essen und zu trinken kaufen. Ich verdurste.»

Vajivalara lächelte verächtlich.

«Essen, trinken. Würden Sie keine Drogen nehmen, wären Sie auch nicht so durstig. Ich frage mich, wie Sie das früher gemacht haben, wenn Sie mit Ihren Kollegen von dieser Elite-Einheit in den Bergen von Afghanistan unterwegs waren. Da hatten Sie doch auch kein Wasser, oder? Und diese Drogen fand man bestimmt auch nicht unter einem Stein.»

Ben starrte weiter auf die Strasse. Er wusste nicht, warum Vajivalara gerade jetzt anfing, ihn zu provozieren, aber er wollte sich nicht auf dieses Spiel einlassen. Er schwieg. Plötzlich fing Vajivalara an zu lachen.

«Wenn ich mir das so vorstelle! Ihr Elitesoldaten mitten in den Bergen und dann gehen euch eure Drogen aus und schwupp, schon seid ihr aufgeschmissen.»

Ben kochte innerlich immer mehr vor Wut. Er versuchte, sich mit kontrollierter Atmung zu beruhigen. Er vermutete, dass Vajivalara mit allen Mitteln wieder versuchte, Oberhand zu gewinnen. Bens Schweigen schien zu funktionieren, Vajivalara gab Ruhe. Als Ben eine Tankstelle mit einem kleinen Shop entdeckte, setzte er den Blinker und fuhr zu einer der Tanksäulen. Er stieg aus und drückte erst einmal sein Kreuz durch. Vajivalara blieb stur sitzen. Ben beugte sich in den Wagen hinein.

«Brauchen Sie etwas?»

Vajivalara, der gerade die Karte studierte, schüttelte zur Antwort nur kurz den Kopf. Offenbar hatte dieser Mann noch immer das Gefühl, dass er Ben zeigen musste, was ein richtiger Kämpfer war. Ben zuckte mit den Schultern, ging zum Tankstutzen und begann zu tanken. Als der Tank voll war, klopfte er noch einmal an die Scheibe, um seinem Kollegen eine letzte Möglichkeit zu geben, sich doch noch etwas zu bestellen, doch wieder ignorierte ihn Vajivalara. Ben ging zügig zum Shop und trat ein. Er schlenderte durch die Regale und griff sich ein paar Sandwiches, Cola, Wasser und ein paar Süssigkeiten. Nachdem er bar bezahlt hatte, kehrte er zum Wagen zurück. Erst jetzt fiel ihm auf, dass er einen roten VW Passat fuhr. *Genial, so richtig schön unauffällig!* Er holte eine Wasserflasche aus der Einkaufstüte, öffnete sie und trank sie in einem Zug leer. Danach warf er den Sack mit den Lebensmitteln auf den Rücksitz, stieg ein, schloss die Tür und startete den Motor. Vajivalara hielt ihm die Karte vor die Nase.

«Ich habe eine sichere Route ausgesucht. Fahren Sie einfach den rot gekennzeichneten Weg, dann kann nichts passieren.»

Ben warf einen kurzen Blick darauf, merkte sich die wichtigsten Ortschaften und fuhr los. Die Karte legte er sich auf seinen Schoss. Ben war ein guter Kartenleser, ein Umstand, den er der Armee verdankte. Inzwischen war es dunkel, der Verkehr lichtete sich. Vajivalara schlief ein.

Nach stundenlanger Fahrt über Nebenstrassen fuhr Ben durch das Dorf Neuwiller im Elsass. Ein Strassenschild kündete das Schweizer Dorf Biel-Benken an. Ben stupste Vajivalara mit seinem Ellenbogen an, worauf dieser sofort erwachte.

«Was ist?», fragte er leicht verschlafen, während er sich die Augen rieb.

«In Kürze sind wir an der Grenze. Wie soll es von da aus weitergehen?»

Vajivalara war mit einem Mal hellwach.

«Sobald wir in der Schweiz sind, fahren Sie weiter auf Nebenstrassen Richtung Basel. Wie spät ist es?»

Ben blickte auf die Leuchtanzeige im Armaturenbrett.

«Kurz nach halb fünf», antwortete er müde. Eigentlich wollte er einen Fahrerwechsel vorschlagen, aber der Zeitpunkt schien ihm nicht geeignet zu sein.

Vajivalara dachte angestrengt nach.

«Halb fünf, ich weiss nicht, ob wir noch warten sollten.»

«Warum sollten wir warten?»

«Ich habe auf der Karte gesehen, dass es einen kleinen Grenzübergang gleich nach einem Wald gibt. Wahrscheinlich gibt es einige Franzosen, die in der Schweiz arbeiten und somit diesen Grenzübergang passieren werden. Aber dafür ist es jetzt wohl noch zu früh.»

«Und warum sollte das für uns wichtig sein?»

«Ganz einfach. Ich gehe davon aus, dass, wenn dieser Grenzübergang überhaupt besetzt ist, die Zöllner etwas später weniger aufmerksam prüfen, wer ihre Grenze überquert, da sie es sich gewohnt sind, dass am Morgen Autos mit französischen Kennzeichen vorbeifahren.»

«Wir könnten aber auch versuchen, einen Weg durch den Wald zu finden», schlug Ben vor.

Vajivalara schüttelte heftig den Kopf.

«Das würde noch viel mehr auffallen. Nein, wir fahren jetzt über die Grenze.»

Ben fügte sich und bog in eine Landstrasse ein, die direkt nach Biel-Benken führte. Links und rechts der Strasse zogen Felder und Waldstücke vorbei. Keiner sprach, die Stimmung war angespannt. Nach einer kleinen Anhöhe kündete ein Schild den Zoll an. Bens Müdigkeit war wie weggeblasen. Er wurde nervös. Nachdem sich die Strasse wieder gesenkt hatte, zog sie sich noch ein kleines Stück den Wald entlang, bevor sie in eine leichte Linkskurve einbog. Durch die Kurve war die Strasse unübersichtlich, was Ben gar nicht gefiel. Instinktiv drosselte er das Tempo. Kaum hatten sie die Biegung hinter sich, wurden sie von vielen blinkenden Lichtern auf der Strasse überrascht. Das kleine Zollhäuschen war hell erleuchtet, überall standen Hinweisschilder, die auf eine grosse Kontrolle hindeuteten. Panik überkam Ben. Der weit aufgerissene Mund von Vajivalara verriet ihm, dass es seinem Nachbarn nicht besser ging. Ben wurde langsamer.

«Was machen wir jetzt?» Instinktiv schaute er sich nach einem Fluchtweg um, aber links war Wald und rechts ein Feldhügel, es gab kein Entkommen.

Vajivalara öffnete das Handschuhfach.

«Fahren Sie einfach ganz ruhig weiter, vielleicht lassen Sie uns ohne grosse Kontrolle passieren.»

Ben steuerte den Wagen auf das Zollhäuschen zu.

«Wie viele sehen Sie? Wie viele sind es?», fragte Vajivalara nervös.

Ben schaute sich um.

«Ich glaube drei. Zwei, die kontrollieren, und einer gleich beim Zollhaus.» Bens Herz raste.

Ein Zöllner winkte bereits mit einem Leuchtstab und zeigte ihm an, dass er stoppen sollte. Ben hielt an und liess sein Fenster herunter. Er bemerkte, wie Vajivalara die anderen beiden Zöllner im Auge behielt. Alle trugen orange Leuchtwesten und hatten Maschinenpistolen umgehängt.

«Guten Morgen», begrüsste Ben den Zöllner.

«Guten Morgen. Allgemeine Zollkontrolle. Bitte schalten Sie den Motor aus, halten Sie Ihre Papiere bereit und steigen Sie aus.»

Ben zögerte.

«Warum? Habe ich was falsch gemacht?»

«Bitte tun Sie einfach, was ich sage. Steigen Sie bitte beide aus. Ihr Kollege geht zum Herrn beim Zollhaus und Sie kommen zu mir», befahl er, ohne mit der Wimper zu zucken.

Ben schaltete den Motor aus, warf einen kurzen Blick zu Vajivalara hinüber und stieg aus. Er streckte seine Hände dem Zöllner entgegen, um ihm zu zeigen, dass von ihm keine Gefahr ausging. Ben hörte, wie Vajivalara die Tür öffnete. Sofort eröffnete Vajivalara das Feuer. Mit unglaublicher Präzision und Schnelligkeit erschoss er erst den Zöllner beim Wachhaus und dann den Mann gleich vor ihm. Ben stürzte sich auf den dritten Zöllner und warf ihn zu Boden. Mit einem Fuss stand er auf seine Maschinenpistole und mit einem geschickten Handgriff entwendete er ihm die Pistole. Ben schoss sofort dreimal auf sein Opfer. Einmal in den Kopf und zweimal in die Brust. Die Schüsse hallten grell durch das kleine Dorf Biel-Benken.

Kapitel 17: Südfrankreich, Ste-Maxime, Dienstag, 7. Juli, 4:59

Denis erwachte abrupt. Das Klingeln seines Handys liess ihn im Bett aufschrecken. Hastig tastete er das Nachttischchen neben sich ab, er wollte unbedingt vermeiden, dass Renée ebenfalls aus dem Schlaf gerissen wurde. Das Handy klingelte erbarmungslos vor sich hin. Denis verfluchte den Umstand, dass er sein Handy nie auf die Sprachbox umstellen durfte, eine Weisung von PRIOS. Man musste immer erreichbar sein. Er versuchte, sich in der Dunkelheit zu orientieren, doch es war hoffnungslos. Er war genervt, das erste Mal seit dem Überfall konnte er wieder tief schlafen und ausgerechnet jetzt wurde er aus dem Schlaf gerissen! Plötzlich fiel ihm ein, dass er sich nicht in seinem Hotelzimmer befand, sondern im Ferienhaus von Renée war. Sein Handy musste also noch in seiner Hose sein. Eilig hüpfte er aus dem Bett und tastete sich in die Richtung vor, aus der das Klingeln kam. Mit kleinen Schritten näherte er sich dem Stuhl, auf den er gestern seine Jeans geworfen hatte. Er klopfte leise die Sitzfläche ab, doch die Jeans war nicht da. Aufmerksam hörte er nochmals hin, das Klingeln kam ganz aus der Nähe. Er kniete sich nieder und tastete den Bereich neben dem Stuhl ab. Da war sie! Denis huschte ein leichtes Grinsen über die Lippen. Er und Renée hatten eine leidenschaftliche Nacht verbracht, da war keine Zeit geblieben, um die Kleider ordentlich zusammenzulegen. Kurz nachdem Denis die Meldung an Pascal weitergegeben hatte, dass er glaubte, Ben gesehen zu haben, fuhren sie zu Renée. Kaum angekommen, fielen sie übereinander her und hatten leidenschaftlichen Sex. Renée schien unersättlich zu sein, was Denis noch viel mehr reizte und zu Höchstleistungen antrieb. Es war eine fantastische Nacht, die Denis für ein paar Stunden alle seine Sorgen vergessen liess.

Nervös holte er das Handy aus der Hose. Die Nummer auf dem Display verriet ihm, dass es Pascal war.

«Hallo Pascal», begrüsste er seinen Freund müde.

«Guten Morgen, Denis, kannst du sprechen?» Pascal klang angespannt.

Denis drehte sich instinktiv zu Renée um, was aber nicht viel brachte, es war dunkel.

«Moment, ich suche mir ein ruhiges Plätzchen.» Denis stand auf und tastete sich leise zur Tür.

«Was ist denn los?», fragte Renée verschlafen.

Denis deckte die Sprechmuschel seines Telefons ab.

«Nur ein Freund, kein Problem. Schlaf ruhig weiter», flüsterte Denis leise.

Renée brummte noch etwas Unverständliches vor sich hin. Denis blickte auf seine ORIS-Uhr, die Leuchtziffern zeigten ihm an, dass es kurz nach fünf war. Er verliess das Zimmer und schloss leise die Schlafzimmertür. Er knipste erst das Licht im Gang an, bevor er sich auf den Weg ins Wohnzimmer machte. Der kalte Marmorboden unter seinen nackten Füssen klatschte leise, als er die Treppe hinunterging.

«So, jetzt kannst du sprechen, Pascal. Was ist?»

«Hab ich da eben eine Frauenstimme gehört?»

«Was ist der Grund für deinen frühen Anruf?», fragte Denis, ohne auf Pascals Frage einzugehen.

«Du hattest recht.»

Denis runzelte die Stirn. Er nahm auf dem Sofa Platz und legte seine Füsse auf den gläsernen Couchtisch. Dabei musste er mit seiner Ferse ein paar Magazine und Bücher beiseite schieben.

«Mit was hatte ich recht?», fragte er leicht genervt. Er mochte es nicht, wenn Pascal ihm immer nur ein paar Informationsbrocken hinwarf und anschliessend nicht die dazugehörende Erklärung ablieferte. Schon gar nicht um diese Uhrzeit.

«Kurz nachdem du mich gestern informiert hast, dass du möglicherweise diesen Ben gesehen hast, habe ich per Interpol eine Grossfahndung nach ihm in Frankreich ausgelöst. Aber das war gar nicht mehr nötig, da dein Kollege Busson das offenbar von seinem Krankenbett aus schon getan hatte.»

«Busson hat nach Ben eine Grossfahndung ausgelöst? Wie denn das? Er kannte ihn ja nicht einmal?»

«Ja, das stimmt. Eigentlich hatte er eine Grossfahndung nach Vajivalara ausgelöst und zusätzlich noch ein Täterprofil der Terroristen herausgegeben. Ben passte in dieses Profil. Was ich damit sagen will, ist, dass ich dank seiner Vorarbeit nur noch ein paar Details angeben musste.»

«Und was willst du mir damit sagen? Hast du ihn gefunden und verhaftet?»

Pascal zögerte.

«Nein, denn er ist gar nicht mehr in Frankreich.»

«Wie jetzt? Ich habe ihn doch gestern noch gesehen. Hier in einem Nachbardorf von Ste-Maxime, in Les Issambres! Mit diesen Informationen dürfte es doch nicht allzu schwer sein, diesen Bastard zu finden!»

Pascal seufzte.

«Er muss gewarnt worden sein. Die französischen Kollegen haben eine Villa am Hang von Les Issambres ausgehoben, von der sie jetzt wissen, dass Ben und Vajivalara dort gewesen sind. Vajivalaras Fingerabdrücke und jene von Ben, die wir im Hotelzimmer in Bern genommen haben, stimmten überein. Leider kamen die Kollegen zu spät, sie waren bereits ausgeflogen.»

Denis schlug wütend mit seiner Faust auf das Lederpolster.

«Wieso wissen diese Kerle so viel? Sie scheinen uns immer einen Schritt voraus zu sein!»

«Das stimmt leider. Aber es kommt noch schlimmer.» Pascal machte eine Pause.

Denis nahm seine Füsse vom Tisch und beugte sich vor. Sein Puls schoss in die Höhe.

«Was ist noch schlimmer?»

«Heute Morgen, etwa um viertel vor fünf, wurden in Biel-Benken im Kanton Basel-Landschaft drei Schweizer Zöllner beim Zollübergang brutal erschossen. In Biel-Benken ist ein kleiner, unbeachteter Grenzübergang. Da wir aber eine Grossfahndung eingeleitet haben und unser Land bereits auf die Terrorstufe 9 gesetzt wurde, wurden alle Grenzübergänge kontrolliert.»

«Und was hat das mit Vajivalara und Ben zu tun?»

«Wir wissen, dass es Vajivalara und Ben waren, die die Zöllner umgebracht haben. Eine Überwachungskamera hat alles gefilmt.»

«Dann sind die beiden also wieder in die Schweiz eingereist?» Denis' Herz raste.

«Das ist korrekt», bestätigte Pascal nüchtern.

Denis stand auf und ging im Wohnzimmer auf und ab.

«Weisst du, was das bedeutet? Die Kerle haben wieder etwas in der Schweiz vor, so wie ich es vermutete. Und da sie jetzt schon Morde in Kauf nehmen, kann das nur eines bedeuten ...!» Denis wagte nicht, seinen Gedanken zu Ende zu sprechen.

«Was?», hakte Pascal nach.

«Es kann nicht mehr lange bis zum grossen Schlag dauern. Sie sind in Eile, sie müssen anscheinend etwas zu Ende bringen, egal, wen sie vorher umbringen müssen.»

«Deine Gedanken bestätigen leider auch unsere Theorie. Frech hat inzwischen die Terrorstufe 10, also die höchste Stufe ausgesprochen und vom Bundesrat absegnen lassen. Hier ist die Hölle los!»

Denis fuhr sich grob durchs Haar. Er dachte angestrengt nach.

«Das einzig Gute daran ist, dass sie jetzt Fehler machen. Sie scheinen unter einem so grossen Druck zu stehen, dass sie unvorsichtig werden müssen, um zum Ziel zu gelangen. Das könnte unsere Chance sein. Andererseits bedeutet das auch, dass wir nicht mehr viel Zeit haben.»

«Genau, darum musst du so schnell wie möglich zurückkommen. Frech möchte dich noch heute in Bern sehen.»

«Klar, ich fahre gleich los. Muss nur noch schnell ins Hotel zurück, um den Wagen zu holen.»

«Eben doch bei einer Frau übernachtet, du kleiner Macho», bemerkte Pascal trocken. «Lass den Wagen stehen, ich kümmere mich darum. Wo bist du jetzt?»

«Ich bin in Ste-Maxime, das ist knapp eine Stunde von Hyères entfernt.»

«Gut, ich veranlasse, dass man dich da mit einem Helikopter abholt und in die Schweiz fliegt. Ich gebe dir noch durch, wo und wann man dich aufgreift. Halte dich bereit. Bis gleich ...»

«Halt, warte!», ging Denis dazwischen, kurz bevor Pascal wieder aufhängen konnte. «Wir sollten unbedingt dieses Mikado-Programm von Busson mit unserem ANGUS-Programm koppeln. Ich glaube, da könnte etwas herauskommen.»

«Warum, denkst du?», fragte Pascal neugierig.

«Wir vermuten, dass der Bombenanschlag ein Anschlag auf dieses Programm war, denn sonst macht das Attentat auf die Polizeistation von Hyères überhaupt keinen Sinn. Busson vermutet, dass er mit diesem Programm dem ‹Reinen Glauben› auf die Füsse getreten ist und sie darum diese Bombe hochgehen liessen.»

«Und was soll ich jetzt tun?», fragte Pascal etwas konsterniert.

«Du musst nichts tun. Du musst nur sicherstellen, dass unsere Computerexperten von PRIOS mit Busson und seinen Leuten zusammenarbeiten.»

«Gut, ich denke, wir müssen im Moment jede Möglichkeit nützen, die sich uns bietet. Ich werde Frech darüber informieren und alles für einen reibungslosen Ablauf mit den französischen Kollegen einleiten.»

«Wie läuft die Reanimierung des ANGUS-Programms? Ist Sophie Keller schon weiter?»

«Ja, so wie es aussieht, kriegt sie das Programm wieder hin. Aber es ist ein sehr aufwendiger und komplizierter Prozess, da der Computer, den Ben hinterlassen hat, schwer beschädigt war. Offenbar versuchte er den Laptop zu hacken, was ihm aber nicht gelang.»

«Denkst du, sie kriegt das hin?»

«Ich bin kein Computerexperte, aber ich bin davon überzeugt, dass es Sophie hinbekommt. Also Denis, ich organisiere dir den Helikopter. Wir brauchen dich hier.»

«Ich bin so gut wie unterwegs. Ich rufe noch schnell Busson an, um die Geschichte mit dem Mikado-Programm zu koordinieren. Tschüss Pascal.» Denis hängte auf, um sogleich die Auskunft anzurufen. Nervös drehte er seine Kreise im Wohnzimmer und blickte dabei immer wieder zur Balustrade hoch, um sich zu vergewissern, dass Renée nicht alles mithören konnte. Niemand war zu sehen, Renée schien zu schlafen.

«Auskunft, guten Morgen», meldete sich eine Dame auf Französisch.

«Guten Morgen, bitte verbinden Sie mich mit dem Krankenhaus in Hyères.»

«Mit welchem soll ich Sie verbinden?»

«‹Centre Hospitalier›.»

«Einen Moment bitte.»

In der Leitung klickte es und nach ein paar Freizeichen meldete sich wieder eine Dame.

«‹Centre Hospitalier›.»

«Guten Morgen, mein Name ist Benz, ich müsste ganz dringend mit Herrn Eric Busson verbunden werden. Es handelt sich um einen Notfall.»

«Ist Herr Busson ein Patient oder ein Mitarbeiter bei uns?»

«Er ist ein Patient, wurde erst gestern eingeliefert», ergänzte Denis eilig. Er hörte, wie die Dame etwas in den Computer eingab.

«Herr Busson steht unter Polizeischutz, ich kann Sie nicht verbinden», erklärte die Dame höflich, aber bestimmt.

«Ja ich weiss, ich bin selber von der Polizei.»

«Einen Moment bitte.»

Klaviermusik ertönte in der Leitung. Einen Moment später meldete sich eine Männerstimme.

«Chiras.» Er klang verschlafen.

«Guten Morgen, Herr Chiras, hier spricht Benz. Wir haben uns gestern im Krankenhaus kennengelernt. Ich muss ganz dringend mit Eric Busson sprechen.»

«Ah ja, Herr Benz, guten Morgen. Was gibt es denn so Dringendes?»

Denis zögerte mit der Antwort. Er wollte auf keinen Fall zu viel verraten, aber es musste sich dringend anhören.

«Ich habe da eine ganz dringende Frage zum Mikado-Programm und müsste darum schnell eine Auskunft von Busson haben.»

«Um diese Zeit?», hakte Chiras skeptisch nach.

«Es brennt wirklich, glauben Sie mir.»

«Gut, ich veranlasse, dass man Sie zu ihm durchstellt. Aber ich muss Sie warnen, Busson ist ein ausgesprochener Morgenmuffel.»

«Kein Problem, das Risiko nehme ich auf mich.»

«Gut, aber werfen Sie mir nie vor, dass ich Sie nicht gewarnt hätte. Ich lasse Sie verbinden. Auf Wiederhören, Herr Benz.»

Kaum hatte er sich verabschiedet, klickte es ein paar Mal in der Leitung und die Dame von vorhin meldete sich wieder.

«Ich stelle Sie durch, Herr Benz.»

Wieder erklang Klaviermusik.

«Hallo?», meldete sich ein verschlafener Busson.

«Guten Morgen, Eric, bitte entschuldige, dass ich dich um diese Uhrzeit wecke, aber es ist ganz dringend.»

«Guten Morgen, Denis. Kein Problem, ich konnte eh nur schlecht schlafen. Was gibt es denn?»

«Ich kann dir nur ein paar Stichworte geben, da ich nicht weiss, ob diese Leitung sicher ist …»

«Alles klar, lass hören.»

Denis überlegte einen Moment, bevor er sprach.

«Wir haben uns doch über dein Spiel mit den Stäben unterhalten, oder?»

«Spiel mit den Stäben, alles klar», wiederholte Busson und signalisierte, dass er verstanden hatte, dass es um das Mikado-Programm ging.

«Dieses Spiel passte deinem Gegenspieler offenbar so schlecht, dass er die Stäbe alle zerbrach.»

«Ich verstehe.»

«Nun meine Frage. Als er es zerbrach, ist es da unwiederbringlich verloren gegangen oder kann man ein Neues besorgen?»

«Ich habe noch eine Schachtel davon, kein Problem.»

«Sehr gut. Könntest du die Spielanleitung und das Spiel auch meinen Kollegen mitteilen, damit wir alle gemeinsam spielen können?»

«Kein Problem. Aber warum wollen denn deine Kollegen mit meinem Spiel spielen?»

«Wie du weisst, haben meine Kollegen ebenfalls ein Spiel. Sie sind davon überzeugt, dass man, wenn wir beide Spiele zusammenbringen, noch viel mehr Spass haben kann.»

«Das finde ich eine sehr gute Idee.» Busson hustete kurz. «Gehe ich richtig in der Annahme, dass es neue Entwicklungen im Spielverlauf gibt?»

«Das ist korrekt», bestätigte Denis. «Leider müssen wir davon ausgehen, dass unsere Gegner schon früher anfangen zu spielen, als wir dachten.»

«Dann wird es Zeit, dass wir ihnen wieder mal die Spielregeln erklären.»

«Genau, darum ist es auch so wichtig, dass du dein Spiel mitbringst. Ich werde nun an meinen Spieltisch zurückkehren. Einer meiner Kollegen wird sich mit dir in Verbindung setzen und nach deinem Spiel fragen.»

«Gut. Ich werde hier schon mal alles veranlassen.»

«Danke Eric. Ich wünsche dir gute Besserung.»

«Gern geschehen, Denis, ich freue mich schon auf unseren nächsten Spielabend.»

Denis hängte auf und kehrte ins Schlafzimmer zurück. Vorsichtig öffnete er die Tür und vergewisserte sich, dass er Renée nicht aufgeweckt hatte. Er liess die Tür einen Spalt offen, damit etwas Licht ins Schlafzimmer kam. Leise zog er sich an und setzte sich anschliessend auf den Bettrand neben Renée. Ihr nackter Körper sah in dem schwachen Licht atemberaubend aus. Alle Proportionen schienen perfekt zu stimmen. Denis strich ihr zärtlich über ihre prallen Brüste und ihren knackigen Po. Renée fing an zu lächeln. Denis wäre am liebsten wieder zu ihr ins Bett gestiegen. Für einen kleinen Moment verfluchte er PRIOS. Er strich ihr ein paar Mal über das seidige Haar. Es duftete immer noch nach frischen Blumen. Renée drehte sich zu ihm und blickte ihn mit verschlafenen Augen an.

«Was ist los?», fragte sie mit müder Stimme.

«Leider gibt es in der Schweiz einen Notfall und ich muss sofort zurückkehren.»

«Um diese Zeit? Was denn für ein Notfall?»

Denis überlegte kurz.

«Ach, nichts Wichtiges. Ich darf nicht darüber sprechen. Aber du weisst ja, wie das mit den Medien ist. Da kommt aus, dass ein Vorgesetzter im Bundeshaus seine Steuererklärung nicht korrekt ausgefüllt hat und schon laufen einem die Journalisten die Türen ein.»

«Heisst das, du musst in die Schweiz zurück, weil einer deiner Chefs bei der Steuererklärung geflunkert hat?»

Denis lachte. Renée sah süss aus, wenn sie so verschlafen war. Er strich ihr wieder sanft über ihr seidiges Haar.

«Nein, das war nur ein Beispiel. Ich darf wirklich nicht darüber sprechen. Aber ich verspreche dir, sobald das ausgestanden ist, komme ich wieder her.»

Renée blickte ihn mit ihren wunderschönen Augen an. Auf einmal wirkte sie entschlossen.

«Ich komme mit dir.»

Denis lächelte.

«Nein, das geht nicht. Ausserdem wartet schon ein Helikopter auf mich.»

«Ein Helikopter? Dann muss es sich ja wirklich um etwas ganz Dringendes handeln.»

«Sag ich ja.» Denis drückte ihr einen Kuss auf die Stirn. «Schlaf jetzt ruhig weiter, ich melde mich, sobald ich etwas Luft habe.»

Renée nickte und drückte ihn noch einmal. Denis stand auf, betrachtete noch einmal die Silhouette ihres nackten Körpers und verliess das Zimmer. Leise schloss er die Tür zum Schlafzimmer. Bevor er in die Küche ging und sich einen Kaffee machte, bestellte er sich noch ein Taxi. Während er wartete, bis die Tasse voll war, dachte er über die Ereignisse der letzten Tage nach. Er fühlte sich entspannter. Seit dem Überfall hatte er das erste Mal ein paar Stunden am Stück geschlafen. Denis wusste, dass es an Renée lag, die Frau tat ihm gut. Er schmunzelte vor sich hin, ein warmes Gefühl breitete sich in ihm aus. Für ihn war klar, dass er, wenn diese Sache ausgestanden war, nach Ste-Maxime zurückkehren würde. Vielleicht sogar mit der Überraschung, dass er sie über ihre Eltern aufklären konnte. Den Auftrag, etwas nachzuforschen, hatte er seinen Kollegen von der Auswertung bereits erteilt. Nachdem die Tasse gefüllt war, pustete er ein paar Mal auf den heissen Kaffee und trank ihn in einem Zug leer. Er stellte die Tasse in die Spüle und verliess das Haus. Gerade als er die Tür schloss, bekam er eine SMS von Pascal, in der stand, dass ihn der Helikopter in einer Viertelstunde auf einem grossen Parkplatz im Hafen erwarten würde. Ein prüfender Blick auf seine Uhr verriet ihm, dass es zwanzig nach fünf war. Denis ging die lange Treppe durch den grossen Garten der Villa hinunter zur Strasse. Eine angenehme Sommerbrise blies ihm warm ins Gesicht, die Sonne ging gerade am Horizont auf. Es war ein atemberaubendes Bild, das Meer schimmerte ihm rotgold entgegen und kündete den nächsten Tag an. Wäre dies ein ganz normaler Tag gewesen, hätte er sich einfach mit einer Tasse Kaffee in den Garten gesetzt und das Naturschauspiel beobachtet. Aber es war kein normaler Tag. Denis entschied sich, dem Taxi ein Stück entgegenzugehen.

Plötzlich bemerkte er unweit der Villa einen silbernen Renault am Strassenrand stehen, in dem ein junger Mann sass. Er schien Denis zu beobachten. Denis war sofort klar, dass es sich bei diesem Mann nicht um einen Profi handeln konnte, denn der Mann im Auto versuchte, so unauffällig wie möglich zu wirken. Immer wieder tat er so, als ob er sich mit etwas beschäftigen würde, kaum streifte ihn Denis mit seinem Blick. Die Situation kam Denis komisch vor. Er ging weiter, behielt den Mann aber im Blick. Erst jetzt bemerkte Denis, dass das Auto ein Schweizer Nummernschild hatte!

Die Lichtkegel eines herannahenden Autos lenkten Denis für einen Moment ab. In hohem Tempo fuhr es den Berg hoch. Denis erkannte eine Taxileuchte auf dem Dach. Mit Handzeichen machte er sich bemerkbar, worauf das Taxi auf seiner Höhe hielt. Der Fahrer liess die Scheibe herunter.

«Haben Sie ein Taxi bestellt? Herr Benz?»

«Genau.» Denis ging um das Auto herum und stieg vorne ein.

Der Taxifahrer wendete und fuhr zum Dorf hinunter.

«Wo müssen Sie denn hin?»

Denis antwortete nicht sofort, er dachte noch einen Moment über diesen Mann im Auto nach.

«Ich muss zum Hafen, da gibt es anscheinend einen grossen Parkplatz.»

Der Taxifahrer nickte.

«Ah ja, ich weiss, welchen Sie meinen.» Zügig fuhr der Mann die engen Strassen entlang. Vereinzelt kreuzten sie Jogger, die sich den Hang hinaufquälten. Denis schüttelte verständnislos den Kopf.

«Was sind das nur für Deppen, die um diese Uhrzeit joggen gehen?», bemerkte er spitz.

Der Taxifahrer fing an zu grinsen.

«Das sind Sportverrückte, von denen gibt es viele hier. Besonders jetzt, wo Ferienzeit ist.»

«Eben, dann sollen sie doch ihre Ferien geniessen und nicht joggen gehen. Schon gar nicht um diese Uhrzeit.»

«Da gebe ich Ihnen recht, Monsieur. Aber es hat natürlich schon seinen Sinn, warum die so früh unterwegs sind. Das ist wegen der Hitze und dem Ozon.» Der Taxifahrer fuhr zu schnell in eine scharfe Rechtskurve und musste stark abbremsen. «Excusé, Monsieur. Aber Sie haben mir vorhin am Telefon gesagt, es sei ein dringender Auftrag.»

«Kein Problem, solange Sie mich heil zu diesem Parkplatz bringen.»

«Ich habe bis jetzt noch jeden Fahrgast sicher ans Ziel gebracht und ich bin schon dreiunddreissig Jahre in diesem Geschäft.» Stolz verdeutlichte er die Zahl mit seinen Fingern.

Denis wäre es lieber gewesen, er hätte beide Hände am Steuer gelassen und nach vorne geschaut, aber er hielt sich zurück, den Fahrer belehren zu wollen.

«Ja, ja, das liebe Ozon», fing der Taxifahrer wieder an. «Wenn das so weitergeht, dann haben wir bald nichts mehr zu lachen auf dieser Welt. Und der Tourismus hier in Südfrankreich würde sterben, weil sich die Gäste nicht mehr, ohne sich Sonnencreme mit Schutzfaktor 112 auf die Haut zu reiben, an den Strand trauen würden.» Wieder lachte er fröhlich vor sich hin.

Bald wird dir der Tourismus in deinem Land egal sein, wenn es dem «Reinen Glauben» gelingt, die Anschläge durchzuführen! Mit einem Mal spürte Denis wieder diese Schwere und Ohnmacht in sich. Er ging auf das Gespräch nicht ein, er mochte sich nicht unterhalten.

Nach einer kurvenreichen und schnellen Fahrt bog das Taxi auf einen grossen Parkplatz gleich neben dem Hafen ein. Er war fast leer, nur vereinzelt standen ein paar Autos herum.

«Ich nehme an, hier sind wir richtig, oder?», vergewisserte sich der Taxifahrer.

Denis schaute sich um, schnallte sich los und griff in seine Hosentasche, um seine Euros herauszuholen. Er zuckte mit den Schultern.

«Ich glaube schon.»

Plötzlich ertönte ein leises Motorengeräusch am Himmel, das schnell lauter wurde. Denis blickte zum Himmel hoch und entdeckte einen Helikopter, der genau auf den Parkplatz zusteuerte. Die Rotorblätter gaben ein peitschendes Geräusch ab und brachen die idyllische Stille im Hafen. Der Taxifahrer schüttelte seinen Kopf.

«Immer diese reichen Leute! Kommen mit Helikoptern angeflogen, und das um diese Uhrzeit! Können die denn nicht mit einem ihrer Luxusschlitten kommen? Möchte wissen, wo dieses Ungetüm landen will.»

Denis grinste und gab dem Taxifahrer fünfzig Euro. Der Taxifahrer holte seine Geldbörse hervor und wollte Denis das Wechselgeld herausgeben, als ihm Denis klarmachte, dass er den Rest behalten durfte. Der Taxifahrer fing an zu strahlen.

«Sehen Sie, solche Leute mag ich. Nehmen das Taxi und sind noch grosszügig mit dem Trinkgeld. Merci Monsieur!» Das Motorengeräusch vom Helikopter wurde immer lauter, was den Taxifahrer veranlasste, zum Himmel zu schauen.

«Das müssen Sie sich mal ansehen! Ich glaube, der will hier landen! Das gibt es doch nicht!»

Denis lächelte verlegen.

«Der ist wegen mir da», erklärte er.

Der Taxifahrer war so verblüfft, dass er nicht mehr antwortete. Der Helikopter senkte sich langsam und begann mit dem Landeanflug, der Lärm wurde immer lauter. Denis zog sein Handy hervor und zeigte kurz darauf.

«Ich muss noch schnell telefonieren, darf ich das hier drin machen? Draussen ist es zu laut.» Er wählte die Nummer von Renée.

«Hallo?» Sie nahm erstaunlich schnell ab.

«Renée, ich bin es. Bitte entschuldige die Störung, aber ich habe da etwas beobachtet, das mir keine Ruhe lässt.»

«Denis, schön von dir zu hören, vermisst du mich schon? Was gibt es?»

Der Helikopter setzte gerade auf, der Lärm wurde fast unerträglich. Denis musste lauter sprechen, damit er sein eigenes Wort verstand.

«Ich habe nicht viel Zeit, darum muss ich es kurz machen. Vielleicht übertreibe ich gerade etwas, aber ich dachte, ich muss es dir sagen. Ich habe beim Verlassen deines Hauses ...»

«Beim Verlassen des Ferienhauses meiner Eltern ...», korrigierte ihn Renée charmant.

«Ja, beim Verlassen des Hauses deiner Eltern habe ich einen Mann auf der Strasse in einem silbernen Renault mit Schweizer Nummernschild beobachtet, der immer wieder zur Villa hochschaute. Ich will dich nicht beunruhigen, aber vielleicht lässt du das mal von der Polizei überprüfen.»

«Einen silbernen Renault?», fragte Renée aufgeschreckt.

«Ja genau, einen silbernen Renault. Kennst du diesen Mann?»

Renée seufzte.

«Ja, das ist sicher mein Ex. Er will einfach nicht begreifen, dass es vorbei ist. Er macht immer so komische Aktionen, ist nicht das erste Mal, dass er unerwartet vor meiner Tür steht. Der ist zwar mühsam, aber harmlos, ich kümmere mich darum. Aber danke für die Warnung, das ist süss von dir.»

Denis war irgendwie froh zu wissen, dass es nur ein Verflossener von Renée war, der im Auto sass und nicht einer vom «Reinen Glauben». Denis blickte zum Helikopter, als gerade ein Mann mit Helm in gebückter Haltung zum Taxi rannte.

«Hör zu, Renée, ich muss jetzt Schluss machen.»

«Was ist das eigentlich für ein Lärm im Hintergrund?», fragte Renée neugierig.

«Das ist der Helikopter, der mich abholt, darum muss ich jetzt auch das Gespräch beenden.»

«Ein Helikopter? Ich dachte vorhin, du machst einen Witz. Mann, du musst ein wichtiges Tier in Bern sein», stellte Renée erstaunt fest.

Denis ging nicht auf die Bemerkung ein.

«Also, sei mir nicht böse, ich muss jetzt. Ich melde mich heute noch bei dir, okay?» Denis gab dem Mann mit Helm zu verstehen, dass er gleich kommen würde.

«Okay, pass auf dich auf, Denis, und sei vorsichtig. Tschüss.»

Denis hängte auf und verliess den staunenden Taxifahrer. Der Mann mit Helm kam auf ihn zu. Denis musste die Augen zusammenkneifen, so stark blies ihm der Wind der Rotoren entgegen.

«Sind Sie Denis Benz?», fragte der Mann.

«Der bin ich.»

«Darf ich einen Ausweis von Ihnen sehen?»

Denis zeigte seinen Ausweis. Der Mann prüfte ihn kurz und nickte.

«Mein Name ist Frederic César, ich bin von der französischen Armee. Wir haben den Auftrag, Sie nach Bern zu fliegen. Bitte folgen Sie mir.» Kaum hatte der Mann fertiggesprochen, rannte er schon in Richtung des Helikopters.

Denis folgte ihm. Nachdem er im Innern des Helikopters Platz genommen und sich angeschnallt hatte, schloss der Mann die Schiebetür, drehte sich zum Piloten und zeigte ihm mit ausgestrecktem Daumen an, dass er starten konnte. Sofort hoben sie vom Boden ab. Denis blickte durchs Fenster nach unten, das Taxi wurde immer kleiner. Er bemerkte, dass viele Menschen in den umliegenden Häusern auf ihren Balkonen standen und das Schauspiel beobachteten. Der Mann mit Helm stupste ihn an und zeigte ihm, dass er die Kopfhörer, die neben ihm lagen, anziehen sollte. Denis folgte der Anweisung. Über Funk eröffnete César das Gespräch.

«Da haben wir wohl einige Menschen früh aus dem Bett geholt.» Er zeigte aus dem Fenster.

Denis lächelte verlegen.

«Wenigstens haben sie jetzt mehr von ihrem Tag», konterte er schlagfertig.

«Sie scheinen ja ein paar ganz hohe Tiere zu kennen.»

«Warum?»

«Wenn man um diese Zeit mitten in einer Gemeinde eine Landeerlaubnis kriegt, dann gibt es eigentlich nur zwei Möglichkeiten. Entweder es ist Krieg oder man kennt unseren Präsidenten mit Vornamen.»

Denis lächelte gequält. Am liebsten hätte er dem jungen Mann verraten, dass tatsächlich auf eine gewisse Art und Weise Krieg herrschte, aber er hielt sich zurück.

«Ich muss einfach ganz dringend zurück in die Schweiz», erklärte Denis kurz angebunden.

«Sind Sie ein richtiger Geheimagent?» Der junge Mann schien an Denis sehr interessiert zu sein.

«Warum meinen Sie?», wich Denis aus.

«Nur so ein Gerücht, das ich aufgeschnappt habe. Aber das würde erklären, warum wir Sie so dringend in die Schweiz bringen müssen.»

Denis überlegte einen Moment, wie vertrauenswürdig dieser Soldat war. Da er davon ausging, dass sein Gegenüber ebenfalls unter Schweigepflicht stand, entschied er sich, ihm die Wahrheit zu sagen.

«Ja, ich arbeite beim Schweizer Geheimdienst.»

«So wie James Bond? Immer am Limit, geheime Waffen, heimtückische Gegner und zahlreiche Frauen?»

Denis lachte.

«Nein, das Leben eines Agenten ist leider viel unspektakulärer, als man meint.»

«Tragen Sie auch eine Waffe?»

«Normalerweise schon, aber jetzt habe ich keine dabei, weil ich im Ausland bin.»

«Aber Sie dürften, wenn sie wollten?»

Denis nickte.

«Sie sind ja auch bewaffnet, oder?» Er zeigte auf die Aussenseite des Hubschraubers.

Der Mann schüttelte den Kopf.

«Das ist ein Regierungshubschrauber. Damit transportieren wir nur unsere Generäle oder hohe Beamte. Aber im Kriegsfall könnten wir dieses Baby natürlich bewaffnen.» Er zeigte auf Denis' Uhr. «Fliegen Sie auch Helikopter?»

«Wie kommen Sie denn darauf?»

«Weil das eine Helikopterpilotenuhr ist, die Sie da tragen. Ich kenne sie, das ist eine ORIS BC4. Gutes Teil, sehr nützlich für uns.»

Verstört blickte Denis auf seine Uhr.

«Hab sie mir gekauft, weil ich sie schön finde. Ich habe, offen gesagt, die Gebrauchsanleitung nie gelesen.»

«Sollten Sie aber mal machen. Mit dieser Uhr können Sie errechnen, in welche Himmelsrichtung Sie fliegen, wie lange der Treibstoff noch reicht und wie lange Sie für eine gewisse Strecke brauchen.»

«Aber einen Fallschirm hat sie nicht, oder?», bemerkte Denis mit einem Lächeln.

Der junge Mann fing laut an zu lachen, was sich über die Kopfhörer irgendwie komisch anhörte. Denis lehnte sich zurück und versuchte einzuschlafen. Der Helikopter vibrierte aber so stark, dass daran nicht zu denken war. Er behielt seine Augen trotzdem geschlossen, denn der junge Mann schien ihn endlich in Ruhe zu lassen. Denis bemerkte, dass er immer müder wurde. Mit der Zeit hatte er sich an das Vibrieren gewöhnt und schlief ein.

«Herr Benz, aufwachen!»

Erschrocken öffnete Denis die Augen. Frederic César, der Mann mit Helm, lächelte ihn freundlich an.

«Wir sind gleich da.» Er zeigte mit seinem Daumen zum Fenster.

Denis reckte seinen Hals und schaute hinaus. Sie überflogen gerade das Bundeshaus. Fragend schaute er César an.

«Und wo wollen Sie landen?»

César drehte seinen Kopf zum Piloten und sprach mit ihm. Offenbar hatte der Pilot eine andere Verbindung mit César oder man konnte Denis ausschalten, auf jeden Fall bekam er vom Gespräch nichts mit. César drehte seinen Kopf wieder zu Denis.

«Gleich hier unten!»

Denis warf erneut einen prüfenden Blick aus dem Fenster.

«Hier unten wollen Sie landen? Vor dem Bundeshaus?»

César lächelte ihn bewundernd an.

«Ich sag ja, Sie müssen eine einflussreiche Person sein.» César gab Denis mit Handzeichen zu verstehen, dass er einen Moment innehalten solle. Er drehte sich wieder zum Piloten und unterhielt sich angeregt mit ihm. Nach einer kurzen Diskussion wandte er sich wieder zu Denis.

«Wir müssen noch einen Moment lang in der Luft bleiben, bis die Polizei den Bundesplatz abgesperrt hat. Sind Sie sicher nicht der Präsident der Schweiz?»

Denis schüttelte den Kopf und lächelte dazu.

«Nein, der bin ich wirklich nicht. Ich bin ein ganz normaler Mensch», beschwichtigte Denis.

«Sie müssen entschuldigen, ein Mann, der mit einem Regierungshelikopter der französischen Armee am frühen Morgen abgeholt wird und mit einer Sondergenehmigung auf dem Bundesplatz landen darf, ist für mich kein normaler Mensch.»

Denis fing an zu lachen, der junge Mann wurde ihm immer sympathischer. Plötzlich meldete sich der Pilot zu Wort und gab César an, dass er nun landen werde.

«Wir setzen Sie jetzt ab, Herr Benz.» César streckte wieder seinen Daumen, um dem Piloten anzuzeigen, dass er mit der Landung beginnen konnte.

Der Helikopter senkte sich, das Bundeshaus wurde immer grösser. Denis blickte erstaunt zu seiner Wohnung hinüber. Nie im Leben hätte er sich erträumt, dass er mit einem Helikopter direkt vor seiner Haustür landen würde. Das Ungetüm setzte sanft auf, César öffnete sofort die Schiebetür. Er streckte Denis die Hand hin.

«Ich wünsche Ihnen einen schönen Tag und der Captain und seine Crew bedanken sich, dass Sie mit Air France geflogen sind und hoffen, Sie bald wieder mal an Bord begrüssen zu dürfen.» Er grinste breit.

Denis schlug ein, zeigte mit dem Daumen hoch, setzte seine Kopfhörer ab und sprang aus dem Helikopter. Er schaute sich kurz um und entdeckte Pascal, der ihm bereits entgegenlief. Sein Haar wirbelte wild umher. Um den Bundesplatz hatten sich bereits viele Schaulustige versammelt, die das Spektakel staunend verfolgten. Polizisten hinderten sie daran, zu nahe an den Helikopter zu kommen. Denis lief Pascal entgegen und begrüsste ihn mit einem freundschaftlichen Handschlag.

«Guten Morgen, Pascal. Ich muss zugeben, das hier ist mir etwas peinlich. Eigentlich wurden wir ja geschult, uns möglichst unauffällig zu verhalten, aber dieser Auftritt wird wohl nicht in die Lehrbücher für PRIOS-Agenten aufgenommen, oder?» Denis musste fast schreien, damit Pascal ihn verstand.

Pascal grinste.

«Geniess den Augenblick, so einen Auftritt vor Publikum wirst du wohl nie mehr erleben.» Der Helikopter hob wieder ab. Denis und Pascal eilten zum Eingang des Bundeshauses und kümmerten sich nicht mehr um das Spektakel, das sich in ihrem Rücken abspielte. Das Motorengeräusch wurde rasch leiser und schon bald vernahm man nur noch regelmässige, peitschenartige Flattergeräusche, die der Helikopter hoch über ihnen von sich gab.

Sie betraten das Bundeshaus und kreuzten einige Parlamentarier, die Denis eingehend musterten. Wahrscheinlich hatten sie einen hohen Politiker erwartet und waren nun irritiert, dass sich ihnen ein junger Mann präsentierte, den sie überhaupt nicht kannten. Denis ignorierte sie und lief mit Pascal zum Lift.

«Sag mal, Pascal, wie hast du das eigentlich hingekriegt, dass ich hier landen konnte?»

Pascals Gesichtsausdruck wurde wieder ernster.

«Nach den Ereignissen von heute Morgen wurde die höchste Terrorstufe ausgelöst, Stufe 10. Unter diesen Umständen ist es leider ein Klacks, solche Bewilligungen zu erhalten, vorausgesetzt, es dient dem Schutze des Landes.»

Die Aufzugstüren öffneten sich. Pascal hielt seine Zugangskarte an ein kleines Kästchen, tippte anschliessend einen Code ein, hielt seinen Daumen an die kleine Glasscheibe und die Türen schlossen sich wieder. Sofort setzte sich der Lift in Bewegung.

«Was gibt es Neues?», fragte Denis ungeduldig.

Pascal zuckte mit den Schultern.

«Leider noch nicht viel mehr, als ich dir heute Morgen am Telefon mitgeteilt habe. Wir wissen, dass Vajivalara und Ben Pecks in der Schweiz sind, oder zumindest die Schweiz durchquert haben, und Sophie ist fieberhaft damit beschäftigt, das ANGUS-Programm zu reaktivieren.»

Denis zog seine Augenbrauen hoch.

«Sophie?» Die Art und Weise wie Pascal den Namen betonte, machte ihn misstrauisch.

Pascal fing an zu grinsen.

«Ich arbeite eng mit ihr zusammen, so kommt man sich zwangsläufig etwas näher.»

Denis stupste ihn anerkennend mit dem Ellenbogen in die Seite.

«Ist sie denn noch zu haben?»

«Nein, sie hat einen Freund.» Pascal schlug sich mit der flachen Hand auf die Stirn. «Mist, ich habe vergessen, mit ihm Kontakt aufzunehmen. Sophie hat mich darum gebeten. Na ja, das muss jetzt warten, im Moment haben wir wirklich grössere Probleme.»

«Da fällt mir gerade ein: Hat sich Eric Busson von der französischen Polizei bei dir gemeldet?»

«Ich habe mich bei ihm gemeldet. War gar nicht so einfach, zu ihm durchgestellt zu werden. Er war gerade dabei, seine Software zu aktualisieren, denn im Gegensatz zu uns hatte er noch eine Sicherheitskopie auf einem anderen Server. Offenbar hatte es der ‹Reine Glauben› auf dieses Programm abgesehen, deswegen die Bombe.»

Die Lifttüren öffneten sich. Denis und Pascal liefen schnell den Gang entlang, passierten zügig die Wachposten und betraten die PRIOS-Räumlichkeiten.

«Hör zu, Denis, diese Geschichte ist nun nicht mehr nur eine PRIOS-Angelegenheit.»

Denis schüttelte verständnislos den Kopf, während sie weitergingen.

«Was willst du damit sagen?» Pascal antwortete nicht, sondern ging zügig weiter vor ihm her. Denis war überrascht, als Pascal an ihrem Büro vorbeilief und keine Anstalten machte, einzutreten.

«Wo gehen wir denn hin? Zu Frech?»

«Nein, wir gehen ins Aquarium.»

Denis antwortete nicht. Er wusste, wenn Dinge im Aquarium, einem abhörsicheren Raum, besprochen wurden, dann war die Situation wirklich ernst. Pascal hielt seine Plastikkarte wieder an ein Kästchen neben einer Tür, öffnete sie und liess Denis eintreten. Im Glaskasten hatten sich bereits ein paar Menschen versammelt. Er erkannte Frech, der am Kopf des Tisches sass, den IT-Spezialisten Viktor Gantenbein, zwei hohe Militäroffiziere und drei Herren, die mit dem Rücken zu ihm sassen. Denis ging zum Glaskasten, zückte seine Karte, öffnete die Tür und trat mit Pascal ein. Verblüfft blickte er zwei der Männer an, die er nur von hinten gesehen hatte. Es waren die Bundesräte Peter Roth, Vorsteher des Justizdepartementes, und Andreas Oser, Vorsteher des Militärdepartementes. Sie wirkten müde und angespannt. Alle nickten den beiden Neuankömmlingen wortlos zu. Denis und Pascal setzten sich gegenüber den Bundesräten hin.

«Warum hast du mich nicht gewarnt, dass so hohe Tiere hier sind?», flüsterte Denis zu Pascal.

«Ich dachte, du wirst es schon noch früh genug erfahren.»

Denis räusperte sich kurz und schaute sich um. Eine leichte Beklemmung machte sich in ihm breit. Aus dem Augenwinkel konnte er beobachten, dass es Pascal ähnlich ging.

«Guten Morgen, Herr Benz», begrüsste Frech kurz angebunden.

Denis sah ihm sofort an, dass er unter Druck stand.

«Da nun alle versammelt sind, möchte ich gleich zur Sache kommen.» Frech stand auf und stützte sich auf dem Tisch ab. «Der Form halber möchte ich kurz diese Runde vorstellen: Ich begrüsse Bundesrat Roth, Bundesrat Oser, Korpskommandant und Chef der Armee Eisenegger, Divisionär Baumann, Chef der Luftwaffe, Markus Bitterli, Chef der Fedpol, Herr Gantenbein, Leiter unserer IT-Abteilung, und meine beiden Agenten Denis Benz und Pascal Weber. Sie haben alle meine Unterlagen bekommen, darum möchte ich keine Zeit damit verschwenden, die aktuelle Lage zu erklären. Heute Morgen um fünf Uhr fünfunddreissig hat der Bundesrat die höchste Terrorstufe ausgerufen, Stufe 10. Die Lage ist also ernst. Wir erwarten in den nächsten Tagen einen massiven terroristischen Anschlag, der unser Land heimsuchen wird. Bevor ich zu den strategischen Massnahmen komme, möchte ich Sie, Herr Benz, fragen, ob Sie neue Erkenntnisse für uns haben.» Fordernd starrte Frech Denis an.

Alle richteten ihre Aufmerksamkeit ganz auf ihn. Denis war nicht auf diese Frage vorbereitet gewesen und blickte erstaunt in die Runde. Er rückte seinen Stuhl näher an den Tisch heran, bevor er zu sprechen begann.

«Nun, da ich gerade erst angekommen bin, weiss ich natürlich nicht, welchen Informationsstand Sie haben. Die neuste Erkenntnis, die ich habe, ist die Vermutung, dass wir, wenn wir das ANGUS-Programm mit dem französischen Mikado-Programm kombinieren, wohl den Terroristen am besten auf die Schliche kommen.»

«Wie kommen Sie darauf, Herr Benz?», fragte ihn Bundesrat Roth überraschend.

Denis wurde etwas nervös, er hatte das Gefühl, einfach ins kalte Wasser geworfen worden zu sein.

«Ich hatte den Auftrag, mich mit dem französischen Antiterrorspezialisten Eric Busson in Verbindung zu setzen, da er neue Erkenntnisse in Sachen ‹Reiner Glauben› gemacht hatte. Er hat ein Programm entwickelt, das es ermöglicht, Abgangspunkte von Internettelefongesprächen zu eruieren. Nach den jüngsten Ereignissen muss ich davon ausgehen, dass er mit seinem Programm sehr erfolgreich war.»

«Sie meinen wegen des Bombenanschlags auf den Polizeiposten in Hyères», kombinierte Bundesrat Oser.

«Das ist korrekt. Ich vermute, dass dieser Anschlag nur deswegen stattfand, weil er dem ‹Reinen Glauben› mit seinem neuen Programm mächtig auf die Füsse getreten ist.»

Markus Bitterli, Chef der Bundeskriminalpolizei Fedpol, legte seine Brille auf den Tisch und rieb sich mit Zeigefinger und Daumen seine Nasenwurzel.

«Haben wir Zugriff auf dieses Programm?»

«Meines Wissens ist Herr Busson gerade dabei, uns die Daten zu übermitteln.» Hilfesuchend wandte sich Denis an Pascal.

«Das ist korrekt, ich erwarte in den nächsten Minuten seinen Anruf», bestätigte Pascal.

Bundesrat Oser beugte seinen fülligen Körper nach vorne und legte die Unterarme auf den Tisch. Eingehend blickte er Denis in die Augen.

«Herr Benz, haben wir eine ernste Bedrohung für unser Land?»

Denis schluckte. Seine Augen streiften kurz Frech, doch dieser schien, zu seinem Erstaunen, ebenfalls gespannt auf Denis' Antwort zu warten.

«Soweit ich es mit meiner Kompetenz einschätzen kann, muss ich diese Frage leider mit einem Ja beantworten. Ich sehe eine erhebliche Terrorgefahr, die vom ‹Reinen Glauben› ausgeht.»

Bundesrat Oser nickte kurz.

«Und was veranlasst Sie zu dieser Aussage? Haben Sie Beweise?»

«Ich musste mich, leider nicht ganz freiwillig, eingehend mit der Organisation ‹Reiner Glauben› auseinandersetzen. Wir haben es mit einer sehr gefährlichen und skrupellosen Organisation zu tun, die über eine hohe kriminelle Energie und einen Fanatismus verfügt, die sie zum Äussersten vorantreiben. Meine Beweise sind Bombenanschläge, Überfälle und Morde.» Denis hielt dem Blick von Bundesrat Oser stand. «Warum fragen Sie, Herr Bundesrat? Zweifeln Sie an einer akuten Bedrohung?»

Bundesrat Oser lehnte sich wieder zurück. Er schien Denis' Entschlossenheit zu mögen.

«Nein, ich zweifle nicht an Ihren Aussagen und Ihrer Fähigkeit, eine Situation richtig einzuschätzen. Wenn der Bundesrat die Terrorstufe 10 ausruft, möchte ich einfach sicher sein, dass ich es mit Leuten zu tun habe, die die Situation richtig einschätzen können.»

«Ich bin mir sicher, Herr Bundesrat, dass wir schon sehr bald von einer Terrorwelle heimgesucht werden, die unserem Land sehr schaden wird. Es werden viele Menschen sterben, wenn wir diesen Terroristen nicht zuvorkommen und wir ihnen nicht das Handwerk legen. Glauben Sie mir, ich weiss, wovon ich rede. Ich selbst war Zeuge davon, wie mächtig und gut informiert diese Leute sind. Ich war beim Bombenanschlag von Hyères dabei und nur durch einen Zufall wurde ich nicht selbst Opfer. Die Terroristen haben sogar die Presse im Vorfeld informiert, damit die Bilder von der Explosion und von Menschen, deren Körperteile zerfetzt und in die Luft gewirbelt wurden, in die ganze Welt übertragen wurden. Diese Terroristen führen einen Krieg, einen heiligen Krieg, wie sie es selber nennen. Für die zählt ein Menschenleben nicht, nicht einmal ihr eigenes.» Denis bemerkte, wie sich plötzlich eine unglaubliche Spannung im Raum breitmachte. Aber das war ihm egal, er musste den Mann davon überzeugen, dass er es ernst meinte.

Das Klingeln des Konferenztelefons, das in der Mitte des Tisches stand, brach die peinliche Stille. Frech nahm ab.

«Ja ...? Gut, darauf haben wir gewartet, bitte stellen Sie durch.» Er drückte einen Knopf und schaltete das Gespräch auf den Lautsprecher. «Es ist für Sie, Herr Benz, Ihr französischer Kollege Busson.»

Denis wurde die Situation langsam etwas zu grotesk. Er hatte das Gefühl, zu sehr im Mittelpunkt zu stehen. Aber jetzt gab es kein Zurück mehr.

«Hallo Eric!» Er bemerkte, wie sie alle gespannt zuhörten. «Ich sitze hier gerade mit den höchsten politischen Würdenträgern der Schweiz zusammen und wir alle hoffen, dass du gute Nachrichten für uns hast.» Denis wollte Eric mit dieser Einleitung ganz bewusst signalisieren, dass alle mithörten.

«Guten Morgen, Denis, guten Morgen, die Herren. Ist es in Ordnung, wenn ich Französisch spreche?»

«Nur zu, hier verstehen wir dich alle. Also, was hast du für gute Nachrichten?»

«Also Denis, ich weiss nicht, ob ich in diesem Zusammenhang von guten Nachrichten sprechen kann. Wahrscheinlich kommt es immer auf die Perspektive an. Auf jeden Fall hab ich ein paar beunruhigende Neuigkeiten für dich.»

«Schiess los.»

«Die Hausdurchsuchung der Villa in Les Issambres hat ergeben, dass sich in den letzten achtundvierzig Stunden mindestens acht Personen im Haus befunden haben ...»

«... die jetzt alle ausgeflogen sind», ergänzte Denis.

«Das ist korrekt, Denis. Wir observieren jetzt die Villa, vielleicht kommt ja einer zurück.»

«Das wage ich zu bezweifeln.»

«Ich leider auch. Meine Meinung dazu ist, dass die Vögel ausgeflogen sind, um ihre Dienste zu verrichten.»

«Denkst du, sie sind kurz davor zuzuschlagen?»

«Meiner Meinung nach, ja.»

Bundesrat Oser ergriff nun das Wort.

«Guten Morgen, Herr Busson, hier spricht Bundesrat Oser. Stellen diese Terroristen eine aktive Bedrohung für unser Land dar?»

Busson antwortete nicht sofort. Er schien seine Worte abzuwägen.

«Guten Morgen, Herr Bundesrat. Leider sehe ich mich dazu veranlasst, diese Annahme zu bestätigen. Ja, sie stellen eine akute Gefahr für die Schweiz dar.»

«Aber diese Terroristen könnten doch in alle Welt abgehauen sein?», hakte Oser nach.

«Wie ich mitbekommen habe, sind mindestens zwei von ihnen schon in der Schweiz. Die beiden hätten sich nie so brutal an der Grenze durchgesetzt, wenn sie noch eine weitere Grenze hätten passieren wollen. Die haben etwas in der Schweiz vor. Zudem hat mein Programm heute Morgen noch eine weitere, unangenehme Erkenntnis ausgespuckt.»

«Was denn?», ging Denis dazwischen.

«Heute Morgen früh, um fünf Uhr dreiundzwanzig, haben wir eine verstärkte Aktivität im Netz festgestellt. Offenbar versuchte mindestens ein Terrorist Kontakt mit einem anderen aufzunehmen. Nach ein paar erfolglosen Versuchen kam eine Leitung zustande.»

«Und was hat das mit der Schweiz zu tun?», mischte sich Oser wieder ein.

«Wir wissen, dass das Gespräch von Südfrankreich in die Schweiz geführt wurde.»

«Sonst noch etwas, Eric?», fragte Denis.

«Nein, das ist für den Moment alles. Ich melde mich sofort, wenn sich was Neues ergibt.»

«Danke, Eric. Ah ja, stelle bitte sicher, dass wir auf dein Programm zugreifen können.»

«Das ist schon geschehen. Bis später, Denis. Auf Wiederhören, die Herren.» Busson hängte auf.

Frech ergriff wieder das Wort.

«Meine Herren, ich glaube, es gibt keinen Zweifel mehr, wie ernst wir die Lage nehmen müssen. Ich löse nun mit Ihrem Einverständnis die rote Liste aus.»

Denis wandte sich unauffällig an Pascal.

«Was ist die rote Liste?», flüsterte er ihm zu.

«Das ist eine Liste mit Orten, die für die Terroristen ein attraktives Ziel darstellen könnten. Flughäfen, Bahnhöfe, Regierungsgebäude, Radio- und TV-Anstalten, Kraftwerke und so weiter. Sobald die rote Liste ausgelöst wurde, werden diese Orte streng bewacht.»

Bundesrat Roth beugte sich vor.

«Ich denke, die neusten Entwicklungen rechtfertigen diesen Schritt. Ich werde den gesamten Bundesrat informieren und alle nötigen Schritte einleiten. Damit keine Massenpanik entsteht, werde ich meine Presseabteilung anweisen, eine Pressekonferenz einzuberufen, um die Lage der Nation zu erklären. Ich rufe hiermit den Ausnahmezustand aus und erteile der Armee die Vollmacht, die Polizei mit ihren Mitteln zu unterstützen. Ich weise Sie aber dringend darauf hin, dass wir keinen Kriegszustand haben. Alles soll im Hintergrund passieren. Das Volk soll nicht unnötig beunruhigt werden.» Er drehte seinen Kopf zu Denis. «Herr Benz, was haben diese Terroristen in unserem Land vor?»

Denis war diese Frage peinlich, denn er wusste nur zu genau, dass der Bundesrat diese Frage Frech hätte stellen müssen. Der leicht säuerliche Blick von Frech bestätigte seine Vermutung.

«Herr Bundesrat, ich verfüge nicht über die Kompetenz, Ihnen darauf eine Antwort zu geben, denn Herr Frech ist der Leiter von PRIOS. Wenn Sie mich als Agenten fragen, muss ich Ihnen leider sagen, dass ich keine Ahnung habe.»

Bundesrat Roth blickte zu Frech, der mit Denis' Antwort zufrieden zu sein schien.

«Ich kann mich den Worten von Herrn Benz nur anschliessen, wir tappen im Moment noch im Dunkeln», bestätigte Frech.

«Dann tun Sie alles dafür, dass wir diese Sache möglichst schnell in den Griff bekommen. Sie haben mein vollstes Vertrauen und verfügen über jede Vollmacht, die Sie brauchen. Fühlen Sie sich der Sache gewachsen, Herr Frech?»

Zu Denis' grossem Erstaunen blickte ihn Frech an, als er antwortete.

«Ich bin davon überzeugt, dass wir die Situation in den Griff bekommen, oder Herr Benz?»

Denis' Herz fing an zu rasen.

«Ja, wir kriegen das hin. Sobald wir das ANGUS-Programm reaktiviert haben, bin ich davon überzeugt, dass wir diese Kerle kriegen.»

«Warum?», fragte Bitterli von der Fedpol neugierig.

«Ganz einfach. Ich bin davon überzeugt, dass die Terroristen ihren Anschlag oder die Anschläge über die Internettelefonie koordinieren. Darum haben sie auch alles darangesetzt, erst das ANGUS-Programm auszuschalten. Das heisst, dass sich nun der Internetverkehr verstärken wird. Da sie nicht wissen, dass wir mithören und dass wir sie dank des Mikado-Programms lokalisieren können, werden sie sich in einer falschen Sicherheit wiegen und vermehrt miteinander telefonieren. Darin sehe ich unsere Chance, so kriegen wir sie.»

«Die beiden Terroristen, die sich in der Schweiz befinden …», bemerkte Oser trocken.

«Leider gehe ich von mindestens drei aus, die sich schon hier befinden», korrigierte ihn Denis.

«Wie kommen Sie darauf?», fragte Frech erstaunt.

Alle blickten Denis mit beunruhigten Gesichtsausdrücken an.

«Wie wir vorher gerade erfahren haben, gab es bereits heute Morgen eine Kontaktaufnahme von Südfrankreich in die Schweiz. Wie mir mitgeteilt wurde, fand die Ermordung der Zöllner in Biel-Benken zwischen vier Uhr vierzig und vier Uhr fünfzig statt. Die Kontaktaufnahme war kurz vor halb sechs. Ein ausgebildeter Kämpfer weiss, dass er sich, nachdem er so viel Aufmerksamkeit auf sich gezogen hat, erst einmal zurückziehen und verstecken muss. Man meidet jeglichen Kontakt, erst recht, wenn so viel auf dem Spiel steht.»

«Wollen Sie damit sagen, es befindet sich schon einer im Land?», fragte Oser.

«Richtig, die Kontaktaufnahme von Frankreich in die Schweiz fand mit grösster Wahrscheinlichkeit mit einer weiteren Person statt. Wir haben mindestens einen Schläfer schon hier, der nur darauf wartet, zuzuschlagen. Das zumindest ist meine Vermutung.»

Wieder klingelte das Telefon. Frech nahm das Gespräch gereizt entgegen.

«Was ist?» Frech hörte einen Moment gebannt zu. Plötzlich hellte seine düstere Miene auf.

«Herzlichen Dank.» Er hängte auf und strahlte zufrieden in die Runde. «Meine Herren, ich habe eine kleine Erfolgsmeldung. Soeben wurde mir mitgeteilt, dass unsere Programmiererin Sophie Keller das ANGUS-Programm wieder zum Leben erwecken konnte.»

Kapitel 18: Schweiz, Basel, Dienstag, 7. Juli, 19:27

Ben sass im Stuhl, spielte nervös mit einem Kugelschreiber und starrte auf den grossen, silbernen Aluminiumkoffer, der vor ihm stand. Er sah aus wie ein normaler Reisekoffer. Eigentlich war er müde, da er die ganze Nacht gefahren war, aber das Adrenalin in seinem Körper, das in grossen Mengen bei der Zollgeschichte ausgeschüttet worden war, hielt ihn wach. Er und Vajivalara hatten sich kurz nach den Ereignissen am Zoll getrennt. Vajivalara hatte ihm befohlen, mit dem Auto nach Basel zu fahren, sich in einem Appartement in einem Vorort von Basel mit dem Namen Pratteln einzuschliessen, mit dem Laptop online zu gehen und auf die nächsten Befehle zu warten. Vajivalara kündete an, dass kurz nach neun ein Kurier bei ihm vorbeikommen würde, um ihm einen Koffer zu bringen. Der Kurier war tatsächlich vor einer Viertelstunde gekommen und hatte ihm den Koffer, ein Bluetooth-Headset, einen Stick mit einer SIM-Karte, mit dem man übers Handynetz online gehen konnte, und eine Pistole gebracht.

Ben blickte auf die Uhr, es war halb zehn. Ein Gefühl sagte ihm, dass der Anschlag kurz bevorstand, aber er hatte noch immer keine Ahnung, was er zu tun hatte. Ben mochte es nicht, wenn er die nächsten Schritte nicht kannte. Zwar war er es gewohnt, Aufträge kurzfristig zu erhalten, doch beim Militär hatte er immer gewusst, dass sie bis ins Detail geplant waren. Hier hatte er ein anderes Gefühl. Schon auf der Fahrt in die Schweiz hatte er das Gefühl, dass Vajivalara die Zügel aus den Händen glitten.

Ben stand auf und kniete sich vor dem Koffer hin. Zu gerne hätte er gewusst, was sich darin befand, aber es wurde ihm strengstens verboten, einen Blick hineinzuwerfen. Zudem war sich Ben fast sicher, dass es sich um eine Bombe handeln musste. Ein falscher Griff und das Ding ging hoch. Ben stand wieder auf und prüfte den Batteriestand des Computers. Vajivalara hatte ihn mehrere Male ermahnt, dass die Batterie voll aufgeladen sein müsse. Zudem war er angewiesen worden, den Stick mit der SIM-Karte zu installieren. Beides hatte er erledigt.

Ben stand auf und ging in die kleine Küche der Einzimmerwohnung. Er befand sich in einem Hochhaus mit zahlreichen Appartements. Er öffnete den Kühlschrank in der Hoffnung, etwas zu trinken zu finden. Eigentlich war er nicht durstig, er war nur gelangweilt und wollte sich irgendwie ablenken. Diese Warterei machte ihn rasend. Frustriert schloss er den Kühlschrank wieder, er war leer. Ben ging zur Balkontür und blickte zum kleinen Spielplatz hinunter. Da er sich im elften Stock befand, hatte er einen guten Ausblick auf Basel. Die spielenden Kinder kreischten, lachten und tollten im kleinen Sandbecken herum. Ben beobachtete zwei kleine Jungs, die Krieg spielten: Mit Holzstöcken, die sie zu Gewehren umfunktioniert hatten, schossen sie aufeinander. Ben schüttelte den Kopf. Für ihn war Krieg bitterer Ernst, brutale Wirklichkeit. Darüber machte man keine Witze. Am liebsten hätte er diesen Kindern die wirkliche Welt aufgezeigt, ihnen vorgeführt, wie es war, einen Menschen aus nächster Nähe zu erschiessen. Ben schüttelte den Gedanken angewidert ab.

«Was kümmern mich eigentlich diese blöden Kinder da unten!», sprach er leise vor sich hin.

Immer wieder horchte Ben angespannt. Das Gebäude schien sehr ringhörig zu sein, was Ben regelmässig zum Zeugen irgendwelcher Gespräche zwischen Hausfrauen werden liess. Seine Angewohnheit, stets auf der Hut zu sein, zwang ihn immer wieder zum Griff nach der Pistole. Der Anschlag sollte nicht scheitern, weil er zu unvorsichtig war. Ben lächelte vor sich hin und setzte sich wieder auf den Stuhl. Er war zufrieden, sein Kämpferinstinkt meldete sich wieder zurück. Er starrte eine Weile lang vom Stuhl aus gelangweilt aus dem Fenster. Plötzlich dachte er wieder an die Kinder. *Was ist nur los mit dir! Seit wann scherst du dich um Kinder, verdammt noch mal!* Er wurde unruhig, seine linke Hand fing wieder an zu zittern. Schnell griff er nach den Pillendosen und schüttelte je eine Tablette heraus. Er schluckte sie ohne Wasser herunter. Ben wusste nicht warum, aber irgendetwas war anders. Es irritierte ihn, dass er plötzlich über Kinder und deren Familien nachdachte. Er massierte sich die Schläfen und starrte dabei den Aluminiumkoffer an. *Werde ich heute sterben?* Dieser Gedanke traf Ben wie ein Faustschlag ins Gesicht. Nie hatte er sich um sein Leben gekümmert, es war ihm schlichtweg egal gewesen. Aber jetzt, wo der Anschlag kurz bevorstand, schickte ihm sein Unterbewusstsein andere Signale, Signale, die er nicht kannte. Mit einem Mal wurde ihm bewusst, dass er nie eine eigene Familie gehabt hatte, nie eine richtige Freundin.

Wieder stand Ben auf und ging nervös im Zimmer herum. Er konnte sich keinen Reim darauf machen, warum er plötzlich über solche Dinge nachdachte. Meldete sich nach all diesen Jahren, nach all diesen Morden und brutalen Gräueltaten so etwas wie ein Gewissen? Ben schlug wütend mit der Faust gegen den Kühlschrank, worauf die Tür aufsprang. Er versuchte, sie wieder zu schliessen, was ihm aber nicht gelang. Er hatte so heftig zugeschlagen, dass sich nicht nur eine riesige Delle in der Tür gebildet hatte, sondern sich gleich die ganze Tür verzogen hatte. Ben holte seine Pistole aus dem Hosenbund, ging zum Tisch und begann sie zu zerlegen. Er wollte sich ablenken. Es gelang ihm nicht wirklich. Je mehr er versuchte, sein Gewissen zu unterdrücken, umso mehr rückte es wieder in den Vordergrund. *Warum habe ich nur plötzlich diese komischen Gedanken, diese Gefühle in mir drin?* Sein Blick wanderte wieder zum Koffer. *Ist es vielleicht, weil ich mit dieser Bombe in den Tod gerissen werde? Wie dieser Franzose in Hyères?*

«Scheisse noch mal, ich bin doch kein Märtyrer, ich bin ein Kämpfer, ein Söldner! Ich lasse mich nicht umbringen für eine Religion, die mir nicht einmal nahesteht!» Ben verspürte einen grossen Drang, den Koffer öffnen zu wollen. Wieder kniete er vor dem Koffer nieder. Vielleicht konnte er von aussen irgendetwas erkennen, das auf den Inhalt schliessen liess? Aber da war nichts zu sehen, der Koffer sah völlig normal aus. Kein Kabel, kein Ticken, keine digitale Zeituhr. Ben wusste nicht, was er tun sollte. Auf jeden Fall wollte er seinen Auftrag erfüllen, aber der Gedanke daran, dass er dabei umkommen könnte, fing ihn immer mehr an zu beschäftigen. Nie hatte er sich darum gekümmert, wofür man ihn beim «Reinen Glauben» einsetzen wollte. Sich an den USA rächen zu wollen, war für ihn Grund genug gewesen, sich der Organisation anzuschliessen ohne nachzufragen.

Ben stand wieder auf und setzte seine Pistole in einem unglaublichen Tempo wieder zusammen. Er hatte das in der Armee gelernt. Kaum hatte er seine Pistole zusammengesetzt, zerlegte er sie sogleich wieder. Dieses Mal funktionierte seine Taktik, es lenkte ihn ab.

Ein Klingeln vom Computer riss ihn aus seiner Trance. Gebannt blickte er auf den Bildschirm. *Ist es nun so weit? Geht es los? Bekomme ich jetzt meinen Auftrag?* Bens Herz fing an zu pochen. Er setzte sich die Kopfhörer auf und nahm das Gespräch entgegen.

«Falke 1?»

«Ja.» Diese Stimme hatte Ben noch nie gehört. «Mit wem spreche ich?» Die Skepsis war ihm deutlich anzuhören.

«Hier spricht der Falke.»

Ben stand sofort auf. *Der Falke? Wieso?* Noch nie hatte sich der Falke bei einem seiner Söldner gemeldet, er blieb immer im Hintergrund! Nur Vajivalara hatte Kontakt zu ihm. War das eine Falle? Ben antwortete nicht, er war zu verblüfft.

«Falke 1, hören Sie mich?» Die Stimme klang gereizt. «Antworten Sie!»

«Ja, ich höre Sie. Hätte nicht gedacht, Sie mal persönlich zu hören.»

«Wir kennen uns, wir sind uns schon mal begegnet», stellte der Falke trocken fest.

Wie bitte? Wir sind uns schon mal begegnet? Ben dachte angestrengt nach, aber er konnte sich beim besten Willen nicht vorstellen, wann sie sich über den Weg gelaufen waren. Der Falke blieb immer anonym, niemand ausser Vajivalara hatte persönlichen Kontakt zu ihm. Die Aussage verwirrte Ben.

«Ist Muno bei Ihnen?», fuhr der Falke gereizt fort.

Wieso fragt er nach Vajivalara?

«Nein, ich bin alleine.»

Es blieb ruhig in der Leitung.

«Gibt es Probleme?», fragte Ben vorsichtig.

«Ich kann ihn nicht erreichen. Können Sie mir erklären, was das für eine Scheissaktion heute Morgen am Zoll war?»

«Wieso?»

«Wieso?» Ben konnte deutlich hören, dass der Falke schrie. «Sie fragen mich allen Ernstes wieso? Ich werde Ihnen sagen, wieso! Heute Morgen wurde in der Schweiz die Terrorstufe 10 ausgerufen! Und nach der Schweiz ist ganz Europa mit eingestiegen! Können Sie mir mal erklären, wie wir mit dieser verdammten Aufmerksamkeit, die durch Ihr beschränktes Handeln provoziert wurde, unauffällig operieren sollen? Die ganze Mission ist gefährdet!»

Ben räusperte sich verlegen.

«Wir mussten so handeln, andernfalls hätten sie uns am Zoll geschnappt. Sie können mir glauben, wir wollten uns so unauffällig wie möglich verhalten, aber das war nach dem Bombenanschlag in Hyères nicht mehr möglich.» Ben versuchte ganz bewusst, Vajivalara die Schuld in die Schuhe zu schieben.

«Ja, ich weiss, dieser beschissene Bombenanschlag. Ich habe das Gefühl, Muno ist der Sache nicht mehr gewachsen! Wissen Sie, wo Muno ist?»

«Nein. Er setzte mich an einem kleinen Bahnhof ab und verschwand. Ich habe aber heute Morgen schon ein paar Mal mit ihm per Computer gesprochen.»

«Anscheinend weicht mir dieser Bastard aus.»

«Aber woher wissen Sie von der Zollgeschichte, wenn Sie keinen Kontakt mit ihm hatten?»

«Ich weiss es von Pendragon. Mit ihm hatte Vajivalara auch Kontakt. Wissen Sie, dass Sie und Muno zur internationalen Fahndung ausgeschrieben sind? Das ist eine Katastrophe!»

«Ja, man hat es mir mitgeteilt.»

«Haben Sie schon Ihren Kurier getroffen?»

«Heute Morgen. Er hat mir die Ware vorbeigebracht.»

Es entstand eine kleine Pause in der Leitung.

«Immerhin scheint Muno die Sache durchziehen zu wollen.»

«Vielleicht haben ihn die Umstände einfach gezwungen, abzutauchen. Ich bin mir sicher, dass er sich bei Ihnen melden wird.» Ben versuchte zu schlichten.

«Abtauchen? Bei Ihnen hat er sich doch auch gemeldet!» Der Falke schien sich in Rage zu reden.

Ben schwieg.

«Ich sehe mich gezwungen, die Aktionen in den nächsten sechs Stunden auszulösen, ansonsten ist das Risiko zu scheitern zu gross. Von nun an erhalten Sie Ihre Befehle nur noch direkt von mir, von niemand anderem. Haben Sie verstanden, Soldat?»

«Verstanden, ich nehme nur noch Ihre Befehle an», wiederholte Ben.

«Sie müssen von jetzt an immer erreichbar sein. Haben Sie den Akku Ihres Computers geladen und das SIM-Karten-Programm installiert?»

«Wie befohlen, ja.»

«Wie befohlen? Dann hat Ihnen Muno also schon die nächsten Schritte erläutert?»

«Nein, er hat mir nur befohlen, den Akku zu laden und die SIM-Karte zu installieren. Sonst nichts.»

«Gut. Nehmen Sie nun den Computer vom LAN-Kabel und gehen Sie mit der SIM-Karte ins Netz. Die weiteren Befehle folgen in Kürze. Haben Sie mich verstanden?»

«Verstanden. Computer vom Netz und über SIM-Netz wieder einklinken.»

«Sehr gut.» Der Falke unterbrach das Gespräch.

Ben setzte nachdenklich seine Kopfhörer ab und starrte einen Moment lang auf den Bildschirm. Die ganze Aktion schien aus den Fugen zu geraten. Ben zog das LAN-Kabel aus und ging über das SIM-Netz wieder online. Der Computer rechnete eine Weile lang, doch dann funktionierte alles wieder einwandfrei. Kurz darauf klingelte es wieder. Ben setzte die Hörer wieder auf und nahm das Gespräch entgegen.

«Was ist los, Falke 1? Warum sind Sie nicht erreichbar?» Es war Vajivalara.

«Ich habe mich gerade ins SIM-Netz eingeklinkt, darum gab es eine kleine Unterbrechung.»

«Warum haben Sie das gemacht? Ich habe Ihnen nichts Derartiges befohlen!»

«Ich bekam den Befehl direkt vom Falken.»

«Vom Falken? Er hat sich direkt bei Ihnen gemeldet?»

«Gerade eben. Der Falke scheint nicht sehr erfreut darüber zu sein, dass Sie für ihn nicht erreichbar sind. Er fragt sich sogar, ob Sie der Sache gewachsen sind.»

«So eine verdammte Scheisse! Natürlich habe ich alles im Griff! Es läuft planmässig! Ich hatte einfach noch andere Dinge zu tun, als mich mit ihm zu unterhalten. Die ganze Sache läuft auf Hochtouren in ganz Europa! Das zu koordinieren erfordert viel Aufwand!»

In ganz Europa? Also sind es mehrere Anschläge an verschiedenen Orten! Er wollte Vajivalaras Schwäche ausnutzen, um mehr über seine Aufgabe zu erfahren.

«Das habe ich dem Falken auch gesagt. Sie müssen ja alle Anschläge gleichzeitig koordinieren, aber das schien ihn nicht zu interessieren.»

«So ist es. Das erfordert viel Geschick, alles auf einen Punkt zu bringen. Da muss sich sogar der Falke etwas gedulden.»

Ben überlegte fieberhaft, wie er Vajivalara noch ein paar Informationen entlocken könnte.

«Der Falke hat mir befohlen, von nun an nur noch Befehle von ihm entgegenzunehmen. Was soll ich tun? Ich meine, weiss er über alle Details Bescheid?»

«Was?», schrie Vajivalara in sein Mikrofon. «Wie kommt er denn auf so eine Idee?»

«Vielleicht ist es am besten, wir lassen ihn in diesem Glauben. Sie geben mir jetzt das volle Auftragsprofil und dann warten wir ab, bis sich der Falke bei mir meldet. Falls er etwas vergisst, dann habe ich die Information schon von Ihnen und kann den Auftrag trotzdem richtig ausführen. Mit diesem Trick würden wir den Falken im Glauben lassen, die volle Befehlsgewalt zu haben, garantieren aber trotzdem einen reibungslosen Ablauf.» Gespannt wartete Ben auf die Antwort von Vajivalara.

«Nein. Ich werde mich gleich mit dem Falken in Verbindung setzen. Von jetzt an hören Sie wieder auf meine Befehle.»

«Sie müssen entschuldigen, Muno, aber ich bin ein Soldat. Und als Soldat habe ich gelernt, dass ich mich immer nach dem ranghöchsten Offizier richten muss und das ist in diesem Fall der Falke. Solange ich von ihm nicht den Befehl erhalte, dass ich wieder auf Sie hören darf, werde ich meine Befehle nur vom Falken annehmen können.»

«Sie sind mir unterstellt! Ich habe Sie geschult und ins Team gebracht. Ich alleine kann über Sie verfügen und niemand anderes, haben Sie mich verstanden?» Vajivalara schien um Luft zu ringen, so sehr regte er sich auf.

«Ich versichere Ihnen meine Loyalität, wenn Sie mir sagen, was in den nächsten Stunden passieren wird.»

«Wieso Stunden?»

«Weil das der Falke so angeordnet hat. Es wird in den nächsten sechs Stunden passieren, hat er mir versichert. Er würde die ganze Sache von sich aus auslösen.»

«Sie tun gar nichts! Ich werde mich sofort mit dem Falken in Verbindung setzen und die Sache klären. Und bis dahin tun Sie nichts! Absolut nichts! Haben Sie mich verstanden, Falke 1?»

Ben seufzte. Sein Plan, Vajivalara gegen den Falken auszuspielen, um an nähere Informationen zu kommen, ging nicht auf.

«Verstanden. Ich warte, bis ich die nächsten Anweisungen erhalte. Egal von wem.»

Vajivalara hängte auf. Ben zog seine Kopfhörer ab und warf sie entnervt auf den Tisch. Noch immer hatte er keine Ahnung, was geschehen würde. *Was ist nur los mit dem «Reinen Glauben»?* Ihn beschlich das Gefühl, dass die linke Hand nicht wusste, was die rechte tat. Und er war mitten drin, als Spielball sozusagen. *Was hat der Falke gesagt? Wir sind uns schon einmal begegnet? Wo?* Ben versuchte, alle Situationen, in denen er dem Falken hätte begegnen können, noch einmal durchzugehen, aber er kam nicht drauf, wo er dem Falken mal gegenübergestanden haben könnte. Die einzige Situation, die ihm einfiel, war der Besuch des Falken im Trainingscamp in Pakistan. Aber da mussten alle im Zelt bleiben und durften es nicht verlassen, bis der Falke das Gelände wieder verlassen hatte. Wenn er ihn da gesehen hätte, würde er sich bestimmt daran erinnern. Es musste also eine Begegnung gewesen sein, bei der ihm nicht bewusst gewesen war, wem er gegenüberstand. Doch zu viele Menschen hatten damals in Pakistan seinen Weg gekreuzt. Jeder hätte der Falke sein können.

Ben starrte wieder den grossen Aluminiumkoffer an. Diese verdammte Ungewissheit quälte ihn. Er stand auf, legte sich auf das kleine Sofa und schloss die Augen. Wenn er schon warten musste, dann wollte er wenigstens die Zeit sinnvoll nutzen und versuchen, etwas zu schlafen.

Das Klingeln des Computers riss ihn unsanft aus dem Schlaf. Müde rieb er sich die Augen, stand auf und eilte zum Computer. Es war kurz vor elf, er hatte immerhin etwa eine Stunde schlafen können. Ben setzte ein weiteres Mal seine Kopfhörer auf und nahm das Gespräch an.

«Hier Falke 1.»

«Falke 1, hier spricht der Falke. Ich wollte Sie nur kurz informieren, dass ich mich mit Vajivalara unterhalten habe. Ich erteile ihm hiermit wieder die Befehlsgewalt. Ich wünsche Ihnen für Ihre Aufgabe viel Glück. Ich zähle auf Sie. Auf Wiederhören.»

Der Falke verabschiedete sich so schnell von Ben, dass er nichts erwidern konnte. Er schüttelte den Kopf und starrte das Display an. Ihm war klar, dass es Vajivalara gelungen war, den Falken wieder auf seine Seite zu ziehen. Ben wusste nicht, ob er sich über diese Tatsache freuen oder ärgern sollte. Es bedeutete, dass von nun an wieder alles planmässig ablaufen würde. Es bedeutete aber auch, dass er sich seiner Aufgabe einfach hingeben musste, ohne die nächsten Schritte genau zu kennen. Ben blieb nicht viel Zeit, sich über die veränderte Situation Gedanken zu machen, denn schon meldete sich Vajivalara wieder.

«Hallo Muno», begrüsste Ben Vajivalara.

«Hatten Sie schon Kontakt mit dem Falken?»

«Gerade eben.»

«Dann wissen Sie ja, dass ich von nun an wieder die Befehlsgewalt habe.»

«Er hat es mir mitgeteilt. Was sind die nächsten Schritte?»

«Eins nach dem anderen. Sie werden noch früh genug erfahren, was Sie zu tun haben.» Vajivalara klang nun wieder ruhig und überlegt. «Ich habe leider eine schlechte Nachricht.»

«Ich höre.»

«Dieser Benz hat den Anschlag in Hyères überlebt. Sein Kollege Busson auch.»

«Woher wissen Sie das?»

«Ich habe es vom Falken erfahren und der hatte die Information von Pendragon bekommen.»

«Was ist eigentlich mit diesem Pendragon?» Ben wusste, dass Vajivalara Pendragon nicht mochte. Zu seinem Erstaunen antwortete Vajivalara ruhig und sachlich.

«Pendragon stellt ein wichtiges Bindeglied in unserer Organisation dar. Er hat eine organisatorische und beratende Rolle. Die Wohnung, in der Sie sich befinden, wurde von ihm organisiert. Auch die Villa in Südfrankreich hat er zur Verfügung gestellt. Er stellt sicher, dass wir uns nicht mit logistischen Belanglosigkeiten aufhalten müssen.»

«Warum hat dieser Denis Benz überlebt?»

«Offenbar war die Sprengkraft der Bombe nicht so gross, wie ich erwartet habe. Aber das spielt jetzt keine Rolle, denn das wichtigste Ziel, die Zerstörung des Mikado-Programms, wurde mit dem Anschlag erreicht.»

«Kann das Überleben der beiden unsere Sache gefährden?»

«Nein, die beiden sind nur Marionetten. Die Programme waren unsere Feinde, und die habe ich zerstört. Es läuft also alles planmässig.»

«Und was habe ich jetzt zu tun?»

«Geduld, Falke 1. Ruhen Sie sich noch etwas aus, ich werde mich wieder bei Ihnen melden.»

«Aber der Falke hat mir versichert, dass es in den nächsten Stunden losgehen soll. Da kann ich mich jetzt doch nicht einfach hinlegen!»

«Der Falke kennt nicht den genauen zeitlichen Ablauf meines Planes. Das hat er eingesehen und die Befehlsgewalt wieder mir überlassen.»

«Dann kann ich mich wieder mit dem LAN-Kabel ins Netz einklinken?»

«Nein, bleiben Sie mit dem SIM-Stick im Netz. Das dient unserem Schutz.»

«Aber irgendetwas muss ich doch tun können.»

«Falke 1, Sie tun genau das, was ich Ihnen befehle. Warten Sie in der Wohnung, bis Sie neue Anweisungen bekommen. Kommen Sie nicht auf die Idee, die Wohnung zu verlassen, Sie müssen immer erreichbar sein. Zudem werden Sie steckbrieflich gesucht!»

«Wir werden steckbrieflich gesucht!», korrigierte ihn Ben gereizt.

«Ich erwarte von Ihnen, dass Sie professionell bleiben. Haben Sie Geduld, der Zeitpunkt unserer Vergeltung ist schon sehr nah.» Er beendete ohne Vorwarnung das Gespräch.

Ben warf seine Kopfhörer entnervt auf den Tisch.

«Geduld, Geduld, Geduld!», wiederholte er sauer. Er wollte nicht mehr warten. Diese Warterei machte ihn rasend. Er kam sich eingesperrt vor. Plötzlich beschlich ihn der Gedanke, dass ihn Vajivalara absichtlich in dieser kleinen Wohnung schmoren liess. Ben trat erneut an das Fenster heran und blickte zum Spielplatz hinunter. Die Kinder waren weg, der Spielplatz leer. Ben überlegte sich, ob er es für einen kleinen Moment wagen sollte, etwas frische Luft schnappen zu gehen. Mit einem Mal verspürte er den grossen Drang, rauchen zu wollen. Ben hatte schon lange nicht mehr geraucht, in Afghanistan hatte er es sich abgewöhnt. Eigentlich nicht ganz unfreiwillig. Da es immer wieder Lieferschwierigkeiten beim Nachschub von Zigaretten gegeben hatte, war er mehr oder weniger gezwungen gewesen, sich von dem Laster zu befreien. Doch schon bald darauf kam die nächste Sucht, die Tablettensucht. Seither hatte Ben nie mehr das Bedürfnis verspürt, rauchen zu müssen, doch nun wurde der Wunsch nach einer Zigarette immer grösser.

Ben durchsuchte alle Schubladen und Schränke in der Wohnung. Doch die Suche war erfolglos. Plötzlich kam ihm der Gedanke, sich ein Päckchen zu besorgen. Er eilte zum Fenster und prüfte, ob sich in der Nähe ein Kiosk befand. Unweit vom Spielplatz entdeckte er ein Restaurant. Über dem Eingang des kleinen Hauses prangte ein Schild mit der Aufschrift «Zum Schwertfisch». *Soll ich es wagen, die Wohnung für einen Augenblick zu verlassen?* Er prüfte, ob er Kleingeld bei sich trug. Zwar hatte er nur Euros, aber das würde hoffentlich auch gehen. Ben griff kurzentschlossen nach dem Wohnungsschlüssel, steckte seine Pistole ein und verliess das Appartement. Eilig ging er den Gang entlang und drückte den Liftknopf. Einen Moment später öffneten sich schon die Türen. Der Aufzug war leer. Ben trat ein und drückte die

Null, um ins Erdgeschoss zu gelangen. Während der Fahrt grinste er vor sich hin. Er mochte sich in der Rolle des Rebellen, der sich Befehlen widersetzte.

Nach einer kurzen Fahrt verliess er den Aufzug wieder und trat ins Freie. Er blieb für einen kurzen Augenblick vor dem Wohnblock stehen und schaute sich um. Immer wieder gingen Leute an ihm vorbei, schienen sich aber nicht für ihn zu interessieren, sie grüssten ihn nicht einmal. Ben überquerte den frisch gemähten Rasen, ging am Spielplatz vorbei und steuerte auf das kleine Haus zu, das er von seiner Wohnung aus gesehen hatte. Erst jetzt bemerkte er, wie angenehm warm die Sonne schien. Es war ein prächtiger Sommertag.

Ben trat in das Restaurant ein und hielt nach einem Zigarettenautomaten Ausschau. Zufrieden stellte er fest, dass bereits in dem schmalen Gang, bevor man in die Gaststube eintrat, einer stand. Er holte seine Münzen aus der Hosentasche und warf sie ein. Ein Eurozeichen am Apparat verriet ihm, dass er auch die Euros verwenden konnte. Genervt stellte Ben fest, dass der Automat alle Münzen wieder ausspuckte. Nach einigen erfolglosen Versuchen las Ben die Aufschrift über dem Münzschlitz. «Tabakkonsum erst ab 18 Jahren. Bitte fragen Sie unser Personal nach einem Jeton!», stand da in deutlicher Schrift. Ben fluchte leise vor sich hin. Da er schon hier war, entschied er sich, diese Zigaretten nun auch zu besorgen. Er drehte sich zur Tür, die in die Gaststube führte, und trat ein. Vereinzelt sassen ein paar Gäste vor einem Bier oder einem anderen Getränk und unterhielten sich oder lasen Zeitung. Im Hintergrund ertönte ein Radio. Die Einrichtung war einfach, wirkte aber gemütlich.

Ben bemerkte, wie ihn sowohl die Gäste als auch das Personal kurz musterten. Offenbar kannte man sich im Quartier, da fiel ein Fremder sofort auf. Schockiert stellte Ben fest, dass sich zwei uniformierte Polizisten unter den Gästen befanden. Auch sie drehten sich um. Ben wurde nervös. *Jetzt nur nichts Unüberlegtes tun!* Plötzlich dachte Ben an die Pistole, die er eingesteckt hatte. Ihm war klar, dass er den Polizisten nicht den Rücken zukehren durfte, denn sonst würden sie möglicherweise auf seine Ausbeulung unter dem Hemd aufmerksam werden. Bens Herz pochte. Zum ersten Mal, seit er seine Wohnung verlassen hatte, beschlich ihn der Gedanke, dass die Idee doch nicht so gut gewesen war. Ihm war aber auch klar, dass ein abrupter Rückzug zum jetzigen Zeitpunkt noch viel auffälliger gewesen wäre, deshalb zeigte er verlegen die Münzen in seiner Hand.

«Ich müsste so einen Jeton für den Zigarettenautomaten haben», erklärte er nervös.

Ein Gast ergriff sofort die Initiative.

«Marie, hier möchte jemand einen Jeton, um sich ein paar Sargnägel zu kaufen!», schrie er quer durch den Raum.

«Die sind im Glas, gleich neben den Nussstangen», ertönte es von der Theke her.

Der Gast zeigte Ben, wo er die ersehnten Jetons finden konnte. Ben bedankte sich mit einem leichten Nicken, nahm sich einen Jeton aus dem Glas und verliess die Gaststube wieder.

«Moment!», schrie einer der Polizisten.

Ben blieb wie angewurzelt stehen. Seine Sinne waren geschärft, er stellte sich innerlich darauf ein, beim kleinsten Konflikt seine Waffe zu ziehen. Er steckte das Wechselgeld wieder ein und senkte seine Hand ganz langsam, um seine Waffe schnell ziehen zu können. Der Polizist kam direkt auf Ben zu. Bens Finger fingen an zu zucken, er spürte, wie seine Anspannung wuchs. Verlegen lächelte er den Polizisten an, sagte aber nichts. Der Polizist drehte kurz vor Ben ab, beugte sich über den Tresen und hielt ihm eine Schachtel Streichhölzer vor die Nase.

«Wenn Sie sich schon Ihre Gesundheit ruinieren wollen, dann richtig. Und falls Sie mal gut essen möchten, dann kommen Sie hierher. Die Telefonnummer steht auf der Schachtel.» Der Polizist grinste ihn fröhlich an.

Ben fiel ein Stein vom Herzen. Er bedankte sich und verliess zügig die Gaststube. Ben zog sich ein Päckchen Marlboro Gold aus dem Automaten. Erst jetzt bemerkte er, dass er schwitzte. Die Sache mit dem Polizisten hatte ihn ganz schön mitgenommen. Ihm war klar, dass er von nun an in der Wohnung bleiben würde, egal was passierte. Plötzlich kam ihm der Computer wieder in den Sinn. Was, wenn Vajivalara in der Zwischenzeit versucht hatte, ihn zu erreichen? Eilig kehrte Ben in die Wohnung zurück. Im Lift und auf dem Gang begegnete er einigen Menschen, aber sie schienen auch dieses Mal keine Notiz von ihm zu nehmen.

Ben betrat wieder die kleine Wohnung, schloss ab und prüfte nervös, ob in der Zwischenzeit jemand angerufen hatte. Ben atmete entspannt auf, als er feststellte, dass dies nicht der Fall war. Nun konnte er in Ruhe rauchen. Ungeduldig zog er das Zellophan vom Päckchen ab. Er steckte sich eine Zigarette in den Mund und zündete sie an. Tief sog er den Rauch in die Lungen ein. Nach ein paar Zügen überkam Ben ein leichtes Schwindelgefühl. Er setzte sich hin und rauchte die Zigarette zu Ende. Sie tat ihm gut, er genoss es, wieder zu rauchen. Nachdem er die Zigarette im Spülbecken der Küche ausgedrückt hatte, legte er sich entspannt auf das Sofa. Ein Blick auf die Uhr verriet ihm, dass es gerade zwölf war. Ben versuchte, sich noch ein paar Momente der Ruhe zu gönnen. Mittlerweile hatte er sich an den grossen Aluminiumkoffer gewöhnt und beachtete ihn nicht mehr.

Die Ruhe währte nicht lange. Eine halbe Stunde später meldete sich wieder sein Computer. Ben sprang auf, setzte die Kopfhörer auf und nahm das Gespräch entgegen. Sein Gefühl sagte ihm, dass es jetzt so weit war. Jetzt würde er erfahren, was seine Aufgabe war.

«Hier Falke 1.»

«Bleiben Sie in der Leitung», befahl ihm Vajivalara kurz angebunden.

Gespannt horchte Ben, aber ausser einem steten Rauschen hörte er nichts. Nach einigen Momenten meldete sich Vajivalara wieder.

«Falken, ich begrüsse euch alle! Ich habe jetzt alle auf einer Leitung. Hört genau zu, ich werde euch nun meine Anweisungen für die bevorstehenden Aufgaben geben. Ich möchte, dass keiner von euch spricht, keiner antwortet mir, ausser ich verlange es, und keiner stellt Fragen. Alles, was ich euch jetzt sage, merkt ihr euch. Keiner schreibt sich irgendetwas auf.»

Ben griff wieder zu der Zigarettenpackung, klopfte eine Zigarette heraus und steckte sie sich in den Mund. Er zündete sie an und wartete. Er hatte ein flaues Gefühl im Magen. Plötzlich meldete sich Vajivalara wieder zu Wort.

«Falken, ihr habt alle heute Morgen von einem Kurier ein Paket bekommen. Ich möchte nun, dass ihr dieses Paket mit der Zahlenkombination 394712 öffnet. Aber keiner schaut schon hinein, ihr werdet jetzt erst einmal die Zahlenkombination einstellen und die Verschlüsse öffnen, mehr nicht!» Vajivalara machte eine Pause.

Ben wiederholte die Zahl leise, schob sich die brennende Zigarette in den Mundwinkel, drehte sich ab und stellte die Kombination im Zahlenschloss ein. Die Verschlüsse liessen sich öffnen. Ben nahm einen weiteren Zug und wartete.

«Muno, ich habe da ein Problem», meldete sich eine Stimme.

«Wer, verdammt noch mal, spricht da? Habe ich nicht gesagt, ihr sollt alle die Klappe halten?»

«Schon, aber meine Kombination funktioniert nicht», meldete sich dieselbe Stimme noch einmal.

«Seid ihr denn ein total verblödetes Pack? Hast du die richtige Kombination eingegeben?»

«Ja. 394710.»

«Bist du denn wahnsinnig? Hör doch genau hin, verdammt noch mal! 394712!» Vajivalara schrie. Die Anspannung war ihm deutlich anzumerken.

«Okay, alles gut, jetzt funktioniert es», bestätigte die Stimme verunsichert.

«Und von jetzt an haltet ihr eure Schnauze, ist das klar?» Vajivalara machte eine kleine Pause. «Nun öffnet ihr den Koffer ganz vorsichtig. Achtet darauf, dass ihr den Deckel, also den Teil, an dem die Handgriffe dran sind, öffnet. Los jetzt!»

Ben legte den Koffer hin. Erst jetzt bemerkte er, wie schwer dieses Ungetüm eigentlich war. Wie befohlen legte er den Koffer auf die Unterseite und hob den Deckel. Zu seinem Erstaunen war im Kofferinnern eine Kiste aus Aluminium. Der Kofferdeckel war mit Schaumstoff ausgekleidet. Einzig in der Mitte der Schaumstoffverkleidung befand sich eine rechteckige Aushöhlung. Ben betrachtete den Koffer etwas näher.

«Ich gehe davon aus, dass ihr das alle erledigt habt. Falls nicht, meldet euch mit einem kurzen ‹Stopp›, mehr nicht!»

Es blieb ruhig in der Leitung.

«Sehr gut. Die silberne Box vor euch ist absolutes Tabu! Keiner fasst sie an. Falls ihr das doch macht, fliegt ihr gleich in die Luft!»

Ben schluckte. Wie er es vermutet hatte, befand sich eine Bombe im Koffer. Respektvoll betrachtete er sich das silberne Gehäuse etwas näher, vermied es aber, das Ding anzufassen. Seine noch qualmende Zigarette liess ihn kurz aufschrecken. Sofort drückte er sie auf dem Tisch aus. Er achtete dabei darauf, dass sich kein Funke in das Kofferinnere verirrte.

«Nun möchte ich, dass ihr vorsichtig den rechten Rand der Box abtastet, bis ihr auf einen Schalter stösst. Aber noch nichts machen!»

Ben fing an, die Box abzutasten. *Welche Seite, von mir aus gesehen rechts oder von der gegenüberliegenden Seite aus?* Ben fing an zu schwitzen. Er bemerkte, wie seine Hand wieder anfing zu zittern. Erst ignorierte er es, denn er wollte bereit sein, wenn Vajivalara die nächsten Anweisungen gab. Doch das Zittern wurde immer stärker, bis Ben kurzentschlossen nach seinen Pillen griff und zwei herunterschluckte. Er beeilte sich dabei so, dass er eine Dose auf dem Boden verschüttete, aber das war ihm jetzt egal. Nachdem er die Tabletten runtergeschluckt hatte, fing er wieder an zu tasten. Da war er! Ganz deutlich zu spüren, eine Art Schalter. Ben verharrte mit seinem rechten Zeigefinger neben dem Schalter und wartete gebannt auf die nächsten Befehle.

«Nun möchte ich, dass ihr den Schalter umlegt, und zwar auf mein Zeichen. Ich zähle jetzt von drei runter und wenn ich null sage, dann kippt ihr den Schalter um. Drei, zwei, eins, null ...»

Ben kippte den Schalter. Sofort leuchtete eine LED-Anzeige auf. Viele aneinander gereihte Lämpchen, von denen eins nach dem anderen anfing zu leuchten, ergaben eine Art Strich. Am Anfang des Strichs waren die Lämpchen noch rot, dann wurden sie orange, gelb bis hin zu grün. Die beiden grünen Lämpchen flackerten immer nur stellenweise auf. Dieses Flackern erinnerte Ben ein wenig an einen digitalen Geigerzähler, der nukleare Strahlungen anzeigte. Plötzlich kam Ben ein schrecklicher Gedanke. *Und was, wenn sich im Innern dieser Box Uran befindet? Ich wäre sicher bereits verstrahlt.* Instinktiv suchte Ben die Box nach undichten Stellen ab. Es war aber nichts zu erkennen.

«Wie ich auf meinem Monitor erkennen kann, habt ihre alle die Box ordnungsgemäss eingeschaltet», meldete sich Vajivalara wieder.

Wieso kann er das sehen? Heisst das, er steuert den Koffer von seinem Laptop aus? Zumindest bekommt er ein Signal von jedem Koffer, so viel steht fest! Ben war nicht glücklich über die Tatsache, dass Vajivalara über eine Art Fernsteuerung verfügte, denn das bedeutete zwangsläufig, dass er es nicht mehr selber in der Hand hatte, rechtzeitig genügend Abstand zwischen sich und die Bombe zu bekommen, bevor sie explodieren würde. Ben wurde unruhig, er hatte das Gefühl, die Kontrolle zu verlieren. Er fing noch stärker an zu schwitzen.

«Jetzt möchte ich euch davon in Kenntnis setzen, um was für eine Bombe es sich handelt», fuhr Vajivalara unbeirrt fort. «Aber bevor ich das tue, möchte ich euch noch mitteilen, dass die Bombe nun scharf ist und nicht mehr ausgeschaltet werden kann. Unter keinen Umständen! Diese Bombe, die ihr da vor euch habt, ist ein hochexplosiver Sprengsatz, angereichert mit radioaktivem Material. Es ist ein Wunderwerk unserer Techniker und es ist ihnen zu verdanken, dass wir schon in wenigen Stunden einen wichtigen Sieg im heiligen Krieg erringen werden! Und ihr alle werdet als Helden hervorstechen, Allah wird es euch auf ewig danken.» Vajivalara hörte sich an, als ob ihm diese Worte sogar Vergnügen bereiteten. «Das radioaktive Material ist sicher in der Box verwahrt und, solange ihr sorgfältig mit dem Koffer umgeht, kann euch nichts passieren.»

Aber Ben liess sich nicht täuschen. Er wusste, dass er gerade dabei war, sich selber zu verstrahlen. Warum auch sollte sich der «Reine Glauben» die Mühe machen, seine Kämpfer vor der austretenden Radioaktivität zu schützen, wenn man sie sowieso alle mit der Bombe hochgehen lassen wollte. Er wusste nur zu gut, um was für eine Art Bombe es sich handelte. Als er noch in der Armee war, taufte man diese Art von Sprengsätzen «Schmutzige Bomben», weil sie mit radioaktivem Material angereichert waren. Damals waren die Terroristen noch nicht so weit gewesen, Atombomben zu bauen. In Ben kam ein Gefühl der Panik hoch. *Habe ich vielleicht sogar eine Atombombe in diesem Koffer?* Ihm wurde klar, dass es kein Zurück mehr gab. Ben versuchte, sich wieder zu beruhigen. Er redete sich ein, einen Weg zu finden, wie er schnell von der Bombe wegkommen könnte, kaum hätte er sie platziert. Und vielleicht stimmte ja die Behauptung von Vajivalara, dass das radioaktive Material sicher in der Box verwahrt war.

«Ich komme nun zum nächsten Schritt», fuhr Vajivalara fort. «Im Kofferdeckel seht ihr im Schaumstoff eine Aushöhlung. An der linken Seite dieser Aushöhlung findet ihr zwei Kabel. Ein gelbes und ein blaues. Ich möchte nun, dass ihr euren Laptop vom Netzkabel nehmt, zusammenklappt und in diese Aushöhlung reinlegt. Er wird genau hineinpassen. Anschliessend steckt ihr das gelbe Kabel an den Netzstecker des Computers. Im Koffer befindet sich ein Akku, der den Computer zusätzlich mit Strom versorgt. Das blaue Kabel steckt ihr in den dafür vorgesehenen USB-Anschluss. Nun klappt ihr den Bildschirm des Computers wieder auf. Ihr werdet feststellen, dass ein Programm starten wird. Falls dem nicht so ist, ruft ihr unverzüglich ‹Stopp›!» Er machte eine Pause.

Ben folgte den Anweisungen und wie vorausgesagt startete ein Programm, kaum hatte er das USB-Kabel mit dem Computer verbunden.

«Falke 4, was ist mit Ihnen? Ich erkenne, dass Ihr Computer das Programm noch nicht am hochladen ist. Beeilen Sie sich, verdammt noch mal!», fluchte Vajivalara laut.

«Ah, es geht ja!», fuhr Vajivalara nach einer Pause fort. «Nun sind wir schon fast fertig. Ihr habt heute Morgen vom Kurier noch ein Headset, also eine schnurlose Telefonsprecheinrichtung bekommen. Ich möchte als Nächstes, dass ihr dieses einschaltet und überprüft, ob es mit dem Laptop kommuniziert. Im anschliessend auftauchenden Fenster klickt ihr ‹OK›. Falls dem nicht so ist, meldet euch mit einem deutlichen ‹Stopp›!»

Ben nahm das Headset, drückte einen Knopf und wartete gespannt. Das kleine Gerät fing an zu blinken und wenige Momente später zeigte sein Computer an, dass er das Gerät erkannte. Er klickte auf «Ok».

«Bravo, Sie sind schnell, Falke 1. Ich habe es auch nicht anders von Ihnen erwartet. Und der zweite Rang geht an Falke 6, dritter wird Falke 2 und so weiter und so fort», gluckste Vajivalara fröhlich. Ihm schien diese ganze Sache Spass zu machen.

Plötzlich schoss Ben ein Gedanke durch den Kopf. *Was hat er eben gesagt? Falke 6, Falke 2 und so weiter und so fort? Das heisst, mindestens zwei weitere Falken haben auch so eine Bombe, wahrscheinlich noch mehr.*

«Wunderbar! Nun gilt es noch, den letzten gemeinsamen Schritt zu machen. Steckt eure Kopfhörer, die ihr bisher verwendet habt, aus und steckt euch dafür das Bluetooth-Headset ans linke Ohr. Wenn alles klappt, solltet ihr mich jetzt auf dieser Sprecheinrichtung hören.»

Ben stülpte sich das kleine Ding ans Ohr und zog das Kabel von seinen Kopfhörern aus. Er vernahm nur ein Rauschen. Plötzlich meldete sich Vajivalara.

«Ich hoffe, ihr könnt mich jetzt alle gut hören?» Er wartete einen Moment. «Wunderbar, ich höre kein ‹Stopp›, somit gehe ich davon aus, dass alles geklappt hat. Nun könnt ihr den Koffer vorsichtig schliessen. Ich werde in der Zwischenzeit den Konferenzmodus ausschalten und mich individuell melden. Vorsicht! Schaltet auf gar keinen Fall irgendein Gerät aus, von nun an müsst ihr immer online bleiben. Egal, was passiert! Aber bevor ich die Konferenz beende, möchte ich noch mit euch zusammen beten. Lasst mich Vers 179 aus dem siebten Buch zitieren, der mir passend zu unserer Aufgabe scheint. Ich habe mir erlaubt, diesen Vers etwas zu kürzen, weil mein Englisch nicht für den ganzen ausreicht: Wir haben viele der Menschen erschaffen, deren Ende die Hölle sein wird! Sie haben Herzen, und sie verstehen nicht; sie haben Augen und sie sehen nicht; sie haben Ohren und sie hören nicht. Sie sind wie das Vieh; ja sie sind weit ärger abgeirrt. Sie sind fürwahr unbedacht! Allah ist gross!» Er machte eine kurze Pause, bevor er weitersprach. «Meine sechs heiligen Krieger, wir werden ihnen so grossen Schaden zufügen, dass ihre Säulen der Wirtschaft unter der Last ihrer steten Sünden einknicken werden. Allah ist mächtig, Allah ist gross! »

Alle ausser Ben stimmten ein.

«Allah ist mächtig, Allah ist gross!»

Ben schüttelte verständnislos den Kopf, schloss vorsichtig den Koffer und stellte ihn auf seine kleinen Räder, die sich auf der Unterseite befanden.

«Falke 1, können Sie mich verstehen?»

«Ja, ich verstehe Sie, Muno.»

«Sehr gut. Im Moment können nur Sie mich hören. Ich werde Ihnen nun jeden einzelnen Schritt angeben, den Sie sofort umsetzen müssen. Ich werde Ihnen nicht sagen, wo Ihr Ziel ist und ich werde Ihnen auch nicht verraten, wann der Zeitpunkt der Zündung sein wird. Sie werden alle wichtigen

Schritte einzeln und früh genug von mir erfahren, haben Sie das verstanden?»

Ben wischte sich den kalten Schweiss von der Stirn.

«Alles klar.»

«Sehr gut. Falke 1, verlassen Sie die Wohnung und gehen Sie Richtung Hauptstrasse. Ich sehe hier auf meinem Monitor, wann Sie da sind, dann bekommen Sie Ihre nächsten Anweisungen. Ich werde inzwischen die anderen Falken auf ihre Mission schicken. Ich wünsche Ihnen gutes Gelingen!»

Hastig steckte Ben seine Pistole, die Zigaretten und seine Pillendosen ein. Nachdenklich zog er den Henkel am Koffer aus und zog den Koffer zur Tür. Vor der Tür holte er noch einmal tief Luft. Er öffnete sie und verliess die Wohnung. Er schloss nicht ab, denn ihm war klar, dass er nicht zurückkehren würde.

Kapitel 19: Schweiz, Bern, Dienstag, 7. Juli, 12:43

Die Neonbeleuchtung hüllte den grossen Raum in ein kahles Weiss. Es herrschte grosse Hektik in der PRIOS-Kommandozentrale, einem Raum voller modernster Technik. Jeder Computer war besetzt, jede neue Meldung sowie strategisch wichtige Schritte wurden auf eine grosse Leinwand gebeamt. Trotz der Hektik und der enormen Anspannung war die Stimmung nicht chaotisch. Das Zusammenspiel zwischen den PRIOS-Agenten, den IT-Spezialisten, den beiden Bundesräten Roth und Oser, der Polizei und dem Militär funktionierte perfekt. Wann immer jemand eine neue, wichtige Meldung zu machen hatte, rief er «Input!» in die Runde und sofort wurde die neue Erkenntnis an die grosse Leinwand weitergegeben. Auf der Leinwand prangten bereits die Fotos von Ben Pecks und Jermahl Vajivalara neben vielen anderen Informationen. Trotzig blickten die zwei von der Wand in den Raum hinunter. Ganz vorne, direkt vor der Leinwand, sassen die Führungskräfte: die ranghöchsten Agenten, der Bundesrat und die Kommandanten der Polizei und der Armee. Dahinter sassen alle anderen Beteiligten, an langen Tischen mit vielen Computern, Telefonen und anderen technischen Geräten. Jeder hatte einen Computer vor sich und trug Kopfhörer mit einem Mikrofon daran. Denis sass zwischen Sophie Keller und Pascal Weber und verfolgte gebannt am Bildschirm die neusten Entwicklungen. Er biss beiläufig in sein Sandwich, ohne den Monitor aus den Augen zu lassen. Es war viertel vor eins. Eric Busson, der per Lautsprecher in die Zentrale übertragen wurde, hatte soeben verkündet, dass das Datenaufkommen im Netz enorm war und sie die Impulse zurückverfolgten. Zum Erstaunen aller gab es Bewegungen in der Schweiz, in Deutschland und in England, was die Führung der Zentrale veranlasste, die betroffenen

Länder umgehend über die Terrorgefahr zu informieren. Das ANGUS-Programm wurde stetig mit Informationen gefüttert, anscheinend herrschte reger Kontakt unter den Terroristen vom «Reinen Glauben». Sophies Hauptaufgabe war es, die Gespräche zu entschlüsseln und die wichtigsten Stichworte sofort in das zentrale Computersystem einzugeben, damit jeder darauf zugreifen konnte. Die wichtigsten Begriffe, die sie entziffern konnte, waren «Bombe», «Anschläge» und «Falken». Zudem konnte sie Teile eines Gebetes und Anweisungen für den Bau einer Bombe heraushören.

Wie von Denis vermutet, schienen sich die Terroristen in Sicherheit zu wähnen, sie redeten frei drauflos. Ein Umstand, der PRIOS nun einen Vorteil verschaffte, denn so war die Chance gross, ihrem Plan auf die Schliche zu kommen. Bussons Mikado-Programm trug seinen Teil dazu bei, denn dank ihm konnte man die Quellen der Gespräche immer genauer definieren. Falls die Terroristen noch länger online blieben, war es nur noch eine Frage der Zeit, bis man fast auf den Meter genau sagen konnte, wo sich die Anhänger des «Reinen Glaubens» befanden. Trotzdem war Denis klar, dass sie enorm unter Zeitdruck standen, denn es war offensichtlich, dass die Extremisten ihre Anschlagsserie eingeleitet hatten.

Sophie hob kurz ihre Hand und schrie: «Input!» Sofort vertiefte sie sich wieder in ihren Computer und gab ein paar Befehle ein. Sie leistete wirklich grossartige Arbeit, innert kürzester Zeit decodierte sie unglaublich viel Datenmaterial. Sie schien in ihrem Element zu sein. Denis drehte seinen Kopf zu Sophie.

«Was hast du Neues?»

«Gerade eben habe ich entziffert, dass ein gewisser Muno seine Falken ausschwärmen liess. Ich vermute, dass die Terroristen mit ihren Bomben auf dem Weg zu ihren Zielen sind.» Sie erklärte, ohne ihre Augen vom Monitor zu nehmen.

Denis' Herz fing an zu rasen.

«Das bedeutet, dass wir nicht mehr viel Zeit haben.» Er drückte einen Knopf vor sich, um sich in die Standleitung von Busson einzuklinken. «Eric, bewegen sich deine Impulse? Nach unseren neusten Informationen sind die Terroristen bereits unterwegs!»

«Ich habe die Informationen gerade an meinem Bildschirm gesehen. Nein, Denis. Mein Programm ist noch am Rechnen. Der Radius verkleinert sich zwar von Minute zu Minute, aber noch ist es zu unsicher, eine Prognose über den Standort der Terroristen zu wagen, das wäre unvernünftig.»

Denis schlug mit der Faust auf den Tisch. *Was haben diese Scheisskerle nur vor? Wo gehen sie hin? Was sind ihre Ziele?* Verzweiflung machte sich in Denis breit. Er hasste dieses Gefühl der Ohnmacht, einfach dazusitzen und nichts tun zu können.

«Denis, entspanne dich. Wir werden sie schon kriegen», beruhigte ihn Pascal.

Denis strafte Pascal mit einem bösen Blick.

«Ah ja? Wenn die Terroristen gleich neben deinen Eltern eine Bombe platzieren würden, oder sich zufällig gerade ein anderer Verwandter von dir in der Nähe der Bombe befände, würdest du dich dann immer noch so gut entspannen, wie du es offenbar gerade tust?»

«Ich wollte dir nur klarmachen, dass es niemandem hier drin etwas bringt, wenn du alle nervös machst.»

«Nervös machen? Ich mache also alle nervös!»

«Jungs, bitte! Beruhigt euch! Ich kann mich nicht konzentrieren!», mischte sich Sophie ein, die unfreiwillig zwischen den Fronten sass. Plötzlich spitzte sie ihren Mund und kniff die Augen zusammen. Ihr Gesichtsausdruck verriet, dass sie irgendetwas irritierte. Denis reckte seinen Hals und starrte auf ihren Bildschirm, Pascal tat es ihm gleich. Doch Denis konnte aus all den Zeichen nichts herauslesen. Für ihn war es nur ein Zahlensalat.

«Was ist interessant?», fragte er Sophie neugierig.

Sophie zeigte auf einige Begriffe auf dem Monitor.

«Ich habe mir mal die Mühe gemacht, die Begriffe, die ich in älteren Protokollen gefunden habe, mit den jetzigen zu vergleichen. Mir fällt auf, dass das Wort ‹Kapitalismus› immer und immer wieder auftaucht.» Sie drehte sich zu Denis. «Vielleicht bringt uns das ja weiter?»

Denis dachte einen Moment über die Worte von Sophie nach. Dann schüttelte er den Kopf.

«Terroristen sind immer gegen den Kapitalismus. Sie verhöhnen alles, was mit Wirtschaft, Wachstum und Geld zu tun hat. Darum haben sie auch so viel Zuspruch in der Bevölkerung, denn wenn etwas gegen die Reichen geht, kann man sich schnell dafür begeistern, solange man nichts hat.»

Denis wurde in seiner Ausführung abrupt unterbrochen. Maximilian Frech tippte ihm von hinten auf die Schulter. Er beugte sich weit vor, sodass er seinen Kopf zwischen das Trio stecken konnte.

«Ich habe da ein Problem: Dieser Shrimesha ist hier und möchte über den neusten Stand informiert werden.» Die Nachricht schien ihm unangenehm zu sein, denn er flüsterte.

Denis blickte Pascal fragend an. Sophie drehte sich zu Frech.

«Wer ist dieser Shrimesha?»

«Bendail Shrimesha ist der Chef des pakistanischen Geheimdienstes.» Frech drehte seinen Kopf wieder zu Denis. «Ich möchte aber nicht, dass er alle Details von uns brühwarm serviert bekommt. Können Sie sich um ihn kümmern?»

Denis verzog das Gesicht.

«Ich muss hier stets in Verbindung mit Eric Busson bleiben, ich kann meinen Posten nicht verlassen. Warum lassen Sie ihn nicht einfach draussen warten?»

«Das geht nicht. Geheimdienste sind dazu verpflichtet, zusammenzuarbeiten. Sie müssen Ihren Posten auch nicht verlassen, ich möchte nur, dass er ein bisschen abgelenkt wird. Irgendwie traue ich diesem Kerl nicht und ich bin davon überzeugt, dass er uns auch nicht alle Informationen zum ‹Reinen Glauben› geliefert hat, über die er verfügt.»

Denis zog seine Schultern hoch und deutete auf den Monitor.

«Aber ich kann hier nicht weg! Die Situation ist zu angespannt, die Terroristen sind bereits unterwegs. Mit Bomben!»

«Oh, Mann!», seufzte Sophie, die sich in der Zwischenzeit wieder ihrem Programm gewidmet hatte.

«Was ist?», fragte Frech erschrocken. Er schien zu spüren, dass Sophie keine guten Nachrichten hatte.

Sie streckte sofort ihre Hand und schrie wieder: «Input!»

«Was ist?», hakte Frech ungeduldig nach.

Sophie blickte mit grossen Augen in die Runde.

«Soeben hat das Programm die Begriffe ‹radioaktives Material› und ‹Uran› ausgespuckt.»

Frech starrte Sophie mit offenem Mund an.

«Sind Sie sicher?», vergewisserte er sich.

Denis' Herz raste. Er konnte nicht glauben, was er da hörte! *Haben die Terroristen gar eine Atombombe?* Ihm rutschte ein «Scheisse noch mal! Diese Bastarde!» heraus. Wie es aussah, traf er mit seiner Äusserung genau die Stimmung, alle nickten nachdenklich. Frech stand sofort aus seiner gebückten Haltung auf und schrie in den Raum.

«Alle sofort herhören. Wie Sie an der Leinwand erkennen können, hat das ANGUS-Programm gerade die Begriffe ‹radioaktives Material› und ‹Uran› entziffert. Die Wahrscheinlichkeit, dass unsere Terroristen einen nuklearen Angriff vorhaben, ist also gerade gestiegen. Informieren Sie sofort unsere Spezialisten für atomare Schutzmassnahmen. Ich erwarte, dass Sie Ihr Bestes geben! Wir befinden uns in grösster Gefahr! Die Schweiz befindet sich in grösster Gefahr! Ganz Europa!» Frech drehte sich nochmals schnell zu Denis und zeigte mit dem Finger auf ihn. «Kümmern Sie sich um Shrimesha. Er kann von mir aus hier drin sein, aber er darf nicht aktiv werden.» Kaum hatte er den Befehl ausgesprochen, eilte er zum Führungstisch zurück.

Die Aufregung über die neuste Erkenntnis war gross, die Hektik wuchs. Denis schüttelte genervt den Kopf.

«Ich habe keine Lust, mich um diesen Typen zu kümmern. Ich habe hier Wichtigeres zu tun, verdammt noch mal!», fluchte er in seinen Computer. Er rollte mit seinem Bürostuhl ein Stück zurück und blickte zur grossen Glasfront am Ende des Raumes. Er erkannte einen kleineren Mann mit dunkler Hautfarbe, der interessiert durchs Glas schaute.

«Okay, ich machs», meldete sich Pascal mit einem Seufzer zu Wort. Er stand auf.

Denis schickte ihm ein anerkennendes Lächeln.

«Danke, das ist lieb von dir.»

Pascal zog eine Grimasse.

«Aber ich bringe ihn hierher, das heisst, er ist nicht nur mein Problem.»

Denis zeigte mit dem Daumen nach oben.

«Wir teilen uns die Arbeit.» Kaum hatte er dieses Versprechen ausgesprochen, rollte er wieder an seinen Computer heran, um sich über die neusten Entwicklungen zu erkundigen. Nervös tippte er mit seinen Fingern auf den Tisch. Wieder drückte er einen Knopf, um mit Busson Kontakt aufzunehmen.

«Eric?»

«Was ist, Denis, ich bin hier ziemlich im Stress.»

«Wollte nachfragen, ob du schon Neues für mich hast?»

«Nein, Denis. Du, es bringt auch nichts, wenn du mich alle fünf Minuten fragst. Sobald ich neue Informationen habe, melde ich mich, dann kannst du mich wieder auf Lautsprecher stellen und ich verkünde sie. So wie wir das bisher auch immer gemacht haben.» Busson klang etwas entnervt.

Denis plagte ein leichtes Schuldgefühl, er wollte ihn ablenken.

«Sag mal, arbeitest du eigentlich von deinem Krankenbett aus?»

Der Trick funktionierte. Bussons Laune besserte sich sofort.

«Das solltest du mal sehen, Denis. Ich habe mir hier an meinem Krankenbett eine richtige Kommandozentrale einrichten lassen. Der Raum ist vollgestopft mit Computern und

Leuten, die mir helfen. So habe ich mir das immer vorgestellt, vom Bett aus arbeiten zu können. Zudem dröhnen mich die Ärzte ständig mit irgendwelchen Medikamenten voll, damit ich meine schmerzenden Beine nicht spüre. Ich glaube, wenn ich in diesem Zustand in eine Personenkontrolle bei meinen Kollegen geraten würde, würden die mich wegen Verstosses gegen das Betäubungsmittelgesetz lebenslang hinter Gitter bringen.» Busson fing an zu lachen.

«Siehst du, so hat alles sein Gutes! Also, du meldest dich, sobald du diese Kerle besser lokalisieren kannst, okay?»

«Versprochen, mein Junge!»

Denis klinkte sich gerade aus der Leitung, als Pascal mit diesem dunklen, kleinen Mann zum Tisch kam.

«Denis, darf ich dir den Chef des pakistanischen Geheimdienstes vorstellen?», eröffnete er das Gespräch in perfektem Englisch. Er deutete auf den Mann. «Das ist Herr Bendail Shrimesha. Herr Shrimesha, das ist Denis Benz, einer unserer besten Agenten.»

Denis stand kurz auf und reichte ihm die Hand.

«Guten Tag, Herr Benz.» Shrimesha schenkte ihm ein kleines Lächeln. Dann richtete er seinen Blick zu Sophie.

Pascal verstand den Wink und stellte Sophie vor.

«Und das ist Sophie Keller, eine unserer Programmiererinnen und Verantwortliche für unser ANGUS-Programm.»

Sophie nahm von Shrimesha keine Notiz, sie war zu sehr mit ihrem Computer beschäftigt. Shrimeshas Gesichtsausdruck wurde plötzlich ernst.

«ANGUS-Programm? Ich dachte, die Terroristen hätten es zerstört?»

«Sie dachten, sie hätten es zerstört, aber dank unserer Frau Keller läuft es wieder», erklärte Denis nicht ohne Stolz. Er setzte sich wieder. «Zudem verfügen wir über ein Programm von unseren französischen Kollegen, das es uns in Kürze ermöglichen wird, diese Bastarde metergenau zu lokalisieren. Ich bin davon überzeugt, dass es nicht mehr lange dauern wird, bis wir diese Terroristen dingfest gemacht haben.»

«Hauptsache, wir kriegen sie, bevor sie eine ihrer Nuklearbomben hochgehen lassen!», ergänzte Pascal. Er rollte einen Stuhl heran und deutete Shrimesha an, dass er sich setzen konnte. Doch er blieb stehen.

«Nuklearbombe?»

«Ja, wir meinen zu wissen, dass sie über eine Bombe verfügen, die mit radioaktivem Material versehen ist», erklärte Denis.

Shrimeshas Gesichtsausdruck wurde immer besorgter. Er schaute sich nervös um und blieb mit seinem Blick beim Führungstisch hängen.

«Und warum kann ich mich nicht dahin setzen?» Er zeigte zum Tisch mit Frech, den hohen Militärs und den beiden Bundesräten.

Pascal errötete leicht.

«Ich denke, hier haben Sie einen besseren Überblick, denn an unseren Computern kommen alle Nachrichten zusammen.»

Shrimesha schien von der Idee, beim Personal Platz nehmen zu müssen, überhaupt nicht angetan zu sein. Sein Gesichtsausdruck verriet, dass er sich über diesen Vorschlag ärgerte. Er schaute sich im Raum um.

«Ich glaube, ich kann mit meiner Erfahrung und meinem Wissen eine grosse Hilfe sein. Zudem geht diese ganze Geschichte auch mein Volk etwas an, was mir, mit Verlaub, sicher eine wichtige Position in diesem Raum verschaffen müsste. Gibt es hier einen Computer, den ich benutzen könnte?» Er dachte einen Moment lang nach. «Oder noch besser: Ich habe meinen eigenen Computer dabei. Wo kann ich mich einklinken?» Fordernd starrte er Pascal an, der offensichtlich mit dieser Frage etwas überfordert war.

«Ich werde das gerne für Sie abklären. Ich fürchte aber, dass es nicht so einfach wird, einen fremden Computer an unser System zu hängen, unsere Sicherheitsbestimmungen sind sehr streng.»

«Unsere auch», bemerkte Shrimesha spitz.

Denis wandte sich ab und verdrehte die Augen. Der Typ war ihm nicht sympathisch.

«Und wenn Sie gerade abklären, ob und wo ich meinen Computer anhängen kann, klären Sie bitte noch ab, warum ich nicht da vorne beim Führungstisch sitzen kann. Schliesslich bin ich nicht irgendein Mitarbeiter zweiter Klasse, sondern der Chef des pakistanischen Geheimdienstes. Mein Platz ist da vorne.» Shrimesha verschränkte demonstrativ die Arme und blickte Pascal fordernd an.

Trotz der angespannten Lage huschte Denis ein kleines Lächeln über die Lippen. Er war gerade heilfroh, dass er sich nicht um diesen Typen kümmern musste. Pascal nickte Shrimesha leicht säuerlich zu und eilte zum Führungstisch. Denis beschäftigte sich sofort mit seinem Computer, um sich nicht mit Shrimesha unterhalten zu müssen, doch der Trick funktionierte nicht. Shrimesha trat etwas näher an Denis heran und blickte ihm frech über die Schulter, um den Monitor zu inspizieren.

«Was ist Ihre Aufgabe?», fragte er emotionslos und kurz angebunden.

Denis tippte ein paar Befehle in den Computer ein.

«Ich bin hauptsächlich für die Koordination mit unseren französischen Kollegen zuständig.»

«Ich verstehe. Das sind die mit dem Lokalisierungsprogramm. Und, haben Sie schon wichtige Neuigkeiten? Wissen Sie, wo sich die Terroristen befinden?»

Shrimeshas aufdringliche Art ging Denis auf die Nerven. Hilfesuchend blickte er zum Führungstisch, um den Verbleib von Pascal zu prüfen. Doch dieser schien noch in ein intensives Gespräch mit Maximilian Frech vertieft zu sein. Denis drehte sich zu Shrimesha.

«Im Moment haben wir keine grossartigen Erkenntnisse. Wir wissen nur, dass sich mindestens zwei der Terroristen in der Schweiz befinden und dass sie ihre Aktion bereits gestartet haben. Mehr wissen wir noch nicht.»

Sophie schickte Denis einen fragenden Blick. Denis verschwieg Shrimesha, dass sie auch von den Signalen in England und Deutschland wussten. Er wollte diesen Mann mit so wenigen Informationen versorgen wie nur möglich. Er ignorierte den Blick von Sophie und wandte sich wieder seinem Computer zu. In der Zwischenzeit kam Pascal zum Tisch zurückgeeilt.

«Herr Shrimesha, ich habe Ihr Anliegen vorgetragen. Leider ist es nicht möglich, einen externen Computer anzuhängen, wir können Ihnen aber einen zur Verfügung stellen.» Pascal zeigte auf eine Lücke auf der anderen Seite des Raumes.

Shrimesha winkte arrogant ab.

«Ich kümmere mich selber darum.» Kaum hatte er die Worte ausgesprochen, drehte er sich ab und ging in Richtung Führungstisch.

Pascal blickte Denis verwirrt an. Denis ergriff die Initiative und stand auf.

«Pascal, übernimm du mal für einen Moment die Überwachung der Verbindung zu Busson. Ich kümmere mich um unseren Spezialgast.»

Pascal liess sich nicht zweimal bitten. Er besetzte sofort Denis' Platz. Denis lief eilig zum Führungstisch. An den verdutzten Gesichtern der hohen Militärs und der anderen Personen, die am Tisch sassen, erkannte Denis, dass Shrimesha offenbar seine Führungsposition in dieser Sache bereits geltend gemacht hatte. Denis stellte sich dazu und versuchte, so unauffällig wie möglich zu wirken. Er beantwortete den strengen Blick von Frech mit einem Schulterzucken und einer Geste, die seinen Chef erkennen liess, dass sich Shrimesha selbstständig gemacht hatte.

«Ich möchte zum Ausdruck bringen, dass ich es als skandalös und arrogant empfinde, mir Informationen vorzuenthalten», verkündete Shrimesha gerade.

Bundesrat Oser drehte sich zu Frech.

«Herr Frech, wer ist dieser Mann?»

«Das ist Bendail Shrimesha, Chef vom pakistanischen Geheimdienst.»

«Nicht einmal vorgestellt wurde ich!», empörte sich Shrimesha.

Denis hielt sich bewusst zurück und wartete die Signale von Frech ab.

«Ich verlange, dass ich auf den neusten Informationsstand gebracht werde», monierte Shrimesha.

Frech zeigte auf Denis.

«Aber ich habe Ihnen doch extra einen Mann zur Seite gestellt, der Sie betreut.»

«Ich brauche keinen Betreuer und schon gar nicht einen Babysitter. Ich bin der Chef des pakistanischen Geheimdienstes und ich verlange, mit meinesgleichen zusammengesetzt zu werden!»

Denis erkannte an dem verblüfften Gesicht von Bundesrat Oser, dass er sich nicht sicher war, ob dieser Mann sein Anliegen ernst meinte. Frech wurde immer röter, aber nicht aus Scham, sondern aus Wut. Denis kannte diesen Ausdruck. Er erwartete jeden Moment einen Ausbruch seines Chefs. Frech erhob sich von seinem Platz und fixierte Shrimesha mit seinen Augen. Es war ihm deutlich anzusehen, dass er sehr angespannt war.

«Herr Shrimesha, ich bitte Sie, meine Nerven nicht zu sehr zu strapazieren. Wir befinden uns gerade in einer Krisensituation und haben im Moment weitaus grössere Probleme, als Ihre Position in dieser Geschichte zu diskutieren. Ich habe Ihnen Herrn Benz zur Seite gestellt und damit meinen guten Willen Ihnen gegenüber signalisiert. Wenn Sie damit nicht zufrieden sind, dann muss ich Sie bitten, die PRIOS-Räumlichkeiten zu verlassen.» Er blickte Shrimesha an, ohne zu blinzeln.

Der kleine Mann fühlte sich offenbar noch mehr provoziert, was ihn dazu veranlasste, seine Brust etwas aufzuplustern.

«Sie wissen ja gar nicht, was Sie sich mit Ihrer arroganten Haltung für Probleme einhandeln!» Er hob drohend seinen

Finger. «Das wird Konsequenzen haben, und zwar bis in die oberste politische Stufe meines Landes. Und ich versichere Ihnen, Ihrem Minister wird das auch nicht gefallen.» Drohend liess er seine dunklen Kulleraugen in der Runde kreisen.

Frech deutete auf Bundesrat Oser und Bundesrat Roth.

«Bitte, tun Sie sich keinen Zwang an. Sie können Ihre Beschwerde gleich hier sogar an zwei Minister richten. Darf ich Ihnen Bundesrat Oser und Bundesrat Roth vorstellen?»

Verblüfft blickte Shrimesha die beiden Bundesräte an. Er war sprachlos. Bundesrat Roth ergriff nun das Wort.

«Meine Herren, ich möchte Sie darauf hinweisen, dass wir uns gegenwärtig in einer Krisensituation befinden. Wir haben die höchste Sicherheitsstufe unseres Landes ausgerufen, weil gerade mehrere Terroristen Anschläge gegen unser Volk verüben wollen. Gerade eben haben wir erfahren, dass es sich dabei um Bomben mit radioaktivem Material handeln könnte. Herr Shrimesha, wir haben im Moment keine Zeit, uns mit diplomatischen Fragen auseinanderzusetzen. Ich möchte aber in aller Deutlichkeit zum Ausdruck bringen, dass Sie hier in der Schweiz und bei PRIOS lediglich über ein Gastrecht verfügen und in keinster Weise Ansprüche geltend machen können. Wenn unser Leiter der Abteilung PRIOS entscheidet, dass Sie kein Mitspracherecht haben, dann haben wir das alle zu akzeptieren. Langer Rede kurzer Sinn: Entweder Sie nehmen das Angebot, sich von Herrn Benz betreuen zu lassen, an oder ich sehe mich gezwungen, Sie aus den Räumlichkeiten hier zu verweisen.»

Alle am Tisch blickten Shrimesha an. Dieser überlegte einen Moment und nickte, um sein Einverständnis zu signalisieren. Sein Gesichtsausdruck verriet, dass er sich schwer gekränkt fühlte. Er drehte auf seinem Absatz um und kehrte zu Pascal zurück. Denis folgte ihm wortlos. Kaum war Shrimesha bei Pascal angekommen, tippte er ihm grob auf die Schulter.

«Wo ist dieser Computer, den ich benutzen kann?»

Pascal deutete auf einen freien Computer. Shrimesha ging, ohne sich zu bedanken.

«Was ist denn mit dem los?», fragte Pascal erstaunt.

Denis grinste.

«Sagen wir es mal so: Er hat gerade vom Bundesrat eine Abreibung erhalten, die für ganz Pakistan ausreichen würde.»

Pascal blickte ihm kurz nach.

«So wie sich der hier aufgeführt hat, gönne ich ihm das auch.» Er stand auf und gab Denis seinen Platz zurück.

Denis liess sich in den Stuhl fallen, rollte an den Computer heran und setzte die Kopfhörer auf.

«Hat sich bei Busson etwas getan?», fragte er Pascal, ohne seine Augen vom Bildschirm zu nehmen.

«Nein, es blieb ruhig.»

Denis verzog das Gesicht.

«Oh Mann, ich hoffe, er kann diese Terroristen bald lokalisieren!» Denis drehte sich zu Sophie. «Und bei dir? Irgendwelche Neuigkeiten?»

Sophie schüttelte den Kopf, während sie wild auf die Tastatur hämmerte.

«Nein, hab noch nichts Brauchbares. Aber was mich erstaunt, ist, dass seit halb eins ein reger Austausch im Netz stattfindet. Wenn ich es nicht besser wüsste, würde ich behaupten, dass die Terroristen eine Art Internettelefonkonferenz abhalten.»

«Das ist doch gut, oder? Somit steigen unsere Chancen, dass sie etwas preisgeben, was nützlich für uns ist. Sie gehen ja noch immer davon aus, dass wir sie nicht mehr abhören können!»

Sophie machte einen leicht verzweifelten Gesichtsausdruck.

«Ich gebe mein Bestes!»

Plötzlich meldete sich Busson auf Denis' Kopfhörer.

«Denis, stell mich sofort auf Lautsprecher!»

Denis' Herz fing an schneller zu schlagen. Er hob seine Hand und schrie: «Input!» Danach drückte er den roten Knopf vor sich, der Busson auf die Lautsprecheranlage schaltete.

«Du kannst jetzt sprechen, Eric», wies ihn Denis an. Auch seine Stimme war im ganzen Raum zu hören.

«Meine Herren!», eröffnete Busson das Gespräch. Seine Stimme hallte im ganzen Raum.

Alle hielten einen Moment inne und horchten gespannt.

«Wir konnten die Gespräche und deren Inputs lokalisieren. Das Mikado-Programm stellt Impulse von den Städten London, Frankfurt, Bern, Zürich und Basel fest. Wie es aussieht, bewegen sich die Impulse in London, Frankfurt, Zürich und Basel. Ich gehe davon aus, dass dies die Terroristen sind, die mit den Bomben unterwegs sind. Der Impuls von Bern bleibt am selben Ort, was meiner Ansicht nach bedeutet, dass es sich bei dieser Person um eine Art Koordinator handeln muss.»

Ein Raunen ging durch den Raum, sofort besprachen sich alle miteinander.

«Was heisst das, die Impulse bewegen sich?», meldete sich Frech über die Lautsprecheranlage. Er hatte sich vom Führungstisch aus dazugeschaltet.

«Ich vermute, sie sind online und erhalten so ihre Befehle, was mich zur Annahme bringt, dass die Terroristen, die die Bomben auf sich tragen, ihren Zielort noch nicht kennen. Wahrscheinlich werden sie von der Person, die sich in Bern befindet, geführt.»

«Bleib bitte in der Leitung!», bat Denis hektisch. Er stand sofort auf und rannte zum Führungstisch.

Frech empfing ihn mit einem fragenden Blick.

«Was gibt es?»

«Mir ist gerade ein Gedanke gekommen. Wenn die Terroristen online sind und sich gleichzeitig bewegen, dann müsste das eigentlich bedeuten, dass sie sich übers Handynetz eingeklinkt haben. Ich sehe sonst keine andere Möglichkeit, immer online zu bleiben.»

«Ihre Vermutung ist nicht von der Hand zu weisen. Und was weiter?»

«Wenn dem so ist, dann müsste es möglich sein, ihre SIM-Karten zu orten, wie bei einem Handy!»

Frech rieb sich mit Zeigefinger und Daumen das Kinn und überlegte einen Moment.

«Das ist richtig. Aber wie erkennen wir, welches die richtige SIM-Verbindung ist? Ich meine, es gibt sicher Tausende dieser Karten in den Städten, die Herr Busson gerade aufgezählt hat.»

«Da gebe ich Ihnen recht, aber ich bin davon überzeugt, dass es bestimmt nur eine Handvoll Verbindungen gibt, die sich stetig vorwärts bewegen. Wie uns Busson gerade erklärte, werden sie die Verbindung aufrechterhalten, bis sie an ihrem Zielort angelangt sind. Vielleicht werden die Bomben sogar von der Leitstelle in Bern gezündet! Somit könnten wir den Radius mit Bestimmtheit einschränken!»

«Die Idee Ihres Kollegen hört sich sehr plausibel an. Ich denke, wir sollten das versuchen!», mischte sich Bundesrat Oser ein.

Frech nickte.

«Tun Sie das, Herr Benz.»

Denis wollte gerade gehen, als ihm eine weitere Idee kam. Abrupt drehte er sich wieder um.

«Wenn sich herausstellt, dass die Terroristen tatsächlich per Handynetz online sind, könnten wir doch einfach das SIM-Netz lahmlegen. Somit hätten sie keine Impulse mehr, die sie empfangen könnten?»

«Ich glaube, das wäre der falsche Weg», mischte sich Armeechef Eisenegger ein. «Wenn dem so ist, dass sie sich die Anweisungen online geben lassen und dieses Netz plötzlich zusammenbricht, ist das Risiko sehr hoch, dass sie die Bombe gleich an Ort und Stelle zünden. Sie werden sicherlich auf einen solchen Fall vorbereitet sein.»

«Das würde bedeuten, wir lassen uns auf ihr Spiel ein, mit dem Risiko, dass sie schon in den nächsten Minuten ihre Bestimmungsorte erreichen und die Bomben zünden», mischte sich Markus Bitterli, Chef der Bundespolizei, ein. «Ich gehe mit Herrn Benz einig, dass wir das Handynetz lahmlegen sollten und somit die Terroristen handlungsunfähig machen.»

«Somit würden wir aber den einzigen Kontakt, den wir zu ihnen haben, verlieren und damit das Risiko eingehen, dass sie unbemerkt untertauchen könnten. So gäben wir ihnen die Chance, sich neu zu formieren und einen neuen Plan auszuhecken», argumentierte Bundesrat Roth. «Nein, wir lassen das Handynetz bestehen und versuchen, sie so zu finden, um sie dingfest zu machen. Herr Benz, tun Sie alles Menschenmögliche, um diese Terroristen so schnell wie möglich ausfindig zu machen. Zwei von ihnen kennen wir immerhin schon! Da wir nicht wissen, wann sie die Bomben hochgehen lassen, stehen wir unter enormem Zeitdruck. Ich bin aber der Meinung, dass wir das Risiko eingehen müssen, um diesen Verbrechern endgültig das Handwerk zu legen, ansonsten werden sie es immer wieder probieren. Wir müssen das Übel an der Wurzel packen und eliminieren. Herr Frech, veranlassen Sie umgehend, dass unsere Kollegen in Deutschland und England über unsere neusten Schritte informiert werden, damit sie dasselbe tun können in ihren Ländern. Stellen Sie sicher, dass alle Informationen und Fortschritte, die Herr Benz erzielt, umgehend an diese beiden Länder weitergegeben werden, damit diese entsprechend reagieren können. Herr Bitterli, koordinieren Sie sofort die höchste Sicherheitsstufe für Bern, Zürich und Basel. Da wir noch nicht wissen, wo sie zuschlagen werden, möchte ich, dass diese Städte mit allen nur denkbaren Sicherheitsdispositiven ausgestattet werden. Bieten Sie alles auf, was Ihnen zur Verfügung steht. Hiermit erteile ich Ihnen eine absolute Handlungsvollmacht. Ich möchte, dass diese Städte komplett abgeriegelt werden. Keiner kommt mehr rein oder raus.» Er zeigte auf den Chef der Armee. «Herr Eisenegger, unterstützen Sie Ihre Kollegen von der Polizei mit Ihren Mitteln und Ihrer Manpower und stellen Sie sicher, dass die Zusammenarbeit gut funktioniert. Auch für Sie gilt, dass Sie absolute Handlungsvollmacht haben.» Sein Blick blieb bei Denis hängen. «Legen Sie los, Herr Benz, wir dürfen keine Zeit verlieren. An die Arbeit, meine Herren! Und finden Sie mir endlich heraus, welche Ziele diese Attentäter im Visier haben!»

Kaum hatte Bundesrat Roth diese Worte ausgesprochen, brach Hektik aus. Denis rannte zu seinem Tisch zurück und setzte seine Kopfhörer wieder auf. Er drückte wieder den roten Knopf, um Busson von den Lautsprechern zu nehmen.

«Eric! Halte mich auf dem Laufenden, wenn du neue Erkenntnisse hast. Vielleicht kann dein Programm ja die Terroristen noch genauer lokalisieren.»

«Worauf du einen lassen kannst, Denis! Wir kriegen die Schweine!» Busson klinkte sich wieder aus der Leitung.

Denis wandte sich an seine Nachbarin.

«Sophie, bleib dran! Versuche herauszufinden, ob die Terroristen preisgeben, wo sie hingehen. Vergleich noch einmal alle vergangenen Protokolle mit den Aussagen von heute. Vielleicht findest du ja etwas über die Ziele heraus.» Er zeigte auf Pascal. «Du, mach mir bitte sofort eine Verbindung zu den verschiedenen Telefongesellschaften. Ich muss wissen, bei welcher die Terroristen angemeldet sind!»

Pascal blickte ihn etwas irritiert an.

«Denkst du, die haben sich mit dem eigenen Namen angemeldet? Im Stil von: Hallo, ich bin der Herr Terrorist und ich möchte gerne eine SIM-Karte kaufen?»

Denis verdrehte entnervt seine Augen.

«Nein, so wird das bestimmt nicht funktionieren. Wir wissen nun, dass sie sich in den Städten Bern, Basel, Zürich, Frankfurt und London befinden. Wir wissen, dass sie online sind und sich bewegen. Finde heraus, welche SIM-Karten sich gerade in diesen Städten stets verschieben. Ich bin davon überzeugt, es werden nicht allzu viele sein. Vielleicht können wir anhand dieser Auswahl ein Muster oder einen Namen erkennen, der uns in dieser Sache weiterbringt.»

Pascal nickte. Denis stand auf und rief nach Viktor Gantenbein, dem IT-Leiter von PRIOS. Dieser stand sofort von seinem Stuhl auf und eilte zu Denis rüber. In diesem Moment vibrierte Denis' iPhone. Irritiert blickte er aufs Display, es zeigte eine SMS von Renée an.

Lieber Denis, du hast mir heute Morgen so leid getan, dass ich in den nächsten Flieger gestiegen und nach Hause gereist bin. Ich weiss, das ist etwas verrückt, aber ich möchte bei dir sein! Vielleicht können wir heute noch etwas zusammen unternehmen? Essen gehen? Ruf mich an! Ich vermisse dich! Kuss, Renée!

Denis schüttelte den Kopf. Er fand es zwar süss, dass Renée extra wegen ihm wieder in die Schweiz zurückgereist war, doch im Moment hatte er andere Probleme zu lösen. Er steckte sein Handy wieder ein, ohne die Nachricht zu beantworten. In der Zwischenzeit hatte Gantenbein Denis' Tisch erreicht.

«Was gibts?», fragte er neugierig.

Denis deutete auf Pascal.

«Pascal nimmt gerade Kontakt mit den verschiedenen Telefonanbietern auf. Ich vermute, die Terroristen sind per Handynetz online. Sobald er weiss, bei welchem Telefonanbieter sich die Terroristen eingeklinkt haben, möchte ich, dass Sie sie lokalisieren, und zwar auf den Meter genau! Alle weiteren Details werden Sie von Pascal erfahren.»

«Okay, mach ich!», bestätigte Gantenbein und ging zu Pascal.

Denis schaute sich im Raum um.

«Wo ist eigentlich Shrimesha?», fragte er Pascal.

Dieser schaute kurz hoch, suchte ebenfalls den Raum ab und zuckte mit den Schultern.

«Keine Ahnung, eben war er noch da drüben am Computer. Wahrscheinlich musste er schnell austreten.»

«Ich hab da was, was dich interessieren könnte!», ging Sophie dazwischen. «Das ANGUS-Programm hat mir eben ein paar neue Begriffe ausgespuckt. In einer Meldung vor etwa vierzig Minuten spricht dieser Muno von seinen sechs heiligen Kriegern.»

«Das würde bedeuten, es sind sechs Terroristen mit einer Bombe unterwegs.» Denis zählte mit seinen Fingern auf. «Bern, Basel, Zürich, London, Frankfurt. Das sind aber nur fünf Orte.»

«Vielleicht haben sie in einer Stadt mehrere Anschläge geplant?», warf Sophie ein.

«Bern darfst du nicht mitzählen, Busson erklärte uns doch, dass der Impuls sich nicht bewegt. Von da aus wird alles koordiniert.»

«Dann haben sie gleich mehrere Anschläge in einer Stadt vor? Warum? Was sind ihre Ziele?»

Gantenbein, der sich inzwischen am Computer neben Pascal eingeklinkt hatte, rief plötzlich dazwischen.

«Ich hab was!»

Denis sprang auf und stellte sich hinter Gantenbein.

«Was haben Sie?»

Gantenbein drehte sich um und blickte Denis mit einem zufriedenen Gesichtsausdruck an.

«Ich habe bei den verschiedenen Telefongesellschaften mal gecheckt, wer in den letzten Tagen mindestens vier solcher SIM-Karten bezogen hat, mit denen man online gehen kann. Nur bei einer Telefongesellschaft gab es eine Privatperson, die gleich sechs solcher Pre-Paid-Abos kaufte, nämlich bei der Swisscom. Alle anderen Bezüger waren Firmen. Offenbar haben wir Glück, die Terroristen haben alle SIM-Karten, aus welchem Grund auch immer, in der Schweiz gekauft.»

Denis klopfte Gantenbein auf die Schulter.

«Sehr gut! Ich glaube, das könnte unser Mann sein. Haben Sie diese Karten schon geortet?»

«Nein, dazu bin ich noch nicht gekommen. Moment.»

Denis blickte zu Pascal.

«Pascal, hol schnell Frech her. Ich glaube, wir sind hier etwas Grossem auf der Spur.»

Gantenbein drehte sich inzwischen wieder zum Computer. Hastig tippte er ein paar Befehle ein und öffnete ein paar Fenster. Während er arbeitete, erklärte er seine Schritte.

«Ich liess mir die zu den SIM-Karten gehörenden Telefonnummern geben. Diese gebe ich nun in mein Programm ein und wenn alles gut geht, dann haben wir in Kürze auf meinem Bildschirm die momentanen Standorte unserer Terroristen.»

Denis' Herz fing an zu klopfen. Ungeduldig starrte er auf den Bildschirm.

«Voilà!», jubelte Gantenbein freudig. «Ich habe sechs Signale!»

Denis beugte sich etwas mehr zum Computer vor. Zu seiner Enttäuschung sah er aber nur eine Europakarte.

«Wo sind sie?»

Gantenbein drückte seinen fleischigen Zeigefinger auf den Monitor.

«Überall da, wo man die kleinen, sich bewegenden Wellen sieht. Hier, hier, hier ...»

«Ich muss es präziser haben. Wir wissen ja schon, in welchen Städten sie sich befinden.»

Gantenbein drehte sich wieder zu Denis.

«Dann müsste ich aber wissen, für welches Land Sie die Informationen haben wollen.»

«Erst mal für die Schweiz!», antwortete Denis ungeduldig. Er spürte, dass sie dem Ziel ganz nahe waren.

Gantenbein gab ein paar Befehle ein. Die Europakarte zoomte immer näher heran, bald waren schon Häuser und Strassen zu erkennen. Nachdem der Computer ein paar Rechenprozesse hinter sich hatte, erschienen blaue Punkte auf einer Karte. Neben den Punkten öffnete sich ein kleines Kästchen mit der genauen Angabe der Strasse, in welchem sich der Punkt befand.

«Hier haben wir sie», vermeldete Gantenbein.

Denis ging ganz nahe an den Computer heran und las laut vor.

«Börsenstrasse in Zürich, Aeschenplatz in Basel, Centralbahnplatz in Basel.» Eilig drehte er sich zu Pascal. «Pascal, finde heraus, was sich dort für Institutionen oder grössere Gebäude befinden. Irgendwie muss es doch einen Zusammenhang geben.» Dann drehte er sich wieder zu Gantenbein. «Und jetzt machen Sie bitte dasselbe mit London und Frankfurt!»

Erst jetzt merkte Denis, dass sich mittlerweile der ganze Führungstisch hinter ihm versammelt hatte. Niemand sagte etwas, sie verhielten sich ganz ruhig. Sogar Frech schwieg. Denis drehte sich kurz zu der Gruppe um.

«Ich glaube, wir können in Kürze sagen, wo sich die Terroristen befinden. Nur noch einen Moment Geduld!» Er drehte sich wieder zu Gantenbein.

Nach ein paar Momenten hatte Gantenbein auch die präzisen Daten für London und Frankfurt.

«Die anderen Standorte sind Kaiserstrasse in Frankfurt und, Moment ...», Gantenbein tippte noch ein paar Befehle ein, «... Threadneedle Street in London.»

Denis klopfte Pascal auf die Schulter.

«Hast du diese Adressen? Erkennst du irgendwelche Gemeinsamkeiten?»

«Noch nicht, ich erkenne noch keine Parallelen.»

Denis drehte sich zu Frech.

«Herr Frech, informieren Sie umgehend die Polizei vor Ort. Sie sollen sich an den angegebenen Strassen formieren und nach Menschen mit grossen Taschen oder Koffern Ausschau halten. Sie sollen aber auf keinen Fall in Uniform erscheinen oder gar eingreifen. Wir müssen von nun an jeden Schritt koordinieren, denn greifen wir an einem Ort zu früh ein, riskieren wir, dass die Terroristen informiert werden und die anderen Bomben umgehend hochgehen lassen.» Er drehte sich zu Divisionär Baumann. «Herr Baumann, können Sie mir, als Chef der Luftwaffe, umgehend einen Helikopter organisieren, der mich nach Basel bringt?»

«Wieso wollen Sie nach Basel?», fragte Frech erstaunt.

«Der Überfall auf den Zoll mit Ben und Vajivalara fand in Biel-Benken statt. Ich bin davon überzeugt, dass sich beide noch in Basel befinden. Ich habe Ben schon mal getroffen, den erkenne ich sofort wieder.»

Frech gab mit einem Nicken in Richtung Divisionär Baumann sein Einverständnis.

«Und ich werde alle nötigen Schritte mit der Polizei der verschiedenen Länder koordinieren», warf Fedpol-Chef Bitterli ein.

«Sehr gut. Bitte stellen Sie sicher, dass wir eine stete Verbindung mit der Polizei von Frankfurt und der Polizei von London haben. Wir müssen alle zur selben Zeit zuschlagen», ergänzte Denis. «Sophie, was waren die Begriffe, die am meisten verwendet wurden, als die Terroristen miteinander kommunizierten?»

Sophie rief nochmals ihre Protokolle am Computer auf. Sie las laut vor.

«‹Kapitalismus›, ‹Wirtschaft›, ‹Falke›, ‹Falke 1–7›, ‹Muno›, ‹Pendragon›, ‹Mission› … und etwas in der Form von ‹Säulen der Wirtschaft knicken› oder so …»

«Was hast du da gerade als Letztes gesagt?», fragte Denis verblüfft.

«Mission?»

«Nein, das danach. Irgendetwas mit ‹Säulen› oder so …»

«Säulen der Wirtschaft, die einknicken?»

«Das ist es! Säulen der Wirtschaft!» Denis stupste Pascal an. «Such mir mal alle Banken oder andere Finanzinstitute, die sich an den angegebenen Strassen befinden! Schnell!»

Pascal führte den Befehl eilig aus. Er kniff seine Augen zusammen und las vom Bildschirm ab.

«Bank für Internationalen Zahlungsausgleich am Centralbahnplatz, dann haben sie noch einen Sitz am Aeschenplatz, an der Börsenstrasse in Zürich befindet sich die Schweizer Nationalbank, an der Kaiserstrasse in Frankfurt … Moment … die Europäische Zentralbank und … an der Threadneedle Street in London ist der Hauptsitz der Bank of England.» Mit grossen Augen starrte er Denis an.

«Das ist es! Sie wollen die wichtigsten Bankinstitutionen in Europa angreifen, um unser Finanzsystem zum Einbrechen zu bringen!»

«Es kommt noch schlimmer!», ergänzte Pascal. «Ich habe gerade alle Begriffe eingegeben und die Information bekommen, dass heute alle wichtigen Notenbankchefs von Europa im BIZ-Gebäude in Basel tagen!»

Bundesrat Roth machte einen Schritt auf Denis zu.

«Mein Gott! Wenn es ihnen gelingt, diese Bomben zu zünden, stürzt ganz Europa in eine schwere Finanzkrise! Wir wären quasi mit einem Schlag mittellos und damit handlungsunfähig!»

«Wir müssen sofort handeln!», warf Bundesrat Oser hastig in die Runde.

«Wie viel Uhr haben wir jetzt?», fragte Denis.

«Zehn nach eins, wieso?»

«Ich bin davon überzeugt, die Attentäter werden warten, bis alle Bankmitarbeiter wieder von der Mittagspause zurück sind, dann ist die Wirkung am grössten. Die Anschläge werden irgendwann zwischen viertel vor zwei und zwei stattfinden.»

«Und England? Die haben eine Stunde Zeitverschiebung?», warf Roth ein.

Denis winkte ab.

«Da ich vermute, dass alles koordiniert ablaufen wird, werden sie keine Rücksicht auf diese Stunde nehmen. Ausserdem ist die Mittagspause in London sowieso sehr kurz.»

Das Handy von Divisionär Baumann klingelte. Er drehte sich kurz ab und nahm das Gespräch entgegen. Schon nach wenigen Worten hängte er wieder auf.

«Der Helikopter ist da. Er wartet auf dem Bundesplatz.»

Denis griff nach seiner Pistole und machte eine Ladebewegung.

«Wir haben noch etwas Zeit. Ich fliege jetzt nach Basel.»

«Ich gebe Ihnen noch zwei Männer mit», bot Frech an.

Denis schüttelte den Kopf.

«Nicht nötig, Herr Bitterli hat sicher schon genügend Männer vor Ort.» Er wandte sich an den Chef der Fedpol. «Herr Bitterli, stellen Sie bitte sicher, dass alle Ihre Leute mein Gesicht kennen und sie alle auf meiner Funkfrequenz sind.» Denis drehte sich zu Pascal. «Pascal, stelle mir eine Verbindung zu Busson her und lege diese Verbindung auch auf meine Funkfrequenz. Ich möchte mit allen über die gleiche Frequenz in Verbindung sein, auch mit denen im Ausland!» Denis drehte sich ab und rannte aus der Kommandozentrale.

Als Denis das Bundeshaus verliess, wartete der Armeehelikopter bereits mit wirbelnden Rotoren auf dem Bundesplatz. Eilig stieg er ein. Kaum hatte er Platz genommen, hob der Helikopter auch schon ab. Denis griff nach dem Kopfhörer und setzte ihn auf. Er tippte dem Kopiloten auf die Schulter, um ihm zu signalisieren, dass er mit ihm sprechen wollte. Der Kopilot nickte.

«Haben Sie hier auf die richtige Frequenz gestellt?»

«Ja, wir haben eben eine Krisenfrequenz von PRIOS zugeteilt bekommen. Sie sind also freigeschaltet. Sie brauchen nur den weissen Knopf zu drücken, dann gehen die Gespräche nach draussen.»

Denis nickte und drückte den weissen Knopf.

«Hier spricht Denis Benz. Herr Frech, können Sie mich hören?»

«Laut und deutlich! Sie sind in der ganzen Kommandozentrale zu hören.»

«Stehen die Verbindungen nach London und Frankfurt?»

«Ja, die stehen. Sie können Sie ebenfalls hören. Von nun an sprechen wir alle Englisch, damit uns jeder verstehen kann!», befahl Frech.

«Sehr gut. Eric Busson, kannst du mich hören?»

«Laut und deutlich, Denis», meldete sich Busson mit einem starken französischen Akzent.

«Tut sich bei dir irgendetwas?», fragte Denis nach.

«Nein, nicht mehr, als du schon weisst. Die Verbindungen stehen nach wie vor. Da ihr die mobilen Verbindungen bereits geknackt habt, richte ich mein Augenmerk auf die stationäre Verbindung in Bern. Ich bin mir sicher, wir werden in Kürze genau wissen, woher die Befehle kommen.»

«Sehr gut, halte mich auf dem Laufenden!»

«Herr Benz, wie mir soeben mitgeteilt wurde, sind alle verfügbaren Kräfte bereits an den verschiedenen Orten in Stellung gegangen. Die Armee hat begonnen, in einem erweiterten Radius die Zivilbevölkerung zu evakuieren. Den Radius einen Kilometer um die Ziele herum lassen wir aber unangetastet, damit die Terroristen nicht misstrauisch werden. Sie werden auf der Rückseite des Basler Bahnhofs auf einem Parkplatz landen. Von da aus brauchen Sie nur die Bahnhofspassarelle zu überqueren, dann sind Sie auf dem Centralbahnplatz.»

«Sehr gut», bestätigte Denis. Er rutschte wieder vor und tippte dem Kopiloten erneut auf die Schulter. «Wie lange noch bis Basel?»

«Acht Minuten!»

Denis blickte auf die Uhr, es war dreizehn Uhr dreiundzwanzig. Sein Herz raste. Er betete, dass seine Vermutung, dass die Terroristen erst nach der Mittagspause zuschlagen wollten, stimmte. *Was, wenn die Bomben früher gezündet werden?* Dann würde auch er sterben, denn er befand sich ja gerade auf dem Weg in die Gefahrenzone. Denis schüttelte schnell die eben aufgekommenen Zweifel ab und blickte nach draussen. Er durfte jetzt nicht an sich denken, das Leben von Tausenden von Menschen hing nun davon ab, dass er ruhig blieb.

Sie überflogen gerade den Rhein, ein sicheres Zeichen, dass sie bald da sein mussten.

«Denis!», meldete sich Eric nervös.

«Was ist?»

«Ich habe eine gute und eine schlechte Nachricht. Die gute zuerst: Wir haben den Standort der Leitfigur!»

«Sehr gut! Herr Frech, veranlassen Sie sofort, dass man ein Team dorthin schickt!»

«Schon passiert», bestätigte Frech kurz angebunden.

«Und was ist die schlechte Nachricht, Eric?»

«Keine Ahnung warum, aber ich empfange gerade zwei weitere Impulse aus Bern. Irgendwie scheinen sich da zwei neue Personen dazuzuschalten.»

«Wie bitte? Noch zwei Terroristen?»

«Wie es aussieht, ja.»

Denis überlegte einen Moment lang angestrengt.

«Das kann nichts Gutes bedeuten. Vielleicht haben sie von unserer Aktion mitbekommen und wollen nun eingreifen. Kannst du die Impulse irgendwie stören oder isolieren?»

«Schwierig zu sagen. Vielleicht gäbe es da eine Möglichkeit.»

«Dann tue es! Wir dürfen keine Sekunde verlieren. Wenn sie jetzt gewarnt werden, werden die Bomben gleich alle hochgehen.»

«Hier spricht Viktor Gantenbein. Wenn die Signale aus Bern kommen, dann wüsste ich eine Methode. Ich könnte Störimpulse ins Netz schicken, was aber den gesamten Netzverkehr in Bern beeinträchtigen würde. Zumindest könnte ich damit unterbinden, dass die Neuzugänge miteinander reden können.»

«Das würde aber bedeuten, dass die Leitfigur, die mit den Attentätern in Verbindung steht, auch gestört wird, oder? Denn diese Leitfigur befindet sich in einem normalen Netz», kombinierte Denis.

«Das stimmt. Aber vielleicht schaffe ich es, diese Verbindung zu isolieren, somit bekäme die Leitfigur nichts mit.»

«Tun Sie das! Und du, Eric, finde heraus, woher die Signale kommen. Diese Kerle kriegen wir auch noch!»

Der Helikopter ging zum Landeanflug über und setzte erstaunlich schnell und präzise auf. Denis zog die Kopfhörer aus, griff nach seinem Funkgerät und riss die Tür auf. Mit einem sportlichen Sprung verliess er den Helikopter und machte dem Piloten klar, dass er warten solle. Danach rannte er in das Bahnhofsgebäude. Im Bahnhof schien man von der lauernden Gefahr noch nichts mitbekommen zu haben. Denis musste sich mühsam seinen Weg durch die zahlreichen Menschen bahnen. Immer wieder stiess er mit jemandem zusammen, doch er liess sich nicht aufhalten. Er ignorierte die lauten Flüche, die ihn verfolgten. Er liess ganz bewusst seine Pistole noch stecken, denn er wollte keine Panik verbreiten. Während er rannte, steckte er den Knopf seines Funkgeräts ins Ohr. Ans andere Ohr klemmte er sich einen Bügel mit einem Mikrofon dran. Es herrschte bereits reger Funkverkehr, wie Denis zufrieden zur Kenntnis nahm, das bedeutete, dass die Leitung stand und funktionierte. Denis rannte am anderen Ende des Gebäudes wieder hinaus und blieb auf dem grossen Centralbahnplatz vor dem Bahnhof stehen. Es herrschte reger Betrieb, zahlreiche Trams kreuzten sich, Menschenmengen strömten über den Platz. *Hier gibt es Hunderte mit Koffern und Taschen! Wie soll ich da Ben erkennen?* Denis drückte den Sprechknopf seines Mikrofons.

«Pascal, wo befindet sich dieses BIZ-Gebäude am Bahnhof?»

«Stehst du jetzt auf dem Centralbahnplatz?», klinkte sich Pascal in den Funkverkehr ein.

«Ja, mittendrin.»

«Lauf bis zum Ende des Platzes vor, bis zur Strasse. Dann blickst du nach rechts, dann erkennst du ein hohes rundes Gebäude auf deiner Seite des Platzes.»

Kaum hatte Pascal den Beschrieb durchgegeben, rannte Denis schon los. Er erkannte das Gebäude zu seiner Rechten. Es war keine hundert Meter weit von ihm entfernt. Hastig blickte sich Denis um. Es war bereits dreizehn Uhr achtunddreissig. Er musste ein paar Schritte zurückweichen, da gerade ein Tram an ihm vorbeifuhr. Als seine Sicht auf das Gebäude wieder frei war, blieb Denis fast das Herz stehen. Keine dreissig Meter von ihm entfernt entdeckte er Ben! Seelenruhig sass er auf einer kleinen Mauer und rauchte eine Zigarette. Neben ihm stand ein grosser Koffer aus Aluminium. Seine entspannte Haltung verriet Denis, dass er auf seine Befehle zu warten schien. Eilig drehte sich Denis ab und suchte hinter einem Ticketautomaten Deckung.

«Ich habe einen! Ich habe gerade diesen Ben entdeckt!», teilte er aufgeregt mit. «Er hat einen grossen Koffer aus Aluminium dabei. Herr Frech, teilen Sie allen mit, sie sollen nach Personen mit Aluminiumkoffern Ausschau halten!»

«Mach ich. Bleiben Sie dran, Herr Benz.»

Denis konnte Frechs Anspannung hören. Er verharrte in seiner Deckung. Die Sekunden wurden zu Stunden. Immer wieder wagte er einen kurzen Blick hinter dem Ticketautomaten hervor. Ben war noch da. Denis' Herz raste. Er musste sich beherrschen, um nicht gleich auf Ben loszugehen.

«Herr Benz, wir haben an allen Standorten die Personen mit Aluminiumkoffern ausfindig gemacht. Von nun an übernehme ich das Kommando, um einen koordinierten Zugriff sicherzustellen. Neben Ihnen befinden sich noch andere Polizisten in Zivil auf dem Centralbahnplatz. Achten Sie darauf, dass Sie sich nicht gegenseitig in die Quere kommen!»

«Alles klar.» Denis blickte sich angespannt um. Nach und nach entdeckte er noch andere Männer in Lauerstellung. Mit einem leichten Kopfnicken gaben sie Denis zu verstehen, dass sie ihn gesehen hatten.

«Alle herhören, diese Frequenz ist jetzt in alle Länder aufgeschaltet. Die Teams sind überall vor Ort positioniert. Auf mein Kommando wird an allen Einsatzorten umgehend die Zielperson verhaftet. Machen Sie nötigenfalls von der Schusswaffe Gebrauch. Auf keinen Fall darf die Zielperson an den Koffer gelangen. Unterbinden Sie das mit allen Mitteln. Auf mein Zeichen werden in den betroffenen Ländern im Zielgebiet alle Handynetze ausgeschaltet, um zu verhindern, dass die Bomben doch noch ferngezündet werden können. Bestätigen Sie mir mit einem kurzen ‹Okay›, dass Sie meine Befehle verstanden haben und bereit für den Zugriff sind.»

Sofort ertönten etliche «Okays» im Funkverkehr. Denis blickte auf seine Uhr, es war bereits dreizehn Uhr vierundvierzig.

«Leg endlich los!», sprach er leise vor sich hin.

«Achtung an alle! Hier spricht Frech. Fünf vier, drei, zwei, eins … Zugriff!»

Kaum hatte Frech den Befehl ausgesprochen, sprang Denis aus seiner Deckung hervor. Aus seinem Augenwinkel konnte er erkennen, dass mit ihm auch noch andere Männer mit gezückten Pistolen auf Ben zurannten. Denis hatte den kürzesten Weg, was auch der Grund war, warum Ben ihn zuerst entdeckte. Schockiert liess er seine Zigarette fallen und versuchte, seine Pistole zu ziehen. Denis zögerte nicht lange und feuerte zwei Schüsse ab. Ben sackte sofort in sich zusammen und fiel wie ein Sack nach vorne. Panik brach aus, Menschen rannten davon und schrien um Hilfe, der Tramverkehr kam augenblicklich zum Erliegen. Die Trams blieben an Ort und Stelle stehen. Die anderen Polizisten und Agenten, die auf dem Platz waren, eilten Denis zuhilfe. Einer stürzte sich sofort auf Ben, drehte ihn auf den Rücken und zog ihm Handschellen an. Denis hielt Ben mit seiner Waffe in Schach. Kaum war Ben ausser Gefecht gesetzt, strömten aus allen Richtungen Polizeiwagen mit Blaulicht herbei. Der ganze Centralbahnplatz wurde innert Minuten geräumt und abgesperrt. Als Denis sicher sein konnte, dass Ben sich nicht mehr rühren konnte, drückte er seinen Sprechknopf.

«Zugriff auf Centralbahnplatz war erfolgreich. Was ist mit den anderen Terroristen?»

Es dauerte einen Moment, bis sich Frech meldete.

«An alle von Frech. Ich gratuliere! Alle Zugriffe waren erfolgreich! Nun die nächsten Schritte: Verlassen Sie umgehend den Ort, an dem Sie sich befinden. Von nun an werden sich unsere Bombenspezialisten um die Koffer kümmern. Ich wiederhole: Verlassen Sie umgehend die Zugriffszone! Die Gefahr ist noch nicht vorüber, die Bomben sind noch scharf und können jederzeit hochgehen!

Denis machte sich umgehend auf den Weg zurück zum Helikopter.

«Eric, konntest du herausfinden, von wo die plötzlich erschienenen Signale kamen?»

«Leider weiss ich noch nicht mehr. Ich kann nur mit Bestimmtheit sagen, dass die Signale aus Bern kommen.»

«Kommen?», hakte Denis ernüchtert nach.

«Ja, kommen. Offenbar versuchen sie noch immer, Kontakt aufzunehmen. Was mich aber irritiert, ist, dass sie das nur impulsartig tun. Wenn ich es nicht besser wüsste, so würde ich behaupten, diese zwei Signalgeber wissen, dass man sie finden kann.»

«Das würde bedeuten, sie haben aus erster Hand mitbekommen, dass dein Mikado-Programm wieder läuft.»

«Das ist leider anzunehmen. Aber wenn sie das wissen, dann haben sie auch vom neu zum Leben erweckten ANGUS-Programm Kenntnis», stellte Eric nüchtern fest.

Denis schluckte und blieb einen Moment stehen.

«Scheisse!», fluchte er vor sich hin. «Das bedeutet, die Koffer können unter Umständen immer noch gezündet werden. Herr Frech, bitte veranlassen Sie, dass die Koffer sofort in Gebiete gebracht werden, die nicht besiedelt sind. Noch immer gibt es zwei Schläfer, die wir nicht gefunden haben.»

«Ich habe es gehört, Herr Benz. Ich werde alle nötigen Schritte veranlassen.» Er machte eine kleine Pause. «Gute Arbeit, Herr Benz. Kommen Sie umgehend zurück nach Bern.»

Denis fing an zu rennen, denn er wollte so schnell wie möglich wieder zurück in die Kommandozentrale. Er wusste, dass dieser Albtraum noch nicht vorüber war. Plötzlich meldete sich Pascal.

«Denis, bist du okay?»

«Alles bestens, Pascal. Was gibts?»

«Ich habe eben den Namen gecheckt, mit denen die SIM-Karten gekauft wurden. Das wird dich aus den Socken hauen.»

Kapitel 20: Schweiz, Bern, Dienstag, 7. Juli, 14:23

Als Denis wieder die Kommandozentrale betrat, wurde es plötzlich ruhig und alle drehten ihre Köpfe zu ihm. Wie aus dem Nichts fingen sie an zu klatschen. Denis lief rot an, ihm war diese Art des Lobes sehr unangenehm. Mit einer schlichtenden Geste versuchte er, die klatschende Menge zu beruhigen, doch seine Versuche blieben erfolglos. Pascal und Sophie kamen auf ihn zu, drückten ihm freundschaftlich die Hand und klopften ihm anerkennend auf die Schulter.

«Das hast du gut gemacht, ich gratuliere dir.» Pascal war anzusehen, dass dieses Lob von Herzen kam.

Sophie lächelte Denis sympathisch an und nickte anerkennend.

Denis wiegelte ab.

«Ach, das war nun wirklich keine grosse Sache.»

«Wird Ben überleben?», fragte Pascal.

«Ja, hab ihn am Arm und im Bauch getroffen, nichts Lebensbedrohliches.»

«Das ist gut, denn wir brauchen noch weitere Informationen von ihm. Wie du ja weisst, haben wir noch zwei Schläfer, die wir kriegen müssen», stellte Pascal nüchtern fest.

«Apropos, was ist mit den anderen Falken? Konnten alle verhaftet werden?»

«Ja, das internationale Zusammenspiel hat funktioniert wie eine gut geölte Maschine. Einzig in London mussten sie den Kerl erschiessen. Offenbar hat er versucht, sich kurz vor dem Zugriff noch am Koffer zu schaffen zu machen. Darum ging man kein Risiko ein und erschoss ihn. Aber der grösste Triumph ist, dass wir Vajivalara auf frischer Tat schnappen konnten. Er hat die Welt nicht mehr verstanden, als man sein Zimmer in einer kleinen Pension hier in Bern stürmte. Wir konnten sogar den laufenden Computer sicherstellen, unsere

IT-Abteilung wertet gerade die Daten aus.» Pascal zeigte Denis an, dass er ihm folgen solle.

Die drei setzten sich in Bewegung. Denis fiel wieder ein, was er Pascal schon die ganze Zeit fragen wollte.

«Das mit Vajivalara hört sich sehr gut an. Aber was hast du über den Besitzer der SIM-Karten herausgefunden?»

«Später, Denis. Jetzt sollst du erst einmal zum Führungsstab. Die wollen dich sofort sehen.»

Denis blieb kurz irritiert stehen. Es kam ihm gerade so vor, als ob Pascal ganz bewusst nichts zum SIM-Karten-Besitzer sagen wollte. Denis schüttelte verwirrt den Kopf und schloss wieder zu Pascal auf.

«Warum sagst du mir nicht, was du über diese SIM-Karten weisst?», hakte er neugierig nach.

Pascal blieb stehen und drehte sich zu Denis.

«Später, Denis! Erst musst du zu den Bossen da vorne!»

Denis blickte Pascal über die Schulter zum Führungstisch. Sie schienen gerade in eine sehr bewegte Diskussion vertieft zu sein. Als sie an ihren Plätzen angekommen waren, klopfte ihm Pascal noch einmal auf die Schulter und zwinkerte ihm zu. Sophie setzte sich wieder auf ihren Stuhl und fing sofort an zu arbeiten. Denis ging weiter zum grossen Tisch am Ende des Raumes. Als er angekommen war, blieb er einen Moment stehen und beobachtete die Männer, wie sie sich miteinander unterhielten. Auf dem Tisch standen Laptops, Unterlagen, Karten und ein paar gebrauchte Kaffeetassen. Trotz der grossen Menge Papier, die da auf dem Tisch herumlag, wirkte das Durcheinander nicht chaotisch. Die Männer nahmen keine Notiz von Denis, zu sehr waren sie in ihre Beratungen vertieft. Nachdem Denis sich die Szenerie einen Moment lang angeschaut hatte, bemerkte er, wie ihn alle im Raum beobachteten. Ein unangenehmes Gefühl machte sich in Denis breit, er mochte es nicht, wenn ihn so viele Augenpaare anschauten. Mit einem Räuspern machte er auf sich aufmerksam. Frech entdeckte Denis als Erster. Er stand sofort auf und ging mit einem breiten Lächeln auf ihn zu.

«Herr Benz!»

Alle am Tisch drehten sich zu ihm um.

«Ich gratuliere Ihnen zu Ihrem Erfolg.» Frech zeigte auf einen freien Stuhl. «Bitte setzen Sie sich doch!»

Denis blickte Frech verwundert an. *Ich soll mich an den Führungstisch setzen?* Nach anfänglichem Zögern setzte er sich auf den freien Stuhl. Kaum hatte Denis Platz genommen, ergriff Bundesrat Roth das Wort.

«Herr Benz, ich möchte Ihnen im Namen des Volkes und des gesamten Bundesrates unseren Dank aussprechen. Dank Ihres entschlossenen Handelns und Ihrer Übersicht konnte eine Katastrophe verhindert werden, deren Ausmass ganz Europa in eine tiefe Krise gestürzt hätte.» Bundesrat Roth lehnte sich zurück. «Wie wir jetzt wissen, hatten es die Terroristen auf unser Bankensystem abgesehen. Wäre ihnen diese Anschlagserie gelungen, hätten wir nicht nur viele tote Zivilisten zu beklagen gehabt, sondern Europa würde jetzt auch in einer tiefen Finanzkrise stecken. Die Finanzmärkte wären zusammengebrochen, die Börse eingeknickt und sämtliche Geldflüsse wären mit einem Schlag versiegt. Die Folge davon wäre eine internationale Panik gewesen, wahrscheinlich hätten die Zivilbevölkerung und die Firmen versucht, ihr Geld in Sicherheit zu bringen. Zwar kennen wir die Auswirkungen, die der Austritt der Radioaktivität bei der Detonation der Bombe gehabt hätte, noch nicht, aber ich bin davon überzeugt, dass der Schaden enorm gewesen wäre. Wie wir inzwischen herausgefunden haben, befindet sich in den Koffern nicht nur eine Bombe mit radioaktivem Material, sondern auch eine Art Störsender. Dieser hätte, nach ersten Einschätzungen der Experten, den gesamten E-Mail- und Internetverkehr lahmgelegt. Es wird vermutet, dass es Teil des Planes des ‹Reinen Glaubens› war, erst einen Virus ins Netz der Bankensysteme zu pflanzen, dann das gesamte IT-System lahmzulegen und dann die Bombe zu zünden. Zwar verfügen die Banken und andere wichtige Handelszentren über sogenannte geheime Hostcenter, also Zentren, die ein Weiterarbeiten im Notfall möglich gemacht hätten, aber diese Zentren befinden sich nie weit weg vom Hauptstandort. Die ausgetretene Radioaktivität hätte ein Arbeiten in diesen geheimen Notfallzentren unmöglich gemacht. Wäre das alles den Terroristen gelungen, wären wir über einen längeren Zeitraum absolut handlungsunfähig gewesen.» Roths Gesichtsausdruck wurde ernster. «Ich möchte aber darauf hinweisen, dass die Gefahr noch nicht vorüber ist. Solange wir die beiden Schläfer nicht haben, bleibt die Terrorstufe 10 bestehen. Wir müssen nun alles daransetzen, diese Schläfer zu finden. Und da wir nach den neusten Informationen jetzt wissen, dass sie sich in Bern befinden, haben wir jetzt dieses Problem am Hals.»

«Was ist mit den Bomben? Konnten die in der Zwischenzeit entschärft werden?», fragte Denis interessiert.

Korpskommandant Eisenegger ergriff das Wort.

«Nein, leider noch nicht. Wie sich herausgestellt hat, sind die Bomben sehr komplex aufgebaut. Da waren absolute Profis am Werk. Wir liessen die Bomben mit Helikoptern an sichere Orte fliegen.»

«Wohin?», unterbrach ihn Denis.

Eisenegger blickte kurz in die Runde. Offenbar handelte es sich um eine streng geheime Information, die er nicht preisgeben wollte. Erst als Frech dem Armeechef zunickte, beugte sich dieser vor und wechselte in einen Flüsterton.

«Das, was ich Ihnen jetzt sage, ist nicht für fremde Ohren bestimmt, haben Sie mich verstanden?» Er blickte Denis eindringlich an.

Denis nickte etwas eingeschüchtert. Eisenegger gab Divisionär Baumann mit einem kleinen Fingerzeig zu verstehen, dass er Denis Auskunft geben solle. Baumann beugte sich ebenfalls vor. Bevor er sprach, schaute er sich noch kurz um, um sich zu vergewissern, dass niemand mithörte, der diese Information nicht mitbekommen sollte.

«Ich liess die Bomben nach Zürich zum Flughafen fliegen. Es gibt dort spezielle Bombenräume. Da man dort für solche

Fälle eingerichtet ist und über die nötige Technik verfügt, sind die Bomben da in den besten Händen.»

«Und in Frankfurt und London?»

«Die Bomben sind ebenfalls zu den Flughäfen gebracht worden. Jeder grössere Flughafen verfügt über solche Räume.»

«Und was, wenn die Bomben da hochgehen? Wären da nicht viele Zivilisten betroffen?»

Nun ergriff Frech das Wort.

«Wir kennen zwar das Ausmass nicht, das eine Detonation einer dieser Bomben hätte, aber die Räume sind so konzipiert, dass sie einer Explosion standhalten können. Sie sind absolut dicht, auch kann keine Radioaktivität nach aussen dringen. Zudem befinden sich diese Räume natürlich nicht im unmittelbaren Umfeld des Flughafenterminals, sondern liegen strategisch so geschickt, dass eine explodierende Bombe keinen grösseren Schaden anrichten kann und die zivile Bevölkerung nicht davon betroffen wäre.»

«Da diese beiden Schläfer noch nicht gefunden wurden, besteht da nicht die Gefahr, dass die die Bomben fernzünden könnten?»

Frech schüttelte den Kopf.

«Nein, die Bombenräume sind absolut dicht. Da kommt kein Signal rein oder raus.»

«Damit hätten wir das Problem der Bomben zumindest im Griff. Aber was ist mit den noch verbleibenden Schläfern?»

«Guter Input», attestierte ihm Bundesrat Oser. «Offen gesagt, tappen wir da noch etwas im Dunkeln. Wir konnten sieben Terroristen festnehmen. Zwei in Basel, einen in Zürich, zwei in Frankfurt, einen in London und diesen Jermahl Vajivalara hier in Bern. Fünf von ihnen werden gerade verhört, einer befindet sich im Krankenhaus und einer wurde erschossen.»

«Wo befindet sich Vajivalara?», warf Denis angespannt ein.

«Vajivalara befindet sich hier, Ihre Kollegen von PRIOS vernehmen ihn gerade.»

«Hier?», hakte Denis erstaunt nach.

Frech nickte.

«Hier, in einem unserer Verhörräume. Zwar ist seit seiner Verhaftung noch nicht viel Zeit vergangen, aber es zeichnet sich leider schon jetzt ab, dass er nicht sehr gesprächig sein wird. Offen gesagt, habe ich das aber auch nicht anders erwartet.»

«Und Ben? In welchem Krankenhaus befindet er sich?»

«Ben Pecks liessen wir ins Inselspital hier in Bern fliegen. Die haben da eine spezielle Abteilung für Strafgefangene. Nach meinen neusten Informationen geht es ihm den Umständen entsprechend gut. Ich gehe davon aus, dass wir ihn bald verhören können.»

Denis presste die Lippen zusammen und dachte nach. Er wandte sich an Frech.

«Darf ich mir diesen Vajivalara mal zur Brust nehmen?»

Frech blickte in die Runde. Er atmete tief durch.

«Eigentlich möchte ich dieses Verhör meinen Spezialisten überlassen, die für solche Aufgaben geschult wurden. In Anbetracht Ihrer Leistung und Ihres guten Gespürs für die Situation erlaube ich es Ihnen jetzt aber.» Frech deutete mit seinem Daumen über die Schulter. «Er befindet sich im sechsten Untergeschoss, Verhörraum 2. Ich werde die Kollegen über Ihr Kommen und Ihre Erlaubnis, ein Gespräch mit ihm zu führen, informieren.»

Kaum hatte Frech ihm die Zusage erteilt, stand Denis auf und verabschiedete sich höflich vom Führungstisch. Gerade als er sich abdrehen wollte, hielt ihn Bundesrat Oser auf.

«Herr Benz!», rief er in strenger Tonlage.

Denis drehte sich um. Bundesrat Oser, der sonst immer so mürrisch ausschaute, schenkte ihm ein kleines Lächeln.

«Sie haben Ihre Sache wirklich gut gemacht! Herzlichen Dank!»

Denis lächelte ihn etwas überfordert an und stammelte ein leises «Dankeschön», bevor er sich vom Führungstisch entfernte. Er ging noch schnell bei Pascal vorbei und klopfte ihm auf die Schulter. Pascal setzte sofort seine Kopfhörer ab und blickte ihn erwartungsvoll an.

«Und, wie war es?»

«Na ja, ganz okay.» Er wiegelte bewusst ab, denn er wollte so schnell wie möglich zu Vajivalara. Er drehte seinen Kopf zu Sophie, die immer noch an ihrem Computer arbeitete.

«Sophie, sprechen die Schläfer immer noch miteinander?»

Sie schüttelte den Kopf und streckte sich auf ihrem Stuhl.

«Nein, seit Gantenbein diese Störimpulse geschickt hat, wurde es ruhig.» Sie schaute Pascal an. «Jetzt, wo sich gerade nichts tut, könnte ich eigentlich mal mit meinem Freund Föhlchen reden, oder?»

Föhlchen? Was für ein bescheuerter Kosename! Denis behielt seine Gedanken für sich. Sophie drehte sich zu Pascal.

«Konntest du schon mit ihm Kontakt aufnehmen?» Ihr Blick hatte etwas Vorwurfsvolles.

«Ich habe es ein paar Mal probiert, wie versprochen. Doch dein Freund scheint nicht erreichbar zu sein. Keine Ahnung warum. Und seit wir hier diese Krise haben, bin ich nicht mehr dazu gekommen.»

Sophie seufzte enttäuscht.

«Ich hätte es doch selber versuchen sollen. Aber ihr lasst mir hier ja keine freie Minute.»

«Sophie, ich kann verstehen, dass dich das sehr belastet und du gerne wieder mal mit deinem Freund reden würdest. Aber im Moment geht hier einfach alles drunter und drüber, da müssen wir alle unsere privaten Dinge in den Hintergrund rücken. Aber schon bald kannst du mit deinem Freund sprechen, das verspreche ich dir, okay?» Denis schien genau den richtigen Ton getroffen zu haben.

Sophie blickte ihn traurig an.

«Okay. Ich vermisse ihn so sehr. Wo ist er denn?» Plötzlich riss sie ihre Augen auf und blickte Denis sorgenvoll an. «Hoffentlich ist ihm nichts zugestossen! Er war in der letzten Zeit leider nicht mehr ganz auf der Höhe, er hatte mentale Probleme. Er war deswegen sogar in Behandlung. Und ausgerechnet jetzt, wo er mich am meisten braucht, bin ich nicht für ihn da!»

Denis und Pascal blickten sich kurz an. Sie wussten nicht, was sie sagen sollten. Es machte Denis traurig, Sophie so aufgelöst zu sehen.

«Ich bin davon überzeugt, dass es ihm gut geht, Sophie. Alles wird gut!», sprach ihr Denis Mut zu.

Sie antwortete mit einem gequälten Lächeln und widmete sich wieder ihrem Computer. Denis drehte sich zu Pascal.

«Hör mal, Pascal, ich bin etwas in Eile. Ich muss gleich diesen Vajivalara verhören und …»

«Wie bitte? Du darfst Vajivalara verhören? Frech hat dir das erlaubt? Kann ich mitkommen?» Pascal riss seine Augen weit auf und schaute Denis bewundernd an.

«Ja, ich darf Vajivalara verhören und nein, du darfst leider nicht mitkommen», bestätigte Denis kurz angebunden. «Hör zu, du hast mir doch vorhin gesagt, du hättest Informationen, die mich aus den Socken hauen würden. Da ich in Eile bin: Können diese Informationen jetzt sofort dazu beitragen, dass wir die Schläfer finden?»

Pascal blickte kurz zu Sophie rüber und schüttelte den Kopf.

«Das nicht, aber es ist sehr interessant …»

«Dann muss das noch warten. Ich darf keine Zeit verlieren», unterbrach Denis die Ausführungen von Pascal. «Bitte sei mir nicht böse.»

Zum Erstaunen von Denis schien es Pascal sogar ganz recht zu sein, die Informationen noch nicht loswerden zu können.

«Kein Problem. Dann gebe ich dir meine Erkenntnisse später weiter.»

Obwohl Pascal sich sehr bemühte, einen neutralen Gesichtsausdruck zu machen, gelang es ihm nicht ganz, vor Denis zu verbergen, dass ihn irgendetwas zu beschäftigen schien. Denis spielte das Spiel mit. Er klopfte ihm anerkennend auf die Schulter.

«Ich danke dir für dein Verständnis. Kannst du mir noch einen Gefallen tun?»

Pascal nickte und presste seine Lippen aufeinander, bevor er sprach.

«Klar doch. Was soll ich tun?»

«Kannst du mit Eric Busson in Verbindung bleiben? Vielleicht hat er inzwischen die Schläfer lokalisieren können. Falls es Neuigkeiten von ihm gibt, leite diese bitte umgehend an mich weiter. Ich bin im Verhörraum 2, okay?»

«Mach ich.»

Denis lächelte Pascal schnell zu und machte sich auf den Weg. An der Tür drehte er sich um und schaute sich im Raum um.

«Pascal!», rief er über die Leute hinweg.

Dieser blickte von seinem Computer auf.

«Was ist? Willst du mich beim Verhör doch dabei haben?» Er strahlte.

Denis schüttelte den Kopf.

«Wo ist eigentlich dieser Shrimesha? Ist der noch mal aufgetaucht?»

Pascal zuckte mit den Schultern.

«Keine Ahnung, ich habe nicht darauf geachtet.» Er reckte seinen Hals. «An seinem Platz ist er auf jeden Fall nicht.»

Denis kam die ganze Sache mit diesem Shrimesha komisch vor.

«Sophie!», rief Denis ein weiteres Mal in den Raum.

Fragend blickte sie Denis an.

«Könntest du mal checken, was Shrimesha an seinem Computer für Programme gestartet hat?»

Sophie zeigte mit ihrem Daumen nach oben. Sie stand auf und ging zum Platz von Shrimesha.

Denis verliess den Raum und machte sich eilig auf den Weg ins sechste Untergeschoss. Gerade als er das Treppenhaus betreten wollte, kam Pascal angerannt.

«Denis, warte!»

Denis verdrehte die Augen.

«Was ist denn noch?» Er wollte endlich zu Vajivalara.

«Die Geschichte mit der SIM-Karte, ich konnte sie dir nicht vor Sophie erzählen.»

«Pascal, das muss jetzt warten, ich habe es eilig. Du hast mir selber gesagt, dass deine Informationen nicht so wichtig sind.»

Pascal verzog das Gesicht.

«Das stimmt leider so nicht, sie sind sogar sehr wichtig. Wie gesagt, Sophie soll nichts davon mitbekommen, zumindest vorerst nicht.»

Nun wurde Denis neugierig. Er liess die Tür zum Treppenhaus wieder zugehen.

«Was hast du herausgefunden und warum darf Sophie nichts davon wissen?»

«Also gut. Ich habe in der Zwischenzeit geprüft, auf wen die SIM-Karten ausgestellt wurden. Sie wurden alle von einer Person gekauft.»

«Das weiss ich bereits. Und was noch?»

«Alle Karten wurden von einer gewissen Frau Martha Stich gekauft.»

«Das ist immerhin eine weitere Spur. Sehr gut! Hast du sie verhaften und verhören lassen?»

«Nein. Das geht nicht.»

«Warum?»

«Weil sie bereits tot ist.»

Denis griff wieder zur Klinke.

«Pascal, irgendwie erstaunt mich das gar nicht. Es wäre ja auch zu schön gewesen, um wahr zu sein. Wir haben es mit Terroristen zu tun, das sind Profis im Spuren verwischen!» Denis wollte gerade gehen, als ihn Pascal erneut aufhielt.

«Nein, eben nicht!»

«Was eben nicht?»

«Sie haben eine Spur hinterlassen. Lass mich doch erst einmal ausreden! Also: Diese Martha Stich war die Mutter von Andreas Fuhler. Sie hatte nach der Scheidung ihren ledigen Namen wieder angenommen.»

Denis dachte kurz nach.

«Andreas Fuhler? Der Name sagt mir nichts.»

Pascal holte erneut tief Luft.

«Das ist der Freund von Sophie!»

Denis liess die Klinke wieder los.

«Wie bitte?»

Pascal nickte heftig.

«Ja, das ist der Freund von Sophie! Jener, den wir schon die ganze Zeit suchen!»

«Deswegen konntest du mir vorhin die ganze Sache nicht erklären!» Denis schüttelte fassungslos den Kopf. «Das würde bedeuten, dass er als Schläfer in Frage käme. Oder sein Vater oder Bruder.

«Hab ich schon geprüft. Der Vater leidet an Parkinson und ist ein Pflegefall, und Geschwister hat er keine.»

«Dann ist er unser Mann, oder? Hast du ihn zur Fahndung ausgeschrieben?»

«Ja, habe ich. Bisher ohne Erfolg.» Pascal zog ein gefaltetes Papier aus seiner Brusttasche und überreichte es Denis. «Das hat mir noch ein Kollege von der Auswertung gegeben. Er hat gesagt, du weisst, worum es geht.»

Denis war klar, dass es sich um die Informationen über Renées richtige Eltern handeln musste, aber er hatte jetzt Wichtigeres zu tun. Er steckte das Papier unbeachtet in seine Gesässtasche.

«Okay, Pascal, danke für diese Informationen. Ich kann mir zwar noch keinen Reim darauf machen, aber vielleicht weiss Vajivalara ja etwas dazu. Sobald ich mit dem Verhör fertig bin, komme ich wieder hoch zu dir. Ah ja, und falls du diesen Andreas Fuhler in der Zwischenzeit finden solltest, prüfe sofort, ob er über einen Computer verfügt mit diesem Verschlüsselungsprogramm.» Denis öffnete die Tür und betrat das Treppenhaus und lief die Treppe zügig runter. Im sechsten Untergeschoss angekommen, öffnete er eine grosse Eisentür und schaute in den Gang. Es herrschte keine gemütliche Atmosphäre hier unten. Grelles

Neonlicht beleuchtete einen langen Gang, der Boden war mit einem grünen Linoleum ausgelegt. Auf jeder Seite gab es in regelmässigen Abständen Eisentüren. Denis war erst einmal hier unten gewesen, bei seiner Einführung. Die Zellentrakte interessierten ihn damals nicht besonders, da sie sowieso so gut wie nie benutzt wurden. Denis schloss die Tür hinter sich und ging den Männern entgegen, die sich ganz hinten im Gang befanden. Denis mochte dieses Untergeschoss nicht, es erinnerte ihn zu sehr an ein Gefängnis. Am Ende des Ganges standen zwei Männer in Armeeuniformen und mit schwerer Bewaffnung und zwei Männer in Anzügen. Er kannte die Gesichter. Als er näher kam, lächelten sie ihm entgegen. Einer der Männer im Anzug kam auf ihn zu.

«Denis Benz, welch grosse Ehre, dich mal hier unten zu sehen.»

Denis streckte ihm mit einem Lächeln die Hand entgegen. So sehr er sich anstrengte, er erinnerte sich nicht mehr an den Namen dieses Mannes. Er kannte ihn vom Sehen, er war einer der Verhörspezialisten, ein Agent mit psychologischer Ausbildung. Er gehörte aber zu einer anderen Abteilung, die wenig mit PRIOS zu tun hatte. Man kreuzte sich nur ab und zu auf den Gängen. An der Haltung des Mannes konnte Denis aber klar erkennen, dass er davon ausging, dass sich Denis noch an seinen Namen erinnern konnte.

«Hallo, hat sich Maximilian Frech von PRIOS schon bei euch gemeldet, um mich anzukündigen?», wich Denis geschickt mit einer Frage aus.

«Alles bestens, du kannst gleich hinein, sobald du mir deine Wumme abgegeben hast!» Der Mann deutete mit ausgestrecktem Zeigefinger und strengem Blick auf Denis' Pistole, die im Halfter am Gürtel steckte.

Denis zog sie heraus und überreichte sie dem Mann.

«Ich habe da noch eine Frage. Zeichnet ihr dieses Verhör auf?»

«Aber sicher! Auf Video. Warum?»

«Ich möchte, dass du eine Stimmprobe von Vajivalaras Stimme zu Sophie schickst. Sie soll ihre Aufnahmen mit dieser Stimme vergleichen.»

«Und warum dieser Aufwand?»

«Wir wissen noch nicht mit Bestimmtheit, um wen es sich bei Vajivalara handelt. Er könnte der Falke sein, Muno, Falke 1 bis 6 oder er könnte auch dieser Pendragon sein. Ich muss wissen, wer er ist.»

«Klingt einleuchtend. Ich werde es gleich veranlassen.» Er warf Denis einen schelmischen Blick zu. «Bereit für die Höhle des Löwen?»

Denis nickte. Der Mann gab den Soldaten ein Zeichen, worauf diese die Tür zum Verhörraum öffneten. Denis wurde nervös. Mit pochendem Herzen trat er ein. Kaum hatte er den Raum betreten, schloss sich die Tür hinter ihm. Vor ihm sass Vajivalara an einem Tisch in einem blauen Kombi und Handschellen. Von den Handschellen führte eine Kette zum Eisentisch, wo sie befestigt war. Sie gab ihm gerade so viel Spielraum, dass er seine gefesselten Hände auf die Tischplatte legen konnte. Vajivalara hob seinen Kopf und grinste Denis fies an.

«Herr Benz, ich hätte nicht erwartet, Sie lebend zu treffen.»

Vajivalara wirkte angespannt, er hatte Augenringe und seine Haare standen in alle Himmelsrichtungen ab. Denis versuchte, souverän zu wirken, fixierte ihn mit seinem Blick und setzte sich ihm gegenüber.

«Dumm gelaufen, nicht wahr? Wie Sie sehen, lebe ich noch.»

Vajivalara fing wieder an zu grinsen.

«Ich muss zugeben, ich habe Sie unterschätzt, Herr Benz.»

«Warum denn so förmlich. Wollen wir uns nicht beim Vornamen nennen? Wie soll ich Sie nennen? Falke? Muno?

Vajivalara behielt seine grinsende Maske auf. Er schien sich nicht provozieren lassen zu wollen.

«Ich werde Ihnen nichts sagen.»

«Oder soll ich vielleicht Pendragon sagen?» Denis bemerkte, wie sich Vajivalaras Gesichtsausdruck für den Bruchteil einer Sekunde veränderte. Offenbar hatte er einen wunden Punkt getroffen. Denis wiederholte den Namen.

«Pendragon? Sind Sie Pendragon?»

Vajivalara schnaubte verächtlich und blickte zur Seite. Bei jeder seiner Bewegungen rasselten die Ketten der Handschellen.

«Gut, Pendragon, dann verraten Sie mir doch mal, wer denn der Boss ist? Sind Sie das? Oder einer der Falken? Oder Muno?»

Vajivalara drehte seinen Kopf zu Denis und blickte ihn verächtlich an.

«Ich bitte Sie, nicht meine Intelligenz zu beleidigen! Sie glauben doch nicht im Ernst, dass ich Ihnen irgendwelche Informationen gebe.» Er blickte wieder zur Wand. «Und selbst wenn, die würden Ihnen nichts nützen.» Er drehte sich wieder zu Denis und blickte ihm tief in die Augen. «Wir sind eine mächtige Organisation, zu mächtig für euch! Fällt einer unserer Männer aus, besetzen bereits zwei neue seine Position. Ihr könnt uns nicht aufhalten!»

Denis blieb ruhig. Ihm war klar, dass ihn sein Gegenüber provozieren wollte.

«Wir haben euch bereits aufgehalten», bemerkte er ruhig und sachlich.

«Aufgehalten? Niemals!» Vajivalara wurde laut. «Das war nur ein kleiner Rückschlag, sonst nichts.»

«Wir haben Sie erwischt und alle anderen auch. Dank dem ANGUS-Programm, das wir reaktivieren konnten, und dem Mikado-Programm haben wir euch alle gekriegt. Alle! Jetzt müssen wir euch nur noch die richtigen Decknamen zuordnen.» Denis fing an zu pokern. «Selbst die, die nicht direkt daran beteiligt waren. Also auch die letzten beiden Schläfer!»

«Sie wissen und haben gar nichts!»

Trotz der erneuten Provokation bemerkte Denis, dass Vajivalara nicht mehr so selbstsicher wirkte. Denis liess sich von seinem Gespür leiten.

«Ich weiss, dass Sie eine der Leitfiguren und Strategen beim ‹Reinen Glauben› sind. Ich weiss, dass Sie Muno sind. Aber Sie sind nicht der oberste Boss, dafür sind Sie nicht geeignet.»

Vajivalara riss seine Augen auf und blickte ihn erstaunt an.

«Ach ja? Warum bin ich denn nicht geeignet, der Boss zu sein? Vielleicht bin ich ja der Falke höchstpersönlich.»

Denis jubelte innerlich. Soeben hatte Vajivalara einen wichtigen Schwachpunkt preisgegeben. Er war zu stolz und das machte ihn emotional. Denis wusste, dass man emotionale Menschen zu Aussagen verleiten konnte, über die sie nicht wirklich nachdachten. Genau da wollte er ihn packen! Denis fing an zu grinsen. Vajivalara wurde unsicher.

«Warum grinsen Sie so blöd?»

«Weil Sie mir gerade verraten haben, dass der Falke der Boss ist und er sich in Bern befindet.»

«Ich dachte, Sie haben ihn verhaftet …», Vajivalara korrigierte sich schnell, «ich meine, Sie haben gesagt, Sie haben alle von uns verhaftet? Logisch wäre er dann in Bern.»

Denis nickte zufrieden.

«Ja, das habe ich behauptet. Aber es war ein Bluff. Dass der Falke der oberste Kopf vom ‹Reinen Glauben› ist, wussten wir schon lange. Nun aber weiss ich, was ich wirklich wissen muss: Der Falke ist hier in Bern! Es sind noch zwei Internetimpulse übrig, die zu Ihrer Organisation gehören und wir haben sie in Bern geortet. Somit ist einer der Impulse im Netz der Falke, das haben Sie mir soeben bestätigt. Und wir werden ihn finden!»

Vajivalaras Augen zuckten wild nach links und rechts. Er wurde sich offenbar gerade bewusst, dass er Denis zu viel erzählt hatte.

«Vielleicht wollte ich Sie absichtlich auf eine falsche Fährte locken», versuchte er sich zu retten. Sein Grinsen wirkte auf Denis erbärmlich. Der Mann hatte seine Sicherheit verloren.

Denis wusste, dass er nun zuschlagen musste. Er stand auf.

«Ich danke Ihnen für diese wichtigen Informationen, die Sie mir geliefert haben. Jetzt brauche ich nur noch herauszufinden, wer der Falke ist und wer Pendragon. Ich brauche nur noch die beiden Impulse genauer zu lokalisieren und schon ist der ‹Reine Glauben› zerschlagen!» Denis wandte sich ab und wollte gehen.

Vajivalara stand auf.

«Ich bin der Falke! Ich alleine habe diese Sache geplant und organisiert!»

Denis drehte sich um und lächelte ihn an.

«Sie sind Muno. Das wissen wir schon lange. Der Falke ist der Boss, der oberste Boss vom ‹Reinen Glauben›. Auf Wiedersehen, Herr Vajivalara, und vielen Dank für die Informationen!»

Gerade als Denis den Raum verlassen wollte, hielt ihn Vajivalara auf.

«Sie liegen falsch, wenn Sie glauben, der Falke sei der Boss! Er ist es nicht!»

Denis drehte sich interessiert wieder um.

«Wer denn sonst? Andreas Fuhler?»

Vajivalara blickte Denis verstört an.

«Andreas Fu… was?» Seine Irritation schien ehrlich zu sein. Er kannte diesen Namen nicht.

«Oder wollen Sie mir gerade sagen, dass Pendragon Ihr Boss ist?»

Vajivalara fing wieder an zu grinsen und setzte sich.

«Vielleicht ist es besser, Sie gehen diesem Impuls im Netz nach. Aber von jetzt an sage ich kein Wort mehr.» Er grinste wieder so selbstgefällig, als ob er seine Selbstsicherheit wieder gefunden hätte.

Denis sagte nichts mehr und trat wieder in den Gang hinaus. Er war sehr zufrieden, Vajivalara war ihm voll auf den Leim gegangen. Er hatte ihm bestätigt, dass die beiden Impulse vom Falken und von Pendragon stammten, sich beide zurzeit hier in Bern befanden und dass es keine anderen Schläfer mehr gab. Nachdem er die Tür hinter sich geschlossen hatte, wandte er sich an den Mann, an dessen Namen er sich nicht mehr erinnerte.

«Hast du die Stimmprobe hochgeschickt?»

«Stimmprobe ist oben.» Er blickte auf seine Uhr. «Schon fertig?»

«Ja, hab alles, was ich wissen muss.»

«Dann ist es gut gelaufen? Hast du viel herausgekriegt?»

Denis fing an zu grinsen.

«Sehr viel.» Er ging zur Treppentür.

Etwa in der Mitte des Ganges rief ihm der Mann noch etwas zu.

«Frank!»

Denis drehte sich irritiert um und blickte den Mann fragend an.

«Frank!», wiederholte dieser.

Denis schüttelte den Kopf und zog seine Schultern hoch, um ihm zu verstehen zu geben, dass er nicht wusste, was er meinte.

«Mein Name ist Frank! Dachte, ich sag es dir noch, falls du dich fragst, wie ich heisse.»

Denis fing an zu lachen.

«Alles klar, Frank!» Er drehte sich ab und betrat das Treppenhaus. Denis rannte die Treppe hoch, er hatte es eilig. Er wollte unbedingt seine Erkenntnisse anwenden. Und er hatte einen Plan.

Denis stiess die Glastür zum Kommandoraum unsanft auf und eilte zu seinem Platz. Plötzlich blieb er irritiert stehen. Unweit von ihm sass Shrimesha vor einem Computer. Denis beobachtete ihn einen Moment lang. Kopfschüttelnd ging er zu Sophie und Pascal. Er deutete auf Shrimesha.

«Seit wann ist er wieder da?», fragte er Sophie.

«Seit etwa zwanzig Minuten. Er sagte, er war etwas essen. Und offen gesagt, ich könnte auch eine Mahlzeit vertragen. Es ist schon fast drei und ich habe noch nichts Richtiges gegessen.»

«Hast du etwas an dem von uns zur Verfügung gestellten Computer entdecken können?»

«Nein, er hatte keine speziellen Programme geöffnet. Offenbar hat er einfach nur unsere Verfahrensprotokolle studiert. Aber die Stimmprobe von Vajivalara, die man mir gebracht hat, stimmt zu hundert Prozent überein. Er ist also Muno.»

«Und, hast du etwas Neues von Busson erfahren, Pascal?»

«Nein, offenbar ist der Kommunikationsdrang der beiden Schläfer abgebrochen. Laut Busson gibt es zurzeit keine Impulse mehr, ausser vom Computer von Vajivalara, der ja in unseren Händen ist und den wir weiter laufen lassen.»

Denis überlegte einen Moment.

«Ich habe da eine Idee, wie wir die Schläfer finden können.» Er machte Sophie und Pascal ein Zeichen. «Kommt mit!» Denis ging eilig zum Führungstisch, Pascal und Sophie folgten ihm mit fragenden Gesichtern. Als Denis beim Führungstisch ankam, eröffnete er sofort das Gespräch.

«Herr Frech, ich glaube, ich weiss, wie wir die Schläfer kriegen.»

Frech blickte ihn erstaunt an.

«Haben Sie etwas Wichtiges von Vajivalara erfahren?»

«Nicht direkt, aber indirekt.»

«Ich höre.»

Denis bemerkte, wie ihn alle am Tisch erwartungsvoll anschauten.

«Ein Stimmenvergleich mit aufgezeichneten Gesprächen hat ergeben, dass Vajivalara mit Sicherheit Muno ist. Ich habe von Vajivalara auf Umwegen erfahren, dass der Falke, die oberste Führungsinstanz vom ‹Reinen Glauben›, hier in Bern ist. Zudem hat mir Vajivalara klarmachen wollen, dass dieser Pendragon der Boss ist. Er wollte offensichtlich vom Falken ablenken und Pendragon anschwärzen. Pendragon scheint also keine Führungskraft zu sein, spielt aber eine wichtige Rolle. Vielleicht ist er so was wie ein Bote oder ein Wegbereiter in Europa.»

«Und was wollen Sie mir jetzt damit sagen? Ich höre nichts von Ihnen, was mir nicht schon bekannt war.» Frechs Gesichtsausdruck machte Denis klar, dass ihn diese Neuigkeiten noch nicht umhauten.

«Wir wissen, dass sich noch zwei Schläfer in Bern befinden. Vajivalara hat mir nicht widersprochen, als ich behauptete, dass der Falke und Pendragon auch zu den verhafteten Personen gehören. Er war überrascht, aber er schloss es offensichtlich nicht aus. Ich folgere daraus, dass es sich bei den beiden Schläfern, von denen wir dank Bussons Ortung wissen dass sie hier in Bern sind, tatsächlich um den Falken und Pendragon handelt.»

«Wollen Sie mir damit sagen, dass sich sowohl der Falke wie auch Pendragon hier in Bern befinden?»

«Genau. Wenn wir es jetzt richtig anstellen, dann kriegen wir sie beide und zerschlagen den ‹Reinen Glauben› ein für alle Mal!» Denis strahlte in die Runde, doch seine Begeisterung schien die Männer am Tisch noch nicht anzustecken.

«Und wie wollen Sie das anstellen?», fragte Frech kritisch.

«Ich gehe davon aus, dass wir die Kommunikation zwischen Vajivalara, Pendragon und dem Falken genug früh gestört haben, damit diese nicht mitbekommen konnten, dass es uns gelungen ist, die Attentate zu unterbinden. Sie werden sicherlich bemerkt haben, dass etwas nicht stimmt, aber sie wissen nicht, was. Da sie aus Sicherheitsgründen nur über die Internettelefonie miteinander verkehren, wird ihnen nichts anderes übrig bleiben, als immer wieder zu versuchen, miteinander übers Netz Kontakt aufzunehmen, um sich zu informieren.»

«Aber genau das ist nicht geschehen. Nach meinen neusten Informationen kam die Kommunikation im Netz zum Erliegen», kritisierte Frech. «Zudem hat uns Herr Busson erklärt, dass er viel Zeit braucht, um ihre Standorte zu lokalisieren. Der Falke und Pendragon werden sich hüten, zu lange miteinander zu sprechen.»

«Das stimmt. Wenn wir sie aber zu einem längeren Gespräch zwingen, sie sozusagen mit einer Finte aus der Reserve locken, dann könnten wir uns genug Zeit verschaffen, sie zu lokalisieren.»

«Und wie wollen Sie das anstellen?»

«Ganz einfach: Wir haben noch den Computer von Vajivalara. Wie ich mitbekommen habe, lief er noch, als man ihn verhaftete, wir können also ihr Verschlüsselungsprogramm für uns nützen. Wir geben uns als Vajivalara aus und verwickeln sie in ein längeres Gespräch. Oder die andere Möglichkeit wäre, dass wir provozieren, dass der Falke mit Pendragon Kontakt aufnehmen muss.» Erwartungsvoll blickte Denis in die Runde.

Es herrschte eine angespannte Stille, alle schienen sich seinen Vorschlag durch den Kopf gehen zu lassen. Bundesrat Roth fing als Erster an zu nicken. Alle stimmten ein. Frech folgte dem Impuls.

«Die Idee ist nicht von der Hand zu weisen, zumindest ist es einen Versuch wert.»

«Sehr gut. Ich habe da noch eine Bitte. Könnten Sie veranlassen, dass Shrimesha seinen Laptop hier bei uns in der Kommandozentrale anschliessen kann?»

Frech blickte Denis erstaunt an.

«Warum denn das?»

«Das erkläre ich Ihnen später, dafür ist jetzt zu wenig Zeit. Irgendwie hängt er mit drin, vermute ich. Sicherlich nicht in einer wichtigen oder tragenden Funktion, aber er könnte unser Leck sein. Wir haben uns doch immer gefragt, wie unsere streng geheimen Informationen zum ‹Reinen Glauben› gelangen konnten. Er hätte die Position und die Möglichkeiten, an geheime Informationen zu kommen, ohne grosses Aufsehen zu erregen. Ist nur so ein Gefühl.»

Frech zögerte. Ihm schien diese Theorie etwas zu gewagt zu sein.

«Das finde ich keine so gute Idee. Ich kann mich zwar auch nicht für meinen Kollegen aus Pakistan erwärmen, aber diese Vermutung scheint mir doch etwas übertrieben!»

Bundesrat Roth mischte sich wieder ein.

«Ich denke, Herr Benz hat bisher in dieser Sache immer eine gute Nase bewiesen. Ich schlage vor, dass wir seinem Wunsch entsprechen, auch wenn wir nicht wissen, was er vorhat.» Roth blickte Denis eindringlich an. «Kann es uns schaden? Könnten wir bei einem Fehlschlag das Gesicht verlieren?»

Denis schüttelte heftig den Kopf.

«Nein, auf keinen Fall.»

«Gut, dann machen Sie es», bestätigte Bundesrat Roth.

Frech akzeptierte den Entscheid von Roth und nickte Denis zu.

«Also gut, meinen Segen haben Sie auch.»

Denis drehte sich zu Sophie.

«Sophie, kannst du meine Stimme elektronisch so verändern, dass sie sich annähernd so anhört, wie die von Vajivalara, wenn er im Netz war?»

«Ich denke schon, ja.»

«Pascal, weise Busson an, die Gespräche und die Impulse, die sich gleich ergeben werden, genau zu prüfen und mir stets mitzuteilen, wie lange ich noch im Netz bleiben muss, bis er sie gefunden hat.»

«Wird erledigt.» Pascal wollte gerade gehen, als ihn Denis nochmals aufhielt.

«Und bitte, richte ein besonderes Augenmerk auf Shrimesha. Du darfst ihn nicht aus den Augen lassen, ihm aber auch nicht das Gefühl geben, dass er beobachtet wird.»

Denis drehte sich wieder zu Frech.

«Können Sie veranlassen, dass ich den Computer von Vajivalara so schnell wie möglich bekomme?»

«Ich werde das gleich veranlassen.»

«Danke. Jetzt ist es wichtig, dass hier alles ganz normal weiterläuft. Nichts soll darauf hinweisen, dass wir etwas im Schilde führen.» Denis ging mit Sophie und Pascal zurück zu seinem Platz.

Pascal blickte ihn fragend an.

«Sag mal, wie willst du das eigentlich anstellen, dass die Schläfer sich auf dich einlassen? Was willst du ihnen sagen?»

Denis blieb stehen.

«Ich habe noch keine Ahnung, Pascal. Ich spüre aber, dass es funktionieren wird!» Denis setzte sich an seinen Platz.

Pascal beugte sich zu Denis vor und flüsterte ihm ins Ohr.

«Und warum hast du dem Führungsstab nichts von Andreas Fuhler gesagt?»

«Weil Sophie daneben stand und es im Moment nicht darauf ankommt. Die Fahndung nach ihm läuft. Und ausserdem: Gelingt uns die Kontaktaufnahme und er ist einer der beiden gesuchten Schläfer, dann erwischen wir ihn sowieso.»

«Und wann willst du Sophie beibringen, dass ihr Freund irgendwie involviert ist?»

«Sobald wir genau wissen, wie er da mit drin hängt. Sagen wir es ihr jetzt, ist sie nicht mehr zu gebrauchen, so verliebt, wie sie immer von ihm spricht. Wir können aber nicht auf sie verzichten. Wenn die Zeit reif ist, werde ich es ihr sagen.»

Beide blickten verstohlen zu ihrer Nachbarin, aber sie schien nichts von ihrer Tuschelei mitbekommen zu haben. Sie konzentrierte sich voll auf ihren Computer.

«Wie ich beobachtet habe, tut sich etwas. Haben Sie Informationen, von denen ich wissen sollte?»

Denis drehte sich um und erschrak. Shrimesha stand hinter ihm und blicke ihn fordernd an. Denis überlegte einen Moment, bevor er antwortete.

«In der Tat, es tut sich etwas. Ich wäre gleich zu Ihnen gekommen, weil wir auf Ihre Mithilfe angewiesen sind.»

«Auf einmal? Bisher hat mich Ihr Geheimdienst nur ignoriert», erwiderte Shrimesha gekränkt.

«Bitte, haben Sie Verständnis, Herr Shrimesha, hier lief alles sehr chaotisch in den letzten Stunden. Jetzt aber wollen wir zum finalen Schlag ausholen und das können wir nur mit Ihrer Hilfe.» Denis setzte sein sympathischstes Lächeln auf.

«Und was soll ich tun?»

Denis jubelte innerlich, sein Trick, den Mann bei seinem gekränkten Stolz zu packen, schien zu funktionieren.

«Ich habe eben den Führungsstab davon überzeugen können, dass Sie möglicherweise über wichtige Informationen verfügen, die wir nicht haben. Darum schlage ich vor, dass Sie Ihren Computer anschliessen und ein paar Informationen für uns abrufen.»

Shrimesha runzelte die Stirn.

«Was für Informationen?»

«Das kann ich Ihnen jetzt noch nicht sagen, aber es wird sich schnell herausstellen, was wir für Informationen brauchen. Können Sie sich von hier aus in Ihr Netz vom Geheimdienst in Pakistan einloggen?»

«Mit welchem Ziel sollte ich das tun?»

«Wir haben ein Programm entwickelt, mit dem wir eine Chance sehen, mit den noch verbleibenden zwei Schläfern in Kontakt zu treten. Wir tun das, indem wir vortäuschen, Vajivalara zu sein. Da wir davon ausgehen, dass die Terroristen möglicherweise Dinge von uns wissen wollen, die man nur weiss, wenn man die Organisation gut kennt, müssen wir jede Quelle, die wir haben, anzapfen. Und dafür sind Sie sicher die beste Person.»

Shrimesha blickte Denis kritisch an.

«Sie können die beiden Schläfer finden?»

Denis nickte heftig.

«Ich bin mir sicher.»

«Gut, dann werde ich meinen Teil dazu beitragen. Wo kann ich mich anschliessen?»

«Am besten, Sie machen es von hier. Dann wären Sie für Informationen in meiner Nähe.»

«In Ihrer Nähe? Dann werden Sie also die Kontaktaufnahme machen?»

«Das ist korrekt», bestätigte Denis.

«Gut, geben Sie mir eine Minute, ich hole nur schnell meinen Laptop.» Shrimesha eilte davon.

«Denkst du, er ist misstrauisch geworden?», fragte Denis seinen Freund Pascal.

Dieser schüttelte den Kopf.

«Nein. Und offen gesagt, habe ich nicht das Gefühl, dass er irgendetwas mit der Sache zu tun hat, so hilfsbereit wie er sich jetzt gegeben hat.»

«Das werden wir ja sehen. Denk daran Pascal, behalte ihn im Auge!»

«So, Denis, das Programm für deine Stimmveränderung steht. Es ist zwar nicht perfekt, aber es müsste reichen. Mach mal eine Stimmprobe in dein Mikro», befahl Sophie.

Denis setzte sich sein Headset auf und sprach ein paar Worte. Das Gesagte kam nach einer kleinen Verzögerung verzerrt und für Denis ungewohnt aus den Kopfhörern zurück. Ob es sich wie Vajivalaras Stimme anhörte, konnte er nicht sagen. Er vertraute Sophie einfach.

«Warum dauert das so lange, bis ich mich höre?», fragte er sie.

«Weil das Programm deine Stimme erst umrechnen muss, um es in einer anderen Frequenz wiederzugeben.»

Jemand klopfte Denis auf die Schulter.

«Hier ist der Computer von Vajivalara, bitte sofort einstecken. Wir dürfen nicht riskieren, dass das Programm heruntergefahren wird. Im Moment läuft es über die Batterie.»

Denis drehte sich um, nahm den Laptop entgegen und steckte ihn ein. Er stammelte ein kurzes «Danke» und blickte gebannt auf den Monitor. Denis konnte nicht viel mit dem Display anfangen, er sah nur ein Raster mit grünen Linien. Shrimesha kam mit seinem Computer und stellte eine Verbindung her.

«Ich bin dann so weit», erklärte Shrimesha, der zu Denis' Erstaunen wenig Interesse an Vajivalaras Computer zeigte.

Vielleicht habe ich mich bei diesem Typen doch geirrt und er hat wirklich nichts mit der ganzen Sache zu tun? Denis blieb nicht viel Zeit für seine Zweifel, denn der ganze Führungsstab kam zu seinem Platz und versammelte sich in einem

Halbkreis hinter ihm. Denis wurde nervös. Noch immer hatte er keinen wirklichen Plan, wie er es anstellen sollte, mit dem Falken oder Pendragon in Verbindung zu treten. Überhaupt wurde ihm erst jetzt bewusst, dass er keine Ahnung hatte, wie er diesen Computer bedienen musste. *Und was soll ich den Schläfern überhaupt sagen, damit sie in der Leitung blieben?* Denis fing an zu schwitzen. Er drehte sich hilfesuchend zu Pascal.

«Ist Busson bereit?» Denis lenkte sich bewusst mit dieser Frage ab.

«Er ist bereit», bestätigte Pascal.

«Sophie? Alles klar?»

Sie nickte heftig.

«Und denk daran, Denis, du darfst nur Englisch sprechen! Wir wissen seit der Verhaftung von Ben Pecks, dass das Programm Englisch versteht. Von jeder anderen Sprache wissen wir es nicht!», mahnte ihn Sophie.

Denis hob seine Hände in die Luft.

«Moment! Was, wenn sich der Falke oder Pendragon auf Pakistanisch melden? Dann bin ich aufgeschmissen!» Zweifel überkamen ihn, ob seine Idee wirklich gut war.

«Dann muss halt Herr Shrimesha das Gespräch führen!», warf Pascal ein.

«Aber dann stimmt die Stimme nicht mehr und mein Stimmenprogramm kann man nicht einfach so hin und her schalten», warf Sophie ein.

Denis winkte ab.

«Wenn sich einer der beiden auf Pakistanisch meldet, dann übernimmt einfach Herr Shrimesha. Das Stimmenrisiko müssen wir halt eingehen.» Er blickte Shrimesha fragend an.

Dieser nickte kurz, um sein Einverständnis zu signalisieren.

«Okay, Sophie, ich denke, das müsste klappen.» Denis drehte sich zu Shrimesha. «Bei Ihnen auch alles bereit?»

«An mir soll es nicht liegen.»

Denis atmete tief durch und drehte sich zum Führungsstab.

«Wenn Sie einverstanden sind, dann fange ich jetzt an.» Denis bemerkte, wie Frech ein Signal gab, und plötzlich war es totenstill in der Kommandozentrale.

«Fangen Sie an, Herr Benz.»

Denis wischte sich die nassen Hände an den Oberschenkeln seiner Jeans ab und klickte mit der Maus ins Raster auf dem Bildschirm. Nichts geschah, die Wellen bewegten sich nicht. Denis wagte einen zweiten Versuch. Wieder nichts. Er blickte zu Sophie hinüber. Ihr Gesichtsausdruck verriet, dass sie ihm auch nicht helfen konnte. Denis klickte auf eines der kleinen Symbole am Rand des Rasters. Die Leitung blieb tot. Mit jeder Sekunde wurde der Druck grösser, ihm war klar, dass jeder darauf wartete, dass er eine Leitung zustande bekam. Aber dieses Programm funktionierte nicht wie ein Telefon, wo man einen Namen oder eine Nummer anklickte. Verzweiflung machte sich in Denis breit. Er bemerkte, wie hinter ihm ein leichtes Raunen aufkam. Aus dem Augenwinkel konnte er beobachten, wie Shrimesha ein kleines Grinsen übers Gesicht huschte. Denis drehte sich um und wollte die ganze Sache abblasen, als plötzlich ein Klingeln vom Computer ertönte. Denis klickte sofort das Gespräch an. Eine Stimme meldete sich. Denis zuckte zusammen und horchte gebannt.

«Muno, können Sie mich hören?», klang es deutlich aus den Kopfhörern auf Englisch.

Die Anspannung im Raum war zum Greifen nahe. Denis netzte seine Lippen.

«Ja, ich bin es.» Er wartete ab, was geschah, und mit ihm wartete der ganze Raum.

Es blieb ein paar Sekunden still.

«Was ist passiert? Ich warte noch immer auf den Befehl, die Medien zu kontaktieren. Sollten die Bomben nicht schon lange detoniert sein?»

Denis blickte sich um, doch keiner konnte ihm helfen.

Frech zeigte ihm mit einer hektischen Geste an, dass er weitersprechen sollte.

«Das ist korrekt, ich habe den Zeitpunkt der Explosion verschoben.»

«Warum?»

«Weil es ein Problem mit dem Falken gab.»

«Dem Falken?», fragte die Stimme nach.

«Ja, dem Falken.» Denis wusste, dass er gerade den Kontakt verspielt haben könnte, falls es der Falke selber war, der sich gemeldet hatte. Er hatte eine Fünzig-Prozent-Chance. Entweder war es Pendragon oder der Falke. Es blieb ruhig in der Leitung. Die Sekunden wurden zu Stunden. Denis' Mund war schon ganz trocken. Dann meldete sich die Stimme plötzlich wieder.

«Ich habe auch festgestellt, dass es Probleme mit dem Falken gibt. Ich kann ihn nicht erreichen. Überhaupt scheint etwas nicht zu stimmen, ich erreiche niemanden. Wissen Sie warum?»

«Nein, deshalb warte ich auch. Bevor mir der Falke nicht den Befehl erteilt, schicke ich meine Leute nicht los.»

«Sollten die denn nicht schon längst an den Zielorten sein?» Der Stimme war das Misstrauen anzuhören.

Panik überkam Denis. Er wusste nicht, was er antworten sollte. Angestrengt überlegte er.

«Hören Sie zu, Pendragon, ich habe alles im Griff. Alles verläuft planmässig.» Denis blickte hektisch zu Pascal rüber. Mit einer unmissverständlichen Geste machte er ihm klar, dass er wissen wollte, wie lange er noch mit Pendragon sprechen musste.

Pascal machte eine Kreisbewegung mit seiner Hand, um Denis zu signalisieren, dass Busson Pendragon noch nicht geortet hatte. Denis blickte wieder auf den Bildschirm. Die Stimme meldete sich nicht mehr.

«Pendragon, sind Sie noch da?»

«Muno, wo befindet sich unser Trainingslager in Pakistan?»

Denis riss seine Augen auf. Auf diese Frage war er nicht vorbereitet gewesen.

«Was soll diese Frage? Wollen Sie mich prüfen?»

«Ich habe Ihnen eine klare Frage gestellt, beantworten Sie sie.»

Hilfesuchend schielte Denis zu Shrimesha. Shrimesha blickte Denis entschlossen an und flüsterte ihm eilig «Datta Kehl» zu.

«Datta Kehl», wiederholte Denis. Er spürte, dass Pendragon misstrauisch wurde. Ihm war klar, dass er jetzt alles auf eine Karte setzen musste.

«Ich werde mich jetzt nicht auf irgendwelche Spielchen mit Ihnen einlassen, Pendragon. Wir haben eine grosse Sache vor, da habe ich keine Zeit für solche Fragen!» Denis' Herz pochte.

«Wie viele Falken befinden sich in Europa?», fragte Pendragon unbeirrt weiter.

Denis dachte angestrengt nach.

«Sechs.» Plötzlich erinnerte er sich an den Anschlag in Hyères. «Nein, es sind sieben!»

Pendragon hängte auf. Denis drehte sich sofort zu Pascal, doch dieser schüttelte ernüchtert den Kopf.

«Die Zeit habe nicht gereicht, sagt Busson. Tut mir leid, Denis.»

Denis warf seine Kopfhörer hin.

«Scheisse!», fluchte er laut vor sich hin. Ihm war klar, dass dies die einzige Chance gewesen war, die sie hatten, und er hatte sie versiebt. Frech klatschte in die Hände.

«Okay, meine Herren, dieser Versuch ist leider gescheitert. Ich möchte sofort eine Situationsanalyse und neue Vorschläge, wie wir die Schläfer finden. Wir treffen uns sofort wieder beim Führungstisch.» Frech klopfte Denis auf die Schulter. «Machen Sie sich keine Vorwürfe, die Idee war gut. Sie hätte mit etwas Glück sogar funktionieren können. Leider sitzen wir jetzt ziemlich tief im Schlamassel, denn die Schläfer wissen jetzt, dass wir ihnen auf die Schliche gekommen sind. Die werden nicht mehr miteinander kommunizieren, sondern das Weite suchen. Hoffen wir, dass sie das tun, ohne eine Bombe mit einer Fernsteuerung zünden zu können, denn die Dinger sind zwar in Sicherheit, aber noch nicht entschärft. Gönnen Sie sich eine Pause.» Frech ging zurück zum Führungstisch.

Denis blickte ihm erschöpft nach. Obwohl es niemand aussprach, war die Enttäuschung über den Verlauf der ganzen Sache deutlich spürbar. Denis fühlte sich schlecht, er konnte nicht fassen, dass er den Kontakt zu Pendragon verloren hatte. Plötzlich schoss ihm ein Gedanke durch den Kopf. Er drehte sich zu Shrimesha, der gerade seinen Computer herunterfahren wollte.

«Lassen Sie den Computer laufen!», befahl er ihm forsch.

Shrimesha blickte ihn erstaunt an.

«Was haben Sie mir da gerade gesagt?»

«Ich sagte Ihnen, dass Sie Ihren Computer laufen lassen sollen!» Denis rief ihm das so laut zu, dass sich alle in seine Richtung drehten.

«Denis, beruhige dich», versuchte Pascal zu schlichten.

Frech kam zu Denis zurück.

«Gibt es ein Problem?»

«Ja. Ich möchte, dass Herr Shrimesha seinen Computer laufen lässt.»

«Das ist ein Skandal! Ich lasse mir von einem kleinen Angestellten des Schweizer Geheimdienstes keine Befehle erteilen.» Shrimesha machte sich wieder an seinem Computer zu schaffen.

Denis ging dazwischen und hinderte ihn daran.

Frech fasste Denis an der Schulter.

«Herr Benz, können Sie mir Ihr eigenartiges Benehmen erklären?»

«Das kann ich, Herr Frech. Shrimesha ist der Falke!» Inzwischen hatte sich eine Menschentraube um die Gruppe gebildet.

«Das ist ein Skandal! Eine infame Verleumdung! Das muss ich mir nicht gefallen lassen!», empörte sich Shrimesha. Er versuchte, an seinen Computer zu kommen.

Wieder hinderte ihn Denis daran. Frech ging dazwischen.

«Können Sie Ihre Anschuldigung beweisen?»

Denis zeigte aufgeregt auf den Computer.

«Das kann ich. Aber lassen Sie nicht zu, dass er seinen Computer herunterfährt.»

Frech drehte sich kurz zu Shrimesha, der wieder versuchte, an seinen Computer zu gelangen.

«Ich denke, Herr Shrimesha, wenn Sie nichts zu verbergen haben, dann können wir den Computer mal in Ruhe lassen und Herrn Benz zuhören.»

«Das ist mein Computer, mein Eigentum! Ich kann damit machen, was ich will!» Wieder versuchte er, seinen Computer zu erreichen.

Nun wurde auch Frech misstrauisch und hinderte ihn daran. Er presste Shrimesha in den Stuhl.

«Setzen Sie sich», befahl er in einer strengen Tonlage.

Shrimesha gehorchte. Dann drehte sich Frech zu Denis und blickte ihn mit einem strengen Blick an.

«Ich hoffe, Sie haben wirklich stichhaltige Beweise für Ihr Handeln, denn wenn dem nicht so ist, dann haben Sie uns gerade eine internationale Krise beschert.» Er verschränkte seine Arme. «Ich höre, Herr Benz!»

Denis beruhigte sich etwas. Er schaute sich um, bevor er sprach. Dutzende Augenpaare warteten neugierig auf seine Erklärung.

«Können Sie sich an die Frage nach dem Trainingscamp von Pendragon erinnern?»

Frech nickte.

«Herr Shrimesha sagte mir ‹Datta Kehl›. Woher weiss er das, wenn es doch ein geheimes Trainingscamp ist?»

Shrimesha pfiff durch seine Zähne und fing an, arrogant zu lachen.

«Das habe ich einfach so behauptet, damit Sie etwas antworten konnten.»

«Wenn die Antwort falsch gewesen wäre, dann hätte Pendragon gleich aufgehängt. Sie war also richtig!» Denis kniff seine Augen zusammen. «Ich frage mich, woher Sie das wissen.»

Shrimesha fing wieder an zu lachen.

«Junge, ich bin Chef des pakistanischen Geheimdienstes. So etwas wissen wir!»

«Und warum haben Sie dann dieses Camp nicht schon lange ausgehoben?»

Shrimesha überlegte einen Moment.

«Kennen Sie sich da aus? Kennen Sie die Berge, die zwischen Pakistan und Afghanistan liegen? Das ist ein Labyrinth.»

«Aber trotzdem war die Angabe so präzise, dass sich Pendragon damit zufriedengab.»

«Das ist doch an den Haaren herbeigezogen! Vielleicht hat Pendragon schon da gewusst, dass die Antwort falsch war, und wollte Ihnen noch eine Chance geben.»

«Das würde aber bedeuten, dass Sie bewusst eine falsche Information an mich weitergegeben haben. Warum sollten Sie so etwas tun und damit den Kontakt zu Pendragon aufs Spiel setzen? Vielleicht, um ihn zu warnen?»

Shrimesha wandte sich an Frech.

«Ich denke, Sie sollten eingreifen. Das Ganze hier ist ein Skandal!»

Frech zögerte. Er liess Shrimeshas Protest unbeantwortet und wandte sich wieder an Denis.

«Herr Benz, ich gebe zu, Ihre Argumente sind nicht ganz von der Hand zu weisen. Trotzdem hoffe ich, dass Sie noch einen besseren Beweis haben, denn Ihre Vorwürfe sind noch nicht über jeden Zweifel erhaben.»

«Ich habe noch einen Beweis, den besten, den es gibt!», rief er in die Runde.

«Ach ja, und welchen denn?», warf Shrimesha ein.

Denis zeigte auf den Computer.

«Ich bin davon überzeugt, dass auf Shrimeshas Computer das Verschlüsselungsprogramm des ‹Reinen Glaubens› ist.»

Shrimesha fing an zu grinsen, was Denis sehr irritierte. Sophie ergriff die Initiative und machte sich am Computer von Shrimesha zu schaffen.

«Das ist Verletzung des Persönlichkeitsschutzes! Dafür werde ich Sie vor Gericht bringen!», protestierte Shrimesha lauthals.

Ein paar Klicks später drehte sich Sophie um und seufzte laut. Denis' Herz fing an zu rasen. Sie blickte in die Runde.

«In so kurzer Zeit ist es unmöglich, den Computer auf alle Programme zu prüfen. Zudem würde es mich auch wundern, wenn ein solches Programm nicht versteckt installiert wurde. Es gibt tausende Möglichkeiten, dies zu tun. Ein erster Blick darauf hat aber nicht ergeben, dass auf diesem Laptop ein Programm installiert ist, das dem Verschlüsselungsprogramm, welches wir vom ‹Reinen Glauben› kennen, nahekommt.» Sie warf Denis einen entschuldigenden Blick zu.

«Dann befinden wir uns in einer Zwickmühle», erklärte Frech ernüchtert. «Wenn kein unmittelbarer Terrorverdacht gegen Herrn Shrimesha aufrechterhalten werden kann, geniesst er diplomatische Immunität und wir können ihn nicht hier festhalten. Das gilt auch für seinen Computer. Es tut mir sehr leid, Herr Shrimesha.»

Shrimesha stand auf und wischte sich arrogant die Falten aus der Hose. Frech streckte ihm seine Hand zur Entschuldigung hin. Denis ging erneut dazwischen.

«Warten Sie, Herr Frech! Wir haben noch eine Chance!»

Frech blickte Denis wütend an.

«Herr Benz, ich bin gerade dabei, meine Geduld mit Ihnen zu verlieren und schlage vor, dass Sie von nun an den Mund halten.»

«Lassen Sie den Mann ausreden!», mischte sich Bundesrat Roth ein. «Unser Land befindet sich im Moment in einem Krieg. Ich denke, wir dürfen uns die Zeit noch nehmen,

Herrn Benz anzuhören. Falls es die Situation noch mehr verschlimmert, dann übernehme ich die volle Verantwortung. Aber ich glaube, schlimmer als jetzt kann es nicht werden. Also, Herr Benz, lassen Sie hören.»

Gerade als Denis seinen Gedanken ausführen wollte, öffnete sich im Monitor ein Fenster. Ein Raster erschien und grüne Wellen fingen an zu tanzen. Dasselbe Klingeln, wie beim Computer von Vajivalara ertönte auf Shrimeshas Laptop und hallte durch den Raum. Denis zögerte nicht lange und klickte die Leitung an.

«Falke! Falke! Hier Pendragon! Antworten Sie, es ist dringend!»

Alle blickten erstaunt zum Laptop. Niemand sagte etwas. Shrimesha schloss die Augen und fing an zu beten. Frech zeigte auf Shrimesha und schrie den Wachen am Eingang zu.

«Nehmen Sie diesen Mann sofort fest!»

Kaum angesprochen eilten die Männer herbei und legten Shrimesha in Handschellen.

Bundesrat Roth trat mit einem Lächeln an Denis heran.

«Ich nehme an, das war das, was Sie noch vorschlagen wollten, oder?»

Denis lächelte müde, aber glücklich zurück.

«Genau. Ich wusste, Pendragon würde versuchen, den Falken zu warnen. Zum Glück hat er das noch rechtzeitig gemacht.»

Bundesrat Roth klopfte ihm anerkennend auf die Schulter.

«Es braucht Mut, seiner Überzeugung so hartnäckig treu zu bleiben. Ich bewundere das!» Er ging zum Führungsstab zurück, der sich lauthals unterhielt.

Frech kam auf Denis zu.

«Ich muss zugeben, ich habe an Ihnen gezweifelt. Das werde ich jetzt aber nie mehr tun, versprochen!»

«Kein Problem. Ich gebe zu, dass es Momente gab, in denen ich mir selber nicht mehr sicher war.»

«Aber wie kamen Sie auf diesen Verdacht?», fragte Frech neugierig.

«Eigentlich war es pures Glück. Mir fiel auf, dass Shrimesha genau zu der Zeit nicht mehr hier war, als unser Zugriff losging. Kurz darauf versuchten doch zwei Impulse, Vajivalara zu erreichen. Pendragon und der Falke, wie wir wissen. Ich fragte mich, warum sich dieser Mann hier so aufspielte, um an alle Informationen zu kommen, und dann in der heissesten Phase verschwindet?»

«Weil er seine Leute warnen wollte», ergänzte Frech.

«Genau. Das war meine Vermutung.»

Frech grinste.

«Diese Vermutung war aber sehr, sehr vage.»

«Das stimmt. Aber dieser Mann könnte doch in seiner Position alle Informationen bekommen, die er will, ohne dass es auffällt, oder? Und wir hatten uns doch immer gefragt, woher der ‹Reine Glauben› alle geheimen Details herhatte.»

«Das stimmt, aber das gilt es, erst noch zu prüfen.» Plötzlich kam Frech ein neuer Gedanke. «Aber warum startete er seinen Computer überhaupt auf? Er wusste doch, dass Sie den Falken oder Pendragon versuchen zu erreichen? Das war doch fahrlässig, oder?»

«Nein, er hatte ja bereits früher versucht, Pendragon und die anderen Falken zu warnen, aber es ging nicht. Wahrscheinlich war er sich sicher, dass ihre Software noch immer nicht funktionierte. Er hatte ja nicht mitbekommen, dass wir von hier aus die Störimpulse geschickt haben und ihre Kommunikation so lahmlegten. Erst kurz bevor ich mich ins Netz einklinkte, haben wir die Störimpulse ausgeschaltet, damit die Internettelefonie für meinen Versuch wieder funktionierte. Als er begriff, dass Pendragon wieder Zugang zu ihrer Kommunikation hatte, wurde ihm klar, dass auch er als Falke wieder erreichbar war. Darum versuchte er so schnell wie möglich, seinen Computer wieder auszuschalten!»

«Und hätte er andererseits von Anfang an verweigert, seinen eigenen Computer für die Kontaktaufnahme zur Verfügung zu stellen, hätte ihn das erst recht verdächtig gemacht. Clever, Herr Benz!» Er klopfte Denis auf die Schulter. «Herr

Benz, ich muss zugeben, ich hätte mit diesen Argumenten einen solchen Verdacht nie und nimmer ausgesprochen. Aber Sie haben schon in der Vergangenheit bewiesen, dass Sie so etwas wie einen siebten Sinn haben.» Er schaute kurz zur Decke hoch. «Aber warum tut er so was? Was ist seine Motivation?»

Denis zuckte mit den Schultern.

«Ich muss zugeben, darauf habe ich auch keine Antwort.»

«Darum warte ich jetzt einfach mal geduldig alle Auswertungen zu Shrimesha ab. Wir werden ja sehen, wie viel Glück oder eben Talent Sie hatten.» Er blickte sich um. «So, wir gehen jetzt alle wieder an die Arbeit. Sie dürfen nicht vergessen, es gibt noch einen Terroristen, den wir finden müssen!»

Pascal tippte Denis auf die Schulter.

«Ich habe da eben noch eine Meldung bekommen. Ich glaube, wir müssen es jetzt Sophie sagen.»

«Was sagen?»

Pascal hielt ihm ein Papier mit einem Foto darauf vor die Nase.

«Sie haben eben Andreas Fuhler in Genf an der Grenze festgenommen.»

Denis riss Pascal das Papier aus den Händen. Er konnte nicht fassen, was er da sah. Jetzt wusste er, wer Pendragon war!

Kapitel 21: Schweiz, Bern, Dienstag, 7. Juli, 17:58

Denis blinzelte, als er das Bundeshaus verliess. Es war kurz vor sechs, die Sonne wechselte gerade ihren grellen Farbton in ein angenehmes Abendrotgold. Zügig ging er über den Bundesplatz, er hatte sich um sechs in seinem geliebten «Café Fédérale» am Bärenplatz mit Renée verabredet. Er fühlte sich, trotz seines grossen Erfolges, den Falken entlarvt zu haben, nicht besonders gut. Die letzten zwei Stunden hatte er damit verbracht, seine Vermutungen und seine Intuition mit Recherchearbeit zu unterstreichen. Leider hatte ihn sein Riecher nicht im Stich gelassen, er lag richtig.

Vor dem «Café Fédérale» schaute sich Denis kurz nach Renée um, sie war noch nicht da. Er setzte sich an einen Tisch in der Nähe des Eingangs zum Restaurant, sodass er sie sehen konnte, falls sie sich, trotz des warmen Sommerabends, entscheiden sollte, sich ins Café zu setzen. Denis bestellte ein Mineralwasser. Erst jetzt bemerkte er, dass er eigentlich den ganzen Tag nichts getrunken hatte, der Tag war einfach zu hektisch gewesen.

Kaum hatte der Kellner ihm das Wasser gebracht, verdeckte ihm jemand von hinten die Augen. Denis sprang instinktiv auf und drehte sich um, bereit, schlagkräftig zu reagieren. Renée blickte ihn erstaunt an.

«Tut mir leid, ich wollte dich nicht erschrecken», stammelte sie sichtlich irritiert.

Denis lächelte peinlich berührt.

«Entschuldige. Seit dem Überfall bin ich einfach sehr dünnhäutig.»

Renée lächelte verständnisvoll und drückte ihm einen Kuss auf den Mund. Anschliessend hängte sie ihre Handtasche über die Stuhllehne und setzte sich.

«Ich verstehe das voll und ganz, Denis. Schliesslich bin ich ja eine diplomierte Psychologin.» Sie schnappte sich eine Karte und warf einen Blick hinein.

Denis beobachtete sie. Sie war so wunderschön! Er bemerkte, wie alle Männer rundherum immer wieder verstohlene Blicke in ihre Richtung warfen, doch das schien Renée nicht zu interessieren. Denis mochte das an ihr. Trotz ihrer auffallenden Schönheit kokettierte sie nicht damit. *Eine Frau, die weiss, dass sie schön ist, und es trotzdem nicht jede Minute von allen Männern dieser Welt hören will! Das ist selten!* Selbst wenn sie in einen Text vertieft war, sah sie noch süss aus.

Renée hob ihren Kopf und schenkte Denis einen verliebten Augenaufschlag.

«Was wollen wir essen? Hast du eine Empfehlung?»

Ihre Frage riss Denis aus seinen Gedanken.

«Bitte entschuldige, was hast du gesagt?»

«Ist alles in Ordnung mit dir? Du machst mir einen leicht verwirrten Eindruck.»

Renées Gesicht wirkte sorgenvoll.

«Nein, alles in bester Ordnung. War einfach ein sehr anstrengender Tag.»

«Ach ja, was war denn der Grund für deine abrupte Abreise?» Sie fing an zu grinsen. «Hat einer unserer Bundesräte eine heimliche Affäre?»

Denis schüttelte den Kopf.

«Da fällt mir gerade ein, was du für ein verrücktes Huhn bist.»

«Warum?», fragte Renée erstaunt.

«Weil du mir sofort mit dem nächsten Flieger gefolgt bist!»

Renée zuckte mit den Schultern und strahlte Denis an.

«Das ist eben Liebe!» Ihr schien Denis' Bemerkung sehr peinlich zu sein und sie rettete sich wieder in die Karte.

Denis beugte sich zu ihr vor.

«Ich dachte, da du schon extra wegen mir in die Schweiz zurückgekommen bist, zeige ich dir zuerst, wo ich arbeite und lade dich anschliessend zum Essen ein.» Denis beobachtete ihre Reaktion auf diesen Vorschlag.

Renée klappte augenblicklich die Karte zusammen und blickte ihn mit grossen Augen an.

«Das finde ich eine tolle Idee!»

Denis lächelte, drehte sich und winkte den Kellner herbei.

Dieser reagierte prompt und eilte an den Tisch.

«Möchtest du noch irgendetwas, Denis?»

«Nein danke, ich möchte gerne zahlen.»

Der Kellner blickte ihn verblüfft an.

«Schon? War irgendetwas nicht in Ordnung?»

Denis lächelte verlegen.

«Nein, Pierre, alles war super. Wir müssen nur noch schnell etwas erledigen.»

Der Kellner blickte kurz zu Renée und dann wieder zu Denis zurück. Er fing an zu grinsen.

«Das kann ich gut verstehen, Denis!» Er holte seine Geldbörse hervor. «Das macht dann … ach, weisst du was, lass es sein. Das geht aufs Haus!»

«Herzlichen Dank, Pierre. Das ist aber nicht nötig!», protestierte Denis verlegen.

Der Kellner zwinkerte ihm zu und ging. Renée nickte anerkennend.

«Heute Morgen per Helikopter in die Schweiz, jetzt musst du nicht zahlen, sag mal, was ist genau deine Aufgabe beim Bund?»

Denis grinste.

«Nein, du verstehst das falsch. Ich wohne gleich hier oben.» Denis zeigte auf den zweiten Stock. «Ich bin öfters hier, deswegen kennen wir uns.»

Renée blickte zu Denis' Wohnung.

«Wow, hier oben? Mitten in der Stadt? Ich bin beeindruckt! Es scheint, als ob du eine gute Partie bist.»

Denis ging nicht auf Renées Kompliment ein und stand auf.

«Wollen wir?»

Renée stand ebenfalls auf. Nachdem sie sich die Tasche über ihre rechte Schulter gehängt hatte, gingen sie gemeinsam in Richtung Bundeshaus. Renée nahm verliebt Denis' Hand, doch er zögerte.

«Ist es dir peinlich, mir mitten auf dem Bundesplatz die Hand zu geben, Denis?», fragte Renée mit einem Grinsen. Sie schien Denis' Reaktion nicht persönlich zu nehmen.

«Nein, also ich meine ...» Denis blieb kurz stehen und drehte sich zu ihr. «Nicht, dass du mich jetzt falsch verstehst oder dass du glaubst, ich könne nicht zu dir stehen ... aber wir kennen uns erst kurze Zeit und das Bundeshaus ist mein Arbeitsplatz. Ich möchte ...», Denis rang um Worte.

Renée strich ihm sanft über die Wange.

«Ich verstehe das voll und ganz, du musst dich nicht erklären. Ich will dich nicht vor deinen Arbeitskollegen in Verlegenheit zu bringen.»

«Danke.»

Sie gingen zum Eingang des Bundeshauses. Renée blickte sich in der Eingangshalle erstaunt um.

«Das sieht toll aus! Obwohl ich in Bern wohne, muss ich zugeben, dass ich noch nie hier drin war.»

Denis zeigte Renée den Weg. Er führte sie über den Seitengang zum Lift und hielt seine Zugangskarte an das Kästchen. Als sich die Türen geöffnet hatten, bat er sie einzutreten, drückte seinen Daumen auf die kleine Glasscheibe und gab anschliessend den Sicherheitscode ein.

«Sicherheit wird hier wohl gross geschrieben, nicht?», stellte Renée beeindruckt fest.

Denis nickte. Der Lift bewegte sich. Renée schaute sich irritiert um, als sie bemerkte, dass der Lift nach unten und nicht nach oben fuhr.

«Sag mal, wo ist eigentlich dein Büro?»

Denis lächelte angespannt.

«Ich zeige es dir.»

Renée runzelte kurz die Stirn und umklammerte ihre

Tasche. Es wirkte fast so, als ob sie sich nicht ganz wohlfühlen würde.

«Alles gut bei dir?», fragte Denis aufmerksam.

Sie nickte.

«Alles gut, kein Problem.»

Nach einer kurzen Fahrt öffneten sich die Aufzugstüren wieder, Denis ging voraus. Renée hielt ihn kurz auf, als sie die Wachmänner im Gang hinter den Glastüren sah.

«Sag mal, wo führst du mich hin?» Sie blickte Denis sorgenvoll an.

Denis streichelte ihr beruhigend die Hand.

«Mach dir keine Sorgen, ich zeige dir nur meinen Arbeitsplatz.»

Die Soldaten erwarteten die beiden mit einem freundlichen Lächeln. Einer der Soldaten zeigte kurz auf den Detektor und den Röntgenapparat.

«Frau Müller, würden Sie bitte Ihre Tasche auf das Band legen, mir Ihr Mobiltelefon abgeben und durch den Detektor laufen?» Er fragte freundlich, aber bestimmt.

Renée schickte Denis einen weiteren, hilfesuchenden Blick. Denis zeigte ihr mit einer Geste an, dass das alles normal war. Nachdem Renée den Detektor passiert und ihre Tasche wieder genommen hatte, bat sie ein anderer Soldat, ein Blatt Papier zu unterscheiben. Renée folgte den Anweisungen, ohne zu protestieren. Denis liess Renée wenig Zeit, ihm Fragen zu stellen. Kaum hatte sie unterschrieben, ging er den Gang entlang. Renée folgte ihm.

«Bei dir hat es gepfiffen!», stellte sie schockiert fest.

«Wie bitte?» Denis drehte sich im Laufen um.

«Ich sagte, bei dir hat es gepfiffen, als du durch den Detektor gelaufen bist. Trägst du eine Waffe? Tragen Mediensprecher Waffen?» Renée blickte Denis vorwurfsvoll an.

«Ach so, das. Nein, ich trage keine Waffe, das war bestimmt nur mein Kleingeld in der Hosentasche. Mich kennt man hier, deswegen lassen die mich auch mal passieren, wenn es bei mir pfeift.» Denis versuchte, den Vorfall so gut es ging herunterzuspielen.

Zwar schenkte ihm Renée einen weiteren vorwurfsvollen Blick, doch er schien schon etwas versöhnlicher zu sein. Denis öffnete die Tür, die zu den PRIOS-Räumlichkeiten führte, und liess Renée eintreten. Kaum war sie durch die Tür hindurch, überholte er sie wieder und zeigte ihr den Weg. Renée kam aus dem Staunen nicht mehr heraus. Mit weit aufgerissenen Augen blickte sie durch die verschiedenen Glasscheiben.

«Sag mal, was ist das hier? Die Kommandozentrale der NASA?»

Denis lächelte, ging aber weiter, ohne die Frage zu beantworten. Renée musste ein paar Schritte rennen, um wieder zu Denis aufschliessen zu können.

«Und was hat die Sache mit meinem Telefon und diesem Detektor zu bedeuten? Ich komme mir vor, als ob ich gerade bei der CIA wäre!»

Denis öffnete wortlos die Tür zum Vorraum von Frechs Büro, nickte der Sekretärin kurz zu und trat zu Frech ins Büro ein. Nachdem ihm Renée mit leichtem Zögern gefolgt war, schloss er die Tür wieder. Frech blickte von seinem Schreibtisch auf. Pascal hatte bereits in einem der Stühle Platz genommen. «Setz dich doch, Renée.» Denis zeigte auf einen freien Stuhl und ging zum Schreibtisch.

Renée liess sich verwundert in den freien Stuhl fallen.

«Renée, darf ich dir Maximilian Frech, Chef von PRIOS, und meinen Arbeitskollegen, Pascal Weber, vorstellen.»

Renée runzelte die Stirn.

«PRIOS? Ist das ein anderer Name für die Medienstelle?»

«PRIOS ist eine Spezialabteilung des Schweizer Geheimdienstes», erklärte Denis geduldig.

Renée schüttelte verwundert ihren Kopf. Sie blickte abwechselnd Frech, Pascal und Denis an.

«Ich verstehe nicht ganz? Geheimdienst? Ich dachte, du bist Pressesprecher im Bundeshaus oder so etwas Ähnliches.»

Denis verschränkte die Arme und setzte sich auf die vordere Kante von Frechs Schreibtisch.

«Ich werde dir alles erklären, Renée. Ich bin mir sicher, du wirst dann verstehen, warum du hier bist.» Denis griff nach einem Blatt und überreichte es Renée. «Kommt dir dieser Mann bekannt vor?»

Renée betrachtete das Papier. Ihr Gesichtsausdruck veränderte sich schlagartig. Sie schaute auf und übergab Denis das Dokument wieder.

«Keine Ahnung, wer das ist.»

Denis nahm ihr das Papier nicht aus den Händen, sondern zeigte darauf.

«Dann helfe ich dir auf die Sprünge. Das ist Andreas Fuhler, ein Patient von dir.»

Renée betrachtete sich das Bild nochmal genauer.

«Und selbst wenn es so wäre, dürfte ich darüber keine Auskunft geben, ich unterstehe der Schweigepflicht.» Sie wirkte genervt.

«Ich glaube, es ist in Ordnung, wenn wir vom Geheimdienst dich von deiner Schweigepflicht entbinden.» Denis fing an, vor dem Schreibtisch auf und ab zu gehen.

«Wir vom Geheimdienst? Willst du mir damit sagen, dass du kein Pressemann, sondern ein Geheimagent bist? War alles gelogen?»

Denis blieb augenblicklich stehen und blickte sie verächtlich an.

«Ich glaube, du kannst aufhören, dein Spiel zu spielen, ich weiss alles.»

«Was für ein Spiel?»

Denis setzte sich wieder auf die Schreibtischkante.

«Dann werde ich dir mal auf die Sprünge helfen, Renée. Oder soll ich Pendragon sagen?» Denis liess den Namen einen Augenblick im Raum stehen.

Renée reagierte nicht.

«Möchtest du etwas dazu sagen, Renée?»

Renée antwortete noch immer nicht. Mit funkelnden Augen fixierte sie Denis. Denis warf Frech einen kurzen Blick zu, bevor er weitersprach.

«Nun gut, dann werde ich wohl mehr ins Detail gehen müssen. Andreas Fuhler war nicht nur ein Patient von Renée, sondern auch ihr Liebhaber. Ich machte heute Morgen in Südfrankreich eine interessante Beobachtung: Als ich Renée verliess, fiel mir ein Mann in einem Auto auf, der offensichtlich vor dem Haus auf sie zu warten schien. Dieser Mann war, wie ich jetzt weiss, Andreas Fuhler.»

«Und warum sollte ich mit einem meiner Patienten ein Verhältnis anfangen? Das wäre gegen jede Berufsehre», warf Renée genervt ein.

«Bitte, sprich du nicht von Ehre, das beleidigt meine Intelligenz! Andreas Fuhler war Teil eines ausgeklügelten Planes des ‹Reinen Glaubens›.» Denis wurde lauter. «Du wusstest, dass Fuhler der Freund von Sophie Keller, einer Programmiererin des ANGUS-Programms, ist.»

«ANGU… was? Und wie hätte ich das erfahren sollen?»

«Von ihm. Er kam zu dir als Patient, weil er unter Depressionen leidet. Er litt darunter, dass er seine Freundin selten sah, nicht wissen durfte, was sie arbeitet, und sie ihn nicht an ihrem Leben teilhaben liess. Die Depressionen wurden ausgelöst, weil er vermutete, dass sie eine Affäre hatte.»

«Ich verstehe noch immer nicht, was das mit mir zu tun hat?», kokettierte Renée.

«Das werde ich dir gleich erklären. Was macht ein Mensch, der davon überzeugt ist, dass sein Partner fremdgeht?»

Renée antwortete nicht auf Denis' Frage.

«Er fängt an, nachzuspionieren. Fuhler machte das auch. Erst prüfte er ihre SMS, dann die Telefonanrufe und schliesslich ihren Computer. Und jetzt wird es interessant! Als er ihren Computer durchstöberte, stiess er auf das ANGUS-Programm.» Denis drehte sich zu Frech. «Ich weiss, das hätte sie eigentlich nicht da drauf haben dürfen, aber sie wollte auch von zu Hause aus arbeiten.» Er drehte sich wieder zu Renée. «Andreas Fuhler kam also zu dir und erzählte in seinen Sitzungen, dass er vermutete, dass seine Freundin eine Affäre mit einem Mann hatte. Er wusste nicht, was dieses ANGUS-Programm war, sondern sah nur, dass sie offenbar ständig per Internet telefonierte. Du wusstest natürlich sofort, worum es sich handelt, darum hast du auch eine Affäre mit ihm begonnen. Er war dir als Liebhaber verfallen und erfüllte dir jeden Wunsch. Somit konntest du Sophie ausspionieren und alles unter dem Deckmantel einer verliebten Freundin, die sich mit ihrem neuen Freund solidarisiert. Fuhler schlich an den Computer und lieferte dir so jede Information, die du haben wolltest: Wer die anderen beiden Programmierer waren, wie fortschrittlich das ANGUS-Programm ist, wie man es knacken kann, wo sich der Server befindet und wie man sich von aussen Zugang verschaffen kann. Du hast ihn sogar so weit gebracht, dass er dir die SIM-Karten besorgt hat, die ihr für die Internetverbindung gebraucht habt, die kurz vor dem vereitelten Anschlag zum Einsatz kam. Dumm war nur, dass du diesen Fuhler, nachdem er seine Arbeit getan hatte, nicht mehr loswurdest. Er wollte die Trennung von dir nicht akzeptieren und ist dir ständig nachgelaufen, um dich zur Rede zu stellen. Darum lauerte er dir auch in Südfrankreich auf. Als ich das Fahndungsfoto von Fuhler gesehen habe, war mir sofort klar, dass ich diesen Mann bei dir vor dem Haus gesehen hatte.» Denis machte eine kleine Pause, um Renées Reaktion zu beobachten, doch sie blieb ruhig.

«Und dann kam ich dran! Andreas war nicht mehr gefragt, du hattest ja jetzt die Chance, noch näher an PRIOS zu kommen, nämlich über mich. Du musstest einfach sicherstellen, dass ich professionelle psychologische Hilfe benötigen würde. Darum der Überfall auf mich, darum das Psychospiel mit Ben Pecks. Du hattest schon öfters Kunden vom Bund, darum wusstest du, was du anstellen musstest, um mich als Patienten zu gewinnen.»

«So ein Quatsch! Der Bund beschäftigt Dutzende von Psychologen, wie hätte ich da sicherstellen sollen, dass du ausgerechnet zu mir kommst?»

«Vielleicht kann ich da weiterhelfen», mischte sich Frech ein. «Sie haben einen Tag vor dem Überfall ein Schreiben an den Bund geschickt, in dem Sie erklärten, dass Sie nun Ihre Praxiszeiten erweitern würden. Sie machten Ihre Zeiten mit einem grosszügigen Rabatt von dreissig Prozent in den ersten zwei Monaten schmackhaft. Da der Bund immer daran interessiert ist, zu sparen, bekam ich das Schreiben natürlich umgehend mit der Empfehlung, bei Bedarf auf Sie zurückzukommen. Und wie es aussieht, hat Ihr Trick funktioniert, ich schickte Denis Benz zu Ihnen.»

«Und weil ich mir diese ganze Geschichte so gut ausgedacht habe, fahre ich in der entscheidenden Phase eine Woche in die Ferien! Das widerspricht jeglicher Logik!»

«Eben nicht!», erklärte ihr Denis mit scharfem Unterton. «Du bist nicht in die Ferien gefahren, du bist nach Südfrankreich gereist, um alles vorzubereiten für die Falken, die in Kürze eintreffen würden. Wie wir herausgefunden haben, war ihr Sitz in Les Issambres, einem Nachbardorf von Ste-Maxime. Und Ste-Maxime ist wiederum nicht sehr weit entfernt von Hyères. Sicherlich wärst du unter einem Vorwand wieder in die Schweiz zurückgekommen, um weiter in meiner Nähe zu sein. Als ich dann in Hyères aufgetaucht bin, musstest du aber umdenken. Und du bist auch nicht aus Liebe zu mir zurückgekommen, sondern, weil du eine wichtige Aufgabe hattest: Du musstest die Medien informieren. Zudem konntest du mich weiterhin als Informationsquelle benutzen. Darum bist du wieder nach Bern zurückgekommen!»

Renée verschränkte demonstrativ die Arme und schnaubte dazu.

«Das ist ja absurd! Und warum sollte ich das alles tun? Ich war in Südfrankreich in den Ferien! Und ausserdem: Ich kenne diesen ‹Reinen Glauben› ja nicht einmal!»

Denis schüttelte fassungslos den Kopf.

«Ich kann nicht verstehen, dass du es noch immer bestreitest.» Er holte tief Luft. «Gut, dann werde ich dir mal auf die Sprünge helfen. Du bist die Tochter von Thomas und Irène Müller, einem vermögenden Schweizer Ehepaar. Thomas Müller ist Chef und Besitzer der Müller-Immobilien AG. Kurz gesagt, er ist ein mächtiger Immobilienmagnat mit Besitztümern in ganz Europa. Wie mein Kollege von der französischen Polizei herausgefunden hat, ist die Villa, die an die Terroristen vermietet wurde, im Besitz der Müller-Immobilien AG.»

«Na und? Mein Vater besitzt viele Häuser in Südfrankreich, die er vermietet. Das beweist gar nichts.»

«So gesehen, kann es sich natürlich um einen unglaublichen Zufall handeln, denn auch Terroristen können als einfache Ferientouristen auftreten. Aber Thomas Müller ist ja gar nicht dein leiblicher Vater! Wie du mir selber erzählt hast, bist du ein Adoptivkind. Und wenn du mir die Bemerkung erlaubst, man sieht es dir auch an, dass du nicht aus der Schweiz stammst.»

«Willst du mich jetzt wegen meines Aussehens zu einer Terroristin machen?», empörte sich Renée und drehte ihren Kopf beleidigt zur Seite. «Soweit ich mich erinnern kann, konntest du gestern Abend von meinem Aussehen nicht genug bekommen!»

Denis schüttelte den Kopf.

«Nein, dein Aussehen macht keine Terroristin aus dir. Aber deine Herkunft!»

«Indien? Ich wüsste nicht, was Indien mit dem ‹Reinen Glauben› zu tun hat.»

Denis hob eine Augenbraue.

«Ach, nun kennst du den ‹Reinen Glauben› also doch?»

«Das habe ich nicht gesagt!», rechtfertigte sich Renée.

«Aber wie kannst du wissen, dass der ‹Reine Glaube› nichts mit Indien zu tun hat, wenn du ihn doch nicht kennst?»

Renées Gesichtsausdruck verriet, dass sie ihre Aussage bereute.

«Möglicherweise habe ich irgendwo schon mal davon gehört oder gelesen. Die Zeitungen sind ja voll mit diesen Nachrichten.»

«Möglicherweise, ja. Aber das ist nicht der Punkt!» Er machte eine Pause.

Frech und Pascal blickten ihn erwartungsvoll an.

«Das war die grösste Knacknuss meiner Recherchen: Renée Müller stammt nicht, wie von ihr behauptet, aus Indien, sondern, wie auch der ‹Reine Glaube›, aus Pakistan.»

«Na und? Dann stamme ich halt aus Pakistan. Das beweist aber noch gar nichts. Vielleicht wurde bei meiner Geburt die Urkunde unpräzise ausgefüllt. Oder sie ging verloren. Das ist in solchen Ländern nichts Ungewöhnliches, schon gar nicht bei Waisenkindern.»

«Aber du bist gar kein Waisenkind. Du warst höchstens unerwünscht und darum wurdest du zur Adoption freigegeben.»

Renée schluckte. Sie riss die Augen weit auf. Schockiert blickte sie Denis an. Denis drehte sich zu Pascal und zu Frech, zeigte aber weiterhin auf Renée.

«Meine Herren, Renée Müller wurde als Siku Rameshi geboren. Ihre Mutter Menda Rameshi hatte als Sechzehnjährige eine heimliche Liebschaft mit einem jungen Mann. Sie waren verliebt, durften aber ihre Liebe nicht öffentlich zeigen, denn sowohl Menda Rameshi wie auch dieser junge Mann waren bereits anderen zur Heirat versprochen. Ausserdem stammte der junge Mann aus einer höheren Gesellschaftsschicht als Menda Rameshi. Niemals würde man verschiedene Stände miteinander mischen, das wäre unehrenhaft. Es wäre also für die beiden nie und nimmer möglich gewesen, zu heiraten. Doch dann passierte es: Sie waren unvorsichtig und Menda Rameshi wurde mit Renée schwanger. Dem jungen Mann drohte grosse Schande, wenn dies herauskommen würde. Er verliess die junge Frau und suchte das Weite. Auch die Familie dieses Mannes tat alles, um diese unangenehme Geschichte aus der Welt zu schaffen, schliesslich wollten sie nicht ihr Gesicht verlieren. Man bezahlte der jungen Mutter eine Abfindung und gab ihr Geld für eine Abtreibung. Da die Familie der jungen Mutter aber sehr arm war, behielt sie das Geld für die Abtreibung und verstiess ihre Tochter. Menda Rameshi gebar ihre Tochter Renée und gab sie sofort zur Adoption frei, weil sie sich und das Kind niemals hätte ernähren können.»

«Was für eine rührende Geschichte. Daraus könnte man einen Film machen! Aber ich verstehe noch immer nicht, was das mit mir und den Terroristen zu tun hat.»

«Ich muss gestehen, ich verstehe den Zusammenhang auch noch nicht ganz», warf Frech ein.

Denis blickte Renée tief in die Augen.

«Bei diesem jungen Mann, der Renées Mutter geschwängert hat und dann abgehauen ist, handelt es sich um einen gewissen Bendail Shrimesha. Renée ist die Tochter von Bendail Shrimesha, dem Falken!» Denis konnte beobachten, wie Frech und Pascal vor Staunen der Mund offen stehen blieb.

Sie konnten nicht glauben, was sie da gerade hörten. Renée senkte ihren Kopf und blickte auf den Boden. Sie schien ihre Kampfeslust verloren zu haben. Nachdem sich Frech wieder etwas gefasst hatte, wandte er sich an Denis.

«Aber wie haben sie sich wieder gefunden?»

«Vielleicht möchte uns Renée die Erklärung liefern?» Denis blickte Renée an, doch sie reagierte nicht.

Eingesunken sass sie auf ihrem Stuhl und fixierte weiterhin ihre Füsse. Denis nahm den Faden wieder auf.

«Die Lösung ist viel einfacher, als man denkt», fuhr Denis fort. «Jedes Adoptivkind merkt irgendwann einmal, dass die Eltern, die einen grossgezogen haben, nicht die leiblichen Eltern sind. Bei Renée fing das wahrscheinlich schon früh an, denn sie sah ja nicht wie die anderen Kinder aus, mit denen sie die Schulbank drückte. Wahrscheinlich sprach man sie immer wieder auf ihr exotisches Aussehen an. Irgendwann einmal konfrontierte sie ihre Eltern mit der Frage, woher sie eigentlich stamme. Danach kam in ihr immer mehr der

Wunsch auf, zu wissen, wer denn ihre leiblichen Eltern sind. Da es tatsächlich nicht einfach ist, in Pakistan eine Geburtsurkunde von einem adoptierten Kind zu finden, dauerte die Suche Jahre. Unsere Auswerter hatten dafür bedeutend weniger Zeit gebraucht, aber wir sind ja auch der Geheimdienst.» Denis zückte das Papier, welches ihm Pascal, bevor er zum Verhör von Vajivalara ging, übergeben hatte, und hielt es in die Höhe.

«Wie gesagt, du hast etwas länger gebraucht. Geld spielte keine Rolle, das hatte sie ja von ihrem Adoptivvater. Irgendwann einmal war es dann so weit, sie fand die Namen ihrer wahren Eltern heraus. Ihre Mutter, Menda, war leider bereits an Cholera verstorben, aber ihr Vater, Bendail Shrimesha, lebte noch. Sie beschloss, nach Pakistan zu reisen, um ihren Vater kennenzulernen. Ich schätze, das war vor ungefähr fünf bis zehn Jahren. Von da an bestand regelmässiger Kontakt zwischen den beiden und wahrscheinlich schaffte es ihr Vater, sie mehr und mehr auf seine Seite zu ziehen. Renée wurde immer radikaler in ihren Ansichten und irgendwann einmal war die Zeit reif, dass ihr Vater sie mit dem ‹Reinen Glauben› bekannt machte. Wahrscheinlich bekehrte ihr Vater sie, als er bemerkte, dass seine Tochter in der Schweiz von grossem Nutzen für eine Anschlagserie in Europa sein könnte. Da wurde aus Renée Müller Pendragon.» Denis blickte sie traurig an. «Leider muss ich dir sagen, Renée, dass auch du für deinen Vater nur ein Spielball in diesem dreckigen Geschäft warst. Du warst Manipuliermasse, nichts weiter. Er hat dich ausgenützt.»

Zum ersten Mal blickte Renée auf. Ihre Augen funkelten Denis böse an.

«Wie kannst du nur so etwas behaupten! Er ist mein Vater, er liebt mich! Aber was Liebe ist, könnt ihr pseudoelitären Kapitalisten aus dem Westen nicht verstehen, denn ihr liebt nur eines: euer Geld! Ich habe es ja bei meinen Schweizer Eltern gesehen. Ihnen ging es immer nur ums Geld, Geld, Geld!»

Denis blickte sie mitleidig an.

«Hast du wirklich das Gefühl, dass ein liebender Vater seine Tochter bewusst so in Gefahr bringt? Sie in eine Terrororganisation schleust? Ein liebender Vater würde alles dafür tun, dass seine Tochter möglichst weit weg von jeder Gefahr wäre. Zudem ist dein leiblicher Vater ein streng gläubiger Muslim. Seine religiösen Überzeugungen liegen meilenweit davon entfernt, eine Tochter haben zu wollen, die Affären mit Christen anfängt, sogar ihren Körper verkauft. Nein, Renée, dein Vater hat dich nicht geliebt, als er dich und deine Mutter im Stich gelassen hat, und er tut es auch heute nicht. Du warst für ihn nur ein nützlicher Soldat in seinem dreckigen, heiligen Krieg, den er gegen alle jene Menschen führte, die nicht seinen Glauben teilen wollten. Du warst für ihn nur eine moderne Mata Hari.» Denis drehte sich zu Frech. «Ich bin mit ihr fertig, Sie können sie jetzt verhaften lassen.»

Frech griff zum Telefon und gab den Befehl, Renée abzuholen. Kurz darauf öffnete sich die Tür und zwei bewaffnete Soldaten legten Renée in Handschellen. Sie packten sie an ihren Oberarmen und hievten sie aus dem Stuhl. Renée liess sich widerstandslos von den Soldaten nach draussen führen. Als die Tür wieder zu war, seufzte Frech laut.

«Schade um dieses schöne Geschöpf.»

Denis nickte traurig.

«Ja, schade.»

Pascal, der bisher geschwiegen hatte, meldete sich nun auch zu Wort.

«Ich habe da auch noch ein paar Informationen zu den verhafteten Falken. Alle, ausser diesem Ben Pecks, stammen aus Europa. Sie kommen aus Frankreich, Italien, Deutschland, England und den Niederlanden. Es gab sieben davon, darum hatten sie die Tarnnamen Falke 1–7. Übrigens, der verhaftete Holländer mit dem Tarnnamen Falke 2 war auch der Mörder von Professor Stammheim. Eine Videoanalyse vom Flughafen Mahé auf den Seychellen ergab, dass sich dieser Ruben Herseling, wie er mit richtigem Namen heisst, zum gleichen Zeitpunkt wie der Professor auf der Insel befand. Das kann kein Zufall sein und ich gehe jede Wette ein, dass die DNA-Analyse bestätigt, dass er Stammheim umgebracht hat. Diese Europäer und Ben haben eines gemeinsam. Sie reisten zwar aus unterschiedlichen Beweggründen nach Pakistan ein, wurden auch aus verschiedenen Gründen radikale Anhänger des ‹Reinen Glaubens›, aber ab dem geheimen Trainingscamp, in dem sie ausgebildet wurden, gingen sie denselben Weg. Sie wurden wieder nach Europa zurückgeschickt, um als Bombenboten Terror, Angst und Tod zu verbreiten. Es ist übrigens sehr interessant, wie dieser Ben Pecks und Shrimesha in Kontakt gekommen sind: Ben flüchtete nach einer misslungenen Mission der Elite-Einheit TF 373 von Afghanistan über die Grenze nach Pakistan, wo er dann vom pakistanischen Geheimdienst verhört wurde. Ein übliches Verfahren bei amerikanischen Soldaten, die in Pakistan aufgegriffen werden. Shrimesha als Geheimdienstchef muss bei diesem Zusammentreffen das Potenzial von Ben erkannt haben und Vajivalara den Auftrag erteilt haben, ihn für den ‹Reinen Glauben› anzuheuern. Und schon hatte der Falke wieder einen ausländischen Söldner mehr, der seinen Terror in die Welt hinaustrug!»

Frech starrte nachdenklich auf die Tischplatte.

«Wir befinden uns leider in einem Zeitalter, in dem man Terroristen nicht mehr auf ein Land oder eine Region beschränken kann. Tragischerweise mischen sich nun die Anhänger radikaler Ansichten aus unterschiedlichen Nationen, was unsere Arbeit noch viel schwieriger macht. Wir treten in eine neue Ära des Terrorismus und müssen uns wahrscheinlich noch auf so manche Überraschung gefasst machen.» Frech hob seinen Kopf und wechselte abrupt das Thema. «Ich glaube, wir sollten jetzt Sophie Keller von den neusten Ereignissen in Kenntnis setzen, sie hat ein Recht darauf, die Wahrheit zu erfahren.»

Denis und Pascal stimmten mit einem wortlosen Nicken zu. Frech griff ein weiteres Mal zum Telefonhörer und gab die Anweisung, Sophie ins Büro zu bitten. Die Tür öffnete sich kurz darauf ein weiteres Mal. Sophie trat mit einem bedrückten Gesichtsausdruck ein und nahm Platz. Unsicher blickte sie in die Runde. Frech stand auf, ging um den Schreibtisch herum und blieb vor Sophie stehen.

«Frau Keller, ich betrachte es als meine Pflicht, Sie über die aktuellen Erkenntnisse zu informieren. Leider ist auch Ihr Umfeld davon betroffen. Wie wir wissen, spielte Ihr Freund, Andreas Fuhler, eine wichtige Rolle bei dieser Anschlagserie.»

Denis beobachtete, wie Sophie die Augen weit aufriss. Sie schien so schockiert zu sein, dass sie kein Wort über die Lippen brachte.

«Allerdings muss ich zu seiner Entlastung sagen, dass er sich dessen nicht bewusst war», fuhr Frech fort.

«Ich verstehe nicht. Aber wie?», stammelte Sophie. Sie blickte abwechselnd Denis und Pascal hilfesuchend an.

Frech atmete tief ein, bevor er weitersprach.

«Sie müssen jetzt stark sein, Frau Keller.» Wieder machte er eine Pause. Es schien ihm sehr schwerzufallen, Sophie die ganze Wahrheit zu sagen. «Ihr Freund, Andreas Fuhler, hatte eine Affäre mit Renée Müller, seiner Psychologin. Wie wir jetzt wissen, war Frau Müller eine der führenden Figuren in dieser Anschlagserie. Sie war Pendragon.»

Sophie versteckte ihr Gesicht hinter ihren Händen und fing an zu weinen.

«Nein, das ist nicht möglich! Andreas würde mir nie so etwas antun!»

Frech machte einen Schritt auf sie zu und berührte sie vorsichtig an ihren Schultern an.

«Leider gibt es keinen Zweifel. Ihr Freund hat Frau Müller alle wichtigen Informationen weitergegeben, die er über Sie erfahren hat.»

Sophie blickte auf. Ihre Augen waren von den Tränen gerötet. Denis wusste nicht, wo er hinschauen sollte, Sophie tat ihm unendlich leid.

«Aber ich habe Andreas nie etwas von meiner Arbeit erzählt, er kann gar nichts gewusst haben!»

Frech nickte verständnisvoll.

«Er hat sich die Informationen heimlich besorgt. Er hatte sie von Ihrem Computer.» Frech richtete sich wieder auf. «Ich möchte Ihnen jetzt keinen Vorwurf machen, aber Ihr Freund fand die Informationen, weil Sie, ohne mein Wissen, das ANGUS-Programm auf Ihren Laptop geladen hatten.»

Sophie blickte Frech schockiert an.

«Aber mein Computer war doch mit einem Passwort gesichert. Andreas wusste dieses Passwort nicht.»

Denis räusperte sich.

«Lass mich raten, Sophie: Ist dein Passwort ‹Föhlchen›?»

«Ja, das stimmt», gab Sophie aufgelöst zu. Sie versteckte erneut ihr Gesicht hinter ihren Händen. «Dann ist das alles meine Schuld? Alles nur wegen mir?» Sie weinte ohne Hemmungen.

Frech machte wieder einen Schritt auf sie zu und versuchte, sie mit einem leichten Klopfen auf ihren Rücken zu beruhigen.

«Nein, es ist nicht Ihre Schuld. Wären die Terroristen nicht auf diesem Weg zu ihren Informationen gekommen, hätten sie einen anderen gefunden. Sie haben grossartige Arbeit geleistet und dank Ihnen konnten wir eine Anschlagserie verhindern, die vielen Menschen das Leben gekostet hätte.»

Sophie schlug sich mit ihrer Hand hart an die Stirn.

«Ich bin ein so dummes Huhn! Und ich habe diesem Menschen vertraut!»

Nun trat Denis an sie heran und nahm sie in den Arm.

«Du kannst nichts dafür, Sophie! Glaube mir!»

Sophie weinte noch mehr, doch nach ein paar Minuten fing sie an, sich zu beruhigen. Denis liess sie los und brachte ihr ein paar Taschentücher, die er auf Frechs Schreibtisch entdeckt hatte. Sie schnäuzte sich mehrere Male, bevor sie wieder zu sprechen begann.

«Ich hätte es wissen müssen. Andreas war in letzter Zeit so distanziert, er machte einen abwesenden Eindruck. Ich dachte, das sei wegen seiner Depression, aber es war, weil er eine andere hatte.» Sie sprach, ohne ihren Blick vom Taschentuch zu nehmen. «Jetzt wird mir so manches klar!» Ihre Stimme klang, als ob sie sich schämte.

Frech hob eine Augenbraue.

«Was wird Ihnen klar?», fragte er interessiert.

Sophie holte tief Luft.

«Dieser Stromausfall im Hotel, kurz bevor man mich wegbrachte, war wahrscheinlich meine Schuld.»

«Warum?»

«Herr Klossner hat mich angewiesen, dass ich mich bei niemandem mehr melden dürfe, als er mich abholte. Ich habe aber im Hotel, bevor mir Herr Klossner mein Handy weggenommen hat, Andreas noch eine SMS geschickt und gesagt, wo ich bin und dass er sich keine Sorgen machen müsse.» Sie blickte mit ihren verweinten Augen auf. «Aber da wusste ich ja nicht, dass er diese Information an die Terroristen weitergeben würde!» Sie fing wieder an zu weinen.

Dieses Mal ergriff Pascal die Initiative und nahm sie in den Arm.

Denis schnippte mit den Fingern.

«Deswegen wussten sie davon. Es würde mich nicht wundern, wenn es sogar Renée selber gewesen ist, die ins Hotel eingedrungen ist!»

«Aber dank dem raschen Handeln konnte Schlimmeres verhindert werden! Das muss ich Klossner hoch anrechnen. Wie sich jetzt herausstellt, befand sich Frau Keller tatsächlich in grosser Gefahr!»

«Andreas wollte mich umbringen!», stellte Sophie traurig fest.

Pascal strich ihr sanft übers Haar.

«Das wollte er bestimmt nicht, er wusste ja nicht, was er tat!», beruhigte er sie.

Sophie hob den Kopf und blickte Pascal tief in die Augen. «Und bei dir muss ich mich auch entschuldigen!»

Pascal blickte Denis kurz irritiert an, bevor er sich wieder Sophie zuwandte.

«Bei mir? Wieso musst du dich bei mir entschuldigen?»

«Wegen dem Rosenkranz in diesem Sicherheitsbunker. Ich habe dich angeschwindelt. Ich habe diesen Kranz nicht gefunden, sondern selber da hingelegt. Er war ein Geschenk von meinem Vater aus Afghanistan, er sollte mich vor allem Unglück schützen. Es tut mir so leid, aber ich wollte dort raus! Es war wie in einem Gefängnis!» Sie fing an zu schluchzen. «Es war so dumm von mir, bitte entschuldige.»

Denis bemerkte, wie Frech still vor sich hin schmunzelte. Offenbar schien er sich über den geschickten Schachzug von Sophie zu amüsieren und es schien, als ob er fast froh über diese Erklärung war, warum in einem Hochsicherheitszentrum plötzlich ein islamischer Gebetskranz auftauchte.

«Ist nicht so schlimm, Sophie. Das kann ich sogar verstehen», beruhigte Pascal Sophie.

Frech setzte sich wieder an seinen Schreibtisch.

«Ich schlage vor, Frau Keller, Sie gönnen sich jetzt erst einmal eine Auszeit und ruhen sich richtig aus.»

Sophie löste sich aus der Umarmung von Pascal, wischte sich mit ihrem Handrücken die Nase und blickte Frech an. Im Gegensatz zu vorher wirkte sie jetzt plötzlich entschlossen und stark.

«Nein, den Namen Sophie Keller gibt es ab heute nicht mehr. Ich habe mich zu lange hinter diesem Namen versteckt, zu lange liess ich mich von den Terroristen und Fanatikern meines Landes unterdrücken. Von heute an höre ich wieder auf den Namen, mit dem ich geboren wurde, Parshiva Halesch Mohumara.» Sie stand auf, nickte den Männern kurz zu und verliess mit gesenktem Haupt Frechs Büro.

Frech lehnte sich zurück und blickte eine Weile lang leer vor sich hin. Weder Denis noch Pascal trauten sich, etwas zu sagen.

«Ich kann nicht verstehen, wie der Chef eines Geheimdienstes nicht nur Sympathien für eine Terrorzelle hegen kann, sondern sie auch noch anführt. Was muss nur in einem solchen Mann vorgehen?», sinnierte Frech vor sich hin.

Denis setzte sich.

«Vielleicht kann ich Ihnen die Antwort liefern, warum aus Shrimesha ein Terrorist wurde.»

«Nur zu, Herr Benz, ich bin gespannt, was für eine Theorie Sie haben.»

«Erstens: sein Glaube. Fanatische Islamisten verlieren mit der Zeit jegliches Verständnis für andersdenkende Menschen. Nach und nach werden die Ansichten radikaler und der Hass auf Andersgläubige grösser. Trifft man da auf die falschen Kreise, kann sich ein solcher Hass schnell zu Terrorismus wandeln.»

«Das kann ich sogar verstehen, aber wieso wird ein solcher Mann Chef einer Terrororganisation?»

«Korruption, Macht und Geld. Die Korruption schlich sich wahrscheinlich langsam ein. Er tat mal hier jemandem einen Gefallen, dann da. So etwas spricht sich herum. Wie sich herausgestellt hat, war Shrimesha der grösste Uranhändler in Pakistan. Er verkaufte das radioaktive Material an alle, die ihm genug bezahlten. Als Chef des Geheimdienstes hatte er die perfekte Kontrolle über alle Instanzen, die ihm daraus einen Strick hätten drehen können. Er blieb dank seiner Position unentdeckt. Ich nehme an, seine Ware war heiss begehrt, er hat sicher viel Geld damit verdient. Doch es kam der Punkt für Shrimesha, da reichte das viele Geld nicht mehr. Irgendwann in dieser Phase muss Al Kaida auf ihn aufmerksam geworden sein und Kontakt mit ihm aufgenommen haben. Es ist anzunehmen, dass sie ihn mit den beiden stärksten Argumenten, die es gibt, ködern konnten: der Glaube und sein Nationalstolz. Pakistan ist ein geplagtes Land und muss sich gegen alle Seiten wehren. Die Al Kaida war aus Shrimeshas Sicht der richtige Verbündete, um Pakistan wieder stark zu machen. Das bedeutete aber auch, dass er sich gegen die

USA wenden musste, und das mit illegalen Mitteln, also mit Terrorismus. Shrimesha hatte wegen seiner Tätigkeit natürlich viel Erfahrung mit versteckter Kriegstaktik und Terrorismus. Darum ist es auch kein Wunder, das der ‹Reine Glauben› so schnell zu einer der gefährlichsten Terrororganisationen der Welt aufgestiegen ist. An Geld mangelte es Shrimesha auch nicht, denn er hatte ja genug am Uranhandel verdient. Shrimesha hatte ein grosses Ziel: Er wollte Pakistan wieder zu einem einflussreichen Land machen, das von der Weltpolitik geachtet und ernst genommen wird. Vielleicht hätte er am Höhepunkt auch für das Amt des Präsidenten kandidiert. Al Kaida wäre es sicher recht gewesen, einen so starken Verbündeten zu haben.»

Frech schüttelte fassungslos den Kopf.

«Wären ihnen diese Anschläge gelungen, wäre sein Siegesmarsch wahrscheinlich nicht mehr aufzuhalten gewesen.»

Ein Klopfen an der Tür liess Denis aufhorchen. Frech schrie laut: «Herein.» Die Tür öffnete sich und Viktor Gantenbein, der Leiter der IT-Abteilung, trat etwas verunsichert ein. Frech winkte ihn herbei.

«Was gibt es, Herr Gantenbein?»

«Gute Nachrichten: Wie ich gerade mitbekommen habe, sind alle Bomben entschärft. Da die Bomben an die Laptops gekoppelt waren, war ich in den Prozess der Entschärfung involviert. Ich dachte mir, diese Nachricht sollte ich gleich an Sie weiterleiten.»

«Das war richtig, Danke. Wie ist es Ihnen gelungen, die Bomben zu entschärfen?»

Gantenbein lächelte bescheiden.

«Es war natürlich nicht mein Verdienst, dass die Bomben entschärft werden konnten. Eigentlich war es das Verdienst von keinem.»

«Was soll das heissen?»

«Die Bomben waren an die Laptops gekoppelt. Ein Signal von aussen hätte sie mit höchster Wahrscheinlichkeit ferngezündet. Ich habe mir sagen lassen, dass eine Fernzündung nichts Aussergewöhnliches in Terroristenkreisen sei. Oft wissen die Boten nicht einmal genau, wann die Bombe explodieren soll. So verhindern die Terroristen, dass es sich der Bote noch einmal anders überlegen kann oder dass er im Falle einer frühzeitigen Verhaftung Informationen über das tatsächliche Ziel geben kann.»

«Das wissen wir bereits, Herr Gantenbein. Also, wie haben Sie die Bomben entschärft?», hakte Frech ungeduldig nach.

«Wie ich erwähnte, waren die Bomben an den Laptop gekoppelt, damit sie ferngezündet werden konnten. Damit man das Signal über eine weite Strecke senden kann, benutzen die Terroristen das SIM-Karten-Netz und gingen online. Das heisst aber auch, dass sie ab einem gewissen Zeitpunkt immer online bleiben mussten. Dieses Problem lösten sie über die Batterie des Laptops. Zusätzlich bauten sie in den Koffer noch einen Akku ein, der die Betriebsdauer des Laptops verlängerte. Langer Rede kurzer Sinn: Die Bombe hat sich selber entschärft, indem ihr der Saft ausging. Offenbar haben die Terroristen fest damit gerechnet, die Bomben detonieren lassen zu können, bevor die Akkus leer sind. Sie haben sich damit sozusagen selber ein Ei gelegt und uns viel Arbeit abgenommen.»

Denis, Pascal und Frech fingen an zu grinsen.

«Unglaublich, da hecken sie einen so ausgeklügelten Plan aus und dann scheitern sie an ein paar alten Akkus!», stellte Denis ironisch fest.

Frechs Gesichtsausdruck wurde wieder ernster.

«Das zeigt aber auch, wie sicher sie sich waren, dass ihr Plan funktionieren würde. Und es zeigt auch auf, dass sie die Bomben unter allen Umständen zünden wollten!»

Pascal und Denis nickten nachdenklich.

«Und was passiert jetzt mit den Computern?», fragte Denis interessiert.

«Die Computer, die sich in den Koffern befanden, konnten wir nicht mehr retten. Sie alle waren mit einem Virus versehen, der sofort die gesamte Festplatte vernichtet, wenn man das falsche Passwort eingibt. Aber wir haben ja noch die Laptops von Vajivalara und Shrimesha, die wir noch laufend beschlagnahmen konnten. Warum?»

«Und die laufen immer noch?», vergewisserte sich Denis.

«Ja, die sind noch in Betrieb», bestätigte Gantenbein.

«Dann überprüfen Sie vor allem den Computer von Shrimesha noch einmal genauer. Es würde mich nicht wundern, wenn wir da noch ein paar nützliche Informationen darauf finden würden.»

«Was erhoffen Sie sich davon?», mischte sich Frech ein.

«Ich glaube, dass wir so vielleicht mehr Informationen zum illegalen Uranhandel oder gar Informationen zu Al Kaida bekommen. Kontaktmänner, Pläne und so weiter. Ich glaube nämlich nicht, dass sie daran gedacht haben, was passiert, wenn wir den Computer im Betriebsmodus in die Hände bekommen.»

Frech rieb sich am Kinn und nickte nach einem kurzen Moment des Nachdenkens.

«Gut, Herr Gantenbein, tun Sie, was Herr Benz vorgeschlagen hat.»

«Konzentrieren Sie sich dabei aber nicht nur auf das Verschlüsselungsprogramm», warf Denis hastig ein.

«Und warum sollte Shrimesha so blöd sein, solche Informationen auf dem Computer zu lassen?», fragte Pascal.

«Ganz einfach. Wie du eben gehört hast, waren die Computer durch einen speziellen Virus gesichert. Shrimesha wird sich gedacht haben, dass dadurch niemand ausser ihm überhaupt an die Informationen auf der Festplatte herankommen könnte. Da wir ihm im Kommandoraum den Laptop abnehmen konnten, bevor er das Virusprogramm starten konnte, sehe ich eine grosse Chance, da noch etwas zu finden, was für uns von Nutzen sein könnte.»

Frech stand auf.

«Wie gesagt, Gantenbein, tun Sie, was Herr Benz vorgeschlagen hat.» Frech klatschte in die Hände. «Nun denn, seien wir alle glücklich darüber, dass die Sache so glimpflich abgelaufen ist. Ich bin mir bewusst, dass das nur dank Ihres grossen Einsatzes möglich war! Herzlichen Dank! Sie haben grossartige Arbeit geleistet. Nun gebe ich Ihnen allen ein paar Tage frei.»

Denis verstand den Wink. Frech wollte ihnen klarmachen, dass sie nun sein Büro verlassen sollten. Denis stand auf und wollte mit den anderen beiden den Raum verlassen. Doch Frech hielt ihn auf.

«Herr Benz, könnten Sie noch einen Augenblick hierbleiben?», bat er höflich.

Denis blickte Pascal erstaunt an. Dieser hob seine Schultern und blickte ihn schelmisch an.

«Besser du als ich! Ich habe jetzt Feierabend», flüsterte er Denis zu. Er verliess mit Gantenbein das Büro.

Denis drehte sich zu Frech.

«Bitte setzen Sie sich wieder, Herr Benz.»

Denis trat wieder an seinen Stuhl heran und setzte sich. Eigentlich wäre er jetzt am liebsten nach Hause gegangen und hätte sich eine lange Dusche gegönnt, aber Frech hielt ihn davon ab. Dementsprechend missmutig schaute Denis seinen Chef an. Frech schien Denis' Groll zu verstehen und grinste.

«Sie können gleich gehen, versprochen.» Er setzte sich wieder auf seinen grossen Bürostuhl aus Leder und nickte Denis anerkennend an.

Es entstand eine peinliche Stille. Denis wusste nicht, was er tun sollte. Peinlich berührt lächelte er zurück. Frech erlöste ihn von dieser Situation, indem er das Gespräch wieder aufnahm.

«Herr Benz, ich bin mir mehr als bewusst, dass wir diese Geschichte nur erfolgreich abschliessen konnten, weil Sie mit Weitsicht, Mut und Entschlossenheit gehandelt haben. Nicht nur in meinem Namen möchte ich Ihnen von Herzen danken, sondern auch explizit im Namen des gesamten Bundesrates. Es wird für Sie eine kleine Feier veranstaltet werden, bei der Ihnen der vollzählige Bundesrat noch persönlich danken will. Ich hatte ein längeres Gespräch mit Bundesrat Roth, der sehr beeindruckt von Ihnen war. Er hat mich angewiesen, Sie mit sofortiger Wirkung zu befördern. Ich freue mich, Ihnen mitteilen zu können, dass Sie in die Vertrauensstufe 2 befördert werden. Wie Sie sicher wissen, ist das die höchste Stufe für einen Agenten, der nicht in einer leitenden Funktion ist. Es wird Ihnen eine besondere Genugtuung sein, zu erfahren, dass es noch nie einen Agenten gab, der so jung eine so hohe Vertrauensstufe erreicht hat.» Frech stand auf und ging auf Denis zu.

Irgendwie hatte Denis das Gefühl, dass er auch aufstehen musste, das alles schien ihm sehr offiziell zu sein. Frech reichte ihm die Hand und legte die andere auf seine Schulter.

«Es erfüllt mich mit besonderem Stolz, Sie hier bei uns zu haben, Herr Benz! Herzliche Gratulation!» Frech schüttelte Denis' Hand nochmals kräftig und liess sie dann los. «Übrigens: Es wird Sie interessieren, Herr Benz, dass auch Pascal Weber befördert wird, ihm wird die Stufe 4 zugeteilt.» Frech fing an zu grinsen. «Zwei Dinge passen mir an Ihrer Beförderung gar nicht!»

Denis blickte ihn etwas verstört an.

«Wie bitte?»

«Es passt mir nicht, dass ich Sie nun nicht mehr mit grossen Beförderungen motivieren und ködern kann, da Sie nun schon fast auf der obersten Stufe stehen, und es passt mir noch viel weniger, dass Sie jetzt fast so viel verdienen wie ich!»

Beide fingen an zu lachen.

«Nun, Herr Benz, gehen Sie nach Hause und gönnen Sie sich ein paar Tage Ruhe. Wenn ich Ihre Wunden am Hals und im Gesicht sehe, kann ich es nicht verantworten, Sie hier weiter arbeiten zu lassen. Sie erschrecken mir ja mein ganzes Team, darum pflegen Sie sich jetzt erst einmal gesund.» Er klopfte Denis auf die Schulter und begleitete ihn zur Tür.

Denis musste für einen kurzen Moment an Renée denken, was ihm einen kleinen Stich in der Magengegend verursachte. Er schüttelte diesen Gedanken aber schnell wieder ab, denn er kam zu der Überzeugung, dass er noch nicht viel Zeit gehabt hatte, tiefe Gefühle für diese Frau zu entwickeln. Frech schüttelte ihm zum Abschied noch einmal herzlich die Hand und schloss danach seine Bürotür wieder.

Als Denis das Bundeshaus verliess, atmete er ein paar Mal tief durch, bevor er den Bundesplatz überquerte. Er wusste nicht warum, aber in diesem Moment genoss er die Abenddämmerung und den lauen Sommerwind ganz besonders. Zügig überquerte er den Platz, der Drang nach einer heissen Dusche in seinen vier Wänden wurde mit jedem Schritt, mit dem er sich seiner Wohnung näherte, grösser. Denis rannte das Treppenhaus hoch, öffnete die Tür und trat ein. Er blickte sich kurz um. Eigenartigerweise kamen in ihm keine Angstgefühle mehr hoch, wie er es in den Tagen gespürt hatte, bevor er nach Südfrankreich gereist war. Er wusste, dass Ben Pecks verhaftet und der «Reine Glauben» zerschlagen war. Er spürte plötzlich eine unglaubliche Müdigkeit in sich aufkommen.

Denis schloss die Tür, die immer noch über ein provisorisches Schloss verfügte, warf seine Schuhe in die Ecke und lief direkt ins Badezimmer. Er drehte das Radio auf, suchte sich einen guten Sender aus und liess schon mal das Wasser heiss laufen. Der Radiosender verkündete gerade in den Nachrichten, dass dank des Schweizer Geheimdienstes eine Anschlagserie durch die berüchtigte Terrororganisation «Reiner Glaube» verhindert werden konnte. Denis lächelte vor sich hin und verliess kurz das Bad. Im Schlafzimmer zog er sich aus, warf alle Kleider und die Pistole einfach auf das Bett.

Gerade als er in das Bad zurückkehren wollte, hielt ihn das Klingeln des Festnetztelefons auf. Denis schüttelte den Kopf.

«Jetzt nicht, jetzt gehe ich duschen und ihr könnt mich alle mal!», sagte er laut vor sich hin. Er liess das Telefon klingeln und bestieg die Duschkabine.

Denis duschte lange, bestimmt eine ganze Stunde. Seine Haut war schon ganz schrumplig, als er die Dusche wieder verliess. Er war in guter Stimmung und pfiff fröhlich vor sich hin. Nur mit dem Handtuch bekleidet ging er in die Küche, um sich einen Kaffee zu gönnen. Während er die Kaffeekapsel in die Öffnung steckte, drückte er auf den Abspielknopf seines Anrufbeantworters. Die Zahl Acht verriet ihm, dass sich in seiner kurzen Abwesenheit einige bei ihm gemeldet hatten. Denis pfiff weiter vor sich hin und trank immer wieder einen Schluck Kaffee, während er die Nachrichten abhörte. Es waren Freunde, seine Eltern und liebe Bekannte, die ihm Grüsse ausrichteten oder ihn daran erinnerten, dass sie sich schon lange nicht mehr gesehen hatten. Bald kam der Beantworter zu der letzten Meldung. Es war Viktor Gantenbein. Er klang etwas verunsichert. Denis stellte seine Tasse hin und ging näher an den Beantworter heran, um Gantenbein besser verstehen zu können.

«Hallo Denis, ich meine, Herr Benz. Jetzt weiss ich gar nicht mehr, ob wir uns duzen oder nicht. Wie auch immer, ich habe Ihre Idee, den Laptop von Shrimesha noch einmal zu durchleuchten, umgesetzt … Ah ja, bevor ich es vergesse, herzliche Gratulation zur Beförderung, hab es eben erfahren. Jetzt haben Sie sozusagen mehr zu sagen als ich!»

«Mach schon, du Freak, um was geht es?»

«… also, um auf den Computer zurückzukommen: Sie hatten recht. Ich dachte, da Sie die Idee hatten, sage ich es Ihnen zuerst. Jetzt darf ich ja, Sie haben ja seit Neuestem die Vertrauensstufe 2. Herzliche Gratulation!»

«Komm auf den Punkt!», fluchte Denis den Beantworter an.

«Also, langer Rede kurzer Sinn: Ich bin fündig geworden. Ich bin auf Koordinaten gestossen, die es in sich haben. Sie werden es nicht glauben, aber Shrimesha hatte auf seinem Computer tatsächlich die momentanen Aufenthaltskoordinaten von MEK drauf!»

Denis musste sich augenblicklich setzen. Er wusste, was MEK bedeutete. Unter den PRIOS-Agenten war das die Abkürzung für Al-Kaida-Chef Mohamad Kassif El Kalem, Nachfolger von Osama Bin Laden und momentan meistgesuchter Terrorist der Welt.

Danksagung

Ich werde oft gefragt, was es braucht, um ein Buch zu schreiben. Meiner Meinung nach braucht es dazu lediglich fünf Dinge:

Einen Anfang der Geschichte, einen Schluss der Geschichte, etwas Disziplin, sich auch an schönen Sommertagen freiwillig an den Schreibtisch zu setzen, einen Motivator, der einem nach jedem Kapitel versichert, dass es sich lohnt, weiter zu schreiben, und einen Verlag, der einem sein Vertrauen ausspricht und einen mit einer professionellen Crew in einer gesunden Art und Weise unterstützt und bauchpinselt.

Ich bin sehr dankbar, alle diese Punkte erfahren zu haben.

Darum ein herzliches Dankeschön an alle, die mir in irgendeiner Form geholfen haben, dieses Buch zu vollenden!

Peter Zeindler: Agentenroman über die Identitätssuche

«Peter Zeindler macht aus diesem Stoff, den er mit kundig recherchierten Fakten ausstattet, eine schillernde Suche nach dem Kern des Ichs, das Selbst- und Fremdbild weder erreichen noch verfälschen können.» *Neue Luzerner Zeitung*

Urknall
304 Seiten,
gebunden mit Schutzumschlag
CHF 34.80, EUR 23.–
ISBN 978-3-7245-1700-9

Markus A. Will: Thriller um Geld, Macht und Gier

«So süffig hat dem Leser noch niemand die Finanzkrise serviert.» *Tagblatt*

«Markus A. Will zeigt mit seinem Buch ‹bad banker›, dass Aufklärung und Unterhaltung kein Widerspruch sind.» *Handelsblatt*

bad banker
736 Seiten,
gebunden mit Schutzumschlag
CHF 34.80, EUR 19.80
ISBN 978-3-7245-1689-7